Р. СКОТТ БЭККЕР

НЕЧЕСТИВЫЙ КОНСУЛЬТ

fanzon

Москва

2021

УДК 821.111-312.9(71)
ББК 84(7Кан)-44
     Б97

R. Scott Bakker
THE UNHOLY CONSULT
Copyright © 2017 by R. Scott Bakker

Дизайн серии *А. Саукова*

Оформление *А. Дурасова*

Иллюстрация *А. Дубовика*

Перевод *А. Баранова*

Бэккер, Р. Скотт.
Б97 Нечестивый Консульт / Р. Скотт Бэккер ; [перевод с английского А. В. Баранова]. — Москва : Эксмо, 2021. — 720 с. — (Fantasy World. Лучшее современное фэнтези).

ISBN 978-5-04-117942-7

«Нечестивый Консульт» — ожидаемый финальный роман в знаменитой серии «Второй Апокалипсис» Р. Скотта Бэккера, действие которого разворачивается в ярком мире мифов, войн и магии. Благодаря своему грандиозному размаху, богатым деталям, философской глубине и захватывающему сюжету эта серия стоит рядом с лучшими образцами жанра.

УДК 821.111-312. 9(71)
ББК 84(7Кан)-44

© А. Баранов, перевод на русский язык, 2021
© Издание на русском языке, оформление.
ISBN 978-5-04-117942-7   ООО «Издательство «Эксмо», 2021

*Крису Лоттсу,
влекомому той же нитью*

> Обманное обольщение
> В черноснежных небесах,
> Сражён тоской сверхчеловек,
> И отцы в слезах.
>
> *Black Sabbath.*
> *«Зодчий Спирали»*

> Повелевал ли в жизни ты когда-нибудь
> начаться утру и зачинаться дню?
> Когда-нибудь говорил ты заре,
> чтобы всю землю охватить
> и вытряхнуть всех нечестивцев
> из укрытий их?
>
> КНИГА ИОВА. *Стих 38:12—3*

Что было прежде...

Князь пустоты

Войны, как правило, являются лишь частью круговорота истории. Они знаменуют напряжения и столкновения конкурирующих сил, гибель некоторых из них и возвышение других, приливы и отливы влияния на протяжении веков. Однако есть на свете война, которую люди ведут столь давно, что они уже забыли языки, на которых впервые заговорили о ней. Война, в сравнении с которой катастрофы, уничтожающие целые племена и народы, представляются лишь незначительными стычками.

У этой войны нет названия, ибо люди не способны дать определение тому, что до такой степени превосходит малость, отпущенную их постижению. Она началась ещё в те времена, когда они были не более чем дикарями, скитающимися по местам столь же диким, — в эпоху, предшествовавшую и письменности и бронзе. Ковчег, огромный и золотой, низвергся из пустоты, опалив горизонт и воздвигнув кольцо гор неистовой яростью своего падения. А затем из его нутра выбрались ужасающие и чудовищные инхорои — раса, явившаяся, чтобы запечатать Мир, затворив его от Небес, и тем самым спасти от вечных мук ту непристойную мерзость, которую они именовали своими душами.

В те древние дни над Миром властвовали нелюди — народ, превосходивший людей умом и красотой в той же мере, в какой затмевал их мощью своего гнева и ревности. Их герои-ишрои и маги-квуйя, защищая Мир, сражались с инхороями в титанических битвах и хранили бдительность во времена длившихся целыми веками перемирий. Они стойко держались под ударами светового оружия инхороев, наблюдая за тем, как враг слабеет под их собственным натиском. Они пережили предательство Апоретиков, снабдивших инхороев тысячами уничтожающих колдовство хор. Они сумели одолеть созданные врагами ужасы: шранков, башрагов и наиболее кошмарных из них — враку. Но, в конце концов, их сгубила собственная алчность. После многих веков войны они заключили с захватчиками мир, обменяв его на нестареющее бессмертие — дар, который в действительности оказался убийственным оружием. Чревомором.

Таким образом, эта война превратилась в сражение между двумя обречёнными видами — прекрасным и до непристойности мерзким. В итоге нелюди сумели привести инхороев на грань полного истребления. Выжившие в битвах маги-квуйя запечатали Ковчег, который к тому времени стали называть Мин-Уройкасом, и укрыли его от Мира хитроумными чарами. А затем измученные, утратившие надежду нелюди удалились в свои подземные Обители, чтобы оплакивать жён, дочерей и будущее своей некогда величественной расы.

Но история, как и природа, не терпит пустоты. Хлынув с восточных гор, первые племена людей — людей, никогда не ведавших рабского ярма, начали обживать оставленные нелюдями земли. Некоторые из уцелевших королей-ишроев вступили с ними в схватку — лишь для того, чтобы оказаться поверженными численным превосходством, другие же попросту оставили громадные врата своих Обителей без охраны, подставив шеи безудержной ярости низшей расы.

Так началась Вторая Эпоха — эпоха людей. Возможно, Безымянная Война и завершилась бы с гибелью и угасанием сражавшихся в ней рас, но сам Ковчег остался невредимым, а люди всегда были жадны до знаний. Минули века, и покров человеческих цивилизаций, разрастаясь вдоль бассейнов великих рек Эарвы и устремляясь вовне, принёс бронзу туда, где раньше властвовал кремень, ткань туда, где одевались в одни только шкуры, и письменность туда, где ранее знали лишь устную речь. Разрослись и наполнились жизнью огромные города. Дикие пустоши сменились возделываемыми полями, простирающимися до самого горизонта.

И нигде люди не были столь смелыми в своих трудах и столь надменными в своей гордыне, как на Севере, где торговля с уцелевшими нелюдями позволила им во многом опередить своих южных родичей. В легендарном городе Сауглиш люди, способные различать швы и стыки Творения, основали первые колдовские Школы. По мере того как возрастали их силы и знания, некоторые из них, наиболее безрассудные, обращались ко слухам, нашёптанным им на ушко их нелюдскими наставниками, — слухам о громадном золотом Ковчеге. Мудрые быстро распознали опасность, и адепты Мангаэкки, жаждавшие опасных секретов более всех остальных, были осуждены и объявлены вне закона.

Но слишком поздно. Мин-Уройкас уже был найден — и вновь населён.

Глупцы обнаружили и пробудили двух последних оставшихся в живых инхороев, укрывшихся в запутанных лабиринтах Ковчега — Auракса и Ауранга. И от этих древних существ адепты-отступники узнали, что вечного проклятия, тяжким бременем висящего над всеми колдунами, можно избежать. Они узнали, что Мир можно затворить, укрыв его от суда Небес. Тем самым они обрели с двумя этими мерзкими тварями общую цель и, заключив с ними союз, названный Консультом, обратили всё своё хитроумие на возрождение прерванных инхоройских замыслов.

Адепты Мангаэкки заново постигли принципы работы с материей — древнее искусство Текне, позволившее им манипулировать плотью живых существ. По прошествии нескольких поколений, проведённых в исследованиях и поисках, они, заполнив глубины Мин-Уройкаса бесчисленными трупами, открыли и постигли ужаснейшую из всех невыразимых инхоройских мерзостей — Мог-Фарау, Не-Бога.

И с готовностью стали его рабами, дабы надёжнее уничтожить этот Мир.

Безымянная Война забушевала вновь. То, что позже назовут Первым Апокалипсисом, стёрло с лица земли могучие норсирайские народы Севера, низвергнув во прах величайшие достижения человечества. Но Сестватха, великий магистр гностической Школы Сохонк, утверждал, что может погибнуть весь мир. Ему удалось убедить Анасуримбора Кельмомаса, верховного короля Куниюри — могущественнейшего из государств Севера, — призвать своих данников и союзников на священную войну против Мин-Уройкаса, который люди стали называть Голготтератом. Но кельмомасова Ордалия потерпела крах, и мощь норсираев погибла. Сесватха бежал на юг — к кетьянским народам Трёх Морей, унося с собою величайшее и легендарное инхоройское оружие — Копьё-Цаплю. Совместно с Анаксофусом, верховным королём Киранеи, он сошёлся с Не-Богом на равнинах Менгедды, где благодаря доблести и дальновидности сумел взять верх над ужасным Вихрем.

Не-Бог погиб, но его рабы и его цитадель уцелели. Голготтерат устоял, и Консульт, обречённый на века противоестественной жизни, продолжил строить планы собственного спасения.

Годы шли, минувшие века складывались в тысячелетия, и люди Трёх Морей позабыли ужасы, выпавшие на долю их пращуров. Империи воздвигались и рушились. Инри Сейен, Последний Пророк, переосмыслил учение Бивня, и на долгие столетия инритизм — новая религия, организуемая и управляемая Тысячей Храмов и их духовным главой, шрайей — стал доминировать повсюду в Трёх Морях. В ответ на постоянные преследования за колдовство, предпринимаемые инрити, возникли и возвысились Великие Анагогические Школы. Используя хоры, инрити боролись с ними, всеми силами пытаясь заставить умолкнуть их богохульства.

Фан, самозваный пророк так называемого Единого Бога, объединив кианцев — народы, обитавшие в Великой пустыне Каратай, объявил войну Бивню и Тысяче Храмов. После нескольких веков джихада фаним и их безглазые жрецы-колдуны кишаурим завоевали почти всю западную часть Трёх Морей, включая священный город Шайме — место рождения Инри Сейена. И лишь агонизирующие остатки Нансурской империи продолжали противостоять им.

Войны и раздоры правили Югом. Две величайшие религии — инритизм и фанимство — сражались между собой, хотя терпимо относились к торговле и паломничествам, если это приносило доход. Великие имена и народы боролись за торговое и военное доминирование. Малые и крупные Школы соперничали и плели заговоры, а Тысяча Храмов, управляемая продажными и неэффективными шрайя, проявляла вполне мирские амбиции.

К этому времени Первый Апокалипсис стал не более чем легендой. Консульт и Не-Бог превратились в сказки, которые старухи рассказывают маленьким детям. Спустя две тысячи лет лишь адепты Завета, каждую ночь глазами Сесватхи видящие во сне ужасы Апокалипсиса, помнили о Мог-Фарау. Хотя могущественные и учёные мужи и считали их дураками, обладание Гнозисом — колдовством Древнего Севера — поневоле внушало уважение и вызывало смертельную зависть. Побуждаемые своими кошмарами, адепты Завета блуждали по лабиринтам власти, повсюду ища признаки присутствия древнего и непримиримого врага — Консульта.

И всякий раз не обнаруживали ничего. Некоторые полагали, что Консульт, наконец, сдался под натиском веков. Другие же утверждали, что они, скорее, обратились к поиску иных — менее хлопотных способов побороть своё проклятие. Но поскольку в той дикой глуши, которой стал Древний Север, в невообразимом множестве обитали шранки, не существовало ни малейшей возможности отправить экспедицию к Голготтерату, чтобы попытаться найти ответ на этот вопрос. Лишь Завет знал о Безымянной Войне. Лишь они оставались настороже, будучи при этом всеобщим посмешищем и слепо блуждая во тьме неведения.

Таким был Мир, когда шрайей Тысячи Храмов был избран Майтанет, призвавший инрити к Первой Священной Войне — великому походу, имевшему целью вырвать Святой Шайме из рук фаним. Слово его разошлось повсюду в Трёх Морях и за их пределами. Верные из числа всех великих народов-инрити — галеотов, туньеров, тидонцев, конрийцев, айнонцев и их данников — отправились в город Момемн, столицу Нансурской империи, дабы вверить Инри Сейену свою мощь и богатства. И стать Людьми Бивня.

Распри с самого начала раздирали Первую Священную Войну изнутри, ибо не было недостатка в тех, кто жаждал использовать её в своих эгоистичных целях. Тем не менее воинство инрити сумело одержать две крупные победы над еретиками фаним на равнинах Менгедды и при Анвурате. Однако только во время Второй Осады Карасканда и после Круговраспятия, которому был подвергнут один из их числа, Люди Бивня сумели обрести общую цель. Лишь обнаружив в своих рядах живого Пророка — человека, способного читать людские сердца. Человека, подобного богу.

Анасуримбора Келлхуса.

Далеко на севере в самой тени Голготтерата группа аскетов-отшельников, называющая себя дунианами, нашла укрытие в Ишуаль — тайной твердыне куниюрских верховных королей, возведённой до уничтожения королевской династии в ходе Первого Апокалипсиса. В течение двух тысяч лет дуниане продолжали свой духовный поиск, одновременно производя отбор, направленный на развитие рефлексов и интеллекта, а также тренируя свои тела, разумы и лица ради одной-единственной цели — постижения Логоса. Они посвятили всё своё существование обретению контроля над иррациональностью истории, обычаев и страстей — всего того, что определяет течение человеческих мыслей. Следуя этим путём, полагали дуниане, они в конце концов сумеют достичь того, что они именовали Абсолютом, и тем самым воистину станут самодвижущимися душами.

Примерно за тридцать лет до описываемых событий Анасуримбор Моэнгхус, отец Келлхуса, покинул Ишуаль. Учитывая отказ дуниан от использования колдовства и даже упоминания о нём, внезапное появление Моэнгхуса во снах братии закономерным образом нарушило установленный порядок. Зная лишь, что Моэнгхус обретается в далёком городе под названием Шайме, старшие дуниане отправили Келлхуса в трудное путешествие по давно покинутым людьми землям, отдав ему приказ найти и убить своего отца-отступника.

Но Моэнгхус познал Мир путями, о которых его братья-затворники знать не могли. Ему были хорошо известны открытия и откровения, ожидающие его сына, ибо эти же откровения тридцать лет назад ожидали его самого. Он знал, что Келлхус откроет для себя колдовство, всякие упоминания о существовании которого дуниане нещадно вымарывали. Он знал, что, учитывая его способности, люди в сравнении с ним будут не более чем наивными детьми, что Келлхус будет видеть все их мысли за нюансами выражений их лиц и что обычными словами он сможет сделать их сколь угодно преданными себе — сможет заставить их пойти на любые жертвы. Более того, ему было известно, что в конце концов Келлхус столкнётся с Консультом, прячущимся за лицами, смотреть сквозь которые умеют лишь глаза дунианина. И узреет то, что люди, с их слепыми душами, разглядеть не способны — Безымянную Войну.

Консульт отнюдь не бездействовал. На протяжении столетий они успешно скрывались от своего старого врага — Школы Завета, используя шпионов-оборотней, способных подделать любое лицо и любой голос, причём сделать это, не прибегая к колдовству, выдающему себя Меткой. Схватывая и пытая этих мерзких существ, Моэнгхус узнал, что Консульт не отказался от своего стародавнего плана, по-прежнему намереваясь затворить Мир от Небес, и что по прошествии пары десятков лет эти древние души сумеют воскресить Не-Бога и развязать новую истребительную войну против человечества — Второй Апокалипсис. Годами Моэнгхус скитался бесчисленными тропами и развилками Вероятностного Транса, перебирая одно будущее за другим в поисках последовательности действий, которая позволила бы спасти Мир. Годами он создавал свою Тысячекратную Мысль.

Моэнгхус приготовил путь для своего сына-дунианина — Келлхуса. Он подослал своего рождённого в миру сына — Майтанета — в Тысячу Храмов, чтобы тот захватил её изнутри и сотворил Первую Священную Войну как оружие, которое понадобится Келлхусу для того, чтобы обрести абсолютную власть, объединив все Три Моря в борьбе против ожидающего их гибельного рока. Однако он не знал и не мог знать, что Келлхус сумеет заглянуть ещё дальше, проникнув за пределы Тысячекратной Мысли...

И сойдёт с ума.

Будучи на момент присоединения к воинству Первой Священной Войны не более чем безвестным путником, Келлхус, используя свой интеллект и проницательность, постепенно убеждал всё больше и больше Людей Бивня в том, что является Воином-Пророком, пришедшим, чтобы спасти человечество. Он понял, что люди готовы будут делать для него всё, что угодно, до тех пор, пока полагают, что он может спасти их души. Понимая, что Гнозис — колдовство Древнего Севера — обеспечит ему ни с чем не сравнимую мощь, он сдружился с адептом Завета, посланным своей Школой для наблюдения за Священной Войной, — Друзом Акхеймионом, а также соблазнил его любовницу, Эсменет, зная, что её интеллект делает эту женщину идеальным сосудом для его семени и потенциальной матерью отпрысков, достаточно сильных, чтобы они способны были нести бремя дунианской крови.

К тому времени, когда закалённые в боях остатки воинства Первой Священной Войны осадили Шайме, Келлхус достиг абсолютной власти над ними. Люди Бивня стали его заудуньяни — Племенем Истины. В то время, когда воинство штурмовало городские стены, сам он столкнулся со своим отцом — Моэнгхусом и смертельно ранил его, объяснив это тем, что лишь в случае его смерти Тысячекратная Мысль может быть реализована. Через несколько дней не кем иным, как своим сводным братом Майтанетом, шрайей Тысячи Храмов, Анасуримбор Келлхус был провозглашён первым за тысячу лет Святым Аспект-Императором. Даже Школа Завета, узревшая в его появлении исполнение своих самых священных пророчеств, поцеловав его колено, простёрлась у его ног.

Но Келлхус совершил ошибку. Пересекая Эарву на своём пути к Трём Морям и Священной Войне, он оказался на землях утемотов — скюльвендского племени, известного своей воинственной жестокостью. Там он заключил соглашение с вождём этого племени, Найюром урс Скиотой. Моэнгхус тридцатью годами ранее тоже попал в руки утемотов и, устраивая свой побег, использовал Найюра, бывшего в то время ещё подростком, для того, чтобы тот убил собственного отца. Десятилетиями Найюр терзался мыслями о случившемся и в конце концов постиг жестокую истину о природе дуниан. И посему лишь Найюру урс Скиоте была известна мрачная тайна Анасуримбора Келлхуса. Перед тем как оставить Священную Войну, варвар открыл эту тайну не кому иному, как Друзу Акхеймиону, который уже долгое время и сам терзался мучительными подозрениями. Прямо на коронации, перед глазами всего воинства Первой Священной Войны, Акхеймион отрёкся от Келлхуса, пред которым он преклонялся; от Эсменет, которую любил, и от Завета, которому служил. Он бежал в глушь, став единственным во всём мире колдуном, не принадлежащим ни к одной из Школ. Волшебником.

Ныне, после двадцати лет истребительных войн и преобразований, Анасуримбор Келлхус готовится осуществить финальную часть Тысячекратной Мысли своего отца. Его Новая Империя простирается на все Три Моря — от легендарной крепости Аувангшей на границе с Зеумом до затерянных в предгорьях истоков реки Сают, от знойных берегов Кутнарму до отрогов гор Оствай — на все земли, некогда принадлежавшие фаним и инрити. Она, как минимум, не уступает Кенейской империи древности по территории и при этом намного гуще населена. Сотня великих городов, и почти столько же языков. Десяток гордых народов. Тысячи лет кровавой истории.

И Безымянная Война перестала быть безымянной. Люди называют её Великой Ордалией.

Аспект-Император

В Год Бивня 4132 воинство Второй Священной Войны пересекает границу Империи и осаждает Сакарп — древний город, в котором хранится знаменитый Клад Хор. По прошествии двадцати лет Анасуримбор Келлхус преобразовал все Три Моря таким образом, что само их существование вращается вокруг единственной оси — его Великой Ордалии. Труд миллионов душ был направлен на то, чтобы выковать материальный наконечник копья Тысячекратной Мысли. Никогда прежде не знала история подобного воинства — более 300 000 душ, собранных со всех уголков Новой Империи. К Ордалии присоединяются лучшие воины каждого народа, возглавляемые их королями и героями. Воинство сопровождают все Главные Школы, образуя величайшую концентрацию колдовской мощи, которую когда-либо знал этот Мир.

Сакарп взят штурмом и Сорвил, несчастный сын короля Харвила, становится заложником Аспект-Императора. Но он далеко не столь беспомощен, как считает. Разыгрывать из себя Пророка означает навлечь на свою голову гнев богов: сама Ятвер, Ужасная Матерь Рождения, обрушивает свою ярость на Аспект-Императора, отправив за его жизнью Воина Доброй Удачи — воплощённое возмездие угнетённых против угнетателя. И Сорвил внезапно обнаруживает себя в самом средоточии её замысла. Её жрец, изображающий из себя раба, втирает в лицо юного сакарпского короля Её плевок, укрывающий его истинные чувства от всевидящего взора Анасуримборов, благодаря чему Келлхус и его дети — Серва и Кайютас — оказываются убеждёнными в том, что Сорвил сделался одним из самых преданных Уверовавших королей Новой Империи. Она также снабжает его убийственным оружием — мешочком, способным укрыть хору от колдовского зрения.

Но юноша испытывает внутренний конфликт, поскольку свидетельства того, что цель Аспект-Императора не является выдумкой, всюду теперь окружают его, и поэтому он терзается, разрываясь между велениями Небес и желаниями собственного сердца. Богиня понуждает его. Кровь отца взывает к возмездию. Даже его друг, принц Цоронга, склоняет его к убийству Аспект-Императора. И всё же он не может не спрашивать себя — зачем... Если Нечестивый Консульт не более чем выдумка, зачем создавать нечто столь грандиозное, как Великая Ордалия?

К идущему по северным равнинам Воинству прибывают эмиссары нелюдей, предлагая заключить союз в случае предоставления им трёх заложников. Аспект-Император незамедлительно отправляет в Иштеребинт Сорвила, свою дочь Серву и приёмного сына Моэнгхуса, не зная о том, что король нелюдей Нильгиккас покинул Гору и Иштеребинт в итоге сдался Консульту.

Трое молодых людей по прибытии в Иштеребинт схвачены и допрошены, но когда нелюди обнаруживают, что Сорвилу предначертано убить Аспект-Императора, они отпускают его на попечение Ойнарала Рождённого Последним, который втайне ищет способ спасти свою Обитель. Наконец, юноша узнаёт всю отвратную истину о Голготтерате, и не просто от Ойнарала, а от Амилоаса — колдовского артефакта, позволяющего людям понимать нелюдской язык за счёт того, что внутри него находится уловленная душа Иммириккаса. Теперь юноше достаточно лишь вспомнить все утраты давно умершего ишроя, дабы осознать чудовищную мерзость врагов Аспект-Императора и, соответственно, праведность его дела — Великой Ордалии.

В конце концов, он разделяет веру своего Врага. Совместно с Ойнаралом он отправляется в самые недра Плачущей горы на поиски Ойнаралова отца — героя Ойрунаса, намереваясь низвергнуть Нин'килджираса — ставленника Консульта, узурпировавшего трон Иштеребинта.

Тем временем Великая Ордалия продолжает медленно ползти на север, следуя за постоянно отступающей и постоянно растущей Ордой. Пустоши Истыули постепенно сменяются скалистыми холмами древнего Шенеора, и мужи Ордалии радуются, понимая, что добрались до мест, описанных в Священных Писаниях.

Но если они вновь обретают убеждённость, их экзальт-генерал, Нерсей Пройас, обнаруживает, что его вера в Аспект-Императора подвергается такому испытанию, с каким ему никогда прежде ещё не доводилось сталкиваться, — и происходит это благодаря действиям самого Келлхуса.

Снабжение становится всё более скудным, а шранки всё более отчаянными и самоуверенными. Возле Ирсулора самую западную часть воинства постигает катастрофа, в ходе которой Великая Ордалия теряет четверть воинов, а также одну из Главных Школ — Вокалати. У Сваранула Святой Аспект-Император открывает Воинству Воинств ужасную правду — пройдя ещё лишь половину пути, они уже полностью оторваны от снабжения и не имеют пищи. Отныне, сообщает он своим поражённым последователям, им предстоит питаться их бесноватыми врагами.

Итак, Воинство Воинств продолжает наступать на север, двигаясь вдоль восточной оконечности Туманного Моря, а кишащая Орда, подобно отливу, откатывается перед ним. Мужи Ордалии жадно пожирают своих врагов, устраивая пиршества из приготовленных на кострах шранчьих трупов. Внутри их душ разрастается тьма, поглощая всё бо́льшую и бо́льшую часть бывшего прежде. Келлхус шаг за шагом открывает Пройасу правду о себе, сначала разбирая по кирпичикам его убеждённость, затем его веру и, наконец, само его человеческое достоинство и сердце.

Возле заброшенной крепости Даглиаш Орда оказывается в ловушке, и Великая Ордалия получает возможность явить всю свою мощь. Однако внутри самой крепости внезапно взрывается артефакт Текне, поражая саму землю чудовищным Ожогом. Погибают тысячи людей, и среди них Саубон, чья душа отправляется прямиком в Преисподние.

Взирая на распухающий над ними исполинский гриб чёрного дыма, Келлхус сообщает Пройасу, что должен покинуть Великую Ордалию и тому предстоит в одиночку довести Воинство Воинств до Голготтерата.

Обретающийся на окраине Трёх Морей Друз Акхеймион двадцать лет изучает Сны о Первом Апокалипсисе. Если ему удастся обнаружить Ишуаль, считает он, то он сможет найти ответ на вопрос, что так ярко тлеет в столь многих взыскующих душах...

Кто же такой Аспект-Император?

Внезапно к нему прибывает Анасуримбор Мимара, приёмная дочь его врага, и требует обучить её колдовству. Её сходство с матерью — Анасуримбор Эсменет, ставшей императрицей Трёх Морей, заставляет старого волшебника заново пережить все скорби, от которых он пытался убежать на край света. Отчаявшись получить желаемое ею наставничество, Мимара соблазняет его.

Это событие отбрасывает длинную тень на всё происходящее, поскольку Мимара не только немедленно беременеет, но в ней также полностью пробуждается Око Судии — способность непосредственно видеть добро и зло, как сущность вещей. После нахлынувшего чувства стыда за содеянное она рассказывает старому волшебнику о том, что Келлхус уже начал осуществлять свой план по уничтожению Консульта и спасению Мира от Второго Апокалипсиса.

Старый волшебник не знает, где искать Ишуаль, однако благодаря Снам ему известно местонахождение карты, на которой указано расположение крепости. Карта находится в знаменитой сауглишской Библиотеке — в глубине северных пустошей. Акхеймион заключает соглашение с артелью скальперов — жестоких людей, живущих тем, что продают своему Аспект-Императору шранчьи скальпы, — касательно того, что они будут сопровождать старого волшебника в ходе его поисков. Эта артель носит название Шкуродёры и знаменита на всё приграничье, как благодаря своему безжалостному капитану — лорду Косотеру, так и благодаря следующему с ним рука об руку колдуну — нелюдю-эрратику, известному как Клирик. Это сборище отверженных душ, с самого начала раздираемое множеством внутренних конфликтов и проявлений завистливого соперничества, отправляется в далёкую экспедицию к сауглишской Библиотеке. Око Судии превращает для Мимары этот поход в марш проклятых, ибо ни одну из присоединившихся к нему душ в посмертии не ждёт спасение — не считая её самой. Двигаясь на север, они проходят через разрушенную нелюдскую Обитель Кил-Ауджас, где все они непременно погибли бы, если бы Мимара не использовала свою хору каким-то таинственным способом.

Путешествие через кишащий шранками Север становится мучительным испытанием как для старого волшебника, так и для имперской принцессы, ибо они постепенно попадают во всё бóльшую зависимость от Клирика и распределяемого им между членами отряда наркотического пепла кирри — разжигающего душевный огонь праха Куйяра Кинмои. После нескольких месяцев тяжелейшего пути они, наконец, прибывают в Сауглиш, почти обезумев как от наркотика, так и от всех тех лишений, которые он позволил им преодолеть. Выясняется, что Клирик это Нильгиккас — последний король нелюдей, пытающийся вернуть себе память, следуя путём трагедий и предательств. Шкуродёры оборачиваются друг против друга, и, в конце концов, погибают все члены отряда, за исключением Акхеймиона и Мимары.

Вместе они обнаруживают древнюю карту из акхеймионовых Снов — карту, раскрывающую расположение Ишуаль — тайной твердыни дуниан и места рождения Святого Аспект-Императора. Они упорно продолжают путь, достигая гор Демуа и взбираясь на ледник, с которого открывается вид на долину, ставшую прибежищем дуниан. И, наконец, видят Ишуаль... разрушенную до основания.

Перебравшись через низвергнутые внешние стены, они блуждают по разгромленным галереям Тысячи Тысяч Залов, усыпанным костями несметного множества шранков. В зале матерей-китих открывается Око Судии, и Мимара зрит ужасающее зло, которое представляют собой дуниане. Но означает ли это, что и Келлхус — зло? Они понимают, что поиски их не завершатся до тех пор, пока Мимара не постигнет сущность Келлхуса Оком Судии.

Также они обнаруживают в Ишуаль двух выживших — сына и внука самого Келлхуса, первый из которых изуродован шрамами до неузнаваемости. Несколькими днями спустя он, употребив кирри, совершает самоубийство, пытаясь отыскать Абсолют в абсолютном небытии. Путники замечают на горизонте Даглиашский Ожог, дивясь вознёсшемуся до небес столбу пепла. В тот момент, когда они спускаются с гор, их захватывают скюльвендские всадники, а затем путники оказываются перед безумным взором Найюра урс Скиоты — Короля Племён...

Ибо Народ Войны следует по пятам за Великой Ордалией.

Далеко на юге — в Момемне, столице Новой Империи, Эсменет в отсутствие своего мужа изо всех сил старается совладать с правлением. С учётом того, что Келлхус и большая часть его войска находятся далеко, угли мятежей начинают разгораться в Трёх Морях. Имперский Двор относится к ней свысока. Фанайял аб Караскамандри — падираджа уничтоженной в ходе Первой Священной Войны еретической Кианской империи, смелеет всё больше и больше, тревожа провинции, располагающиеся у края Великой пустыни Каратай. Псатма Наннафери — объявленная вне закона Первоматерь культа Ятвер — пророчествует о явлении Воина Доброй Удачи — посланного богиней ассасина, коему предначертано убить Аспект-Императора и истребить его потомство. Кажется, сами боги ополчились на династию Анасуримборов. Эсменет обращается за помощью к своему шурину — Майтанету, шрайе Тысячи Храмов, ибо нуждается в силе и ясности его видения, но она не может не задаваться вопросом — почему её муж оставил Покров в её неумелых руках, в то время как в распоряжении Келлхуса был его брат — дунианин.

Даже когда слухи о восстании достигают Момемна, юный Кельмомас всё равно продолжает собственный подспудный мятеж. Ранее прогнав прочь Мимару, теперь он убивает своего идиота-близнеца Самармаса, зная, что горе заставит Эсменет ещё отчаяннее проявлять материнскую любовь к нему — Кельмомасу. Затем, с целью спровоцировать бунты и беспорядки повсюду в Трёх Морях, он тайно убивает Шарасинту, Верховную жрицу Ятвер. Узнав о том, что Майтанет начал подозревать его в ведении двойной игры, он вступает в сговор со своим безумным братом Инрилатасом с целью убийства своего Святейшего дяди, но всё идёт наперекосяк, и в конечном итоге вместо Майтанета гибнет Инрилатас.

Между шрайей и Эсменет вспыхивает война. Убитая горем и терзаемая параноидальной подозрительностью императрица заключает с нариндаром, жрецом Четырёхрогого Брата, контракт на убийство своего шурина, не зная о том, что в действительности имеет дело с Воином Доброй Удачи. Но Майтанет первым наносит удар, штурмуя и захватывая во время её отсутствия Андиаминские Высоты, в результате чего Эсменет становится гонимой беглянкой в той самой Империи, которой ей было доверено управлять. Она скрывается в жилище Нареи — такой же проститутки, какой была она сама, до того как вышла замуж за Келлхуса, дабы стать матерью его нечеловеческим отпрыскам. В конце концов её ловят и в оковах волокут к Майтанету, который, заглянув в её душу, видит всю правду о разразившемся меж ними конфликте. Но ещё до того, как он успевает обвинить Кельмомаса, никем не замеченный и не остановленный Воин Доброй Удачи поражает его насмерть. Будучи единственным оставшимся в пределах Империи совершеннолетним родственником своего мужа, Эсменет вновь провозглашается Святой Императрицей, как раз когда Фанайял и его разбойничье войско осаждают стены Момемна.

Она спешно пытается организовать оборону города, демонстрируя силу воли, в которой так отчаянно нуждаются её несчастные подданные. По-прежнему считая Воина Доброй Удачи ассасином менее значимого Культа, Эсменет приглашает его на Андиаминские Высоты, позволяя ему жить рядом с собой и выжившими членами своей семьи. В той же мере, в какой Кельмомаса тревожит новоявленная сила матери, его всё сильнее завораживает Воин Доброй Удачи, в котором он видит доказательство того, что сам Четырёхрогий Брат защищает его. Он ещё сильнее утверждается в этом мнении, наблюдая за тем, как ассасин способствует гибели его сестры — Телиопы, которая после смерти Майтанета была наибольшей угрозой для юного принца. Но его триумф тотчас обращается катастрофой, когда его убитая горем мать замечает, как он радуется смерти сестры.

Мощное землетрясение поражает Момемн, обрушивая городские стены и оставляя его жителей без какой-либо защиты от ярости Фанайяла и его кианцев. Пока падираджа готовится к штурму, Псатма Наннафери надсмехается над ним. За всем этим наблюдает терзаемый мрачными предчувствиями Маловеби — посланник зеумского сатахана. Хотя Первоматерь и является пленницей Фанайяла, в действительности Ятвер вверила падираджу её власти. Внезапно прямо в кианском лагере появляется Келлхус и убивает как Фанайяла, так и Первоматерь, а затем, одолев Маловеби, отсекает его голову, превращая зеумца в одного из болтающихся у его бедра декапитантов.

Повторные толчки сравнивают с землёй имперскую столицу. Кельмомас следует за Воином Доброй Удачи, которого продолжает считать слугой Айокли, через рушащийся дворец к тронному залу. Однако, увидев стоящего рядом с матерью отца, он понимает, что ассасин охотится за самим Аспект-Императором — причём согласно воле его матери. Мальчик привлекает внимание убийцы, рассчитывая помочь ему, но тот взирает на него, полностью оцепенев, — словно бы какая-то иная душа в этот миг пробудилась за его некогда неумолимыми глазами.

Своды зала падают, и мальчик понимает, что пребывающее в руинах может разрушиться ещё сильнее.

ГЛАВА ПЕРВАЯ

Западная часть Трёх Морей

> Прокатилась молва среди наших мужей
> И погнала их прочь от сохи и с полей,
> Прочь от мягких перин, прочь от жён и детей,
> Прямиком к золотому Ковчегу.
> К золотому Ковчегу — презлому врагу,
> Всё дальше в его нечестивую тьму,
> Туда, где свод Неба царапает Рог,
> Где Идол, страшащий нас пуще, чем Бог.
>
> — *древнекуниюрская Жнивная Песня*

Середина осени, 20 Год Новой Империи (4132 Год Бивня), Момемн

Отцовская песнь переполняла собою кружащийся и кувыркающийся вокруг него мир — Метагностический Напев Перемещения, понял Кельмомас. Колдовские устроения охватили его, а затем швырнули сквозь *нигде и ничто*, словно горсть зерна. Копья света пронзали оглушающие раскаты грома. Грохочущая, всесокрушающая тьма подменила собою небо. Имперский принц корчился в судорогах. От какофонии окружающего рёва в ушах у него пульсировала почти нестерпимая боль, но он всё равно отчётливо слышал горестные причитания матери. Уколы неисчислимых песчинок жалили щёки. В его волосах, сбив пряди в колтуны, застряла блевотина. Там, вдалеке, его чудесный, наполненный тайнами дом оседал и, надломившись, обрушивался ярус за ярусом. Всё, ранее бывшее для него само собой разумеющимся, превратилось в руины. Андиаминские Высоты исчезли, растворившись в громадном пепельном шлейфе, в столбе дыма и пыли. Почувствовав позывы к рвоте, он сплюнул, удивляясь, что всего несколькими сердцебиениями ранее ещё стоял *внутри* этих каменных сводов...

Наблюдая за тем, как Айокли убивает его отца.

Как? Как это могло случиться? Ведь Телиопа *умерла* — разве не указывало это на могущество Четырёхрогого Брата? Кельмомас же видел его — прячущегося в разломах и трещинах, укрытого от всех прочих взоров и готовящегося нанести отцу такой же удар, которым он ранее поразил Святейшего шрайю, шпионил за нариндаром, собирающимся убить последнюю оставшуюся в этом Мире душу, способную прозреть его нутро, способную угрожать ему. *Мама, наконец, принадлежала бы только ему — ему одному! Вся без остатка! Ему!*

Так не честно! Не честно!

Майтанет умер. Телиопа умерла — разбитый череп этой сучки смялся, точно куль с мукой! Но когда дело дошло до отца — единственного, кто и впрямь имел значение, Безупречная Благодать сокрушила самого нариндара — и именно в тот миг, когда тот увидел его, Кельмомаса! Это такая насмешка, что ли? Божий плевок, как говорят шайгекские рабы! Или что-то вроде тех, тоже написанных рабами, трагедий, в которых герои непременно гибнут, сами же собой и погубленные? *Но почему?* Почему Четырёхрогий Брат награждает столь великими дарами лишь для того, чтобы затем все их отобрать?

Жулик! Обманщик! Он же всё делал как нужно! Был его приверженцем! Играл в эту его велик...

— *Нам конец!* — зарыдал где-то внутри него его брат, ибо над ними воздвигся вдруг их отец, Анасуримбор Келлхус, Святой Аспект-Император. *Пади ниц!* — потребовал Самармас — *Пресмыкайся!* Но всё, что мог Кельмомас сейчас делать, так это корчиться в спазмах, извергая из себя ранее съеденную им свинину с мёдом и луком. Краешком глаза он заметил маму, стоящую на коленях поодаль от отца и терзающуюся своими собственными муками.

Они находились на одной из момемнских стен, вблизи Гиргаллических Врат. Внизу курился дымами город — местами разрушенный до основания, местами превращённый землетрясением в какие-то крошащиеся скорлупки. Только древняя Ксотея осталась стоять неповреждённой, возвышаясь над дымящимися руинами, словно дивный монумент, воздвигнутый на необъятных грудах древесного угля. Тысячи людей, подобно жукам, копошились поверх и промеж развалин, пытаясь осознать и осмыслить свои потери. Тысячи рыдали и выли.

— Момас ещё не закончил, — возгласил Аспект-Император, перекрыв весь этот шум и рёв. — Море идёт.

Обманывая взор, весь город, казалось, вдруг провалился куда-то, ибо сам Менеанор восстал, вознёсся над ним. Река Файюс вспучилась, распухла по всей длине, затопив сперва причалы, а затем и берега. Чудовищные пульсирующие потоки мчались по каналам, скользили чёрными, блестящими струями по улицам и переулкам и, захватывая на своём пути груды обломков, превращались в лавину из грязи, поглощавшую одного улепётывающего жучка за другим...

Это зрелище было столь поразительным, что его даже перестало тошнить.

Мальчик взглянул на мать, не отрывавшую взора от воплощённого бедствия, которым был для неё отец, на лице Эсменет отражались неистовые мучения, раздиравшие её сердце, чёрная тушь на глазах потекла, щёки серебрились от слёз. Это был образ, который юному имперскому принцу уже приходилось видеть множество раз — как вырезанным на деревянных или каменных панно, так и нанесённым на стены в виде фресок. Безутешная матерь. Опустошённая душа... Но даже здесь было место для веселья. И была своя красота.

Некоторые потери попросту непостижимы.

— Тел... Тел... Телли... — бормотала она, стискивая свои непослушные руки.

Там, внизу, тонули тысячи душ — матери и сыновья, придавленные руинами, захлёбывающиеся, дёргающиеся, уходящие под воду, поднимавшуюся всё выше и выше, поглощавшую один за другим кварталы необъятного города и превращавшую его нижние ярусы в одну огромную грязную лужу. Море перехлестнуло даже через восточные стены, так, что груда развалин, прежде бывшая Андиаминскими Высотами, сделалась вдруг настоящим островом.

— Она мертва! — рявкнула мать, сжимая веки от терзавшей её мучительной боли. Она тряслась, словно древняя парализованная старуха, хотя неистовая пучина страданий, казалось, лишь делала её моложе, чем она есть.

Мальчик смотрел на неё, выглядывая из-за обутых в сапоги ног отца, охваченный ужасом большим, нежели любой другой, что ему доводилось когда-либо испытывать. Смотрел, как мамины глаза раскрываются и её взгляд, напоённый неистовой, безумной яростью, вонзается прямо в него, пришпиливая его к месту не хуже корабельного гвоздя. Мамины губы вытянулись в тонкую линию, свидетельствуя об охватившей её убийственной злобе.

— Ты...

Отец обхватил её правой рукой, а затем сгрёб Кельмомаса за шкирку левой. Слова призвали свет, и само сущее скользнуло от языка к губам, — а затем мальчика вновь куда-то швырнуло и он кубарем покатился по колючему ковру из сухих трав. Спазм кишечника вновь заставил его конечности жалко скрючиться. Он заметил Момемн — теперь уже где-то совсем в отдалении. Груды развалин дымились...

Его мать рыдала, вскрикивала, стонала — каждый следующий мучительный прыжок за прыжком.

* * *

Той ночью он разглядывал своих спутников сквозь путаницу осенних трав. Мать, сокрытая от его взора пламенем, раскачивалась и причитала, образ её, очерченный исходящим от костра тусклым светом, раз за разом содрогался от терзавших её скорбей. Отец точно идол недвижно сидел, увитый языками пламени, его волосы и заплетённая в косички борода сияли пульсирующими золотыми отсветами, глаза же ослепительно сверкали, точно бесценные бриллианты. Хотя Кельмомас лежал, прислушиваясь к каждому вдоху, он вдруг понял, что попросту не в силах следить за их разговором, как будто бы душа его витала где-то слишком далеко, чтобы действительно слышать услышанное.

— Ты вернулся...

— Ради те...

— *Ради своей Империи!* — рявкнула она.

Почему он всё ещё жив? Почему они вот так вот цепляются за него, даже понимая, что его необходимо уничтожить? Какое значение могут иметь родительские чувства для мешков с мясом, производящих на свет такое же мясо? Он же, вне всяких сомнений, тот самый блудный, вероломный Аспид, о котором лепетали храмовые жрецы — Ку'кумамму из Хроник Бивня. Пресловутое проклятое Дитя, родившееся с уже полными зубов челюстями!

— Империя своё уже отслужила. Лишь Великая Ордалия теперь имеет значение.

— Нет... Нет!

— Да, Эсми. Я вернулся ради тебя.

Отчего они не убьют его? Или не прогонят прочь?

— И... и ради... Кельмомаса?

Что за дело причине до следствия? Какой человек, если он в своём уме, станет взвешивать свою погибель на чаше любви?

— Он такой же, как Инрилатас.

— Но Майтанет убил его!

— Лишь защищаясь от наших сыновей.

— Но Кель... К-кель... он... он...

— Он сумел одурачить даже меня, Эсми. Никто не мог этого предвидеть.

Голова её поникла, опустившись к содрогавшимся от рыданий плечам. Отец взирал на неё, бесстрастный, словно золотое изваяние. И юному имперскому принцу почудилось, будто он и в самом деле умер, но был сброшен с облака или с какой-то звезды, дабы упасть на землю здесь, на этом самом месте, приклеенным к нему дрожащим тёплым пятнышком. Единственным, что от него ещё оставалось — и становящимся при этом всё меньше и меньше.

— *Он убил их всех*, — сказал отец, — *Самармаса и Шарасинту собственными руками, Инрилатаса руками Майтанета, а Майтанета...*

— Моими руками?

— Да.

— *Нет!* — завизжала она. — *Нееет! Это не он! Не он!* — Она вцепилась в лицо мужа, царапая его пальцами, изогнувшимися будто когти. По его щеке, стекая на бороду, заструилась кровь. — *Ты!* — бушевала она, хотя глаза её полнились ужасом от содеянного — и от того, что он позволил ей это. — *Ты — чудовище! Проклятый обманщик! Акка видел это! Он всегда знал!*

Святой Аспект-Император закрыл глаза, а затем вновь распахнул их.

— Ты права, Эсми. Я — чудовище. Но я чудовище, в котором нуждается Мир. А наш сын...

— Заткнись! Замолчи!

— Наш сын — лишь ещё одна форма мерзости.

Вопль его матери вознёсся ввысь, пронзив ночную тишину. Нечто любящее. Нечто подлинное и искреннее — отточенное лезвие надежды.

И сломленный, разбитый мальчик лежал, едва дыша и наблюдая. Готовясь к тому, что сейчас его мать тоже разобьётся вдребезги.

* * *

Изнеможение первой настигло маму, и теперь лишь отец остался сидеть перед угасающим костром. Анасуримбор Келлхус, Святой Аспект-Император Трёх Морей. Он перенёс их — мешки из плоти, источающие каждый свою долю ужаса, ярости и горя — уже более чем на дюжину горизонтов от Момемна. Отец сидел, скрестив ноги так, что его шёлковые одеяния, измаранные кровавыми пятнами, напоминавшими нечто вроде карты с разбросанными в случайном порядке островами и континентами, растянулись меж его коленей. Отсветы костра превратили складки одежды на его локтях и плечах в какие-то сияющие крючья. Один из декапитантов лежал, заслоняя другого, и было отчётливо видно, что испытующий взгляд и выражение его чудовищного лица, обтянутого чёрной, напоминавшей пергамент кожей, в точности повторяет неумолимые черты отца, взиравшего прямо на Кельмомаса и прекрасно знавшего, что мальчик лишь притворяется, что спит.

— Ты лежишь, изображая из себя побеждённого, — молвил отец голосом ни нежным и ни суровым, — не потому, что побеждён, но потому, что победа нуждается во внешних проявлениях лишь тогда, когда этого требует необходимость. Ты притворяешься неспособным пошевелиться, считая, что это соответствует твоему возрасту и соразмерно тому бедствию, что обрушилось на тебя.

Он собирается убить нас! Беги! Спасайся!

Маленький мальчик лежал так же неподвижно, как тогда, когда он шпионил за нариндаром. В нещадной хватке Анасуримбора Келлхуса всё было подобным яичной скорлупе — будь то города, души или его собственные младшие сыновья. Не было необходимости вникать в его замыслы, чтобы понимать смертоносных последствий попытки им воспрепятствовать.

— От кого-то вроде меня сбежать не получится, — сказал отец, в глазах Аспект-Императора, будто заменяя ту ярость, что должна была бы звучать в его голосе, плясали отблески пламени.

— Ты собираешься убить меня? — наконец спросил Кельмомас. Пока что ему ещё разрешено говорить, понимал он.

— Нет.

Он лжёт! Лжёт!

— Но почему? — прохрипел Кельмомас с обжигающей злобой во взгляде и голосе. — Почему нет?

— Потому, что это убьёт твою мать.

Ответ Телиопы — и её же ошибка.

— Она хочет, чтобы я умер.

Аспект-Император покачал головой.

— Это я хочу, чтобы ты умер. А твоя мать... она хочет, чтобы умер я. Она винит *меня* в том, что ты сделал.

Видишь! Видишь! Я говорил тебе!

— Просто она знает, что я и в самом деле её люб...

— Нет, — сказал отец, не повышая голоса и не меняя тона, но при этом легко перебивая сына, — она попросту видит лишь твою наружность, лишь малую толику тебя и путает это с невинностью и любовью.

Ярость охватила имперского принца, заставив его вскочить на ноги.

— Я люблю её! Люблю! Люблю!

Отец слегка моргнул, или ему лишь так показалось.

— Некоторые души расколоты так сильно, что почитают себя цельными, — сказал он, — и чем ущербнее они — тем более совершенными себя считают.

— И что же, я так сильно расколот?

Будучи почти неподвижным, его отец казался исполином, левиафаном, свернувшимся, сжавшимся и уместившимся в теле и сердце смертного.

— Ты самый ущербный из моих детей.

Мальчик задрожал, подавив крик.

— И как ты собираешься поступить со мной? — сумел, наконец, выдавить он.

— Так, как пожелает твоя мать.

Взгляд мальчика метнулся к императрице, свернувшейся слева от отца в поросли трав и в утончённой роскоши своих нарядов казавшейся трогательно жалкой... Почему? Почему такой человек, как его отец, связывает свою жизнь с душой настолько слабой?

— Мне стоит бояться?

Костёр постепенно угасал, превращаясь в кучку золотящихся углей. Вокруг расстилались кепалорские степи — безликие и блёклые, словно труп Мира, простёршийся в свете Гвоздя Небес.

— Страх, — молвил его ужасающий отец, — это то, что ты никогда не умел контролировать.

Кельмомас поник, опустившись на сухой ковёр из колючих степных трав, в мыслях его ныл и визжал его проклятый брат, канюча и требуя, чтобы он прямо сейчас ускользнул, просочился в глубину окружавшей их ночи и жил далее в этом мире — более диком, но и более надёжном. Жил, словно зверь среди других зверей, освободившись как от чистого, ни с чем несравнимого ужаса, которым был его отец, так и от той идиотской кабалы, в которую его ввергала потребность в любви собственной матери.

Беги же! Прочь отсюда! Спасайся!

Но Святой Аспект-Император видел всё, взгляд его промерял горизонты и миры. Оцепенение, какого Кельмомас ещё никогда за все свои восемь лет не испытывал, объяло его, охватило его члены, овладело телом настолько, что он, казалось, стал таким же неподвижным, как холодная земля, к которой он прижимался, — чем-то, лишь немногим большим, нежели ещё один комок безжизненной глины.

Наконец, он осознал, что это отчаяние.

* * *

С каждым следующим прыжком мир вокруг них менялся, монотонные просторы равнин постепенно уступали место сначала узловатым изгибам предгорий, а затем и изрезанным ущельями горным пейзажам. Отец перенёс их к подножию горы, которая издалека казалась чем-то вроде скрюченной и сломанной руки с торчащими из массивных гранитных одеяний костями. Лишь когда Напев бросил их в её тень, стали понятны подлинные размеры этого каменного навеса. Теперь он не выглядел просто неким выступающим участком скалы, укутанным в тенистый полумрак, а простирался над ними и вовне исполинским пологом, став для путников как укрытием от накрывшего предгорья дождя, так и источником постоянного щемящего беспокойства. Из нависавшего над ними колоссального каменного выступа можно было построить сотню зиккуратов, да что там — целую тысячу. Кельмомас ощущал напряжение, исходившее от того гигантского полога, его, казалось, неудержимую потребность обвалиться, упасть, обрушиться, прянуть вниз, словно миллион всесокрушающих молотов.

Ничто настолько тяжелое не могло вот так висеть слишком долго.

Отец время от времени тихо беседовал с матерью, настаивая на необходимости как можно быстрее раздобыть одежду и припасы. Мальчик увлечённо, а потом и испуганно наблюдал, как Келлхус, сняв с пояса декапитантов и положив их на вытянутый, словно устричная раковина, камень, скрутил их волосы в какое-то подобие чёрных гнёзд, а затем установил эти иссушенные штуковины, заставив их смотреть в разные стороны, словно несущих дозор часовых. Мать, в свою очередь, донимала отца требованиями отправиться в Сумну, дабы принять командование силами, которые она собрала там. Эсменет не понимала, что они в намного большей степени стремились к Великой Ордалии, нежели бежали прочь из охваченной смутой Империи. Их спасение дорого обошлось Келлхусу, понял мальчик, и теперь отец мчался так быстро, как только мог.

Неужели Святое Воинство Воинств уже неподалёку от Голготтерата?

Императрица прекратила свои протесты с первым произнесённым мужем колдовским словом и теперь лишь стояла, встревоженно наблюдая, как окутавшие отца сияющие росчерки утянули его в мерцающее ничто. Кельмомас явственно вздрогнул от мелькнувшей в её взгляде ненависти.

Отец был прав, шепнул Сармамас.

Младший из выживших сыновей Анасуримбора Келлхуса едва не зарыдал — настолько сильным было облегчение, но вновь обретённая надежда заставила его лицо остаться безучастным. Он лишь изобразил смятение, рассматривая изборождённый трещинами каменный навес и вглядываясь в окутанные пологом ливня предгорья.

Они остались вдвоём... наконец-то. Удивление. Радость. Ужас.

— Почему? — молвила мать, взгляд императрицы, сломленной постигшими её утратами, был пустым и мёртвым. Она сидела пятью шагами ниже, на куче обломков, кутаясь в своё церемониальное облачение, выглядящее в этих краях настолько абсурдно, что она казалась удивительным цветком, которому отчего-то вздумалось распуститься лютой зимой. По её прекрасным щекам струились слёзы.

Они остались вдвоём... не считая декапитантов.

— Потому... — сказал он, симулируя то, чего ему не дано было ни выразить, ни постичь, — что я тебя люблю.

Он надеялся, что она вздрогнет; воображал, как затрепещет её взгляд, а пальцы сожмутся в кулаки.

Но она лишь закрыла глаза. Однако и этого долгого, напоённого ужасом мгновения хватило, чтобы подтвердились все его надежды.

Она верит! — воскликнул Сармамас.

Отец говорил о том же: жизнь Кельмомаса висела на волоске, зацепившемся за её сердце. Если бы не мама, он бы уже был мёртв. Святой Аспект-Император не расточает Силу, вливая её в треснувшие сосуды. Только необоримость материнского чувства, невозможность для матери ненавидеть душу, явившуюся в Мир из её чрева, давала ему возможность выжить. Даже теперь сама её плоть требовала для него искупления — он видел это! И это несмотря на то, что душа императрицы, напротив, стремилась отринуть инстинкты, которые он у неё вызывал.

Она запретила казнить его, ибо желала, чтобы он жил, поскольку в каком-то умоисступлённом безумии жизнь Кельмомаса значила для Эсменет больше, чем её собственная. Мамочка!

Единственной настоящей загадкой было то, почему это заботило отца... и почему он вообще вернулся в Момемн. Ради любви?

— Безумие! — вскричала мать, голос её был настолько хриплым и резким, что, казалось, ободрал и обжёг его собственную глотку. Декапитанты лежали на камне слева от неё, одна высушенная голова опиралась на другую. У ближайшего рот раскрылся, словно у спящей рыбы.

Интересно, дано ли им зрение? Могут ли они видеть?

— Я... я... — начал он, почти чувствуя, как фальшивые страдания корёжат его голос.

— Что? — едва ли не завопила она. — Что я?

— Я просто не хотел делиться, — без увёрток сказал он, — мне было недостаточно той части твоей любви, которую ты мне уделяла.

И удивился тому, как честное, казалось бы, признание может в то же самое время быть ложью.

— Я лишь сын своего отца.

* * *

Он ничего не видел. Не слышал звуков и даже не чувствовал запахов, вкусов или прикосновений. Но он помнил об этих ощущениях достаточно, чтобы невообразимо страдать от их отсутствия.

Помнить Маловеби не перестал.

Сияющая фигура Аспект-Императора, воздвигшаяся перед ним. Ревущий вокруг вихрь, жалкая кучка обрывков, когда-то бывшая шатром Фанайяла. Его собственная голова, *покатившаяся с плеч*. Его тело, продолжающее стоять, извергая кровь и опорожняя кишечник. Колдовская Песнь Анасуримбора Келлхуса, его глаза, сверкающие как раздуваемые ветром угли и источающие вместо дыма чародейские смыслы. Слетающие с губ Аспект-Императора ужасающие формулы Даймоса...

Даймоса!

И хотя у него не осталось голоса, он кричал, мысли его бились и путались, сердце, которого у него теперь тоже не было, казалось, яростно трепыхалось — мучительно жаркая жилка, пульсирующая в вечном холоде бездонных глубин. Кошелёк! Он попал в кошелёк, словно приговорённый к смерти, зашитый в грубую мешковину и брошенный в море зеумский моряк. И теперь он тоже тонул, полностью лишённый ощущений и чувств, погружался в леденящую бездну зашитым в мешок, сотканный из небытия.

У него не было конечностей, чтобы ими бить и пинать.

Не было воздуха, чтобы дышать.

Остались лишь мелькающие в памяти тени воспоминаний о собственных муках.

А затем каким-то необъяснимым образом *глаза его вдруг распахнулись*.

И был свет, гонящий прочь темноту, — он видел его. Нечто холодное прижималось к его щеке, но остальное тело оставалось бесчувственным. Маловеби попытался вдохнуть, чтобы завопить, — он не знал, от восторга или от ужаса, — но не смог ощутить даже своего языка, не говоря уж о дыхании...

Что-то было не так.

Маловеби увидел исходящий от костра молочно-белый свет. Разглядел громоздящиеся вокруг камни, скальный навес и путаницу ветвей — корявых, словно паучьи лапы... Где же его руки и ноги? И, самое главное, *где же его дыхание?*

Его кожа?

Случилось нечто непоправимое.

Искры костра, возносившиеся в небо с клубами дыма, исчезали среди незнакомых созвездий. Он слышал голоса — мужчины и женщины, горестно спорящих о чем-то. Проступив из ночного мрака, в свете костра вдруг появился ангелоподобный лик совсем ещё юного норсирайского мальчика...

Выглядевшего так, будто его лупят палками.

* * *

Опустошение — это когда ты чувствуешь себя частью чего-то совершенно неодушевлённого, принадлежишь чему-то, что никогда не смогло бы даже просто понять, что такое веселье. Маленькому мальчику казалось, что Мир всей своей тяжестью катится прямо по нему, причиняя нескончаемую боль. Его мать и отец препирались невдалеке у костра. Он старался дышать так, как дышали другие мальчики, которых ему доводилось видеть спящими, грудь его колыхалась не больше, чем колышутся скалы, остывающие в вечерней тени, и даже сердце его билось медленно и размеренно, хотя мысли и неслись вскачь.

— Он не спит, — несмотря на все его усилия, сказал отец.

— Мне всё равно, спит он или нет, — пробормотала в ответ мать.

— Тогда позволь мне сделать то, что необходимо сделать.

Мать колебалась.

— Нет.

— Его необходимо прибить, Эсми.

— Прибить... Ты говоришь о маленьком мальчике, как о запаршивевшем псе. Это потому что...

— Это потому что он *не* маленький мальчик.

— Нет, — сказала она устало, но с абсолютной убеждённостью, — это потому, что ты хочешь, чтобы твои слова звучали так, будто ты говоришь не о собственном сыне, а о каком-то животном.

Отец ничего не ответил. Высохший куст акации торчал из расположенного между ним и Кельмомасом участка земли, казалось, разделяя ветвями образ Аспект-Императора не столько на куски, сколько на возможности. Принц осознал, что удивлялся могуществу нариндара, завидовал его Безупречной Благодати, всё время забывая о Благодати, присущей его отцу, непобедимому Анасуримбору Келлхусу I. Но именно он был *Кратчайшим Путём*, волной неизбежности, бегущей по ткани слепой удачи. Даже боги не могли коснуться его! Даже Айокли — злобный Четырёхрогий Брат! Даже Момас, Крушитель Тверди! Они обрушили на него всю свою мощь, но отец всё равно уцелел...

— Но зачем прислушиваться ко мне? — молвила мать. — Если он так опасен, почему бы просто не схватить его и не сломать ему шею?

Самармас беспрестанно подвывал, *Мамааа! Мамоочкаа!*

Отец упорствовал.

— По той же причине, по которой я вернулся, чтобы спасти тебя.

Она прижала два пальца к губам, изображая, будто блюёт: жест, которому она научилась у сумнийских докеров, знал Кельмомас.

— Ты вернулся, чтобы спасти свою проклятую Империю.

— И, тем не менее, я здесь, с тобой, и мы... бежим из Империи прочь.

Свирепый взор её дрогнул, но лишь на мгновение.

— Да просто после того как Момас, тщась убить тебя и твою семью, уничтожил Момемн — город, названный в его же честь, ты понял, что не спасать её уже поздно. Империя! Пфффф. Представляешь, сколько крови течёт сейчас по улицам её городов? Все Три Моря пылают. Твои Судьи. Твои князья и Уверовавшие короли! Толпы пируют на их растерзанных телах.

— Так оплачь их, Эсми, если тебе это нужно. Империя была лишь лестницей, необходимой, чтобы добраться до Голготтерата, а её крушение оказывалось неизбежным в любом из воплощений Тысячекратной Мысли.

Мальчику не нужно было даже смотреть на свою мать — столь оглушительным было её молчание.

— И поэтому... ты возложил её бремя... на мои плечи? Потому что она была заведомо обречена?

— Грех *реален*, Эсми. Проклятие существует *на самом деле*. Я знаю точно, потому что я видел это. Я ношу два этих ужасных трофея для того, само собой, чтобы принуждать людей к повиновению, но также и в качестве постоянного напоминания. Знать что-либо означает нести ответственность, а пребывать в неведении — хотя ты, как и все прочие, питаешь к этому отвращение — означает оставаться *безгрешным*.

Мать неверяще взирала на него.

— И ты обманул меня, оставив в неведении, дабы *уберечь от греха*?

— Тебя... и всё человечество.

Подумав о том, что его отец несёт на своей душе тяжесть каждого неправедного деяния, совершённого от его имени, мальчик задрожал от мысли о нагромождённых друг на друга неисчислимых проклятиях.

Какое-то безумие сквозило во взгляде Благословенной императрицы.

— Тяжесть греха заключается в преднамеренности, Эсми, в умышленном использовании людей в качестве своих инструментов. — В глазах у него плясали языки пламени. — Я же сделал своим инструментом весь Мир.

— Чтобы сокрушить Голготтерат, — сказала она, словно бы приходя с ним к некоему согласию.

— Да, — ответил её божественный муж.

— Тогда почему ты здесь? Зачем оставил свою драгоценную Ордалию?

Мальчик задыхался от чистой, незамутнённой красоты происходящего... от творимого без видимых усилий совершенства, от несравненного мастерства.

— Чтобы спасти тебя.

Её ярость исчезла лишь для того, чтобы преобразоваться в нечто ещё более свирепое и пронзительное.

— Враньё! Очередная ложь, добавленная в уже нагромождённую тобой груду — и без того достаточно высокую, чтобы посрамить самого Айокли!

Отец оторвал взгляд от огня и посмотрел на неё. Взор его, одновременно и решительный и уступчивый, сулил снисхождение и прощение, манил обещанием исцеления её истерзанного сердца.

— И поэтому, — произнес он, — ты спуталась с нариндаром, чтобы прикончить меня?

Мальчик увидел, как Благословенная Императрица сперва затаила дыхание, услышав вопрос, а затем задохнулась ответом, так и не сумев произнести его. Глаза Эсменет блестели от горя, казалось, всё её тело дрожит и трясётся. Свет костра окрасил её терзающийся муками образ разноцветными отблесками, тенями, пульсирующими оранжевым, алым и розовым. Лик Эсменет был прекрасен, будучи проявлением чего-то настоящего, подлинного и монументального.

— Зачем, Келлхус? — горько бросила она сквозь разделявшее их пространство. — Зачем... упорствовать... — Её глаза раскрывались всё шире, в то время как голос становился всё тише. — Зачем... прощать...

— Я не знаю, — произнёс Келлхус, придвигаясь к ней, — ты единственная тьма, что мне осталась, жена.

Он обхватил императрицу своими могучими, длинными руками, втянув её в обволакивающее тепло своих объятий.

— Единственное место, где я ещё могу укрыться.

Кельмомас вжимался в холодную твердь, прильнув к катящемуся под сводом Пустоты Миру, жаждущий, чтобы плоть его стала землёй, кости побегами ежевики, а глаза камнями, мокрыми от росы. Его брат визжал и вопил, зная, что их мать не в силах ни в чём отказать отцу, а отец желал, чтобы они умерли.

ГЛАВА ВТОРАЯ

Иштеребинт

> События, в грандиозности своей подобные облакам, зачастую низвергают в прах даже тех, кто сумел устоять перед величием гор.
>
> — ЦИЛАРКИЙ, *Вариации*

Ранняя осень, 20 Год Новой Империи (4132 Год Бивня), Иштеребинт

Анасуримбор — почти наверняка твой Спаситель...

Растерянности достаточно глубокой свойственна некая безмятежность, умиротворение, проистекающее из понимания того факта, что настолько противоречивые обстоятельства или качества едва ли вообще возможно свести к единому целому. Сорвил был человеком. А ещё он был принцем и Уверовавшим королём. Сиротой. Орудием Ятвер, Ужасной Матери Рождения. Он был уроженцем Сакарпа, лишь недавно ставшим мужчиной. И был Иммириккасом, одним из древнейших инъйори ишрой, жившим на этом свете целую вечность тому назад.

Он разрывался между жаждой жизни и вечным проклятием.

И был влюблён.

Он лежал, задыхаясь, пока мир вокруг него обретал форму, которую был способен вместить в себя его разум. Плачущая Гора вздымалась, нависая над ним, но казалась при этом эфемерной, словно бы вырезанной из бумаги декорацией, а не чем-то материальным. Его безбородое, наголо бритое лицо терзала колющая боль. Кучки обезумевших эмвама метались в тумане, разбегаясь так быстро, как только позволяли их хилые тела. Нахлынули воспоминания, образы, неотличимые от чистого ужаса. Спуск в недра Горы сквозь наполненные визгом чертоги и залы. Ойнарал, умирающий в Священной Бездне. *Амилоас...*

Сорвил вцепился в свои щёки, но пальцы лишь промяли его собственную кожу. Он свободен! Свободен от этой проклятой вещи!

И разорван надвое.

Он вспомнил набитую свиными тушами Клеть, спускающуюся в Колодец Ингресс. Вспомнил ойнаралова отца, Ойрунаса — чудовищного Владыку Стражи. Вспомнил Серву — связанную, с заткнутым ртом... А сейчас она была рядом, всё ещё — как и тогда, когда он только нашел её в этом хаосе — облачённая в отрез чёрного иньйорского шёлка, настолько тонкого, что он казался краской, нанесённой на её кожу. Ветер растрепал её золотистые волосы. Позади неё, будто противостоя безумными образами и руинами своими всему Сущему, вздымался к небу Иштеребинт. Из множества мест на его необъятной туше вырывались столбы дыма.

Сорвил хотел было окликнуть её, но внезапно вспыхнувшие опасения заставили его умолкнуть. Известно ли ей? Сообщили ли ей упыри об Ужасной Матери? Знает ли она, кем он на самом деле является?

И что ему предначертано сделать?

Вместе с возвратившимся сознанием пришло и понимание, где они сейчас. Они находились на Кирру-нол — площадке, располагавшейся непосредственно перед сокрушёнными вратами Иштеребинта. Сорвил, поднявшись с холодного камня, привстал на одно колено.

— Что... что происходит? — прохрипел он, пытаясь перекричать окружавший их грохот и шум.

Она резко повернулась к нему, словно бы оторвавшись от каких-то тревожных дум. Её левый глаз заплыл, будто скалясь какой-то лиловой усмешкой, но правый со свойственной ей уверенной ясностью уставился прямо на него. Со следующим вдохом пришла радостная убеждённость, что она настолько же мало знает о той *части* истории, которая касается *его*, насколько мало он знает о том, что случилось с ними.

И Сорвил немедленно принялся репетировать в своих мыслях ту ложь, которую поведает ей.

— Последняя Обитель умирает, — отозвалась она. — Целостные сражаются против всех остальных.

— И хорошо! — прорычал чей-то голос позади Сорвила. Оглянувшись, юный Уверовавший король увидел Моэнгхуса, сидевшего над грудой каких-то обломков, словно над выгребной ямой — ссутулившись и положив свои огромные руки себе на колени. Чёрная грива волос скрывала его лицо. Он, как и его сестра, был одет в отрез чёрного шёлка, расшитый, в отличие от её одеяний, алым рисунком, изображавшим скачущих лошадей, но обёрнутый лишь вокруг бёдер. Кровь, стекая с пальцев его правой руки, капала на землю.

— Хорошо? — спросила Серва. — И чего же тут хорошего?

Имперский принц даже не поднял взгляда. Вопли эмвама, подобные блеянию овец, звучали где-то невдалеке.

— Я слышал тебя, сестрёнка...

Кровь алыми бусинками продолжала сочиться с кончиков его пальцев.

— Сквозь собственные крики... я слышал, как ты... распеваешь...

* * *

— *У боли тоже есть своё волшебство*, — прошептал ненавистнейший из упырей.

Они карабкались по склонам Плачущей Горы, стремясь прочь от Соггомантовых Врат так же резво, как и эмвама. Серва вела их к изукрашенным резными панно вершинам, двигаясь вдоль перемычек и насыпей, соединяющих восточные отроги горы с основным массивом Иштеребинта. Их путь устилали каменные обломки, осыпавшиеся с полуразрушенных каменных ликов и барельефов, украшающих отвесные скалы. Из бесчисленных шахт, вырытых упырями для вентиляции их мерзкой Обители, извергался дым — чёрные, серые, а иногда белые или даже гнусно-жёлтые, чадящие столбы и шлейфы. Каждый из беглецов вдоволь настрадался, но достаточно было только глянуть на Моэнгхуса, чтобы понять — именно на его долю выпали самые тяжкие испытания. Серва и Сорвил не спотыкались и не шатались, как он, выглядевший, словно внутри него вся тысяча его мышц сражается с сотней костей. Имперский принц горбился, вся его фигура выдавала бушующие в душе страсти, лицо искажалось гримасами боли, дыхание то и дело дрожало от всхлипов и рыданий, словно бы с каждым вдохом в его лёгкие проникала какая-то незримая погибель. Серва и Сорвил двигались как единое существо, будто ими владело одно-единственное побуждение, определявшее ныне их действия. Они вглядывались в горизонт, в то время как он мог смотреть только вниз, опасаясь поранить босые ноги. Они прошли испытание, и дух их остался *подлинным*.

Он же сделался жертвой.

Подвергнутый мучениям и издевательствам. Изнасилованный и обезумевший.

И способный ныне... лишь хныкать да ныть?

Вне зависимости от того, как далеко за их спинами и глубоко под ногами оставался Высший Ярус, ему мнилось, что воздух, напоённый тленом и порчей, жжёт дыхание и выворачивает наизнанку желудок. Все они частенько моргали и время от времени смахивали пальцами наворачивающиеся на глаза слёзы. Но лишь он скулил. Лишь он трясся, терзаясь оставшимися погребёнными в недрах Горы кошмарами.

Кем? Кем же был этот маленький черноволосый мальчик? Кто же на самом деле это дитя, повсюду сталкивавшееся с ухмылками и сплетнями? Его называли имперским Ублюдком — прозвищем, которое он какое-то время осмеливался даже смаковать. Если носить что-либо достаточно долго, то начнёшь думать, что этого-то ты как раз и достоин.

Вроде того, как зваться Анасуримбором.

Плачущая Гора поплыла перед ним, вырезанные на вздымающихся скалах упыриные фигуры — и крошечные и огромные — принимали противоестественные позы, упыриные лики следили за ним своими мёртвыми глазами. Серва обнаружила его сжавшимся меж двух гранитных утёсов, жалко корчащимся и что-то бормочущим.

— Поди! Братец! Нам нужно спешить!

Она словно бы нависала над ним, находясь, как и всегда, уровнем выше — прекрасная девушка, одетая лишь в эти развратные нелюдские шелка. Лиловая трещина, которую собой представлял её левый глаз, не столько скрывала красоту Сервы, сколько будто бы вопияла об её соучастии. Над нею вздымались испещрённые барельефами гранитные стены и струились мерзкими потоками дымные шлейфы.

— Тыыыы! — услышал он собственный рёв, надорвавший ему глотку. Вопль, настолько неожиданный в своей оглушительной громогласности, насколько были робки причитания, ему предшествовавшие. Впервые за всё время, что они были знакомы, ему довелось увидеть, как его сестра испуганно отшатнулась.

Но ей понадобилось одно-единственное мгновение, чтобы вернуться к своей обычной невозмутимости.

— Харапиор мёртв, — сказала она с яростью, достойной ярости брата. — Ты же всё ещё жив. И лишь тебе решать, как долго ты будешь оставаться привязанным к его нечестивой пыточной раме.

Но эти слова, пусть даже и бьющие единым дыханием в самую суть, лишь сделали Серву ещё более бесчувственной и ненавистной в его глазах.

Он отвёл взгляд и сплюнул, ощутив на губах вкус проклятия. Солнце. Даже придушенное облаками, оно остаётся чересчур ярким.

* * *

Быть человеком означает иметь пределы, ступить за которые ты попросту не способен, означает страдать, причём страдать в любом случае — будь то от своей немощи или же от собственного упрямства. Быть человеком означает вздрагивать от занесённой над тобою руки, роптать против обращённых на тебя унижений, пытаться избежать мук и скорбей, бежать прочь от ужасов и кошмаров. И Моэнгхус был человеком — теперь у него не оставалось в этом ни малейших сомнений. Мысль о том, что он, быть может, нечто большее, издохла в чёрных недрах Плачущей Горы… вместе с множеством других вещей и понятий.

Да — они сумели спастись из чрева Иштеребинта, что некогда был Ишориолом, Обителью, снискавшей такую славу и обладавшей такой мощью, что её имя, казалось, будут превозносить до конца времён. Сумели бежать прочь от последнего, затухающего света нелюдской расы. Он взбирался, карабкаясь, как и его спутники, вверх по почти отвесным склонам, но если меж ними и мерзким обиталищем упырей действительно увеличивалось *расстояние* — за его плечами копилась одна лишь пустота. Он не более был способен бежать прочь из Преддверия, чем вырезать из своего тела собственные кости. Он был человеком…

В отличие от его проклятой сестры…

Туша Горы теперь заслоняла солнце, и пролёгшие тени скрадывали рельефность вырезанных в камне изваяний, так что эти фигуры теперь будто бы прятались в тех самых нишах, из которых взирали на беглецов. Статуи и барельефы, представлявшиеся под прямыми лучами солнца вычурными и замысловатыми, сейчас выглядели неухоженными и заброшенными, поддавшимися тысячелетнему небрежению. Носы изваяний казались комками засохшей глины, рты тонкими трещинками, глаза не многим более, нежели двумя дырами, зиявшими промеж бровей и скул. Моэнгхус внезапно осознал, что они сейчас стоят на огромной каменной ладони. Вздымающееся основание, оставшееся от большого пальца, напоминало бок умирающей лошади, прочие же пальцы и вовсе отломились так давно, что казались лишь едва заметными возвышениями.

— Спой мне! — услышал он вдруг собственный крик. — Спой мне ту песню снова, сестрёнка.

Серва взглянула на него с уязвляющей жалостью.

— Поди...

— *Вас силья...* — с издёвкой проворковал он, подражая её нежному голосу, когда-то доносившемуся до его слуха сквозь собственные надрывные вопли. — Помнишь, сестрёнка? *Вас силья энил'кува лоиниринья...*

— У нас нет на это вре...

— Скажи мне! — взревел он. — Скажи, что это значит!

На какое-то мгновение ему почудилось, что она заикается:

— Из этого не выйдет ничего хорошего.

— Хорошего? — услышал он своё хихиканье. — Боюсь, теперь уже слишком поздно. Я не жду от тебя ничего хорошего, сестрёнка. Мне нужна только *правда*... Или она неведома и тебе тоже?

Она смотрела на него с задумчивой печалью, которую, как он знал, никто из Анасуримборов не способен испытывать. Не по-настоящему.

— Твои губы... — начала она, на глаза её навернулись слёзы, а голос источал фальшивое страдание. — Лишь губы твои исцелят мои раны...

Её голос скользил, следуя за призрачным рёвом, исходившим из чрева Горы.

— И что это за песня? — рявкнул он. — Как она называется?

Ему так хотелось верить её увлажнённым слезами глазам и дрожащим губам.

— Возлежание Линкиру, — сказала она.

И тогда он потерял саму способность чувствовать.

— Песнь Кровосмешения?

Первая из множества предстоявших ему утрат.

* * *

— Оно гнетёт тебя, — сказал Харапиор, — это имя.

Всё, что мы говорим друг другу, мы говорим также и всем остальным. Наши речи всегда влекут за собой речи иные — произносимые впоследствии, и мы постоянно готовимся к тому, что их будут слушать. Любая истина, сказанная вслух, не является просто истиной, ибо слова имеют последствия, голоса приводят в движение души, а души движут голосами, распространяясь всё дальше и дальше, подобно сияющим лучам. Вот почему мы с готовностью признаём мёртвыми тех, кого уже не считаем живыми. Вот почему лишь палач беседует с жертвой, не заботясь о последствиях, ибо мы говорим свободно, лишь понимая, что дни собеседника сочтены.

И посему Харапиор говорил с ним так, как говорят с мертвецами.

Откровенно.

— Никто не видит нас здесь, человечек, даже боги. Этот чертог — *темнейшее* из мест во всём Мире. В Преддверии ты можешь говорить, не страшась своего отца.

— Я и не страшусь своего отца, — ответил он с какой-то идиотской отвагой.

— Нет, страшишься, Сын Лета. Страшишься, ибо знаешь, что он дунианин.

— Довольно этих безумных речей!

— А твои братья и сёстры... Они тоже боятся его?

— Не больше, чем я! — крикнул он. Мало на свете вещей столь же прискорбных, как та лёгкость, с которой наш гнев проистекает из нашего ужаса, и тот факт, с какой готовностью мы выдаём свои настоящие помыслы, яростно изображая вызов и неповиновение.

— Ну да... — сказал упырь, вновь сумевший услышать намного больше сказанного вслух, — конечно. Для них разгадать тайну, которой является их отец, означает также разгадать тайну, которой являются они сами. В отличие от тебя. У тайны, сокрытой в тебе, природа иная.

— Во мне нет никаких тайн!

— О нет, Сын Лета, есть. Конечно, есть. Как была бы она в любом смертном, которому довелось провести своё детство среди подобных чудовищ.

— Они не чудовища!

— Тогда ты просто не знаешь, что значит быть дунианином.

— Я знаю об этом достаточно!

Харапиор рассмеялся так, как он это делал всегда — беззвучно.

— Я покажу тебе... — сказал он, указав на фигуры в чёрных одеяниях позади себя.

И затем Моэнгхус обнаружил себя прикованным рядом со своей младшей сестрой и разрыдался, осознав ловушку, в которой они оказались. Ему суждено было стать стрекалом для неё, как ей — для него. Упыри извлекли разящий нож, что прячется в ножнах всякой любви, и отрезали, искромсали им всё, что смогли. Харапиор с подручными сокрушили и раздавили его прямо у неё на глазах, сделав из его страданий орудие пытки, но Серва осталась... невозмутимой.

Когда они пресытились мирскими зверствами, то обратились к колдовству. Во тьме их головы тлели алыми углями, порождая какое-то мутное свечение, расползавшееся вокруг бело-голубой точки. Будучи созданиями из плоти и крови, они в этом отношении не отличались от людей. У боли было своё волшебство, и Моэнгхусу, прикованному рядом со своей обнажённой сестрой, довелось познать непристойность каждого из них. Он кричал не столько из-за обрушившихся на него мук, сколько из-за их изощрённого разнообразия, ибо они были подобны тысяче тысяч злобных маленьких челюстей, наполненных злобными маленькими зубиками, вцепившимися в каждый его сосуд, каждое сухожилие, жующими их, терзающими, рвущими...

Он вопил и давился своими воплями. Он опорожнял кишечник и мочевой пузырь. Он потерял остатки достоинства.

И более всего прочего он *умолял*.

Сестра! Сестра!

Яви им! Пожалуйста! Молю тебя!

Яви им отцово наследие!

Но она смотрела сквозь него... и пела... пела, источая сладкие слова на упырином языке, которого он не понимал, — на проклятом ихримсу. Слова, что струились, дрожа и отдаваясь эхом в окружающей темноте, скользили разящим лезвием, остриём коварного ножа. Она пела о своей любви — любви ко всем, кто ещё только остался на этом свете, ко всем... но не к нему! Она пела, исповедуясь в своей неизбывной любви к ним — к этим мерзким созданиям, к упырям!

Он едва помнил подробности. Бесконечные судороги. Себя самого, висящего на цепях, казалось бы внешне невредимого, но при этом искалеченного, изуродованного... ободранного до костей и раздавленного. Харапиора, шепчущего ему на ухо издевательские прозрения и откровения...

— Задумайся о Преисподней, дитя. То, что тебе довелось испытать, — лишь малая искрящаяся капелька в том безмерном океане страданий, что тебя ожидает...

И его божественная сестра, Анасуримбор Серва, та, которую прославляли и которой ужасались все Три Моря, единственная душа на свете, способная изречь своими устами немыслимые чудеса, подвластные её отцу... способная спасти своего истерзанного брата — если бы лишь пожелала... она... она... да... если бы она пожелала!

Струились во тьме слова древних песен... побуждая упырей на всё новые блудодейства, всё новые Напевы Мучений, да такие, что неведомы прочим гностическим чародеям. Харапиор с подручными погрузили его в бесконечность мук и терзаний — немыслимых, невообразимых для душ, обретающихся по эту сторону Врат. С терпением пресытившихся волков они отделили одну его боль от другой, отчаяние от отчаяния, ужас от ужаса, сделав из его души нить, вечно дрожащую им в унисон и соткав из неё гобелен чистого, возвышенного страдания.

Телесные унижения же они лишь намазали поверх него, словно масло. Подобно всем художникам, упыри не могли не оставить на сотворённом ими шедевре своих тщеславных отметин.

— Лишь ка-а-а-пелька...

Когда всё закончилось, Владыка-Истязатель остался рядом с ним, во тьме, наблюдая, как душа его... течёт.

— Я знаю это, ибо я видел...

* * *

Я знаю.

И кем же всё-таки было это волчеглазое дитя, сидящее на коленях Аспект-Императора?

Истина, как позже понял Моэнгхус, всегда скрывалась от него за объятиями Эсменет, дававшими возможность избежать вечно преследовавшего его безотчетного отчаяния, представлявшимся ему способом, решением чего-то, что всегда ожидало извне, за пределами их заботливой теплоты. Он любил её, любил более страстно, чем способен был любить любой из его братьев или сестёр, но всё же он каким-то образом всегда знал, что Анасуримбор Эсменет, Благословенная императрица Трёх Морей, никогда не ловила его, не стискивала и не сжимала в объятиях *так*, как остальных своих детей.

Однако же, несмотря на это, вопрос о его особенном происхождении никогда не приходил ему в голову — вероятнее всего потому, что у неё были такие же чёрные волосы, как у него. Он бросался к ней, обожая её так, как обожают своих матерей все маленькие мальчики, восхищаясь, что её сумеречная красота рядом с его светловолосыми сёстрами и братьями становится только заметнее. И он решил тогда, что остановился где-то на *полпути* между своими родителями, обладая его струящимися волосами и её алебастровой кожей. Он даже *гордился* тем, что отличается от прочих.

А затем Кайютас рассказал ему, что матери суть не более чем почва для отцовского семени.

Даже после рождения Телиопы Эсменет всегда приходила, чтобы обнять перед сном «своих старших мальчиков», и однажды ночью он спросил её — она ли его настоящая мать.

Её колебания встревожили Моэнгхуса, и он навсегда запомнил, как сильно, хотя жалость, прозвучавшая в её голосе, со временем и забылась.

— Нет, мой сладкий... я твоя приёмная мать. Так же как Келлхус — твой приёмный отец.

— Вииидишь, — сказал Кайютас, прижимавшийся к ней справа, — вот почему у тебя чёрные волосы, а у нас бел...

— Вернее, светлые, — перебила Эсменет, ткнув мальчика локтем в бок за дерзость. — В конце концов, ты же знаешь, что одни лишь рабы подставляют макушку солнцу, не имея крыши над головой.

Когда речь идёт о собственной сущности, мы не знаем, но попросту верим, и посему человек, убеждённый в своей принадлежности к чему-либо, никогда не обращает внимания на несоответствия. Но если невежество более не может послужить нам щитом — тогда помочь может лишь безразличие. Возможно, именно поэтому Благословенная Императрица решила рассказать ему правду — дабы похоронить его сущность заживо.

— И кто же тогда мои настоящие мать и отец?

В этот раз её колебания были приправлены ужасом.

— Я — вторая жена твоего отца. А его первой женой была Серве.

Ему понадобилось несколько мгновений, чтобы осознать услышанное.

— Женщина с Кругораспятия? Она моя мать?

— Да.

Факты, представляющиеся нам нелепыми, зачастую вынести легче всего, хотя бы потому, что, столкнувшись с ними, можно изобразить растерянность. То, что встречаешь, пожимая плечами, как правило, оказывается легче не принимать во внимание.

— А мой отец... кто он?

Благословенная Императрица Трёх Морей, глубоко вздохнув, сглотнула.

— Первый... муж твоей матери. Человек, который привёл Святого Аспект-Императора сюда — в Три Моря.

— Ты имеешь в виду... скюльвенда?

И ему внезапно стало со всей очевидностью ясно, что за бирюзовые глаза смотрели на него из зеркала всю его жизнь.

Глаза скюльвенда!

— Ты моё дитя, мой сын, Моэнгхус, — никогда не забывай об этом! Но в то же время ты дитя мученицы и легенды. Попросту говоря, если бы не твои отец и мать, весь Мир оказался бы обречённым.

Она говорила поспешно, стремясь сгладить острые углы, придать иную форму и тому, что произнесено, и тому, что опущено.

Но сердце чует горести так же легко, как уста изрекают ложь. В любом случае, едва ли она могла бы сказать ему в утешение нечто такое, что безжалостный испытующий взор его сестёр и братьев не пронзил бы до самого дна, непременно добравшись до сути.

И именно детям Аспект-Императора дано будет решать, что ему стоит думать и чувствовать на этот счёт. И они будут решать...

Во всяком случае, до Иштеребинта.

* * *

Они вернулись в гиолальские леса и, волоча ноги, вереницей тащились под сучьями мёртвых деревьев, будучи слишком уставшими и опустошёнными для разговоров. Они осмелились развести костёр, поужинав щавелем, дикими яблоками и не успевшим удрать хромым волком, на которого им посчастливилось наткнуться в лощине. Моэнгхус не был способен даже притвориться спящим, не говоря уж о том, чтобы уснуть по-настоящему. В отличие от него Серва и юный сакарпец немедленно погрузились в сон, ему же, взиравшему на спящих спутников в свете затухающего пламени, удалось найти лишь нечто вроде успокоения или памяти о нём. Они за него беспокоились, понимал имперский принц.

Гвоздь Небес, опираясь на плечи незнакомых Моэнгхусу созвездий, сверкал над горизонтом так высоко, как ему только доводилось когда-либо видеть. Ночной ветерок целовал его раны, во всяком случае, те из них, до которых способен был дотянуться, и на какое-то мгновение ему почудилось, что он почти что может дышать...

Но стоило смежить веки, как на него обрушивалось всепожирающее сияние упыриных пастей, исторгающих немыслимые Напевы. Какую бы надежду на облегчение ни принесли наступившие сумерки, достаточно было только прикрыть глаза, чтобы она разорвалась в клочья, лишь прищуриться, чтобы бушующий в его душе ураган, завывая, унёс её прочь.

Его плечи содрогались от безмолвного смеха — или то были рыдания?

— Братец? — услышал он оклик сестры. Она пристально взирала на него, лицо её пульсировало рыжими отсветами. — Братец, я боюсь за те...

— Нет, — прорычал он. — Ты... ты не будешь со мной говорить.

— Да, — ответила Серва. — Да, буду. Надоедать, канючить и приставать с разговорами — это право всякой младшей сестрёнки.

— Ты мне не сестра.

— А кто же тогда?

Он одарил её усмешкой.

— Дочь своего отца. Анасуримбор... — Он наклонился вперёд, чтобы бросить в костёр кусок дерева, похожий на берцовую кость. — Дунианка.

Сакарпский юнец проснулся и теперь лежал, вглядываясь в них.

— Братец, — молвила Серва, — тебе бы стоило хорошенько наклонить голову и вылить из неё всю эту харапиорову мерзость.

— Харапиоров яд? — поинтересовался он с насмешливой издёвкой.

Понуждаемый потребностью в каком-то яростном самоуничижении, он рассказал языкам пламени о том, как Серва и Кайютас с самого рождения играли с ним, а точнее, в него. Как, забавляясь, тешились его качествами и привычками настолько глубинными, что побуждения эти властвовали над его душой даже тогда, когда он не осознавал самого их существования. Он был познан без остатка и направляем, был забавой, игрушкой для маленьких расшалившихся созданий, для дунианской мерзости. Если прочие отцы дарили своим детям собак, дабы научить их иметь дело с кем-то, имеющим зубы, но в то же самое время любящим их, то Анасуримбор Келлхус даровал своим детям Моэнгхуса. Он был их питомцем, зверушкой, которую детишки Аспект-Императора могли обучить доверять им, защищать их и даже убивать ради них. Он чувствовал, как сжимается его глотка, а глаза раскрываются всё шире и шире, по мере того как невообразимое безумие, что ему довелось постичь в недрах Плачущей Горы, извергалось наружу вместе с речами. Он был их дрессированным человечком, их головоломкой, сундучком с игрушками...

— Довольно! — вскричал сакарпский юнец. — Что это за сумасшест...

— Это — истина! — рявкнул Моэнгхус. Ухмылка, казалось, расколола надвое обожжённую глину его лица. Он словно чувствовал, как внутри него плещутся помои и липкая жижа. — Они всегда на войне, Лошадиный король. Даже когда притворяются спящими.

Сорвил, столкнувшись с ним взглядом, невольно сглотнул. Яростно треснули угли костра, но юнец сумел притвориться, будто не вздрогнул, а лишь сделал то, что и собирался — повернулся к Серве.

— Это правда?

Она пристально смотрела на него один долгий миг.

— Да.

* * *

Сорвил проснулся ещё до рассвета. Его терзала какая-то потаённая боль, укоренившаяся, казалось, где-то в мышцах и сухожилиях, но каким-то образом выплёскивавшаяся наружу в таких местах, где и болеть-то вроде было нечему. Он моргнул, пытаясь избавиться от преследовавших его во сне видений, от образов нелюдей, скачущих на своих колесницах и пускающих в поля цветущего сорго огненные стрелы, а затем смеющихся над призраком голода, который за этим непременно последует. Серва, свернувшаяся калачиком ради тепла, всё ещё спала возле мёртвого кострища, положив под голову левую руку. Щека её смялась, надвинувшись на рот и нос, и она выглядела так безмятежно, что казалась не столько уязвимой, сколько попросту невосприимчивой к грозящему неисчислимыми опасностями окружению. Его воспоминания об их спасении из недр Плачущей Горы были местами совершенно отчётливыми, а местами туманными. Стоило ему закрыть глаза, и, казалось, он вновь видел её, висящую в Разломе Илкулку, просвеченную до голого тела сверкающими гранями и сияющими росчерками Гнозиса, отражающими и отбрасывающими прочь вздымающуюся колдовскую Песнь последних квуйя... А сейчас она лежала, уснув на куче сгнивших в труху и давно ставших грязью листьев, замотанная в отрез инъйорского шёлка, но умудряющаяся при этом выглядеть всё такой же величественной и непобедимой.

Что бы там ни произошло с её братом, было очевидно, что Анасуримборов сломать невозможно. Квуйя сами сломались об неё. Как и её брат...

Как и он сам.

А ещё он теперь осознал со всей определённостью факт, который накануне не сумел заставить себя принять в полной мере, дабы не потерять самообладания. Он чувствовал себя так, словно его обезглавили, или выпотрошили, или сделали с ним нечто вроде... ампутации души. Он ощущал отсутствие Иммириккаса, испытывал какое-то ноющее, царапающее нутро чувство потери, тщетные попытки чего-то, оставшегося внутри него, вслепую нашарить свои истоки, сорванные вместе с Амилоасом. Он чувствовал собственную неполноту так же остро, как и свою страсть и желание обладать удивительной девушкой, дремавшей сейчас поблизости — вроде бы и рядом с ним, но чересчур далеко, чтобы суметь до неё дотянуться.

Он был влюблён в неё. В Анасуримбора. И если Моэнгхуса Иштеребинт заставил порвать со своей сестрой, Сорвила же он, напротив, подтолкнул к ней, заставив поверить в её мотивы. Да и как бы могло быть иначе, если он помнил Мин-Уройкас? Был свидетелем того, как Медное Древо Сиоля рухнуло в чёрную пыль Выжженной Равнины! Своими глазами видел все инхоройские ужасы и их нечестивый Ковчег! Как мог он служить Ужасной Матери, со всей определённостью зная, что она беспомощна и слепа, ибо, как сказал Ойранал, не может узреть даже саму возможность того, что для Неё является невозможностью?

Не-Бог реален.

Разумеется, оставалось множество вопросов и бесчисленных сложностей. Сорвил, благодаря Амилоасу, словно бы родился заново. Его будущее лежало перед ним неопределённым и совершенно непостижимым вне факта его перерождения, а его прошлое пока что оставалось не переписанным — история ненависти и даже злоумышлений против Аспект-Императора, человека, бросившего ради человечества вызов самим богам.

Она вдруг открыла глаза, разом избавив его от этих тяжких раздумий. Её подбитый глаз оставался опухшим, а изо рта, как со сна это часто бывает и у прочих людей, ниточками сочилась слюна.

— Как, Сорвил? — спросила она голосом настолько нежным и тихим, будто бы опасалась вспугнуть наступавший рассвет. — Как ты можешь по-прежнему любить меня?

Он всё ещё лежал так же, как спал, — голова его покоилась на сгибе локтя. Сглотнув, он перевёл взгляд на маленького паучка, спешившего по своим делам вдоль ободранной ветки, валявшейся меж ними на лесной подстилке, а затем опять посмотрел ей в глаза.

— Тебе ведь никогда не доводилось любить, не так ли?

Нечто непостижимое поблёскивало в её бездонных очах.

— Я, как и сказал мой брат, дочь своего отца, — ответила она. — Дунианка.

Улыбка Сорвила слегка скривилась, когда он поднял голову с локтя. Сердце его яростно стучало, кровь пульсировала в ушах, но раздавшийся вдруг кашель и харканье Моэнгхуса исключили любую возможность ответа.

Глава вторая. Иштеребинт

* * *

Они стояли под пологом, казалось, доверху напоённого недоверием и дышащего взаимными подозрениями леса. Они выжили и находились в относительной безопасности, но ни у кого из них не было ни малейшего желания обсуждать вчерашние события, не говоря уж о том, что за ними последовало. Сон будто бы утвердил и скрепил печатью тот факт, что между ними и вздымавшейся на юго-западном горизонте Плачущей Горой ныне пролегли дали и расстояния. Вчера они, спасаясь, бежали; ныне же вновь путешествовали, пусть и пребывал по-прежнему в какой-то стылой обречённости.

— Отец сейчас почти наверняка в Даглиаш, — заявила Серва. — Он должен узнать о том, что здесь произошло.

— Будем прыгать? — спросил Сорвил, одновременно и встревоженный предстоящим магическим перемещением и взволнованный, ибо руку его уже обжигало трепетным предвкушением, готовностью и жаждой ощутить все изгибы её миниатюрной фигуры.

Она покачала головой.

— Пока нет. Мы слишком углубились в чащу.

— Она боится, что Гора её запятнала, — прохрипел Моэнгхус, сплёвывая сгустки крови. Если в его словах и была какая-то толика озлобленности, то Сорвилу её услышать не удалось.

— О чём это ты?

Имперский принц вздрогнул, будто его ткнули вилкой. В ярком свете восходящего солнца Моэнгхус выглядел ещё более раздавленным и сокрушённым. Он держал голову и лицо опущенными, словно бы собираясь блевать, но его льдистые голубые глаза, сверкавшие из-под бровей, взирали сквозь спутанные пряди длинных волос прямо на Сорвила.

— Напев Перемещения. Эти смыслы выворачивают Сущее наизнанку, не так ли, сестрёнка? Метагнозис... на самом пределе её возможностей. И если Гора её изменила, то она могла и потерять эти способности...

Свайяльская гранд-дама не обратила на его слова ни малейшего внимания.

— Мы пойдём туда, — сказала она, указывая в сторону севера — прямо на высившуюся неподалёку верхушку какого-то лысого холма.

— Но мне почему-то кажется, — продолжал, как ни в чём не бывало, Моэнгхус, — что ничегошеньки с ней не случилось...

Серва окинула его непроницаемым взором.

— Мы пока слишком глубоко в этой чаще.

И они двинулись вперёд под огромными, лишёнными листьев ветвями, что торчали в разные стороны, словно высеченные из пемзы бивни, а потом, расходясь и переплетаясь, превращались в увенчанные острыми шипами сучья, сквозь которые, изливая на землю дробящиеся тени, струился солнечный свет. Сорвил держался неподалёку от Сервы, в то время как Моэнгхус плёлся где-то позади. Никто не произносил ни слова. Морозный утренний воздух постепенно теплел, и боль в разогретых движением конечностях утихала.

— Ойрунас принёс тебя к Висящим Цитаделям... — наконец проговорила она.

Сорвил убеждал себя не казаться тупицей.

— Ну да...

Он не многое помнил из того, что случилось после смерти Ойнарала в Священной Бездне.

— И как же человеческий юноша оказался в руках нелюдского Героя?

Сорвил пожал плечами:

— Да просто сын этого самого Героя взял юношу с собой в безумное путешествие сквозь всю их свихнувшуюся Обитель и привёл его в Глубочайшую из Бездн, где, собственно, и обитал его отец.

— Ты имеешь в виду Ойнарала?

Его сердце дрогнуло, когда он понял, что ей известно о Последнем Сыне.

— Да.

Я видел, как шествует Вихрь...

— Ойнарал привёл тебя к своему отцу... К эрратику. Но зачем?

— Чтобы его отец узнал о том, что Консульт ныне правит Иштеребинтом.

Теперь она взглянула прямо ему в лицо.

— Но зачем брать с собою тебя?

Он взмолился о том, чтобы Плевок Ятвер, который когда-то втёр в его щёки Порспариан, не подвёл его и сейчас, пусть он и стал отступником.

— П-полагаю, для того, чтобы я запомнил случившееся.

Она ему поверила — он сумел углядеть это в её голубых глазах, и эта убеждённость показалась ему самым восхитительным и чудесным из всего, что ему доводилось когда-либо видеть.

— И что произошло, когда вы нашли Ойрунаса?

Уверовавший король Сакарпа пробирался вперёд, одновременно и вглядываясь в замысловатые переплетения сухого, безжизненного подлеска, и томясь отчаянием, в которое его повергало собственное, не менее замысловатое, положение.

— Ойнарал спровоцировал его... намеренно, как мне кажется, — он судорожно выдохнул, — и в припадке древней ярости Ойрунас убил его... предал смерти собственного сына.

Его друга. Ойнарала, Рождённого Последним. Второго из братьев, что подарил ему этот Мир помимо Цоронги.

— А затем?

Юноша снова пожал плечами:

— Ойрунас словно... опомнился. И тогда я, дрожа от ужаса, встал перед ним на колени — там в Глубочайшей из Бездн... и поведал ему всё, что мне велел рассказать Ойнарал... рассказал, что Иштеребинт достался Подлым.

Какое-то время она молча двигалась рядом. Склон становился всё круче, так что им временами приходилось не столько идти, сколько карабкаться по уступам. Впереди, меж вздымавшихся круч, проглядывало белёсое небо, обозначая очертания бесплодных вершин.

— Я имею представление об Амилоасе, — внезапно сказала она. — Сесватхе трижды доводилось носить его — чаще, чем кому-либо из людей. И каждый раз из-за Иммириккаса он менялся безвозвратно. То, почему Эмилидис использовал в качестве посредника для своего артефакта душу столь яростную и мстительную, всегда оставалось предметом ожесточённых споров. Иммириккас был упёртым и свирепым упрямцем, и Сесватха считал, что это Нильгиккас заставил Ремесленника использовать в Амилоасе его мятежную душу в надежде на то, что переполняющая её ненависть передастся каждому человеку, которому доведётся носить Котёл.

Сорвил нервно выдохнул. Закрыв на мгновение глаза, он увидел оком души своего любовника, Му'мийорна, грязного и измождённого, плетущегося куда-то по Главной Террасе. Встряхнув головой, он прогнал прочь явившийся образ.

— Да, — сказал он резче, чем ему хотелось бы, — он упрямец.

Они взбирались по бесплодным склонам, карабкаясь вверх по глыбам затейливо мерцающего в лучах солнца песчаника. Небо казалось чем-то отстранившимся от всего земного, чем-то изголодавшимся и безликим. Моэнгхус всё больше отставал от них, и отставал уже, как представлялось Сорвилу, тревожно, но Серву, похоже, это совершенно не беспокоило. Вместе они добрались до безжизненной, лысой вершины и теперь стояли, дивясь тому, как приветственно вздымаются выси и простираются дали, салютуя воле, сумевшей покорить их. Рассматривали холмы, становящиеся отвесными кручами, отроги и утёсы, превращающиеся в горные хребты, взирали на режущую глаз синеву Демуа.

Их первый прыжок перенесёт их так далеко.

Он повернулся к Серве, вспомнив с внезапно вспыхнувшим беспокойством о том, что говорил недавно Моэнгхус. Она уже смотрела на него — в ожидании, и у него перехватило дыхание от её непередаваемой красоты и от того, как инъйорские шелка, вроде бы и скрывая, в то же самое время подчёркивают её наготу.

— Мне нужно тебе сказать кое-что до того, как сюда доберётся мой брат, — промолвила она. Порыв ветра швырнул её льняные локоны прямо ей на лицо.

Юноша бросил взгляд на взбиравшегося по склону Моэнгхуса, а затем, сощурившись, вновь посмотрел на неё.

— И что же?

— Любовь, что ты питаешь ко мне...

Здесь слишком ветрено, чтобы дышать, подумалось ему.

— Да...

— Мне никогда не доводилось видеть ничего подобного.

— Потому что это моя любовь, — солгал он, — а тебе никогда не доводилось видеть никого, подобного мне.

Она улыбнулась в ответ, и Сорвил едва не вскрикнул от восхищения.

— Я полагала, что доводилось, — сказала она, всё ещё пристально глядя на него. — Считала, что ты лишь юнец, истерзанный ненавистью и тоской... Но то было раньше...

Уверовавший король судорожно сглотнул.

— Сорвил... То, что ты совершил, там, в Горе... И то, что я вижу на твоём лице! Это... божественно.

Каким-то тёмным, сугубо мужским уголком своей души Сорвил вдруг осознал, что Анасуримбор Серва, свайяльская гранд-дама, невзирая на все свои почти безграничные познания и могущество, по сути всё ещё дитя.

И разве имеет какое-то значение его ложь, если любовь его при этом реальна?

— Остерегайся! — прохрипел Моэнгхус, карабкавшийся по голым камням чуть ниже по склону. Он взобрался на вершину холма, очутившись прямо между ними — тяжко дышащий, хмурый, сгорбившийся.

— В их словах не бывает нежности, Лошадиный Король... одни лишь колючки, цепляющие твоё сердце.

Глава вторая. Иштеребинт

* * *

У Сервы не возникло сложностей с Метагнозисом, в отличие от Сорвила, которого состоявшийся прыжок привёл в состояние какого-то неописуемого и невыразимого возбуждения. Там, где они теперь оказались, он беспрестанно бродил с места на место, словно бы пытаясь каждым своим шагом добраться до самого края мира. Ему было трудно сосредоточиться, ибо почти любая его мысль обращалась к душе, которая более не была его собственной, тянулась к знаниям, долженствующим быть, но ныне отсутствующим, и к пламени страстей, ныне лишённому топлива. Он знал, что расколот на части, что Амилоас навечно превратил его в обломок самого себя, но, общаясь с Сервой и Моэнгхусом, он понял, что случившаяся с ним метаморфоза странным образом сделала его более уверенным в себе и непроницаемым.

Постоянные оскорбительные подначки её обиженного на весь свет братца заставили их разделиться, и он, нежданно-негаданно, обнаружил, что остался наедине с дочерью Аспект-Императора на отроге Шаугириола, или, как его назвала Серва, Орлиного Рога — самой северной из вершин Демуа. Найти на склоне горы подходящее для сна место оказалось задачей не из простых. Моэнгхус как-то умудрился устроиться первым, но чересчур узкий уступ, на котором они очутились, заставил их с Сервой забраться вдоль идущей вверх по диагонали расщелины к гранитному наплыву, торчавшему двадцатью локтями выше из голой скалы, словно высунутый наружу язык. Руки Сорвила, казалось, воспарили, а ноги сделались будто свинцовыми. Голова его кружилась так сильно, а ощущение тяготения, стремящегося утащить его куда-то вбок и наружу, было настолько властным, что он опасался за свою жизнь. Но он цеплялся и карабкался, прижимаясь лицом к камням так тесно, что был способен почуять даже их запах. Дыша неглубоко, ибо дыхание причиняло ему острую боль, Сорвил взобрался следом за Сервой на край гранитного выступа и сел рядом, пожирая её глазами и безмолвно благодаря Охотника за отсутствие ветра.

Гвоздь Небес блистал высоко в небе, указывая направление на север и заливая бледным своим светом укутанные в серебрящийся иней дали, лежащие у их ног. Сорвил слушал, как она рассказывает о тех краях, что простёрлись сейчас перед ними. Она говорила и о струящейся вдали ленте Привязи, и о лежащей за ней Агонгорее, и о парящих где-то у горизонта очертаниях Джималети, но он слушал несколько отстранённо, ибо его сейчас влекли не её познания, а её близость и жаркое дыхание, в этом морозном воздухе вырывающееся белыми облачками из её уст. Он слушал её голос и задавался вопросом о том, как это вообще возможно — ухаживать за дочерью воплощённого Бога, пользуясь орудием, которым его одарило нечто, находящееся вне пределов самого времени и пространства.

— И далее, вон в том направлении, — сказала она, — находится Голготтерат.

Если бы она произнесла «Мин-Уройкас», то его кости, наверное, треснули бы прямо внутри тела, пронзив осколками плоть. Вместо этого он, повернувшись, поцеловал её обнажившееся плечо. Его сердце яростно колотилось. Она же, обхватив ладонями небритые щёки Сорвила, с силой впилась в его губы. Опрокинувшись на спину, он потянул её за собой. Укрывшись пологом ночного неба, расшитого сияющими звёздами, Серва оседлала его, тихонько шепнув:

— Я не та, кем ты меня считаешь.

И опустила свой огонь на его пламя.

— Как и я, — ответил он.

— Но я вижу тебя насквозь...

— Нееет, — простонал он, — ты не в силах...

И они занялись любовью на вершине Орлиного Рога — горы, с которой в древности было замечено немало вторжений. Они двигались медленно, скорее охая и постанывая, нежели исторгая крики страсти. И всё же любовь эта будто бы полнилась каким-то отчаянием, заставившим их отринуть прочь все различия и побудившим сплестись, слиться друг с другом, скользя в смешавшемся в общую влагу поте. Бурлила неистовством, понудившим их дышать в одно дыхание, словно бы они и вовсе стали ныне единым человеческим существом.

* * *

Он проснулся от позывов переполнившегося мочевого пузыря. Каменный язык, выступавший из вершины Орлиного Рога, в действительности оказался намного жёстче, чем ему почудилось в тумане плотских утех: поверхность скалы обжигала тело холодом и кусала щербинами зернистых неровностей. Серва пристроилась рядом, прижавшись ягодицами к его бёдрам, и он, не желая, чтобы его вновь наливающаяся жаром страсти мужественность разбудила её, осторожно отодвинулся и повернулся. Она нуждалась во сне гораздо больше, нежели он сам или Моэнгхус. И посему Сорвил лежал, стараясь не потревожить её своим дыханием и трепетной жаждой, а его набухшее естество, овеваемое потоками холодного ветра, болело и ныло.

Стараясь отвлечься, он посмотрел на север. Где-то там, вдали... царапали небо Рога Голготтерата. Он вглядывался в горизонт, надеясь уловить проблеск их сказочного мерцания, но вместо этого заметил лишь какое-то движение в небе меж горных вершин. Нечто странное скользило там, паря над пропастью. Сорвил сощурился и даже поднял ладонь, пытаясь прикрыть взор от сияния Гвоздя Небес...

И почуял, как внутри него вскипающей пеной вздымается ужас, охватывая тело от самых кишок до конечностей...

Аист парил в ночной пустоте, его бледные очертания плыли в потоках ветра. Сорвилу показалось, будто вся гора целиком вдруг покатилась куда-то — слишком медленно, чтобы его глаза способны были это заметить, и всё же достаточно быстро, чтобы до тошноты закружилась голова.

Ужасная Матерь следит за ним.

Она не забыла о своём ассасине-отступнике.

Она знает.

Его мысли понеслись вскачь. Как именно Старые Боги покарают его за предательство и вероломство? Заклеймят Проклятием?

Уготовано ли ему адское пламя за его любовь к Анасуримбор Серве?

За то, что видит незримое для Святой Ятвер?

Он лежал неподвижно, будто бы его тело вдавило в клочок скалы меж ним и заворожившей его женщиной. Рыдающий вопль пронзил морозный воздух, и Сорвил снова вздрогнул, поражённый какой-то безумной убеждённостью, что этот выкрик исходит от него самого. Но то был лишь всхлипывающий и плачущий уступом ниже Моэнгхус. Могучие, почти что бычьи вздохи перемежались со скулящими стонами, и было очевидно, что исходят они от человека взрослого и сильного, но в то же самое время по-прежнему остающегося ребёнком, черноволосым мальчиком, выросшим среди дуниан.

И Уверовавший король вновь погрузился в сон, надеясь, что уж ему-то это доступно по-прежнему.

* * *

Му'миорн прижимал его к подушкам, издавая с каждым толчком страстные хрипы. Нестриженые ногти оставляли на молочно-белой коже розовые и пурпурные царапины.

А затем Серва уже что-то кричала ему, и он пришёл в себя, дрожа и дёргаясь на грани забытья.

— Мы в опасности, сын Харвила! Просыпайся! Скорее!

Он зажмурился, ослеплённый нестерпимо ярким сиянием восходящего солнца, и, со стоном перекатившись, встал на четвереньки, немедленно осознав, что покрытый скудной почвой участок каменного выступа, который показался ему ночью удобным местом для сна, в действительности завален грудами птичьего помёта. Он заставил себя подняться на ноги, лишь для того чтобы вновь быть повергнутым наземь внезапно закружившимися и заплясавшими вокруг обрывами и пропастями...

Серва, присев на корточки у края скалы, смотрела вниз.

— Ты их видишь, братец? — спросила она. — Они приближаются с востока!

Сорвил встал, опираясь на одно колено, и, прищурившись, посмотрел на гранд-даму, ошеломлённый как её красотой, так и мерзкими ошмётками незваных снов и не принадлежащих ему видений. Он задыхался от самой мысли о том, что они возлежали вместе, как муж и жена — муж и жена! А теперь...

Ужасная Матерь?

— Шранки? — сипло спросил он.

И в этот момент стрела, свистнув в воздухе практически рядом с его правой щекой, ударилась в скалу за их спинами. Он вжал голову в плечи и пригнулся, всеми фибрами своей души ощутив пламя тревоги, мигом разогнавшее сон.

— Нет! — довольно резко ответила она. — Люди. — Она вновь наклонилась вперёд, чтобы позвать Моэнгхуса. — Ты видишь их, братец?

Сорвил, потерев глаза, уставился на восток, но так и не сумел там ничего углядеть.

— Люди? — снова спросил он, ползком перебираясь в более удобное для наблюдения место. — Из Ордалии?

— Нет... — Ещё одна стрела, мелькнув над вздымающимися склонами, отскочила от невидимой защиты, окружавшей и не подумавшую укрыться гранд-даму, а затем покатилась куда-то, стуча по камням. — Скюльвенды...

Скюльвенды?

Новая стрела, выпущенная немного под другим углом, пронзила колдовской Оберег, сумевший отразить предыдущий удар. В этот раз защита не помогла. Однако Серва, откинувшись назад, легко увернулась... Странным образом это показалось ему совершенно естественным, однако казалось изумительным и даже чудесным, что древко стрелы вдруг будто бы возникло прямо в её руке. Колдунья, держа стрелу ближе к оперению, взглянула на заменявшее наконечник утолщение хоры, но, заметив, что костяшки её пальцев и запястье начали, словно искрящимся инеем, покрываться солью, тут же швырнула в пропасть убийственный снаряд.

— Поди! — крикнула она.

С высочайшей осторожностью выглянув из-за скалы, Сорвил начал подсчитывать нападавших, карабкавшихся по уступам совсем неподалёку. Отряд преследователей выглядел, словно поднимающийся по склону клочок тумана или лёгкое облачко, состоящее, однако, из облачённых в поблёскивающие шлемы голов и покрытых доспехами плеч. Ещё две стрелы бессильно клюнули незримую защиту Оберега.

— Их там, кажется, человек сорок пять?

— Шестьдесят восемь, — поправила она.

— Застрельщики... — прохрипел Моэнгхус, поднявшийся к ним вдоль расщелины — тем же путём, которым они добрались сюда прошлой ночью. Он по-прежнему подчёркнуто смотрел лишь на Сорвила. — Похоже, они заметили наше вчерашнее прибытие.

— Сюда, — крикнула Серва, жестом призывая присоединиться к ней.

Сорвил почти ползком отодвинулся от края скалы и шагнул к ней. Окружающий пейзаж вместе со всеми своими обрывами и пропастями плясал у него перед глазами, вызывая почти нестерпимое головокружение.

Хмуро скалившийся Моэнгхус стоял, перекосившись и сгорбившись, словно бы его сухожилия были повреждены, не позволяя ему распрямиться, хотя выступ, на котором они находились, по своему характеру и наклону не требовал от него столь странной позы. Очередная стрела сломала древко о скалу высоко за их спинами, но Моэнгхус даже не вздрогнул.

— Ну давай же, — взмолилась его сестра, протягивая руку. — Отсюда я вижу далеко вглубь Агонгореи.

Какая-то дикая ярость, вздымавшаяся из самых глубин его существа, воспламенила взор её брата. Ещё одна стрела ударилась об Оберег, заставив воздух вспыхнуть свечением тонким и плоским, словно бумажный лист. Уже обхвативший Серву своей левой рукою Сорвил, проследив за взглядом имперского принца до низа её живота, увидел на чёрной ткани инъйорских шелков влажную выемку, где сквозь одеяния проступил остаток его семени.

— Братец!

Моэнгхус опустил ледяной взор ещё ниже и, помедлив одно тягостное сердцебиение, шагнул в её объятия, возвышаясь своею мощной фигурой над ними обоими. Небольшой дождь стрел забарабанил о колдовскую защиту Сервы, вызывая в застывшем воздухе одну вспышку голубоватого света за другой. Утреннее солнце обжигало их обращённые на восток спины.

Серва откинулась назад, выгнув позвоночник уже знакомым ему способом и непроизвольно, как показалось Сорвилу, ткнув его в бок костяшкой большого пальца. Её голова запрокинулась, а изо рта, ответствуя исторгнутому ею чародейскому крику, вырвалось жемчужно-белое сияние, глаза же вспыхнули так ярко, что излившийся из них свет полностью выбелил лицо колдуньи, скрыв от взора всю её невозможную красоту.

Метагностический Напев, казалось, выпустил откуда-то целое сонмище пауков, скользнувших со всех сторон вдоль его кожи и в точно выверенное время соединившихся своими лапками и внутри него и снаружи. Вокруг, закручиваясь белыми спиралями, возникла туманная дымка, таинственным образом совершенно неподвластная завывавшему в горах ветру. Замерший в лучах рассветного солнца пейзаж внезапно и вовсе превратился в плоскую, застывшую картинку. Он стиснул зубы, ощутив тяготение, стремящееся швырнуть его куда-то вовне, причём словно бы сразу во всех направлениях... а затем почувствовал, как нечто вдруг рухнуло, казалось, расколов само Сущее, зазмеившееся трещинами, курящимися дымными всполохами... Моэнхус вопил и ревел. Сорвил почувствовал, как рука имперского принца вяло дёрнулась, а затем увидел его самого, падающего на бесплодные скалы Орлиного Рога, а потом...

Яростное сияние, хлещущее по глазам, словно плеть. Их прибытие куда-то — такое резкое и внезапное, будто он был всего лишь младенцем, внезапно вырванным прямо из материнской утробы.

И, задыхаясь, они оба повалились в лишённую даже признаков жизни грязь.

ГЛАВА ТРЕТЬЯ

Агонгорея

> Лишь Принципы, не укоренённые своею сутью в других Принципах, могут служить основой основ, достойной именоваться непоколебимым Основанием. Если же подобные Принципы отсутствуют, Основание становится всего лишь неустойчивой поверхностью, норовящей ускользнуть из-под ног, когда мы бежим по ней...
>
> — *Третья Аналитика рода человеческого,* АЙЕНСИС

Ранняя осень, 20 Год Новой Империи (4132 Год Бивня), Голготтерат

Да славится Мясо.

Пройас не имел представления, кто первый вознёс это славословие, но возбуждённый отклик, что оно вызывало у остальных, убедил его присвоить себе эту честь. А душок безумия, исходящий от всего происходящего, не имел никакого значения.

Дождь, скрывший от взгляда дали, омыл раны земли, заполнив грязью канавы и рытвины. Мужи Ордалии могучими потоками тащились, волоча на спинах припасы, по превратившемуся в хлюпающее месиво пастбищу, простёршемуся к северу от Уроккаса. Люди разглядывали почерневшие ущелья и склоны, дивясь отрогам и вершинам, заваленным грудами обуглившихся шранчьих туш. Небеса изливались на воинов, превращая их волосы в уныло висящие пряди, заставляя сутулить плечи, смывая с оружия и доспехов перемешанную с грязью лиловую кровь, что, успев засохнуть, превратилась в потрескавшуюся чёрную плёнку. Десятками тысяч они плелись через шелестящие под струями ливня равнины, поражаясь событиям, что им довелось засвидетельствовать, и ужасаясь рассказам товарищей. Кожа их очистилась, но сердца остались запятнанными. Они находились сейчас так далеко от дома, что дыхание перехватывало от самой попытки исчислить расстояние, отделяющее их от родных мест и близких людей.

Они разбили лагерь на берегах реки Сурса, возле овеянного легендами Перехода Хирсауль, или Брода Челюстей, расположенного в нескольких лигах севернее Антарега. Отвечая призыву, Уверовавшие короли, военачальники и маги Ордалии явились в Умбиликус со всего стана, бурлящие неестественной живостью, но до времени удерживающие в себе все рвущиеся наружу вопросы. Необходимость срочно покинуть заражённую местность, сделавшая невозможной любые совещания прошлой ночью, привела к тому, что люди весь день и вечер были вынуждены довольствоваться лишь расползающимися слухами. Они жаждали объяснений и даже изголодались по ним. Пройасу пришлось дважды просить их набраться терпения и дождаться своих братьев. Во второй раз экзальт-генерал, надеясь унять желание нобилей получить ответ на вопрос, терзавший их, как он счёл, сильнее всех прочих, даже вынужден был громко крикнуть:

— Наш Господин и Пророк жив! Он оставил нас лишь потому, что победа наша была абсолютной!

Значительная часть собравшихся, оказывая почтение павшим, явилась в Умбиликус в белых траурных одеяниях. Но если даже лорды Ордалии и вправду скорбели по погибшим воинам, они не выказали ни малейших признаков этого, если не считать одеяний. В то время как короли и лорды перекидывались непристойными шуточками и сквернословили, их приветливые бородатые лица сияли весельем, брови танцевали, а глаза лучились довольством. Несколько пикантных острот по поводу шранков вызвали у собравшихся настоящие взрывы хохота, заставившего королей и князей смахивать с глаз слёзы смеха и вытирать щёки траурными одеяниями.

— Да стоит даже твоей бабе хоть чутка погрызть ихнюю сардинку, — орал Коифус Нарнол, — так и у неё вся грудь волосами покроется.

— Что ж, вот теперь понятно, откуда у тёщи меж грудей такая поросль.

Мужи, облачённые для молитвы и панихиды, валились от хохота с ног. Лорд Гриммель ревел с высоты дальних ярусов и бил себя в грудь, а на усах его пенилась слюна. Пройас уже давно понял, что люди, наиболее чутко реагирующие на всё происходящее вокруг них, в наименьшей степени способны сдерживать в себе Мясо.

— За Гриммелем стоит присматривать... — донёсся откуда-то сбоку тихий голос Кайютаса.

Поток вновь прибывших иссяк, превратившись в тонкую струйку. Почти каждый из собравшихся отлично видел, где стояли имперский принц с экзальт-генералом, и понимал, что они о чём-то говорят, но праздная болтовня не утихала, во всяком случае пока.

— Что с нами сталось, Кай?

Имперский принц бросил на него не лишенный раздражения пристальный взгляд.

— Мы ели шранков, дядюшка.

Грохочущий крик прокатился по Умбиликусу, сотрясая утрамбованную землю, и Пройас обнаружил, что теперь всё возбуждённое внимание владык Ордалии обращено на него. Они, что не удивительно, существенно уменьшились числом, но ныне вокруг них словно бы клубилась аура некой свирепости — предощущение подступающей бури. Казалось, что в сгустившемся сумраке верхних ярусов за ними и над ними вот-вот зазмеятся молнии! Они выглядели грязными оборванцами, косматыми и почерневшими от солнца, но глаза их сияли настолько же ярко и жаждуще, насколько одежды их были порваны и измараны. Казалось, ему стоило бы испугаться, но вместо этого Нерсей Пройас, король Конрии, воздел руки и издал крик, который и должно было издать, взывая к единственному побуждению, ещё способному достучаться до их душ:

— Мясо! — прогремел его голос, равняясь в дикости с воплями Гриммеля. — Да славится Мясо!

Мужи Трёх Морей взревели, в остервенении топча ногами скамьи Умбиликуса.

Две дюжины Столпов вошли в Палату об Одиннадцати Шестах, внеся в самое её сердце три целиком зажаренные шранчьи туши. Высказав оглушительным воем своё одобрение, лорды Ордалии набросились на лакомство с жадным ликованием. Вместо того чтобы придать тварям позы, соответствующие ягнёнку или свинье, повара положили их обожжённые и покрытые румяной корочкой туши на спины, словно спящих. На какой-то миг они вполне могли показаться поджаренными на костре людьми. Пройас, чувствуя отвращение, тем не менее наблюдал за этим действом и принимал в нём участие. Он пускал слюнки от запаха палёной баранины и вздрагивал, смакуя изысканный вкус румяной мясной корочки, подсоленной и смазанной жирком. Повсюду люди, один за другим, ловили его взгляд и выказывали ему всяческое одобрение. Пройас улыбался и кивал каждому из них с той спокойной уверенностью командира, в которой они нуждались, размышляя при этом, когда же случилось так, что чистая скверна сделалась чем-то, что он готов вкушать и вкушать с наслаждением?

Нобили Ордалии горбились над своей трапезой, будто псы, кромсая и разрывая туши на части, обгладывая оскаленными зубами кости и разжёвывая мясо лишь настолько, насколько было необходимо, чтобы суметь его проглотить. В Умбиликусе стоял какой-то странный, шелестящий шум — хлюпанье и чавканье безостановочно жующих ртов. Экзальт-генерал бросил взгляд на Кайютаса, задаваясь вопросом, заметил ли тот, что лишь немногим ранее эти люди умоляли его сообщить им хоть какие-то известия об их Господине... а что теперь?

Ныне Анасуримбор Келлхус оказался забыт своими последователями.

Пройас улыбнулся барону Номийялу из Молса, разразившемуся в его адрес небольшим славословием, сам же раздумывая при этом: *Мы заплутали!*

Мы сбились с Пути Его!

Тому не было явных признаков, но меж тем вывод этот лежал на поверхности. Нечто смутное, но злобное и свирепое овладело этими некогда благородными людьми, нечто едва сдерживаемое, нечто такое, что унять и на время смирить способно было одно лишь обжорство. Обве Гёсвуран, наплевав на то, что был прославленным на весь мир великим магистром, начал полосками сдирать с шранчьей плоти белую кожу, которой брезговали остальные, и обсасывать с неё жир. Лорд Гора'джирау, один из немногих оставшихся в живых рыцарей Инвиши, забавлялся с одной из шранчьих голов, отрывая покрытые пузырями щёки и губы, его естество, оттопырив рваный льняной килт, стояло торчком.

Пройас наблюдал, как нечестивый пир постепенно превращался в какое-то яростное, бесноватое представление. Он стоял там, где ему всегда приходилось стоять во время Совета — по правую руку от пустовавшего места Святого Аспект-Императора. Гобелены Эккину колыхались в своём обычном завораживающем ритме. Он дал указание Саккарису встать слева от себя, зная, что присутствие великого магистра Завета привлечёт на его сторону чародеев. Он также приказал Кайютасу встать справа, ибо ни один другой аргумент не является более значимым для утверждения власти, нежели родственная кровь. Как множество раз говорил ему Келлхус, видимость преемственности сама по себе является для человечества своего рода преемственностью — никогда не прерывавшейся традицией.

— Крепись, дядюшка, — тихонько сказал имперский принц, чья борода также лоснилась от жира, как и бороды всех присутствовавших. — Они всё более и более будут уподобляться крокодилам... чудовищам, которым для умиротворения необходимо насытиться.

Насколько бы странным это ни показалось, их аппетит всё же ещё имел определённые пределы. Постанывая из-за раздувшихся животов, громко рыгая и ослабляя поясные ремни, лорды один за другим отрывались от чудовищной трапезы, постепенно сбредаясь в переговаривающиеся и обменивающиеся сплетнями кучки. Негромкое бормотание быстро превратилось в могучий ропот. Лица их были перемазаны жиром, в бородах запутались остатки пищи, но гримасы и жесты вновь взывали к ответам и объяснениям.

Оставшийся в живых экзальт-генерал Великой Ордалии поднял руку, призывая к тишине, и какое-то время дожидался, пока все разговоры, наконец, утихнут. Взор его, скользнувший по выпотрошенным тушам, лежащим на столах между ним и людьми, которых ему надлежало возглавить, предательски дрогнул. На остатках пиршества покоился череп с наполовину съеденным лицом. Пройас стиснул зубы, пытаясь унять жар, охвативший чресла.

— Анасуримбор Келлхус... — возгласил, наконец, Нерсей Пройас и, повинуясь какому-то, свойственному скорее скальдам, чутью, выдержал долгую паузу. — Наш Наисвятейший Аспект-Император повелел мне возглавить Великую Ордалию на оставшемся пути до Голготтерата.

Минуло лишь одно мгновение, а собравшиеся уже вскочили, выпрямившись во весь рост и вопя во весь голос. Неистовство охватило их, всех до единого, словно бы превратив благородное собрание в какого-то многоликого, но единосущного зверя, исторгающего из себя бешеные крики, полные тревоги и неверия.

Или почти единосущного, ибо князь Нурбану Зе, в одиночку, решительно протиснулся вперёд и, шагнув на пол Умбиликуса, яростно взревел прямо среди растерзанных туш:

— Нееет! Ожог поглотил Его! Мои люди видели это!

Наступила тишина, но князь всё равно продолжал орать:

— Хоть Ожог и ослепил их, они видели, как это случилось!

Пройас, сердито сощурившись, нахмурился и открыл рот, но запнулся, словно бы позабыв, что хотел сказать, ибо Кайютас уже ринулся вперёд, вспрыгнув с обнажённым мечом в руке на ограждение ближайшего яруса. Клинок имперского принца вспыхнул ослепительно белым сиянием — режущим, кромсающим... и вот уже Нурбану Зе отупело стоит с полным неверия выражением на лице, а по сереющим в его бороде и одежде сальным ошмёткам струится горячая, алая кровь...

Смерть явилась кружащимся вихрем.

И в одно мгновение они все увидели вспыхнувшее, словно пламя в тёмной пещере, чудо божественного отца, воссиявшее в его сыне. Ни один человек не сумел бы сделать то, что Кайютас сейчас сделал. Только не человек.

Джеккийский князь повалился на спину, рухнув всем телом на грязные ковры. Пройас поднял взгляд и увидел, что лорды Ордалии хохочут и орут, заходясь то ли в каком-то бесноватом одобрении, то ли в полном безумия ликовании. А затем взор его зацепился за истекающие кровью искромсанные останки Нурбану Зе, и экзальт-генерал вдруг почувствовал, что в уголках его рта скапливается слюна.

Он высоко воздел руки, словно бы купаясь в обрушивавшемся на него восторженном экстазе, а затем резко двинул бёдрами, будто вгоняя своё изогнувшееся от прилива крови естество прямо в это гомонящее и хрипящее буйство. Коурас Нантилла выл, пуская тягучие нити слюны из чёрного провала рта. Гриммель же и вовсе жадно сжимал и тискал свою мужественность прямо через ткань оттопырившегося килта.

Кайютас, как-то странно сутулясь и моргая, стоял над телом Нурбану Зе, будто бы не вполне осознавая, что именно он только что сделал. Кровь мертвеца перепачкала его сильнее, чем остатки трапезы, изукрасив нимилевый хауберк принца маково-алыми пятнами, сочетавшимися в узор, напоминающий гребень враку...

Пройасу немного доводилось видеть на свете чего-то, настолько же прекрасного. И соблазнительного.

Кайютас встретился с ним взглядом, а затем, словно бы вспомнив нечто совершенно обыденное, вышел из ступора и, резко повернувшись к Пройасу, высоко поднял руку, приветствуя его. Однако же всё тело имперского принца содрогалось при этом от чего-то такого, что овладело им в гораздо большей мере, нежели на это способно обычное ликование.

Даже сын Аспект-Императора уступил этому — с каким-то отупелым ужасом понял Пройас, — даже он поддался всеподавляющему владычеству Мяса.

— Как насчёт отца?

Лорды Ордалии удвоили громоподобные выкрики в его поддержку. Казалось, сама Преисподняя распахнула перед ними свои врата. Десятки тысяч погибли в Даглиаш, опалённые пламенем Ожога. Ещё десятки тысяч прямо сейчас умирали в муках, терзаясь от поразившей их скверны неисчислимыми скорбями. Святой Аспект-Император внезапно оставил их без объяснения причин...

И всё же они радовались и ликовали, осознав наконец, что убийство прекрасно и само по себе.

* * *

Когда следующим утром прозвенел Интервал, к небу уже возносились молитвы, а бесчисленные проходы и закоулки лагеря были забиты верующими. Сегодня им предстояло пересечь Переход Хирсауль — овеянный легендами Брод Челюстей, которому в Священных Сагах было отведено немалое место — и начать последний этап их многотрудного пути к Голготтерату. Но хоть в голосах их и слышался подлинный пыл, наполнявший, как и всегда, это религиозное действо, нечто странное вторгалось в их повадки, замутняя глаза, которым должно было оставаться ясными, размывая границу между упованием и жаждой, между благодарностью и самодовольством.

Ситуацию усугубляла погода. Накрапывал дождь. Капли его, подобно льдинкам, жалили обращённые к небу лица, оставаясь при этом достаточно редкими даже для того, чтобы можно было на слух различить, разбиваются ли они о землю или же о холстину палаток. Этакая нескончаемая изморось, изводящая обетованием ливня. Редкий дождик, часами предвещающий яростную бурю, что всё никак не являлась. Почерневшая земля, покрытая пеплом и курящаяся дымами пожаров, погасить которые не способна была ни вода земная, ни влага небесная, тянулась аж до самой Даглиаш. Течение реки Сурса становилось здесь быстрее, воды её окрашивались в унылые серые цвета, свойственные простиравшимся на противоположном берегу бесплодным пустошам. За прошедшие со времён Первого Апокалипсиса века отмели Перехода Хирсауль сместились севернее, о чём неопровержимо свидетельствовал тот факт, что руины стены, защищавшей в Ранней Древности Брод Челюстей, очутились от него в целой лиге или около того. Однако же, несмотря на сие примечательное странствие, сами отмели оказались именно такими, какими они были описаны в древних книгах: воды Сурсы здесь сперва разбивались о лежащие на речном дне скалы, разделяясь на пенящиеся струи и вздымаясь столбами брызг, а затем превращались в стремительные угольно-чёрные потоки. Не хватало лишь знаменитых костяных полей, что в таких красках любили живописать древние авторы; в остальном же броды выглядели настолько же коварными, насколько можно было ожидать, судя по всем дошедшим до нынешних времён источникам.

Какая-то странная вялость овладела мужами Ордалии — то проникающее в сердца и повадки опустошение, что зачастую следует за перешедшим в бесноватое безумие пиршеством. Великий Ожог сделал очевидным всю чудовищную безмерность подвластной их врагам мощи, а их Господин и Пророк, их Святой Аспект-Император покинул их. Слова его Воли, провозглашённые экзальт-генералом Воинства Воинств, подобно степному пожару промчались по лагерю, и они знали, что должны делать, но не имели представления, что должны по этому поводу чувствовать. И посему они пробудились ныне, ужасаясь мрачному, распутному бурлению, разгорающемуся в их душах, и страшась расползающихся слухов о том, что они понемногу становятся шранками. И сегодня они впервые осознали то, как невообразимо далеко от дома занесла их судьба.

Ибо лишь великое таинство истовой веры позволяло превращать вещи далёкие в близкие, позволяло ощутить себя дома посреди безбрежности, доверху наполненной жестокостью и безразличием. Если бы даже богов не существовало, люди почти наверняка сами бы их сотворили — во всяком случае те из них, что обретаются в пустоте и безысходности, неизбежно подвигающих человека вверять себя чему-то непостижимому. Ведомые Анасуримбором Келлхусом, они шествовали священной дорогой Спасения, следуя Кратчайшему Пути. Ведомые же Нерсеем Пройасом — обычным человеком, — они ныне будто предстали голыми перед ликом столь же невыразимых, сколь и бесчисленных опасностей и искусов...

Только теперь, в отсутствие своего Господина, они осознали, сколь бесконечно уязвимы и беззащитны. Простёршиеся меж ними и их родными местами бессчётные лиги легли тяжким грузом на сердца мужей Ордалии, притушив, во всяком случае на какое-то время, разгорающиеся в их душах угольки.

Сумевшие узреть эти опасения Судьи шествовали вдоль превратившихся в грязное месиво лагерных дорог, возглашая свои увещевания достаточно громко, чтобы они легко перекрывали монотонные речитативы жрецов.

— Пробудитесь! Пробудитесь! Возрадуйтесь, братья! Ибо Испытание наше близится к священному завершению! Голготтерат — сама Пагуба! — уже почти перед нами!

Людей, сочтённых возмутителями спокойствия, они, как обычно, брали под стражу по обвинению в отсутствии благочестия, и это утро отличалось от прочих лишь количеством схваченных и тяжестью наложенных на них взысканий. Двадцать три человека, включая барона Орсувика из Нижнего Кальта, были биты плетьми у столба, а ещё семерых вздёрнули на ветвях громадной ивы, росшей у бродов, словно какой-то невероятный часовой, мучающийся раздувшей его суставы подагрой и поставленный тут, дабы следить за Переходом Хирсауль. Трое же и вовсе куда-то исчезли без следа, породив слухи о ритуальных убийствах и каннибализме.

Впрочем, если бы не семь висящих на иве тел, то все эти события и вовсе остались бы незамеченными на фоне того тяжкого всеобщего труда, которым стала Переправа. Экзальт-генерала не поставили в известность о казни — хотя Аспект-Императора почти наверняка оповестили бы. Судья, приказавший устроить эту показательную экзекуцию — галеотский кастовый нобиль по имени Шассиан, — оказался чересчур изобретательным, выдумывая это Увещевание. Обнажённые тела были привязаны к огромным сучьям не за руки или туловища, а за голени — так, что нечестивцы висели на дереве вверх ногами. Руки их свисали вниз, словно бы казнённые творили какое-то нескончаемое поклонение, — точно так же, как это происходило со шранчьими тушами, когда их подвешивали, чтобы выпустить кровь. Тысячи мужей Ордалии прошли под ними или же рядом — большинство из тех, кто стоял лагерем к северу от Перехода Хирсауль. И не осталось никого, кто бы не услышал о них. И хотя мало кто в действительности уподобил своих мёртвых братьев забитым на мясо врагам, образ этот всё же вселил противоречия в их души и ввергнул в смятение их сердца. Они, само собой, всячески отрицали, что испытывают подобные терзания, поступая так же, как поступали всякий раз, когда им приходилось иметь дело с мрачными последствиями изобретательности Министрата. Забавляясь, они пускались в рассуждения о совершённых этими нечестивцами преступлениях и понесённых ими карах, сами же почитая себя в достаточной мере исполненными благочестия, чтобы иметь право презирать мёртвых грешников.

Они назвали эту иву Кровавой Плакальщицей, и мрачный образ её, увенчанный семёркой висельников, будет часами преследовать их грядущими ночами, маня, подобно плоти блудницы, и отвращая, словно лик прокажённого. Последнее дерево, что им вообще когда-либо доведётся увидеть.

Переправа заняла два полных дня. Через Переход были переброшены пять канатов, каждый из которых крепился через промежутки к шестам, вбитым в скрытую пенящимся потоком скалу. Пять тонюсеньких нитей, уподобивших весь Переход грифу сломанной лютни и ставших её струнами, унизанными борющимися с течением, с трудом продвигающимися вперёд фигурами, ищущими себе опору на невидимом сквозь тёмные воды дне, делающих под напором набегающего потока осторожные неуверенные шажки, сгибающихся под тяжестью навьюченных на их спины доспехов и припасов. Многие тащили с собой прихваченные с южных полей конечности убитых шранков, привязывая их за лодыжки или запястья к верёвкам, которые можно было накинуть на плечи или шею, измыслив конструкцию, что, во всяком случае издали, могла показаться каким-то одеянием — ужаснейшим из всех вообразимых. Раскачивающейся мантией, сотканной, как могло показаться, учитывая субтильность тварей и их бледную безволосую кожу, из отрезанных женских либо детских ручек и ножек. Те, кому не посчастливилось сорваться с канатов, протянутых выше по течению, зачастую увлекали за собой перебиравшихся ниже, создавая какую-то копошащуюся лавину, где головы десятков людей торчали над поверхностью, окружённые болтающимися шранчьими конечностями и напоминавшие диковинные цветы, вдруг распустившиеся в водах Сурсы.

К несчастью, погибло не менее трёхсот шестидесяти восьми душ, среди которых оказались и несколько примечательных имён — например Мад Вайгва, чудовищный тан холька, попытавшийся в одиночку переволочь через Переход десяток шранчьих туш, а также один из военных советников Нурбану Сотера лорд Урбомм Хамазрел, который просто споткнулся и, не сумев удержать в руках верёвку, был унесён бурным потоком.

По мере того как мужи Ордалии, увязая в грязи, достигали противоположного берега, ранее переправившиеся братья вытягивали их, задыхающихся от усилий, помогая им преодолеть осыпающиеся в речную воду берега. Затем их, даже не дав обсохнуть, криками гнали по протоптанным и утрамбованным тысячами ног дорогам всё дальше и дальше, не позволяя остановиться. И они, спотыкаясь, тащились вперёд, на ходу отжимая волосы и бороды, вытирая ладонями глаза и брови, и постепенно вливались во всё бóльшие людские скопища, в гигантский круговорот, битком набитый их шатающимися, проталкивающимися меж плечами и

Глава третья. Агонгорея

спинами, зовущими потерявшихся родичей братьями. Они оказались на овеянном легендами Поле Ужаса, и безжизненная земля была единственным, что они теперь могли узреть у себя под ногами. И сие обстоятельство казалось им более удивительным, чем даже само их вторжение в эту легендарную страну, во всяком случае до тех пор, пока бурлящие человеческие массы не истончились, разделившись на отряды и группы, силящиеся найти место, где они могли бы сбросить со своих плеч ужасающий груз и отдышаться либо прислонившись к чему-нибудь, либо просто опустившись на колени. Давая пищу своим душам, они всматривались в западный горизонт, где лежали бескрайние пустоши Агонгореи, ныне будучи зримыми из неё.

* * *

Дали, как и всегда, простирались следом за далями, но земля эта была подобна нескончаемой иззубренной кромке, царапающей непривыкший к подобному взгляд, словно обдирающая чьи-то нежные пальцы устричная раковина. Люди по сути своей — не более чем ещё один плод земли, во всяком случае, если рассматривать их отдельно от одушевляющей божественной искры, и посему взгляд на землю — любую землю — является чем-то, что всегда поддерживает человека. Однако же взирать на Поле Ужаса означало взирать на землю, лишённую всякой жизни, землю, отвергающую не только людей, но и само основание, в котором коренится их сущность.

— Даже муравьёв нет! — говорили южане, пряча за внешним удивлением крайнюю степень обеспокоенности. — Что это за земля, где нет муравьёв?

И содрогались от предчувствия, что места эти поражены отравой и порчей.

Солнце багровеющей луковицей уже лежало на горизонте, когда последние отряды — по большей части, нансурцы и шайгекцы — «перескочили через Нож», как прозвали Переправу мужи Ордалии. Тем вечером в Умбиликусе военачальники и лорды поднимали лоснящимися от жира пальцами скользкие чаши, возглашая тосты и здравицы в честь своего экзальт-генерала. «Кормчим» называли они его, величая Пройаса этим благословенным прозвищем, ибо, невзирая на собранную Переправой горестную дань из канувших в речной пучине соратников и даже друзей, казалось подлинным чудом, что войско, столь многочисленное и неуправляемое, вообще удалось перебросить через отточенное лезвие Сурсы. Во всяком случае славословия, возносимые в честь

Палатина Кишт-ни-Сечариба, были в большей степени приправлены искренней радостью, нежели церемониальной торжественностью, вызывая у собравшихся ощущение подлинного счастья. Даже Урбомм Адокасла, младший брат и номинальный преемник лорда Хамазрельского, по слухам, беспрерывно улыбался при обсуждении событий, приведших к тому, что его старший брат утонул.

Нерсей Пройас приказал, чтобы в ямах пылали огни, а на вертела водружались туши, дабы мужи Ордалии, знаменуя начало последнего славного рывка к Голготтерату, могли насытиться, освободив свои сердца от терзающего их голода. Но случилось то, чего никогда не происходило ранее. Лордам Ордалии, призванным на Совет, дабы обсудить планы свершения, не меньшего, нежели Спасение Мира, хватило вместо пиршества лишь лёгкого перекуса, дабы Умбиликус огласился их ревущими воплями. Они задержались до глубокой ночи, ведя громогласные речи о несчастиях, которым им довелось стать свидетелями и обмениваясь рассказами об утопленниках, гибель коих они видели сами или слышали о ней от кого-то ещё. А уж Мясо там или не Мясо — как могли они не реветь, ликуя и славословя? Ради чего ещё они способны были отринуть на время свои заботы и горести, как не ради тщеславного хвастовства, посвящённого тем зверствам, что им довелось пережить, и тем, что они творили собственными руками?

Орда была уничтожена. Они стояли на овеянном легендами побережье Агонгореи, на краю неоглядного Поля Ужаса. Вскоре они узрят сами Рога Голготтерата! Вскоре они низвергнут их! Обрушат ярость самого Господа на мерзкое чело Нечестивого Консульта.

И посему они отринули прочь свои тревоги и радости, творя вещи, за которые дома их непременно предали бы бесчестью и казни, с позором вычеркнув из списков предков их имена...

Буде, конечно, они вообще вернутся домой.

* * *

Лица всегда представляются чем-то более реальным, нежели всё остальное. Вот почему они зачастую чудятся нам, хмурыми или же ухмыляющимися, во столь многом — от крапинок и пятнышек на обожжённых кирпичах до влажных потёков на штукатурке, от изгибов изуродованных буйством природы деревьев до сплетений клубящихся облаков. У всего есть лицо; нужно лишь суметь уговорить или заставить его показаться. И, поскольку лица показывают очевидное родство между людьми и остальным Миром, это также означает их ещё большее родство между собой. Лица вглядываются в другие лица и в свою очередь видятся ими, стараясь выказать уверенность перед врагами и нежность перед любимыми. Тела же остаются не более чем ощущениями, мимолётными впечатлениями, дополняющими целое. Люди всегда стоят «лицом к лицу».

И именно это видел Пройас в едва тлеющем пламени — лица... лица выбеленные и словно бы пожираемые огнём — сальные бороды, лоснящиеся щёки, глазницы, пылающие словно две пляшущие искры... лица ухмыляющиеся, ликующие и бросающие мрачные взгляды, скалящиеся голодными ртами... лица, внимающие хвастливым рассказам о дерзновенной злобе кого-то из братьев... лица гримасничающие, вопящие, кривящиеся по-звериному, раскалывающиеся и сминающиеся, как тряпки, о сжатые кулаки... лица, обмотанные кусками ткани и заляпанные грязью...

— Всё это не по душе тебе, дядя.

Пройас оторвался от Зрячего Пламени, как всегда поражаясь, что, лишь откидываясь назад, чувствует исходящий от него жар. Он недоверчиво ощупал своё лицо, стремясь убедиться, что оно не покрылось пузырями ожогов, а затем повернулся к вошедшему. Фигура, стоявшая на пороге осиротевших покоев Аспект-Императора, из-за тысяч танцующих отблесков — оранжевых искорок, рассыпающихся по ишройским доспехам, казалась какой-то потусторонней. Картины, написанные на обтянутых пергаментом рамах, висели вокруг, словно укутанные тенями видения, напоённые уже свершившейся историей и украшенные священными текстами. Видения, потерявшие всякий смысл в этом безумном маскараде.

— Тебе стоило бы оставить Очаг в покое.

— Твой отец... — выдохнул Пройас, пристально глядя на пламенеющий призрак Анасуримбора Кайютаса... сына его Пророка, мальчика, которого он практически вырастил. — Он хотел бы, чтобы я увидел это.

Воздух вокруг, казалось, загустел, наполнился эманациями чего-то немыслимого.

— Мы же теперь свободны, дядя, как ты не видишь этого?

Фигура приблизилась... столь подобная Ему, однако же закованная в хладный нимиль — пылающее зеркальными осколками знамение, знак чего-то чуждого, нечеловеческого, упыриного. Губы, проступающие из курчавой бороды, звали, манили.

— Какое преступление, какой проступок, — сказал Кайютас, голос его понизился до рыка, — могут иметь хоть какое-то значение перед лицом подобного врага. Какое нечестивое деяние? Право вершить зло всегда было величайшей наградой праведных.

Юноша возложил мозолистую ладонь на сломанную руку Пройаса и до предела вытянул её вверх.

— Что отец сказал тебе?

Экзальт-генерал стоял, словно треснувший, выгнутый сверх всякой меры какой-то яростной силой и надломившийся под её натиском лук. Взгляд его трепетал. На ухмыляющихся устах пеной застыла слюна. Но его, казалось, и вовсе не заботило происходящее... во всяком случае до тех пор, пока из-под повязки не засочилась кровь.

— Он сказал, что... — начал Пройас, на миг прервавшись, чтобы судорожно сглотнуть. — Что люди должны... должны есть...

Имперский принц улыбнулся с каким-то бесноватым торжеством.

— Вот видишь? — молвила рука, ибо на свете оставались сейчас одни лишь рты да руки.

— Разве имеет значение, что мы становимся шранками, — ворковали жестокие пальцы...

До тех пор, пока мы спасаем Мир.

* * *

Слышишь? Всё больше визжащих воплей.

Мне нравится, как трещат в огне умащенные жиром зубы — звук столь же изысканный, как цоканье подков по камням.

Она тлеет... всегда тлеет внутри тебя негаснущей искоркой.

А потом на угольях капает жир... и вот тогда-то и разгорается пламя!

Твоя ненависть. Жажда уничтожать и разрывать в клочья.

О, эта сладость с привкусом соли сгорающей жизни!

И тогда, я знаю, он грядёт, он явится, вцепляясь в душу... звериный ужас.

Жир, вскипающий на покрытой хрустящей корочкой коже... Да! Ужас кроется там, томясь в соку подрумянивающихся на огне тварей.

Разве ты не видишь? Мясо затмевает собой наши души. Заслоняет, словно растущая внутри глаз катаракта.

А в бороде, шипя, пузырится пена!

Оно выскабливает нас, превращая во что-то слишком тощее и слишком быстрое для оков человечности!

Тех, что удерживают нас, будто вертел.

Глава третья. Агонгорея

* * *

Наследие неисчислимых распрей было разбросано по этим безжизненным равнинам.

Здесь лежал король Исвулор, и кости его были такими же древними, как сама Умерау. Так же как и кости легендарного Тинвура, Быка Сауглиша, отправленного на верную смерть опасавшимся его славы Кару-Игнайни, королём Трайсе. Корявые и грубые остатки его могучего скелета валялись где-то здесь в вечном унижении, окружённые слоями хаотично наваленных шранчьих костяков...

Но ничьи останки не нашли в этой земле покоя и погребения.

Не нашли, ибо здесь ничто не росло. Даже чертополох. Даже бархатник. Даже лишайник не расцвечивал изредка встречавшиеся тут лысые валуны. Жуткие чёрные пни всё ещё щетинились вдалеке, словно груды раскрошившегося обсидиана — остатки росшего здесь когда-то леса, погубленного падением Инку-Холойнаса. Оказавшись в тени катастрофы, равнина эта была умерщвлена пеплом, пропитавшим всё вокруг точно просачивающаяся в землю влага — порошком, столь же тонким, как пемза, но при этом ядовитым для всего живого. Если кто-либо, взяв этот порошок в горсть, подбросил бы его вверх, то он бы увидел, что и тогда пепел не разлетелся бы, развеянный ветром, свистящим и проносящимся от края до края по этой унылой, напоминающей огромный железный щит равнине.

А кто-либо достаточно остроглазый даже поклялся бы, что в этой мерзкой грязи виднеются вкрапления золота, еле заметно мерцающего, когда солнечный свет падает на неё под определённым углом.

Куниюрцы называли эти равнины Агонгореей, что рабы-книжники Трёх Морей переводили как Поля Скорби. Но слово «Агонгорея» само по себе было переведённым с ихримсу названием, услышанным норсираями Ранней Древности от своих учителей-сику, ибо нелюди именовали эти места Вишрунуль, Поле Ужаса. И кости нелюдей тоже лежали здесь, под человеческими останками, некогда белые, а теперь почерневшие и искрошившиеся — сохранившиеся до нынешних времён свидетельства тысячелетних войн с инхороями: ночной резни, случившейся после катастрофы Имогириона; горькой славы Исаль'имиала, битвы, в результате которой последние оставшиеся в живых инхорои, вместе с ордами своих мерзких тварей, были, наконец, загнаны в пределы Мин-Уройкаса; и многих других сражений, коих было довольно, чтобы превратить равнины и долы Агонгореи в нечто вроде пола какого-то громадного склепа.

Дождь прекратился. Заря прогнала с неба остатки облаков, и звонкий призыв Интервала пронёсся над бурлящими и бьющимися о камни водами Сурсы. Мужи Ордалии пробуждались от своего беспокойного сна и поднимались на ноги, присоединяясь к тем, кто уже проснулся до них и теперь, щурясь, взирал на представшее перед ними откровение, залитое лучами встающего солнца. Люди во множестве всматривались вдаль, а затем поворачивались к своим товарищам с тревожными вопросами на устах. Пространства, ранее в своей трупной бледности представлявшиеся однородными, ныне оказались словно бы усыпанными битой керамикой — серыми колоннами, насыпями и даже кругами, выложенными из человеческих остовов.

«Мертвецы, — говорили они друг другу. — Наш путь вымощен мертвецами». И даже осмеливались бурчать себе под нос крамольные, лишённые благочестия речи. «Мы идём прямиком в могилу», — бормотали они, стараясь говорить потише, чтобы не услышали Судьи.

Никто не вспоминал о прошедшей, наполненной непотребствами, ночи. Люди осторожно обходили трупы и прочие свидетельства свершившихся зверств, желая поскорее двинуться дальше. Воины приводили в порядок снаряжение, жадно поглощая остатки вчерашнего пиршества. Не минуло и стражи, как взвыли рога народов Трёх Морей и Святое Воинство Воинств отправилось в путь, возглашая неисчислимыми хрипящими глотками гимны и славословия своему Аспект-Императору. Трупы оставили там, где их застал рассвет, не потрудившись даже сосчитать мертвецов, поскольку в противном случае в преступлениях, в результате которых эти люди были изувечены и убиты, пришлось бы обвинить чересчур многих, чтобы Воинство могло себе это позволить.

Великая Ордалия, словно гонимое ветром облако, пересекала пустоши Агонгореи. Той ночью они встали лагерем в месте, что норсираи древности именовали Креарви, или Плешь. Впервые Святое Воинство Воинств оказалось в тех же самых землях, по которым ступала Ордалия древних времён, собранная Анасуримбором Кельмомасом. Судьи, словно одичавшие отшельники с пылающими глазами, бродили, облачённые в грязные одежды, средь мужей Ордалии, призывая их возрадоваться, ибо они достигли ныне самой Плеши, упоминаемой в священных книгах, и предлагая устроить празднество, ибо никогда ещё Спасение не было так близко!

— Рога! — кричали они. — Скоро Рога Голготтерата восстанут на горизонте!

И вновь людей охватила неистовая злоба, столь легко переходящая в молитву и преклонение, вершились зверства, перетекавшие в славословия. Косматыми клочьями обрушилась с неба ночь, даруя долгожданную передышку от всевластия солнца. Гвоздь Небес висел занесённым над ними, словно обнажённый клинок, ожидающий оглашения приговора, а раскинувшиеся вокруг пустоши блестели так ярко, будто чёрный прах агонгорейских равнин был перемешан с алмазами. Погрязшие во грехе сыны Трёх Морей жадно поглощали своих заклятых врагов. Шатры и павильоны пустили на топливо, шипящие и исходящие жиром конечности, наколотые на копья, подрумянивались над кострами. Таинственность ночи объяла и поглотила их, ибо по прошествии времени темнота и насыщение как бы соединились для них в некую единую, словно бы восставшую из небытия, сущность. Оргиастические излишества, сексуальное насилие, визжащие вопли и вспышки порочного веселья — все эти разнузданные порывы овладевали ими, повелевая их кулаками, ртами, устами и ладонями, понуждая их к злодеяниям и преступлениям, в равной степени как совершаемыми Мясом, так и творимыми во имя Мяса. Лишь закончившиеся запасы шранчьей плоти слегка умерили злобное безумие этой вакханалии, ибо той ночью они пожрали последние остатки Мяса и забили первую из оставшихся лошадей.

Утро застало их терзающимися от голода. Странный оскал застыл на лицах тех немногих из них, кто в силу своей неудачливости либо низкого положения остался и вовсе без еды. Ухмылка бессильной ненависти и ожидания неминуемой смерти в этой залитой лучами солнца пустоши.

* * *

Пройас глядел на происходящее сквозь пламя святого Племени Истины и, несмотря на испытываемое им отвращение, ликовал, прозревая всю неисчислимость совершаемых мужами Ордалии грехов и овладевших ими пороков.

Образы, порою ускользающие, а порою ясные или снова колеблющиеся, приковывали к себе всю его сущность, иссекая сердце вспышками гнева: мясо, молотящее мясо, кости, ломающие кости. Видения сладостные, с привкусом гнили: блестящие от пота, с натугой испражняющиеся людские тела...

Сё мясо — дрожащее, сражающееся, борющееся, а затем дёргающееся и скручивающееся.

Не существовало ничего основательнее, глубиннее мяса.

И всё же люди во всех основополагающих смыслах выбирали и возвышали над мясом вещи совершенно эфемерные. Они повсюду развешивали свои святыни, коренящиеся в сущностях мимолётных и ускользающих, в сущностях чересчур шатких для вечности, чересчур закостеневших для подлинного страдания или же, напротив, чересчур быстро ускользающих, как только речь заходит о спасении жизни. Но они, тем не менее, готовы были скорее восславить собственное дыхание, нежели смириться с тем фактом, что глубинной основой их является мясо.

Ну и дурачьё! Что есть душа, как не вуаль, наброшенная человечеством на свою сущность в попытке уберечься от того унизительного смрада, который от этой самой сущности и исходит? Что есть душа, как не облачение, которое может оставаться столь чистым и безупречным лишь будучи совершенно незримым!

Сидящий голым в своих покоях, экзальт-генерал раскачивался на корточках, хихикая и издавая протяжные крики.

— Да! — вопил он. — Вот и всё! С ножом!

В Боге нет ничего человеческого... Бог — словно паук.

Никого и ничем не способный одарить.

Тем временем Мясо, в полном согласии с собственной сутью, темнело и разбухало во всей своей красе.

* * *

Звон Интервала не раздался следующим утром.

В лучах восходящего солнца огромный, бездумно разбросанный лагерь представлял собою зрелище мрачное и удручающее, напоминая столицу какой-то одичавшей нации беженцев. Они поднимались один за другим, выбираясь из своих палаток и укрытий, подобные, скорее, искусно сделанным глиняным истуканам, нежели людям. Никому из них ночь не принесла сна. Дыхание у людей перехватывало, а сердца замирали при виде той цены, что пришлось заплатить их товарищам за блаженство, выпавшее на их долю. Но в той частичке их душ, которой следовало бы корчиться от боли и вопить от невыразимой тяжести совершённых ими грехов, обреталась ныне лишь пустота — укоренившаяся глубоко внутри рефлекторная слепота к тому, чем они стали...

И продолжали становиться.

— Наш Пророк покинул нас... — осмеливался кое-кто из них потихоньку шептать своим братьям.

А теперь и Мясо.

С поспешностью слабовольных мужи Ордалии готовились выступить, обращая в труды и заботы весь груз ужаса, скопившегося внутри их сердец. Но ужасали их не те наполненные дикостью и безумием ночи, что остались позади, а те дни, что им теперь предстояли. Мясо закончилось! А они ушли прочь с полей, где остались лежать шранчьи туши. Сколько должно минуть дней, чтобы гниение сделало мясцо тощих сладковатым на вкус? Сама мысль об этом была подобна болезненному падению в какую-то яму. По коже струился пот, а голову жгло от боли. Повсюду, куда ни глянь, люди жадно сглатывали слюнки, без конца преследуемые воображением, подсовывавшим им ощущение и вкус хорошенько прожаренных и умащённых жирком кусочков, медленно тающих прямо во рту. И они поспешали, дабы не позволять медлительности ещё сильнее терзать их души буйными фантазиями... воплощающими миражи, что не способно было призвать пристыживающее солнце. Существует способ, с помощью которого люди могут сделать подспорьем терзающий их голод, превратить его в нечто вроде рычага, способного усилить ту часть их природы, что следовало бы называть бо́льшей. Когда-то люди сумели распрямить свои спины и подняться с четверенек, повинуясь изменениям, случившимся с их душами, — тому фанатичному упрямству, что распространяется тем сильнее и дальше, чем бо́льшие уродства кроются внутри.

Святое Воинство Воинств выступило без приказа и какого-либо порядка. Воняющие прогорклым жиром кучки людей перемещались в согласии не бо́льшем, чем двигаются комки грязи, оказавшиеся в одной и той же лужице масла, медленно стекающего то тоненькими струйками, то чуть более плотными сгустками прямо по бесстыжему лобку мироздания. Древние кости хрустели под поступью бесчисленных ног. Небо обрушивало на их головы ту ошеломляющую пустоту, что придаёт ясным осенним денькам отчётливое предощущение подступающей зимы. Воздух казался каким-то слишком разреженным, чтобы суметь по-настоящему раздуть тот огонь, что медленно расползался по их конечностям. Никто не поднимал голоса даже ради разговоров, не говоря уж о песнях или псалмах, ибо этот переход стал для них, скорее, некой возможностью с головой погрузиться во внутренние протесты и самоувещевания, поводом исчислить и обдумать все злополучные ошибки, что привели к тому бедственному положению, в котором они очутились.

И что же им теперь есть?

Мужи Ордалии шли по напоминающей разрытую могилу равнине, раскинувшейся до самого горизонта. Они продвигались вперёд различающимися даже внешне отрядами и группами: тидонцы с переброшенными через левое плечо бородами, айнонцы, несущие свои щиты, будто бороны, нансурские колумнарии с водружёнными на головы походными мешками. И, несмотря на свой весьма неопрятный вид, они споро шагали, лучась какой-то живостью, а грозное выражение лиц выдавало охватившее их рвение.

Оставшиеся в армии всадники, придерживая лошадей, двигались в авангарде перемещавшегося воинства. Они взирали на нечто, казавшееся им бо́льшим, нежели обычной землёй, — ландшафт, словно бы ободранный, обструганный и вычищенный до голого основания, так что иногда представлялось, что они идут по самой Сути Творения. Даже облака — редкие, какими они теперь стали, казалось, почтительно перешёптываются друг с другом. Кости и грязь простирались вокруг уходящей куда-то в бесконечность и будто бы устремляющейся прямо в небеса тарелкой. Многие находили в этом запустении своего рода умиротворение, прозревая в её непритязательной простоте какую-то воображаемую композицию или узор. Никогда ещё во время перехода они не затевали меньше перебранок и свар, нежели сейчас. Их тени жались к сёдлам, превращаясь в ровные, круглые пятнышки. Дабы пересечь Агонгорею, нужно было распотрошить все рельефы и ландшафты, иссечь их до некой сущностной основы, соединившись в единое целое с неумолимой пустотой... и жизнью, что нужно отдать, чтобы её покорить.

Люди начали громко молиться, дабы им были ниспосланы хоть какие-то признаки присутствия шранков.

— И кто же? — вопрошали они. — Кто же теперь будет питать нас?

Позади них, где-то над Даглиаш, по-прежнему виднелся мазок почерневшего неба — последний зримый остаток старого Мира, и при виде сего зрелища, несмотря на венчающий его ядовито-охряной ореол, у людей увлажнялись уста, а изо рта сочилась слюна.

К полудню осторожные взгляды стали смелыми до безрассудства. Глаза людей безостановочно двигались... Любой, кто по какой-либо причине запнулся, немедленно награждался целым каскадом мимолётных взглядов, в особенности же это касалось тех, кто блевал, терял волосы или выказывал иные признаки нездоровья. По какой-то непостижимой причине жертвы этой странной болезни никогда не замечали в себе её проявлений... или же попросту слишком боялись их заметить... даже тогда, когда сами только и занимались тем, что тщательно выискивали эти признаки у всех остальных. Никто из заболевших не пытался бежать. Никто не пробовал прикрываться чьим-либо покровительством, не говоря уж о том, чтобы трусливо заискивать перед кем-то. Не считая мрачной игры в гляделки, все вокруг вели себя так, будто ночь никогда не настанет. Если бы чья-то душа взглянула сейчас на собственное отражение, то заметила бы, что в действительности всё, ранее составлявшее её суть, ныне словно бы покрылось убогим налётом притворства. Что все привычные действия и речи, все непринуждённые, давным-давно доведённые до автоматизма повадки и совершаемые без каких-либо усилий поступки теперь будто бы стали чем-то совершенно не относящимся к делу...

Что все старые сущности словно бы разлагались, истлевая в содержимом Мяса.

Даже просто случайно услышанное и некогда вызывавшее омерзение слово «шранки» кололо слух, бередило сердце самой возможностью, что где-то, кем-то каким-то образом вновь обнаружено Мясо. Боль разочарования же пробуждала ропот и возмущение. И, как это часто бывает, словно бы из ниоткуда возникали разговоры и пересуды именно о том, чего так жаждали их терзающиеся подозрениями души. Несколько Уверовавших королей, стиснутых вместе со своими дружинниками людскими массами и изнывавших от слухов о столь желанной встрече с врагом, довели себя до того, что, нахлёстывая лошадей, вырвались в авангард, опередив Святое Воинство.

— Оставьте и нам кусочек! — вопили им вослед родичи и соотечественники.

Рвение и пыл пламенем разгорались в груди тысяч людей, желание поскорее узреть лежащее там — за пределами занятых человеческим войском пространств. Души тысяч других опустошал ничуть не меньший ужас — внезапная убеждённость, что их непременно лишат причитающегося им. Присвоят полагающуюся им долю. Крики отдельных людей сливались в единый вой, заставлявший ускорять шаг всё новые и новые тысячи. Наконец, люди побежали так быстро, как только могли. Некоторые и вовсе отбрасывали прочь оружие и щиты. Другие, оказавшись зажатыми и стиснутыми своими товарищами, издавали ревущие вопли — поначалу полные неверия, а затем удушливого ужаса, заражавшего накатывающие массы ещё пущим страхом и буйством...

Вихрем явилась смерть. Один из адептов, оставив в бурлящем человеческом потоке все свои вещи, запел колдовскую песнь и шагнул в небеса. Тысячи глоток отозвались на это яростным криком, а оставшиеся внизу толпы исполнились ещё большего буйства, будучи убеждёнными в том, что колдуны получили известие о появившихся шранках...

Вскоре уже сотни колдунов и ведьм висели над ярящимися равнинами.

Итак, преодолевшая тысячи лиг, сумевшая выжить под тесаками миллионов шранков, Великая Ордалия не смогла устоять перед распространяющимися внутри неё мрачными слухами. Люди один за другим поддавались панике и начинали метаться, бросая на всех вокруг дикие взгляды. Войско, прежде огромной массой следовавшее на запад, внезапно словно бы вывернулось наружу, распространяясь по равнине всё более и более истончающимися кучками. Поскольку несуществующего Мяса, как и следовало ожидать, не было ни в одном конкретном направлении, воины Ордалии естественным образом разбредались одновременно повсюду.

Те из лордов, которые, несмотря ни на что, сохраняли дисциплину и твёрдость духа, могли лишь ошеломлённо взирать на происходящее и поражаться. Как напишет по этому поводу Миратеис, конрийский летописец экзальт-генерала, Воинство Воинств, словно бы вдруг превратившееся в пепел, оказалось унесённым прочь. «Дым, — якобы произнес он тогда. — Возжаждав мяса, мы стали дымом».

А потом это случилось.

Ордалия раскололась, развалилась на части под грузом собственной разнузданности. Итог, вобравший в себя зёрна более чем сотни тысяч личных отчаяний, безнадёжных скорбей озлобленных душ, обнаруживших затем, что они... удивительным образом будто бы чем-то *уловлены*.

Головы одна за другой поворачивались к угольно-чёрной линии западного горизонта, где глаз послеполуденного солнца висел, словно бы окружённый ложными светилами, по какой-то странной причине не освещавшими, а затмевавшими своим блеском расстилавшиеся под ними дали. Каждый мог это видеть: сияющие жилки, проколовшие шершавую шкуру горизонта подобно двум золотым проволокам...

Нечто вроде стенания пронеслось над Святым Воинством. Трубы и горны взвыли по всей равнине. Люди Кругораспятия повсюду начали опускаться на колени, группа за группой, ряд за рядом... хоть никто и никогда так и не узнает, происходило ли это из-за преклонения перед свершившимся чудом, от удивления или же попросту из-за безмолвного облегчения...

Ужасающие Рога... *Рога Голготтерата* проклюнулись, наконец, сквозь горизонт сияющим светочем, манящим маяком для всего злобного, непристойного и нечестивого.

На какое-то время Мясо оказалось забыто.

Экзальт-генерал рыдал, как позднее напишет Миратеис в своём дневнике, «словно отец, вновь обретший потерявшееся дитя».

ГЛАВА ЧЕТВЁРТАЯ

Горы Демуа

> *Верить в кулак — всё равно что поклоняться идолам.*
> — *«Возражения»*, ПСЕВДО-ПРОТАТИС

Ранняя осень, 20 Год Новой Империи (4132, Год Бивня), Дальний Вуор

Дневной свет изливался на безжизненную землю, в равной мере согревая и глины, и ветви деревьев. Достоинства сей возрождающейся страны, так превозносимые бардами — жрецами былого, слышались в бренчащем хоре кузнечиков, доносившемся из-под ног, взвивались птичьими трелями над их головами. Мимо путников в воздухе сновали мухи и лениво пролетали пчёлы. От самых гор и до могучей реки Аумрис земля оставалась именно такой — сдержанной, но плодородной. Сыновья древней Умерау дали ей имя «Вуор», означавшее «изобилие».

Но затем Мин-Уройкас вновь восстал, вскипев нечестивой жизнью, а следом через сужения и отмели Привязи сюда начали просачиваться шранки. Несмотря на принесённые клятвы и возведённые укрепления, северо-запад Умерау стал настолько опасен, что люди здесь оставались жить лишь в крепостях, и в конечном итоге эта часть Вуора была оставлена, а сам край ужался, сделавшись меньшей по размерам провинцией, прилегавшей к Аумрис. Новый рубеж стал называться Анунуакру — спорные земли, прославившие рыцарей-вождей, в которых во множестве нуждалось пограничье. Те же земли, что были уступлены Врагу, земли, через которые сейчас путешествовали Акхеймион и Мимара, стали известны как Дальний Вуор.

Глава четвёртая. Горы Демуа

Места эти были давным-давно покинуты, став жертвой Голготтерата за века до того, как Первый Апокалипсис без остатка сокрушил сынов Норсирая. Ему было больно дышать, даже просто ступая тут... даже просто пересекая Дальний Вуор, как некогда это сделал Сесватха. Отныне и впредь, осознал старый волшебник, это всегда будет так, ибо с каждым следующим днём ему предстоит миновать всё более и более проклятые земли. Они уже подобрались близко — безумно близко! Скоро они увидят их — сияющие образы из его кошмаров — восставшие на горизонте золотые бивни, вознёсшиеся выше горных вершин и пронзающие всё, что на свете осталось истинного...

Сама мысль об этом заставляла его задыхаться, ощущая, как конечности будто вскипают чистым ужасом.

— Ты опять чего-то бормочешь, — пискнула где-то сбоку Мимара.

— И о чём же? — рявкнул Акхеймион, к собственному удивлению и задетый и возмущённый.

Учитывая всё, что им довелось пережить вместе, кто бы мог подумать, что они будут всё так же трусить, имея дело друг с другом. Но, в конце концов, такова, видимо, была их любовь — всегда побаиваться слов и речей спутника.

Мимара, само собой, трусила меньше. Она всегда первой проявляла твёрдость и потому постоянно была готова досаждать и изводить его.

— Кто такой Наутцера? — целенаправленно давила она, не давая сбить себя с мысли.

Вздрогнув и поёжившись, он прямо на ходу посильнее укутался в гнилые одежды.

— Избавь меня от своей назойливости, женщина. Мои раны и без того болят...

Акхеймиону пришлось страдать чересчур много, чтобы он мог обладать душою щедрой или хотя бы искренней. Быть несчастным означает лелеять свои обиды, размышлять над рубцами и плетьми — как над отметинами, так и над инструментами, их оставившими. Трудясь над запрещённой историей Первой Священной Войны, он в равной степени трудился над историей своего собственного падения. Чернила даруют всякой душе роскошь невинности. Писать что-либо означает быть проворным там, где все прочие замирают на месте, означает иметь возможность насиловать факты словами до тех пор, пока те не начнут рыдать. И посему старый волшебник составил списки злодеев и счёл все их преступления. В отличие от прочих озлобленных душ, ему были известны все подробности того, как он сделался жертвой, ибо он выведал и исчислил их с самоотверженной скрупулёзностью учёного. И давным-давно он установил тот факт, что Наутцеру следует считать величайшим из преступников.

Даже спустя все эти годы он мог слышать, как голос этого подлеца скрипит средь мрачных сводов Атъерса: «*Ах да... я и забыл, что ты причисляешь себя к скептикам...*»

Если бы не Наутцера, то его, несущего на своём сердце тяжесть неисчислимых потерь, сейчас бы не было здесь. Если бы не Наутцера, Инрау по-прежнему был бы жив.

«Полагаю, в таком случае ты скажешь: возможность того, что мы наблюдаем первые признаки возвращения Не-Бога, перевешивается реальностью — жизнью перебежчика».

Инрау!

«Что риск ещё одного Апокалипсиса не стоит крови глупца...»

— Наутцера — человек из твоего прошлого, не так ли? — упорствовала Мимара. — Из времён Первой Священной Войны?

Он проигнорировал её, находясь в состоянии какого-то рассеянного раздражения, которому склонны поддаваться люди, не знающие, стоит ли им сейчас бояться или же гневаться. Он бормочет! Когда это он начал бормотать?

Вместе они шли по остаткам древней дороги, петлявшей среди изрезанных холмами предгорий Демуа. Камни, которыми она когда-то была вымощена, давным-давно превратились в пыль под разрушительным натиском непогоды, оставив на месте тракта лишь заросшую насыпь — то поднимавшуюся чуть повыше, то почти незаметную, а в тех местах, где её пересекали многочисленные ручьи и протоки, — размытую до основания века тому назад. Слева от них ландшафт вздымался и громоздился уступами — частоколом щетинились тёмные копья хвойных деревьев, прокалывая полог лиственного леса; высились остатки того, что в древности могло быть сторожевыми башнями, возведёнными на ближайших холмах, — груды поросших лишайником камней, выглядевших так, будто строения, когда-то из них сложенные, были беспощадно разгромлены и срыты. А дальше, за холмами, до небес вставали могучие, заснеженные горы. В то же самое время справа от них мир словно бы исчезал, сливаясь с простирающимися до самого горизонта кронами деревьев — берёз, клёнов, лиственниц и множества других — как всё ещё покрытых листвой, так и уже облетающих. А впереди... впереди лежал север... То было направление, в котором он шёл, но также и направление, куда он не способен был даже глянуть.

— Север ужасает тебя, — донёсся откуда-то сбоку голос Мимары.

Глава четвёртая. Горы Демуа

— Просто мне известно, что нас там ожидает, — ответил он, пугаясь её проницательности, её способности скорее услышать в его речах сжимающую сердце боль, нежели просто понять по голосу, что у него болит горло.

Он, немного поотстав, остановился на вершине холма, наблюдая за тем, как она идёт, прижав к своему заду руки, а выпятившийся живот шаром раздувает её поблёскивающий золотом хауберк. Вдруг беременная женщина, щёлкнув, сломала ветку берёзы и, оставив её висеть, словно крыло изувеченной птицы, отчасти загородила им обоим обзор. Демуа вздымались за её спиной, застилая всё сущее какой-то размытой дымкой, мглою, представляющейся слишком холодной, чтобы её можно было назвать лиловой. И ему казалось, что он может чувствовать его — там вовне, словно спрятанный миром постыдный синяк, словно впившуюся в горло колючку, которую, как ни старайся, проглотить не удаётся... Голготтерат. Он не видел там ничего, не считая проступающей сквозь мглистую пелену бесплодной земли, но тем не менее чувствовал это...

Ожидание?

— Наутцера — мой старый недруг. Он, как и я в те времена, был адептом Завета, — признался Акхеймион, — именно он подвигнул меня на тот путь, которым мы с тобой следуем ныне... Он тот, кого я, как мне кажется, виню во всём случившемся более остальных... не считая Келлхуса.

Мимара откупорила флягу, чтобы сделать глоток.

— И отчего же?

Она предложила глотнуть и ему, но старый волшебник лишь отмахнулся.

— Именно он послал меня в Сумну для того, чтобы я подговорил своего бывшего ученика шпионить за твоим дядей — Святейшим шрайей. Он опасался, что Майтанет может иметь какое-то отношение к Консульту, хотя на тот момент никто уже сотни лет не мог обнаружить никаких признаков их присутствия...

— И что же случилось?

— Мой ученик погиб.

Она внимательно посмотрела на него.

— Его убил Майтанет?

— Нет... Это сделал Консульт.

Она нахмурилась.

— То есть ты преуспел в выполнении своего задания?

— Преуспел? — вскричал волшебник. — Я потерял Инрау!

— Да, разумеется... Когда ты отдаешь приказы, ты всегда рискуешь жизнями своих людей. Уверена, твой ученик это прекрасно знал. Как и Наутцера.

— Тогда ещё никто ничего не знал!

В ответ она одарила его лёгким и беспечным движением плеча — одним из множества маленьких фокусов джнана, что она сохранила со времён жизни в Каритусаль.

— Ты же не считаешь, что факт обнаружения Консульта не стоил одной-единственной жизни?

— Конечно, нет!

— Тогда получается, что Наутцера просто потребовал от тебя сделать именно то, что и было необходимо...

Акхеймион, уставившись на неё, зашипел, пытаясь всем своим видом выразить овладевшую им ярость, хоть и понимал, что выказывает в действительности нечто совершенно иное.

— Что? О чём это ты говоришь?

Она пристально посмотрела на него долгим, лишённым всякого выражения взглядом.

Каждому действию соответствует своё время, некая пора, когда его совершение не требует от человека никаких особых усилий и даже соответствует велениям его души. Нет никаких гарантий, что суждения, свойственные какому-либо возрасту, сохранятся в будущем, что праведность и благочестие останутся таковыми, как ни в чём не бывало. Мы все это так или иначе осознаём, и в наших душах всегда присутствует своего рода гибкость, позволяющая нам меняться, когда того — порою мягко, а порой и беспрекословно — требуют обстоятельства. Однако же ненависть, как и любовь, неразрывно связывая нас с другими людьми, зачастую делает нас несклонными к компромиссам. Ненависть есть грех, но грех, противопоставленный другому греху, ибо что за душа может быть до такой степени переполнена скверной, дабы желать зла невинному? Или хуже того — герою?

Наутцера обязан был быть злодеем, хотя бы ради того, чтобы Акхеймион не мог винить в случившемся самого себя.

— Твой ученик... — осторожно подбирая слова, сказала Мимара, словно бы опасаясь того, что видела в его глазах, — Инрау... Тебе стоит понять, что его смерть не была напрасной, Акка... Что его жизнь имела бо́льшее значение, чем он, возможно, вообще сумел бы осознать.

— Ну конечно! — воскликнул он, в ушах у него гудело.

Ведь это действительно происходило прямо сейчас! Второй Апокалипсис!

И это означало, что Наутцера с самого начала был прав...

У него перехватило дыхание, казалось, что каждая крохотная частичка его существа терзается и дрожит.

Наутцера с самого начала был прав. Кровь Инрау пролилась не напрасно.

Акхеймион отвернулся от неё, от матери своего нерождённого дитя. Отвернулся, чтобы она не видела его слёз, а затем рванулся вперёд и вниз, по хребту древней дороги, что вела в дебри Дальнего Вуора...

Спустя две тысячи лет после того, как свет человеческой расы угас в этом уголке Мира.

* * *

Они приняли щепотку кирри способом, что им показал Выживший перед тем, как разбиться насмерть, спрыгнув со скалы. Никто из них об этом даже не упомянул, хотя оба совершенно отчётливо всё осознавали. Взамен они убедили друг друга, что скюльвенды непременно преследуют их, что Найюр урс Скиота уже вглядывается в горизонт, силясь отыскать малейшие признаки их присутствия. Кирри было для них насущной потребностью. В большей степени, нежели здравый смысл или даже надежда. В конце концов, Народ Войны действительно скакал следом за ними...

И посему они двигались по ночам, мчась вьющимися под ветвями деревьев тропами, пересекая вброд ревущие, стремительные потоки, серебрящиеся в лунном свете. Перебираясь через один особенно бурный речной приток, Мимара не смогла удержаться. Её нога соскользнула с мшистого выступа какого-то валуна. Пытаясь восстановить равновесие, она взмахнула руками, а затем просто исчезла в туче брызг. Мгновение Акхеймион едва мог дышать, не говоря уж о том, чтобы кричать или творить колдовство. К тому времени, когда он пришёл в себя, она, расплёскивая воду, уже натужно выбиралась на противоположный берег примерно в сорока локтях ниже по течению. Он бросился к ней, перепуганно суетясь, как это делают те, кто пытается исправить бедствие, ставшее результатом их собственных действий.

— Как там мешочек? — наконец спросил он.

Широко распахнув глаза, она нервно зашарила рукой под промокшими шкурами, но тут же расслабилась, обнаружив, что расшитый рунами кисет просто расплющился, оказавшись под кошельком, в котором она хранила свои хоры. Они присели на корточки, сгорбившись над поверхностью залитой лунным светом скалы, дабы проверить сохранность содержимого мешочка — если не взглядом, то хотя бы своими ноздрями. Мимара, чьи прежде взлохмаченные волосы вода превратила в струящиеся локоны, выглядела настоящей красавицей, напоминающей свою мать. Он не мог оторвать заворожённого взгляда от её золотящегося чешуёй доспеха животика.

«Зачем? — ярился скюльвенский варвар перед оком его души. — *Зачем ты явился сюда, Друз Акхеймион? Зачем потащил свою сучку через тысячи вопящих и норовящих сожрать вас обоих лиг? Скажи мне, что заставляет человека бросать палочки на чрево его беременной бабы?*»

Несмотря на то что из них двоих промокла Мимара, именно Акхеймион трясся от холода, когда они снова пустились в путь.

Двигаясь урывками и перебежками, они пересекали Дальний Вуор. Комары жутко донимали их, то роясь в определённое время суток такими плотными тучами, что казалось, будто Луна и Гвоздь Небес окружены каким-то светящимся ореолом, то, в другие часы, практически не беспокоя путников. В какой-то момент странствие перестало утомлять их, сделавшись почти неотличимым от сновидения, или, во всяком случае, чем-то менее отчётливым, более машинальным и не требующим существенных усилий. Акхеймион не столько передвигался сам или даже чувствовал, что движется, сколько плыл, будто какой-то праздный кетьянский князь, влекомый куда-то в носилках собственного тела. Он обнаружил себя будто бы странствующим под прямым углом к миру — одновременно как бы и преодолевающим эту дикую холмистую местность и погружённым в своего рода безумный, лихорадочный сон, в котором он слышал со стороны голос, узнаваемый им как принадлежащий ему же, и испытывал желания более страстные и настойчивые, нежели его собственные.

— Нет! — услышал он свой крик. — О чём ты...

Он прозревал себя очутившимся в скюльвендском стане, призрак Найюра впивался жутким взглядом в его глаза, в речах Короля Племён звучал грохот надвигающихся наводнений и оползней, от него исходили нестерпимые жар и вонь, сразу и грозя обетованием убийства и маня обещанием содействия.

«*Двадцать зим утекло талым снегом, и вот ты заявляешься в мой шатёр, колдун, — смущённый, растерянный и сбитый с толку. Весь целиком! Весь без остатка объятый тьмой, бывшей прежде!*»

Он скитался так далеко от мест, где ступали сейчас его ноги.

Само собой, опорой для холстины его души и сердца служило кирри. Именно оно расчищало пространства внутри и вовне его, позволяя телу проходить там и ступать туда, куда посредством

Глава четвёртая. Горы Демуа

собственной воли он не мог бы даже надеяться проникнуть. Оно всегда оставалось где-то рядом, не столько скрываясь внутри этих сонных видений, сколько нагнетаясь в них, как в мешок, дабы задержаться там, оставаясь, казалось бы, бесстрастным и недвижимым, но тихонько и неотвязно попрекающим его и требовательно ворчащим откуда-то из глубин его существа. *Освободи меня! Одари меня жизнью!*

И при всём безумии происходящего, казалось, ничто не могло быть более правильным. Как они потребляли сожжённую плоть Нильгиккаса, так и Нильгиккас поглощал их — оставшиеся крупинки одной души, продуваемые сквозь уголья другой и разгорающиеся пламенем более ярким. Употребление кирри, как понимал старый волшебник, было разновидностью дарения, а не принятия, способом воскресить последнего короля нелюдей — Клирика! — нося его сущность на изнанке их собственных жизней.

В какой-то момент он поймал себя на том, что кричит и рыдает: «А какой у нас выбор? Какой выбор?» Кирри было единственной причиной, по которой они сумели найти Сауглиш, выжить в Ишуаль и дойти до самых границ Голготтерата. У них не было выбора. Так почему же он не соглашался и спорил? Потому что пользоваться кирри было злом, ибо означало каннибализм — употребление в пищу другого разумного существа? Или потому, что оно понемногу искажало их чувства путями, которые они едва ли способны были даже постичь? Или потому, что оно уже начало, как всегда потихоньку, овладевать всеми их мыслями, не говоря уж о страстях?

Но какое значение всё это могло иметь для того, кто уже и так проклят?

Его путь был движением навстречу погибели — длинный и мучительный подъём к Золотому Залу. Его Сны предрекли это так ясно! Вот! — Вот его смерть, его рок и проклятие!

Умереть смертью, уготованной Сесватхе.

— Нет! — с трудом ловя воздух, сказала Мимара где-то позади. Казалось, весь мир идёт сейчас мимо них. Угловатые тени деревьев сочетались в переступающие корнями и стволами, шагающие им навстречу леса. — Нет-нет, Акка! — Он что, говорил вслух?

Их отличие от остального мира заключалось в направлении — ибо они шли туда, откуда само Сущее спасалось бегством.

— Мы идём ради жизни! — вскричала она тоном, столь непререкаемым, будто изрекала пророчество. — Ради надежды!

До тех самых пор, пока рассвет не окрасил золотом восточные края пустоши, в памяти волшебника не сохранилось более ничего, не считая его собственного хохота над этим её заявлением.

* * *

Открывшийся перед ними пейзаж оказался ещё неприветливее, чем он помнил по своим Снам.

Карты, независимо от того, насколько тщательно их старались сделать, всегда вводили в заблуждение. Так, на сохранившихся в Трёх Морях картах Древнего Севера огромное вытянутое устье, на которое взирали сейчас Акхеймион и Мимара, неизменно называлось «Проливы Аэгус» — название, отлично сочетавшееся с благородным достоинством прочих наименований, его окружавших. Но, исключая обучавшихся в сауглишской картографической традиции, никто из Высоких норсираев не называл так эти воды. Они гораздо чаще именовали их «Охни», кондским словечком, означавшим «Привязь». Огромный морской рукав, холодный и чёрный, тянулся перед ними. Волны взбивались в пену о низкий берег. Чайки, крачки и множество других птиц, казалось, впали в какое-то безумие, беснуясь над этими водами. Некоторые скользили в потоках незримого бриза, остальные же носились прямо над поверхностью, бросаясь вниз целыми стаями, возбуждённо галдя и пугаясь ими же и устроенной суматохи. Крики кормящихся птиц неслись по ветру, так глубоко, так отчаянно пронзая пустоту осеннего неба, что приблизившиеся Мимара с Акхеймионом замерли, потрясённые этим шумом и гамом.

Невзирая на усталость, спутники, хоть и не испытывая никакого желания разгадывать загадки, поневоле задумались, откуда взялась вся эта птичья орда. Ветер колыхал плотно росшие у их ног травы, хлопая спутанной порослью скраба и сумаха, словно пыльными одеялами.

Акхеймион вскрикнул первым, ибо взгляд его случайно уловил это, а затем он уже видел их повсюду — неисчислимые туши, забившие устье. Целые гниющие плоты из застрявших на мелководье разбухших, колыхающихся тел, источающих в воды Привязи потоки разлагающегося жира. Простёршиеся до горизонта бесконечные множества, заполняющие глубины, втягивающиеся в завихрения размером с города — чудовищные круговороты из пропитанного влагой и разорванного в клочья мяса.

Старый волшебник так и сел, взгляд его дрожал от волнения. Мимара медленно опустилась рядом с ним на колени. Её взгляд, даже вроде бы остановившись на нём, поневоле тянулся к открывшемуся зрелищу. Блуждающее облачко заслонило солнце, и изменившееся освещение позволило увидеть ободранные лица утопленников, а также изредка встречающиеся среди них бородатые человеческие физиономии и одетые тела, покачивающиеся среди по-рыбьему белёсых масс.

Акхеймион ошарашенно таращился на девушку.

— Келлхус... он... кажется, нашёл способ... способ уничтожить Орду... — Он почесал голову, взгляд его всё ещё метался. — Возле Даглиаш. Да-да... Помнишь то чёрное облако, что мы видели на горизонте, когда покидали Ишуаль. Это могло случиться у Даглиаш... причина этого.

Она моргнула, и её взгляд, наконец, сосредоточился на нём.

— Не понимаю.

Прежние соображения быстро всплыли в его памяти.

— Река Сурса впадает в северную часть Туманного моря. Она должна была остановить шранков в тот момент, когда Ордалия оказалась на подступах к Даглиаш. У Келлхуса не было иного выбора, кроме как сразиться со всей Ордой целиком... и найти способ одолеть её.

Оглянувшись, Мимара бросила короткий взгляд на бесконечные пространства, забитые дохлятиной. В какой-то момент она даже начала теребить кончиками пальцев чешуйки своего шеорского доспеха, потирая живот.

— Значит, это Орда...

— А чем ещё, по-твоему, это может быть?

Она посмотрела на него гораздо пристальнее, чем это могло бы ему понравиться.

— Значит, мой отчим уже на пути к Голготтерату.

Стиснув зубы, он кивнул. Им нужно́ кирри, подумал он. Им нужно спешить.

Миру приходит конец.

— Я могу перенести тебя через протоку... — начал он, терзаясь предощущением старых и неразрешимых противоречий. Он едва не рыдал, глядя на неё, одетую в гнилые шкуры и тряпки, на её спутанные, обрезанные волосы, её глаза, сверкающие безумием с овала замаранного лица...

Находящуюся в тягости. Носящую дитя — его дитя!

— Но тебе придётся отказаться от этих проклятых безделушек.

Обида, нанесённая ответными словами, его потрясла.

— Они таковы для тебя лишь потому, — сказала она, — что ты сам проклят.

ГЛАВА ПЯТАЯ

Агонгорея

> Люди всегда стоят на самом краю человечности — обрыв так близок, а падение так губительно. Сущность же всей касающейся этого вопроса риторики заключается лишь в искусном использовании верёвок и лестниц.
>
> — *Первая Аналитика Рода Человеческого*, АЙЕНСИС

> Как кремень они отколоты,
> Как кремень они отточены,
> А люди лишь ломают их,
> Отсекая кромку.
>
> — *Рабочая песня скальперов*

Ранняя осень, 20 Год Новой Империи (4132 Год Бивня), Голготтерат

Четыреста лошадей были забиты на мясо той ночью, многие из них весьма жестоко — так что стражу за стражей лошадиные крики пронзали и рвали на части темноту. Множество людей, будто опьянев, пустились в пляс, подражая этим воплям и изощряясь в нелепых пародиях, особенно те из них, кому пришлось пожертвовать собственным животным. Лишь колдовские огни пылали в ту ночь, ибо несмотря на то, что братоубийственная резня всё так же продолжалась, сжигание вещей оказалось под запретом. Судьи шествовали среди них, одновременно и требуя соблюдения благочестивых обрядов, и призывая к празднеству. Рога торчали, воткнутые в горизонт, словно какой-то нечестивый изогнутый Гвоздь, пронзивший истерзанное лоно Эарвы, ядовитый шип, напитавший своей заразой всю историю и древние сказания, — шип, что им надлежало выдернуть. Но, невзирая на всё их фанатичное рвение и пыл, сами Судьи казались какими-то неубедительными и даже лживыми. Лошадиная плоть не могла утолить терзавший людей голод, ибо казалась холодной, даже когда шипела от кипящего жира, а куски её застревали в горле, будто комки сырой глины, ложась в желудки пустым, лишь только досаждающим грузом. Всю ночь, к ужасу тех, кто наблюдал за этим со стороны, тысячи людей выворачивало их вечерней трапезой.

Однако же той ночью лишь немногих попытались покалечить или убить. Хотя безнадёжный, угрюмый голод занимал их мысли в большей степени, чем что-либо ещё, мужам Ордалии при этом стало намного сложнее сосредоточиться на какой-то конкретной цели. Хотя стража и сделалась гораздо менее бдительной, жажда воинов пожирать и поглощать оказалась разбавленной множеством иных нечестивых желаний. Обряды и церемонии крошились, как хлеб, рассыпались, словно песок. Мучаясь тошнотой от съеденной конины, несметное число воинов искало уединения, а не собраний и сборищ. Скорчившиеся и терзающиеся где-то во тьме своими скорбями, издающие сдавленное рычание, изводящиеся мыслями о Мясе, они одновременно испытывали и неподдельный экстаз, и подлинный ужас...

Гвоздь Небес сверкал в безоблачной выси над их головами, омывая разгромленные шатры и палатки своим яростным светом, казавшимся ещё более зловещим в том, не имеющем стен и границ склепе, каковым являлась Агонгорея.

Рога сияли ртутным блеском на темнеющем горизонте — устремлённый в небеса мерцающий серп, к которому будто бы сходились все границы и направления, и его столь же тускло переливающийся, но словно слегка склонившийся к земле брат-близнец.

* * *

— Как ты не видишь этого, дядюшка? Этот голод не что иное, как Кратчайший Путь...

Экзальт-генерал ошеломлённо уставился на Кайютаса. Священные гобелены смутно проступали среди теней, словно целое сборище соглядатаев. Когда же цветущее и благоуханное прибежище его Господина и Пророка сделалось вонючим, пропитавшимся по́том обиталищем мужеложца?

— Отчего мы торгуем богами, будто специями? — продолжал давить имперский принц. — Почему философы неустанно оспаривают всё абстрактное? Плоть, дядюшка, — он шлёпнул себя по обнажённому бедру, — именно в мясе коренится всякая наша мера. Блаженство потворствовать, противостоящее блаженству отвергать, — и то и другое пребывает в нашей плоти! Как ты не видишь?

Ведь отшельник в конечном счёте ничем не отличается от безумного вольнодумца — и тот и другой просто слабаки, не решившиеся сражаться во имя империи и вынужденные изощряться в поисках иного пути к подобию власти.

Те вещи и события... которым ему довелось стать свидетелем — окровавленные гаремы, люди, нанизанные и сплетающиеся в клубки по всему лагерю. Блестящая от крови красота, трепещущая и содрогающаяся у каждого кострища. В какой-то момент он словно бы раскололся на части, став существом, которое, ни к чему не прикасаясь, просто наблюдало за тем, как Пройас Больший, беспрепятственно резвясь, разнузданно бурлит и клокочет... Ему пришло в голову, что он, возможно, опустил своё лицо в пламя, более жаркое и высокое, нежели ему привычное, и, взирая сейчас в некотором смысле и глубже и основательнее, смог увидеть, что жизнь, в сущности, есть не более чем способ ползать и пресмыкаться в этом жарком пламени. В любом случае моменты, которые он наблюдал и проживал как единое существо, становились всё более редкими...

И невыносимыми.

— Довольно! — вырвалось у него. — К чему ты ведёшь?

Он что-то упускал. Во всём этом крылось нечто большее...

— К тому, что тебе уже и так известно, дядюшка.

— И что же мне известно?

Лицо имперского принца проступало в сумраке бледным пятном, обрамлённым льняными прядями. И выглядело оно... плотоядно.

— Что-то необходимо есть.

* * *

Искусный полководец Триамис Великий когда-то написал ставшие знаменитыми строки о необходимости держать в безжалостном кулаке ослабленный поводок.

«Возлюбленный Бог Богов, ступающий среди нас...» — возглашал хор кастовых нобилей голосами, наполненными глубокой торжественностью, но приправленными также и некой непри-

нуждённостью, нарочитым пренебрежением нюансами церемонии, дабы избежать её превращения в пустой маскарад... *«Неисчислимы твои священные имена...»*

Чтобы принимать власть своего командира, люди всегда должны чувствовать его готовность и способность принудить их — твёрдую руку, грозящую в любой момент придушить любого воина в отдельности. Знать, что каждый из них может за любое нарушение быть выбранным, высечен или даже казнён. До тех пор пока к этому имелись основания, воины признавали подобное право за своими командирами. Дисциплинированное войско было войском победителей, и посему наказание, которому подвергались нарушители, оставалось предпочтительнее массовой гибели на поле боя. Но если оснований для наказания не было, или же его мера не соответствовала тяжести проступка, или, скажем, те преступления, за которыми последовала кара, рассматривались большинством как взятие законных трофеев — должного возмещения за тяжкие труды и принесённые жертвы, — то горе генералу, посмевшему чересчур сильно натянуть поводок. Великие полководцы, по мнению Триамиса Великого, обязаны быть столь же великими прорицателями и ораторами, как и тактиками, а среди черт и способностей, необходимых, чтобы блистать на поле битвы, нет ни одной другой, настолько же важной, как умение считывать настроение войска, способность заглянуть в недра его бесформенного бурления и увидеть миг, когда поводок необходимо натянуть, когда ослабить, а когда и вовсе отпустить.

В конце концов, истина заключалась в том, что армии шли туда, куда сами того желали. Предугадывая это направление, полководец лишь имел возможность командовать тем, что и так уже решено, мог выдать неизбежность за одолжение и тем самым превратить мятеж в преклонение перед собой. Великий полководец всегда принимает действия войска, как свои собственные.

Какими бы развратными или преступными они ни были.

И Пройас, прочитавший знаменитые Дневники и Диалоги, когда ему едва исполнилось одиннадцать, и одержавший побед не меньше, чем сам Триамис, изучил этот урок настолько же хорошо, насколько каждый человек изучил собственное дыхание.

Он обязан овладеть происходящим...

Он обязан дать своим людям пищу... если не хочет быть поглощённым сам.

Тяжело дыша, Пройас стоял на привычном для себя месте — справа от пустующей скамьи своего Господина и Пророка. Лорды Ордалии толпились перед ним, заполняя ярусы Умбиликуса и возглашая Молитву, но каждый при этом представлял собой нечто вроде неистовствующего пятна воплощённой скверны — новоявленного Нечистого. Бороды, аккуратно прибранные некогда, теперь свисали им на грудь лохматыми и неряшливыми клоками, напоминающими перемазанные в жире крысиные хвосты. Некогда сиявшие полировкой доспехи ныне отражали лишь неясные формы и тени. Ухоженные когда-то волосы теперь ниспадали на плечи лордов спутанными гривами или же торчали космами во все стороны, точно у каких-то безумцев.

«Да утолит хлеб твой глад наш насущный...»

Но ничто иное не свидетельствовало в той же степени о случившейся с ними перемене, как их глаза — широко распахнутые и ярко горящие, выказывающие всю меру обуявшей само их нутро свирепости. Пройас ощущал на себе их обжигающие взгляды, словно касающиеся его тела звериные лапы — взоры, исполненные враждебного недоверия, свойственного существам, изголодавшимся достаточно, чтобы требовать, дабы их немедля накормили.

«И да суди нас не по прегрешениям нашим, но по выпавшим на долю нашу искусам...»

— Нам нужно вернуться назад, — донёсся чей-то голос из сумрака дальних ярусов — лорд Гриммель. Послышались хриплые возгласы согласия, которые, постепенно нарастая, превратились, наконец, во всеобщий громоподобный ор. Как Кайютас и предупреждал его, Храмовая Молитва под натиском их нетерпения оказалась попранной и отброшенной прочь. Им недостало воли даже на то, чтобы довести обряд до конца.

— Назад к шранчьим полям! — вытаращив явственно вращающиеся в орбитах глаза, вскричал во весь голос лорд Эттве Кандулкас.

— Да! Да! — прошептал Пройас Больший. — Да... Нам стоит вернуться к Даглиаш!

Всё новые и новые голоса присоединялись к нарастающему хору, внушавшему ужас как своей яростью, так и единодушием.

— Никакого возвращения, — возопил Пройас, перекрикивая, насколько это было возможно, поднявшийся шум. — Это приказ нашего Господина и Пророка... Не мой.

Казалось подлинным чудом, что упоминание Аспект-Императора всё ещё обладает весом достаточным, чтобы суметь умерить масштабы их буйства. Ему довольно было единственного взгляда, брошенного на своих братьев — Уверовавших королей, дабы постичь убийственную истину: то, что прежде было собранием славных Имён, ныне стало сборищем бесов.

Безумие правило Великой Ордалией.

Глава пятая. Агонгорея

Но ещё ни один из них не свихнулся настолько, чтобы противоречить воле Святого Аспект-Императора, во всяком случае пока что. В Палате об Одиннадцати Шестах явственно ощущалась нерешительность. Было почти забавно наблюдать, как они пытаются смириться с настигшим их странным ощущением — будто они, подобно разбушевавшимся зверям, вдруг повисли на натянутом поводке своего Господина и Пророка, дрожа от установившегося напряжённого равновесия между вожделением и ужасом. Одна за другой, личины их превращались в достойные лишь насмешки маски, полные настороженности и явственно читавшегося опасения перед тем, что им внезапно открылось. Чтобы получить возможность пожирать своих врагов, нужно сперва найти их. И, как теперь они поняли, — дабы получить возможность пожирать шранков, сначала следует покориться.

Уверовавший князь Эрраса, Халас Сиройон первым нашёл в себе силы прервать всеобщее тягостное молчание.

— Но никто не видел здесь ни единого следа, — ровно произнёс он. — Сама земля мертва в этом проклятом месте. Мертва до последней частички.

Было ясно, что он имеет в виду. Будучи знакомы со Священными Сагами, все они полагали, что Агонгорея будет изобиловать шранками — и, соответственно, пропитанием. «Подобная, скорее, гниющей шкуре, нежели земле, — уверенно описывала эту местность Книга Полководцев, — грязь, полная воющих ртов». Возможно, во времена Ранней Древности, когда Высокие норсираи удерживали тварей к западу от реки Сурса, дела именно так и обстояли. Но не сейчас.

— Всё так и есть, как сказал Сиройон! — вскричал Гриммель, лицо его раскраснелось от прилива крови, яремная вена проступила на его шее, будто толстый кожаный шнур. — На этом проклятом столе нет ни кусочка!

— Да он, бедняга, вконец оголодал, — крикнул лорд Иккорл, ткнув в сторону графа своим толстым пальцем. — Смотрите! У него сквозь штаны даже ребро выпирает!

Умбиликус, огласившийся громким хохотом, тотчас охватило буйное веселье. Пройас бросил взгляд на стоявшего справа от него Кайютаса, выглядевшего словно юное подобие повелевавшего ими даже сейчас призрака. Нимиль не так-то легко пачкался или тускнел, и посему его ишройские доспехи всё так же переливались серебрящимися ручейками и сверкали лужицами ярких отблесков. В отличие от остальных имперский принц также сумел сохранить в опрятном состоянии и свой внешний вид, неизменно заплетая и умащивая золотистую бородку, а также расчёсывая и приводя в порядок свои струящиеся волосы. В результате всех этих усилий он стоял сейчас перед собравшимися, словно живой упрёк, нежеланное напоминание о том, как распущенность увела их прочь от благодати.

— Наглый холькский пёс! — взревел лорд Гриммель, неуклюже хватаясь за меч.

— Даглиаш! — вдруг завизжал обычно сдержанный сав'аджоватский гранд Нурхарлал Шукла. — Мы долж...

— Да-а! — согласно заорал князь Харапата. — Мы должны вернуться в Дагл...

— Но они же гниют! Как мы мож...

— Мы сдерём с них кожу. Распластаем и хорошенько высушим их. Снова сделаем съедобными.

— Да-да, мы же можем грызть и обсасывать их, как вяленую свини...

— Довольно! — прорычал экзальт-генерал. — Где же ваше благоразумие? Где ваша Вера?

Келлхус всё время готовил его — теперь Пройас хорошо это понимал. Святой Аспект-Император с самого начала знал, что ему придётся оставить Великую Ордалию, предоставив кому-то другому править сим кораблём, преодолевая рифы, воздвигшиеся на пути к Голготтерату.

Что ему понадобится Кормчий.

— Наше благоразумие дожидается нас у Даглиаш, — рявкнул в ответ Шукла. — А мы зачем-то сбежали прочь.

Пройасу не было нужды видеть это, ибо он со всей определённостью чувствовал, как голод корёжит и гнёт их души, искажая само их существо, превращая всё ложное и бесчестное в истину, а идеи, совершенно безумные, заставляя считать подлинным здравомыслием. Например, полагать, будто это сам Бог Богов пожелал, чтобы они ушли прочь из Агонгореи и остались на загаженных равнинах близ Даглиаш, жируя и предаваясь блуду прямо на гниющих шранчьих тушах. Что на свете может быть очевиднее этого? Какая истина может быть непреложнее?

Даже он сам дрожал от предвкушения... ибо это было бы так... так восхитительно.

— У Даглиаш нас дожидается смерть, — взревел он, противопоставляя себя всеобщему устремлению, словно тысяче направленных в одну и ту же сторону игл. — Смерть! Мор! И проклятие!

Вот зачем Анасуримбор Келлхус разбил его сердце и разорвал Пройаса надвое: чтобы экзальт-генерал пребывал как бы в стороне от крамольных шепотков, то и дело возникающих в его собственной душе, а равно и мог бросить вызов подобным под-

Глава пятая. Агонгорея

стрекательствам, в случае если они исходили от кого-то ещё. Для подлинной убеждённости требуется быть человеком истинно верующим, готовым ради решения любой возникшей проблемы прибегнуть к догмам и не требующим размышлений аксиомам. Убеждённость всегда исходит из слепоты, что люди величают собственным сердцем.

Их вера — та самая истовая вера, что дала лордам Ордалии силы добраться до Поля Ужаса, сейчас могла их попросту уничтожить.

— Любой дезертир, оставивший Святое Воинство Воинств, — громко произнёс стоявший сбоку от него Кайютас, — кто угодно, вне зависимости от его положения, будет немедленно объявлен законной добычей для остальных!

Келлхус предвидел возникшую дилемму — уж в этом-то Пройас был уверен. Святой Аспект-Император знал о рисках поедания Мяса и, что ещё важнее, знал о сумбуре, который оно вызывает в кичливой душе верующего. И посему он решил до основания разрушить те самые воззрения, что сам же и вселил ранее в души двух своих экзальт-генералов. Лишить их убеждённости, зная, что если слабнет душа человека, то внутри его сердца начинается борьба, поиск оснований и доказательств, достаточно веских, чтобы преодолеть эти противоречия.

Его Кормчему следовало быть Неверующим.

Экзальт-генерал зарыдал, постигнув это.

Сие была сама Причинность. Его Господин по-прежнему пребывал с ним...

В нём.

Люди Юга вдруг застыли, исполнившись какого-то пугающего замешательства. Нурхарлал Шукла внезапно сделался предметом откровенно плотоядного интереса и тут же уселся обратно на своё место, насупленно хмурясь под всеми этими жаждущими взорами. По Умбиликусу прокатилось ощущение всеобщего оценивающего внимания, обращённого лордами Ордалии друг на друга. Люди смаковали свои плотские потребности и желания, внезапно переставшие быть какой-то уж совсем отвлечённой условностью, и вовсю прикидывали — кого же именно из собравшихся стоит считать самым ненадёжным или склонным к предательству.

Голод, с той же лёгкостью, как прежде объединил их, теперь их разделял.

— Довольно! — вновь крикнул Пройас с нотками отцовского отвращения в голосе. — Отриньте прочь мерзкие вожделения! Обратите взор свой к Рогам, что каждый день видите на горизонте!

Сама Причинность. Келлхус остановил свой выбор на нём, ибо в отличие от Саубона в нём была убеждённость, внутренний стержень, который можно было сокрушить и уничтожить. А Кайютас, будучи сыном Аспект-Императора, оставался дунианином — то есть был чересчур сильным, чтобы ослабнуть настолько, как того требовал Кратчайший Путь.

— Это Испытание всех Испытаний, братья мои.

Он ткнул своим огрубевшим пальцем, пальцем воина, указав прямо через замаранные, чёрные стены Умбиликуса в направлении Голготтерата.

— И тощие ожидают нас там! Там!

Свеженькие. Живые. Горячие от текущей в их жилах лиловой крови.

Лорды Ордалии разразились воплями, в той же степени подобными каким-то лающим завываниям, как и одобрительным возгласам.

Лишь он мог совершить это. Лишь Пройас... мальчик, никогда не покидавший Акхеймионовых коленей — не до конца.

Лишь он мог накормить их.

— Ныне Голготтерат — наш амбар!

* * *

В ту ночь в лагере разразились бесчинства и беспорядки. Люди сбивались в банды и к утру успели с бранью на устах перебить сотни «дезертиров», оставив от них лишь груды костей. Последовавшие за этим неизбежные репрессии перетекали в настоящие сражения, обеспечивавшие Судьям ещё больше радостных возможностей для их кровавых Увещеваний. Душераздирающие крики возносились к небесам, изливаясь в бездонную чашу ночи, — вопли страдающей жизни... визги избиваемого мяса.

Однако же настоящий мятеж начался лишь следующим утром, вскоре после того как раздался звон Интервала. Ещё до завершения молитвы, инграульский рыцарь по имени Вюгалхарса вдруг бросил наземь свой огромный щит и взревел, обращаясь к тому единственному, что теперь имело для него хоть какое-то значение, к тому, чего он, по его мнению, уж точно заслуживал, учитывая все невероятные лишения, выпавшие на его долю.

— Мич! — орал он. — Мич-мич-мич!

Мясо!

Будучи сильным, если не сказать могучим воином, тидонский тан одним ударом сбил с ног, а затем скрутил первого Судью, миниатюрного нронийца с забавным именем Эпитирос. Согласно всем сообщениям, Вюгалхарс со своими родичами немедленно начал пожирать несчастного жреца, который, очевидно, умудрился при этом ещё прожить достаточно долго, чтобы разжечь вожделение тысяч, столь по-бабьи пронзительными были его вопли, разносимые ветром. Мятеж, как таковой, начался, когда инграулы, сомкнув ряды, стали яростно сопротивляться отряду из восьмидесяти трёх Судей, явившемуся отбить Эпитироса, и в результате по большей части истребили людей Министрата, осквернив при этом их тела. Трое же Судей и вовсе оказались частично сожранными, разделив участь нронийца.

Айнонское войско — по большей части состоявшее из кишьяти — стояло рядом с ингральскими мятежниками. Едва ли вообще возможно вообразить народы, отличающиеся друг от друга сильнее, и всё же, единожды возникнув, безумие с лёгкостью перекинулось меж их лагерями. Подобно инграульцам, смуглые сыны реки Сайют прогнали прочь своих командиров из кастовой знати и набросились на тех представителей Министрата, которым не посчастливилось оказаться средь них. Сбившись в неуправляемые толпы, они вопили и орали в унисон, тыкая в мертвецов остриями копий и ликуя от вида крови, брызгавшей им на щёки и губы.

Души стали растопкой, а слова искрами. По всему стану Великой Ордалии люди отбрасывали прочь всякую сдержанность и кишащими ордами устремлялись по лагерным проходам, взывая к Мясу и убивая всех, пытавшихся их остановить. Барон Кемрат Данидас, чей отец управлял Конрией от имени экзальт-генерала, находился в лагере ауглишменов — варварского народа с туньерского побережья, — когда случился мятеж. Несмотря на возражения своих младших братьев (советовавших спасаться бегством), он попытался восстановить порядок, чем обрёк на смерть всех сыновей лорда Шанипала. Генерал Инрилил аб Синганджехои, прославленный сын ещё одного прославленного воина времён Первой Священной Войны, почти что сумел пресечь мятеж, распространявшийся среди его собственных людей, лишь для того, чтобы беспомощно наблюдать, как восстановленный с таким трудом порядок вновь без каких-либо причин рассыпается, едва солнце чуть выше поднялось над горизонтом. Генерал остался жив лишь потому, что, подобно большинству лордов Ордалии, не стал препятствовать разрастанию беспорядков иначе, нежели голосом.

За одну-единственную стражу Судей перебили. И характер доставшейся им смерти отяготил и запятнал дикими воплями немало сердец.

Несмотря на всю глубину этого кризиса, боевое чутьё и проницательность не подвели экзальт-генерала. Ещё до того как пришла весть о распространении бунта на лагерь кишьяти, он уже понял, что мятеж вот-вот начнётся повсюду и что Судьями придётся пожертвовать. Первое принятое им решение оказалось в этой ситуации и наиболее значимым: отдать большую часть лагеря беснующимся толпам, сплотив вокруг себя тех, от кого, как он знал, более всего зависела его власть и он сам — адептов и кастовую знать. Он приказал своей разномастной свите, по большей части состоящей из Столпов, а также вообще всем, кто оказался поблизости, поднять его личный штандарт — Чёрного Орла на Белом фоне — на сдвоенном древке, дабы он был лучше виден, а затем, оседлав коней, повёл отряд галопом по периметру лагеря: не потому, что опасался за собственную безопасность — Умбиликус, как позже выяснилось, стал прибежищем для тех немногих Судей, кому посчастливилось остаться в живых, — но поскольку знал, куда обычно устремляются люди, сохраняющие здравомыслие во времена всеобщего безумия, охватывающего военные лагеря — к их окраинам.

Кайютас, во главе нескольких сотен облачённых в алое кидрухилей, присоединил своё знамя с Лошадью и Кругораспятием к его штандарту. Всё новые и новые люди из тех, кто не погиб и не впал в неистовство, время от времени вливались в его отряд, и Пройас, в конце концов, обнаружил, что с ним оказалось большинство оставшихся в Воинстве всадников. Вместе они наблюдали за тем, как Великая Ордалия, содрогаясь, размахивает конечностями, вырезая куски из самой себя. То, что совсем немногие из числа лордов присоединились к своим взбунтовавшимся соотечественникам, было, наверное, не слишком удивительно. Многие из них жили в тени своего Господина и Пророка в течение десятилетий, не говоря уж о годах, и все они, будучи сосудами его власти — имели в конечном счёте те же убеждения, что и Судьи. Даже ввергнутые Мясом в безумие, даже пускающие слюнки от вони сгорающей плоти и военного имущества, даже вглядывающиеся с мучительной жадностью в сцены нечестивого совокупления, лорды Ордалии остались верны своему Святому Аспект-Императору.

Подобно стае волков, кружащей вокруг охотничьей стоянки, они двигались вдоль кромки лагеря — отряд из нескольких тысяч воинов, растянувшийся на целую милю. Они склонились к седельным лукам, в выражениях их лиц и во взглядах голод перемежался с возбуждением и любопытством. Некоторые не могли удержаться от вздохов страсти или же, напротив, задыхались от охватившего их стыда. Некоторые исподтишка плакали, а другие и не скрывали своих рыданий, ибо никто не мог отрицать того факта, что наступает конец. Дальние части лагеря дымились. В ближних вовсю шла резня и творились вещи, ужасающие своею совершенно свинской непристойностью. Кровь кастовой знати текла невозбранно. Судьи визжали, терзаясь обрушившимися на них муками и унижениями, и вопли эти одновременно и питали пылавший в человеческих душах мрачный огонь, и отягощали сердца. Тысячи обезумевших воинов, доспехи и лица которых были вымазаны в крови и нечистотах жертв, издавали хриплый рёв.

— Сколько же? — раздался крик великого магистра шрайских рыцарей, лорда Сампе Иссилиара. — Сейен милостивый! Сколько же душ обрекли себя на проклятие в день сей?!

Живущих и дышащих людей забивали и давили, словно каких-то верещащих червей, извивающихся в лужах собственной крови. Жертвы вспоминали о жёнах и детях, умещая целую жизнь, наполненную заботами и тревогами, в единственный мучительный миг. Они выплёвывали раскрошенные и выбитые зубы, раз за разом пытаясь избежать непрекращающихся ударов и нападений, но лишь разжигали этим пыл своих преследователей. Агмундрмены водружали изуродованные тела Судей на штандарты Кругораспятия, привязывая их к поперечной планке вниз головой, как чудовищную насмешку над символом, который некогда вызывал у них слёзы восторга. Массентианские колумнарии и близко не оказались столь же великодушными, утаскивая своих жертв во чрево палаток, которые можно было легко отличить от прочих по радостно вопящим и ликующим вокруг них толпам. Мосеротийцы отодрали большой кусок холстины от шатра, принадлежавшего по стечению обстоятельств Сирпалу Ониорапу — их собственному лорду-палатину, и с его помощью подбрасывали теперь высоко в воздух тела умерщвлённых ими людей.

Неисчислимые множества ревели и танцевали, взявшись за руки и завывая в унисон, ноги словно бы сами пускались в пляс, празднуя беспримесную чистоту совершённых грехов, прекрасную простоту воплощённого злодеяния. Мужи Ордалии, упиваясь грехопадением, обильно изливали своё семя на осквернённую землю Агонгореи. Полумёртвые, голые, измазанные алой кровью люди лежали у их ног, словно сделанные из какой-то подрагивающей мешковины кули. Они были такими влажными, такими беззащитными и уязвимыми, что звали и манили их к себе, словно зажжённые маяки, словно распутные храмовые шлюхи. А карающая длань Министрата была уже напрочь вырезана из сердца Святого Воинства Воинств.

Адепты никак не проявляли себя, по-видимому, приняв решение устраниться от участия в решении возникшей проблемы. Их палатки, стоявшие поодаль от основного лагеря, оставались островками спокойствия посреди бурных вод, несмотря даже на то, что свайяли были настоящим магнитом, притягивающим к себе множество похотливых желаний. Но колдуны и ведьмы не имели никакого отношения к их мирским обидам и горестям, и несмотря на всю свою бесшабашную разнузданность, мятежникам хватило ума не провоцировать их.

Лорды Ордалии изводили своего экзальт-генерала просьбами призвать Школы, дабы те положили конец бунту, но никто из них не требовал этого с большей горячностью, нежели лорд Гриммель, тидонский граф Куэвета.

— Прикажи им ударить! — рычал он. — Пусть они выжгут из этих греховодников все их пороки. Пусть пламя будет их искуплением!

Экзальт-генерал был возмущён этим безумным призывом.

— Так, значит, ты готов осудить на смерть тех, кто всего лишь действует ровно так же, как ты и сам готов действовать, потакая своим мерзким желаниям? — вскричал он в ответ. — И зачем же? Лишь для того, чтобы самому получше выглядеть в глазах собственных товарищей? Я не знаю никого другого, Гриммель, чьи глаза краснеют от вожделения сильнее твоих и чьи губы растрескались больше твоих, ибо ты их постоянно облизываешь.

— Тогда сожги и меня вместе с этими грешниками! — заорал Гриммель голосом, надломившимся от обуревающих его чувств... и от вынужденного признания.

— А как же Ордалия? — рявкнул Пройас. — Как насчёт Голготтерата?

Гриммель мог лишь закипать да брызгать слюной под яростными взглядами своих собратьев.

— Глупец! — продолжил экзальт-генерал. — Наш Господин и Пророк предвидел всё это...

Некоторые из присутствовавших потом говорили, будто он сделал паузу, дабы схлынул шок, обуявший после этих слов лордов Ордалии. Другие же утверждали, что он и вовсе не прерывался, а так лишь могло почудиться, когда на него упала тень небольшого облачка, путешествовавшего над проклятыми равнинами. И уж совсем горстка заявила, что узрела сияющий ореол, возникший вокруг его нечёсаной, по-кетьянски чёрной гривы.

— Да, братья мои... Он сказал мне, что всё так и будет.

* * *

Согласно требованию Пройаса, Кайютас приказал кидрухилям спешиться и расседлать своих лошадей. Около пятисот полуголодных, качающих головами и трясущих гривами животных собрали у западного края лагеря, а затем плетьми погнали вглубь некогда неистовствующей, а теперь пугающе притихшей утробы бунта. Затея эта была вовсе не настолько удивительной, как могло бы показаться: все мятежи перерастают породившие их причины, втягивая в своё чрево в том числе и тех, кто лишь делает вид, что участвует в творимых собратьями бесчинствах, испытывая, однако, при этом не более чем холодную ярость и только и выискивая повод, способный их окончательно умиротворить. Не считая тех, кто нёс наибольшую ответственность за случившееся, мужам Ордалии требовался лишь некий предлог, дабы отринуть свои обиды и вернуться к благочестивому притворству, которое они так легко отбросили прочь несколькими стражами ранее. Соблюдая осторожность, лорды Ордалии разбредались по лагерю, следуя за лошадьми кидрухилей и прокладывая путь каждый к своему народу или племени. Конское ржание тревожило наступившую тишину, сливаясь в жуткий, вызывающий смятение хор, растекавшийся по равнинам Агонгореи словно масло. Лошади, как ни странно, были не так уж сильно изнурены, ибо сама их способность страдать была рассечена и разделена на струны, и те из этих струн, что причиняли животным наибольшие муки, позволяли играть на них, будто на лютне. При всех своих утверждениях о терзающем их голоде, мужи Ордалии почти не проявляли интереса к конине. Казалось, только творимые беззакония были способны заменить им употребление Мяса, одно лишь порочное ликование, принадлежащее подлинному злу. Лишь чужие мучения могли напитать их, унять их голод...

Грех.

Тем вечером многие тысячи собрались, чтобы глянуть на казнь обвинённых в подстрекательстве к мятежу — около двадцати человек, которые, не считая Вугалхарсы, попали к палачам в большей или меньшей степени случайно. Пройас был готов к осложнениям и к тому, что ему придётся приказать Школам обратить на бунтовщиков всю свою мощь. Но как бы он ни опасался перспективы наплодить мучеников, ещё пуще он боялся показаться слабым и бессильным. И посему кому-то предстояло умереть — хотя бы для того, чтобы возродить в людях страх, в котором нуждается всякая власть.

В соответствии с Законом с «зачинщиков» бунта публично содрали кожу, за один раз срезая её с тела полосками в палец шириной. Меж собственными дикими криками осуждённые раз за разом взывали к своим родичам, то подбивая их вновь восстать, то умоляя послать им в сердце стрелу. Но в отсутствие какого-либо общего, объединяющего всех притеснения, их вопли лишь нагоняли на людей ужас и вызывали паралич, либо же и вовсе провоцировали насмешки и взрывы шумного веселья — хохот, будто бы исходящий от кучки обезумевших глупцов. Большинство воинов счастливо завывали, тыкали в казнимых пальцами и, держась за бока от смеха, вытирали с глаз слёзы, радостно приветствуя натужные визги тех, кого несколькими стражами ранее сами же прославляли и носили на руках. Но некоторые смотрели на происходящее безо всякого выражения, глаза их были широко распахнуты, а сжатые губы превратились в тонкую полоску, словно бы души их полнились неверием к ужасу, ими же и пробуждённому. Экзальт-генерал был среди них. Он вынужденно смотрел на казнь, но не мог отделаться от мысли, что сия показательная экзекуция, долженствующая внушить зрителям в равной мере и почтение и ужас, была для них скорее наградой, нежели наказанием...

Что, следуя какому-то слепому, звериному инстинкту, Ордалия добровольно отдала часть себя самой, дабы накормить прочие части.

Как было установлено, из четырёхсот тридцати восьми умерщвлённых во время бунта Судей почти четыреста оказались частично съеденными. После математических расчётов Тесуллиана лорды Ордалии могли с достаточной степенью достоверности предположить, что по меньшей мере десять тысяч их братьев-заудуньяни в той или иной степени оказались причастны к каннибализму...

Вдобавок ко всем прочим мерзостям, ими совершённым.

* * *

Пройас повелел Столпам установить его кресло на вершине холма, высившегося у южной оконечности лагеря. Там он и сидел в полном боевом облачении, позой своею и видом более напоминая императора Сето-Аннариана, нежели короля Конрии. Кайютас стоял справа, наблюдая за тем, как он всматривается в даль.

— Мы поразмыслим о Голготтерате вместе, — сказал он своему племяннику, — там, где нас сможет увидеть каждый, кто пожелает.

И они взирали на расстилающиеся перед ними свинцово-серые пустоши Агонгореи — бесплодные земли, исчерченные штрихами и изгибами глубоких вечерних теней, отстранённо созерцая Рога, вздымающиеся у изрезанного скалами края горизонта. «Аноширва» называли древние куниюрцы это зрелище, особенно наблюдаемое с подобного расстояния, «Рога Вознесённые». Сидящим так высоко над этой по-трупному бледной равниной их сияние могло показаться чем-то вроде блеска золотого украшения в пупке шлюхи или же воткнутого в сморщенную кожу мертвеца фетиша некого безвестного культа...

Инку-Холойнас.

Голготтерат.

Ужас скрутил его кишки.

Уста увлажнились.

Несколько лет тому назад Келлхус предложил ему представить тот миг, когда, находясь на Поле Ужаса, он увидит Голготтерат. Пройас вспомнил, как горло его сжалось от этого образа, от предощущения, что он находится на этом вот самом месте, только не сидя в кресле, как сейчас, а стоя прямо и будучи одновременно переполненным и яростью и смирением... ибо он сумел добраться так далеко... и оказаться так близко к Спасению.

И вот сейчас он сидел здесь, согбенный и скрюченный, — тень себя самого, отброшенная вечерним солнцем на поражённую проклятием землю.

Он был Кормчим.

Возвышенным над всеми остальными не благодаря своей силе или чистоте своей веры, но из-за того, что потерял всё это, обладая ныне лишь окровавленным дуплом, зияющим в том месте, где прежде у него было сердце.

Солнце скользнуло за алую вуаль, и торчащие из горизонта щепки Рогов вспыхнули подобно каким-то жутким фонарям, подобно маякам, то ли манящим к себе, то ли, напротив, предупреждающим держаться подальше. Золотые изгибы, колющие глаза предостережением своей необъятности, вознёсшиеся так высоко, что, купаясь в свете зари, они могли сиять ярче солнца.

— Будет ли этого достаточно? — услышал он собственный вопрос, обращённый к Кайютасу.

Имперский принц пристально смотрел на него один долгий миг, словно бы желая подавить страсти столь же бурные, как и те, что пылали в его собственной душе. Алое сияние Рогов окрасило его щёки и виски розовыми мазками, вспыхнуло багровыми отсветами в его зрачках.

— Нет, — наконец ответил он, вновь поворачиваясь к сверкающему образу Аноширвы.

— А как же умение направить в нужную сторону всеобщее умопомешательство?

Его ужасало то, что Рога продолжают тлеть всё так же ярко даже после того, как солнце и вовсе умерло, удушенное фиолетовой дымкой.

— Боюсь, эта сила доступна одним лишь пророкам, дядюшка.

* * *

— Разве ты не боишься Преисподних? — будучи ещё ребёнком, спросил Пройас Акхеймиона.

Это был один из тех грубовато-прямых вопросов, что так любят задавать маленькие мальчики, особенно оставаясь наедине с людьми, имеющими физические или духовные недостатки, вопросов неуместных в той же степени, в какой и искренних. А он и взаправду сгорал от любопытства, каково это — обладать такой удивительной силой, обретаясь при этом в тени проклятия.

Лишь взлетевшие брови Акхеймиона в какой-то мере отразили потрясение, что он, возможно, тогда испытал.

— И почему же мне должны грозить адские муки?

— Потому что ты колдун, а Господь ненавидит колдунов.

Всегдашняя, чуточку насмешливая, настороженность в его взгляде.

— А как ты сам-то считаешь? Стоит ли меня покарать?

На прошлой неделе его старший кузен избрал в разговоре с ним такую же тактику — отвечать на любой его вопрос ровно таким же вопросом, и тактика эта обескуражила Пройаса в достаточной мере, дабы он, не раздумывая, перенял её.

— Вопрос в том, что думаешь ты. Стоит ли тебя покарать?

Дородный адепт Завета одновременно и нахмурился и усмехнулся, почёсывая при этом свою бороду с видом, всегда напоминавшим Пройасу о философах.

— Конечно, стоит, — ответил Акхеймион обманчиво беззаботным голосом.

— Стоит?

— Ну, разумеется. Меня бы покарали, скажи я что-то другое.

— Только если я кому-нибудь об этом сообщу!

Его наставник широко улыбнулся.

— Тогда, быть может, тебя-то мне и стоит бояться?

* * *

Что-то необходимо есть.

Что-то посущественнее надежды.

Той ночью Пройас бродил по лагерю, словно военачальник из какой-то легенды, ищущий то ли ключи к сердцам своих людей, то ли ответы на вопросы, приводящие в смятение его собственное сердце. Ночь была такой ясной, что усыпанный звёздами купол, простёршийся над его головой, легко можно было перепутать с небом над Каратайской пустыней. Луна светила где-то на юго-востоке, выбеливая обломки скал и проливая на проклятую землю тени, подобные чернильным лужам. Трижды его окружали тяжело дышащие шайки, и всякий раз эти люди испытывали явственные колебания — стоит ли им учитывать его положение и власть, но он всегда умудрялся ухватить этот миг удивления, это мгновение раздражённой нерешительности и, жестом указав на того из них, кто выглядел самым уязвимым, самым зависимым от терпения и попустительства прочих, того, кого они уже давным-давно изнасиловали и осквернили в сумрачных руинах собственных душ, изрекал: «Господь дарует вам сего человека вместо меня».

Это не было чем-то слишком уж невероятным — отдать кого-то из них им же на съедение, поскольку, по сути, всем им был нужен лишь повод, предлог для того, чтобы сделаться одними из тех, кто наказует зло ради собственного блаженства. И крики, которые слышались потом за его спиной, набрасывали на ночь налёт какого-то нечестивого очарования, ибо они ничем не отличались от криков его жены Мирамис — обнажённой, содрогающейся и бьющейся под ним, дабы доставить ему удовольствие.

Но безумие происходящего ничуть не обеспокоило его.

Великая Ордалия была его ямой, которую следовало заполнить, его желудком, который следовало накормить.

Его Ордой.

* * *

Он выжирал его изнутри — голод, превращавший экзальт-генерала в живую дыру.

Пройас перерыл все вещи Аспект-Императора, притворяясь даже перед самим собой, что ищет доказательства его беспощадной Воли, но не нашёл ничего, что не являлось бы пустым украшением, ничего, что позволило бы узнать хоть какую-то истину о нём.

Он покинул хранилища с одним лишь церемониальным щитом — сделанным словно бы из квадратиков и слегка изогнутым, на манер щитов колумнариев. Особым образом прислонённый к стене в углу обшитой кожаными панелями комнаты, он разбивал его отражение на дюжины образов, поверх каждого из которых виднелся выгравированный и тиснёный знак Кругораспятия. Однако в то же самое время щит также позволял и целиком узреть его отражение — состоящий из этих кусочков и сделавшийся будто бы призрачным лик, превращавший Пройаса в существо, словно бы сотканное из сияющих нитей.

Он, он один был разбит и разделён на куски самого себя.

Не Саубон, не Кайютас...

Он один оказался достаточно слабым, чтобы быть сильным — в это самое время, на этой проклятой земле, на Поле Ужаса.

Он один видел шранков такими, какие они есть. Бледными. По-собачьи горбящимися. Фарфорово-идеальными...

Приходящими в распутное возбуждение от вида и запаха крови.

* * *

Пройас был практически уверен, что за всю историю Эарвы ни один другой человек не принёс человечеству столько смертей, как Анасуримбор Келлхус. Города разрушались и ровнялись с землёй. Пленники вырезались. Сыны и мужья исчезали в бездонной глотке ночи. Еретики сжигались без счёта. Но каждое злодеяние, каким бы горестным или впечатляющим оно ни представлялось, было лишь шестерёнкой в механизме одного-единственного, но величайшего из всех возможных довода: Мир должен быть спасён...

Являлось частичкой Священной Тысячекратной Мысли.

И посему нынешним утром он стоял перед целым океаном лиц, раскрасневшийся и задыхающийся. Великая Ордалия Анасуримбора Келлхуса предстала пред очами экзальт-генерала, а мощь её струилась сквозь него каким-то первобытным, нутряным осознанием бушующей, вздымающейся и ошеломляющей жизненной силы. И он знал, знал, несмотря на боль, которую причиняло ему это ужасающее постижение, что всё, уже совершённое им, являлось именно тем, что и до́лжно было сделать. И в равной мере он понимал, что святость окончательного итога искупает также и безумие всего того, что ещё предстоит совершить. Он стоял на самой вершине сотворённого им же зла и всё же, ощущая себя погружённым в священный внутренний свет, без тени сомнения знал, что свят!

— Вы чувствуете это, братья мои? Чувствуете, как сердце ваше несётся вскачь, словно необъезженный жеребец?

Мужи Ордалии даже пританцовывали от обуявшего их праведного пыла. Их руки и лица давно почернели от палящего солнца, а сами они стали злобными, низменными и убогими. Поедая шранков, они сами сделались шранками, чудовищами, которых поглощали. И теперь, когда он осознал это, он также понял и то, что требуется сделать, дабы направить и вести их, дабы заставить их склониться перед Келлхусом и Величайшим из Доводов...

Жертвы. Это был урок, преподанный ему Мятежом: если он не сумеет предоставить Ордалии жертвы, она попросту возьмёт их сама.

И начнет питаться собой.

— Давайте же явим себя Врагу нашему! Покажем всю нашу силу! Всю нашу смертоносную страсть! Пусть они съёживаются и дрожат, зная, что попадут в наше брюхо! — возопил он каким-то искажённым, монотонным речитативом, вызвавшим гнусные смешки и взрывы хохота, донёсшиеся до его слуха сквозь рёв толпы. Даже сейчас, взглянув немного поодаль, он видел, как воины перебрасываются чьими-то отрезанными головами. — И да предстанем мы пред ними, увенчанные мощью и ужасом!

Рога сияли позади него в свете яркого утреннего солнца, обманывая глаза тем, что, казалось, торчали прямо из обломанных зубьев Кольцевых гор, легендарной Окклюзии, хотя в действительности находились в милях и милях за ними и были при этом созданы искусственно.

— Пусть они узрят нас! Пусть постигнут всю безграничность нашей решимости!

Ещё одно, последнее пиршество — вот и всё, что им нужно.

— Пусть!
— Они!
— Трепещут!

Он окинул взглядом пространства, заполненные бессчетными множествами безумцев. Где бы ни останавливался его взор, он цеплялся за очередную разнузданную сцену: люди, трясущиеся и закатывающие глаза, так что видны одни лишь белки; люди, кромсающие лезвиями клинков собственные конечности, чтобы сделать из своей крови боевую раскраску; люди, роющие землю подобно собакам; душащие и избивающие друг друга, размазывающие семя по себе и своим братьям...

— Мы! Мы — Избранные!

И тут экзальт-генерал ощутил, почувствовал это внутри себя — Оно. Паука, который был Богом.

— Мы! Мы — Освобождённые!

Завладевшего его голосом и дыханием. Извергающего из его бурно вздымающихся лёгких истину в виде какого-то ревущего завывания.

— Нечестивцы, что стали Святыми!

Это казалось таким очевидным... таким бесспорным...

— И мы выберем самую низкую из ветвей!

Будто бы его сердце вдруг превратилось в могучий, необоримый кулак.

— И будем вкушать те плоды, которыми Он — Он! — нас одарит!

Руки его простёрлись над изголодавшимися множествами.

— Вкусим то, что нам уготовал Ад! — возопил он.

И тем самым привёл их всех к неискупимому проклятию.

* * *

Голод натянул их, словно лук. И одно-единственное произнесённое слово отпустило их, как тетиву...

Его слово.

* * *

Его лошадь неслась галопом, почуяв простор и обетование свободы, возможность скакать без помех и препятствий в виде жестоких шпор, и впервые Пройасу казалось, что он может дышать этим выхолощенным подобием воздуха, напоённым запахом земли, лишённой яркого привкуса жизни, почвой, сгнившей до самой своей минеральной основы.

Пахнущей абсолютным основанием.

* * *

Он любил Акхеймиона, душу разделённую, расщеплённую на части. Но какую бы неприязнь Пройас к нему ни испытывал, она проистекала из его собственного ужаса перед этой любовью. Из его собственного внутреннего разделения.

Как и сказал ему Келлхус.

* * *

Едва волоча ноги, Обожжённые тащились по пустошам Агонгореи, точно огромная толпа прокажённых. Их повисшие головы болтались у груди, а лишившиеся кожи участки тел стали ранами. Они пили воду из рек, что текли по этим усеянным костями равнинам, однако же ничего не ели. Они гнили заживо, страдая так, как немногим живущим доводилось страдать, и постепенно превращались в каких-то жутких существ, находящихся на разных стадиях разложения. Они теряли волосы, кожу и зубы. Они блевали кровью прямо на древние ишройские кости.

Шли ослепшие.

Они не столько двигались от берегов реки Сурса через Агонгорею, сколько растянулись по ней тонкой, словно бы нарисованной линией, ибо ни мгновения ещё не минуло, чтобы очередной напоминающий измождённое привидение несчастный не свалился бы наземь, оставаясь порой недвижимым, а порою корчась при последнем издыхании. Лорд Сибавул те Нурвул, пошатываясь, шёл впереди, и шаг его никогда не замедлялся, а взгляд оставался неотрывно прикованным к линии горизонта и ужасающему образу Рогов Голготтерата. Случившееся во Вреолете по-прежнему тлело внутри него, так что он казался человеком в той же мере обуглившимся, в какой и разложившимся. Существом, словно бы хорошенько прожарившимся на горящем в его душе адском пламени. Многими тысячами шли они по его стопам, следуя за постоянством его образа — людская масса, сражающаяся с уничтожающими их одного за другим скорбями, хрипящая и влажная. Ордалия Осквернённых.

Никто из Обожжённых не понимал, что они вообще делают, не говоря уж о том, зачем они это делают.

Всё происходящее было для них чем-то вроде откровения.

И посему ни один из этих страдающих грешников не только не заинтересовался каким-то размытым пятном, появившимся вдруг у северного горизонта, но даже не озаботился хотя бы как следует рассмотреть его, ибо все, кто пытался хоть о чём-то думать и размышлять, давным-давно уже умерли. Сибавул Вака лишь бросил короткий взгляд через пузырящееся влажными ожогами плечо. Он, как и все последовавшие за ним, шёл путём, лишь отчасти пересекающимся с дорогами, которыми следуют живые, и посему продолжал, как и прежде, двигаться к золотым Рогам, оставаясь совершенно безучастным к несущейся на них во весь опор Орде и относясь к ней словно к чему-то не стоящему ни малейшего внимания.

Великая Ордалия явилась с севера, как огромная, хищно рыщущая, тёмная, бурлящая и мерцающая, словно усыпанная бриллиантовой пылью, масса. Не было слышно ни воплей, ни разносящихся по ветру завываний, лишь шум тысяч спешащих, топающих, шаркающих по основанию агонгорейского склепа ног. Обожжённые путники, по-прежнему ничем не интересуясь, тащились вперёд, точно железная стружка, как магнитом притягиваемая золотым кошмаром, возносящимся к небу у горизонта. Расстояние между ними и Ордой сократилось, и те, кто находился в авангарде не поражённого ядом и порчей человеческого скопища, внезапно ускорившись, сорвались на бег. Их бесчисленные лица искажала какая-то болезненная смесь радости и напряжения. Бегущие толпы издавали дикий гогот, будто исходящий от какого-то безумного празднества, и ликующе вопили в предвкушении порочных злодеяний.

Лишь немногие из Обожжённых взяли на себя труд хотя бы повернуться в сторону набросившихся на них родичей и соплеменников.

И грянули чистые на осквернённых. Вздыбившиеся края Великой Ордалии обрушились на рыхлую кромку процессии Обожжённых. Рыдания и визги слились воедино с воплями торжества, пронзив голодное небо всё усиливающимся во множестве и громогласности хором, ибо Святое Воинство Воинств поглощало всё больше и больше верениц и колонн несчастных. Следовавшие в арьергарде Ордалии всадники обогнули побоище с запада, чтобы перехватить ту часть осквернённых, что попытается спастись бегством, но в действительности всё сборище гниющих заживо людей просто безучастно стояло на месте до тех самых пор, пока беснующиеся множества не поглотили их без остатка. Лишь воздух оглашался их криками — душераздирающими и вполне человеческими.

Совсем немногие из Обожжённых обнажили оружие и, если им повезло, были убиты на месте, поскольку представляли для нападавших хоть какую-то угрозу.

Для прочих же ночь станет бесконечной...

Когда тьма, наконец, сольётся на Поле Ужаса в омерзительном союзе с пороком.

* * *

Хоть Нерсей Пройас, Уверовавший король Конрии, экзальт-генерал Великой Ордалии, и скакал впереди, он тем не менее и не думал никого вести за собой. Тут был лишь он, он один — несущийся галопом, растирающий в порошок эту мёртвую землю, что с преодолённым им расстоянием, казалось, становится всё более и более неподвижной, ибо Агонгорея заполняла собою всё сущее, всё, что прозревал ныне его взгляд, не считая разве что проткнувших горизонт Рогов. Великая Ордалия, оставаясь невидимой, маячила, нависала всей своей массой где-то позади него — ужасным гулом, ниспадающим на его шею и плечи подобно развевающимся за спиной волосам.

Первые показавшиеся впереди фигуры поразили его, настолько отвратителен был их вид, настолько понуро и безучастно брели они в сторону Голготтерата — сутулясь и с каждым своим движением словно бы падая вперёд, но всякий раз как-то умудряясь опереться на следующий вымученный шаг.

Обожжённые.

Безволосые призраки, раздетые, лишившиеся кожи в соответствии с той мерой, в какой их поразила порча, осаждаемые тучами мух, шатающиеся тени. Пройас мчался среди них, как беспощадное бронированное чудовище, скачущее прямо по головам убогой толпы, и смеялся в голос над жалкими взглядами, которые бросали на него эти несчастные.

Он обнаружил Сибавула те Нурвул, стоящего в одиночестве на вершине холма, что возвышался над местностью, подобно накатывающейся на берег волне, и едва сумел узнать кепалорского князя, да и то лишь по его древней кирасе и сапогам, отороченным мехом. Князь-вождь стоял, обратившись лицом к западу, а взгляд его не отрывался от двух золотых гвоздей, вбитых в линию горизонта.

Пройас спрыгнул с лошади, наслаждаясь внезапной неподвижностью земли у себя под ногами. Натёртая промежность экзальт-генерала болела и гудела, но теперь это лишь заставляло пылать всё его существо. Заживо гниющий князь-вождь повернулся к нему — видение столь ужасное, что Пройасу почудилось, будто даже просто дыша рядом с ним он загрязняет своё дыхание. Кепалорский князь потерял волосы, не считая нескольких светлых прядей. Язвы не столько проступали на его теле, сколько покрывали его какими-то жуткими одеяниями, состоящими из сочащейся телесными жидкостями заражённой плоти и потому поблескивающими, точно засаленный шёлк. На месте ушей Сибавула остались лишь грязные дыры, но по какой-то причине глаза и кожа вокруг них уцелели, так что казалось, будто он носит самого себя, словно маску, края которой, покрасневшие от воспаления и скрученные точно обгоревший папирус, проходя по верхней части щёк и переносице, каким-то образом приколоты к его светлым бровям.

Наверное, следовало бы обменяться речами.

Вместо этого Пройас, сжав кулаки, просто шагнул ему навстречу и одним ударом поверг этот гнилой ужас к своим ногам. Его естество от прилива крови изогнулось дугой и запульсировало блаженством насилия. Экзальт-генерал, обхватив ладонями гноящиеся щёки князя-вождя, провёл языком по язвам, изъевшим его лоб.

Вкус почвы — солёный и горький. И сладость, сокрытая внутри заражённой плоти.

Пройас уставился на кончики сибавуловых пальцев. Душа короля Конрии металась между ужасом и восторгом. Руки дрожали. Сердце гулко стучало в груди. Он едва мог дышать...

А ведь он ещё даже не начал свой пир!

Он взглянул туда же, куда взирал Сибавул — на запад. Всмотрелся вместе с кепалором в зрелище, что было их общей целью до того, как настал этот день — легендарные Рога Голготтерата, острия из сверкающего золота, заливающие своим палящим сиянием окружающие пустоши. Так долго они оставались вводящим в заблуждение миражом, представлялись какой-то злобной подделкой, золотящейся у горизонта. Теперь же отрицать их громадную, всеподавляющую реальность было уже невозможно.

И, казалось, они вместе поняли это, король и осквернённый князь, постигли вспыхнувшими искрами глубочайшего осознания, высеченными из камня скорби и железа страсти. Рога наблюдали за ними. Он вновь ударил князя-вождя, заставив его взглянуть на восток, дабы тот увидел, как Великая Ордалия поглощает его валящуюся с ног процессию трупов. Вместе они смотрели, как потоки проворных теней хлынули между плетущимися болезненными фигурами и на них. Вместе слышали всё разрастающиеся крики, мигом позже превратившиеся в грохот прилива.

Словно братья глядели они, как брат упивается кровью брата.

— *Мы... следуем... вместе,* — прохрипел Обожжённый лорд Ордалии. — *Кратчайшим... Путём...*

Пройас взирал на кепалора, из глаз его текли слёзы, а изо рта слюна.

— *И вместе... переступаем... порог... Преисподней...*

Экзальт-генерал, задрожав от вспыхнувшего в его чреслах блаженства, очередным ударом вновь поверг наземь князя-вождя.

Подобрал слюни...

И вытащил нож.

* * *

Вкусим то, что нам уготовал Ад.

Честь... Честь это?..

А милосердие... Что есть милосердие?

Умерщвление того, что застряло на этом свете, что трясётся от боли и кровоточит, но всё ещё продолжает трепыхаться, хоть и поражено насмерть. Что бьётся и содрогается. Чья изрезанная и ободранная плоть истекает гноем и слизью.

Что есть милосердие, как не удушение кричащего от страданий?

А честь... Что есть честь, как не жертва, лучше всего послужившая ненасытному чреву хозяев?

Тогда, быть может, тебя-то мне и стоит бояться...

Пройас Больший пребывал в самом расцвете своей безрассудной необузданности... когда осознал, что освободился... когда понял, что нет и не может быть в пределах всего Творения ничего прекраснее, нежели отторжение души от тела.

— *Вот я и стал целостным*, — шепнул он подёргивающемуся у его ног существу, что фыркало и хрипело, фонтанируя чем-то жидким из своего распотрошённого нутра. — *Вот я... и преодолел то... что меня разделяло.*

* * *

Сокрушены даже наши рыдания.
Даже скорби наши.
Мы осаждаем то, что к нам ближе всего.
Роем подкоп под свои же стены.
Пожираем собственные надежды.
Изжёвываем до хрящей своё благородство.
И вновь жуём.
До тех пор, пока не станем созданиями, что просто движутся.
Сыновья-подкидыши, об отцах которых известны лишь слухи.
Души наколоты на коже острыми иглами, прямо сквозь наготу.
Фрески, твердящие нам, каким должно быть Человеку.
Тени.
Дыры, полные мяса.
Промежутки между лицами и меж звёздами.
Тени и мрак внутри черепов.
Дыры...
В наших сердцах...
И в наших утробах...
В наших познаниях и наших речах!
Бездонные дыры...
Полные мяса.

ГЛАВА ШЕСТАЯ

Поле Ужаса

> Если нет Закона, нужны традиции. Если нет Традиций, не обойтись без нравов. Если недостаёт Нравов, требуется умеренность. Когда же нет и Умеренности, наступает пора разложения.
>
> — *Первая Аналитика Рода Человеческого,*
> АЙЕНСИС

> Когда голодаешь, зубы твои словно бы оживают, ибо они так отчаянно стремятся жевать, жевать и жевать, будто убеждены, что им довольно будет единственного кусочка, дабы обрести блаженство. Непритязательность становится по-настоящему свирепой, когда речь всерьёз заходит о выживании. Боюсь, у меня не окажется пергамента на следующее письмо (если, конечно, тебе достанется хотя бы это). Всё, что только можно, будет съедено, включая сапоги, упряжь, ремни и нашу собственную честь.
>
> — *Лорд Ништ Галгота, письмо к жене*

Ранняя осень, 20 Год Новой Империи (4132 Год Бивня), Агонгорея

Солнечный свет разбивался об эту невиданную землю подобно яичной скорлупе, рассыпаясь осколками и растекаясь лужицами сверкающих пятен. В этот раз она, Анасуримбор Серва, дочь Спасителя, и вовсе упала на четвереньки. Сорвил стоял над нею, шатаясь как от сущности свершившегося колдовства, так и от сути только что произошедшего.

— Ты... — начал он, широко распахнув глаза, в которых плескалось осознание ослепляющей истины, — т-ты знала...

Она, заставив себя встать на колени, взглянула на него.

— Что я знала, Сорвил?

— Ч-что он заметит м-моё...

Он. Моэнгхус. Её старший брат.

— Да.

— Что он... прыгнет!

Серва закрыла глаза, словно бы наслаждаясь светом восходящего солнца.

— Да, — глубоко выдохнув, сказала она, будто в чём-то признаваясь сама себе.

— Но почему? — вскричал Уверовавший король Сакарпа.

— Чтобы спасти его.

— Говоришь как истинный... — с недоверием в голосе едва ли не прошипел он.

— Анасуримбор. Да!

Лёгкость, с которой она отвергла прозвучавшее в его голосе разочарование, явилась очередным непрошеным напоминанием обо всех неисчислимых путях, какими она его превзошла.

— Мой отец подчиняет всё на свете Тысячекратной Мысли, — сказала она, — и именно она определяет, кто будет любим, кто исцелён, кто забыт, а кто убит в ночи. Но Мысль интересует лишь уничтожение Голготтерата... Спасение Мира.

Она подтянула ноги к груди.

— Ты его не любила, — услышал он собственные слова.

— Мой брат был сломлен, — сказала она, — сделался непредсказуемым...

Он бездумно смотрел на неё.

— Ты его не любила.

Было ли это болью? То, что он видел в её глазах? И если даже было, то разве мог он верить увиденному?

— Жертвы неизбежны, Сын Харвила. Не правда ли, странно, что Спасение является нам, наряженное ужасом.

Необычность местности, в которой они оказались, наконец привлекла его внимание. Мёртвые пространства — тянущиеся и тянущиеся вдаль. Он поймал себя на том, что оглядывается по сторонам в поисках хоть какого-то признака жизни.

— Лишь Анасуримборы прозревают суть Апокалипсиса, — продолжала Серва, — только мы, Анасуримборы, видим, как убийства ведут к спасению, как жестокости служат пристанищем, хотя для доступного обычным людям постижения происходящее и может представляться подлинным злом. Жертвы, устрашающие человеческие сердца, видятся нам ничтожными, по той простой причине, что мы зрим мертвецов, громоздящихся повсюду целыми грудами. Мертвецов, в которых мы все превратимся, если не сумеем принести надлежащие жертвы.

Земля была совершенно безжизненной... именно такой, какой она и осталась в его памяти.

— Так, значит, Моэнгхус — принесённая тобою жертва?

— Иштеребинт сломил его, — сказала она, словно подводя под обсуждаемым вопросом черту, — а хрупкость, это свойство, которое мы, дети Аспект-Императора, отвергаем всегда и всюду, не говоря уж об этих мёртвых равнинах. А Великая Ордалия, вероятно, уже может разглядеть Рога Голготтерата, — она подняла указательный палец, ткнув им куда-то в сторону горизонта, — так же, как и мы.

Сорвил повернулся, взглядом проследив за её жестом... и рухнул на колени.

— А я, — сказала она, находясь теперь позади него, — дочь своего отца.

Мин-Уройкас.

До смешного маленькие — золотые рожки, торчащие из шва горизонта, точно воткнутые туда булавки, но в то же самое время невозможно, пугающе громадные, настолько, что, даже находясь у самого края Мира, они уподоблялись необъятности гор. Отрывочные всплески воспоминаний затопили его мысли — сумрачные тени, набрасывающиеся на него из пустоты: очертания рогов, проступающие сквозь дымные шлейфы, врагу, исчезающие меж этих призрачных видений. Тревога. Ликование. Они метались и бились внутри его памяти — подобные высохшим пням обрубки сражений за эти золотящиеся фантомы, за это ужасное, презренное и злобное место. Инку-Холойнас! Нечестивый Ковчег!

Она едва не коснулась своими губами его уха.

— Ты чувствуешь это... ты, носивший на своём челе Амилоас, ты помнишь все свершившиеся там надругательства и все перенесённые там мучения. Ты чувствуешь всё это так же, как и я!

Он взирал на запад, разрываясь на части от ужаса, гораздо более древнего, нежели его собственный... и ненависти, всю меру которой он едва ли был способен постичь.

Киогли! Куйяра Кинмои!

— Да! — прошептал он.

Её дыхание увлажнило его шею.

— Тогда ты знаешь!

Он обернулся, чтобы поймать её губы своими.

Глава шестая. Поле Ужаса

* * *

Рога Голготтерата беззвучно, но всеподавляюще мерцали вдали. И ему казалось ни с чем несравнимым чудом ощущать свою каменную твёрдость внутри неё, дочери Святого Аспект-Императора, чувствовать, как она трепещет, охватывая собой его мужественность, и дрожит, единым глотком испивая и дыхание из его рта, и недоверие из его сердца. Они вскрикнули в унисон влажными, охрипшими голосами, со всей исступлённостью своей юности вонзаясь друг в друга посреди этой извечной пустоши.

— К чему любить меня? — спросил он, когда всё закончилось. Они соорудили из своей одежды нечто вроде коврика и теперь бок о бок сидели на нём обнажёнными. Сорвил не столько обнимал Серву, сколько всем телом обвился вокруг неё, положив ей на плечо и шею свой обросший подбородок. — Из-за того, что так повелела Тысячекратная Мысль?

— Нет, — улыбнулась она.

— Тогда почему?

Оплетённая его ногами, она выпрямила спину и один, показавшийся Сорвилу бесконечно долгим, миг внимательно всматривалась в его глаза. Юноша осознал, что Серве более не требовалось разделять свою наблюдательность и возможности своего сверхъестественного интеллекта между ним и Моэнгхусом. Ныне он остался единственным объектом для её изучения.

— Потому что, когда я смотрю на твоё лицо, я вижу там одну лишь любовь. Невозможную любовь.

— Разве это не ослабляет тебя?

Её взгляд потемнел, но он уже ринулся вперёд в том дурацком порыве, что часто подводит многих сгорающих от страсти юнцов — в желании знать во что бы то ни стало.

— К чему вообще кого-то любить?

Она закаменела настолько сильно, что он чувствовал себя словно платок, обёрнутый вокруг булыжника.

— Ты хочешь знать, как вообще можно доверять Анасуримбору, — произнесла она, вглядываясь в пустошь, тянущуюся до скалистых рёбер горных высот, будто чей-то голый живот. — Ты хочешь знать, как можно доверять мне, в то время как я готова возложить всякую душу к подножию Тысячекратной Мысли.

Он не столько целовал её плечо, сколько просто прижимал губы к её коже, и та его часть, что имела склонность к унынию, поражалась неисчислимости способов и путей, которыми связаны судьбы, и тем, что даже сами пределы, до которых простираются эти связи, не могут быть познаны до конца.

— Твой отец... — сказал он, дыша столь тяжко и глубоко, что это заставляло его чувствовать себя гораздо старше, если не сказать древнее, своих шестнадцати лет, — остановил свой выбор на мне лишь потому, что знал о моей любви к тебе. Он велел тебе соблазнить своего брата, полагая, что ревность и стыд возродят мою ненависть к нему, дабы я удовлетворял условиям Ниома...

— Однако, будь мой отец одним из Сотни, — сказала она, прижимаясь щекой к предплечью, в свою очередь покоившемуся у неё на коленях, — и то, что сейчас ты воспринимаешь как уловку, обрело бы совершенно *иной смысл*... нечто вроде Божьего промысла, не так ли?

— О чём это ты?

Она повернулась, чтобы взглянуть на него, и ему вновь показалось подлинным безумием, что он может быть так близок с девушкой настолько прекрасной — вообще любой, не говоря уж об Анасуримборе.

— О том, что именно вера, а не доверие является правильным отношением к Анасуримбору. Принести жертву во имя моего отца — вот величайшая слава, которой может одарить эта жизнь. Что может быть выше этого? Ты же Уверовавший король, Сорвил. Понесённый тобой ущерб определяет меру твоей жертвы, а значит, и славы!

Её слова добавили ему сдержанности, напомнив о том, сколь рискованны ставки. Если бы она узнала, что король Сакарпа, безутешный сирота, был избран нариндаром — кинжалом, который сама ужасающая Матерь Рождения занесла над её семьёй, — то и её отец непременно узнал бы об этом, и тогда Сорвил будет предан смерти ещё до того, как солнце опустится ниже основания этого бесконечного склепа. Факт его состоявшегося обращения, то, что Ойнарал и в самом деле сумел убедить его в близости конца света, а её отец, Святой Аспект-Император, действительно явился, дабы спасти Мир, не имел бы никакого значения. Его убили бы просто для того, чтобы расплести сети заговора разгневанных Небес: он мог припомнить несколько убийств, совершённых именно по этой причине, — как согласно легендам, так и в известной истории!

Анасуримбор Серва, дочь убийцы его отца, женщина, в которую он был влюблён, прикончила бы его без малейших колебаний — так же, как она сделала это с собственным братом лишь одной стражей ранее. Не имело значения, насколько сильно его обожание и чиста его преданность — она всё равно убила бы его, если бы только не обманное очарование, дарованное ему Ужасной Матерью... Её божественный плевок на его лице. Лице отступника.

Как долго будет длиться это незаслуженное благословение? Останется ли оно с ним до самой смерти? Или же, подобно всем незаслуженным благам, внезапно исчезнет, причём, разумеется, в самый неподходящий момент?

Он пошатнулся, лишь сейчас осознав абсурдные последствия своего отступничества...

Например, тот факт, что он влюбился в собственного палача.

— А как, — спросил он, — в твоей стране зовутся женщины, любящие глупцов?

Она помедлила всего один миг.

— Жёнами.

* * *

Она забылась сном, Сорвил же бодрствовал, размышляя о том, как это странно, что они — столь бледные, едва прикрытые одной лишь собственной кожей, оставались настолько сильными, настолько невосприимчивыми к тому, что превратило эти места в бесплодную пустошь. Серва рассказала ему, что кое-кто из нелюдей называл эти равнины «Аннурал», или Земля-без-Следов, поскольку отпечатки ног исчезали тут «подобно тому, как исчезают они на прибрежном песке под натиском волн». И действительно — нигде не было видно ни единого следа, хотя повсюду, вперемешку с выбеленными солнцем камнями, были разбросаны искрошенные кости. Однако же при всём этом открытая всем сторонам света безнаказанность их любви казалась им чем-то само собой разумеющимся. Быть как дети, радуясь тому, что дано тебе здесь и сейчас, в особенности пребывая в тени Голготтерата.

Путешествуя по Земле-без-Следов.

— Берегись её, мой король, — предупредил его Эскелес ещё тогда, когда Сорвил впервые оказался в Умбиликусе. — Она странствует рядом с Богами.

Во время их следующего колдовского прыжка он обхватил её так, как это делают любовники, — грудь к груди, бёдра к бёдрам, и ему показалось прекрасным то, как её лицо запрокинулось назад, веки вспыхнули розовым, а изо рта, изрекающего незримые глазу истины, хлынули чародейские смыслы, переписывающие заново Книгу Мира. Волосы её разметались, превратившись в какой-то шёлковый диск, а кожа казалась до черноты выбеленной ярчайшим сиянием Абстракций, голос её, грохоча и вздымаясь, пронизывал саму плоть Творения, но закрытые глаза, напоминающие два озера расплавленного металла, при этом словно бы улыбались.

Осмелившись воспользоваться мигом её страсти, он окунул свои губы прямо в её Метагностическую Песнь.

Они шагнули сквозь вспышки крутящихся и описывающих вокруг них параболы огней. По прибытии Сорвила сбило с толку, что равнина осталась совершенно неизменной, несмотря на то, что они преодолели расстояние, отделявшее их от видимого из исходной точки горизонта. Даже Рога ничуть не изменились, благодаря чему стала очевидна как их значительная отдалённость, так и вся их безумная необъятность.

Она уже вглядывалась в да́ли, изучая горизонт, и он опасливо затаил дыхание.

— Вон там! — крикнула она, указывая на восток. Проследив за её жестом, он увидел какое-то поблёскивающее мерцание, как будто там, вдали, была обильно рассыпана стеклянная крошка. Уверовавший король Сакарпа тихонько выругался, только сейчас осознав, что соединившая их с Сервой идиллия едва ли переживёт возвращение любовников к Святому Аспект-Императору и его Великой Ордалии.

Следующие несколько страж они тащились за своими удлинившимися тенями, Серва безмолвствовала, казалось, целиком поглощённая целью их пути, Сорвил же, щурясь, всматривался в даль, силясь понять, что это всё же за пятнышки и что они там делают. Однако же множество опасностей и угроз, с которыми ему ещё предстояло столкнуться, без конца подсовывало ему вопросы совершенно иные. Что ему следует сказать Цоронге? А Ужасная Матерь — неужели она просто ждёт, всего лишь выбирая момент, когда стоит покарать его за предательство? Отнимет ли она свой дар прямо перед неумолимым взором Святого Аспект-Императора? Он только начал всерьёз задумываться над виднеющимися впереди очертаниями, когда понял, что Серва не столько не замечает его, на что-то отвлёкшись, сколько осознанно отказывается ему отвечать.

Причина такого положения вещей сделалась очевидной, когда они наткнулись на первые окровавленные тела — на кариотийцев, судя по их виду. Отрезанные головы были водружены прямо им на промежность...

Человеческие головы.

Теперь уже Серва помогла ему подняться на ноги. В оцепенении он последовал за ней, ступая мимо сцен, исполненных плотоядной истомы и багровеющего уничижения. Челюсть его от-

Глава шестая. Поле Ужаса

висла. Сорвил понял, что ему сейчас следовало бы бесноваться и вопить от ужаса, но всё, что он сумел сделать, так это укрыться во мраке намеренного непонимания.

Как? Как подобное могло произойти? Казалось, только вчера они оставили воинство мрачных и набожных людей, Великую Ордалию, которая не столько шла, сколько шествовала, воздев над своими рядами множество знамён, священных символов и знаков, и, храня жёсткую дисциплину, сумела преодолеть невообразимые расстояния. А теперь, вернувшись, они обнаружили...

Мерзость.

Каждый следующий шаг давался без усилий, будто что-то подталкивало его в спину. Он вглядывался в открывшуюся картину, даже когда душа его отвратила прочь взор свой, и, наконец, увидел их — собравшихся, словно пирующие на разодранных мертвецах, возящиеся и ковыряющиеся в их ранах стервятники... скопища людей со спутанными волосами, с неухоженными и взъерошенными бородами, одетых в ржавые, перемазанные кровью и грязью доспехи. Людей, вновь и вновь раскачивающихся над изуродованными телами и творящих с ними вещи... вещи слишком ужасные, чтобы вообще быть... возможными, не то что увиденными. Сорвилу показалось, что он узнал лица некоторых из них, но он не нашёл в себе сил вспоминать имена, да и не желал осквернять их уподоблением существам, представшим сейчас его взору. Нутро его щекотало, будто там, выпустив когти, обосновалась кошка. К горлу подступила тошнота, и его тут же вырвало. Только после этого, мучаясь жжением во рту и кашлем, он почувствовал, что ужас, наконец, пробрал его до кончиков пальцев, а вместе с ужасом пришло и ощущение своего рода безумного нравственного надругательства, чувство отвращения, настолько абсолютного, что это причиняло ему физические страдания...

Даже Серва побелела, несмотря на свойственное скорее ящерицам равнодушие, которым её одарила дунианская кровь. Даже свайяльская гранд-дама шла, неотрывно всматриваясь в благословенную даль, мертвенно-бледная и трясущаяся.

Множество лиц оборачивались к ним, когда путники проходили мимо — окровавленные бороды, какая-то странная недоверчивость, застывшая в глазах, опухшие рты, распахнутые в криках блаженства. Взгляд Сорвила зацепился за неопрятного айнонца, положившего себе на колени голову и плечи мертвеца. Он наблюдал, как воин, нависнув над трупом, запечатлел долгий, ужасающий поцелуй на бездыханных устах... а затем вцепился зубами в нижнюю губу погибшего, дёргая и терзая её со свирепостью дерущегося пса.

Сумасшествие. Непотребство, с подобным которому ему никогда ещё не доводилось сталкиваться.

Это место... Где не было следов, а значит, и троп, которых можно держаться.

Тень коснулась его взгляда, едва заметное пятнышко, подобное скользящему по поверхности мёртвой равнины чёрному лоскуту. Он глянул вверх и увидел кружащего аиста — белого и непорочного. Увидел там, где должны бы были парить одни лишь стервятники.

Да... шепнуло что-то. Будто бы он всё это время знал.

— Вспомни, — сказала Серва, — о месте, куда мы направляемся...

Он повернулся, чтобы посмотреть в ту сторону, куда она указала кивком, и увидел Голготтерат — огромного золотого идола, что, по её мнению, мог каким-то образом сделать этот кошмар воистину праведным и святым...

— Отец понял это... — продолжала Серва, однако он был практически уверен, что она говорит всё это лишь для того, чтобы укрепить собственную решимость. — Отец знал. Он догадался, что так и должно случиться.

— Так? — вскричал Сорвил. — Так?

Какая-то его часть рассчитывала, что его тон будет ей упрёком, чем-то вроде пощёчины, но она уже вернулась к прежним своим непримиримым повадкам. И это ему придётся вздрагивать.

Как и всегда.

— Кратчайший Путь, — сказала имперская принцесса.

* * *

Он продолжал следовать за ней, хоть и подозревал, что она просто бесцельно блуждает. Они пробирались меж биваков, разбитых вокруг тлеющих ям, забитых изувеченной плотью. Шли мимо людей, поедающих что-то. Мимо людей, лежащих в непристойно сладкой истоме в обнимку с осквернёнными ими трупами так, будто они же сами и соблазнили их. И мимо людей, бешено улюлюкающих, разжигая и раззадоривая неистовую ярость сородичей, целыми шайками набрасывающихся на своих жертв. Равнина оглашалась множеством звуков, но голоса были столь разными по тональности и тембру — от рычаний до визгов (ибо некоторые из жертв были всё ещё живы), — что разделяющее их безмолвие словно бы царило над всем, делая эту какофонию ещё более безумной и разноречивой. Зловоние было настолько невыносимым, что он дышал сквозь сжатые губы.

Глава шестая. Поле Ужаса

Эта мысль пришла к нему сама по себе — незваной, непрошеной. Он демон...

Сифранг.

И тут Серва сказала:

— Хорошо, что ты веришь.

«Несмотря ни на что», — добавил её ледяной взгляд.

Невзирая. Даже. На это.

Он не верил. Но его также нельзя было назвать и неверующим. Он колебался, качаясь из стороны в сторону под влиянием чужих речей и увещеваний. Порспариан. Эскелес. Цоронга. Ойранал... а теперь и вот эта женщина. Он метался от убеждения к убеждению — хуже придворного шута!

Но сейчас... сейчас...

Какие ещё нужны доказательства?

Зло.

Наконец, он понял всю власть и силу, что коренятся в непознанном. Причину, по которой и жрецы и боги так ревниво относятся к своим таинствам. *Неизвестное остаётся непоколебимым*. До тех пор, пока сомнения и неоднозначности окружали со всех сторон фигуру Аспект-Императора, и сам Сорвил пребывал в сомнениях, скрывающих за собой Целостность. Не обладая всей полнотой знания, он не был способен отделить себя от тьмы, окутавшей всё по-настоящему значимое. Келлхус казался непобедимым и даже божественным из-за отсутствия свойственных обычным смертным уязвимостей — фактов, которые бы связывали его со множеством вещей, уже известных и познанных.

Но это... Это было знание. Даже обладай он, в противоположность своему мятущемуся сердцу, истовой верой фанатика, Сорвил не смог бы этого отрицать. Ибо оно было здесь... Перед его глазами... Оно. Было. Здесь.

Зло.

Зло.

Грех настолько немыслимый, что, даже просто свидетельствуя его, рискуешь навлечь на себя проклятие.

Вязкое скольжение проникновения. Трепетный поцелуй. Дрожащий кончик языка. Растерзанные тела. Бурлящие животы. Семя, извергающееся на голую кожу и алое мясо.

Чей-то голос, захлёбывающийся от восторга: «Дааа... Как хорошо... Как хорошооо...»

Увиденное почти физически раздавило его. Прорвавшись сквозь тонкие вуали души, оно вгрызлось в саму его сущность, превратив в оживших змей внутренности и в ножи дыхание, застревавшее в глотке, стоило лишь открыть рот.

Казалось, достаточно лишь на миг смежить веки, дабы высвободить свирепый поток, зревший внутри него, наливаясь яростью, подобной казни, стремлением творить расправу, что есть само правосудие и сама суть воздаяния! Казалось, стоит ему воздеть к небу сжатые кулаки и издать крик, исполненный гнева и отвращения, что разрывали его изнутри, и Небеса тотчас ответят очищающей молнией...

Казалось... всего лишь казалось...

Но он выучил достаточно уроков и потому знал, что в этом Мире боги могут лишь тихо шептать, что они могут являть себя только через посредников, что им требуются инструменты, дабы осуществлять свои извечные замыслы, орудия...

Вроде пророков. И нариндаров.

Аист по-прежнему парил высоко в небесах, цепляясь крыльями за незримые потоки воздуха и медленно кружа над овеществлённым разложением, словно болезненная сыпь выступившим на теле этих мрачных равнин.

Уверовавший король Сакарпа рухнул на колени и скорчился над лужицей собственной рвоты, не обращая ни малейшего внимания на тревожный взгляд Сервы.

Нахлынувшее отчаяние.

Я понял, Матерь...

Мучительное раскаяние.

Наконец, я прозрел.

* * *

Они подошли к холму, вздымавшемуся над пустошью, словно могучая волна, и по его пологому обратному скату поднялись на вершину. Там они нашли человека, сидящего, сгорбившись, на корточках рядом с единственным мертвецом. Сорвилу понадобилось несколько долгих мгновений, чтобы узнать его — столь сильно он изменился: его некогда безупречная борода напоминала спутанный комок водорослей и тины, кожа стала почти настолько же чёрной, как у Цоронги, из-за грязи и высохшей крови, которыми человек был покрыт с головы до ног. И лишь глаза оставались всё такими же карими, но сияли при этом чересчур ярко и неистово.

Сё был легендарный экзальт-генерал... Король Нерсей Пройас.

Серва встала рядом с ним так, что солнце светило ей в спину, и тогда он, моргая и щурясь, взглянул на неё снизу вверх. Чудовищная какофония неслась по ветру — крики и вопли живых, терзающих мертвецов.

Глава шестая. Поле Ужаса

— Где мои сёстры? — наконец спросила она.

Пройас вздрогнул, будто что-то ужалило его в шею. Через его плечо Сорвил заметил, что к амулету Кругораспятия, раскачивающемуся у Пройаса на шее, за волосы привязан плевок человеческого скальпа.

— Вернулись... — пробормотал экзальт-генерал, но слова застряли у него в глотке. Прокашлявшись, он сплюнул в грязь блеснувшую на солнце паутинку слюны. — Вернулись обратно в лагерь... — Проницательный взгляд его карих очей, некогда излучавших одну лишь уверенность, на миг опустился, но затем вновь возмутительно пристально уперся ей в лицо. — Совсем обезумели.

Высоко подняв брови, она скептически наморщила лоб.

— А как, по-твоему, следует называть то, что мы увидели здесь?

Улыбка пропойцы. Пройас сощурился, взгляд его подёрнулся поволокой, став при этом даже каким-то кокетливым.

— Необходимостью.

Некогда царственный человек делано рассмеялся, но истина явственно читалась в его глазах, откровенно клянча и умоляя.

Скажи мне, что всё это сон.

— Где отец? — рявкнула гранд-дама.

Взгляд его опустился, борода повисла.

— Ушёл, — ответил человек мгновением позже, — никто не знает куда.

Сорвил вдруг осознал, что стоит на одном колене и тяжело дышит, стараясь посильнее откинуться назад из-за близости распотрошенного тела. Что это было? Облегчение?

— А мой брат, — вновь резко спросила Серва, сердцебиением спустя, — Кайютас... Где он?

Экзальт-генерал бросил через плечо по-старчески измождённый взгляд.

— Да тут... — сказал он тоном столь непринуждённым, будто был занят в это время другим разговором, — где-то...

Гранд-дама отвернулась и начала решительно спускаться с холма, следуя его пологим складкам.

— Племянница! Пожалуйста! Умоляю тебя! — крикнул Пройас, вовсю крутя головой, но не отрывая при этом взгляда от лежащего перед ним догола раздетого трупа — ещё одного одичавшего южного лорда, только какого-то сморщенного и безволосого, словно бы его долго варили.

— Что? — крикнула имперская принцесса. Щёки её серебрились от слёз.

От взора экзальт-генерала, подобного взгляду только что начавшего ходить малыша, у Сорвила перехватило горло.

— Должен ли я?.. — начал Пройас.

Он прервался, чтобы сглотнуть, издав при этом скулящий звук, словно пронзённый копьём пёс.

— Должен ли я... съесть... его?

И гранд-дама, и Уверовавший король могли лишь ошеломлённо взирать на него.

— У тебя нет выбора, — раздался позади них знакомый голос.

Они повернулись и увидели на противоположной стороне склона Кайютаса — его дикое воплощение, — опирающегося на колено и ухмыляющегося. Кровь, как свежая, так и уже свернувшаяся, пропитала, как не мог не заметить Сорвил, его кидрухильский килт прямо в паху.

— *Что-то нужно есть.*

* * *

Редко...

Сорвил бежал прочь, оставив сестру объясняться с братом. Отвращение, казалось, выскабливало добела его глухо стучащие кости, дыхание кинжалами вонзалось в грудь...

Редко я бываю таким, каким меня желают видеть враги...

Всё это время, понял сын Харвила, он, ни на миг не останавливаясь, куда-то бежал по равнине.

По этой земле. По Полю Ужаса.

Теперь же он, ошеломлённый и оцепенелый, скорее тащился, кренясь и шатаясь, нежели шёл по выродившемуся, опустошённому краю.

Быть человеком — значит быть чьим-то сыном, а быть сыном — значит нести на себе бремя своей семьи, своего народа и его истории — в особенности истории. Быть человеком означает воистину быть тем, кто ты есть... сакарпцем, конрийцем, зеумцем — не важно.

Кем-то... Не чем-то.

Ибо именно это сотворил с ними Аспект-Император своими бесчисленными убийствами и кознями. Согнул все множества человеческих путей, сведя их все по единственному Пути. Разбил оковы, делавшие из людей Людей... и выпустил скрывавшегося внутри зверя.

Нечто.

Отвратную ненасытность, стремление жрать и совокупляться без каких-либо раскаяний или ограничений. Жрать и совокупляться, издавая при этом пронзительные вопли.

Вот... Вот что такое Кратчайший Путь.

Путь сифранга.

Голод безграничный и ненасытный. Не допускающий колебаний.

Оставляя Серву у холма, он надеялся бежать прочь от алчущих толп, но теперь обнаружил по обе стороны от себя ещё большие скопища безумцев, жадно пожирающих человеческую плоть. Он упал на колени, рухнув прямо в эту, лишённую всякой жизни грязь. Воплощённое зверство, казалось, повисло в воздухе плотной и вязкой, как молоко, пеленой. Мысль о возможном сражении посетила его сердце пылкой надеждой на то, что Консульт не упустит случая именно сейчас явить всю свою давно скрываемую мощь. Думы о гибели и обречённости. И какое-то время казалось, как это всегда бывает с помыслами о бедствиях, что это должно непременно случиться, что на плечи его всё сильнее и сильнее давит груз неотвратимо приближающегося возмездия. Ведь независимо от того, насколько безразличны и безучастны Боги, грехи столь чудовищные и безмерные, как те, что ему довелось засвидетельствовать, не могут не пробудить их...

Но ничего не происходило.

Он оглянулся, бросив взор через поражённые пороком просторы Агонгореи на Рога Голготтерата, сияющие в солнечном свете над буйством вершин Окклюзии. Сорвил мог бы закрыть их золотые изгибы одним своим большим пальцем, но в душе продолжал содрогаться, понимая... помня... всю невообразимость их подлинных размеров. В них чудилась какая-то заброшенность, будто они были совершенно безлюдны и вообще лишены всякой жизни. От Рогов исходило абсолютное безмолвие, и Сорвил вздрогнул от предчувствия, что они давным-давно мертвы. Неужели Ордалия прошла сквозь все безжалостные просторы Эарвы, чтобы осадить ничто — пустоту? Неужели они, подобно безутешному Ишолому, впустую преодолели все эти величайшие испытания?

Он рухнул вперёд. Течение времени, обычно бывшее чем-то вроде пустого каркаса, превратилось в нечто, напоминающее сточную канаву, забитую во время потопа какими-то отвратными сгустками — влажной и хлюпающей мерзостью. Стоило на миг открыть глаза, как взгляд его немедля замечал очередную неописуемую сцену. Воплощённая скверна, исходящая миазмами разложения. Было противно даже просто дышать этим воздухом. Он рыдал, но не был способен даже почувствовать слёз, не говоря уж о том, чтобы понять, что плачет он сам.

— Шшшш, милый мой.

Он понял, что лежит ничком на земле. Перед ним, словно изящная ваза, украшенная нежно-белыми лепестками, стоял аист — недвижный, как чистая красота, и безмолвный, как сама непорочность. Его силуэт отбрасывал на бесплодную землю тень, напоминающую жатвенную косу.

— Матерь? — прохрипел он.

Взглянув на него, аист прижал жёлтый нож клюва к своей длинной изогнутой шее. Кровь, понял сын Харвила, следя за алыми бусинками, стекающими с янтарного кончика.

— *Ты видишь, Сорва?*

— Т-то, ч-что я должен сделать?

— *Нет, дитя моё. То, что ты есть.*

* * *

От бесчисленных знамён, выделявших различные языки и народы, осталась лишь малая часть. То, что раньше было ровными рядами палаток и разноцветных шатров, ныне стелилось по равнине, словно выброшенный кем-то мусор — местами наваленный грудами, а местами раскиданный. Лагерь представлял собой какой-то грязный бардак — едва ли не издевательскую насмешку над его прежним гордым величием. И был при этом совершенно пуст.

В какой-то момент Сорвил понял, что бродит по месту, в определённом смысле переполненному хаосом, почти настолько же абсолютным, как и безумие, творящееся сейчас там, на равнинах. День клонился к закату. Тени всё удлинялись, своими резкими, тёмными очертаниями словно бы разделяя палатки между собой. Беспорядок и неухоженность бросались в глаза. Разбросанные лошадиные кости. Провисшая до земли холстина палаток. Отхожие места, выбранные из-за близости и удобства. Замаранные одеяла. Всё это выглядело так, будто сквозь лагерь диким потопом прошла какая-то варварская орда, ибо вещи, брошенные в спешке и небрежении, служат таким же ясным свидетельством произошедшего краха, как и вещи, раскиданные и распотрошённые во время грабежа.

Все до единой палатки оказались пустыми, никем не занятыми и брошенными своими владельцами, а все поверхности, как внутри их, так и снаружи, в разводах и пятнах.

Он скитался меж ними, поражённый ужасом, быстро отчаявшись обнаружить тут хоть кого-то или что-то. Знамёна с Кругораспятиями, как и прежде, висели повсюду, но приобрели такой странный цвет и так сильно истрепались, что казались символами какого-то ущербного бога. Сорвилу пришло в голову, что творящееся на равнинах безумие вполне могло оказаться фатальным, что дьявольская одержимость, овладевшая людьми Кругораспятия, может теперь и вовсе не оставить их...

Возможно, он ныне свидетельствует позорный конец Великой Ордалии. Возможно, Воинство Воинств так и умрёт, осознав, что всё это время оно же само и было собственным заклятым врагом.

Первая услышанная им строфа показалась ему обычной шалостью ветра, завыванием воздуха, проносящегося сквозь разруху и тлен. Однако, стоило ему сделать лишь несколько шагов в направлении, откуда доносился звук, как его истинный источник сделался очевидным. То были люди, творящие совместную молитву.

> Возлюбленный Бог Богов,
> Ступающий среди нас,
> Неисчислимы твои священные имена...

Король Сакарпа миновал три стоявших один за другим шатра — покосившиеся и покрытые печально провисшей, давно выцветшей тканью, и увидел небольшой холм, напоминающий торчащий вверх и словно бы поросший щетиной подбородок, ибо всё вокруг него было уставлено множеством импровизированных укрытий. Коленопреклонённые люди заполняли его склоны, все как один обратившие свои лица к вершине, где стоял ведший молитву, но при этом выглядящий, будто какой-то дикарь, Судья — один из немногих выживших, как он выяснил позже, почерневшее лицо которого обращено было вверх, а руки словно бы пытались вцепиться в безучастные небеса.

Молитвенное собрание отказавшихся от пищи.

Молитва завершилась, и все они молча склонили головы, Сорвилу же внезапно стало стыдно, что он один из всех присутствующих стоит на ногах, оставаясь столь безучастным и столь... заметным. Несмотря на их растрёпанный и бесноватый облик он знал этих некогда прославленных воинов Трёх Морей. Он по-прежнему способен был отличить айнонцев от конрийцев, а шайгекцев от энатпанейцев. Он различал даже агмундрменов и куригалдеров — столь обширны были его знакомства. Ему известны были названия их столиц, имена их королей и героев...

— Верни его нам! — внезапно завыл, взывая к небесам, безвестный Судья. Страстный пыл исказил его голос так же сильно, как и лицо. — Умоляю тебя, Бог Богов, ниспошли нам нашего Короля Королей.

И вдруг все они, обратив лица к пустому небу, возопили и горестно запричитали, жалуясь, проклиная, моля, а более всего прочего *упрашивая*...

Умоляя вернуть им Анасуримбора Келлхуса.

Демона.

— Лошадиный Король! — раздался вдруг громкий возглас, в котором звучала такая недоверчивость, что всё собрание до последнего человека погрузилось в молчание. И Сорвилу почудилось, что он увидел его ещё до того, как взгляд сумел выхватить его из сумятицы всех этих почерневших от солнца лиц... лицо друга...

Его единственного друга!

Цоронга стоял там, изможденный и изумлённый.

Они обнялись, а затем, не стыдясь, зарыдали друг у друга в объятиях.

* * *

На Поле Ужаса обрушилась ночь

Цоронга более не разбивал свой шатёр целиком, но обитал в пределах того пространства, которое мог обеспечить единственный воткнутый в землю шест. Весь простор и даже пышность его обиталища канули в небытие, сменившись куском обычной холстины. Он потерял всю свою свиту до последнего человека.

— Они не вернулись из Даглиаш, — сказал наследный принц Зеума, избегая встречаться с ним взглядом. — Ожог поглотил их. После того, как ты оставил Ордалию, Кайютас держал меня при себе как посыльного, так что...

Сорвил смотрел на него, подобно человеку, вдруг понявшему, что он только что оглох. Ожог?

— Цоронга... что вообще тут произошло, пока меня не было, брат?

Колебания. Взгляд неуверенный, блуждающий где-то понизу.

— Случилось такое... я видел такие вещи, Сорви... — человек почему-то низко склонил голову, — и делал...

— Какие вещи?

Цоронга несколько биений сердца неотрывно смотрел на собственные большие пальцы.

— Ты стал совсем взрослым, — наконец сказал он, озорно глянув на Сорвила. — Выглядишь прямо как нукбару. Теперь у тебя в глазах кремень.

Сорвил вернул на место отвисшую челюсть.

— Как ты справляешься, брат?

Взгляд Цоронги был полон такого затравленного недоумения, что Сорвилу, человеку, ничего не знающему о случившемся, это даже показалось забавным.

— Голодаю, как и все... — пробормотал он. Во взгляде его мелькнуло нечто убийственное. — Сильно.

Сорвил внимательно всмотрелся в него.

— Ты голодаешь, ибо у тебя недостаточно пищи, что тут такого?

— Скажи это своей несчастной кляче! Я ведь не обещал сберечь её, не так ли?

Сорвил смешался.

— Я говорил о шранках. — Странная гримаса, сопровождаемая хрипящим стоном. — Как ты думаешь, чем мы ещё питались всё это время?

— Тощие насыщают лишь тело и только распаляют... аппетит...

Будучи сакарпцем, он знал об опасностях, поджидающих тех, кто употребляет в пищу шранков. Жизнь в Пограничье была слишком трудна, и не было зимы, когда Согтских Чертогов не достигали бы слухи о случившихся там и сям развратных оргиях. Но всё же это были лишь слухи.

— А душа остаётся голодной, — продолжал Сорвил, — и истощается. Те, кто ест их чересчур долго, превращаются в беснующихся зверей.

Цоронга теперь пристально смотрел на него. Самый тяжёлый момент миновал.

— На вкус они словно рыба, — сказал Цоронга, потянувшись подбородком от ключицы к плечу, — и одновременно будто ягнёнок. И у меня текут слюнки от одного упоминания о них...

— От этого можно излечиться, — пробормотал Сорвил.

— Я не болен, — ответил Цоронга. — Те, кто был болен, ушли, последовали за экзальт-генералом прямиком к своему проклятию.

Затем, с несколько преувеличенными ужимками человека, вспомнившего нечто важное, он вскочил на ноги и, пробравшись сквозь палатку, начал рыться в недрах своей молитвенной сумы.

Сорвил сидел, чувствуя лёгкую досаду, что этот порыв Цоронги отвлёк его от размышлений над материями гораздо более важными. Он впервые понял всё безумие, всю сложность положения, в котором оказалась Великая Ордалия, ибо тот факт, что путь её пролегал по этим проклятым землям, означал, что им попросту нечего есть...

Не считая своих лошадей... своих врагов...

И самих себя.

Несколько мгновений ему казалось, что он не может дышать, ибо ужасающая логика этого предположения была совершенно очевидной.

Кратчайший Путь...

Всему происходящему, даже этим грехам, какими бы дьявольскими и чудовищными они ему ни представлялись, отведено своё место. Они были не чем иным, как необходимыми жертвами, вызванными обстоятельствами, а всё их невероятное безумие лишь в полной мере соответствовало тем невообразимым целям, которым они призваны послужить...

Может ли это быть так? Может ли быть, что всё, чему ему довелось стать свидетелем — действия и события столь мерзостные, что рвота сама по себе извергается из животов непричастных, — суть просто... неизбежные потери?

Величайшая жертва?

Биения его сердца отсчитывали время, на которое остановилось дыхание.

Знал ли Аспект-Император о том, что всем этим душам предначертано сгинуть на сём пути.

— Да! — завопил Цоронга в каком-то диком ликовании. — Да! И что это говорит о противнике Келхуса — Консульте?

Кипящий гул древних, обрывочных воспоминаний...

— Он здесь!

Могут ли они и в самом деле быть настолько злобными, мерзкими и нечестивыми — да и кто угодно вообще? Может ли существовать зло настолько чудовищное, чтобы это было способно оправдать любые злодеяния, любые зверства, способствующие его уничтожению?

Ты чувствуешь это... ты, носивший на своём челе Амилоас...

Сорвил оцепенело взирал на задубевший, словно язык мертвеца, мешочек в руке Цоронги. Виднеющийся на коже бледный узор был всё таким же запутанным, каким он его и запомнил — полумесяцы внутри полумесяцев, подобные Кругораспятию, но расколотому на куски и сваленному одной беспорядочной грудой. «Троесерпие» — как-то назвала его Серва. Древний знак Анасуримборов.

— Некоторые утверждают, что Аспект-Император мёртв, — свирепо бормотал Цоронга, в его диком взгляде чудились образы гнева и насилия, — но я-то знаю — он вернётся. Я знаю это, ибо мне известно, что ты нариндар! Что Мать Рождения избрала тебя! И он вернётся, ибо вернулся ты. А ты вернулся, ибо он не умер!

Внезапно воздушная невесомость мешочка, вмещающего в себя железную хору, показалась ему чем-то странным и даже нелепым. Они были словно пух...

В этот момент он не понимал ничего, кроме того, что ему хочется разрыдаться.

Что же мне делать?

Пухлые чёрные пальцы обхватили его бледную руку, а затем сдавили ладонь, заставив его взять мешочек.

Какой-то ленивый жар, казалось, сгущался меж ними.

— Вот так, вот так, я знаю... — выдохнул Цоронга.

Его тело, длинное и гибкое, дрожало, как и собственное тело Сорвила.

— Знаешь что? — пробормотал юноша.

Игривая улыбка.

— Что мы с тобой пребываем там, где не существует греха.

У Сорвила не возникло желания отстраниться, и это послужило для него причиной ужаса столь же сильного, как и всё, что ему довелось увидеть и о чём помыслить этим днём. Взгляд его в каком-то оцепенелом изумлении изучающе блуждал по страстной ипостаси своего друга.

— Что ты имеешь в виду?

Проблеск чего-то давно ушедшего в его карих глазах.

Му'миорн?

— Я имею в виду, что есть лишь одно правило, что ограничивает нас, и лишь одна жертва, что мы обязаны принести! *Убей Аспект-Императора!*

Они обменялись долгими взглядами. Настойчивым, с одной стороны, и притворно-недоумевающим — с другой.

Я плачу, ибо я скучал по тебе.

— Всё остальное — свято... — с волнующим неистовством в голосе выдохнул Цоронга. И действительно казалось, что всё уже решено. Зеумский принц смахнул прочь свет фонаря.

Сильные руки во тьме.

* * *

Обнажённые, они лежали во мраке палатки, потея, несмотря на холод.

Даже когда они закончили, его метания никуда не делись.

Его жизнь во всех отношениях была словно бы какой-то подделкой. Вечно спотыкаться, бросаться из стороны в сторону, следуя за решениями, что, считаясь твоими собственными, на деле всегда проистекают из того, кем ты являешься. Различие между этими двумя источниками заключалось в том, что в действительности все его решения словно бы исходили из некого небытия, и события в итоге вечно шли кувырком, приводя к изгибам и поворотам — к неожиданностям, которые, если задуматься, ничуть не удивительны. И вот уже ты, задыхаясь от боли в сердце, оказываешься погружённым в пространство какого-то стылого оцепенения, понимая, что впрямь существуешь, лишь пребывая в укрытии, построенном из собственных вопросов. В укрытии, которое подобные призракам глупцы вроде тебя называют размышлением.

Задыхаясь в отсутствие сердцебиения, ты будто бы возникаешь из ниоткуда одновременно с собственным пробуждением и вдруг обнаруживаешь... что просто делаешь... нечто...

И удивляешься, что у тебя некогда был отец.

Тело Цоронги в темноте казалось бесконечным, сплетающимся, горячим и бурлящим какой-то лихорадочной энергией — гудящей и пульсирующей. Огромная рука схватила его запястье и притянула занемевшие пальцы к напряжённой, закаменевшей дуге его фаллоса. Простое сжатие заставило Мир загудеть и взреветь, закрутившись вокруг него в невозможной истоме. Цоронга, снова напрягшись, застонал и закашлялся сквозь стиснутые зубы. Он вновь изверг своё тепло пульсирующими нитями, что, закручиваясь в петли, скользили сквозь черноту ночи, сжимая и связывая их друг с другом безымянными и невыразимыми страстями.

— Му'миорн, — прошептал он, пробиваясь сквозь века, настойчиво и упрямо, словно вода, точащая камень.

Они лежали рядом. Какое-то время единственным, что слышал Сорвил, было дыхание его друга. Его глотка болела. За холстиной палатки всё Сущее рассыпалось и рушилось в каком-то вязком безмолвии.

— Подобные вещи постыдны для мужчин в твоей стране.

Это не было вопросом, но Сорвил предпочёл посчитать, что было.

— Да. Ужасно постыдны.

— В Зеуме считаются священными объятия сильных с сильными.

Сорвил попытался было весело фыркнуть в своей старой манере — пытаясь представить лёгким то, что в действительности было попросту неподъёмным.

Но нечто дьявольское оборвало его смех.

— Когда наши жёны спешат с детьми, воины обращаются друг к другу, и тогда мы можем сражаться на поле битвы как любовники...

Эти слова заставили короля Сакарпа с трудом ловить ртом воздух.

— Ведь не нужно раздумывать, чтобы умереть ради любимого.

Сорвил попытался освободиться от его хватки, но могучая рука, ещё сильнее сжав ему запястье, заставила кончики его пальцев пройтись по всей длине налившегося кровью рога, от основания до самой вершины. И он осознал — понял, со свойственной скорее философу глубиной постижения, что его воля была здесь непрошеной гостьей, что он оказался зажатым в челюстях желания, давно поглотившего его собственные.

Что он уже был и ещё будет взят силой, словно дочь завоёванного народа.

— Ты могуч... — сказал человек, тёмный, как эбеновое дерево, человеку белолицему и бледному.

И что он сам стремится к очередному своему поруганию и даже радуется ему, словно какая-нибудь храмовая шлюха.

— И в то же время ты слаб...

И что стыд пожирает его без остатка.

— Я ещё здесь, Сорвил, — сказал Цоронга, поднимая свою пухлую ладонь к его груди, — я здесь, погребённый под безумием... безумием съеденного нами... — он прервался, словно бы ради того, чтобы убедиться, что жертва доверяет ему. — И я умру, чтобы уберечь тебя...

Он сердито смахнул слёзы, которые сын Харвила видеть не мог.

— Чтобы защитить то, что слабо.

* * *

В древних была некая ясность, которой все пытаются подражать. Читать о своих предках означает читать о людях, у которых было меньше слов, и посему они проживали жизни более насыщенные, следуя принципам безжалостным и грубым в своей простоте.

Ясность. Ясность была даром их невинности — их невежества. Ясность, присущая древним, вызывала зависть у потомков. Для них существовало лишь то, что можно взять в руки, а не то, что едва удаётся с великим трудом нащупать за плотной завесой споров и разговоров. Добро и зло не шептали, а яростно кричали из их миров и поступков. Их приговоры были столь суровы, словно выносились богами, а любое наказание — крайне жестоким и даже изуверским, ибо обрушить зло на лик зла и запятнать скверну скверной не могло быть ничем иным, нежели чистейшим благом. На обжалование приговора времени не выделялось, поскольку обжалование не предусматривалось, ибо виновность была аксиомой, неотличимой от самого факта обвинения...

И посему люди эти казались потомкам в той же мере богоподобными, в какой и богоугодными.

И посему мужи Ордалии всё больше отворачивались от предков по мере усугубления своих преступлений. После Свараула и рокового указа об использовании в пищу шранков они, дабы унять томление своих душ, либо потеряли, либо убрали подальше списки предков. Если бы их спросили зачем, то они бы ответили «из-за беспокойства», но истина заключалась в том, что они более не способны были нести на своих плечах груз прошлого и продолжать при этом дышать. Если их предки обретали ясность, проистекавшую из невежества, они, в свою очередь, полагались на замалчивание и отвлечённость.

Один за другим люди Трёх Морей устремлялись прочь от мерзостных дел своих рук, крадучись пробираясь, подобно ворам, по ночной равнине. Они тёрли руками покрытые запёкшейся кровью лица, пытаясь отчистить грязь и похабную мерзость. Мясо, что они, не жуя, глотали, и кровь, которую сосали, выворачивали их нутро столь же яростно и неистово, как их свершения раздирали и калечили им сердца. Многие падали на четвереньки, корчась в тщетных позывах рвоты, захлёбываясь ужасом и страданиями, мучаясь мыслями... *Сейен милостивый... что же я наделал?*

И он гремел внутри них, словно проходящая сквозь их тело молния, — этот вопрос, что отличает людей от зверей. Грохотал, останавливая сердца, заставляя со скрипом сжиматься зубы и горестно закатываться глаза.

Что же я наделал?

Тревожный ужас сменился сном, а следующим утром их души блуждали чересчур далеко от ног, чтобы мужи Ордалии были способны пройти оставшиеся мили. Тот день, как никакой другой, был посвящён пробуждению и изучению самих себя. А затем в небеса, словно искры погребального костра, вознеслись визгливые крики и завывающие на разные голоса причитания, сочетающиеся в единый, всё возрастающий хор. Ибо они, наконец, осознали факт совершённых ими чудовищных зверств. И стыд, как никогда ранее, разрывал их на части, превращая каждого их них в мясника, рубящего своё собственное сердце, — самого ненавидимого, самого мерзкого и ужасающего. Как? Как им теперь помнить такое? Из тех, кто не в состоянии был одновременно помнить свершившееся и продолжать жить, большинство отказались помнить, но более чем шесть сотен воинов отказались жить, бросившись прямо в разверстую пасть проклятия. Остальные же сжимались в комок во мраке своих походных укрытий, сражаясь с отчаянием, неверием и ужасом, — все те, кто ел человеческую плоть.

Умбиликус оставался заброшенным, дороги и закоулки лагеря пустовали. Повсюду были слышны крики, звучавшие так, словно доносились они из-под тысяч подушек, будучи при этом слишком пронзительными, чтобы те сумели их заглушить. И позади всего этого, словно горные духи, вздымались над гнилыми зубами Окклюзии золотые Рога, сияющие в свете безжалостного солнца и, казалось, злорадно насмехающиеся над ними...

На второе утро они очнулись от того подобия сна, которое им позволили обрести их терзания, обнаружив, что теперь их преследуют кошмары — охотящиеся за ними ужасы этого места. Никто не мог более терпеть землю, носящую их. Бежать прочь с Поля Ужаса стало для них единственной возможностью дышать. Рога ухватили солнце ещё до того, как забрезжило утро — тлеющий золотой светоч, вознёсшийся над иззубренными вершинами Окклюзии. Все взгляды с неизбежностью обратились к нему, полнясь напряжённым ожиданием.

Никто не затягивал гимнов и не возносил молитв... Лишь изредка слышались изумлённые возгласы.

Свернув лагерь, как и всегда, они возобновили свой поход к невозможному видению, попиравшему прямо перед ними линию горизонта. Никто не отдавал приказов. Ни племена, ни отряды, ни колонны не двигались совместно, не говоря уж о соблюдении строя. Никто, по сути, и вовсе не осознавал, что он делает, понимая лишь, что стремится убраться прочь.

И посему Великая Ордалия Анасуримбора Келлхуса не столько двигалась в направлении Голготтерата, сколько спасалась в его сторону бегством.

* * *

Сорвилу, оказавшемуся в лесу, пришлось бы громко кричать, если отец не научил бы его путям Хузьелта-Охотника. Но тот научил, и посему он крался, осторожно ступая по пёстрому подлеску и вовсю подражая мрачному выражению лиц отцовских дружинников. Именно по этой причине он и нашёл ту штуку — шарик из серого меха, лежащий у основания расщеплённого дуба. Хотя мальчик и не знал, что тут случилось, очарование этого мига он никогда не забудет, ибо Сорвил обнаружил тогда, как ему показалось, какой-то волшебный остаток жизни.

Он обожал эти одиночные вылазки — и стал особенно дорожить ими после смерти матери. В лесу царила какая-то леность — во всяком случае в годы, когда шранки держались подальше от Черты. Он мог растянуться в опавшей листве, а иногда быть настолько беспечным, чтобы даже задремать или замечтаться. И пока взгляд его скользил меж ветвей, простёрших свои лапы там, в вышине, он размышлял о том, как великое и единственное ветвится, разделяясь на хрупкое и множественное. Он мог часами вслушиваться в скрипящий и ворчащий хор, исходящий из глубин и пустот лесного полога. Его тело, каким бы тщедушным оно в действительности ни было, представлялось ему достаточно сильным и крепким, и он также чувствовал, хоть и без полной уверенности, что неплохо умеет прятаться и ведёт себя в лесу достаточно незаметно. И, казалось, не было на свете ничего настолько же обычного и при этом настолько же священного, как мальчик, притаившийся в залитом солнечным светом лесу и оставшийся наедине со своим изумлением.

И посему он счёл этот маленький комочек меха подарком — головоломкой, оставленной для него не иначе как самими богами. Он восхищался его невесомой воздушностью и тем, как даже лёгкий ветерок перекатывает шарик по ладони. Он приблизил его к своим глазам и погладил кончиком пальца. Внутри пушистого комочка что-то виднелось.

Шарик раздался в стороны с лёгкостью хлеба, только что вынутого из печи, и он обнаружил, что, укутанные легчайшей шёрсткой, внутри него сокрыты кости — белые, как детские зубы. Какая-то мешанина, напоминающая остов объеденного гусеницами листика, и крошечные ножки, словно бы принадлежащие насекомому. Он вытащил череп, по размеру меньший, нежели ноготь Сорвилова мизинца, и зажал его меж большим и указательным пальцами...

Несколько медленных и сильных биений сердца он ощущал себя подобным Богу, взирающему безжалостным взором на нечто, бесконечно несоразмерное себе.

Он очистил участок земли и разложил на нём содержимое. Дети вечно придумывают себе всяческие задачи и творят воображаемые миры, наделяющие их значимостью. В этот миг он был жрецом — старым и беспощадным, старающимся узреть явственные следы будущего в обломках настоящего, а мех и кости были настолько же необходимы для жизни, насколько насущны для палатки шесты и холстина. Из глубины леса до него донёсся крик козодоя.

Глава шестая. Поле Ужаса

Ещё в самом начале он вспомнил, как отец рассказывал ему, что так делают совы — сожрав свою добычу, отрыгивают мех и кости. Всё это время он отлично *знал*, что нашёл всего лишь сожранную совою мышь, но *верил* при этом в нечто иное. Он поднял взгляд, выискивая меж воздетых рук дубовых ветвей хоть какие-то признаки ночного хищника.

Но там был лишь шелест листьев и пустота.

Ничто.

Ничто, подумал он, объятый туманом необъяснимой тревоги, ибо ему уже не казалось, что это всего лишь игра. *Ничто поглотило мышь.*

Переварив всё живое.

И отрыгнув всё косное.

* * *

Поутру их можно было различить довольно отчётливо — торчащий почти вертикально вверх парящий изгиб Воздетого Рога и простирающуюся над незримыми пока ещё далями громаду Рога Склонённого. Обе руки Голготтерата взметались на невообразимую высоту и, оканчиваясь какими-то женственными кулачками, рассекали и разгоняли путешествующие в небесах облака, словно золотыми вёслами, скользящими в мутной воде. Рога высились над сумятицей скал и ущелий, образовывавших кромку огромного кратера, который нелюди называли Вилюрис.

Окклюзия.

Сорвил и Цоронга, навьюченные своим снаряжением, с трудом продвигались вперёд, затерявшись в бесконечных рядах Воинства Воинств. Вооружённые люди, мрачные и воняющие тухлятиной, десятками тысяч тащились по равнине, словно огромный рыбий косяк, время от времени вспыхивающий на солнце ярким серебром. Казалось, сердца их погрузились в какую-то тёмную, стылую воду. Не было слышно ни гимнов, ни молитв, ни криков облегчения или же торжества. Никоторые выглядели так, будто они не способны были даже моргать, не то что говорить. Они с Цоронгой разглядывали склоны Окклюзии, поражённо взирая на руины Акеокинои — древней цепочки сторожевых башен, видневшихся на вершинах иззубренных скал. Протиснувшись меж торчащих собачьими клыками вершин, они присоединились к мириадам воинов, спускающихся по пыльным, усыпанным каменным крошевом склонам с противоположной стороны Окклюзии. Потрясённо и возбуждённо смотрели они, как люди во множестве разбредаются по простёршейся внутри скального кольца пустоши.

Их кишки крутились узлами. Их мысли застыли. Их сердца дёргались и бились, как пойманные верёвочной петлёй жеребята.

— Немыслимо... — пробормотал Цоронга.

Сорвил не ответил.

Они заскользили вниз по осыпающимся гравийным склонам — лишь пара воинов среди многотысячного людского потока, по большей части состоящего из конрийцев, но и их самих и все прочие, следующие за ними и бредущие перед ними несчётные тысячи пронизывал, ошеломлял, а зачастую и заставлял замереть на месте представший перед ними образ... это безумное видение...

Инку-Холойнас.

Исполин, воздвигающийся прямо из геометрического центра Кольца и верхушкой достигающий алого краешка заходящего солнца... Такого крошечного по сравнению с ним.

Ковчег.

До рези слепя глаза блеском полированных поверхностей, вздымались на невероятную высоту пылающие зеркально-золотистые плоскости, отбрасывающие алые отсветы на целые лиги бесплодных пустошей, где, устрашившись, застыли потрясённые человеческие народы.

Из их пошатывающихся теней словно бы выступала багровая кровь.

Как? Как может... подобное... существовать? Иштеребинт в сравнении с этим был лишь грубо сработанным идолом. Как разум мог оказаться способным вознести до самых облаков эти громадные золотые руки? Как могло это сооружение, этот могучий город, заключённый в золотую, по-лебяжьи выгнутую скорлупу, обрушиться с самого небесного свода? Как сумел он взломать и расколоть на куски твердь земную, сам оставшись при этом невредимым?

Холод, пробившись сквозь кости Сорвила, объял его сердце и душу. Амилоас, понял он. Сорвил знал это место, но не как нечто такое, что он способен был вспомнить или о чём рассказать, но так, как след сапога знает оставившую отпечаток подошву. Хоть он и забыл всё, относящееся к Иммириккасу, однако у него осталась память о том, как его заполняли эти бездонные воспоминания, никуда не делись и свойства характера древнего нелюдя, однажды так сильно изменившие само его существо. Он знал это место! Так же как сирота знает своего отца. Как мертвец знает, что такое жизнь.

Глава шестая. Поле Ужаса

Это место... это проклятое место! Им было украдено всё.

Рак. Пагуба. Зло, превосходящее любое воображение!

Неоглядные дали, забитые потрясённо взирающими на Рога людьми, расстилались вокруг. Вниз по склонам какой-то чудовищной бородой стекало облако пыли.

Необъятность владеет свойством обнажать и выставлять напоказ тишину, словно бы вытягивая её — разоблачённой и нагой — прямо из окружающей нас безмерности. И посему Сорвил слышал все тысячи бормочущих и топчущихся вокруг него людей так же отчётливо, как если бы сидел, взгромоздясь на окутанную облаками вершину, погружённый в некое непостижимое безмолвие, простирающееся куда-то за пределы человеческого восприятия, и прорастал своими костями в само Сущее.

Нечестивый Ковчег. Величайший кошмар из легенд, обрушившийся на Мир из Пустоты, сверкающий исполин, вознёсшийся над обширной сетью укреплений могучими квадратными башнями и чёрными стенами.

Голготтерат.

— Он существует *на самом деле...* — выдохнул Цоронга.

И Сорвил понял, понял в мере достаточной, дабы это осознание выбелило костяшки его сжавшихся в кулаки пальцев. Оно всегда было рядом — с тех самых пор как король Харвил погиб в пламени — это место, царящее надо всем и над всеми. Предлогом. Поводом. Обоснованием бесчисленных зверств. Невзирая на всё буйное хвастовство сакарпских Повелителей Лошадей, невзирая на всё их тщеславное чванство, он уже тогда знал, что все они, глядя на громадное войско, явившееся, чтобы низвергнуть их стены, задают себе один и тот же вопрос...

Как? Как могло так случиться, что бабские сплетни и нянюшкины песенки принесут всем нам погибель?

Как могли все Три Моря разом сойти с ума?

Все они, и сам король, и его дружинники, стоя на стенах и бастионах, смирились с тем, что умрут, защищая свой город. И все они дивились и сетовали, что чьё-то безумие и фантазии столь легко и окончательно могут решить их судьбу...

Фантазии, существовавшие *на самом деле.*

Сердце ударило молотом, и он задохнулся, пошатнувшись на своих, внезапно ставших словно бы жидкими, ногах. Цоронга схватил его, прежде чем он рухнул головой вперёд, и поддержал Сорвила, поставив его перед собой, словно маленького братика или жену.

Напрасно. Харвил умер из-за своей глупой гордыни... напрасно.

В точности как и сказал Пройас.

Земля у него под ногами вновь выровнялась и обрела твёрдость. Какие-то призрачные массы наплывали с края его поля зрения безмолвным, но смертоносным потоком, а расстилающиеся внизу пустоши словно бы вбирали их в себя. Прищурившись, Сорвил рассматривал эти равнины, недоумевая насчёт того, что они оказались скорее чёрными, нежели бледными, какими должны были быть по его представлениям. Но овеществлённый ужас Голготтерата не давал возможности предаваться отвлечённым размышлениям, не позволяя себя игнорировать, как не позволяет этого занесённый для удара кулак. Он властно приковывал к себе взгляды и мысли, даже бесконечно поражённые необъятностью его размеров, грохотал обетованием ужасов, пронзал предчувствием обречённости и пагубы, предощущением осквернения, которому не было равных. Казалось, вот-вот случится нечто катастрофическое, что в любой момент из чёрных железных ворот извергнется новая Орда, что чародеи Консульта возгласят колдовские напевы, обрушив на их головы нечестивый огонь с ощетинившихся золотыми зубцами бастионов, что из Рогов вырвутся, устремляясь вниз, чудовищные драконы и предадут мужей Ордалии пламени и острым зубам...

Он был не одинок в этом ожидании, ибо все вокруг стояли, будто удушенные предчувствием надвигающейся беды. Но миг следовал за мигом, миновало сердцебиение за сердцебиением... и ничего не происходило — не считая того, что взгляд его сместился несколько выше...

Рога. Две воздетые к облакам и достигающие их гигантских руки, заканчивающиеся на невообразимой высоте какими-то заиндевевшими кулачками.

Отблески солнечных лучей переливались на исполинских вертикальных поверхностях, выявлявших и светом, и цветом, и узором нанесённый на них орнамент — изысканный и сложный. Парящие плоскости были испещрены письменами — чуждыми символами и фигурами, каким-то образом без канавок и желобков выгравированными на золоте, переливающимися без мерцания или яркого блеска — так, будто бы где-то внутри этого неземного металла обитала их тень. Вороны, срываясь с чёрных стен и башен Голготтерата, кружили у оснований Рогов, слетаясь к ним отовсюду. Помимо этого, не считая, разумеется, самих мужей Ордалии, не было видно ничего живого.

— *На самом деле...* – сокрушённо повторил Цоронга, стоявший так близко к Сорвилу, что прозвучавшее в голосе зеумского принца страдание отдалось и в его собственном горле.

Всё. Весь путь, что им довелось проделать с тех пор, когда они входили в отряд Наследников. Все слова и речи, произнесённые во время бесчисленных страж, все горькие упрёки, все утверждения, зачастую одновременно и напыщенные и проницательные, все судорожные уверения и сомнения, разъедающая кости недоверчивость...

Всё закончилось здесь, стиснутое зубами этого места. Ныне они стояли перед голым фактом справедливости оснований, которыми руководствовался их общий враг...

И ошибочностью собственных предположений.

Мужи Ордалии один за другим останавливались перед открывшимся им видением. Воздух наполнился гнилостной вонью, ибо стоило им оказаться в тени мощи столь необъятной и ужасающей, как кишечник подвёл их.

Как?

Как может существовать *такое*?

Сорвил стоял в облаке пыли, застыв от нахлынувшего на него ощущения, превосходящего обычную человеческую опаску, — от благоговейного трепета, заставляющего втянуть животы людей, узревших бычьи рога, устремлённые в небо, словно дымные шлейфы. Что ещё это было, как не неосознанное поклонение?

Его правая рука стиснула трайсийский мешочек тем же жестом, которым остальные сжимали Кругораспятия и прочие амулеты. Жестом, означавшим безмолвную мольбу о спасении. Рядом с ним Цоронга, прижав руки к вискам, что-то завопил по-зеумски, крик его одним из первых пронёсся над толпами, заглушив поражённый ропот. Затем же раздалась целая какофония — мычание, какие-то обезьяньи уханья и завывания.

Сорвил не знал, когда он опустился на колени, но понимал, почему он это сделал — понимал так ясно, как ничто другое в своей мутной и никчёмной жизни. Зло. Если раньше он размышлял, задаваясь бесконечными вопросами и мучаясь загадками относительно сущности этого места, то теперь, наконец, он чувствовал. Зло — цельное и отполированное. Зло, громоздившееся на зло, до тех пор пока земля не продавила крышку Преисподней. Все нечестивые зверства, что ему довелось увидеть, не говоря уж о мерзостях минувших дней и ночей, были в сравнении с этим местом лишь глупой оплошностью, пьяной выходкой...

Он чуял это.

Десятки тысяч оставшихся в живых мужей Ордалии вскричали в ужасе и изумлении и да — даже в ликовании, ибо они сумели дойти до самых пределов Мира. И узреть, что их Святой Аспект-Император рёк истину.

И они начали опускаться на колени в яростном отречении от этого зла. Уверовавший король Сакарпа раскачивался и рыдал среди них, оплакивая столь многое... Сожаления. Потери. Стыд.

И ужасающий факт существования Голготтерата.

* * *

Они собрались у внутреннего края Окклюзии, сыны человеческой расы, чья жизнь увядает вскоре после их появления на свет, а поколения минуют подобно штормам или накрапывающему дождю. Недолговечные, но плодовитые и потому всегда обновлённые, меняющие народы, словно одежды, живущие в неведении собственных истоков, но страшащиеся погибели. Человечество, во всей своей бурлящей и исполненной беспамятства мощи, явилось, дабы низвергнуть Голготтерат. Возвышающиеся над шайгекцами туньеры, чья кожа пожелтела, будучи изначально слишком светлой. Галеоты, пытающиеся запугать своим грозным видом Багряных Шпилей. Недвижно стоящие нансурские колумнарии, пропускающие мимо ушей все окрики командиров. Айнонская кастовая знать, нанёсшая на щёки белую краску. Тысячи и тысячи их взирали на колющее взгляды чуждое золото — отупевшие от неверия, парализованные ужасом и стыдом...

Люди. Треснувший сосуд, из которого боги испили чересчур глубоко.

Некоторые из них в прошлом были до такой степени склонны к душегубству, что втыкали в ближнего нож за малейшее проявление неуважения, другие же были щедрыми до глупости, неизменно верными жёнам и зачастую голодали, дабы иметь возможность поддерживать престарелых родителей. Но теперь всё это было неважно. Чревоугодники и аскеты, трусы и храбрецы, разбойники и целители, прелюбодеи и затворники — они были всеми ими лишь до того, как стали воинами Великой Ордалии Святого Аспект-Императора. И при всех их бесчисленных различиях им достаточно было ныне единственного взгляда, дабы постичь чьи-то намерения и сообразить станут ли их сейчас приветствовать, игнорировать или же будут на них нападать. Быть человеком означает понимать и самому быть понимаемым как человек, и слепо чтить чаяния и ожидания, дабы и остальные могли вести игру в согласии с этим. Ибо именно так — подражая и вторя друг другу — они и стали сынами человеческими. Невзирая на все их неисчислимые обиды и распри, несмотря на всё то, что их разделяло, они стояли сейчас как один перед сим гнусным идолом.

Великая Ордалия... нет...

Само человечество, ужасающее и благословенное, хилое и ошеломляющее, явилось сюда, дабы истребовать своё будущее у злостных и нечестивых должников.

Один народ, единое племя пришло к вратам Голготтерата, чтобы огнём и мечом испытать на прочность Ковчег и, наконец, до основания истребить Нечестивый Консульт.

ГЛАВА СЕДЬМАЯ

Привязь

> Поведанная кому-то истина означает отказ от собственной выгоды и амбиций и предполагает либо доверие к чужим оценкам, либо равнодушие к ним. Почитание же истины неотличимо от ужаса.
>
> — Третья Аналитика Рода Человеческого,
> АЙЕНСИС

Ранняя осень, 20 Год Новой Империи (4132 Год Бивня), Привязь

Лицо поднимается из глубин заводи, кажущееся бледным сквозь зеленоватую воду. В окружающей тьме переплетаются, то сходясь вместе, то вновь разъединяясь, пустоты, подобные тонким канавкам, что можно найти под валунами, вытащенными из густой травы. Лишь у самой поверхности юноша с бирюзовыми глазами замирает, будто сдерживаемый какой-то глубинной силой, улыбается и чуть выше приподнимает свой рот. В ужасе Король Племён взирает, как через улыбающиеся губы юноши протискивается червь, проникая сквозь водную гладь. Он чует воздух, извиваясь, точно слепо тыкающийся палец — влажный и непристойный в своей розоватой бледности, скорее свойственной более постыдным частям тела.

И, как всегда, его собственная, не слушающаяся приказов рука протягивается над заводью и в миг звенящего тишиной безумия касается этой мерзости.

Глава седьмая. Привязь

* * *

Стук рубящих лес топоров, подобный треску брошенных в огонь кукурузных початков. Гортанные человеческие крики, голоса укоризненные, поддразнивающие, заявляющие что-то на неизвестном ему языке.

Анасуримбор Моэнгхус проснулся от укусов цепей. Прищурившись от проникающего снаружи света, он увидел засаленные шкуры, натянутые на рёбра деревянных опор. Он был гол... и скован кандалами, охватывающими запястья и лодыжки. Цепь, прикреплённая к лишённой ветвей берёзе, превращённой в невольничий столб, грубыми железными звеньями обвивала белокожий торс Моэнгхуса, прижимая его локти к груди.

День был по-летнему жаркий, но в яркости безоблачного неба и сухости воздуха слышалось дыхание осени. Он ожидал, что в якше будет душно, но что-то, возможно запылённые щели на стыках меж кожей и деревом или отверстие в коническом потолке, оставленное специально для проветривания, освобождало воздух от дурных запахов и духоты. Он ощущал себя... чистым, чище, чем когда-либо после Иштеребинта. Вопли и крики, раздающиеся в его душе, никуда не делись, но теперь звучали глухо и откуда-то снизу, будто бы они оказались погребёнными в черноте земли под его ногами. Его захватили скюльвенды — Народ Войны! — но невзирая на их прошлое, полное зверств и злодеяний, он не испытывал страха. Какую боль они могли причинить ему, пережившему знакомство с упырями и претерпевшему все изощрённые пытки Харапиора? Что они могли забрать у него, когда его собственная жизнь висела на нём, подобно свинцовым чушкам? Скюльвенды схватили его — сыны отцова племени, и пусть даже они и отказывались признавать его родство, он был рождён с изначальным знанием о них. Независимо от того, какую судьбу они ему уготовили, какие унижения и страдания, он умрёт, зная, что всё было честно.

Он был свободен! Лишь это имело значение... Всё безумие упырей и Анасуримборов позади. Если оставшейся ему жизни суждено быть краткой, то пусть она будет незапятнанной — чистой!

Он не позволял себе расслабиться, дабы не пробудить нечто такое, чего не в состоянии был описать словами. Сквозь перестук топоров до него доносились мужские и женские голоса. Пытаясь прислушаться, он пониже опустил голову. Они говорили на скюльвендском языке, представлявшемся ему членораздельной версией лая, обычно доносящегося от военных лагерей и биваков. Моэнгхус не понимал ни слова, но откуда-то знал, что они обсуждают именно его. Он увидел очертания человека, присевшего снаружи у входного клапана, а затем просунувшего внутрь два пальца на уровне земли и следующим движением поднявшего их на уровень губ. Моэнгхус заметил предплечье, испещрённое шрамами.

Захвативший его в плен человек наклонился и протиснулся внутрь, а потом, выпрямившись, встал в полумраке якша во весь рост. Следом за ним явилась прекрасная светловолосая женщина. Человек был стар, но видом своим и повадками напоминал леопарда, тело его было почти целиком покрыто шрамами, точно каким-то доспехом. Отметина за отметиной со всех сторон исчерчивали его руки и шею, переходя на щёки, а в нём самом, свернувшись кольцами, словно змея, таилась смертельная угроза, перехватывающая дыхание, заставляющая волосы становиться дыбом, предвещающая увечья и неизбежную гибель. Всё его тело было вызовом — каким-то невероятным боевым кличем. Его сутулые плечи выгибались седлом, кожа на кистях рук своей грубостью напоминала дубовую кору, исчерченную сухожилиями, точно складками дубовины, сами же скрещённые руки выглядели жёстче рога. И бесчисленные свазонды... повсюду...

Земля тут же зашаталась под закованным в цепи имперским принцем, и его кандалы издали щебечущий скрип, когда он попытался сохранить равновесие.

Человек взглянул на него, сверкая бирюзовыми глазами, и воздел свою ладонь вверх, точно разящий клинок. Женщина тут же поспешила к Моэнгхусу, достав грубый ключ, чтобы разомкнуть его оковы. Вблизи она по-прежнему была неописуемо прекрасна.

— Тебе известно, кто я? — рявкнул на шейском человек.

Моэнгхус облизал губы, всё ещё не зажившие после Иштеребинта. Женщина позвякивающей ключами тенью встала справа от него.

— Ты... — он закашлялся, удивившись, что ему больно говорить. — Ты — Найюр урс Скиота.

Жесточайший из людей.

Ледяные глаза взирали на него.

— И что же он, Анасуримбор, сказал тебе про меня?

От столь невероятного поворота событий Моэнгхус начал заикаться.

— Ч-что т-ты... что ты мёртв.

— Он знает, что ты его отец, — раздался сбоку от него голос юной женщины, — и потому трепещет.

Убийственная напряжённость проникла во взгляд человека.

— А кто она такая, знаешь?

— Нет, — буркнул Моэнгхус, всматриваясь в лицо девушки. — А должен?

Смех Найюра урс Скиоты, полный насмешки и одновременно помешательства, звучал словно порождение бойни.

Женщина, заслонив собою холодный свет, наклонилась вперёд, чтобы погладить Моэнгхуса.

— Ну, ты же был совсем ещё малышом, — сочувственно улыбнувшись, сказала она.

* * *

Король Племён приказал на весь день закрывать его лицо плотным капюшоном, руки же у него были скованы за спиной так, что он изо всех сил старался удержаться в седле, оставаясь в полном неведении о крае, по которому ехал на своей смердящей лошадёнке. Капюшон с него снимали лишь ближе к вечеру, когда он вновь оказывался в якше, а кандалы отмыкали только при появлении норсирайской наложницы, юной, едва расцветшей женщины, утверждавшей, что она его мать...

Серве... Имя, всегда пронизывавшее его сердце леденящим холодом.

Ночь за ночью они разыгрывали это безумное представление. Девушка в подробностях расспрашивала Моэнгхуса о том, как прошёл его день, выказывая к нему чистую, целомудренную любовь, а неистовый Король Племён не столько сам играл роль его отца, сколько наблюдал за её играми.

— Думаю, тебе стоит проявлять мудрость и сдержанность. Твой отец чересчур скор на гнев и внушает столь сильный страх, что люди, которые должны бы были просто вверять себя ему, вместо этого шепчутся о нём по углам...

Моэнгхус понимал, что происходит. Ему доводилось видеть, как человек здравомыслящий зачастую потворствует людям безмозглым или помешанным, навешивающим на себя свои верования, будто перья, а затем напыщенно распускающим их, словно павлиньи хвосты. Однако он никогда бы не поверил, что и сам способен принять участие в подобном действе, что может пожертвовать собственным достоинством, дабы попытаться хоть немного смягчить чей-то ужасающий взор. Моэнгхуса смущала и беспокоила та лёгкость, с которой он, отвечая этой по-матерински ласковой любознательности, с одной стороны, никогда не снисходил до того, чтобы поддержать её притворство, с другой — никогда и не осмеливался ему противоречить. Как может душа следовать такому пути, что вечно пролегает меж истиной и обманом?

Его чёртова сестричка, как он точно знал, скорее, задалась бы вопросом о том, как душа может поступать иначе. Но безумие всё равно оставалось безумием, ибо оно наносило ущерб настолько разрушительный, насколько высоко по общественной лестнице восходило. Помешательство, объявшее поля или улицы, заканчивалось, как правило, швырянием камней или поджогами. Но помешательство, охватывающее дворцы, обычно завершалось всеобщей погибелью.

— Прекрати это безумие! — рявкнул он на третью ночь после пересечения Привязи. — Ты мне не мать!

Обольстительная девица улыбнулась и хихикнула, будто бы потешаясь над его наивностью. Возможно, именно тогда он и понял, что её нельзя в полной мере отнести к человеческому роду.

— К чему? — прорычал он, сидя в тени призрака своего отца, стоявшего, скрестив руки, на пороге якша. — К чему вся эта безумная игра?

Моэнгхус почти что поверил, что возникший рядом Найюр воистину умеет становиться невидимым — столь внезапным был удар, повергший его наземь. Железная рука вдавила его щекой в безжизненную грязь. Он ощущал исходящий от легендарного воина жар, чуял идущий от него звериный, мускусный запах, слышал его бычье дыхание.

— Ты — Анасуримбор! — проскрежетал прямо ему в ухо жесточайший из людей. — Не тебе жаловаться на игры!

Его плевок словно бы сочетал из грязи какой-то чёрный знак перед лицом имперского принца.

Каждый удар, обрушивавшийся на его щёки и уши, сопровождался коротким рыком, ибо такова обязанность отцов — бить своих сыновей.

И сквозь все затрещины и оплеухи он слышал её смех, смех своей матери.

* * *

Когда Моэнгхус проснулся, Найюр наблюдал за ним, сидя голым в лучах рассветного солнца, льющегося через порог якша. Король Племён ссутулился, склонившись вперёд, а его скрещённые руки опирались на торчащие колени. Свазонды, казалось, превращали его кожу в чешую, делая отца неким подобием крокодила — столь резко очерчивались белым утренним светом глубокие тени.

— Скюльвендские дети, — сказал он, глаза его сияли, словно два парящих в небе опала, — обучены ненависти, как чему-то главному и по сути единственному в своей жизни. — Он кивнул, словно бы признавая наличие в этой мудрости некого изъяна, не предполагающего, тем не менее, что ей не следует повиноваться. — Да... слабость... Слабость — вот та искра, которую высекает отцовская плеть! И горе тому ребёнку, что плачет.

Жесточайший из людей издал смешок, звук слишком кроткий в сравнении с гримасой, его сопровождавшей.

— Хитрость в том, мальчик, что не бывает на свете ничего неуязвимого. Любая, самая могучая сила иногда садится посрать. А иногда засыпает. Мощь необходимо нацелить, сосредоточить, а значит, всё на свете уязвимо и всё слабо. И посему испытывать презрение к слабости означает питать отвращение ко всему сущему...

И Анасуримбор Моэнгхус внезапно понял то, что, как ему показалось, он и так всё это время отлично знал. Найюр урс Скиота отправился в Голготтерат, к Нечестивому Консульту, рассчитывая унять пламя смертельной ненависти, которую он питал к Анасуримбору Келлхусу. И вот, на своём пути, уже находясь в одном-единственном шаге от возмездия, он вдруг обнаруживает и захватывает в плен Моэнгхуса, сына своего заклятого врага... Это кому угодно показалось бы странным, не говоря уж о человеке, столь одержимом злобой, как его отец. Разве мог он не заподозрить тут какой-то коварный заговор, призванный расстроить его замыслы и уничтожить его самого?

— И тем самым Мир становится ненавистным, мальчик. Просто делается чем-то ещё, что тоже необходимо придушить или забить насмерть.

— Я знаю, что такое ненависть, — осторожно сказал Моэнгхус.

Король Племён вздрогнул и плюнул в яркий отсвет зари, осмелившийся проникнуть внутрь якша.

— Откуда бы? — проскрежетал он. — У тебя были лишь матери.

— Ба! — усмехнулся имперский принц. — Да все люди нена...

Скюльвенд ринулся вперёд и воздвигся над сыном, дыша разъярённо и глубоко.

— Вооот! — взревел он, хлопая себя ладонью по изрубцованным бёдрам, груди и животу. — Вот это ненависть!

Он наотмашь врезал Моэнгхусу по губам так, что голова имперского принца откинулась назад, ударившись о дугу цепей, а сам он тяжко рухнул на безжалостно жёсткую землю.

— Ты весь такой начитанный! — глумился Найюр урс Скиота. — Цивилизованный! Терпеть не можешь вред, причиняемый жестокими забавами! Питаешь отвращение к тем, кто хлещет плетьми лошадей, убивает рабов или бьёт симпатичных жёнушек! Почуял у себя внутри какие-то колики и думаешь, что это ненависть! И ничего при этом не делаешь! Ничего! Ты о чём-то там раздумываешь, хныкаешь и скулишь, беспокоишься о тех, кого любишь — в общем, без конца толчёшь в ступе воду и воешь в небеса. Но ты! Ничего! Не делаешь!

Моэнгхус способен был лишь сжиматься да таращить глаза на нависшую над ним могучую фигуру.

— Вот! — громыхал Найюр урс Скиота, по всему телу которого, налившись кровью, проступили вены. — Читай! — царапающим движением он провёл себе от живота до груди пальцами с отросшими ногтями, напоминающими звериные когти. — Вот! Вот — летопись ненависти!

* * *

Потребовалось четверо кривоногих воинов, чтобы вырвать из земли столб, к которому он был прикован. Он не понимал ни единого слова из тех насмешек, которыми они его осыпали, но был уверен, что они называют его женщиной из-за отсутствия на его коже шрамов. Руки ему завели за спину, накрепко привязав к ясеневому шесту, водружённому поперёк спины, а затем, прицепив конец опутывавшей его верёвки к веренице вьючных лошадок, перевозивших на себе якши, разное имущество и припасы, заставили его, спотыкаясь, плестись за их хвостами весь день. Тем вечером его секли ради забавы, подвергая разного рода унижениям и мучениям до самой темноты, однако в сравнении с тем, что ему довелось претерпеть от рук упырей, эти страдания показались ему облегчением. Его отрывистый смех разочаровывал их, так же как и его вымученная усмешка. Радостные и насмешливые крики, с которых началось развлечение, быстро скисли, сменившись наступившей тишиной и помрачневшими лицами.

Всё это время он не видел никаких признаков своего отца и его спутницы.

Наконец, они подтащили его, едва стоящего на ногах, к призрачному видению Белого Якша, колыхавшемуся под напором ветра, словно отражение на поверхности водоёма. Они заставили его забраться внутрь и, притянув его колени к голове, приковали к очередному столбу. Когда эти вонючие скоты наконец убрались восвояси, он лежал в одиночестве, в кровь обдирая губы о приносящую успокоение землю. Он тихонько хихикал по причинам совершенно ему неизвестным и рыдал по причинам, которых и вовсе был не способен постичь. Одинокая, тоненькая свечка, скорее всего умыкнутая из какого-то разграбленного нансурского храма, освещала якш изнутри. Едва не рассадив о жёсткую землю челюсть, он огляделся вокруг, увидев в сумраке какой-то хлам, кучей сваленный на грязных коврах, а также заметил буквально в двух шагах от своих ног груды спутанных и свалявшихся мехов. Свечка напоследок вспыхнула, расшвыряв по конусу измаранных непогодой стен пляшущие пятна теней и колеблющиеся отсветы, а затем всё вокруг погрузилось в темноту.

Хотя Моэнгхус и помнил весь ужас иштеребинтского Преддверья, объявшая его тьма, казалось, тотчас исцелила его, будто бы все его незримые раны в мгновение ока затянулись. Тело есть не что иное, как замутнённый глаз, ибо его ощущения подобны зрению, с рождения запятнанному катарактой, и посему яркий свет благоприятствует как удовольствиям, так и мучениям, но тьма словно бы создана для оцепенения, для бесчувственности, для всего бесформенного и смутного. Его коже за последнее время довелось ощутить слишком многое, и поэтому темнота была для него всего лишь целебным бальзамом.

Он словно куда-то плыл, тело его пульсировало жизнью — болью, содроганиями и краткими вспышками изнутри век. Дыхание вдруг словно бы прижало холодную ложку к его сердцу, и принц очнулся от своей дрёмы, осознав, что он, Анасуримбор Моэнгхус, прикован рядом с грубым варварским ложем. Подобно псу.

Это должно было бы вызвать ярость, но потребная для ярости конечность слово была оторвана у него, и вместо гнева он остался наедине с одним лишь тоскливым недоумением. Наконец, он понял, почему бежал от Сервы и почему из всех мест на свете выбрал именно это. Он понял даже то, почему единственное, что мог сделать его настоящий отец — так это убить его рано или поздно. Так отчего же его мысли скачут и мечутся так тревожно? Отчего он постоянно чувствует себя сбитым с толку, будучи не в силах найти ответ на вопрос, который даже не способен задать? Просто потому, что побеждён и разбит? Неужели он, подобно многим старым воинам, которым довелось испытать слишком многое, навсегда помешался?

Входной клапан откинулся, и внутрь, держа в руке крючковатый посох с висящим на нём фонарём, ступил Найюр урс Скиота. Он высоко поднял источник света и подвесил его на крюк, прикреплённый к одному из шестов якша. Исходящего от раскачивающегося фонаря мутного блеска оказалось более чем достаточно, чтобы зарубцевавшиеся было душевные раны Моэнгхуса вновь открылись.

Жесточайший из людей воззрился на имперского принца в той смущающей манере, свойственной людям, способным внимательно рассматривать нечто находящееся рядом с ними с таким видом, будто оно в действительности располагается где-то в отдалении. И, несмотря на свою бурно проведённую жизнь, несмотря даже на то, что он и в самом деле был далеко не молод, Найюр тем не менее казался ещё старше, казался подобием варварского бича древности, воплощением самого Гориотты, скюльвендского Короля Племён, разграбившего Кенею и низвергнувшего в прах целую цивилизацию.

Следом за ним, поднырнув под откинутым входным клапаном, внутрь вошла Серве, слегка сутулясь из-за наклона сделанных из лошадиных шкур стен. Моэнгхус заставил себя подняться с земли и встать на колени на предельном расстоянии от столба, которое ему позволила натянувшаяся цепь.

— Чего тебе от меня нужно? — хрипло вскричал он.

Варвар упёр руки себе в бёдра.

— Того же, что нужно всегда — единственного, что мне на самом деле нужно. Возмездия.

Инстинкты его кричали, что следовало бы отвести взгляд, но в сверкающей бирюзе отцовых глаз было нечто откровенное и нагое, некая жадная напряжённость, требовавшая от него ответного взора — и сопоставимого саморазоблачения...

— Так ты терзаешь те его частички, что находишь во мне? То, что...

Удар сотряс его голову, заставив тело раскачиваться на натянувшейся цепи.

— Да.

Имперский принц приподнялся с насыпанной на землю соломы, глядя на отца медоточивым взором из-под дрожащих век.

— Потому что, убивая собственного сына, ты в действительности убиваешь его образ? Ибо...

Оплеуха обожгла его левую щёку, и обстановка якша поплыла куда-то вверх и вокруг, а узы глубоко врезались в горло.

— Да.

Моэнгхус вновь повернулся к рычащей фигуре.

— Глупец! Фигляришко! Кто же будет лить собственную кровь, чтобы наказать дру...

Могучий удар, нанесённый прямо в лоб, швырнул его наземь.

Ответ — скрежещущий, полный какой-то воистину демонической одержимости:

— Я.

Моэнгхус, прокашлявшись алой кровью, увидел стоящую рядом с ним на коленях прекрасную девушку. Она жадно наблюдала за ним, выгнувшись назад от возбуждения, глаза её заволокло истомой.
Серве.
Он сплюнул кровь и осколки зубов, удивившись, что ему потребовалось так много времени, чтобы понять. Какова же в действительности мощь познания, если эта сила пробуждается даже в скованном и избиваемом человеке?
— Мамуля? — позвал он с гадким смехом.
Он напрягся всем телом, пытаясь предугадать действия своего помешавшегося отца.
— Значит, вы с этим оборотнем вовсю любитесь, как собачки? Не так ли?
Очередной сокрушительный удар свёл всё его поле зрения к крохотному пятнышку.
Да.

* * *

Моэнгхус пришёл в себя, внатяг вися на своих цепях и дыша какой-то внутренней пустотой, связывавшей его с необъятностью окружающего пространства. Казалось, даже рухни под ним сейчас сама земля, он всё равно останется недвижно висящим в этой пустотелости. Прошло какое-то время, прежде чем он услышал орущего во весь голос Короля Племён.
— ...о чём не имеешь никакого представления! Ты жил прямо в его Доме — моя кровь, семя моих чресел, — обитал там, не чуя ни малейшего запашка мерзости, исходящего от твари, нянчившей тебя на коленях! Нет. Ты любил его, как своего отца, обожал его, даже когда твоё сердце противилось этому. Быть может, задумывался над тем, как сильно тебе повезло быть его сыном — имперским принцем, плотью от плоти живого Бога! Торжествовал, как в таких случаях торжествуют все дети, полагая, что ты, наверное, и сам какое-то божество, раз короли, военачальники и великие магистры склоняются перед тобой и целуют твоё колено!
Унаследованное от отца лицо было для принца чем-то ни о чём не говорящим, чем-то слишком близким, чтобы суметь его по-настоящему разглядеть или хотя бы изучить, ибо, невзирая на всю славу и великолепие, дарованные ему Келлхусом, Моэнгхус в конечном итоге всегда оставался всего лишь приёмышем. Лицо, что он сейчас видел перед собою, было лицом незнакомца, будучи ему даже более чуждым в силу того, что напоминало его собст-

венную наружность, нежели за счёт решётки свазондов, нанесённой на лоб и щёки Найюра.

— Да, у меня есть воспоминания.. — бросил он в это лицо, беззаботно улыбаясь убийственному взору. — Воспоминания, которые разорвали бы тебе сердце... Никогда ещё не видывал мир подобной Семьи и Двора.

Безумная ухмылка, ещё более дикая из-за хищной остроты его зубов.

— И это должно было меня удивить? Низвергнуть моё тщеславие? Нет, мальчик, благодаря этому я лишь утверждаюсь в своей убеждённости и ещё больше склоняюсь к насилию. Разумеется, ты любил его — преклонялся и лебезил перед ним, полный обожания. Он придавал твоей жизни смысл, одарял тебя некой значимостью — это и есть то золото, что он всюду разбрасывает. На самом же деле ты просто ещё один нищий, ещё один исцелившийся калека, корчащийся в пыли у его ног!

— И всё же — вот он ты! — вскричал Моэнгхус голосом, полным неверия. — Стоишь здесь, побуждаемый ровно тем же стрекалом. Оскверняешь свое ложе с консультовой мерзостью! Обуздание Апокалипсиса — вот единственное золото, что разбрасывает Келлхус!

Хриплый смех.

— Апокалипсис? Это моя цель. Не его.

Моэнгхус попытался усмехнуться, несмотря на раздувшуюся щёку и разбитые губы.

— И какова же тогда его цель?

Найюр пожал могучими плечами:

— Абсолют.

Имперский принц нахмурился.

— Абсолют? Что бы это должно означать?

Степняк сплюнул справа от себя.

— Знать всё то, что известно Богу.

— Всё больше безумия! — крикнул Моэнгхус. — Что за дурак...

— Нелюди ищут путь к Абсолюту, — раздался вдруг голос вещизовущейся-Серве, — они практикуют Элизий, надеясь укрыться от Суждения и незримыми проскользнуть в Забвение, обретя освобождение в Абсолюте. Дуниане используют то же самое слово, унаследованное ими от куниюрцев, но, будучи влюблёнными в разум и интеллект, верят, что именно это и есть их цель — то, к чему они стремятся...

Моэнгхус насмешливо фыркнул.

— Сперва ты притворяешься моей матерью, а теперь моей сестрой!

Взгляд Найюра побелел от какой-то злобной одержимости.

Король Племён шагнул к своей наложнице и, схватив её за горло могучей, покрытой шрамами рукой, подтащил вяло трепыхающуюся красавицу к обмякшему в своих оковах имперскому принцу и остановился, удерживая её прямо над ним.

— Мне многое известно о твоей семье, мальчик, ибо мои шпионы никогда не прекращали следить! Ты говоришь о Серве... царице ведьм...

Он затряс головой своей супруги, будто та была луковицей, выдернутой из земли на бабушкином огороде.

— Дааа! — прорычал он. Сухожилия проступили на его испещрённых шрамами запястьях, а пальцы глубоко погрузились в её голубиное горло. Даже искажённая муками, её красота приковала к себе взгляд имперского принца, будто бы сделавшись целым миром, в котором ему по-прежнему хотелось бы жить, местом, где страдающая невинность ещё сражается, борется и надеется... но всё это продолжалось лишь до тех пор, пока прелестный лик вдруг не раскрылся паучьими лапами, став выводком судорожно сжимающихся и разжимающихся пальцев.

— В ней ровно так же нет ничего человеческого, как и в её тезке!

В ужасе Моэнгхус резко отстранился.

— Безумие! — вскричал он. — Ты! Ты не лучше тех, кто совокупляется со зверями! С чудовищами!

Найюр бросил вещь-зовущуюся-Серве на голую землю и сплюнул, когда она поспешно отползла, найдя себе укрытие возле кожаных стен якша.

— А как насчёт твоих собственных чудищ, мальчик? — ответил он со злобной усмешкой. — Каково это — быть единственным поросёнком среди волчьего выводка Анасуримборов?

— Я н-не п-понимаю...

— Пфф. Я вижу в тебе это знание, знание, что ты отвергал, желая сохранить свою позлащенную жизнь. Разве мог ты не чувствовать пропасти, пролегающей между их душами и твоей собственной? Душами столь быстрыми, что волосы встают на загривке дыбом, столь хитроумными, что тебе постоянно приходится опасаться за собственное, вечно предающее тебя лицо и никогда не забывать, как много у них в запасе стрел! Они соблазняли тебя нежными речами и объятиями, обряжали в браслеты своего величия, дабы ты плясал вместе с ними и как один из них. И всё же тебе известен был их изъян, их скрытый порок, делающий их скорее мерзкими тварями, нежели людьми!

Старый скюльвендский герой, снова сплюнув, воздел руки к конической верхушке якша, сияющей на стыках шкур светом зарождающейся зари.

— Имей они лица, подобные пальцам, и ты взывал бы к огню и мечу. Но у них вместо этого подобные пальцам души и посему об их незримой извращённости можно только догадываться, лишь надеясь обнаружить ей подтверждения. — Он говорил, яростно жестикулируя — то опуская руки вниз, то широко разводя их в стороны, то сжимая кулаки, то рубя воздух ладонью. — Мою тварь создавали, чтобы вынюхивать секреты и доискиваться до тайн, в то время как твоих чудищ выводили, дабы эти тайны изрекать — выводили, словно бойцовых петухов, способных, крутясь и извиваясь, пробраться сквозь кишечник наших душ и проникнуть в наше нутро, чтобы говорить нашими собственными ртами и испражняться нашей собственной задницей. Выводили, чтобы поменять местами камеры нашего сердца, обвиться вокруг нашего пульса и владеть нами изнутри, вить гнёзда во тьме нашей глупости и тщеславия, наших надежд и нашей любви — всех наших бабьих слабостей!

И он стоял там, его настоящий отец — истерзанная душа, обитающая в хитросплетениях плоти, стоял — скользкий от пота, ухмыляющийся кровавой ухмылкой и сияющий по контуру своей фигуры, ибо в свете наступающего утра шрамы его сверкали, будто серебряные гвозди.

— Ты знаешь, о чём я!

* * *

Этот маленький черноволосый мальчуган.
Этот волчеглазый приёмыш.
Кто же он?
— Не тревожься, — прошептал ненавистнейший из упырей, — после всего случившегося ты мне теперь словно сын...
Так холодно — в этой кромешной тьме. И так чисто.
— Но тех, что зовут тебя братом, ты постичь не сумеешь.

* * *

Он лежал в грязи, будучи, как и его отец, обнажённым, но при этом скованным кандалами. Он лежал, измученные конечности покалывало, висок вжимался в холодную землю, напоминавшую своей густотой и мягкостью влажный песок на линии прибоя. Только эта земля была совершенно сухой. Он говорил без чувств и выражения, рассказывая об их прибытии в Иштеребинт, о том, что ему довелось там вынести, и о том, как всё это в итоге привело его сюда. Его удивило, что он способен упоминать имя Харапиора, не испытывая приступов ярости, и что может поведать скюльвенду о своих обидах и скорбях со всей возможной точностью и холодной ненавистью. Он рассказал о том, как Серва соблазнила его, об их последующей кровосмесительной связи и о том, как она использовала его, чтобы заставить сакарпского короля возненавидеть Анасуримборов. О том, как она пела, в то время как он визжал и задыхался от боли. Медленно, осторожно взвешивая слова, он перечислил все подробности и детали, убедившие его в чудовищной сущности сестры, в её полнейшем сходстве с паукоподобным отцом... И тогда он осознал всю нелепость своих препирательств с Найюром урс Скиотой, или, учитывая тот факт, что возражая ему, он в конечном итоге использовал те же самые аргументы, скорее даже какое-то безумие всего этого спора.

— Всё именно так, — признал он, — как ты и сказал.

И ему показалось истинным кошмаром, что обретающаяся внутри якша реальность словно бы сделала шаг назад, вернувшись к тому безумному притворству, что ранее была им с гневом отвергнута. Его настоящий отец, скрестив ноги, сидел напротив него и, не пытаясь вставить ни единого слова, слушал его рассказ. Всё внимание Короля Племён, казалось, было целиком и полностью поглощено голосом сына. А чудовищная мать Моэнгхуса заботливо ухаживала за его разбитым лицом.

В этот раз они разве что оставили его скованным.

Черноволосого мальчугана. Волчеглазого приёмыша.

* * *

Моэнгхус проснулся, разбуженный предрассветными проблесками, и лежал совершенно неподвижно, подобно тому, как лежат животные, забредшие в изобилующую хищниками местность. Незримый ему лагерь молчал, словно бы состязаясь в безмолвии с серым светом, сочащимся сверху сквозь прорехи в шкурах, покрывающих конус якша. Он понял, что отец отсутствует, ещё до того, как хорошенько огляделся в пустоте холодного утра, однако же при этом он ровно так же знал, что шпион Консульта здесь, хотя и никак не мог понять, откуда явилось это знание. И посему, когда её лицо возникло в воздухе, словно бы вдруг проявившись в призрачном свете зари, он не испытал ни малейшей тревоги.

Тело её почти целиком скрывалось во мраке.

Они долго, казалось, неизмеримо долго взирали друг на друга. Мать и сын.

— Тебя удивила его осведомлённость о том, что я такое, — сказала вещь-зовущаяся-Серве.

— И что же ты? — прохрипел Моэнгхус.

— Я — изменчивость. То, чем ему нужно, чтобы я была.

Пауза, заполненная неслышным дыханием.

— Ты... озадачен... — она улыбнулась ему кроткой улыбкой, — ты — Анасуримбор.

Имперский принц кивнул.

— А если он оставит меня в живых, что тогда, тварь?

— Однако же он намеревается убить тебя.

Моэнгхус перевернулся на бок, вытерпев столько боли в своём правом плече, сколько сумел.

Она казалась мраморной статуей, столь неподвижной была. И это тоже было уловкой.

— Я — дитя Дома твоего врага, — сказал он, — тот самый голос, что ему не следует слышать. Тебе нужно, чтобы он убил меня, но ты опасаешься, что ему об этом известно так же хорошо, как и тебе... и поэтому он может оставить меня в живых, просто чтобы поступить тебе наперекор.

Напряжённость проникла в её бестелесный лик.

— Возможно... — признала вещь.

Моэнгхус, преодолевая мучительную боль, ухмыльнулся.

— Тебе и в самом деле стоило бы убить меня прямо сейчас.

Безупречно прекрасное лицо отодвинулось, скрывшись во мраке, будто внезапно ушедший под воду цветок, дёрнутый кем-то за стебель из глубины.

ГЛАВА ВОСЬМАЯ

Стенание

> И воистину, стоял он там — под ними, выказывая и храбрость свою и могучую волю, но всё же, как и родичи его, как и все явившиеся сюда, он стоял на коленях, ибо Это было слишком необъятным, дабы не поразить их сердца осознанием, что они лишь мошки, лишь кишащие на равнине сей докучливые вши.
>
> — Третий Рок Пир-Минингиаль, ИСУФИРЬЯС

Ранняя осень, 20 Год Новой Империи (4132 Год Бивня), Голготтерат

Безумие возрастало, хотя вкуса он так и не чувствовал.
— *Ты сделал это*, — прошептала Наибольшая Часть.
— Сделал что?
Тела, дёргающиеся под натиском ярости, порождённой похотью.
— *То, что было необходимо...*
Улыбка Анасуримбора Келлхуса становилась всё шире, по мере того как гриб из огня и горящей смолы вскипал, устремляясь всё выше и выше. Достигая самого свода Небес.
— И что же я сделал? Скажи мне.
Шматки плоти настолько горячие, что обжигают язык.
— *Нечто невыносимое.*
Губы, раздавливающие мочки ушей, зубы, выскабливающие кровь из кожи и мяса.

— *Что? Что?*
Он сам, вылизывающий воняющие экскрементами внутренности.
— *Ты изнасиловал и пожрал его...*
Содрогающийся на его ранах.
— *Кого же?*
Сибавула, прозванного Вакой устрашившимися его...
— *Обожжённого... Гниющего человека.*
Пирующий на его ободранном лице.
И раздумывающий, что на вкус он скорее похож на свинину, нежели на баранину.

* * *

Лагерь был разбит там, куда привела их Судьба — у восточного края Окклюзии. Несмотря на опасения имперских планировщиков вода здесь имелась в изобилии и оказалась незагрязнённой. Родники, пробиваясь сквозь скалы, стекали вниз плачущими ручейками, размывавшими там и сям желтовато-чёрные склоны. Тем вечером мужи Ордалии ничего не ели, а лишь пили эту воду. Собравшись вместе, они словно бы превратили осыпи у основания внутреннего края Окклюзии в нечто вроде амфитеатра, Голготтерат же при этом стал его болезненно раздувшейся сценой. Никто из них не произносил ни слова. На закате воздух обрёл ту осеннюю прозрачность, когда угасание света знаменует также и угасание жизни, лишённой тепла. Рога пылали в объятиях солнца до тех пор, пока оно полностью не скрылось за горизонтом, но и вечером пространства, отделяющие воинство от Голготтерата, казались зримыми столь же отчётливо, как и ранее. Под необъятными зеркально-золотыми громадами мужи Ордалии легко различали укрепления, казавшиеся в сравнении с Рогами не более чем поделками из бумаги и клея, но в действительности бывшие столь же могучими, как и бастионы, защищающие Ненсифон, Каритусаль или любой другой из великих городов Трёх Морей. Они рассматривали несчётные тысячи золотых слёз — зубцов, прикрывающих бойницы чёрных стен. Они приглядывались к ненавистным глыбам массивных башен, известных как Дорматуз и Коррунц, защищавших подступы к громаде барбакана Гвергиру, Пасти Юбиль — Пагубы, отравленная тень которой простёрлась почти на все горестные сказания о трагедиях древности. Они прозревали, как укрепления Забытья возносятся ступенями прямо к чудовищной цитадели, прижавшейся к внутреннему изгибу

Воздетого Рога — Суоль, надвратная башня, защищающая Юбиль Носцисор, Внутренние Врата Голготтерата.

Убывающий свет солнца, постепенно скрывающегося за приподнятой кромкой Мира, бледнел и истощался, став, наконец, лишь чем-то вроде алой патины, окрашивающей запястья Воздетого и Склонённого Рогов. Каждый из воинов мучился мыслью о том, что, как только солнечный свет окончательно исчезнет, вражеская цитадель тут же извергнет из себя непредставимые ужасы, но поскольку никто не смел произнести ни единого слова, то всякий лишь себя самого почитал душою, терзающейся подобными кошмарами. И посему презирал сам себя за трусость. Десятками тысяч они сидели и взирали на Голготтерат, дрожа от стыда. Их желудки бурлили от страха и неверия, а зубы медленно, но неостановимо сжимались — до скрежета, до пронзающей челюсти боли.

Быть может, неким сумрачным уголком себя они понимали всю порочную превратность обстоятельств, в которых оказались, всю тонкость грани, на которой балансировали ныне их жалкие души. Души, переполненные грехами столь великими, что на их искупление можно было надеяться лишь в том случае, если эти злодеяния были совершены ради сокрушения зла, по меньшей мере, соразмерного. Пусть Судьба и приставила лезвие клинка к самому горлу Мира, однако же их собственные жизни ныне и вовсе застыли на острие личного Апокалипсиса. Возможно, некоторые из них осознавали это достаточно отчётливо, дабы ощутить в своих венах шепоток возможности, мольбы, надежды на то, что им, быть может, попросту необходимо было совершить все эти неописуемые преступления, чтобы лучше постичь влекущее их побуждение и ещё сильнее возненавидеть одуряющую мерзость, ныне приковывающую к себе их взор. И в какой-то степени они, все до одного, понимали, что теперь так или иначе попросту обязаны покорить, превозмочь, уничтожить этот древний и мерзкий корабль, низвергшийся на землю из Пустоты, ибо в противном случае их ожидает вечное и неискупимое Проклятие. И посему они сидели и взирали на Голготтерат, пытаясь осмыслить произошедшее и молясь, словно чужеземцы, очутившиеся среди толпы других чужеземцев.

Солнце тихо истаяло, а затем окончательно скрылось за могучими плечами Джималети, и тлеющие острия Рогов вспыхнули и воссияли, в то время как сама их громада потемнела, погрузившись в какое-то лиловое марево. Рассечённый круг их теней внезапно протянулся через пустошь Шигогли, обняв застывшие у края Окклюзии толпы огромными дланями Пустоты, руками неба, простёршегося за небом, жадными щупальцами Бесконечного Голода.

Ночь наступила без происшествий. На вражеских укреплениях не было видно ни малейших признаков движения. Адепты, шагнув в ночное небо и зависнув в воздухе над вершинами Окклюзии, вызывали чародейские линзы, чтобы получше вглядеться в безмолвную крепость, но никто из них не подал сигнала о том, что заметил врага. И посему все утвердились во мнении, что грозная цитадель покинута и заброшена.

Мужи Ордалии не проявляли особого рвения в обустройстве собственного ночлега — столь сильно было охватившее их смятение и благоговение. Многие уснули прямо там, где сидели, и в их беспокойных сонных видениях им раз за разом являлась невозможная необъятность Рогов — монументов, увековечивающих грандиозную мощь Текне, золотых рычагов, низвергших целые цивилизации.

И снились им всем недобрые сны.

* * *

Пусть ты теряешь душу... но зато обретаешь Мир.

Такая простая фраза, но Пройасу почудилось, что она преломила дыхание Друза Акхеймиона надвое.

Он произнёс эти слова во время одной из прогулок по идиллистическим лесным тропинкам их родового имения Кё, неподалёку от Аокнисса, — прогулок, что они так часто предпринимали во время Обучения будущего короля Конрии. Годы спустя Пройас осознает, что как раз тогда он проявлял в отношении своего наставника наибольшее пренебрежение, высокомерие и даже жестокость, нежели когда-либо ещё. Почему-то именно там он будто бы ощутил на то некое соизволение, узрев его то ли в порывах раскачивающего листву ветра, то ли в солнечном свете, бесконечно дробящемся ветвями деревьев и вспыхивающем в уголках его глаз, заставляя его недовольно морщиться, — что он, разумеется, немедля относил на счёт акхеймионовых требований и утверждений.

— Но что значит «обретаешь Мир»?

Акхеймион бросил на него взгляд одновременно и проницательный и неодобрительный — один из тех, что он приберегал для ребяческих ответов на взрослые вопросы и столь непохожий на любой из взглядов Пройасова отца, короля Конрии. За такое вот жульничество принц отчасти всегда и стремился побольнее уязвить адепта Завета.

Глава восьмая. Стенание

— Что, если Мир будет закрыт от Той Стороны, — сказал пухленький человечек, — что, по-твоему, случится тогда?

— Пфф! Опять ты о своём Апокалипси...

— Если, Проша. Я сказал «если»...

Хмурый взгляд — один из тех, что всегда заставляли его лицо казаться старше.

— Ты сказал и «если» и «тогда»! Какой смысл задаваться вопросами о том, чего никогда не случится?

Как же он ненавидел всепонимающую усмешку этого человека. Ту силу, о которой она свидетельствовала. И сострадание.

— Так, значит, — ответствовал Акхеймион, — ты просто скряга.

— Скряга? Ибо я блюду Бивень и вручаю себя длани и дыханию Господа?

— Нет. Ибо ты зришь одно лишь золото, но не видишь того, что делает его драгоценным.

Насмешка.

— И что же, золото теперь уже перестало быть золотом? Избавь меня от своих шарад!

— А скажи, швырнёшь ли ты пригоршню золота терпящим бедствие морякам?

Но в его мальчишеской душе уже разгорался неописуемый жар — яростная жажда противоречить. Быть ребёнком означало всегда быть услышанным лишь как ребёнок, быть словно бы где-то запертым, не имея возможности взаправду воздействовать на этот Мир своим голосом. И посему он, подобно многим другим гордым и высокомерным мальчишкам, всегда ревностно бросался защищать свои нехитрые построения — ценой меньших истин, если на то пошло.

— Ни за что! Я же скряга, не забыл?

И тогда это случится впервые.

Впервые он заметит проблеск тревоги во взгляде Акхеймиона. И невысказанный вопрос...

Каким же королём ты станешь?

* * *

Тень отступала, смещаясь вдоль вращающегося лика Мира.

Ночь иссякала под натиском сущности дня, неостановимо и безмолвно откатываясь к линии горизонта, и, словно бы попав там в ловушку, исчезала в небытии. Оконечности Рогов уловили солнце раньше всего остального и властно удерживали его сияние над укрывшимися в тени Окклюзии и дремлющими человеческими народами, превращая непроглядную темень в какой-то желтушный полумрак. Не было слышно ни утренних птичьих трелей, ни собачьего лая.

Кое-кто нашёл временное облегчение, с головой погрузившись в работу. Прошлым вечером отряд шрайских рыцарей обнаружил, что везущая Интервал телега осталась на обращённом к Агонгорее склоне Окклюзии. Разобрав и саму повозку, и ритуальные приспособления, они на руках перенесли Интервал через перевалы, хотя для того, чтобы управиться с самим громадным железным цилиндром, украшенным гравировкой молитв и благословений, понадобилось двенадцать человек и множество верёвок. А затем им потребовалась целая ночь, чтобы заново собрать его. Не сумев нигде найти Молитвенный Молот, они заставили колокол звучать при помощи боевого топора, заметно повредив при этом инвитическую надпись. И всё же впервые за три последних дня гул Интервала — устрашающе раскатистый, разносящийся на огромные расстояния, раздался над пустошами. И звон его, как готовы были поклясться некоторые, пробрал даже сами Рога.

Люди рыдали целыми тысячами.

Сияние зари, возжёгшее золотые громады, медленно сползало вниз, заставляя пылать отблесками рассветного солнца всё новые и новые мили зеркальных поверхностей, даже когда тень Окклюзии и вовсе уползла прочь с Пепелища. Исстрадавшиеся мужи Ордалии отупело поднимались на непослушные ноги, чувствуя себя так, будто, просыпаясь, они не столько приходят в себя, сколько, напротив, ещё сильнее умаляются в сравнении с тем, что они есть. Прежние их особенности и качества, единожды погрязшие в трясине непотребного скотства, ныне пробуждались, однако это лишь пуще растревожило их, мучая и выводя из равновесия.

И посему, будучи самым неугомонным из всех, Халас Сиройон, нахлёстывая Фиолоса, ринулся сквозь всё безумие равнины Шигогли прямиком к Голготтерату. Он скакал так, словно бы надеялся достичь своей цели до того, как крошащееся стекло в его груди превратится в груду осколков вместе с изнывающим от стыда сердцем. Он скакал по-фаминрийски — подставляя смуглую кожу груди как встречному ветру, так и вражеским стрелам, и воздев правой рукой разодранный стяг Кругораспятия. Уже не слышащий окриков своих братьев, уже ставший для них лишь крохотным пятнышком на этой чёрной пустоши, расстилающейся меж Окклюзией и Голготтератом, там, в этом промежутке, он внезапно обрёл покой, ощутив в себе призрак юности, галопом уносящейся куда-то вдаль. Он скакал до тех пор, пока парящая в небе золотая громада не приблизилась настолько, что её, казалось, уже можно было коснуться, а ему самому не пришлось откидываться назад и распрямлять плечи, изо всех сил противостоя побуждению съёжиться.

Укрепления, расположенные у подножия нечестивого Ковчега, возвышались на скалах Струпа — огромной чёрной опухоли, служившей чем-то вроде основания Рогов. Военачальник повернул на юг, крикнув своему жеребцу:

— Видишь, старый друг? Вот она — затычка Мира!

Стены и башни, насколько он видел, были совершенно безжизненны. Бастионы эти по любым меркам представлялись исполинскими, напоминая своими размерами шайгекские зиккураты. Чёрные стены возносились на такую высоту, что в сравнении с ними укрепления, окружающие Каритусаль или Аокнисс, казались попросту незначительными.

Сжимая Фиолосу бока коленями, он беспечно углубился в тень этих стен, свернув в сторону лишь в шаге от скал, а затем, по обычаю героев фаминрийских равнин, откинулся назад в седле и поднял вверх руки, подставляя свою обнажённую грудь вражеским лучникам в качестве движущейся мишени. Но с головокружительных высот не устремилось вниз ни единой стрелы. Он смеялся и рыдал, проносясь вдоль линии стен и вглядываясь в промежутки меж золотых зубцов. Он чувствовал себя удравшим ребёнком, поступающим смело и безрассудно с тем, что свято. Его запомнят! О нём напишут в священных книгах! Он доскакал до знаменитого Поля Угорриор, пыльного участка земли, где уступы и скалы Струпа постепенно сходили на нет, и потому укрепления Голготтерата были возведены непосредственно на самой равнине. Он промчался мимо необъятной культи Коррунц, а затем направил Фиолоса к самим легендарным Железным Вратам Пасти Юбиль.

Он искупит свои грехи!

Оказавшись на прославленной в героических сказаниях площадке прямо под бруствером Гвергиру — ненавистной Насмехающейся башни, всадник придержал коня и, замедлившись, заставил Фиолоса остановиться в пяти шагах от того места, где во дни Ранней Древности генерал Саг-Мармау предъявил Шауритасу последний ультиматум и где во времена совсем уж незапамятные непотребный Силь, король инхороев, сразил Им'инарала Светоносного — сиольского героя...

Он так юн! Халас Сиройон был лишь дитём — да и не мог быть никем иным в злобной тени сего места. Как же всё-таки храбры люди! Сметь проявлять заносчивость и неповиновение пред зрелищем столь невероятным.

Смертные. Чья кожа настолько непрочна, что прошибить её можно даже брошенным камнем.

В высоту Гвергиру достигала лишь половины располагающейся к северу от неё башни Коррунц или же её южной сестры — Дорматуз, но значительно превосходила их и шириной и глубиной. Насмехающаяся башня представляла собой правильный пятиугольник с расположенной в его математическом центре Пастью Юбиль — зачарованными железными вратами, находящимися в узкой глотке — тесном проходе тридцати шагов в длину, грозящему погибелью всякому, оказавшемуся там. Храбрость Сиройона иссякла рядом с устьем этого убийственного ущелья. Вглядевшись, спасовавший военачальник смог различить и сами нечестивые Врата — створки высотой с мачту карраки, покрытые масляно поблёскивающими барельефами, изображающими фигуры, объединённые позами страданий и уничижений так, что терзания одной из них словно бы становились оправой для стенаний другой...

Именно так, как описывали их Священные Саги.

Он боролся со своим хрипящим конём — покрытым шрамами ветераном многих сражений, однако сумел лишь заставить его топтаться на месте по кругу. Бросив взгляд на возносящуюся уступами каменную кладку массивной башни, он внезапно остро ощутил собственную уязвимость.

— Покажитесь! — воззвал он к зубцам чёрных стен.

Могучий конь, взмахнув гривой, успокоился.

Тишина.

По внешнему изгибу Склонённого Рога, нависшего над Голготтератом, словно громадная туша какой-то опрокидывающейся горы, заструились сияющие переливы, ибо восходящее солнце заставило оправу Рогов запылать, окрасив всё вокруг жутковато жёлтыми отсветами. Травяные жёны утверждали, что Халас Сиройон родился в тот же самый день и стражу, что и великий Низ-ху и что поэтому фаминрийский герой теперь обитает в его костях. Сам военачальник, с одной стороны, открыто высмеивал эти слухи, но с другой — делал это в столь напускной и архаичной манере, что, скорее, только способствовал их распространению. Он понимал, что присущий человеку налёт таинственности, в той же степени как и воинская слава, лишь возвышает его в ревнивой оценке прочих людей. Его кишки имели слишком много причин, чтобы сейчас подвести его, но всё же он зашёлся каким-то завывающим смехом, подобно тому, как смеялся однажды Низ-ху, издеваясь над ширадским королём.

Глава восьмая. Стенание

— Отворите же амбары! — взревел он. — И выпустите наружу шранков — своих тощих! — дабы мы могли пообедать ими!

Есть некая сила, коренящаяся в фундаменте всякой свирепости, лежащая в основе желания, не говоря уж о воле и способности совершать чудовищные поступки. Любые формы жестокости и насилия — одинаково древние. И ради противостояния нечестивому врагу, мерзость за мерзостью тихим шепотком вливались в его уши во сне, ибо праведные не способны обрести большего могущества иначе, нежели будучи в равной мере безжалостными.

— Анасуримбор Келлхус! — вскричал Сиройон, гордо вскидывая голову и словно бы бросая вызов глядящим на него с высоты рядам бойниц. — Святой Аспект-Император явился!

Монументальная тишина. Пустые стены и башни. Лишь хриплые крики воронья доносятся откуда-то издали. От наступившего вдруг безветрия, казалось, загустел сам воздух.

— Дабы покорить! — взревел он, ощутив бремя собственной ярости. — И поглотить!

Он вонзил в землю своё импровизированное знамя и, наконец, позволил Фиолосу унестись прочь, поддавшись их разделённому ужасу. От края Окклюзии мужи Ордалии ошеломлённо наблюдали за ним, оглашая Шигогли ликующим рёвом, в котором не было слышно уже ничего человеческого, столь возбуждённой яростью и лихорадочным изумлением он дышал.

То был миг опустошающей славы. Крики воинов громом разносились по бесплодной равнине, где безмолвный Голготтерат копил в себе тьму, противостав чёрными стенами восходящему солнцу. Мечи колотили о щиты. Наконечники копий устремлялись в небо.

Накренившийся сиройонов стяг с Кругораспятием, вышитым чёрными нитями по белому полотнищу, изодранному и запятнанному засохшей кровью, весь день до самой ночи торчал на поле, скособочившись, подобно пугалу, принадлежащему давно умершему крестьянину...

Но наутро штандарта там уже не было, и более его уже никогда не видели.

* * *

Проша... благочестивый, не по годам развитой и симпатичный мальчуган, унаследовавший, как в один голос твердили поэты, лицо и глаза своей матери. Несколько напыщенный и оттого забавный мальчишка, доставлявший своему отцу радость лишь тогда, когда тот незаметно наблюдал за ним со стороны.

Ибо, Сейен милостивый, в противном случае его неугомонный язык приносил всякому, кто по случаю оказывался рядом, одни лишь печали.

— В чём, отец? — спросил он, узнав о том, что последних отпрысков рода Неджати — давнего соперника Дома Нерсеев — предали казни. — В чём честь детоубийства?

Долгий взгляд отца, изводимого тем же самым человеком, которым он более всего гордился.

— В том, что мои сыновья и мои люди будут, наконец, избавлены от войны, продолжающейся уже десять лет.

— И ты полагаешь, что поэтому Господь простит тебя?

— Проша... — отцу понадобилось время, чтобы смириться с осуждением тех, кого он любил, и научиться контролировать свой голос и тон. — Проша, пожалуйста. Вскоре ты и сам всё поймёшь.

— Что я пойму, отец? *Злодеяние?*

Удар кулаком по столу.

— *Что всякая власть — проклятие!*

Он каждый раз вздрагивал от яркости этого воспоминания, вне зависимости от того, что его вызывало.

Так почему же? Почему он был одним из тех, кто тоже боится проклятия? Это казалось ему таким очевидным — вне зависимости от того, как много сбивающих с толку речей вливал ему в уши Акхеймион. Эта жизнь была лишь краткой вспышкой, картинкой, мелькающей в сиянии молнии летней ночью, а затем исчезающей в небытии. На сотню Небес приходится целая тысяча Преисподних — ибо так много путей ведут к пламени и мукам и так мало тех, что приводят в райские кущи. Как? Как мог кто-то быть настолько низменным и скудоумным, чтобы самому, добровольно обречь свою душу чудовищной Вечности.

Как это вообще возможно — принять в себя зло?

Но его отец был прав. Он понял это, хоть и спустя весьма долгое время. Благочестие — чересчур простая вещь для этого сложного мира. Лишь души совершенно непритязательные или полностью порабощённые точно знают, что такое добродетель и что есть святость, а для королей и владык эти истины являются загадками, находящимися за пределами понимания, тревогами, грызущими их души в самые тёмные ночные часы. Если бы его отец пощадил сынов Неджати, что бы за этим последовало? Их наследием стала бы жажда отмщения, желание сеять раздоры и, в конце концов, всё это привело бы к восстанию. И тогда то самое благочестие, что заставило отца пощадить их, обрекло бы на гибель множество иных душ — безымянных и невинных.

Благочестие устроено просто, слишком просто, чтобы не отнимать чью-то жизнь.

* * *

Вкус соли — соли человеческого тела, — слизанной с кожи мертвеца.

Интервал звенел, призывая лордов Ордалии в Умбиликус, дабы обдумать немыслимое. Ожидая их, Нерсей Пройас, Уверовавший король Конрии, экзальт-генерал Великой Ордалии, сидел на корточках и плевал прямо на ковры, постеленные под скамьёй Аспект-Императора, будто бы пытаясь вместе с плевками выхаркать из себя и воспоминания. Он наклонился вперёд, уперев локти в колени и сражаясь с побуждением погрузиться с головой в свои скорби. Он поднял голову и вгляделся в сумрак, сгустившийся под сводами Умбиликуса, поражаясь тому, что, невзирая на всю их немощь, всякий раз находилось достаточно людей, готовых соблюдать единожды заведённый порядок — не только тащить на себе, но и ежевечерне собирать этот гигантский павильон, сколачивать деревянные ярусы, развешивать знамёна, разворачивать и закреплять гобелены Эккину. Он странным образом удивлялся этому, хотя и сам тоже принадлежал к числу душ, склонных выражать своё поклонение в простых и благочестивых трудах, — например, именно ему пришлось на своих плечах перетащить Великую Ордалию через Агонгорею и заново собрать её у ворот Голготтерата.

Пройасу казалось, что от него по-прежнему исходит тлетворная вонь дымов Даглиаш.

Блеск кольца, когда-то принадлежавшего его давно умершему отцу, привлёк его взгляд.

Безумие, бесстрастно отметила Часть. Безумие, вызванное Мясом, возрастало.

А воспоминаний всё нет.

Он сидел и грыз ноющие костяшки пальцев. Рвотные позывы заставляли его горбиться, изо рта временами сочилась слюна. Он рыдал, стыдясь того, что его сыну не повезло иметь такого отца. Время от времени он даже хихикал, ибо ему казалось, что именно так и должен вести себя настоящий злодей. Он преуспел! Он выполнил ужасную задачу, поставленную перед ним Аспект-Императором! И этот триумф был столь славным, что он мог лишь смеяться... а ещё скрести свою бороду и шевелюру... а ещё стенать и вопить.

Поедание шранчьей плоти. Мужеложство. Каннибализм. Осквернение мёртвых тел...

Нет-нет-нет! Само упоминание об этом вонзало хладные ножи в его лёгкие, а сердце будто бы начинали грызть изнутри какие-то мерзкие личинки. *Что?!* — беспрестанно визжала какая-то Часть. — *Что ты наделал?!* Губы его раскрылись, а зубы сжались, руки и ноги двигались сами собой, словно конечности колыхающегося в прибое трупа. Нечто вроде червя извивалось внутри него — от самых кишок до черепа, нечто ненавистное и слабое, нечто хныкающее и всхлипывающее... *Нет! Нет!*

Из его губ, холодных и вялых, тянулись ниточки смешавшейся со слюной крови, раскачивающиеся из стороны в сторону в дуновении сквозняков Умбиликуса.

Пусть всё вернётся назад... Брань. Повизгивание.

Волосы на его лобке — лобке мертвеца — трепетали в порывах ветра. Кожа, которую он ощупывал взглядом, была такой бледной. А вкус... таким...

Что это за убогие инстинкты? Кто же даст сгинуть всему Сущему, лишь бы не сотворить что-нибудь безвозвратное?

Нечто, подобное лишённой костей лягушке, прижалось своей холодной плотью к горячему изгибу его языка.

Как? Как? Как такое могло произойти? Как...

Кашель и неудержимая рвота, ибо что-то горячее, набухшее яростно и насильственно проникало в него, отталкивая в сторону дрожащую массу внутренностей. Хрип. Выдыхаемый с бычьим пыхтением воздух, звериный рёв и мычание...

Как...

Сибавул — вялый и почти что мёртвый, дёргающийся и дрожащий под его чудовищными потугами, голова князя-вождя, раскачивающаяся и подпрыгивающая в такт бешеному ритму его бёдер, точно голова отключившегося с перепою пьянчужки.

Сейен речёт...

Что это? Что происходит? Лишь днём ранее он, казалось, вовсю смаковал те же самые действия и события, раз за разом обесчещивая себя погружением в еретические воспоминания, хохоча над кошмаром своего вдруг почерневшего семени... и ликуя.

А теперь? Теперь?

Теперь он ощутил себя усевшимся на трон гораздо более могущественного отца...

А вызванное Мясом безумие возрастало.

Он упал на колени. Казалось, какая-то громадная рука сдавила его изнутри, будто бы стремясь выдернуть из грязи его плоти каждое сухожилие, каждую связку. Причитая и сплёвывая сквозь зубы, он раскачивался взад-вперёд. Холодный воздух щипал ему дёсны. Бог толкнул его вперёд, схватив за загривок. Пройас содрогнулся от опутавших его лицо нитей слюны, давясь обжигающей кожу слизью. Непристойности кружились рядом, проступая сквозь окутавшую сознание дымку. *Овладевая. Трогая. Вкушая...*

— Нет! — прохрипел он. Лицо экзальт-генерала словно бы жило само по себе, гримасничая и дёргаясь так, будто мышцы его были привязаны струнами к стае дерущихся птиц.

— *Нееет!*

Да.

* * *

Пройас? Пройас Вака?

Предчувствие обрушилось на него с мощью удара наотмашь. Он дико заозирался, пытаясь сморгнуть с глаз осклизлые выделения... всмотрелся... не почудилось ли ему это? Да?

Фигура соткалась во мраке Умбиликуса — парящее золотое видение, простёртые руки и раскрывшиеся пальцы, окружённые сияющими гало...

Да.

Бархатные руки легли на его плечи, и он вцепился в эти руки, сжимая их с бесхитростной свирепостью ребёнка, вырванного ими из тисков смертного ужаса. Снова и снова словно бы могучий кулак бил его под дых, извергая из груди всхлип за всхлипом. И, уткнувшись лицом в грудь сего святого видения, Нерсей Пройас зарыдал, оплакивая, как ему представлялось, всё вокруг, ибо не было конца драконьему рёву и не было предела обрушившимся на него незаслуженным скорбям. Он причитал и стенал, заливая слезами мягкую ткань, задыхаясь от её благословенного запаха, но вне зависимости от того, насколько яростно сотрясали его эти спазмы, фигура, которую он сжимал в объятиях, оставалась невозмутимой — не столько недвижимой, сколько словно бы удерживаемой на месте всем тем, что было необходимым и непорочным. Грудь наваждения мерно вздымалась под смявшейся щекою Пройаса, тело, стиснутое отчаянными объятиями его рук, было вполне материально и полно жизни, а борода струилась по голове экзальт-генерала подобно шёлковой ткани. Руки его были словно железные ветви, а ладони горячими, как божье чудо...

И гулкий голос, скорее, нараспев читающий псалмы, нежели говорящий. Голос, обволакивающий душу тёплой вязкостью воды, умащённой елеем глубочайшего понимания и любви.

— Спасён, — на выдохе прошептали дрожащие Пройасовы губы. — В объятиях Его и спасён.

— Я... — попытался произнести он, но прилив раскаяния не дал ему закончить. Дрожь стыда и укусы ужаса.

И голос разнёсся в ответ.

Ты смог достичь невозможного...

Дыхание, словно вырывающееся из затянутого паутиной горла. Слёзы, обжигающие щёки, как кислота.

И снискал беспримерную славу.

— Но я делал такие вещи, — прохрипел он, — такие порочные, злобные вещи... вещи...

Необходимые вещи...

— Греховные! Я делал нечто такое, что невозможно исправить. Нельзя вернуть.

Ничто на свете нельзя вернуть.

— Но могу ли я заслужить прощение?

Содеянное тобою... невозможно исправить...

Он уткнулся лбом в плечо священного наваждения и стиснул ткань одеяний так, что она едва не порвалась. Вот итог всей его жизни, оцепенело осознала Часть... Всё это, весь сумбур ужаса-похоти-ликования сжался вдруг до единственного ощущения — лихорадочного трепета, прорывающегося сквозь бутылочное горлышко этого мига, этого окончательного...

Откровения.

Следы, оставленные тобою... вечны...

На мгновение он снова стал тем маленьким мальчиком, которым когда-то был, только сломленным и опустошённым, лишившимся даже малейшей искры благочестия, — ребёнком, совершенно бесхитростным, коим ему и следовало быть, дабы задать сейчас этот вопрос. Вопрос, который Пройас, будучи взрослым, нипочём не смог бы даже выговорить.

— Так, значит, я проклят?

И он почувствовал это, подобно облегчённому выдоху после долгой задержки дыхания — жалость и сострадание, охватившие сей величественный образ.

Но Мир спасён.

* * *

Казалось, будто какая-то разливающаяся в воздухе сонливость обволакивает каждый призыв Интервала — некое чувство, не позволяющее ему окончательно пробудиться ото сна. Первые из лордов Ордалии начали прибывать, заполняя своим присутствием сумрак Умбиликуса. Они разглядывали Пройаса, а тот рассматривал их, и его отнюдь не заботило, да и не должно было заботить, что они видят его ссутулившуюся спину и мучения, написанные на его лице, ибо они и сами выглядели столь же мрачными и ополоумевшими, как и он, — некоторые в большей, некоторые в меньшей степени.

Безумие, вызванное Мясом, возрастало.

Столь многое ещё нужно сделать!

А если Консульт решит напасть на них прямо сейчас — что тогда?

Он услышал имя Сиройона, но, кроме этого, ничего не сумел разобрать в их рычащих остротах. И хотя его рассеянное внимание постоянно отвлекалось от увеличивающегося в числе собрания, он видел в них это — ужас людей, пытающихся вернуть себе то, что было необратимо испорчено и развращено. Заламывающиеся руки. Мечущиеся или опущенные долу взгляды — пустые и словно бы обращённые внутрь себя. Некоторые, подобно графу Куарвету, открыто плакали, а немногие даже визгливо причитали, будто отвергнутые жёны, только усугубляя этим своё и без того убогое состояние. Лорд Хоргах вдруг начал отрезать ножом свою бороду — одну запаршивевшую прядь за другой, взирая при этом в никуда, словно человек, так и не сумевший прийти в себя после того, как его разбудили доставленными посреди ночи горестными известиями. Никто не обнимался — более того, лорды даже съёживались друг рядом с другом, до онемения стесняясь всякой близости.

И все их взгляды сходились на нём.

А посему он стоял, заставляя себя держаться с напускной бравадой, будто старый король, надеющийся тем самым подкрепить своё угасающее достоинство и благородство. Он окидывал взором это некогда величественное собрание, дыша, казалось, не глубже, чем ему хватало, дабы ощущать боль в своём горле. Он моргнул. Слёзы бритвами прорезали щёки.

Стало так тихо, как только вообще могло быть.

Безумие, вызванное Мясом, возрастало.

— Что, если... — начал он, глядя на скопище верёвок и шестов, скрепляющих нависшую над ними темноту. Заговорив, он заметил на одном из ярусов Умбиликуса осиротевшего сына Харвила, недавно вернувшегося из Иштеребинта с вестями... которых никто не пожелал даже выслушать. — Что, если Консульт нападёт прямо сейчас, что тогда?

— Тогда нас просто сметут, — вскричал лорд Гриммель, — и это будет справедливо! Справедливость восторжествует! — Из всех них, мужей, подвешенных на вервии Мяса, именно он всегда раскачивался сильнее прочих, но тем не менее сейчас он легко нашёл у собравшихся поддержку. Лорды Ордалии, размахивая кулаками и гневно жестикулируя, разразились громкими воплями — некоторые умоляющими, некоторые возмущёнными, стенающими, убеждающими. Их крики эхом отдавались в пустоте, затаившейся под холщовым куполом Умбиликуса. И не имело значения, шла ли речь о великом магистре или же варварском князе, яростным был этот крик или ошеломлённым — все они кричали одно и то же...

Как?

Все, не считая Сорвила. Король Сакарпа сидел в беснующейся тени зеумского наследного принца, который, вскочив с места, завывал вместе с остальными, сжимаясь скорее от отвращения, нежели от испуга — этакая дыра в океане ярости, пятнышко скептичного холода.

— Грех! Ужасающий грех!

— Я собственными руками творил это! Собственными руками!

— Внемлите мне! — вскричал Пройас, тщетно пытаясь добиться их внимания или хотя бы молчания. — Внемлите! — Он стоял перед всем этим шумом и гамом, перед целым представлением театрально жестикулирующих рук и заполняющих ярусы Умбиликуса искажённых муками лиц... разинутых... голодных ртов...

Он вновь взглянул на Сорвила и едва не вскинул руки, дабы защититься от неприкрытого и пронзительного обвинения во взоре юноши. Ах да — ведь сакарпский Уверовавший король был там, был свидетелем того, что он... что он... Взгляд Пройаса, помимо его собственного желания, сместился к знамёнам Круговоспятия, к чёрной ткани и пустоте. Голос его прервался столь резко, будто в глотку вонзили пыточный гвоздь.

Проникновение. Хлещущая кровь. Исходящие булькающим хрипом разрезы. Жар...

Сейен милостивый... Что же я наделал?

Несколько сердцебиений он словно бы плыл в мучительном шуме, бездумно раскачиваясь на волнах вскипающих образов немыслимых деяний... свершений... неискупимых грехов, а затем услышал, хотя сперва и не осознал этого, шелест колдовских изречений:

— ДОВОЛЬНО!

Все взгляды обратились к Анасуримбор Серве, только что вместе со своим братом Кайютасом вошедшей в Умбиликус. Свайяльская гранд-дама переоделась в убранства своего ордена и теперь стояла облачённая в струящиеся волны ткани, чёрными щупальцами обёрнутые вокруг её стройного тела. И сам вид этих незапятнанных одежд, оказавшихся во всём блеске их императорского величия в этом грязном и порочном месте, ужасал, суля собравшимся здесь истерзанным душам новые кошмары.

Пройас взирал на неё поражённо, как и все прочие. Ей тоже довелось пережить нечто тягостное, понял он, нечто гораздо более страшное, нежели её подбитый левый глаз. След каких-то суровых испытаний отпечатался на некогда безупречной красоте Сервы, избавив её лицо от девичьих округлостей, спрямившихся до строгих черт. Она выглядела жёсткой, безжалостной и неумолимой.

— Придите в себя! — крикнула она, теперь уже своим обычным — мирским голосом.

Она тоже видела его, осознал Пройас, отбиваясь от осаждающих его воспоминаний... на Поле Ужаса. Тоже свидетельствовала его преступления. Стыд сжал глотку экзальт-генерала, и ему пришлось изо всех сил сдерживаться, дабы не заблевать пол Умбиликуса.

Старый, давно ожесточившийся лорд Сотер вдруг бросился к дочери Аспект-Императора и, рыдая, упал к её ногам.

— Дойя Сладчайшая! Пожалуйста! Что с нами сталось? — вскричал он со своим певучим айнонским акцентом.

Она резко глянула на Апперенса Саккариса, чьи глаза испуганно расширились.

— Нелюди говорят... — начал великий магистр Завета слабым, дрожащим голосом. — Нелюди говорят, что... — лепетал колдун, поднимая к своему лицу два пальца так, как это делают рассеянные и забывчивые люди, чешущие себе бороду, пока сами они краснеют и что-то бормочут. Но Саккарис вместо этого и вовсе сунул пальцы себе в рот и теперь грыз костяшки, сгорбившийся и терзаемый страхами.

— Вы сделались зверьми! — раздражённо рявкнула Серва. — И погрязли в мерзости животных желаний, задыхаясь от собственных пагубных склонностей, способные при этом лишь злобствовать и ликовать. А сейчас, в отсутствие Мяса, ваша душа пробуждается и вы, наконец, вспоминаете, кто вы на самом деле... Вы просыпаетесь от своих похотливых кошмаров... и горько сетуете на судьбу.

Лорды Ордалии остолбенело взирали на неё. Даже те из них, кто только что в голос рыдал, затихли.

— Нет...

Все взгляды обратились на Пройаса, недоумённо размышлявшего над тем, что могло заставить его возвысить голос, кроме какой-то извращённой тяги к истине.

— Никакое это... это н-не пробуждение, — сердито и едва ли не жалобно пробормотал он, — зверь, сотворивший все эти злодеяния, — я сам. Я — это чудовище! То, что я помню, — исказившееся лицо, — вспоминается не так, будто происходило во сне, но так же отчётливо, как я помню любой день жизни, которую мог бы назвать собственной. Я совершил всё это! Я сам выбрал! И это, — он сглотнул, гоня прочь наползшую на лицо усмешку, — и есть самое ужасное, моя дорогая племянница. Вот в чём первопричина наших стенаний — в том, что мы, мы сами, а не Мясо совершили все эти отвратительные, душераздирающие вещи — все эти безумные прегрешения!

Крики и стоны признания.

— Да! — рёв Хога Хогрима перекрыл всеобщий хор. — Мы это сделали! Мы сами! Не Мясо!

Гранд-дама бросила взгляд на своего брата, который в ответ предупреждающе покачал головой. Она сделала шаг к подножию отцова трона, глянув в глаза экзальт-генералу так жёстко, как только могла.

Не будь дураком, дядюшка.

От неё пахнуло запахом гор, запахом какого-то места... что было гораздо чище того, где они сейчас находились.

А затем, как показалось совершенно спонтанно, лорды Ордалии начали взывать к нему — Анасуримбору Келлхусу, их возлюбленному Святому Аспект-Императору, видимо усматривая какую-то связь между его отсутствием и своими злодеяниями.

— Отец вам не поможет! — прокричала Серва Уверовавшим королям, а затем, почти сорвавшись на визг: — Отец не очистит вас!

В конце концов, в Умбиликусе наступило подавленное молчание.

— Ибо это и есть ваша плата!

Сколько же раз? Сколько же раз они размышляли над речами Аспект-Императора, полагая, что поняли заключённое в них предостережение. Будь обстоятельства иными, и тогда ошеломление, вызванное тем фактом, что они не обратили внимания на нечто, с самого начала известное им, могло бы заставить их хохотать, а не рвать на себе волосы или заламывать руки. Не зря их поход был назван Великой Ордалией — величайшим из испытаний. Уверовавшие короли, сломленная слава Трёх Морей, их сокрушённое величие, взирали на имперскую принцессу, поражённые ужасом.

— Неужто вы думали, что за Голготтерат — за Голготтерат! — можно расплатиться порезами и стоптанными ногами?

— *Утуру мемкиррус, джавинна!* – крикнул ей Кайютас.

— Мы сидим здесь, прямо у Консульта на крылечке, — холодно ответила Серва своему брату, — у Консульта, Поди! Инку-Холойнас — ужас из ужасов — попирает землю у самых наших ног! Боюсь, что барахтаться и топтаться тут сейчас это роскошь, которую мы себе вряд ли можем позволить!

— И какова же... — услышал Пройас хриплый, помертвевший голос — свой собственный голос. — Какова же эта плата?

Казалось совершенно невозможным, что повернувшаяся к нему женщина — та самая малышка, которую он когда-то нянчил у себя руках. Эти ребятишки, осознала вдруг какая-то его часть, эти Анасуримборы... он был им отцом в большей степени, нежели собственным детям.

И они видели... свидетельствовали его грехи.

Кто же это? Кто этот трясущийся дуралей?

— Дядя, — выражение её лица внезапно стало отсутствующим, как если бы она чувствовала за собой какую-то вину и сожалела о причиняемой боли.

— Какова плата? — услышал он свой старческий голос.

Взгляд принцессы выдал её. Когда она отвернулась, наблюдавшему за ней экзальт-генералу показалось, что он испытал величайший в своей жизни ужас.

— Саккарис? — сказала она, глядя в сторону.

— Я-я... — проговорил Саккарис так растерянно, будто одновременно был погружён в чтение какой-то толстой книги. Нахмурившись, он повернулся к стоявшему рядом с ним измождённому, но по-прежнему аккуратно выглядящему колдуну — Эскелесу.

— Вы заплатили, — с опасливым смущением в голосе произнёс тощий чародей, бывший некогда весьма упитанным, — своими бессмертными душами.

Проклятие.

Они уже знали это. С самого начала они знали это. И потому чёрная пустота под холщовым куполом Умбиликуса наполнилась рёвом и визгами.

Безумие, вызванное Мясом, возрастало.

* * *

Они стояли на несокрушимой тверди, но казалось, что Умбиликус вздымается и раскачивается, будто трюм корабля, терпящего крушение во время неистовой бури.

Король Нерсей Пройас хрипло рыдал, оплакивая лишь собственную горькую участь, а не судьбы братьев, ибо если они пожертвовали душами во имя своего разделённого Бога, то экзальт-генерал, в свою очередь, принёс такую же жертву... неизвестно ради чего.

Мир — это житница, Пройас.

Глазами своей души он узел образ спящей жены. Её локоны небрежно рассыпались у неё по щеке, а руки обнимали их спящего ребёнка, которого он теперь уже никогда не узнает.

А мы в ней хлеб.

И вновь он напоролся на его взгляд, словно на выдернутую из костра пылающую жердь — взгляд мальчика, ставшего мужчиной, сакарпского Лошадиного Короля... Сорвила. Экзальт-генерал всхлипнул и... улыбнулся сквозь боль, слюну и распустившиеся сопли, ибо юноша казался ему таким благословенным, таким чистым... просто из-за своего длительного отсутствия.

И из-за собственного Пройасова проклятия.

Сорвил всё это время оставался неподвижным, не считая момента, когда его потянул за плечо яростно жестикулирующий и кричащий зеумец — спутник Лошадиного Короля, пожелавший привлечь его внимание. Но сын Харвила не захотел или, возможно, не смог отвлечься. Он не замечал также и изучающего взора экзальт-генерала, ибо безотрывно смотрел на Серву, с выражением, которое могло бы показаться злобой, если бы со всей очевидностью не было любовью...

Любовь.

То, чего королю Нерсею Пройасу ныне недоставало сильнее всего.

Не считая убеждённости.

* * *

Он вновь взглянул на каркас из ясеневых шестов, железных стыков и натянутых над ними пеньковых верёвок, снова удивившись, что другие люди способны испытывать боль, когда больно ему, Пройасу, и могут продолжать рыдать, хотя рыдает он. И удивление это словно бы оттолкнуло его прочь, будто душа его была лодкой, налетевшей на мель. Комок ужаса, сжавшийся внутри него, никуда не делся, равно как и встающие перед глазами образы непристойностей, как и ощущение яростного пережёвывания чего-то одновременно и жёсткого и вязкого, но каким-то образом он вдруг оказался способным и терпеть последнее, и смеяться над первым — хихикать, словно безумец, и при этом настолько ис-

Глава восьмая. Стенание

кренне, что привлёк этим несколько взглядов. Эти люди и стали первыми присоединившимися к Пройасу в его поначалу неосознанном декламировании:

> Возлюбленный Бог Богов, ступающий среди нас,
> Неисчислимы твои священные имена.

Всё больше взглядов обращалось в их сторону, в том числе взгляды свайяльской гранд-дамы и её брата — имперского принца. Пройас воздел руки, словно бы пытаясь ухватить своими ладонями внимание отпрысков Аспект-Императора.

> Да утолит хлеб твой глад наш насущный.
> Да оживит твоя влага нашу бессмертную землю.

Слова, заученные всеми ими прежде, чем они вообще узнали о том, что такое слова.

> Да приидет владычество твоё ответом на нашу покорность,
> И да будем мы благоденствовать под сенью славного имени твоего.

Те, кто смотрел на них, тоже начинали тихонько бормотать — голоса, которые сперва едва можно было расслышать в окружающей какофонии, однако колея, оставленная словами этой молитвы в их душах, была столь глубокой, что мысль, в конце концов, не могла не соскользнуть в неё. Вскоре даже те из них, кто более всего страдал от ужаса и жалости к себе, вдруг обнаружили, что ловят ртами воздух, ибо их стенания словно бы сами собой умолкли. И в безумной манере, свойственной всем внезапным поворотам судьбы, лорды Ордалии простёрли друг к другу руки, сжимая ладони соседей в поисках утешения в силе и мужестве своих братьев. И, опускаясь от горящих глоток к охрипшим лёгким, их голоса начали возвышаться...

> И да суди нас не по прегрешениям нашим,
> Но по выпавшим на долю нашу искусам.

Нерсей Пройас, экзальт-генерал Великой Ордалии, стоял одесную трона далёкого, ныне такого далёкого отца и улыбался бушующему крещендо, собиравшемуся под покровом его голоса. И он говорил им, твердил эти строки, рёк труды малые, что чудесным образом соединяли их души.

> Ибо имя тебе — Истина...

И слова сии представлялись ему ещё более глубокими и проникновенными, благодаря тому, что он им не верил.

* * *

Лорды Ордалии, тяжело дыша, стояли и смотрели на своего экзальт-генерала в глубочайшем замешательстве. Кажется, впервые Пройас обратил внимание на исходящую от них и от себя самого вонь — запах столь человеческий, что желудок его сжался в спазме. Он бросил взгляд на ожидающих его слова Уверовавших королей и их вассалов и, вытерев со рта слюну костяшками пальцев, сказал:

— Он говорил мне, что это произойдёт... Но я не слушал... не понимал.

Зловонное дыхание и гниющие зубы. Протухшая ткань и замаранные промежности. Зажав нос, Пройас прикрыл глаза. На какое-то мгновение лорды Ордалии показались ему не более чем обезьянами, одетыми в наряды, утащенные из королевской усыпальницы. Алмазы переливались радужными отблесками на изношенных расшитых шелках. Жемчужины поблёскивали среди расползшихся по ткани одеяний коричневых пятен.

— Он предупреждал, что именно этим всё и закончится...

Он посмотрел на отпрысков Аспект-Императора, стоявших бок о бок с невозмутимыми лицами. Кайютас едва заметно кивнул ему.

— Это... не просто наша расплата.

Он оглядел своих братьев, людей, явившихся сюда — на самый край земли и истории, к самым пределам Мира. Лорд Эмбас Эсварлу, тан Сколоу, которого он спас от шранчьего копья в Иллаворе. Лорд Сумаджил, митирабисский гранд, чью руку он видел отрубленной до запястья в Даглиаш. Король Коифус Нарнол, старший брат Саубона, рядом с которым он преклонял колени и молился столько раз, что уже не мог и упомнить сколько.

Теус Эскелес, адепт Завета, приговоривший его к пламени Преисподней.

Он кивнул и даже улыбнулся им всем, несмотря на то, что горе и ужас всё ещё заставляли трепетать его душу. Эти люди — лорды и великие магистры, благородные и беспощадные, образованные и невежественные — эти заудуньяни были его семьёй. И всегда оставались ею, все эти двадцать долгих лет.

— Мы — люди войны! — крикнул он, избрав путь утомительного вступления. — Мы разим то, что зовём злым и нечистым... называя сами себя людьми Господними.

Он фыркнул, казалось, именно так, как делал это и раньше, и ему, пожалуй, никогда не узнать, откуда, из каких глубин явилось это невероятное возмущение и как получилось, что оно до такой степени овладело им. Экзальт-генерал знал лишь одно — сё был самый яростный, самый неистовый миг всей его неустанно свирепой жизни. Он видел это в обращённых на него восторженных взглядах, во вспыхивающих ликованием выражениях лиц, будто слова его ныне пламенели возжигающими искрами.

Он больше не тот, кем был раньше. Он стал сильнее.

Взор Пройаса вновь зацепился за короля Сорвила, сидевшего на одном из верхних ярусов всё так же бесстрастно и недвижимо, — лишь взгляд сакарпца был тусклым и разящим, словно острый кремень.

— Как? Как вы могли даже помыслить, что Бог снизойдёт до таких жалких смертных, пребывая одесную вас, будто ещё один трофей? Что это за самообольщение? *Ужас! Ужас и стыд — вот откровение ваше!*

Он больше не тот, кем был раньше.

— Лишь объятые ужасом и стыдом пребываете вы *в присутствии Божьем!*

Он был кем-то большим — тот Пройас, что постоянно превосходил его душу, что вечно пребывал во тьме, бывшей прежде. Пребывал здесь, вместе с этими мрачными и истерзанными людьми — его братьями, его возлюбленными спутниками, ступающими вместе с ним путями злобы и войны. Здесь — *в этом самом месте.*

— *Вы сами и были своим Врагом!* Вы знаете Его так, как не знают Его сами боги! И ныне вам — единственным из всех живущих на свете — известна цена спасения! Удивительное чудо — дарованная вам честь! Немыслимый дар, что справедливо заслужен! Как прочие воины постигают, что есть мир, *так вы постигли зло!* Вы знаете его так же хорошо, как самих себя, *и ненавидите его так же, как и себя!*

Лорды Ордалии разразились бурными выкриками, но не в знак приветствия или каких-то воинственных подтверждений услышанного, но в знак одобрения и согласия. Они вопили, словно осиротевшие братья, обретшие единство в отцовстве Смерти, на всём белом свете признающие лишь друг друга, а ко всем остальным и ко всему остальному относящиеся с презрением и страхом. Серва и Кайютас выглядели несколько отстранёнными, как и всегда, но тоже обрадованными.

Они опасались, что уже потеряли его. И каким-то образом Пройас знал, что их отец повелел им захватить власть в том случае, если он не выдержит испытаний — если он не справится. Пройас — тот, кто был самым благочестивым из них... и наименее осведомлённым.

Сонмище кастовой знати бурлило, то отчаянно завывая, словно обезумевшие старухи, то крича, как мальчишки. Но, дойдя до пределов своего умоисступления, лорды Ордалии начинали им тяготиться, и, невзирая на обуревавшую их благодарность, они, подобно всем отважным душам, постепенно обращались к гневу и презрению. Он сумел внушить им ужас и отчаяние, наполненные *священными смыслами*, подсунув их лордам Ордалии под нос, словно математик, демонстрирующий свои расчеты и уравнения, согласно которым одной лишь ярости может оказаться достаточно, дабы обрести искупление. Благочестие никогда не стоит так дёшево, как в том случае, если выменивается на чьи-то жизни, а они, в конце концов, всегда были людьми злобными и жестокими.

Грешниками.

И посему они возжаждали вражьей крови. Пройас чувствовал это так же ясно, как и они — необходимость возложить на кого-нибудь всю тяжесть своих грехов. На кого-то, кому не посчастливилось оказаться поблизости.

— Братья! — воззвал он, надеясь взнуздать их одной лишь упряжью своего голоса. — Бра... Я опасался того, что могу найти здесь...

Голос, исходящий из разрывов между пространствами и мирами — словно бы поры на их коже превратились вдруг в миллионы ртов, изрекающих эти слова. Слова, испивающие воздух из их дыхания и бьющиеся их собственными сердцами. Эскелеса это ошеломило настолько, что он споткнулся и рухнул на спину, потянув за собой и Саккариса. Сияние лепестками исходило из дальней части Умбиликуса, находящейся за его набитыми лордами и королями ярусами. Все как один обернулись, не считая Пройаса, который и без того стоял лицом в нужном направлении и с самого начала видел исходящий из ниоткуда свет. И все как один узрели Его, ступившего на высочайший из ярусов, — достаточно близко для того, чтобы сидящий неподалёку Сорвил, протянув руку, был способен коснуться сияющей фигуры. Казалось, само солнце спустилось на землю, скользнув вниз по собственному лучу, — ослепительное сияние, запятнанное лишь двумя кляксами декапитантов. Золотистые локоны струились по одному из тех расшитых драгоценностями одеяний, которые экзальт-генерал неделями ранее заприметил в хранилище.

— *Но теперь моё сердце возрадовалось,* — молвил блистающий лик.

Лорды Ордалии, все как один, опустились на задрожавшие колени, обратив лица к пепельно-серой земле Шиогли.

Лишь Пройас и дети Аспект-Императора остались стоять.

— Пусть прозвенит Интервал. Пусть ликуют верные, а неверующие трепещут от страха.

ГЛАВА ДЕВЯТАЯ

Великое Отпущение

> И посему были невинные попраны вместе с виновными, но не вследствие какого-то недомыслия, а исходя из жестокого, но мудрого знания о том, что невозможно их отделить друг от друга.
>
> — *Дневники и Диалоги*,
> ТРИАМИС ВЕЛИКИЙ

Ранняя осень, 20 Год Новой Империи (4132 Год Бивня), Голготтерат

Анасуримбор Келлхус...
Святой Аспект-Император наконец вернулся.
Сверкающие потоки и мельтешащие тени. В оцепенении Пройас наблюдал за тем, как его Господин и Пророк спускается с верхних ярусов, оставляя Сорвила и горстку стоящих неподалёку лордов провожать его изумлёнными взглядами. Свет не столько вырывался из него, сколько словно бы стекал с его кожи. А затем, сойдя вниз, он оказался рядом. Его сияние постепенно тускнело, словно бы он был вытащенным из костра угольком, пока, наконец, сумрак Умбиликуса не позволил узреть его как одного из них — как человека. Горний свет продолжал струиться от льняных прядей его бороды, создавая множество снежно-голубых теней, исходящих от изгибов и складок одеяний Аспект-Императора.

Келлхус остановился, наблюдая за тем, как люди, будто осы, собираются у его ног, а затем, усмехнувшись, наконец, взглянул на своего экзальт-генерала... теперь уже, как и все, опустившегося на колени.

— Г-господин... — запинаясь, пробормотал Пройас.

Обманщик.

Келлхус посвятил его в эту истину за предшествующие битве у Даглиаш недели. Пройас представлял себе, как широко раскинулись сети невероятного обмана Аспект-Императора — он даже понимал тот факт, что и это появление тоже было своего рода маскарадом, — и всё же сердце его трепетало, а мысли заволакивала пена обожания. Не имело значения, насколько отчаянно упирался его разум, — казалось, само сердце и кости его упрямо продолжали верить.

— Да! — возгласил Аспект-Император, обращаясь к распростёртому у его ног собранию. — Возрадовалось сердце моё! — Даже просто слушая его голос, экзальт-генерал чувствовал, как некоторые из давно и мучительно напряжённых мышц его тела постепенно расслабляются. — И пусть никто теперь не утверждает, будто это я перенёс Великую Ордалию через Поле Ужаса на собственной спине!

Пройас мог лишь, мигая, смотреть на него — его тело, нет, само его существо пылало в... в...

— Поднимитесь, братья мои! — смеясь, прогромыхал Келлхус. — Поднимитесь и говорите без церемоний! Ибо мы стоим сейчас на ужасающем поле Шигогли — на самом пороге Нечестивейшего Места!

Мгновение отчаянных колебаний, казалось, вместившее в себя явственный образ взводимой пружины или капкана, а затем лорды Ордарии начали один за другим подниматься на ноги, следом за своими телами возвышая и свои голоса, полные облегчения и беспокойного ликования. Вскоре они собрались вокруг своего Пророка, шумно галдя, словно дети, потерявшие и вновь с трудом и лишениями обретшие любимого отца. Разразившись смехом легендарного героя, Келлхус простёр вперёд руки, позволив тем из них, кому посчастливилось оказаться поблизости, сжать его ладони.

Пройас стоял недвижимо и едва дышал.

Наконец-то... прошептал голос. *Ну наконец-то...*

Он ощущал, как с его плеч спадает груз чудовищной ответственности — настолько тяжкий и обременительный, что он, казалось, сейчас воспарит прямиком в небеса. По всему его телу прошла дрожь, и какое-то мгновение он опасался, что может свалиться в обморок от головокружения, вызванного этой внезапной невесомостью. Экзальт-генерал сморгнул прочь горячие слёзы и запечатлел на своём лице улыбку, наброшенную поверх отпечатка неисчислимых страданий...

Глава девятая. Великое Отпущение

Наконец-то... Обманщик он там или нет, наконец-то он сменит его.

Затем Пройас приметил сидящего в полном одиночестве Сорвила, ёжащегося от, казалось, ощущаемого лишь им холода и всматривающегося в отпрысков Аспект-Императора, бок о бок стоящих всё на том же месте и бросающихся в глаза из-за своей сдержанности, не свойственной прочим присутствующим.

— Но что я вижу? — раздался звучный голос Святого Аспект-Императора. — Хогрим? Саккарис? Сиройон — храбрый всадник! Почему вы, сильнейшие средь всех нас, рыдаете столь неистово? Что за чёрная тень омрачает ваши сердца?

Около семидесяти душ, поражённых и осчастливленных возвращением своего Святого Аспект-Императора, стопились вокруг него, но, казалось, будто у лордов Ордалии теперь на всех осталась одна-единственная глотка, столь единодушно их заставили умолкнуть эти слова.

Наступила тишина, нарушаемая лишь непроизвольными всхлипами — едва сдерживаемыми стенаниями, готовыми вновь сорваться на визг.

Хмурый взор Аспект-Императора поблёк и выцвел до какой-то подлинно львиной безучастности, свидетельствующей о величавом, воистину отеческом узнавании страхов, ранее уже присущих им, но, казалось, давным-давно преодолённых. Стать Келлхуса стала для него постаментом, позволявшим выискивать лица и выхватывать их взглядом из общей массы.

— Что-то случилось в моё отсутствие. Что же?

Пройас заметил, что Кайютас потянул Серву за рукав. Его невесомость вдруг стала нематериальностью — дымом. Воспоминания о плотской силе Келлхуса окатили экзальт-генерала волною жара. Пронизывающие толчки. Сладострастные содрогания. Казалось, впервые за долгие годы он вспомнил Найюра, измученного скюльвенда. Вспомнил, как вспоминал и ранее все эти годы поднявшегося на Ютерум Акхеймиона — дикого, окровавленного и обгоревшего, точно выхваченный из пламени свиток.

Никто не посмел ответить. Рядом с Аспект-Императором все они были словно тени и молоко.

— Что вы наделали?

И Пройас заметил это — увидел в той самой дыре внутри себя, где следовало быть его ужасу. Он увидел способ, путь, следуя которым мощь, соединённая с обожанием, отделяет всякую душу от остальных. Невзирая на всё, что им довелось пережить вместе, вопреки всему, что их связывало, в действительности ничто не имело значения, кроме Анасуримбора Келлхуса.

Он стоял там — точка сосредоточения, крюк, цепляющий каждую мысль, каждый взгляд. Высокий. Величественный. Облачённый в одежды, украшенные эмблемами своих древних куниюрских предков. Бледно-белый и золотой...

— Кто-нибудь ответит мне?

Он стоял там — дунианин, захвативший и поправший всё когда-либо бывшее меж людьми. Он возвёл их так, как возводят храмы математики и зодчие — исчислив и уравновесив линии сил, суммировав нагрузки, сохранив и перенаправив их так, что все они сходились в итоге к одной-единственной опоре... Одному непостижимому разуму.

— И что же? — воскликнул Келлхус. — Вы позабыли, где находитесь? Забыли, что за проклятая земля ныне простёрлась у вас под ногами?

Ближайшие из лордов отпрянули от него, словно отвечая сигналу или намёку слишком тонкому, чтобы суметь его осознать. Прочие смешались.

— Стоит ли мне напомнить об этом? — прогремел Анасуримбор Келлхус. Его глаза полыхнули белым. Голос, искажённый и неразборчивый, вскрывающий чуждые грани постижения и смысла. Он взмахнул правой рукой по широкой дуге... Казалось, будто сам воздух, щёлкнув, ударил их, кровавя носы, и вся восточная стена Умбиликуса вдруг исчезла, разлетевшись хлопьями пепла, выдутого из костра свирепым порывом ветра. Поток свежего воздуха омыл их, унося прочь какую-то часть их вони. Люди, сощурившись от хлынувшего на них серо-голубого света, уставились наружу.

Хмурое небо...

Трущобы палаток, огромной кривой стекающие по склону Окклюзии.

А вдали — парящие над вражьими укреплениями, словно над муравьиными кучами, Рога Голготтерата.

Безмолвные. Недвижимые. Два золотых кулака, вознёсшихся выше гор и облаков. Покрытая снежно-белой изморозью овеществлённая ярость, извечно и всечасно готовящаяся сокрушить в пыль хребет самого Мира. Чудовищный Инку-Холойнас.

— Проклятье! — ревел Аспект-Император. — Угасание!

Как, подумал король Нерсей Пройас... *Как могут быть настолько переплетены меж собою облегчение и ужас.*

— Линии ваших предков, болтаясь, свешиваются с края Мира! Мы стоим на пороге Апокалипсиса!

Внимание Святого Аспект-Императора, только что без остатка обращённое на собравшихся вокруг него лордов, внезапно словно бы распахнулось зияющей пастью, а затем сомкнулось безжалостными челюстями на фигуре экзальт-генерала.

— Пройас!

Он едва не выпрыгнул из собственной кожи.

— Д-да... Бог Людей.

Лорды Ордалии, избавленные от натиска своего возлюбленного Пророка, облегчённо расправили плечи, ибо ярость, источаемая его обликом, едва не сбивала их с ног. Пройас изо всех сил сопротивлялся внезапному побуждению повернуться... и удрать.

— Что случилось, Пройас? Что могло запятнать так много сердец?

Все те годы, что Пройасу довелось служить Аспект-Императору, он всегда поражался мощи его присутствия, удивляясь тому, что Келлхус, когда ему требовалось, словно бы разрастался, обнажая при этом каждый твой нерв, или, напротив, умалялся, становясь тебе не более чем попутчиком. Сейчас взгляд Аспект-Императора вцепился в него железными крючьями — нематериальными, но оттого не менее прочными. Его голос струился и переливался, наигрывая немыслимые ритмы на инструменте Пройасова сердца.

— Я... я сделал так, как ты повелел.

Что-то необходимо есть.

— И что же?

Ты понимаешь меня, Пройас?

— Ты... ты сказал мне...

Келлхус нахмурился, будто бы от внезапно нахлынувшей боли.

— Пройас? Тебе нет нужды бояться меня. Пожалуйста... говори.

У него перехватило дыхание от охватившего его чувства горькой несправедливости. Как? Как могло всё разом обернуться против него?

— М-мясо. Оно иссякло, как ты и опасался... И тогда я приказал сделать то, что ты... ты назвал необходимым.

Взгляд его голубых глаз не столько пронзил экзальт-генерала, сколько обрушился на него.

— Что именно ты приказал сделать?

Пройас бросил взгляд на кружащийся рядом с ним карнавал лиц. Выражения некоторых были пустыми, у других же они уже предвосхищали готовые разразиться страсти.

— Приказал... приказал напасть на... — Его нижняя губа дёрнулась и застыла, скованная спазмом. Экзальт-генерал судорожно сглотнул. — Приказал напасть на тех, кого в Даглиаш поразила та ужасная болезнь...

— Напасть на них? — рявкнул Келлхус. Для Пройаса это прозвучало дико и даже кошмарно, ибо он вдруг ощутил себя оказавшимся внутри какой-то всесокрушающей области, очерченной нечеловеческим постижением вопрошающего или, скорее, ведущего допрос Святого Аспект-Императора. Сколько раз? Сколько же раз ему доводилось наблюдать за тем, как Келлхус низводит гордых мужей, превращая их в существ заикающихся и бессильных, одним лишь подобным взглядом или тоном?

— Ты с-сказал мне...

Оставшись в полном одиночестве, он стоял, подолгу и часто моргая, будто выведенный на чистую воду и страшащийся неизбежного наказания ребёнок.

Ещё несколькими мгновениями ранее казавшийся безукоризненным, ныне облик Святого Аспект-Императора выдавал все тяготы, обрушившиеся на него за время его отсутствия. Оборванные пряди, выбивающиеся из заплетённой и аккуратно уложенной бороды. Чёрные полумесяцы, залёгшие под глазами. Обожжённые по краям рукава.

— Что я сказал тебе?

— Ты сказал мне... сказал... накормить их.

Такое невероятное, переворачивающее весь его мир предательство... тщательно и скрупулёзно подготовленное, настолько выверенное, что Части внутри него взроптали и в ужасе отпрянули прочь — все до единой, не считая убеждённости, что именно и только он сам и был здесь обманщиком.

— Накормить? Пройас... Что же ещё ты мог сделать?

— Н-н-нет. Накормить их... ими же.

До этого мига Келлхус обращался к нему с видом и манерами отца, имеющего дело с собственным младшим сыном — самым докучливым из всех, но и самым любимым. Но теперь исходящее от него ощущение всепрощающей мольбы исчезло, сперва сменившись хмурым замешательством, потом возмущённым пониманием и, наконец, окончательным... Приговором.

Осознание бессмысленности всего происходящего пронзило Пройаса от макушки до пяток. Всё это лишь фарс. Актёрская игра. Он едва не захихикал, закатывая глаза и жестикулируя ...

Безумие... Всё это... С самого начала.

— Я накормил их! Как ты и велел!

Ему хотелось кататься по земле или пройтись колесом.

— Тебе кажется, что всё это, — что-то чуждое, нечеловеческое блеснуло в его взгляде, — забавно, Пройас?

Лорды Ордалии возмущённо зашумели. Место было уже подготовлено, и они едва не попадали друг на друга, спеша поскорее занять его. Пройас зарыдал бы, если бы теперь вообще мог выдавить из себя слёзы. Но сама эта способность оказалась ныне отнятой у него, и посему он улыбнулся фальшивой, дурашливой улыбкой, как делают это гонимые дети, дразнящие своих преследователей ради того, чтобы ещё сильнее раззадорить их. Улыбнулся и воззрился на своих братьев, прославленных Уверовавших королей Среднего Севера и Трёх Морей.

Достаточно было лишь вспомнить о малодушии, чтобы распутать все наивные хитрости этих людей, присущий им рефлекс, простой, как глотание, — извечное желание считать себя пострадавшими. Ибо кому на целом свете, не считая Обожжённых, довелось страдать больше, нежели им? Кто испытал большие муки, не считая убитых, изнасилованных и сожранных? В отсутствие своего Светоча они заплутали, а затем согрешили, обратив души к тому, кто посмел объявить свет их Господина и Пророка своим собственным...

И доверились ему.

Так экзальт-генерал склонил их к пороку, приказал совершить деяния, столь злые и греховные, что невозможно даже представить. Он использовал их замешательство, вызванное голодом, смятением и страданиями, и устроил нечестивый пир на их честных, открытых сердцах...

И тем самым предал всё священное, всё святое.

— Как давно? — вскричал Святой Аспект-Император голосом и тоном человека, которому чьё-то предательство вдребезги разбило сердце. Ручейки слёз, серебрящиеся в сиянии пустого неба, заструились по его щекам, ибо глубоким и отчаянным было его притворное горе.

Пройас мог ответить ему лишь диким взглядом.

— Скажи мне! — восстенал лик, некогда бывший его храмом. — Предатель! Злодей! Фальшивый, — вдох, на мгновение прервавший эти исступлённые излияния, — друг! — Анасуримбор Келлхус поднял окружённую золотистым сиянием руку, трясущуюся в искусном подобии едва сдерживаемого неистовства. — *Скажи мне, Нерсей Пройас! Как давно ты служишь Голготтерату!*

И они были там, воздвигаясь, нависая над бесплодными пустошами Шигогли, — золотые ножи, укреплённые в болезненном наросте и устремлённые в брюхо небес угрозой, долженствующей искупить любое совершённое зло.

— Когда ты впервые бросил счётные палочки с Нечестивым Консультом?

И тогда Пройас постиг истину о том алтаре, к которому когда-то было устремлено всякое его дерзание, весь жар его души. Алтарю, что так жадно поглотил все его жертвы. Он увидел то, что много лет назад довелось узреть Акхеймиону...

Ложного Пророка.

Это было, осознала какая-то его Часть, *первое откровение —* словно некий свет, соединяющийся со светом и проникающий всё глубже и глубже, порождая тем самым всё более полное понимание. Постижение. Он понял, что Кайютас всё знал с самого начала, а Серва — нет. Он увидел то, чего каким-то образом не замечал весь Мир, хотя многие, ох многие, и подозревали. Он постиг, хоть ему и не хватало слов, даже то, что он ныне находится именно там, где ему определено находиться Причинностью.

На том самом месте, что было ему уготовано.

Всё превратилось в буйство и беспорядок, в какое-то странное, праздничное бурление, знаменующее отмену по-настоящему чудовищных преступлений. Чьи-то руки хватали и мутузили его. Его сбили с ног точно куклу, обряженную в человеческие кожу и волосы. Лица его возлюбленных братьев, его товарищей-заудуньяни, плыли вокруг него, подпрыгивая, словно раздувающиеся на поверхности закипающей воды пузыри — у некоторых, как у короля Нарнола, бледные от жалости и замешательства, у других, как у лорда Сотера, обезумевшие от гнева. Пройасу не нужно было видеть своего Господина и Пророка, чтобы знать, что тот немедля ринулся в самую гущу событий, ибо мало кто из лордов Ордалии, желающих выразить Его волю как свою собственную, не оглядывался на Аспект-Императора столь же неосознанно, как и беспрестанно. Пройас яростно брыкнулся, чем, судя по всему, донельзя удивил схватившие его руки, и в этот момент увидел его, Анасуримбора Келлхуса, стоящего в самой толще, среди своих Уверовавших королей, но словно бы каким-то образом остающегося в отдалении, будучи недосягаемым и неприкосновенным. Взгляды их на мгновение встретились — Пророка и его Ученика...

Ты всё это спланировал.

Голубые глаза смотрели на него так же, как они смотрели всегда — одновременно и взирая на экзальт-генерала пристальным взглядом, и изучая его с ужасающей, нечеловеческой глубиной постижения.

Затем его подняли на руки и оторвали от земли. Образ Голготтерата, видневшийся вдалеке, то опускался, то вздымался вновь, раскачиваясь блистающим золотом на белом фоне хмурящихся небес. И под громоподобные обличения Святого Аспект-Императора короля Нерсея Пройаса повлекли вперёд к ожидающим множествам...

Дабы те возрадовались его мукам.

* * *

Король Сорвил, наследник Трона из Рога и Янтаря, сидел неподвижно всё время, пока Святой Аспект-Император шествовал мимо него. В миг, когда тот оказался ближе всего, тело юноши, казалось, полностью онемело. Опустив взгляд, он увидел в своей левой ладони мешочек с вышитым на нём Троесерпием, хотя и не помнил, когда успел вытащить его из-за пояса. Три Полумесяца. Прошло некоторое время, прежде чем он осознал, что происходит, и понял, что убийца его отца гневно обрушился на короля Пройаса из-за случившегося на Поле Ужаса. Сорвил мог лишь дивиться, наблюдая за тем, как отстаивающий свою невиновность экзальт-генерал возражает Келлхусу со всё меньшей и меньшей убеждённостью — причём не той убеждённостью, что лишь звучала в его голосе, но той, которую Пройас и сам почитал за истину. Он мог лишь поражаться лордам Трёх Морей и тому воистину собачьему рвению, с которым они стремились очистить себя от груза грехов, находя нечто вроде утешения в угрозах и яростных жестах. Даже Цоронга, казалось, растворился во всеобщем рёве, поглотившем Умбиликус. Зеумский принц даже подпрыгивал от гнева и бешенства, разражаясь исполненными набожности и благочестия требованиями обрушить на голову изменника заслуженное возмездие, крича вместе со всеми в ритме вздымающихся кулаков, ничем в этом отношении не отличаясь от Уверовавших королей. А затем всё закончилось.

Сорвил посмотрел в зияющую в восточной стене Умбиликуса дыру и едва не задохнулся, глядя на расстилающиеся внизу мили, что отделяли их от Мин-Уройкаса. Он схватился ладонью за отполированное кожей бесчисленных рук деревянное ограждение. В отсутствие прямых солнечных лучей вытравленная по всей длине и окружности исполинских цилиндров ажурная филигрань казалась видимой отчётливее, временами маня внимательный взор обещанием постижения своих знаков и символов, но стоило вглядеться ещё тщательнее, как надежды эти рушились, превращая всё изящество чуждой каллиграфии в бессмысленные каракули. Проклятием всему Сущему называли эти надписи его сиольские братья, молитвой о нашей погибели, упавшей со звёзд...

Иммирикас опустил лицо, содрогаясь в отвращении... и утверждаясь в своей ненависти.

Когда юноша, наконец, поднял взгляд, в огромной дыре виднелись спины последних покидающих Умбиликус лордов — недостаточно смелых, чтобы просто сигануть сквозь неё и потому мнущихся у оборванного, подрагивающего края, словно перепуганные мальчики. А затем громадный павильон опустел, не считая Анасуримбор Сервы, стоявшей внизу, в центре земляной площадки, спиной к нему.

— Что ж, и тебя в конце концов проняло? — спросил Сорвил.

— Нет, — ответила она, повернувшись к нему лицом. Её щёки блестели от слёз. — Я просто скорблю о другой жертве... личной.

— А когда он явится за тобой, — сказал Сорвил, вставая с места и спускаясь вниз, как это сделал несколькими безумными мгновениями ранее её отец. — Когда Святой Аспект-Император и тебя бросит на алтарь Тысячекратной Мысли... что тогда?

Закрыв глаза, она опустила лицо.

— Ты знаешь, что нам не быть вместе... — произнесла она, — случившееся в горах и на равнине...

— Было прекрасно, — прервал Сорвил, подступая ближе. — Я знаю, что это заставило меня ощутить себя не мужчиной, но мальчиком — кем-то хрупким, нежным, ранимым, но готовым при этом шагнуть в пропасть. Знаю, что наш огонь горел в одном очаге и нас нельзя было отделить друг от друга, тебя и меня...

Ошеломлённо глядя на него, она отступила на шаг.

Он снова придвинулся к ней.

— И я знаю, что ты, даже будучи Анасуримбором, любишь меня.

Зажатый в левой руке мешочек с вышитым на нём Троесерпием озадачивал, ставил в тупик немым вопросом.

Когда?

— То, что я вижу на твоём лице! — внезапно вскричала она. — Сорвил, ты должен заставить это исчезнуть! Если отец заметит, да ещё и увидит на моём лице нечто подобное... Я слишком важна для него. Он покончит с тобою, Сорвил, так же как и с любой другой обузой, что может осложнить штурм Голготтерата! Ты пони...

Топот бегущих ног внезапно привлёк их взгляды ко входу. Ворвавшийся в Умбиликус Цоронга схватил юношу за плечи, в глазах у него плескался ужас.

— Сорвил! Сорвил! Всё пошло не так!

Окинув диким взглядом Серву, наследный принц Зеума потянул своего друга к отверстию в восточной стене.

Сорвил попытался высвободиться.

— Что случилось?

Цоронга стоял прямо пред ликом Голготтерата, ошеломлённо переводя взгляд с Сорвила на гранд-даму и обратно, его могучая грудь тяжело вздымалась. Он облизал губы.

Глава девятая. Великое Отпущение

— Её... её отец, — наконец произнёс он, сглотнув будто из-за нехватки воздуха, — её отец заявил, что м-мой отец нарушил условия их соглашения, — он закрыл глаза, словно в ожидании боли, — послав своего эмиссара, чтобы помочь Фанайялу напасть на Момемн!

— И что это значит? — спросил Сорвил.

Цоронга бросил взгляд на Серву и ещё больше пал духом, ибо на лице её отражалась лишь холодная беспощадность.

— Это значит, — без какого-либо выражения в голосе сказала она, — что сегодня всем нам придётся приносить жертвы.

Цоронга попытался отпрыгнуть куда то в сторону Мин-Уройкаса, но был тут же пойман исторгшимися из уст имперской принцессы вместе с чародейским криком нитями света, сомкнувшимися, словно орлиные когти, на его запястьях и лодыжках. Сорвил бросился к девушке, не для того чтобы напасть на неё, но чтобы умолять и выпрашивать милость, однако побелевшие глаза и блистающий как солнце провал её рта повернулись к нему, и что-то обрушилось на него по всей длине тела, отбросив юношу назад. Он рухнул наземь, словно едва соединённая с собственными конечностями кукла.

Сорвил ещё успел натужно встать на колени до того, как на него обрушилась темнота.

* * *

Священные Писания, как когда-то заметил великий киранеец, суть история, вместо чернил написанная безумием.

Стенание охватило не только лордов Ордалии. Далеко не только их. Ни одна душа в Воинстве Воинств не избежала терзаний, оставшись незатронутой, ибо практически все они, пусть кое-кто и по необходимости, употребляли в пищу Мясо. Тем не менее не все запятнали себя мерзостями, подобно явившимся за плотью Обожённых, однако те немногие праведные души, что каким-то образом всё же сумели пересечь Агонгорею натощак, теперь находились в замешательстве, понимая всю постыдность содеянного их братьями. Получив известия о возвращении Святого Аспект-Императора, Воинство поразительным образом разделилось. Объятые Стенанием насторожились, а многие из них и вовсе начали безотчётно скрываться от него, опасаясь суда и приговора своего Господина и Пророка. Те немногие, кто по-прежнему находился во власти Мяса, напротив, устроили какое-то неуклюже-показное торжество, ликующе завывая и всячески демонстрируя охвативший их восторг, в основе которого, правда, лежала скорее корысть, нежели набожность, ибо в их глазах Голготтерат давным-давно превратился в амбар, а их Господин и Пророк, наконец, явился, дабы захватить его и извлечь из него груды Мяса. Сбиваясь в обезумевшие, неуправляемые толпы, они устроили целое развратное празднество, глумясь над своими погрузившимися в Стенание братьями, бросавшими на них осуждающие взгляды. Вспыхнули потасовки, в которых погибло более шестидесяти душ.

За этим последовала напоённая безумием ночь. По всему лагерю бесчисленные тысячи изводящихся крушащим души раскаянием мужей Ордалии бодрствовали под звуки разнузданных гуляний.

Интервал приветствовал звоном безутешный рассвет. Мужи Ордалии выползали из-под одеял, выбирались из палаток и разбредались по лагерю, обходя кучи мусора и выгребные ямы. И терзаясь вопросами. А затем, впервые за несколько последних недель, молитвенные рога вострубили тяжко и звучно, призывая души ко Храму. Люди, озираясь вокруг, удивлялись. На южной оконечности лагеря группа нангаэльцев заметила Аспект-Императора, в одиночестве прогуливающегося в тени Окклюзии. Увидев, что Господин и Пророк взмахом руки поманил их к себе, они удивлённо переглянулись, но тут святой образ объяли закружившиеся спиралью огни и он вдруг переместился более чем на милю к югу.

— Он зовёт нас! — возопили долгобородые воины. — Наш Господин и Пророк призывает нас следовать за ним!

Этот крик разлетелся по лагерю, как туча мошкары, следуя от одной ревущей глотки к другой, и вскоре мужи Ордалии огромными массами уже шли на юг.

Минуло несколько часов, прежде чем все они собрались. Солнце было скрыто низкими, плотными облаками. Голготтерат угрюмо маячил вдалеке, золотые Рога втыкались в то, что казалось чересчур высоко стелющимся туманом. Святой Аспект-Император недвижимо стоял на могучем утёсе, выступающем из основания Окклюзии словно огромный каменный палец, — на овеянной легендами скале, которой нелюди дали имя Химонирсил, Обвинитель. Свидетельства древних трудов этой расы были видны здесь повсюду — базальтовые глыбы, разбросанные у основания утёса и выше по склонам. Обвинитель некогда украшал собою Аробиндант, легендарную сиольскую крепость, служившую, хоть и в разных своих воплощениях, опорой как для Первой, так и для Второй Стражи в те ужасающе древние времена, когда обессилевшие нелюди коротали века, охраняя Ковчег. Все укрепления были, разумеется, давным-давно разрушены, и Обвинитель, некогда указывавший на Мин-Уройкас из самого сердца крепости, ныне торчал прямо из её могилы.

И вот Анасуримбор Келлхус, Святой Аспект-Император Трёх Морей, теперь возвышался над тем же самым обрывом, над которым некогда стоял Куйяра Кинмои, король Дома Первородного, а простирающиеся ниже изрезанные склоны заполняли собою сыны человеческой расы. Толпясь, они скапливались в ложбинах и оврагах, а затем, перетекая через их края, расползались по мёртвой равнине, укрывая её, словно громадное грязное одеяло. И все как один обернувшись спинами к открывающемуся позади них ужасающему зрелищу, взирали они на попирающего обвиняющий перст Святого Аспект-Императора, удовлетворяясь тем, что Он, Он один зрит кошмарный лик Голготтерата. И веря, что этого достаточно.

Хотя лишь находящиеся выше по склону и в самом деле могли оценить число своих братьев, держащих путь от неровного треугольника лагеря к Обвинителю, тем не менее внезапно воинство во всей своей целостности погрузилось в безмолвие, каким-то образом осознав, что время, отпущенное на сбор, подошло к концу. Их Господин и Пророк казался немногим более нежели пятнышком на фоне громадной груды обломков, что представляла собою Окклюзия, но даже находившиеся в самом отдалении, на равнине Шигогли, поняли, что сейчас Он начнёт говорить.

Святой Аспект-Император воздвигался перед ними, облачённый в просторные белые одеяния, его льняные волосы были на древний манер заплетены в ниспадающую на спину боевую косу, а борода подстрижена и уложена аккуратным квадратом. Мерцающий ореол венчал его голову так, что чудилось, будто незримая золотая пластина колышется над ним, озарённая лучами какого-то сверхъестественного светила. Позади мельтешила свита, по большей части скрытая от глаз Воинства громадой Обвинителя.

— Кому? — прогремел по склонам и пустошам голос Аспект-Императора. — Кому из вас не доводилось, вернувшись к родному очагу, найти своё сердце в разладе, а свой дом в беспорядке?

Почти каждый испустил тяжкий вздох.

— И кто из вас не разгневался? — грохотал он. — Кто не потянулся за розгами? Кто не поднял руки на родных и любимых?

Раздались отдельные выкрики, тонущие в могучем ропоте.

— Таким я нашел своё сердце! Таким обнаружил свой дом!

Руки, воздетые к небу. Голоса, искажённые невольными всхлипами скорби и воплями стыда. Какофония криков слилась в единый громоподобный вой...

Но слова Святого Аспект-Императора проникали сквозь него, как острое железо, пронизывающее сырую ткань.

— Я покинул вас сразу после Ожога... И вернулся в Три Моря... вернулся домой...

Великая Ордалия погрузилась в невероятное безмолвие. Оно, это слово, немедля завладело их сердцами. Дом...

— Я вернулся в Момемн к великолепию и славе Андиаминских Высот. Я вернулся к тому, что мы пытались спасти, и нашёл свой дом объятый смятением и беспорядком!

Услышанное хватало их за глотки, пинало кованым сапогом в животы. Сколько? Сколько минуло времени с тех пор, как они в последний раз обнимали своих детей? Сколько минуло времени с тех пор, как жёны в последний раз видели их слёзы?

— И посему я взялся за розгу... дабы исправить попранное и вернуть потерянное!

Робкая радость затеплилась в доносящихся со всех сторон криках... лишь для того, чтобы смениться тревожным молчанием. Ибо минувшая ночь полнилась слухами.

— А теперь я вернулся к Воинству Воинств лишь для того, чтобы найти здесь те же самые бедствия!

Группа из четырёх каменнолицых Столпов выдвинулась из мнущейся за спиной Аспект-Императора небольшой толпы, вытащив вперёд могучего зеумского юношу — обнажённого и со связанными за спиной локтями: Цоронгу ут Нганка'кулла, наследного принца Зеума, заложника Новой Империи.

— *И сделаю здесь то же самое!*

Столпы подтащили старшего сына сатахана прямо к своему Святому Аспект-Императору и швырнули принца к его ногам.

— Будь проклят, Зеум! — прогремел над истерзанным юношей священный лик. — Будь проклят, Нганка'кулл, Великий сатахан Зеума, ибо он решил бросить счётные палочки вместе с Фанайялом и его мародёрами-еретиками, ввергнув во пламя и свою честь и наш договор!

Раскинувшееся на огромных пространствах скопище разразилось одновременно и гневным и ликующим рёвом, разверзлось морем воющих ртов, расплескалось взмахами рук. Столпы, давя зеумскому юноше на спину, удерживали его лежащим всё то время, пока Келлхус продолжал говорить. А когда Аспект-Император поставил свою обутую в сандалию ногу прямо на цоронгово лицо, неудержимая дрожь вкупе с потаёнными ожиданиями охватила всех присутствующих — и тех, кто терзался муками Стенания и тех, кто по-прежнему пребывал в рабстве у Мяса. Последовавшее внезапное падение заставило мужей Ордалии затаить дыхание, но размотавшаяся до предела верёвка, привязанная к локтям юноши, жестоко дёрнула наследного принца, заставив его тело отскочить от предела её натяжения, а затем безжизненно обмякнуть, вися лицом вниз и медленно крутясь сначала в одну, а потом в другую сторону. Ударившись бедром о скалу, он, будто пребывая во сне, лягнул её. Из беснующейся внизу толпы почти немедленно вырвался целый дождь импровизированных метательных снарядов. Тут же последовало мгновение замешательства и испуга, ибо Столпы, потянув за верёвку, поднимали Цоронгу повыше, дабы привязать его там.

Святой Аспект-Император взмахнул рукой, и ещё одну обнажённую фигуру — в этот раз смуглую, хоть и бледную — вытащили вперёд и безжалостным толчком повергли на усыпанную каменной крошкой поверхность в том же самом месте, где несколькими мгновениями ранее корчился зеумский принц. Град камней поредел, а негодующий рёв Великой Ордалии постепенно умолк. Люди призывали друг друга к тишине, готовые придушить некоторых продолжавших вопить глупцов, и поражённо взирали на своего Господина и Пророка, стоящего прямо и величественно и возвышающегося над простёршейся у его ног фигурой.

— Будь проклят... — начал он было, но его священный голос, будто бы надломившись, вдруг на миг прервался...

— Будь проклят Нерсей Пройас! — прогромыхал он со столь дикой яростью, какой от него ещё никому не доводилось слышать, прохрипел с непреходящей болью и разрывающим душу неверием отца, преданного возлюбленными сыновьями. Великая Ордалия разразилась лавиной криков, переходящим в рычание рёвом, превращающимся, в свою очередь, в беснующееся крещендо, почти не уступающее адским завываниям Орды. Но шум этот ничуть не мешал речам Аспект-Императора и даже не умалял его громоподобного голоса.

— Будь проклят мой брат! Мой товарищ по оружию и вере! Ибо его предательство ввергло всех вас в тиски Проклятия!

Бесчисленные тысячи бурлили, топали ногами и потрясали кулаками, раздирали себе ногтями кожу и рвали бороды.

— Будь проклят тот... — вскричал Святой Аспект-Император, срывая дыхание, — кто разбил моё сердце!

И то, что было суматохой и шумом, переросло вдруг в необузданное, неуправляемое буйство, в неистовство людей, обезумевших настолько, что они готовы были крушить и карать всё, имевшее несчастье оказаться поблизости, лишь бы это позволило обрушить возмездие и на то, что было недосягаемо.

Столпы вновь возложили руки на опального экзальт-генерала. Под их жестоким усердием он не способен был удержаться на ногах, а голова его болталась, как у мёртвой девицы. Они бросили его вниз с уступа Обвинителя, так же как не так давно швырнули туда Цоронгу. Конопляная верёвка резко дёрнула Пройасово тело, со всего маху ударив его о скалу, и там оно, раскачиваясь, повисло над завывающими массами, привязанное за локти.

Стоя на краю обрыва меж двумя болтающимися у его ног преступниками, Аспект-Император простёр свои золотящиеся божественным ореолом руки. Великая Ордалия ответила тем, что напоминало всеобщий припадок. Напавших на Обожжённых охватила бешеная ярость, а тех, кто по-прежнему испытывал голодные муки, оставаясь в рабстве у Мяса, обуяла дикая похоть. Люди или рыдали и бушевали во гневе, вопя и харкая в сторону обеих висящих на уступе фигур, или же завывали славословия осудившему их на вечное Проклятие Богу.

Казалось, будто вопит сам Мир, ибо звук сей был столь оглушительным, словно сами небеса кто-то прямо сейчас пробовал на зуб. Но поразительный голос — Его голос, — без труда проникнув сквозь весь этот чудовищный гам, тем не менее достиг их ушей:

— *Будь проклята Великая Ордалия!*

Голос столь могучий, что в нём слышалось нечто большее, нежели просто звук. В этом голосе чудился хрип, извергающийся прямиком из горла Первотворения и создающий из разверзшейся над ними пустоты непроницаемые и давящие пещерные своды, представляющийся речами, произносимыми языками и устами всех и каждого слушающих их. Издаваемый Воинством рёв ослаб и затих, будто выкрики, из которых он состоял, были пылинками, унесёнными прочь внезапно поднявшейся бурей. Мужи Ордалии стояли ошеломлённые и онемевшие, словно та оглушающая громкость, с которой их Господин и Пророк провозглашал свои изречения, только что в прах сокрушила сами слова, из которых те состояли, превратив весь их смысл и значение в какую-то серую грязь.

— За деяния мерзостные, непристойные и неописуемые — преступления, калечащие и сердце, и разум!

И тогда десятками тысяч они словно бы повисли голыми и казнимыми рядом с теми двумя злодеями. Исступлённые рыдания одно за другим рвали ткань изумлённой тишины...

Ни у кого не осталось и тени мысли о высящемся за их спинами Голготтерате.

— За насилие брата над братом, за родичей, родичами убитых и осквернённых!

Ещё больше воплей стыда и горя. Люди раскачивались на одном месте, рвали на себе волосы, царапали кожу, скрежетали зубами.

— *Воистину* **прокляты**! *Прокляты и осуждены на вечные адские муки!*

И тогда то, что было причитающим хором, превратилось в громоподобный стенающий вой, в умоляющий стон целых народов, наций и рас...

— Вероломные людоеды! Сборище нечестивцев!
— Какое бесстыдство!
— Какая **мерзость**!

Все до единого они содрогались, или рыдали, или вопили, или вскидывали руки с пальцами, сложенными в охранные знаки. Все — принявшие ли на себя эту вину, отрицающие ли её — не имело значения. Подобно безутешным детям они висли на плечах у соседей, дрожа и дёргаясь так, словно само Сущее держало их мёртвой хваткой.

Как? Как могло случиться такое? Как эти самые руки...
Как они могли...

Стоя высоко на утёсе, Святой Аспект-Император взирал на них сверху вниз, словно какой-то сияющий белизной и золотом проём мироздания. Почерневшие известковые скалы Окклюзии вздымались вокруг него, и хотя на фоне собравшихся здесь бесчисленных тысяч он выглядел всего лишь пылинкой, им казалось, что они видят на его лице негодование и хмурое недоумение, чувствуют прохаживающуюся по их плечам плеть божественного осуждения и ощущают кожей разящий клинок обманутых надежд братской любви...

Как? Как они, его дети, могли так безнадёжно заплутать?

Возвышаясь на Обвиняющем Утёсе, их Господин и Пророк наблюдал и ждал, будучи столь же непостижимым, как хмурые небеса. И один за другим мужи Ордалии начинали тяготиться не столько своим горем или же отвращением к себе, сколько той разнузданной несдержанностью, которой поддались. Вскоре они погрузились в молчание, за исключением тех, кто оказался чересчур жалким или сломленным, чтобы уняться. Они стояли там, омертвевшие сердцем, мыслями и членами, скупясь на усилия даже ради простой потребности дышать. Они стояли там, ожидая от воздвигшегося перед ними сияющего светоча суда и приговора.

Да. Пусть всё закончится.

Даже проклятие, казалось, теперь было для них благословением, лишь бы прошлое, наконец, оказалось предано забвению и ушло в небытие.

Появившись словно бы из ниоткуда, у них по рукам пошли маленькие конические чаши, сделанные то ли из папируса, то ли из листов тонкого пергамента, вырезанного из свитков Священных Писаний. И в силу свойственной всем толпам склонности к подражанию, каждый из них, вторя действиям своих товарищей, брал один конус, передавая оставшуюся груду дальше. И это всеобщее незамысловатое действие успокоило их, а ожидание своей очереди дало возможность отвлечься, удивляясь и задаваясь вопросами. Многие вытягивали шеи, чтобы всмотреться в окружающие их множества, а другие вглядывались в кусочки неразборчивого текста, виднеющегося на доставшихся им чашах. Третьи же смотрели на выступ, ожидая какого-нибудь знака от своего Святого Аспект-Императора...

Но никто не оглянулся на Голготтерат, вздымающийся позади них во всём своём зловещем величии.

Однако тысячи людей по-прежнему продолжали безутешно рыдать. Некоторые что-то выкрикивали, другие же просто бормотали вслух. Шум разговоров распространялся, растекаясь по близлежащим склонам. Немало людей пострадало в разразившемся недавно бесноватом буйстве, и теперь их выносили из толпы, подняв над головами и передавая наружу по лесу воздетых рук.

— Многие всё ещё плачут...

Голос его пролился на них подобно дождю — тёплому и моросящему.

— Души, наиболее отягощённые грузом вины.

И что-то в его голосе — интонация или отголосок — кололо слух всем и каждому. Многие из продолжавших рыдать сумели, наконец, унять свои судорожные стенания, расправить плечи и встать прямо, вытереть слёзы подушками пальцев и, моргая в притворной усталости, воззриться на Аспект-Императора. Но бдительности соседей им обмануть не удалось, ибо те уже заклеймили всех плакальщиков печатью своей памяти.

— Они пребывают, словно мрачные тени на пути изливающегося света...

Средь ропота толп вновь набирал силу тонкий визг. Многие из замеченных в неудержимых проявлениях чувств начали оглядываться по сторонам, то ли сбитые с толку, то ли изыскивающие пути к бегству.

— Они развращены... поражены скверной...

Но некоторые из плакальщиков даже приветствовали своё уничижение, улыбаясь сквозь вопли и слёзы, призывая осуждение и смерть обрушиться на них.

— *Взять их!*

Человеческие массы, которым мгновением ранее настолько недоставало подробностей и различий, что они казались совершенно однородными, тут же расцвели тысячами больших и малых цветков, ибо мириады конечностей со всех сторон устремились к рыдающим людям.

— *Поднимите их так, чтобы я мог их видеть!*

Цветы, состоящие из овеществлённого насилия, выгнулись, а затем словно бы выросли, раскрываясь назад и наружу, явив испытующему взору небес множество фигур, часть из которых яростно сопротивлялась хватке держащих их рук, часть извивалась, а некоторые просто лежали безвольно и покорно...

— *Отворите их глотки!*

И цветы сжались, пытаясь отстраниться от тянущихся к ним со всех сторон тысяч бледных конечностей...

— *Испейте!* Испейте их беззаконие! Омойте сердце своё жаром их проклятия!

Люди бросались вперёд, сжимая в руках сделанные из Священных Писаний чаши, а затем удалялись, горбясь над своею алой добычей, и только оказавшись в стороне, запрокидывали головы...

— И готовьтесь! Отриньте всё, что делает вас слабыми и бессильными.

И он вдруг вспыхнул, испустив блистающий луч, начинающийся у самого Обвинителя и упирающийся прямо в порочное золото Нечестивого Ковчега.

— Ибо ваша единственная надежда на искупление находится позади вас! Святая Миссия, доверенная вам Богом Богов! И вы! Должны! Пойти! На всё! На любую боль! Любую ярость! Даже будучи искалеченными, вы должны ползти, разя вражий пах или бедро! Даже ослепнув, должны на ощупь втыкать клинок в визжащую черноту, а умирая, плевать во врагов, извергая проклятия!

Тела плакальщиков лежали повсюду словно тряпки, словно ужасающие обломки кораблекрушения, в беспорядке разбросанные разыгравшейся бурей.

— Сражаясь, вы прошли через весь Мир! Свидетельствовали такое, чего никто не видел веками!

Цветы исчезли подобно тому, как истаивают песочные замки под натиском волн.

— И ныне стоите на самом пороге Искупления! И вечной Славы!

Растянувшееся на мили Воинство Воинств заколыхалось и взбурлило, ибо мужи Ордалии, наконец, отвернулись прочь от мешанины скал и уступов Окклюзии — прочь от жестокого правосудия своего Святого Аспект-Императора.

— *Голготтерат!*

И прочь от себя.

— ***Голготтерат****!*

К цели.

— Все отцы секут своих сыновей! — возгласил Святой Аспект-Император, голос его, казалось, скрёб и царапал небесный свод.

— ***Все отцы секут своих сыновей!***

ГЛАВА ДЕСЯТАЯ

Великое Отпущение

> Быть обманщиком разумно, если истина может принести тебе гибель. Быть обманщиком — безумие, если только истина может спасти тебя. Посему именно Разум — отец Славы, а Истина лишь её напыщенная сестра.
>
> — *Антитезы*, ПОРСА ИЗ ТРАЙСЕ

Ранняя осень, 20 Год Новой Империи (4132 Год Бивня), Голготтерат

Дни бестелесного ужаса. Дни ярости и стенаний. Дни безголосых визгов и стонов. Дни зубовного скрежета... в отсутствие зубов.

Дни... движения по течению или по ветру — как движется дым, уносимый сквозь темноту дуновением ночи.

Ужасающий Анасуримбор Келлхус спрятал душу Маловеби в свой кошелёк, и ему ничего не оставалось, кроме как наблюдать за калейдоскопом мелькающих образов. Пересечение пустошей. Сломленная императрица, чей взгляд то и дело замирал, цепляясь за очертания предметов. Её сын, всякий раз тайком пробирающийся поближе к краю лагеря. А теперь — суматоха и ярость, последовавшие за возвращением к Ордалии... Всё то, что можно было заметить, болтаясь у бедра Аспект-Императора.

Танцующего в мыслях...

Колдун Мбимаю едва был способен смотреть на всё это, ибо, хоть он и был ныне бестелесным, все его страсти, в буйстве которых поэты так часто склонны винить плоть, никуда не делись, пылая так же свирепо, как и всегда. Насколько он помнил. Ужас, ярость, сожаление бичевали и изводили Маловеби до такой степени, что, казалось, глаза его готовы выскочить из орбит. Ликаро, где бы он сейчас ни холуйствовал, от сыплющихся на него проклятий должен был попросту превратиться в золу!

Подобно всем несчастным, выжившим после какой-либо катастрофы, Маловеби исчислил всё, что у него осталось и ещё могло хоть как-то послужить ему. Он был способен чувствовать. Мог видеть. Мог думать и размышлять. И помнил всё случившееся с ним до... до...

И по-прежнему мог слать проклятья Ликаро.

Он всё ещё обладал своими качествами — он *оставался* Маловеби, хотя и был лишён всех физических возможностей, будучи заперт в одном из декапитантов, привязанных к поясу Аспект-Императора, — или же он просто с самого начала лишь убеждал себя в этом. Чем чаще он пытался восстановить в памяти события, в результате которых оказался заключённым в свою чудовищную тюрьму, тем отчётливее осознавал, *что обмена, как такового, не было*. Он ясно помнил, как Аспект-Император прикреплял одного из декапитантов к истекающему кровью обрубку его шеи, и осознавал, что если бы тот заточил его душу во втором из своих демонов, то тогда Маловеби в одиночестве болтался бы на келлхусовом бедре, *находясь внутри этой штуки*, а не был бы принуждён постоянно любоваться её чёртовыми гримасами.

Это означало, что Анасуримбор похитил не столько его душу, сколько его голову.

Больший ужас заключался в том, что это в конечном итоге предвещало. Если сейчас демон распоряжался его телом, то возвращение этого тела Маловеби всё же оставалось возможным... ибо хоть он и был похищен, но ведь не уничтожен! И он всё ещё мог строить планы спасения — не имело значения насколько жалкие, у него по-прежнему могла быть какая-то цель. Но тот факт, что его собственная голова болтается у бедра Анасуримбора, давал понимание, что в этом случае о ней можно говорить, скорее, не как о тюрьме, а как о трофее — взыскующей душе, умалившейся до иссушенного взора.

И что же ему теперь делать? Он не был способен задать себе этот вопрос, не разразившись тирадами, полными бесплотной ярости, проклиная Фанайяла за его безумное тщеславие, Меппу за его ересь, а Ликаро за само его сердцебиение, за его преступную способность дышать.

Он него не ускользнула пророческая ирония случившегося, ибо он, казалось, и сейчас мог глазами своей души узреть ятверианскую ведьму так же ясно, как видеть солнечный свет. Псатма Наннафери наблюдала за ним из зеркала, обводя чёрной тушью полузакрытые глаза, а юные губы её при этом кривились в злобной старческой усмешке:

И теперь ты хочешь узнать свою роль в происходящем?

Во всяком случае, в его воспоминаниях эта встреча преследовала его даже чаще и настойчивее, нежели столкновение с Анасуримбором. Он сумел осознать — и по прошествии времени убеждался в этом всё больше, — что его постигла именно та судьба, которую ему и напророчила проклятая ведьма, — наблюдать, свидетельствовать происходящее, словно какой-то читатель, не способный даже прикоснуться к проносящимся мимо событиям. И никого не способный спасти.

Но лишь сейчас, болтаясь у бедра Аспект-Императора, пока тот увещевал униженные толпы с высоты скалы, ставшей кафедрой проповедника, Маловеби в полной мере постиг ужасающую суть своего проклятия.

Только сейчас... взирая на Голготтерат.

У него не было сердца, но то, что он ощущал вместо него, стало золою и пеплом.

Даже внезапное появление на Обвинителе принца Цоронги не смогло сбить его с волны ужаса. Ну конечно мальчик сумел выжить и добраться в такую даль. Ну конечно теперь его ожидала смерть, ибо его отец приказал Маловеби сговориться с врагами Аспект-Императора. Какие бы чувства он ни испытывал по отношению к наследному принцу, все они были опрокинуты и без остатка поглощены сияющей золотой мерзостью, возносящейся к облакам позади истерзанного Цоронги...

Голготтерат! Он существует. И горе тем, кто оказался достаточно глуп, чтобы отрицать это. И горе тем, кто бросает своих сыновей, словно счётные палочки, делая ставки против этого факта.

— Всё сущее отвергает тебя! — вскричал окровавленный юноша, простёршийся ниц под нависшими над ним угрожающими фигурами Столпов, но всецело слепой к бедствию, пронзившему покрывало Небес у него за спиной. Искусное творение, оскорбительное в своей необъятности и ставшее благодаря немыслимым масштабам подлинным богохульством. Образ, вызывающий постоянное, гложущее душу чувство надвигающейся катастрофы — золотые ножи, извечно вонзающиеся в беззащитное чрево Мира.

И люди — Люди! — заполнившие равнину, расстилающуюся перед этим ужасом. Люди, кричащие и топчущие ногами жуткое пепелище Шигогли.

Цоронгу заставили принять церемониальную позу покорности, а затем, крепко связав, незамедлительно скинули с выступа Обвинителя. По соизволению Шлюхи Маловеби удалось рассмотреть происходящее достаточно подробно — все содрогания и гримасы, все черты и ужимки, свидетельствующие об унижениях и муках. Но за рыдающим мальчиком вздымались Рога, подпирая собой Небеса, Инку-Холойнас...

И Маловеби мог думать лишь об одном — всё это время... Он говорил правду.

Осознание этого факта хлынуло в его душу потоком пустоты, отворяя гроты, ранее скрытые завалами невежества, освобождая пустоты, удушенные надеждой, тщеславием и замшелыми фантазиями.

Анасуримбор Келлхус рёк истину.

И ныне всему Миру предстоит преобразиться — начиная со старшего сына зеумского сатахана.

* * *

Сколько минуло времени с тех пор, как Акхеймиону в последний раз довелось узреть их? Сколько столетий?

Чтобы пересечь Привязь, понадобилось по большей части толкать, нежели грести, заставляя сделанный ими грубый плот протискиваться сквозь множество разбухших от воды мертвецов. Они отвратили взоры от глубин... от всего, находящегося под ними, ибо было достаточно, что им приходилось ощущать, как податливые туши от их тычков переворачиваются в толще воды, словно яблоки, или глубоко проминаются, будто мокрый хлеб. И посему, трудясь изо всех сил, они при этом старательно разглядывали противоположный берег взорами застывшими и безжизненными — взорами душ, блуждающих где-то вовне.

Достигнув противоположного берега, они продолжили свой путь, двигаясь, скорее, на север, к торчащим в отдалении, будто чьи-то лысые коленки, вершинам Джималети, нежели на северо-восток, к плоским, как тощий живот, пустошам Агонгореи. На каждой встречавшейся им развилке или складке местности Акхеймион выбирал тот путь, что представлялся ему наиболее скрытным, — путь, двигаясь которым они не могли рассмотреть горизонты и дали, и это, в свою очередь, позволяло надеяться, оттуда их самих тоже невозможно углядеть. И они отвратили взоры свои от того, что ждало их вдали, — того, что им уготовило будущее, и смотрели лишь себе под ноги, следуя от одного оврага к другому и не смея подниматься на возвышенности, откуда им мог открыться вид на нечестивое место, куда лежал их путь. Откуда они могли узреть ужасное золотое видение... Аношивры. Рога Голготтерата.

И вот, наконец, Друз Акхеймион добрался до подножия Кольцевых гор, Окклюзии. Теперь путь вверх по склону оставался единственным выбором и единственным, что отделяло волшебника от столь ужасавшего его зрелища.

— Идём, Акка, — сказала Мимара. Её взгляд был беспокойным, рыскающим.

— Да-да, — ответил он, не двигаясь с места.

Изнывая от всех мучительных переживаний, унаследованных адептами Завета от бурной и трагической жизни Сесватхи, они иногда обретали нечто вроде утешения в смаковании его слабостей и неудач. Люди всегда терзаются собственной трусостью, неумолимыми фактами сопричастности мелким махинациям и обманам, но они, разумеется, отлично умеют играть в ту стремительную игру, в которой сами же выступают и обвинителями и судьями, всегда готовыми возложить на других вину за свои проступки и преступления. Однако после каждого вынесенного приговора неявная мера их собственного греха постоянно растёт, а с нею растёт и ужас перед тем, что они, и только они оказались настолько слабыми и безвольными. Но адептам Завета было известно иное. Благодаря своим Снам они знали, что даже самые великие Герои человеческой расы мучились собственными, присущими им одним кошмарами...

Что их храбрость была лишь следствием ущербности орудий и инструментов.

— Отдохнём ещё чуточку, малыши, — пробормотала Мимара, обращаясь к своему, покрытому золотой чешуёй животу, — пока ваш папочка собирается с духом...

Старый волшебник закипал от злости, но по-прежнему оставался на месте.

— Он таскает на себе чересчур много истории, чтобы просто взять и забраться на эту отвесную кручу.

Вместо поиска подходящего прохода меж искрошенных зубов Окклюзии Акхеймион настоял на том, чтобы они поднялись по древней, вьющейся серпантином лестнице, что вела к руинам одной из сторожевых башен Акеокинои. Мимара не спросила у старого волшебника, почему он выбрал именно этот путь, хотя, учитывая её состояние, подъём по лестнице был для неё гораздо более обременительным, чем для него. Она знала, что задай она этот вопрос, он непременно замямлил бы что-нибудь о благоразумии и о необходимости хорошенько рассмотреть Великую Ордалию до того, как приблизиться к ней, равно как знала и то, что не поверит ни единому слову.

Когда они достигли вершины, на них обетованием просторов бескрайних и диких обрушился свирепый ветер и необъятное небо. Кунуройская сторожевая башня ныне представляла собой нечто, лишь немногим большее, нежели собственное, усыпанное грудами обломков основание. Древние строители использовали базальт — доставленный откуда-то издалека прочный чёрный камень, который по-прежнему, несмотря на минувшие тысячелетия, резко выделялся на фоне громоздящихся друг на друга скал Окклюзии, состоящих из песчаника и гранита. Свидетельства уничтожения башни были разбросаны повсюду на плоской вершине, темнея тут и там, словно груды угля на грязном снегу.

Прижимая руки к коленям, Акхеймион преодолел последние ступени и направился к остаткам древнего укрепления. Рога он увидел сразу, хотя его душа ещё несколько биений сердца и притворялась, что это не так. Он стоял, покачиваясь и пытаясь прогнать прочь то, что представлялось ему абсолютным оцепенением.

Где-то рядом он слышал Мимару, плачущую... и да, смеющуюся.

Ибо они были там...

Золотые и изогнутые, словно лебяжьи шеи, несущие крохотные головы, уткнувшиеся клювами прямо в безучастное небо.

Старый волшебник рухнул на растрескавшуюся от дождей и ветра поверхность скалы. Она была рядом с ним — Мимара, копия Эсменет, Судящее Око самого Бога, опустившаяся на колени и придерживающая его за плечи, рыдающая и смеющаяся...

Взглянув на неё, он почувствовал, как они словно бы улетели прочь — все его мелкие страхи. И он закашлялся от силы охвативших его чувств, смаргивая с глаз горячие слёзы. Он мог бы поклясться, что в кровь разорвал себе губы — столь неистовой была его улыбка. Он задыхался от смеха, извергая из лёгких покашливания и хрипы, напоминающие хихиканье безумца...

Ибо это было здесь. Ужасающий образ. Чудовищный лик. Нечестивый символ, казалось, заключающий в себе совокупность Зла всей его жизни. Ужас, от века пожирающий его милосердное сердце, пирующий на его сострадании. Пагуба, отравившая каждый сделанный им вдох.

Инку-Холойнас, Ковчег Небесный...

Мин-Уройкас, Бездна Мерзостей...

Голготтерат.

Голготтерат! Чудовищная крепость Нечестивого Консульта... Колыбель Не-Бога.

СКАЖИ МНЕ...

Смех его резко оборвался. Казалось, он потерял саму способность дышать.

ЧТО ТЫ ВИДИШЬ?

Мимара выскользнула из его объятий. Взгляд её был страдальческим и тревожным.

ЧТО Я ЕСТЬ?

Он схватился пальцами за виски. Ему казалось, что прежде он никогда, ни разу в жизни не смеялся... только визжал.

Цурумах! Мог-Фарау!

Но она цеплялась за него, успокаивая, поглаживая его плечи и плача при этом какими-то иными, непривычными для неё слезами — его слезами, полными знания, веры и...

Понимания.

И это подарило ему покой столь абсолютный, как ничто другое в его жизни — понимание того, что она тоже *понимает*, причём с глубиной постижения, превосходящей его собственную, невзирая даже на то, что ему довелось прожить ещё одну жизнь, как Сесватха. Ибо за неё постигало Око. Внутри разливалась вялость, словно бы разъединяющая в его теле каждую связку и каждый орган. И тогда он приткнулся к ней, уютно устроившись в том, что представлялось ему колыбелью, хотя это как раз он сейчас вновь сжимал её в объятиях. Она потянула его правую руку, положив её на свой прикрытый золотящимся доспехом живот... не сказав при этом ни слова.

Стучали сердца.

Она первой услышала этот звук, в то время как он различил его лишь тогда, когда её беспокойство разрушило воцарившееся блаженство — звучащий в отдалении человеческий голос, певучая трель, искажённая многократным эхом и выпотрошенная морозными далями. Опираясь друг на друга, они встали, вновь взглянув на Голготтерат. Никогда ещё Акхеймион не чувствовал себя таким древним и одновременно столь юным. Вместе они прошли последние оставшиеся до основания чернокаменных руин шаги.

Громкость голоса увеличивалась несоразмерно пройденному ими расстоянию. Он звучал с самого начала, понял старый волшебник, с момента их появления возле сторожевой башни он звенел в прозрачном воздухе прямо над ними. Во всём этом явственно виделся кровоподтёк колдовства.

— Разновидность зачарования, — ответил он её вопрошающему взгляду.

Они перевалили через гребень скалы и остановились, онемевшие и ошеломлённые, разглядывая угрюмые окрестности. Это казалось невозможным — в равной мере и благодаря Снам и вопреки им — то, как кривая Окклюзии описывает идеальную окружность из гор, упирающихся в низкое мглистое небо, образуя края впадины достаточно обширной, чтобы человеческий глаз не был способен рассмотреть противоположную сторону. Нечестивый Ковчег располагался в самом центре, вздымаясь из напоминающего болячку основания — тускло поблёскивающий и чудесным образом неповреждённый, учитывая его катастрофическое падение. Воздвигнутые вокруг укрепления, даже Корунц и Дорматуз, в сравнении с ним казались подгоревшим печеньем, а исходящую от них угрозу выдавали лишь десять тысяч крохотных золотых зубцов, прикрывающих десять тысяч бойниц. Равнина Шигогли окружала основание Рогов, будучи плоской, как мраморный пол, и при этом в точности отражая сущность своего древнего имени — «Инниюр», ибо сейчас она напоминала цветом скорее толчёную кость, нежели древесный уголь, как во времена давно минувшие.

Слева над ними нависала громада Джималети, постепенно растворяющаяся в лазоревой дымке где-то на северо-западе.

А справа, на востоке, они увидели Великую Ордалию, рассыпавшуюся по склонам Окклюзии, укутанную облаком пыли и кишащую каким-то смутным движением. Южный фланг её находился настолько близко, что Акхеймион мог даже разобрать отдельные человеческие фигурки. Исходящее от неё громыхание тягучей пеленой повисло в осеннем воздухе, но голос, который они услышали ранее, проскальзывал сквозь этот шум, донося речь до всяких, не являющихся совершенно глухими, ушей. Они стояли, оцепенело взирая на открывшееся им зрелище, в большей степени стараясь приучить к нему свои души, нежели в действительности что-либо увидеть или рассмотреть. И в этот момент однородная масса Ордалии внезапно словно бы пошла рябью, в ней образовались какие-то копошащиеся кольца, будто Воинство Воинств было лужей, в которую кто-то бросил горсть мелких камушков.

В какофонию криков, усложняя её грохочущий напев, вторглись полосы рёва.

— Что там случилось? — спросила Мимара.

Борющийся с рассвирепевшим ветром Акхеймион удостоил её лишь мимолётного взгляда.

— Твой отчим, — ответил он дрожащим голосом.

* * *

Так близко.

Пройас думал о девушках с сутулыми плечами и смелыми глазами, об остром вкусе перчинок, раздавленных зубами при поедании запечённых в меду перепелов, о пыли, поднятой пританцовывающими ногами жрецов Юкана. Он думал о детях, беседующих с великими властителями в соседней комнате и не подозревающих о том, что родители слушают их. Он думал о клубящихся над ним облаках — хрустяще-белых на бледной синеве неба. И бсзмолвных... безмолвных... безмолвных...

Он думал о любви.

Боль не столько ослабла, сколько разрослась в нечто чересчур невероятное, чтобы он способен был её ощутить, а её укусы теперь казались ему чем-то вроде скользящих по коже шариков.

Лишь мухи по-настоящему досаждали ему.

Поверхность земли под ним вращалась сперва налево, затем направо, хотя он и не мог понять отчего, ибо в воздухе не ощущалось ни дуновения. Может, это какое-то напряжение внутри самой верёвки? Некое несовершенство...

Он чувствовал какой-то дряблый груз, свисающий с его костей... груз его собственного мяса.

Такого холодного по сути своей...

И такого горячего на ощупь.

Чем дольше он размышлял о неровной поверхности — там внизу, тем в большей степени размышление это становилось выводом.

В какой-то миг ему почудилось, что он увидел Акхеймиона, стоящего прямо под его крутящимся телом, или некую его обезумевшую и состарившуюся ипостась — согбенные плечи, покрытые гниющими шкурами. Пройас даже улыбнулся этому видению, прохрипев:

— Акка.

Хотя в грудь его при этом будто бы вонзилось множество острых ножей.

Затем привидевшийся ему образ исчез и остался лишь тот самый вывод.

Он нашёл блаженство в дремоте.

Затем он понял, что его тащат вверх. Он и не подозревал об этом, пока не увидел зеумского юношу — своего товарища по несчастью, друга сына Харвила — болтающимся где-то внизу. Раскаяние пронзило его ударом меча. Рывок за рывком он поднимался к вершине утёса, вращаясь в оранжевых лучах вечернего солнца на своей конопляной верёвке. Он очнулся, когда его тело перевалилось через торчащий каменной губой выступ, и внезапно осознал, что сила, с которой орудовал вытянувший его человек, всё это время выдавала его...

Вопияла о его нечеловеческой природе.

Облачённая в белое фигура, заклеймённая трупными пятнами декапитантов, приблизилась к нему, сияя ореолами вокруг головы и рук. А затем была жёсткая, усыпанная камнями поверхность... и тёплая вода, омывающая его лицо, освежающая прохладой, утоляющая жажду.

— Взгляни... — произнёс любимый — невзирая ни на что по-прежнему любимый им — голос. — Взгляни на Голготтерат.

И Пройас, устремив свой взгляд сквозь пустоши Шиголи, увидел колоссальные, вздымающиеся к небу Рога, касающиеся своими изгибами пылающего шара солнца, тлеющего яркими отблесками в их полированном золоте.

— Зачем? — прохрипел он. — Зачем ты заставляешь меня на это смотреть?

Ему не нужно было поворачивать голову, дабы понять, что Аспект-Император колеблется. Голготтерат стал его ликом.

— Я не уверен... чем я ближе, тем сильней разрастается тьма.

Сглотнув слюну, Пройас почувствовал в горле дикую боль, но на его лице сейчас было написано одно лишь смятение. Этот день, казалось, разделил всю его жизнь на до и после.

— Ты попросил меня... попросил сотворить все эти мерзости.

— Да. Чтобы совершить невозможное, тебе необходимо было содеять немыслимое. Провести подобное воинство так далеко через земли настолько опасные... Ты сотворил чудо, Пройас.

Какое-то время экзальт-генерал тихо рыдал.

— Ты был нужен мне слабым... — объяснил его Господин. — Будучи сильным, ты стал бы искать альтернативы, любые возможности, которые позволили бы тебе избежать действий настолько чудовищных...

— Нет! Нет! Будь я сильным, тебе было бы достаточно лишь отдать мне приказ! И во имя твоё я совершил бы любые злодеяния!

Сокрушённый вздох.

— Подобное тщеславие присуще всем людям, не так ли? Оно всеобще. Полагать, что им известны *все их поступки — все до единого*, и прошлые и будущие... Нет, старый друг. Я прозреваю тебя глубже, чем ты способен понять. Ты бы отказался выполнить подобный приказ, решив, что я испытываю тебя. И если бы ты не сомневался во мне, если бы считал меня благим, то ты стал бы сомневаться в моём приказе. Вот почему я опроверг твои убеждения. Чтобы суметь принять подобное средство, тебе следовало быть неверующим. Только уничтожив твою веру, я мог точно знать, что ты непременно потянешься к ближайшей дубине, что, бросая свои счётные палочки, ты всегда будешь принимать решение, основывающееся на *голоде*.

Голготтерат... Даже будучи так далеко, он тем не менее подавлял, преобладал, господствовал, пробуждая в душе некую первооснову, саму сущность первозданной тревоги.

— Но тогда... зачем обличать и позорить меня?

Возлюбленное лицо даже не дрогнуло.

— Затем, что твоя жизнь — цена миллионов жизней... в том числе жизней Мирамис, Тайлы, Ксинема.

Пройас закрыл глаза, из которых текли горячие слёзы, — в равной мере слёзы облегчения и обиды.

— Как это? Как... моё обвинение... может изменить... хоть что-то?

— Оно исцелит сердца тех, кому предстоит продолжить сражаться. Даст мне воинов, которые бьются, будучи возрождёнными.

Стая устремившихся на юг гусей миновала простёршееся над ним небо, растянувшись какой-то загадочной руной.

— Так я спасён? Или я... сам себя... п-проклял?

Анасуримбор Келлхус пожал плечами.

— Я не пророк.

Другой Пройас зашипел сквозь зубы, ибо унижение стёрло меж ними все границы и все различия.

— Лжец!

— Семена были брошены, а я лишь говорю, какие из зёрен прорастут. В этом я не отличаюсь от любого Пророка.

— Враньё! Ложь и обман — всё до последнего слова!

— Правда... — молвила тень Аспект-Императора голосом, казалось, тоже пожимавшим плечами. — Ложь... Для дунианина всё это не более чем инструменты, два ключа к двум различным областям Мира. Скажи мне, что, по-твоему, лучше: правда, означающая гибель человечества, или ложь, ведущая к его спасению?

Низвергнутый экзальт-генерал сплюнул кровь изо рта.

— Тогда почему бы не солгать и сейчас? Почему бы не сказать: «Пройас, твоя душа исполнилась ныне самой наиблагословеннейшей благодати! Ты будешь пировать в чертогах Героев и возлежать с девственницами в Священном Чалахалле!»?

— Потому что, если бы я солгал сейчас тебе, я не знал бы, во имя чего лгу... Всё в этом месте — тьма, кроме меня самого. Тьма, бывшая прежде. Всякая ложь, произнесённая мной, послужила бы целям, которые мне неизвестны... Я говорю правду, Пройас, ибо правда — это всё, что мне осталось.

Глаза павшего Уверовавшего короля полезли на лоб от гнева и обиды, через которые он не способен был преступить.

— Так, значит, вот что я заслужил? — с крайней степенью боли и тоски вскричал он. — Вот это? Вероломство? *Проклятие?*

Одетая в белое фигура недвижно стояла на месте, присутствуя здесь, но не давая на его вопрос никакого ответа. Или, быть может, она отвечала ему этим *присутствием*.

Пройас оглянулся на Голготтерат, на того деспота, что воистину повелевал сим окончательным, последним предательством. И это показалось ему безумнейшей вещью на свете — как само по себе, так и по отношению к нему и его скорби. Наконец, он смог оценить, измерить его в локтях — расстояние между *здесь и сейчас* и тем ужасным концом, что придавал смысл и значение всей его жизни.

Он так близко.

* * *

Всё, что Маловеби было известно о Нерсее Пройасе, он вынес из слухов, циркулировавших при дворе зеумского сатахана — о его безразличии к политике, о богоподобной наружности и свирепой, ревностной вере. Всё это создавало образ великого человека, посвятившего свою жизнь легендарному призванию — не слишком много, но достаточно, дабы понимать, что совершаемое Святым Аспект-Императором здесь, у самых пределов Мира, не было просто ещё одним ничего не значащим убийством.

— Дай мне умереть, — умолял человек, — пожалуйста, Келлхус.

Ответ Анасуримбора обрушился, словно глас, исходящий из нависшего над Маловеби небытия, как это было всегда, с учётом его собственного местонахождения.

— Нет, Пройас... В этом Мире не существует мучений, сравнимых с теми, что тебя ожидают. Я видел это. Я знаю.

— Тогда... покончим с этим! — всхлипнул Пройас. — Если ты определил мне... быть твоим свидетелем... скажи мне... скажи мне правду о себе, *дабы я мог осудить тебя*! Проклясть тебя, в свою очередь!

Кровь и распухшие ткани лица ужасным образом исказили благообразные черты экзальт-генерала, однако благородство его истерзанного облика было бесспорным.

— Но правда обо мне известна тебе так же хорошо, как и ложь, — молвило заслонившее небо существо. — Я пришёл, чтобы спасти этот Мир.

Разбитые губы сложились в гримасу, обнажившую выбитые и обломанные зубы. Ужасающая усмешка.

— И потому-то... *сами боги и охотятся на тебя!*

Маловеби съёжился внутри своей чудовищной тюрьмы. Псатма Наннафери вдруг предстала перед глазами его души — образ старой карги, затопивший непаханое поле девичьего тела. Святой Аспект-Император ответил так, будто слова были глиной, которую нужно раскрошить и просеять.

— Как им и должно! Факт, в наибольшей степени повергающий в ужас наш разум и саму нашу способность постигать, заключается в том, что однажды *инхорои должны победить*. Быть может, уже в этом году или столетиями спустя человечество будет уничтожено. Задумайся над этим! Почему Момас обрушился на Момемн — город, названный в его же честь, а не на это адское место? *Почему Вечность слепа и не зрит Голготтерата?* Да потому, что он пребывает вне Вечности — за пределами того, что могут увидеть боги. И эта слепота, Пройас, как ничто иное перехватывает дух! Мы, наша Великая Ордалия следуем путями *судьбы, обретающейся вне судьбы!* Мы совершаем паломничество, каждый миг преображающее Сотню.

И, услышав эти слова, Маловеби словно бы пошатнулся — в равной мере из-за смятения, вызванного нежеланным осознанием и вследствие понимания, что, несмотря на всю абсолютность своего презрения к будущему, ятверианская ведьма *не знала об этом*...

— Когда они пытаются уничтожить меня, — продолжал Анасуримбор, — их убийцы, казалось бы, самой природой Сущего обречённые на успех, раз за разом терпят неудачу, ибо в действительности они всегда *обречены на провал*... Вечность преображается, и Сотня, не замечая этого, меняется вместе с нею. Нечестивый Ковчег это уродующее саму ткань Творения отсутствие, яма, поглощающая все следы того, что она поглотила! И в той степени, в какой это воздействует на нас, мы гонимся за Судьбой, которую боги не способны даже увидеть... Вот так, Пройас. Здесь... в этом месте мы играем за пределами Вечности.

Не имея тела и будучи по этой причине неспособным на судороги, вызванные избытком чувств или постижением немыслимого, Маловеби мог лишь вяло трепыхаться. Судьба вне судьбы?

— И да, если где-то и можно найти Абсолют, то именно здесь.

Взгляд ошеломлённого адепта Мбимаю уткнулся в сокрушённого человека, лежащего на краю Обвинителя, и грозные Рога, соединяющие хмурые небеса с простёршейся под ними равниной. Уверовавший король Конрии казался странным образом спокойным и безучастным, несмотря на то что его локти были на излом стянуты верёвкой у него за спиной. Его глаза будто бы следили за чем-то, находящимся в отдалении.

— А Бог Богов? — прохрипел истерзанный лик.

Когда Аспект-Император поставил обутую в сандалию ногу на плечо своего любимого ученика, открывающийся Маловеби вид накренился и повернулся влево, а затем начал вращаться следом за движениями отрезанной головы зеумского колдуна. Образ пленника Аспект-Императора сменила вздымающаяся грудой обломков бесплодная дуга Окклюзии, очертившая по кругу дали с точностью циркуля.

— Так же слеп к Своему Творению, — сказал Анасуримбор, — как мы остаёмся слепыми к самим себе.

Маловеби услышал скрип разгорячённой кожи по неровному камню, а затем снова узрел скалу Обвинения и вздымающийся вдали кошмар Рогов Голготтерата — но не Нерсея Пройаса. Конопляная верёвка плотно прижималась к краю утёса.

Анасуримбор Келлхус какое-то время неподвижно стоял на выступе, как всегда полностью скрытый из виду. По-прежнему болтающийся на поясе Аспект-Императора Маловеби, с трудом оторвав взор от усыпляюще раскачивающегося образа Ковчега, последовал взглядом за его ужасающей тенью, протянувшейся двумя огромными чёрными дланями к шершавым наростам лагеря, к Великой Ордалии. Он всмотрелся в кишащее Воинство Воинств, и оно показалось ему не более чем скопищем насекомых... жучков, под взглядом Анасуримбора Келлхуса собирающихся кругами.

Как могло нечто подобное быть деянием безумца? Кто стал бы порабощать целую цивилизацию, чтобы потом вести её в бой против басен и небылиц?

Чтобы перевернуть вверх дном весь этот Мир, у Анасуримбора Келлхуса имелась *причина* — и чудовищная именно в той мере, в которой он и утверждал.

* * *

Ночь. Столетие.

При втором падении что-то сломалось. Порезы на его теле ропщут, а ссадины стонут.

Глава десятая. Великое Отпущение

Медленное вращение то открывает взору его умирающего собрата — Цоронгу, то вновь уносит того прочь.

Лучи солнца прорезают вершины гор, вздымающихся за их спинами, и глядя наружу и вверх из того мяса, в котором он на какое-то время застрял, Усомнившийся король зрит это.

Воистину зрит.

Исполинскую золотую корону, знак почестей, что подошёл бы для головы размером с целую гору, небрежно, слегка покосившись воздвигающийся здесь, на этой земле.

Беспредельное отречение.

Дышать больно. И трудно.

Он раскачивается. Пенька верёвки скрипит, словно дерево. Он раскачивается и смотрит...

Умирая, он постигает невозможное. И понимает то, что его отец понимал всегда. На своём смертном одре гордый Онойас призывал к себе сына, зная, что тот не придёт... Но да, всё же надеясь... Ибо в конечном итоге совсем не важно, что именно жизнь делает с душами.

Совсем не важно.

Пройас видит это, хотя теперь ему нужно сдвинуть горы для того, чтобы просто приподнять своё чело.

Мир, раздробленный на свет и тени, представляется реальнее. И расстояния кажутся больше...

А мы сами гораздо менее привязанными к нему.

Невозбранность бросается вниз с края простёршихся меж нами трещин.

И мы караем тех, кого пожелаем.

ГЛАВА ОДИННАДЦАТАЯ

Окклюзия

> В чернилах стихов пребывая,
> При свете дня, на вершинах;
> Похищали любимых дыханье,
> В ночи, в пещерных глубинах;
> Дитя, что споткнулось, ловили;
> При свете дня, на вершинах;
> Утирали матери слёзы,
> В ночи, в пещерных глубинах;
> Ослепляли детей побратима,
> При свете дня, на вершинах;
> Убивали брата супругу,
> В ночи, в пещерных глубинах;
> Упование Обители хваткой,
> При свете дня, на вершинах;
> Своею жестокой душили,
> В ночи, в пещерных глубинах;
> И посему мои руки ныне
> Прокляты, а не благословенны.
> Они скорее лиловые,
> А не лилейные.
>
> — *Песнь Лиловых ишроев*

Ранняя осень, 20 Год Новой Империи (4132, Год Бивня), Голготтерат

Казалось, он ощущает под собою песок, безжизненность, составляющую сущность этой чуждой земли.

Сын Харвила сидел развалясь, его голени и стопы были вывернуты, плечи опущены, а руки раскинуты по сторонам. Склоны Окклюзии вздымались перед ним нагромождением растрескавшихся глыб, из которых подобно кончику указательного пальца торчала громада Выступа.

Глава одиннадцатая. Окклюзия

Его друг висел прямо над ним, умирая. Му'миорн...

Его единственный дружинник.

Он знал, что не способен мыслить ясно. Каким-то уголком сознания он понимал, что на него навалилось слишком много всего: слишком много неопределённостей, слишком много унижений, слишком много безумия и всевозрастающих тревог — а теперь ещё и слишком много утрат.

Всё это было очевидно.

Непонятно было другое — *что он теперь, собственно, делает*. Рыдает? Размышляет и строит планы? Распадается на части?

Ждёт?

Судорожные вскрики, кровь под ногтями... были чем-то вроде подсказок.

А Му'миорн, его обожаемый дурачок, *никак не мог заткнуться*. Всё говорил, и говорил, и говорил.

Ятвер, Ятвер, Ятвер...

— Зачем нужно было любить меня? — услышал он ответ, вырвавшийся рёвом из его собственных лёгких. — Зачем?

Как он не понимал? Любить его значило умереть. Таково его проклятие...

Но нет — его друг настаивал. Вот тупоголовый дурень! Любить его значило *быть убитым*...

Воистину так.

Солнце, наконец, пробилось сквозь шерстяной щит облаков и горячим дыханием обожгло спину. Кровь его друга, лившаяся сверху, блестела на камнях.

Какое-то время, глядя на бывшего экзальт-генерала, рядом с юношей стоял старый кетьянец, одетый в гнилые шкуры, — человек, имени которого Сорвил припомнить не мог.

— Что тут случилось? — спросил он голосом, подобным хриплому лаю.

— Невинные, — ответил Сорвил с каким-то булькающим свистом в горле, — невинные были принесены в жертву.

Старик внимательно рассматривал сына Харвила. Его взгляд был достаточно пристальным, чтобы в иных обстоятельствах вызвать враждебность.

— Да, — наконец прохрипел он в ответ, вздрогнув от взгляда на Голготтерат, невзначай брошенного через плечо, — именно так и процветают виновные.

Ковыляя, он сделал несколько шагов в сторону Сорвила. В нём ощущалось какое-то неистовство, внутренний накал, подобный острию наточенного ножа. Под его шкурами мерцал бесчисленными цапельками нимилевый хауберк. Человек остановился, постараясь утвердиться покрепче. Глаза его, будучи скорее серебристыми, нежели белыми, сверкали с побитого бородатого лица, которое могло бы принадлежать сильно постаревшему Эскелесу.

— Не тревожься, мальчик... *Суждение* уже явилось к Аспект-Императору.

С этими словами одичалый незнакомец грузно повернулся и побрёл в сторону лагеря, растянувшегося вдоль основания Окклюзии.

— Чьё *Суждение*? — вскричал король Одинокого Города вслед удаляющейся фигуре. — Чьё-ё-ё?

Но он знал. Он уже был здесь раньше, старик и Матерь сказали ему в точности одно и то же.

День клонился к закату. Дождь из крови утих, сменившись отдельными каплями, а затем и вовсе прекратился. Бывшее лиловым стало чёрным, а бывшее красным — бурым, но это совершенно не беспокоило его, ибо солнечный свет струился на засыхающую кровь его друга, очерчивая поверх неё тень аиста, казавшуюся на искрошенных камнях ещё более хрупкой и грациозной.

Он сразу же заметил белую птицу, но по какой-то странной причине минуло несколько страж, прежде чем её образ проник внутрь круговорота его души, и когда он, наконец, повернулся, чтобы взглянуть на аиста, ему пришлось изо всех сил бороться с диким желанием схватить этот живой оперённый жар и спрятать голову под его крыло.

Дрожа и рыдая.

Мамочка...

* * *

Будь храбрым, малыш...

Мимара идёт. Мужи Ордалии изумлённо глазеют на неё, как по причине её беременности, так и попросту силясь понять, кто же она.

Некоторые... немногие вспоминают её и падают ниц. Другие же, вследствие невежества или же крайнего утомления, просто провожают её взглядом, облегчая ей душу сильнее, чем кто бы то ни было мог даже представить...

Снимая с неё бремя Ока.

Её воспоминания о бегстве с Андиаминских Высот ныне представляются ей чем-то эфемерным, малореальным, но всё же они пока ещё достаточно содержательны и подробны, чтобы она испытывала беспокойство от того, что сбежала из дворца на край

Мира, оказавшись в тени самого Голготтерата, лишь для того, чтобы обнаружить здесь всё тот же Императорский Двор.

Или, во всяком случае, какие-то его чудовищные остатки.

Во время перехода через равнину Шигогли их с Акхеймионом охватило нечто вроде оцепенения. Она припоминает, что они ссорились по поводу кирри, а затем, по-видимому, разделились, хотя ей не удаётся восстановить в памяти, когда именно это случилось. Пересечение Шигогли и само по себе было испытанием — с этими Рогами, маячащими на периферии зрения и постоянно испытывающими на прочность запертую дверь, удерживающую где-то внутри неё крики и вопли... и с этим лагерем, встающим перед нею невообразимым лабиринтом обломков. Образы прошлой жизни возникают всюду, куда ни глянь, терзая взор тысячей мелькающих крохотных лезвий, порождающих кровоточащие порезы. Застёгивающие корсеты её платьев рабы. Исподтишка наблюдающие за нею сановники. Вся её жизнь, казалось, дожидается Мимару в этих трущобах — всё то, от чего она сбежала прошлой зимой... Серва... Кайютас... Что она им скажет? Как всё объяснит? И её отчим — что Анасуримбор Келлхус будет делать с прочтённым на её лице?

А ещё Око. Что оно увидит?

Когда человек цепенеет в какой-то достаточной для этого степени, ужас перестаёт тяготить его и, напротив, начинает поддерживать, питать его силы; и посему именно терзающие Мимару страхи ускоряют сейчас её, уже ставшую несколько странной, походку. Две тени всё это время следуют за нею — выпирающая чёрная сфера её живота, всё сильнее раскачивающаяся и колыхающаяся в поднятой её переступающими ногами пыли и... нет, теперь осталась лишь эта тень. Они со старым волшебником просто разделились, разойдясь в разные стороны на какой-то уже забытой ею развилке, и она внезапно осознаёт, что осталась одна — сжимающая свой покрытый золотящимся доспехом живот, возвращающаяся туда, где её никогда прежде не было.

Ступающая среди Проклятых душ.

Ужас, который она испытывает, и особенно слёзы и всхлипывания, делают только хуже, заставляя их всё настойчивее интересоваться, не могут ли они что-то сделать, дабы помочь ей и облегчить её страдания, не понимая того, что именно они и являются источником всех этих мук — невероятная мерзость совершённого ими. Не все терзания достигают Господнего Ока. Не всякие жертвы святы. Она не способна даже понять, люди каких народов встречаются на её пути — столь непроглядно мутное пятно их преступлений. И столь единообразно. Конрийцы, галеоты, нильнамещцы — не имеет значения. Никакое прошлое, никакой извечный союз костей и крови не могут смягчить ожидающей их чудовищной участи. Совершённые ими грехи ставят их вне пределов человеческих народов.

Она видит эти образы словно преломлённые через мутное, бесцветное стекло — укутанные тенями сцены совершаемых зверств и мерзостей, зрит людей, ведущих себя словно шранки, но не со шранками, а с другими людьми. Оргиастические видения, словно бы нарисованные дымом, стелющимся над сверканием преисподней, — воины, пожирающие живых и совокупляющиеся с мертвецами, свет, становящийся чистым ужасом, картины невозможных, непредставимых мучений, уложенных затейливой причёской из тысячи тысяч нитей.

Сифранг, жующий души будто мясо. Грех, полыхающий, словно нафта, вечным негасимым огнём.

Запертая дверь наконец распахивается, и она, рыдая, убегает, придерживая живот.

Она блуждает по лагерным закоулкам, пробираясь грязными улочками, проложенными меж биваков, представляющих собою нечто немногим большее, нежели брошенные на землю вещи, и напоминающих гнездилища нищих. Она удерживает своё лицо опущенным, дабы никто не углядел её сходства с матерью, и вытягивает вперёд свои одежды из шкур в попытке скрыть выпирающий живот, но известия о ней распространяются, и, где бы ни пролегал её путь, её всё равно узнают. И тогда обречённые Преисподней сонмища вновь и вновь падают на колени, удивлённо крича, но будучи при этом совершенно невосприимчивыми к возложенному на них сокрушительному ярму Вечности.

Она идёт среди проклятых, отвращая Око Господа прочь от них так далеко, как только может. И невероятно, но *она постепенно привыкает* к обществу демонов, к рабскому пресмыканию душ, горящих в адском пламени. Для этого оказывается достаточно простого понимания, что обладание Оком Судии предполагает необходимость ходить среди проклятых душ, а не спасаться от них бегством, подразумевает нужду в способе, который поможет увидеть всё это и им тоже... К чему ей бежать? И сие изумляет её — странная несоразмерность, присущая её возвращению. То, как человек, ранее бывший чем-то лишь немногим большим, нежели искрой, выброшенной пинком из костра, ныне возвращается, будучи самим солнцем. Это ошеломляет, даже ужасает её — осознание, что скоро, очень скоро она предстанет перед Святым Аспект-

Императором, будучи кем-то бесстрастным и непоколебимым, кем-то Наисвятейшим — тем, кто вынесет ему приговор...

Станет гласом Ока Судии. Суждением самого Бога.

И она сталкивается с внезапным постижением... хотя тут же ей кажется, что она и всегда это знала. Всё вокруг... все эти проклятые воины, короли и колдуны... вся великая Ордалия... и её ужасная цель...

Всё это *принадлежит ей*.

Не имеет никакого значения, что она увидит, когда Око узрит Анасуримбора Келлхуса, дунианина, поработившего все Три Моря...

Ибо это она, дитя-шлюха, бродяжка, сумасшедшая, вечно предающаяся унынию беглянка — она, Мимара...

Именно она здесь единственный истинный Пророк.

* * *

Акхеймион никогда не мог понять, что именно движет им кроме собственной глупости.

Они спустились по внутреннему склону Окклюзии, а затем двинулись в путь через стылые пустоши Пепелища. Он чувствовал себя так, будто прожитые годы наваливаются на его плечи с каждым сделанным шагом, но стоило ему вслух заявить об этом, как меж ними с неизбежностью возникла ссора по поводу кирри. Они остановились — одинокие фигурки, застрявшие на этом безбрежном просторе. В нависших над ними плотных облаках вдруг появились разрывы, откуда, озаряя дали, вырывались потоки яркого солнечного света, создающие тут и там очажки безмятежного лета, нечто вроде искорок, вызывающих лёгкую грусть своим тихим угасанием и исчезновением за гранью небытия. Рога Голготтерата в этом свете скорее пылали, нежели мерцали... именно так, как всегда и бывало в кошмарах его Снов.

Колоссальные золотые громады.

Не сговариваясь, они вкусили прах древнего нелюдского короля старым способом — своими устами. Пепел был сладок на вкус. Затем они возобновили путь, двигаясь вдоль края пустоши, где несколькими стражами ранее кишела и завывала Великая Ордалия. Шаг за шагом путники продвигались вперёд, оставляя по левую руку тошнотворную глыбу Голготтерата. Перед ними, словно высыпанная и разбросанная по склонам груда мусора, неопрятными кучками громоздился военный лагерь. Кольцо Окклюзии мрачным забором ограждало всё зримое сущее.

Они шли.

Кирри поддержало их дух, но никак не сказывалось на замешательстве. Возможно, причиной была неясность, неопределённость того, что их ожидает и чему должно случиться. Возможно, безвозвратная окончательность любого исхода. А возможно, их путешествие просто далось им чересчур тяжело, чтобы смириться с любым его итогом, не говоря уж о необходимости выбирать между Голготтератом и Аспект-Императором.

Его мысли были слишком бессодержательными и текучими, чтобы задерживаться в памяти, не говоря уж о том, чтобы оказаться воспринятыми чем-то, хотя бы отдалённо напоминающим разум. Это были лишь беспокойства и смутные, тревожные образы, неосознанно и бессмысленно утекающие куда-то неведомыми путями. Ходьба с её мириадами укусов боли и дискомфорта стала для него единственным постоянством. Как это часто случалось на его долгом пути, лишь тяготы непрекращающегося движения оставались подлинной неизменностью, слепым якорем слепого бытия.

Когда они пересекли истёртые временем пустоши, он остановился, чтобы рассмотреть каменный выступ, с которого Келлхус обращался к Великой Ордалии со своими увещеваниями. Да это же Обвинитель — с проблеском вялого удивления понял он, внезапно узрев в чёрных камнях, разбросанных повсюду, а кое-где и торчащих прямо из окружающих склонов, призрак Аробинданта. Вглядевшись, он рассмотрел две фигуры, висящие на верёвках, спущенных с тупого края похожей на указующий палец скалы, а также небольшую группу несущих бдение душ, рассыпавшуюся по склонам у её основания. По какой-то причине он не смог оторваться от этого зрелища, и, как это часто бывает, когда взгляд вдруг за что-то цепляется, путь его тоже прервался. Что-то, некая особенность царапала его взор. Огромный, потрескавшийся каменный палец указывал не столько на него самого, сколько в направлении воздвигающегося где-то за его спиной Голготтерата, а две безымянные жертвы свисали с крайней точки, с самого острия этого загадочного укора, этого мистического порицания. И лишь тогда он вдруг понял, что более бледная связанная фигура, висящая слева, принадлежит человеку, которого он так стремился отыскать...

Он едва не запаниковал, осознав, что Мимара не последовала за ним, когда он отклонился от намеченной цели.

Ведь кирри осталось у неё.

Но взгляд его по-прежнему был прикован к несчастному, висящему слева, — к той цели, к которой Акхеймиона уже несли его ноги. Вся сущность безумия коренилась в очевидной глупости этого поступка. Сомнения всегда сопутствуют здравомыслию, и это дает человеку возможность повлиять на других людей, помочь им исправить свои ошибки. И посему Акхеймион ныне более опасался за свой разум, нежели за здравомыслие, ибо ему теперь казалось, будто он появился, словно бы возникнув прямо из пустоты, что его происхождение, его истоки были содраны с него, словно изношенные одеяния. Зачем? Зачем он пришёл сюда?

Он шёл, его дёсны чесались и горели, взывая, требуя ещё щепотку каннибальского пепла.

Найти Ишуаль? Узнать истину о происхождении Анасуримбора Келлхуса?

Он считал себя здравомыслящим, ибо сомнения всегда властвовали над ним. Он следовал за туманными намёками, а не божественными указаниями.

Старый волшебник бездумно шел вперёд до тех пор, пока не достиг подножия выступа, где остановился, не мигая уставившись вверх.

Он считал себя здравомыслящим.

Вне зависимости от того, насколько бессвязно он чувствовал и мыслил сейчас, он протащился через всю Эарву не в каком-то там бессмысленном ступоре... а ради того, чтобы обнаружить истоки Аспект-Императора.

Он явился сюда, дабы вернуть себе то, что было у него украдено. Нежно любимую жену.

И любимого ученика.

Опущенная голова, свисающая с выгнутых назад плеч, связанные за спиной локти, образующие треугольник, должно быть вызывающий у несчастного нестерпимые муки. Скрип верёвки, на которой подвешено вращающееся туда-сюда тело. Капающая кровь.

Проша...

Он стоял, взирая на человека одновременно хорошо известного ему и столь незнакомого. Пряди чёрных волос, блестящие от жирной грязи, свисают на лицо человека. В глазах застыли слёзы и тень невыразимых страданий. Старый волшебник тут не один. Краешком глаза он ощущает взгляд светловолосого юноши, преклонившего колени неподалёку — под телом несчастного зеумца, висящим рядом с некогда любимым учеником Акхеймиона. Он не столько игнорирует юношу, сколько попросту позабыл о нем — таково его собственное горе.

Крики и возгласы.

Он не мог отвести взгляда. Шея гудела. Ему хотелось разрыдаться, и почему-то тот факт, что сделать этого он не смог, казался худшей из всех постигших его скорбей. Ему хотелось орать и вопить. Он даже возжелал — во всяком случае на миг — вырвать собственные глаза.

Ибо в безумии есть своё утешение.

Но он был волшебником в большей мере, нежели собственно человеком, был душою, согбенной тяжестью неустанных и противоестественных трудов. Он понимал, что в происходящем кроется определённый смысл, как-то связанный с колющим его спину взглядом Инку-Холойнаса. Связь между наставником и его бывшим учеником была совсем не единственным мотивом, обретавшимся на сей поражённой проклятием равнине. Здесь обитали и другие основания, пребывали другие причины, присутствие которых было вписано в саму суть произошедшего.

Он пришёл сюда, дабы привести Мимару — Око Судии.

Но теперь Друз Акхеймион обрёл ещё одно основание, ещё один предлог, не похожий ни на что иное, когда-либо ранее известное ему. И каким-то образом это сделало терзающую его жалость чем-то воистину святым. Он всмотрелся в единственное дитя, что любил больше всего на свете, не считая Инрау. Своего второго сына, которого учил и которого не сумел уберечь.

— *Мой мальчик...* — вот и всё, что он сумел прохрипеть.

Связанный впившимися в его тело верёвками Пройас, благословенный сын королевы Тайлы и короля Онойаса, покачиваясь, висел не слишком высоко над ним, медленно вращаясь...

И умирая в тени Голготтерата.

* * *

Это был не сон, пробудившись, осознал маленький принц.

Он помнил... Это взаправду случилось!

Мелькающие вокруг вспышки света вновь стали рвотой и грубой землёй. Огромные трущобы лагеря Великой Ордалии тянулись вдоль внутренней дуги кольца невысоких гор подобно какой-то запятнавшей их плесени. А далее, невероятно огромные, вздымались Рога — Рога Голготтерата, парящей громадой воздвигающиеся из разодранного брюха земли. Мужи Ордалии устремлялись к путникам отовсюду — будучи чем-то вроде ужасной насмешки над человеческим обликом. Как они рыдали и вопили по их прибытии! Как всхлипывали и пресмыкались! Подобно убогим нищим, они хватали и тянули отца за его одеяния. Некоторые даже рвали свои бороды — одновременно и от счастья, и от горя!

Отец почти немедленно оставил их с мамой, шагнув обратно в тот самый свет, из которого они только что вывалились. Несколько выглядящих запаршивевшими безумцами Столпов подняли их на руки, поскольку мама нуждалась в том, чтобы её несли, — настолько ей было худо. Даже пошатывающегося Кельмомаса всё ещё рвало — отец торопился и последние прыжки следовали один за другим. Столпы с почтением, в котором чувствовалось нечто ненормальное, почти что болезненное, понесли их к огромному чёрному павильону. Некоторые открыто плакали! Мама была слишком больной и разбитой, чтобы возражать, когда они внесли их с Кельмомасом внутрь этого угрюмого, мрачного помещения — Умбиликуса, как они его называли. И посему он лежал теперь там, усталый, но радостный — радостный! — а его душа и нутро крутились, со всех сторон изучая тот факт, что после всего случившегося он вдруг находится здесь...

Мамина половина. Вогнувшиеся под напором ветра и погружённые в сумрак холщовые стены. Единственный фонарь, источающий слабый свет, выхватывающий из темноты геометрию разнородных, но лишённых обстановки пространств, и высвечивающий красочный тиснёный орнамент на стенах.

Лев. Цапля. Семь лошадей.

Набитые соломой тюфяки, лежащие на земле, словно трупы. Шёлковые простыни, потемневшие от грязи немытых тел, но по-прежнему поблескивающие, узор из белых линий, сплетающихся запутанным клубком, а затем утыкающихся в кровоподтёк цветка розы.

И мама, любимая мамочка. Спящая.

Закрытые глаза, подведённые сажей, размазавшейся серым пятном. Губы, словно алая печать, поставленная на открытую челюсть и отвисший подбородок. Беспамятство.

Маленький мальчик молча взирает на неё. Сломленный мальчик.

Её красота запечатлена в самих его костях. Он был извлечён из её чрева — вырван из её бёдер! — но всё же остался во всех отношениях плотью от её плоти. Её по-девичьи струящиеся волосы опутывали его. Изгиб её обнажённой левой руки увлажнялся и становился липким от его дыхания. А её медленные вдохи и выдохи, казалось, исходят из его собственной, поднимающейся и опускающейся в том же ритме груди.

Этот взгляд был чем-то настолько близким к поклонению, насколько его душа вообще способна была испытывать подобные чувства. Благословенная императрица.

Мамочка.

Было множество всякого, что он — во всяком случае пока — попросту отказывался знать. Например, тот факт, что Мир — целиком, без остатка — сейчас висит на единственном тоненьком волоске. Ибо при всём своём дунианском коварстве он обладал также и каким-то детским, нутряным пониманием собственного бессилия, являющегося данью, которую беспомощность взыскивает со всех, подобных ему. Всех, приговорённых к любви. Быть Кельмомасом Устрашающим и Ненавидимым означало также быть Кельмомасом Одиноким, Ненужным и... Обречённым.

Ибо что есть любовь, как не слабость, ставшая благословением? Она. Она — единственное, что имеет значение. Единственная загадка, которую нужно решить. Всё остальное — возвращение отца, нариндар, землетрясение — всё это чепуха. Даже угроза отцовского приговора, даже безумие того, что ему предстоит наблюдать за тем, как Великая Ордалия атакует Голготтерат! Только она...

Только мамочка.

Кельмомас смотрел на неё, и ему чудилось, что никогда ранее он не видел её спящей. Её сердце колотилось то быстро и поверхностно, то гулко и тяжело, следуя каким-то глубинным и непостижимым ритмам. Их чудесное путешествие через всю Эарву без остатка исчерпало все её силы. Большую часть этого одновременно и безумного и поразительного пути отец нес её — содрогающуюся, отплёвывающуюся и то и дело выворачивающую наружу желудок — у себя на руках. Она была слабой...

Рождённой в миру.

Мы нужны ей...

Да — чтобы защитить её.

Имперскому принцу не было нужды прилагать усилия, дабы притвориться спящим или суметь как-то ещё скрыть своё пристальное внимание. Он всегда находился здесь, пребывая безвестным и неуязвимым прямо в лоне её сна. Это было его место — всегда. Отличие заключалось в том, что никогда прежде он не испытывал страха, что может случайно потревожить её сон. Или что она, возможно, уже пробудилась и просто дремлет.

Она ненавидит нас!

*Она ненавидит **тебя**. Она всегда любила меня сильнее.*

Тоска была не похожа ни на что известное ему. Ему доводилось испытывать лишения и терпеть боль во время событий, последовавших за устроенным дядей переворотом, но тогда он чувствовал также и радостное возбуждение, ибо во всём этом была и игра. В каком бы отчаянном и безнадёжном положении он ни находился, каким бы одиноким и покинутым себя ни чувствовал — всё это было так весело! Тогда, как ему казалось, он чувствовал муки утраты, а затем боль обретения, но случившееся теперь было намного хуже — просто ужасно! Боль потери без какой-либо надежды на то, что утраченное удастся вернуть.

Нет! Нееееет!

Да. Теперь она всегда будет видеть его в тебе.

Чуять его. Отца. Они так долго прятались от него, что Кельмомас почитал себя невидимым, но отцу оказалось достаточно единственного взгляда, брошенного через весь Мир. Ему стоило только взглянуть, как это когда-то сделал Инрилатас, чтобы тут же увидеть всё...

Ты имеешь в виду Силу. Она всегда чувствовала Силу во мне.

Да. Силу.

Шарасинта. Инрилатас. Дядя. Охота и пиршество...

Было так весело.

Но отец знает всё — абсолютно Всё!

Да — он сильнейший.

И когда он всё рассказал маме, они увидели это в её глазах — то, как умерла та её Часть, которую Кельмомас так стремился и жаждал возвысить над прочими...

Мамина любовь к её бедному маленькому сыночку.

Что же нам теперь делать, Сэмми?

Это неправильный вопрос — ты же знаешь.

Да-да.

Сидя на коленях, он примостился в уголке тюфяка и едва не потерял сознание, столь неистовым было желание, столь необоримой потребность просто прислониться щекой к холму маминого бедра и прижаться к ней изо всех сил, обхватив ручками единственную душу, что могла спасти его.

Что? Что собирается делать отец со своими сбившимися с пути сыновьями?

Быть может, Консульт прикончит его?

* * *

Видеть — значит, следовать. Мимара теперь понимает, почему слепые обычно до такой степени медлят и мешкают, стараясь двигаться отдельно от толпы. Она видит уставленные палатками трущобы и следует выбранными наобум путями, которые разделяются и ветвятся, подобно венам старухи. Узнавание, явленное самым первым человеком ещё на окраине лагеря, преследует её подобно голодному псу. Куда бы она ни направилась, люди вокруг падают ниц, — некоторые пресмыкаются, издавая, словно слабоумные попрошайки, хриплые стоны, а другие о чём-то докучливо молят, плача и протягивая к ней руки. Всё это столь нестерпимо, что она вскидывает руки, пытаясь укрыться от их вожделеющих взглядов.

Видеть — значит, следовать. Она ни с кем не говорит, никого ни о чём не спрашивает, и всё же в какой-то миг обнаруживает себя возле Умбиликуса. Он высится перед нею, словно горный хребет о множестве своих вершин-шестов, некогда бывший чёрным, а ныне крапчато-серый, представляющийся в большей степени замаранным, нежели украшенным знаками Кругораспятия, столь грязными и потрёпанными стали вышитые на его холстине священные символы. Кажется, будто он колышется и раздувается, хотя воздух вокруг совершенно неподвижен.

Она подходит к Умбиликусу с востока — таковым оказался извращённый каприз Шлюхи, — и посему за его куполом чудовищной и неумолимой громадой вздымается Голготтерат.

Запятнанный проклятием столь же невыразимым, как и мужи Ордалии, Ковчег отражается в Оке образом слишком яростным и неистовым, дабы быть постигнутым — видением, чересчур глубоко поражающим дух, чтобы быть воспринятым. Всё это время она отворачивала в сторону лицо, отводила взор, дабы уберечь свой желудок от рвоты, а кишечник от опорожнения.

Но теперь ужасного лика избежать невозможно, если только не закрыть глаза, далее пробираясь на ощупь.

Зло. Чуждая ненависть, холодная, как сама Пустота.

Изувеченные дети. Города, громоздящиеся словно ульи, водружённые в один гигантский костёр. Рога сияют, проступая сквозь проносящиеся перед нею образы своею мертвенно-недвижной громадой. По золотым поверхностям пробегают нечёткие отражения разворачивающихся ниже демонических зверств, тысячекратно повторяющиеся видения гибнущих людей, народов и цивилизаций — преступления, превосходящие всякое воображение и помноженные на безумие, продлившее себя в странах, землях и веках. Преступления столь отвратительные, что сама Преисподняя, бурля и вскипая, устремляется к ним сквозь поры в костях Мира, привлеченная этими грехами и мерзостями, как голодающий, прельщённый пиршеством обильным и жирным.

Она дрожит, словно ребёнок, вынутый зимой из тёплой ванны. Моча струится по внутренним поверхностям бёдер. Она чует запах сгоревших пожитков и палёной конины.

Пожалуйста!

— Принцесса? — восклицает мужской голос. — Сейен милостивый!

И она зрит это — смешанную с пылью кружащуюся тьму, вздымающуюся до самых Небес...

— Это действительно ты?

* * *

— Знает ли наш Святой Аспект-Император, — произнёс Апперенс Саккарис, — о том, что ты здесь?

Старый волшебник пожал плечами:

— А кто знает, ведомо ему что-то или же нет?

Пронзительный взгляд.

— Всё так и есть, — ответил великий магистр Завета. Отложив том, который до этого просматривал, он внимательно взглянул на величайшего предателя, когда-либо вскормленного его Школой.

Когда Акхеймион, наконец, добрался до лагеря, мужи Ордалии жарили конину. Огромные шматки мяса подрумянивались над кострами, в которых пылали те немногие вещи, что воинам удалось сохранить до сей поры. Мало кто обращал на него внимание. Они были мрачными и измотанными. Немытая кожа многих из них давно почернела. Потёки и пятна буро-чёрной грязи украшали большинство рубах. Лишь нечто вроде предвкушения и ожидания оживляло их черты, огрубевшие от каждодневной необходимости выживания. Тела же их, несшие на себе слишком много порезов и мелких ран, вовсю лихорадило — возможно, из-за затяжного сепсиса. После Караскандa Акхеймион был способен так или иначе — по виду ли человека или по припухлостям, вызванным этой болезнью, — опознать её протекание. Этим людям пришлось тяжко страдать, чтобы добраться сюда. Огнём и мечом они проложили себе путь через просторы Эарвы, пересекли океан шранков и ныне достигли границы величайшего ужаса любого воинства, ведущего кампанию во враждебных землях — начали потреблять то, что давало им укрытие или перевозило их на себе.

Но старый волшебник не был ни обеспокоен, ни удивлён.

К тому моменту, когда Акхеймион сумел найти лагерь Завета, ночь уже почти вступила в свои права. Он не знал, чего ему ожидать от бывших братьев. Но в любом случае не ожидал обнаружить их обретающимися внутри кольца изодранных шатров. Ветер разметал облака, явив взгляду и Гвоздь Небес, и иссиня-бледный провал бесконечной Пустоты. Ему внезапно стало трудно дышать — столь убедительной была иллюзия недостатка воздуха. Благодаря своим невероятным размерам и местоположению Ковчег, казалось, вздымался прямо за краем лагеря, нависая над ним всеми своими чудовищными формами и сияющими призрачным серебристым светом изгибами. Стараясь изо всех сил от этого удержаться, Акхеймион, тем не менее, беспрестанно бросал на него через плечо быстрые взгляды. *Ты здесь!* — казалось, рыдало внутри него его собственное дыхание. — *Здесь!* И хотя беспокойство пробегало искрами по его коже, а ужас душил мысли, но всё же в душе его то и дело проскальзывало ликование.

Наконец-то! Все кошмары и муки, преследовавшие его, как и всех адептов Завета, живых или уже умерших, одну невыносимую ночь за другой — за всё это, быть может, скоро удастся сполна рассчитаться. Отмщение — Отмщение! — наконец, близко!

И всё же атмосферу, царившую в лагере Завета, в целом можно было описать как дрожащее... онемение.

— Однако, — продолжил великий магистр Завета, — ты же легендарный Друз Акхеймион... — он легонько улыбнулся, — волшебник.

Акхеймион никогда не встречался с Саккарисом лично, но немало слышал о нём. Он многих раздражал — в той манере, в какой раздражают учителей одарённые дети, начинающие кукарекать в классе, стоит наставнику ненадолго отлучиться. Но подобное раздражение обычно быстро отступает, стоит тем явить свидетельства своих знаний, Саккарис же с его способностями и вовсе давал учителям полное право предаваться самовосхвалениям. В чём бы ни заключались его дарования, Келлхус, само собой, быстро узнал о них. Акхеймион праздно задавался вопросом — был ли когда-либо великим магистром Завета человек столь невеликих лет, ибо единственной вещью, казавшейся ему более возмутительной, нежели причёска Саккариса, был тот факт, что в его волосах было слишком мало седины.

Акхеймион улыбнулся в ответ.

— А ты?..

Двадцать лет, проведённых им в добровольной ссылке, месяцы скитаний по пустошам, и всё же этот проклятый джнан с такой масляной лёгкостью вновь явился на свет, выскользнув откуда-то из глубин его существа.

— Пожалуйста, — произнёс великий магистр Завета. Его улыбка обнажила зубы — неестественно ровные. Он говорил, как показалось Акхеймиону, словно человек, изо всех сил старающийся проснуться. — Будет лучше, если мы станем говорить без экивоков.

Обидно думать, но минули десятилетия с тех пор, как ему в последний раз довелось выносить общество мудрых. Образование меняет человека, одаряя его склонностью относиться к простонародью с недоверием или даже презрением. Апперенс Саккарис, как очень быстро понял старый волшебник, едва терпел его присутствие.

Акхеймион, поджав губы, вздохнул. Казалось, всё вокруг источало трагедию — и надежду.

— Тень лежит на этом месте.

Великий магистр пожал плечами, словно бы удивляясь произнесению в его присутствии нелепости.

— Мы собираемся штурмовать Голготтерат, не забыл?

— Я не о том. Что-то терзает тебя. Что-то терзает всех вас.

Саккарис опустил взгляд, рассматривая свои большие пальцы.

— Вспомни о том, что за земля сейчас у тебя под ногами, волшебник.

Акхеймион насмешливо нахмурился.

— Ты почивал на этой земле каждую ночь — всю свою жизнь.

— Да, но на сей раз нам пришлось пересечь весь Мир, чтобы очутится здесь, не так ли?

Акхеймион усилием воли подавил желание треснуть собеседника по лбу, словно непробиваемого глупца.

— За что приговорён к смерти Пройас?

Быть может, он о чём-то узнал? Быть может, он как-то сумел увидеть истинное лицо Келлхуса?

Великий магистр снова заколебался. Несмотря на всю свою досаду, Акхеймион в глубине души вынужден был признать, что Саккарис в конечном счёте был неплохим человеком...

Ибо совершенно очевидно, что его сейчас обуревал стыд.

Тем временем Саккарис справился со своими чувствами, и выражение его лица вновь стало бесстрастным.

— Как ты думаешь, — спросил он, глядя куда-то вправо, — благодаря чему такое множество людей, — воинство настолько громадное, сумело добраться так далеко?

Старый волшебник нахмурился, хоть и понимая сам вопрос, но будучи недовольным сменой темы.

— Ну, наверное, они месяцами шли сюда... совсем как я.

Презрительная усмешка человека, чересчур долго находившегося на грани.

— И что, всё это время ты поддерживал свои силы одними только молитвами?

Акхеймиону, долгие годы жившему в Каритусаль, в своё время довелось посетить не одну опиумную курильню, чтобы немедля узнать это холодное, словно лежащая прямо на лице человека крабья клешня, выражение. Он множество раз видел этот взгляд у людей, зависимых от наркотика, — один из тех взглядов, что одновременно и выказывают бушующую в душе человека необоримую ярость, и бросают вызов всем остальным, предлагая рискнуть и ответить тем же.

— Что же, — давил великий магистр Завета, — ты ел?
Куйяра Кинмои...
— Пищу.
А потом Ниль'гиккаса.
— И какая же *пища*, по-твоему, была доступна Великой Ордалии?

И тогда старый волшебник, наконец, осознал, что Воинство Воинств настиг тот же рок, с которым довелось столкнуться и им с Мимарой.

* * *

Два евнуха прислуживают ей. Оба прокляты.
Когда-то её холили и лелеяли, как рабыню — обихаживая с помощью побоев и ласки. Когда-то её холили и лелеяли, как Анасуримбора — одновременно и балуя и отвергая. Духи, шёлк и суетливые руки отзывались на всякую её прихоть, время от времени смущая её, но намного сильнее утешая и примиряя с действительностью. Даже сейчас, прозревая Суждение, обретающееся повсюду, замечая демонов, цепляющих на лица фальшивые улыбки и тревожные взгляды, она находит прибежище и отраду в нелепости чужих рук, делающих то, что она легко могла бы сделать и сама.

Она ждёт — приходит понимание.
Ждёт, когда закроется Око Судии.
Но оно отказывается закрываться.
Воды, по всей видимости, не хватает, поэтому они обтирают её влажной тряпицей. За исключением произносимых странным голосом указаний, евнухи совершенно не разговаривают, наполняя воздух тихими звуками плещущейся воды и скользящей по телу ткани. Они ошеломлены, их переполняет изумление и отчаяние, изгоняющее рутину из кажущихся повседневными задач. И посему они делают то, что делают, с неистовством воистину религиозным.

Как, впрочем, и следует ожидать, учитывая все совершённые ими насилия и надругательства.

Замаранные душой, но будучи чистыми руками, они размачивают и вытирают грязь с её кожи. Она восхищается своей наготой, сияющей в свете фонаря нежными отблесками, дивится огромному шару своего живота. Обменявшись несколькими фразами на каком-то из бускритикских диалектов, они выбирают в качестве подходящего Мимаре одеяния шёлковую рубаху — несомненно, принадлежащую её отчиму — с орнаментом в виде множества крошечных, размером с шип, бивней, вышитых белым по белой ткани. Рубаха скрывает её до лодыжек. Главенствующая часть её души горестно сетует по поводу выпирающей, словно торчащая на холме палатка, выпуклости её живота, но это продолжается лишь мгновение. Есть какая-то правильность в том, что она облачена в белое.

Один из них поднимает посеребрённый щит в качестве зеркала, но она отворачивает лицо, не из-за того, что отражение в выпуклом диске напоминает нечто вроде луковицы, но в силу исходящего от её облика ослепительного сияния святости. Она требует, чтобы принесли её заколдованный хауберк, пояс и кинжал работы Эмилидиса, её хоры, и, разумеется, мешочек с прахом Ниль'гиккаса. Она чует след своего путешествия на этих вещах — резкий запах, исходивший от Лорда Косотера и его Шкуродёров, промозглую сырость Кил-Ауджаса и Косми, сладкую вонь Ишуаль и сауглишской Библиотеки.

Она избегает смотреть в лица евнухов. И не чувствует ни раскаяния, ни жалости.

Воин, облачённый в какие-то зеленоватые лохмотья, золото и чуть ли не пластами лежащую поверх них грязь, ожидает её за входным клапаном — Мирскату, экзальт-капитан Столпов. Закусив губу, словно непослушный ребёнок, он без объяснений ведёт её по коридору с кожаными стенами. Нажатием руки он откидывает ещё один клапан, украшенный сложным, искусно выполненным тиснением, изображающим перипетии Первой Священной Войны и сцены из Хроник Бивня. Она замечает среди прочих образов фигуру своего отчима, висящего на Кругораспятии.

Вспомнив про Акхеймиона, она ощущает внезапный укол беспокойства.

Мирскату жестом приглашает её войти.

— Истина сияет, — произносит он, странно кривя рот.

Око зрит, как его зубы терзают чей-то пах.

Она с ужасом взирает на него, онемев от отвращения. Он же устремляется прочь, едва не срываясь на бег, ибо каким-то образом чувствует, знает...

Миновав череду изображений людей настолько же святых, насколько и мёртвых, она оказывается в помещении, напоминающем нечто вроде прихожей, стоя перед ещё одним клапаном с таким же тиснением, как и у предыдущего. Свет единственного фонаря разгоняет темноту, открывая взгляду груду беспорядочно сваленного императорского барахла. Кожа её немеет. Быть чистой, размышляет она, означает быть менее... реальной.

Слабое сияние, растекающееся соломенно-золотистыми нитями, открывает её взгляду то, что кажется скомканным, толстым одеялом, брошенным на своего рода походную постель, стоящую справа. Она идёт туда, смакуя ощущение ткани под своими босыми ногами. Кажется, будто чистый ужас вырывается из её лёгких вместе с дыханием. Её горло пылает.

Она берёт одеяло в руки и разворачивает перед собой, словно почтенная женщина — мать семейства, оценивающая товары на рынке. Какое-то время она не способна сделать ни вздоха.

Ибо это не одеяло, а небольшой декоративный гобелен, выполненный плетением необычайного совершенства. Она понимает, что видела его и раньше: когда-то он висел в Сарториалсе — имперском пиршественном зале на верхнем ярусе Андиаминских Высот. Но то, что изображено на нём... это ей довелось увидеть воочию и совсем недавно.

Кажется, что она даже чует запах мха и гниющей коры, воздух, столь густой, что мешает движению — Космь.

Волглая ложбина среди деревьев. Лунный свет, струящийся слабым потоком. Её собственное отражение в чёрном омуте... перевоплощённое Оком в тот самый образ, который она сейчас сжимает в руках...

Беременная женщина, чьи обрезанные волосы кажутся ещё более тёмными из-за сияющего серебристого диска вокруг её головы.

Блаженная.

Она слышит лёгкий скрип откинутого кем-то дальнего клапана — и цепенеет.

— Кто тут?

Женский голос, осипший от длительного молчания, голос слишком усталый, чтобы казаться встревоженным.

Её конечности немеют. Она не может заставить себя повернуться, ибо не способна вынести того, что увидит...

Проклятие, как с самого начала и говорил Акхеймион. Око это проклятие.

Наконец и она понимает это.

— Мим?

Её руки сжимают и тискают ткань одеяний. В ушах шумит, дыхание перехватывает.

Резкий вздох, словно при внезапном порезе.

— Мимара?

Она оборачивается, хотя всё её существо восстаёт против этого. Она оборачивается — сама ось абсолютного Суждения, маленькая девочка, едва удерживающаяся от мучительных рыданий.

— Мамочка...

Скорее выдох, нежели голос.

Она стоит перед ней — Анасуримбор Эсменет, Благословенная императрица Трёх Морей. Измождённая. Аристократично бледная. Отрез розового шелка прижат к её груди...
Темнеющий извивающимися, корчащимися тенями неисчислимых плотских грехов.
Сияющий обетованием рая.
Слёзы... Неразборчивый крик.
Слёзы.

* * *

Сорвил не знал точно, когда именно она успела проскользнуть в убогое нутро его палатки, да, впрочем, он и сам не помнил, как там оказался. Анасуримбор Серва, замотанная в свои свайяльские одежды, ссутулившись, стояла возле выгнувшейся внутрь холстины, кажущаяся в свете его единственного фонаря вырезанной из мрака и золота.

— Цоронга был твоим другом, — сказала она, взирая на него с тем же непроницаемым выражением, что и её старший брат. Но он более не боялся её пристального внимания. Впервые за долгое время он знал, что она увидит лишь то, что ей и должно.

— А мой отец убил его.

Сверхъестественная плотность её присутствия сбивала с толку, особенно в столь жалком окружении.

— Казнил, — поправил юноша, — в соответствии с условиями заключённого между Зеумом и Империей договора.

Он бросил через плечо короткий взгляд на одичалого старого отшельника, неистовствующего и рыдающего, как и он сам.

Она присела на корточки так, что выставленные вперёд колени натянули её одеяния, и схватила его за плечи. Он вздрогнул — как и всегда — от её прикосновения. От чуда её близости. Аромат корицы.

Она схватила его за плечи, и он едва не выпрыгнул из собственной кожи.

— Как ты можешь такое говорить? — допытывалась она.

— *Я умру, защищая тебя...* — прошептал Му'миорн, вытирая слёзы.

Она схватила его за плечи, и он ощутил неумолимую хватку, сомкнувшуюся на его горле, испытал на себе содрогания и удары молотящих бёдер, почувствовал, как изливается семя, выписывая петли на его коже...

Он смотрел на белую точку, на свет, извлечённый из жира тощих. Смотрел, ожидая её появления. Он поднял взгляд и увидел её, стоящую перед ним на коленях и умоляющую — насколько дочери демонов вообще способны кого-либо умолять.

— Сорвил? *Как ты можешь по-прежнему верить?*

Ему неизвестны были её мотивы. Он не знал, подозревает ли она его в чём-то или же искренне беспокоится о нём.

Он лишь знал, что она видит именно то лицо, которое для неё припасла Ужасная Матерь...

Обличье Уверовавшего короля...

Штрихи её красоты приковали к себе его взор — пятнышко веснушек, седлом охватывающих её переносицу, светлые брови, растущие от тёмных корней, профиль императрицы на золотых келликах...

Загоревшая на солнце бледность Проклятого Аспект-Императора.

— Разве это имеет значение, Серва?

Сын Харвила глядел в её умоляющее лицо, наблюдая за тем, как эта чистота и открытость внезапно пропадает, словно рухнув с высокого парапета, и исчезает в какой-то неясной дымке, присущей всей императорской семье. Объятый её руками, он вздрогнул и затрепетал от тепла её ладоней, взирая на то, как она устремляется прочь из этой тесноты и убожества.

Дабы защитить то, что слабо, — ворковал Му'миорн.

Её лицо приблизилось обещанием поцелуя, а затем отодвинулось и ускользнуло прочь, растворившись в ночи. Аромат корицы. Он сидел, щурясь от солнечного света. Будучи совсем не один. Он сидел, вглядываясь в толпу Уверовавших королей и их вассалов — потрёпанную славу Трёх Морей. Повернувшись, он узрел её песнь, сияние, исторгнувшееся яростной вспышкой из её округлившихся от ужаса глаз. И улыбнулся, ступая в сверкающее неистовство этого пламени...

И пока всё Сущее, ускользая во тьму, вздымалось и ходило ходуном, короли Юга завывали у столба соли, который только что был её отцом.

Видишь, мой милый?

* * *

Тощие. Великая Ордалия питалась своими врагами. Шранками.

Наверное, ему стоило бежать и искать Мимару, во весь голос взывая к ней, но, когда великий магистр начал свой рассказ, это заставило его, хоть и мучаясь беспокойством, остаться. Даглиаш. Ожог. Обожжённые.

Глава одиннадцатая. Окклюзия

— Но ты же был там! — вскричал, наконец, Акхеймион. — Неужели ты не мог напутствовать их?! Сообщить им о том, что происходит?!

Горький смех, преисполненный не столько снисхождения, сколько отвращения к себе.

— Нам всем чудилось, будто мы сам Сесватха! Адепты Завета. Свайяли... Державшие в руках Сердце!

А затем он узнал о Мясе и кошмаре, случившемся на пустошах Агонгореи, — о том, как шранки едва не покорили мужей Ордалии изнутри самого их существа. Он с неверием слушал великого магистра Завета, что, дрожа от невыразимых мучений, описывал преступления, совершённые им и его братьями.

Когда Саккарис вновь упомянул Обожжённых, наступило долгое молчание.

— Что ты сказал?

Тяжкий вздох. Напоминающая усмешку гримаса.

— Мы набросились на них, волшебник... Так приказал Пройас, утверждавший, что это воля Святого Аспект-Императора! Он кричал, что сам Ад подготовил их для нас. Я помню это... помню, как любой из своих наполненных безумием Снов. *Вкусим то, что нам уготовил Ад!*

Дрожь охватила великого магистра. Целое сердцебиение он взирал в никуда... два сердцебиения.

— Мы набросились на этих поражённых проказой несчастных, на Обожжённых. Мы набросились на них как... как это делают шранки... даже хуже! М-мы пировали... упиваясь мерзостями... непристойностями и грехами...

Человек, утирая слёзы, захрипел от нахлынувшего отвращения.

— Вот почему умирает Пройас.

* * *

Маленький принц задыхался от возмущения и тревоги. Как? Именно *здесь* изо всех мест на свете?

Тебе нужно было убить её!

И именно сейчас изо всех времён!

Кельмомас лежал рядом с матерью, притворяясь спящим и изучая с помощью слуха кожаные хитросплетения Умбиликуса. Сколько он себя помнил, его побуждения всегда заключались в том, чтобы тщательно контролировать обстоятельства, в подробностях зная все пути, которыми движутся вещи и души, что его окружают. Вот и сейчас он знал, что прибыл кто-то достаточно важный, чтобы от его присутствия по всему Умбиликусу распространялась рябь суматошной деятельности, кто-то, вызывающий благоговение, присущее лишь ему и членам его семьи. Он также услышал, что появление это было встречено с недоверием. И даже уловил нотки непозволительного неодобрения...

При этом вновь прибывший *отказывался что-либо говорить*...

Он лежал, прислушиваясь и ожидая, и снова ожидая, но не услыхал ничего — ни слова, ничего, что выдало бы гостя. Он решил, что это не может быть Кайютас — его старший брат слишком любил звучание собственного голоса. Возможно, это был Моэнгхус, которому никогда не претили долгие, угрюмые паузы, но его устрашающий аспект возложил бы тень сдержанной осторожности на голоса тех, кто прислуживал ему. Оставалась лишь его сестра — Серва, которая всегда его раздражала, не столько по причине присущей ей проницательности, сколько ввиду её мерзкой привычки тщательно во всё всматриваться. Если остальные обычно не обращали сколь-нибудь существенного внимания на своё непосредственное окружение, она не имела подобной склонности и всегда внимательно изучала всё, что оказывалось от неё поблизости...

В этом отношении она была похожа на него самого.

Затем гвардеец указал гостю, где находятся их покои, и, услышав, как задрожал голос экзальт-капитана — ужас, проистекающий из чувства вины и благоговейного трепета, — Кельмомас тотчас без тени сомнений осознал, что к ним явился кто-то ещё, не Серва — кто-то... немыслимый. Он лежал, беспокойно крутясь и ёрзая, и был так поглощён своим раздражением, что даже не понял, когда потревожил мамин сон. Он едва не вскрикнул, когда она вдруг распрямилась и, пошатываясь, встала на ноги, но всё же сдержался и, притворяясь спящим, продолжал лежать, зная, что она глядит на него, моргая от какой-то сумрачной неразберихи, смущавшей её сердце — от боли обожания, удушенной горем и чудовищным недоверием... он почти что чуял это.

Видишь! Она всё ещё любит!

Он возликовал, дрожа и бормоча что-то себе под нос, словно ребёнок, которому прямо сейчас снятся тягостные и кошмарные сны. Ребёнок, не столько уродливый от рождения, сколько ставший таковым в силу роковой случайности или какой-то болезни. Ибо всё, что он сделал, он делал из-за любви к ней. Даже отец подтвердил это!

Она поймёт это! Ей придётся!

Глава одиннадцатая. Окклюзия

Мама повернулась на едва слышный шорох и словно по холодному полу — на цыпочках выскочила из комнаты. Ей хотелось в уборную, понял принц.

Он услыхал, как мама отбросила в сторону лоскут клапана, зная, что при этом она в силу какого-то глубоко въевшегося инстинкта склонила голову. А затем всё растворилось в безмолвии...

И всё же каким-то образом Кельмомас знал.

— Кто тут?

Мамин голос, хриплый от потерь и испытаний.

— Мим?

Долгая пауза.

— Мимара?

Кельмомас застыл, словно пришпиленный к тому самому месту, где находился, пронзённый копьями катастрофических последствий. Никогда... Никогда он не слышал такого удивления, такой безумной капитуляции в её голосе. Это было просто смешно — даже мерзко! Вся целиком, без остатка! Она заканчивалась на собственной коже — как и все остальные! Но зачем? Зачем играть в половину души?

— Мамочка...

Скорее вздох, нежели голос — отдалённый, словно шёпот забытых богов, и всё же звучащий совсем рядом, ближе близкого...

Он отпечатался в самом его существе — этот голос, вплоть до малейшего оттенка. Ему достаточно было единственный раз услышать его, чтобы сделать своим собственным. Но теперь поздно — слишком поздно! Они заключили друг друга в объятия, мать и дочь, и опустились на колени, причитая и всхлипывая. А он лежал, закипая от ярости и заливаясь слезами. Здесь? Сейчас? Как это может быть? Он царапал ногтями простыни. Как долго? Что ему делать? Как долго ему ещё это терпеть?

Тебе нужно было убить её!

За-ткнись! За-ткнись!

Грязная дырка! Полоумная шлюха!

Кельмомас протиснулся сквозь прикрытый разукрашенной кожей вход и увидел их — хныкающих и ноющих. Он даже не помнил, как вскочил с тюфяка, а просто вдруг обнаружил себя стоящим там, дышащим и взирающим.

Две женщины обнимались, стискивая в кулаках одеяния друг друга. Мимара стояла к нему лицом, на котором отражались тысячи бушующих страстей. Щека её смялась о мамино плечо.

— Я так за тебя боялась, — просипела мама, её голос был хриплым и приглушённым.

Глаза Мимары широко распахнулись, сияя отсветами слёз, белеющими в свете фонаря. Она почему-то не видела его, взирая на то место, где он стоял так, словно там обреталась Вечность. Его даже затошнило от того, что она настолько похожа на маму.

— Прости меня, мамочка, — прошептала она ей в плечо. — Мне очень, очень-очень жаль!

Она сморгнула слёзы, вглядываясь, словно сквозь внезапно рассеявшийся сумрак, а затем как-то озадаченно уставилась прямо на него.

— Мим! — плакала мама. — Ох, милая, милая Мим!

Кельмомас увидел, как старая, хорошо знакомая ему нежность появляется в чертах сестры — то скучное, унылое сочувствие, что делало из неё такую невероятную дуру, а также наиболее досаждающего ему врага. И с этой самой гримасой Мимара вдруг улыбнулась... улыбнулась ему.

И что-то будто бы затолкнуло его желчное негодование назад в кельмамасову глотку.

Мамина рука блуждала по плечу и запястью дочери, словно бы стараясь убедиться в том, что всё происходящее реально, а затем замерла на выпуклости её живота.

— Как же это, милая? — спросила она, слегка откинув назад голову. — Что... Что?

Мимара лучезарно улыбалась ему, и Кельмомас почувствовал, как его собственное лицо, несмотря на то что по его венам растекалась жажда убийства, отвечает ей тем же.

— Просто не отпускай меня, мама...

— *Брюхатая шлюха*! — услышал Кельмомас собственный выкрик.

Радость спала с лица Мимары, подобно бремени, отказ от которого лёгок и приятен.

Но ему было плевать на эту её оскорблённую ипостась.

Мама, задеревенев, медленно высвободилась из объятий дочери, а затем повернулась и бросилась к нему. Он мог бы ослепить её или раздавить ей горло и смотреть, как она задыхается, задушенная собственной плотью, но вместо этого стоял, оцепеневший и недвижимый. Она схватила его за запястье и изо всех сил ударила по рту и щеке рукой пальцами, согнутыми крючьями. Он позволил силе этой пощёчины чуть-чуть откинуть его голову назад и в сторону, но не более того.

— *Мама*! — вскрикнула Мимара, бросаясь вперёд, чтобы остановить очередной удар, способный выцарапать ему глаза.

Глава одиннадцатая. Окклюзия

— Ты не представляешь! — завизжала Благословенная императрица своей блудной дочери. — Не можешь даже вообразить себе, что он сделал!

Он смаковал саднящее жжение в тех местах, где её ногти рассекли кожу и где теперь набухали царапины.

— *Змея!*

Кровь заструилась из его носа. Он слегка усмехнулся.

— *Мерзость!*

Мимара потянула маму прочь, прижимая её запястья к своей груди. Между ними что-то промелькнуло — мгновение или взгляд. Какое-то признание. Прибежища? Дозволения?

Мать, всхлипывая, обмякла в объятьях дочери.

— Мертвыыы! — причитала она. — Они все мертвыыы...

Безутешные рыдания. Она внезапно схватила Мимару за плечи и, неистово прижавшись к её груди, наконец, исторгла из себя горестные стенания о невыразимых муках, обрушившихся на неё.

Анасуримбор Кельмомас оставил этот гротескный спектакль, скользнув из комнаты в комнату, из сумрака в сумрак.

— *Он убил их, Мим... убил...*

Маленький мальчик посмотрел на находящийся теперь меж ними клапан — висящий на железных креплениях кожаный лоскут — и увидел изображение своего кругораспятого отца, вытесненное на некогда жившей и кровоточившей коже.

Никто... беззвучно прошептал он внутри своего сердца.

Никто нас не любит.

* * *

— Довольно! — решительно выдохнул великий магистр Завета. — Он этого не одобрит.

— Есть кое-что, о чём я должен тебе рассказать, — молвил Акхеймион.

— Ты уже сказал вполне достаточно.

Хриплый смех.

— Твои Сны... Они изменились?

Это, хоть и лишь на мгновение, привлекло внимание колдуна Завета.

— Мои, — продолжал Акхеймион, — поменялись полностью.

Саккарис, посмотрев на него один долгий миг, громко вздохнул.

— Ты больше не принадлежишь к числу адептов Завета, волшебник.

— И ни один из этих Снов не принадлежал мне.

Хмуро взглянув на него, Апперенс Саккарис поднялся на ноги с видом человека, испытывающего отвращение к тому, что кто-то впустую пользуется его великодушием. Акхеймион вздрогнул. Давнее отчаяние, о котором он уже успел позабыть — так много времени минуло с той поры, сдавило его сердце. Неистовая потребность, чтобы ему поверили.

— Саккарис! Саккарис! Жернова всего Мира крутятся вокруг этого места — и этого мига! А ты решаешь оставаться в неведении насч...

— Насчёт чего? — рявкнул великий магистр. — Насчёт лжи и богохульства?

— Я больше не претерпеваю муки прошлого, будучи Сесват...

— Довольно, волшебник.

— Мне известна правда о Нём! Сакккарис, я знаю, кто он такой! Я знаю, что Он!..

— Я сказал, довольно! — крикнул великий магистр, хлопнув обеими ладонями по походному столу.

Старый волшебник впился в него взглядом, встретив столь же яростный ответный взор.

— Почему? — воскликнул Саккарис. — Почему, как ты думаешь, Он терпел тебя все эти долгие годы?

Этот вопрос пресёк целую орду язвительных возражений, готовых выплеснуться из него, ибо именно им он задавался на всём протяжении своего Изгнания: почему его оставили в покое?

— Почему, как тебе кажется, я сам терплю тебя? — продолжал Саккарис. — Владеющего Гнозисом волшебника!

Акхеймион всегда считал сохранённую ему жизнь чем-то вроде сделки — но не попустительством.

— Потому, — ответил он голосом гораздо менее твёрдым, чем ему хотелось, — что я уже проиграл в бенджукку?

Старая шутка, когда-то придуманная Ксинемом.

Апперенс Саккарис едва моргнул.

— Императрица... — молвил он. — Благословенная императрица — вот единственная причина, по которой ты ещё жив, Друз Акхеймион. Можешь считать себя счастливчиком, ибо она сейчас здесь.

Великий магистр протянул облачённую в алое руку, указывая ему на выход. Однако Акхеймион уже вскочил на ноги, правда лишь для того, чтобы понять, что ему ещё необходимо вспомнить, как дышать и ходить...

Да-да! — убеждала Часть.

У Мимары ещё оставалось кирри.

Глава одиннадцатая. Окклюзия

* * *

Он был лишь одинокой флейтой. Кружащейся в темноте сиротливой душой, струйкой дыма, растворяющейся в Пустоте.

Он стал гремящим хором.

Высящийся с аистом на своём плече или сидящий в одиночестве у себя в палатке, он поднимает взгляд и видит Харвила, разрывающегося между возмущением и страхом за сына. Слышит, как тот говорит: «Мои жрецы называют его демоном...»

Водопад, превосходящий всякую славу.

Воин Доброй Удачи.

Идущий следом за собственной спиною через кишащие толпами переулки, через целые поля вялых человеческих сорняков — урожая, уже поспевшего для сифрангов, оборачивающийся, уступив настойчивому побуждению, и видящий — *так случилось* — Порспариана, улыбаясь, покоящегося на сваленных в кучу дохлых шранках, а затем бросающегося на копьё, что входит ему в горло, словно в карман; лишь для того, чтобы вместе с Эскелесом оказаться припавшим к земле в гуще трав и рассматривающим — *так случилось* — керамику, разбитую на осколки, напоминающие акульи зубы, и внимающим тучному адепту, говорящему: «наш Бог... Бог, расколотый на бесчисленные кусочки...»; катающимся в грязи и слышащим — *так случилось* — сводящие с ума стоны Сервы, приподнимающейся и опускающейся на обнажённом теле Моэнгхуса; и одновременно чувствующим на своей глотке хватку Цоронги и — *так случилось* — его могучие толчки, заставляющие его самого ощущать себя словно в бреду; слышащим имперскую принцессу, говорящую: «мы зрим мертвецов, громоздящихся вокруг нас целыми грудами»; и видящим подёрнутые поволокой глаза Нин'килджираса, льющего холодное масло себе на скальп, блестящий, словно расплавленное стекло, и говорящего, притворяясь кем-то другим, взамен того обломка души, которым является: «Ты думаешь, именно поэтому Анасуримбор прислал его к нам?» — и он был там... когда *так случилось*...

Идущий. Спящий. Убивающий. Занимающийся любовью.

Мчащийся в неизмеримых и непостижимых потоках. Ныне, и, ныне, и ныне, и ныне...

Воин Доброй Удачи.

Стоящий в одиночестве на краю лагеря и всматривающийся сквозь темнеющие просторы бесплодной равнины в простёршиеся там туши мёртвого зла — предлог, послуживший чревоугодию Ада.

— *Ты видишь?* — шепчет аист.

Харвил сжимает плечи сына, улыбаясь с отцовским ободрением.

Всё уже было.

Запечатать Мир? Как, если будущее без остатка запечатлено на том же самом пергаменте, что и прошлое? Оттиснуто. Выписано. Когда красота и ужас столь безграничны.

А основа так тонка.

* * *

Эсменет!

Весь проделанный им среди ночи путь к Умбиликусу старому волшебнику досаждало нечто вроде чувства падения. Ни он, ни Мимара не имели представления о том, что будут делать после того, как достигнут Великой Ордалии. Акхеймион отправился к Саккарису прежде всего из-за отсутствия иных вариантов, хотя, возможно, это было просто чувство самосохранения. Лишь в тот момент, когда он обратился к Саккарису со своими мольбами, старый волшебник осознал всю необъятность владеющего им страха и постиг тот факт, что годы неотступных, навязчивых размышлений превратили Анасуримбора Келлхуса в средоточие его ужаса.

Он частенько представлял себе их прибытие к Великой Ордалии, но в отсутствие уверенности в успехе похода образы эти оставались неясными, будучи укутанными смутной пеленою надежд. Глазами своей души он всегда видел себя стоящим рядом с Мимарой, выносящей Суждение Оком, а Святой Аспект-Император и его двор при этом взирали на... и...

Каким же глупцом он был!

Пример Пройаса вопиял так громко, как это только было возможно, но горе сделало его уши глухими, позволив продлить дурацкое чувство безнаказанности. У них было Око! Сама Шлюха направила их пути к тому, что должно случиться здесь! Или к тому, что они навоображали в своих вымученных фантазиях. Несмотря ни на что, Акхеймион в своих умозаключениях предпочитал простоту — проистекающую из священных писаний и мифов очевидность того, что непременно произойдёт по их прибытии. Судьба ожидает их!

Но Судьба, как подметил некогда знаменитый Протатис, облегчает лишь труды прорицателей. Это рабская цепь, а не королевские носилки — во всяком случае, для таких, как он и Мимара. Судьба лишь насмехается над подобными им.

И, что ещё важнее, Анасуримбор Келлхус — дунианин. Сложности и запутанные схемы — его удел по праву рождения. Конечно, Великая Ордалия была лишь очередным перекрёстком, развилкой, с которой начинался путь гораздо более тягостный и смертоносный. Ибо они прибыли к самому порогу Голготтерата...

Конечно, они пребывали ныне в тисках смертельной опасности.

Конечно, *никто не поверит им*, вне зависимости от того, какое Суждение вынесет Око...

И посему Друз Акхеймион шёл, всё так же мирясь с нависшими над ним угрозами и проклятиями, как и в давние дни, и всё так же терзаясь своими оплошностями и неудачами, как и тогда, когда был ещё юным. Старый волшебник не понимал, что ему делать, зная лишь, что в его душе есть место любви, но при этом ему доставало мудрости, дабы полагать это поводом для ужаса, а не надежды.

* * *

Вопросы громоздились грудой — один на другой...
— Мы прибыли сюда, чтобы судить *его*, мама. Келлхуса.
Эсменет недоверчиво уставилась на неё.
— Мы?
— Акка и я.

Они сидели — колени к коленям — на покрытом ковриками полу, две фигуры, озарённые светом и окружённые темнотой. Мимара ужинала водой и жареной кониной, пока Эсменет рассказывала обо всём, что случилось в Момемне со времени бегства дочери — повествование, быстро перешедшее в перечисление ужасных преступлений и махинаций Кельмомаса. Она позаботилась о выборе слов и осторожничала с деталями, опасаясь, что они могут вызвать у неё очередной, ещё более сильный приступ горя и гнева. Но вместо этого её речи, подобно шагам, унесли её прочь от блужданий вдоль стен, канав и храмов столицы к чудесному возвращению к ней её дочери. Живой!

Оно сокрушило её — их колдовское путешествие через Пустошь в компании мужа и сына-чудовища. Муки и тяготы этого пути уничтожили в ней все прочие страдания, и за это она была ему благодарна. В этом отношении утраты и скорби не отличаются от роскошных убранств — если душа носит их на себе достаточно долго, то начинает воспринимать это как нечто заслуженное — даже как само собой разумеющееся.

А затем... Мимара. Этот необъяснимый дар её возвращения... И она сама теперь мать! Ну, или почти что... Принёсшая вести не о утратах, а о дарах...

Что были также и утратами.

— Ты носишь... — сказала Эсменет, слыша в ушах всё усиливающийся шум. — Ты носишь ребёнка Акки?

Глаза Мимары опущены долу, но в них ни угрызений совести, ни раскаяния.

— Это всё я, — произнесла дочь, рассматривая собственные пальцы. — Я-я... соблазнила его... я хотела, чтобы он учи...

— Соблазнила? — услышала Благословенная императрица скрип собственного голоса. — Что, вот так вот просто? Или ты приставила нож к его горлу, заставив Акхеймиона отдать своё семя?

Сердитый взгляд, казалось, разрушивший нечто вроде зазора неизвестности и взаимного незнания, ранее пролегавшего между ними. Все старые распри вспыхнули с новой силой.

Нет-нет-нет-нет...

— Возможно, именно так я и поступила, — холодно сказала Мимара.

— Поступила как?

— Отняла у него его семя.

— И тебе для этого понадобился нож?

Нет-нет-нет-нет...

— Да! — с жаром воскликнула её дочь. — Ты! Ты была моим ножом! Я использовала своё сходство с тобой, чтобы соблазнить его!

Мимара даже улыбнулась и слегка подалась вперёд, словно её согревали терзания своей старой мишени для нападок и претензий.

— Он даже выкрикивал твоё имя!

Так много. Так много обид. Так много разбитых надежд. Благословенная императрица вскочила и, шатаясь, бросилась через обрамлённый кожаными стенами сумрак, награждая всякого осмелившегося обратиться к ней убийственным взором.

Так много. Так много закрытых пространств, швы, подобные вшитым в прямо толщу Умбиликуса венам. Причудливые регалии Империи, нёсшей гибель и разорение всему остальному миру. Она едва не завизжала на Столпов, оказавшихся у неё на пути. А затем, освободившись от Умбиликуса, оказалась снаружи, рухнув на колени под опрокинутой чашей ночи. Наконец-то!

Свободна...

Открывшееся ей зрелище не было постигнуто сразу всем её существом. Она, казалось, остолбенела, став чем-то вроде сколь-

Глава одиннадцатая. Окклюзия

зящих и вибрирующих кусочков самой себя. Сперва простёрлись вверх её руки, затем выгнулась назад спина. Оно — это зрелище — приковало к себе её взгляд, зацепило лицо, а затем пленило и всё остальное — мысль, дыхание, сердцебиение — всё, кроме каменной неподвижности фигуры.

Чёрный призрак Голготтерата, вздымающийся безмолвной и болезненной тенью из огромной серой чаши Окклюзии.

Она застыла перед тем, что казалось предвестником эпохи опустошения.

Это именно то, на что оно похоже?

И содрогнулась от собственного скребущего горло дыхания.

Это происходит именно так?

Гибель Мира.

Ордалия заполняла большую часть находящихся меж ней и Голготтератом пространств — бесчисленные холщовые лачуги, жмущиеся к корням Окклюзии и размазанные, словно известь, по плоским, как стол, просторам Шигогли. Она видела адептов, шествующих в вышине и патрулирующих периметр лагеря, а на простёршейся внизу пустоши различала пыльные шлейфы боевых колонн, окружающих чудовищные укрепления...

И Рога... она видела Рога — именно такие, как ей доводилось читать — и их жуткое мерцание.

Мы прибыли сюда, чтобы судить его, мама.

Поначалу Эсменет не замечала одинокого путника, бредущего сквозь темноту в основании этой ужасающей перспективы, однако же стоило ей бросить в ту сторону взгляд, как она тут же узнала его, хотя ей и понадобилось целое мгновение, чтобы согласиться с этим.

После всего случившегося, после всех минувших лет он постарел и стал худым, сделавшись совсем непохожим на того пухлого дурака, которого она когда-то любила.

Он тоже узнал её и замедлился, а затем споткнулся и зашатался, будто одурманенный.

Улыбка явилась непрошеной, словно она была гораздо более старой и мудрой. Она вскочила на ноги, оправляя свои одежды в силу глубоко укоренившейся потребности сохранять достоинство, и смахнула с глаз слёзы ярости.

Он двинулся вперёд, но медленно, словно опасаясь, что в сиянии Гвоздя Небес его фигура и образ станут ещё более одичалыми. С каждым сделанным им шагом он всё больше походил на того безумца, которого описывали её соглядатаи.

Друз Акхеймион...

Волшебник.

Он, наконец, доковылял до неё, лицо его было непроницаемо. Исходящая от него вонь повисла в воздухе.

Она ударила его по лицу, в кровь разбив губы, скрытые под спутанной и жесткой, как проволока, бородой, и замахнулась, чтобы ударить снова, но он поймал её запястье грубой ладонью отшельника и с силой заключил её в объятия. Вместе они рухнули в пыль. Он пах землёй. Пах дымом, дерьмом и гнилью — вещами одновременно и целостными и бренными, всем тем, что было украдено у неё Андиаминскими Высотами. Эсменет рыдала, уткнувшись лицом в эту вонь, откуда-то зная, что после этой ночи больше никогда не заплачет.

Она услышала, как яростно что-то кричит Мимара — Столпам, поняла она.

Руки дочери обхватили её плечи. Жасмин. Мирра. Выпирающий живот — тугой и тёплый — прижался к её спине.

Эсменет, Прóклятая императрица Трёх Морей, замерла, дивясь тычку забеспокоившегося плода. И она поняла... С ясностью и окончательностью, которые никогда прежде не считала возможными, она поняла.

Она принадлежит им. Теперь принадлежит им.

Тем, кто способен любить.

ГЛАВА ДВЕНАДЦАТАЯ

Последнее Погружение

> Не все стрелы, выпущенные в незримого врага, пролетят мимо, но ни одна не сможет поразить врага неизвестного.
>
> — *Скюльвендская поговорка*

> Рождению предшествует зачатие, зачатию предшествует созревание, созреванию предшествует рождение. Тем самым, пламя переходит от лучины к лучине. Ибо души по сути своей не что иное, нежели светочи, пылающие как время и место.
>
> — *Пять Опасений*, ХИЛИАПОС

Ранняя осень, 20 Год Новой Империи (4132, Год Бивня), Голготтерат

Народы отличны друг от друга сутью своего процветания. Высшая точка каждого уникальна и зависит от его обычаев, веры, а также готовности применять силу, подавляя обычаи, веру и могущество соседей. Это влечёт за собой разорение, в конечном итоге лишающее все народы обилия и роскоши, разорение, отнимающее цветастые излишества, дарованные их собственной мощью и искусностью. Страдания, будь то голод, войны или эпидемии, перемалывают народы словно жернова, так, что стенания одного превращаются в плач и вопли другого.

Такими и явились на эту войну народы Трёх Морей — связанными общими молитвами и знамениями, но разделёнными и заносчиво кичащимися всем тем, чем отличаются от собратьев.

И посему айнонские лорды раскрашивали лица белым — в насмешку над серебряными масками, что носили конрийские аристократы. И посему галеоты смеялись над бородами туньеров, которые глумились над гладко выбритыми щеками нансурцев, а те, в свою очередь, высмеивали туньерское разгильдяйство, и так далее. Такими и явились на эту войну короли Трёх Морей и Среднего Севера, каждый будучи отпрыском древнего и непростого наследия, каждый будучи родом из городов, в силу своей дряхлости насквозь пропитавшихся изощрённым хитроумием и поражённых упадком. Такими они и явились на эту войну — развращёнными и переполненными гордыней, сияющими блеском своего происхождения, гордо явленного всему миру в их повозках, одеянии и оружии, каждый будучи цветком, взращённым различной почвой и разнородной землёй.

Такими они вышли за пределы Черты Людей, преодолели несчётные лиги пустошей, оказавшись невероятно далеко от дома — во всех смыслах.

Кошмарный путь... оказавшийся переходом в той же мере, в какой и нисхождением.

И они достигли Пепелища, пройдя через пепелище Эарвы, став чем-то вроде награбленной добычи в человеческом облике — сборищем древних реликвий, разломанных на куски и переплавленных фамильных сокровищ, перекованных в нечто такое, чего Мир никогда ещё прежде не видывал — в людей, переделанных и отлитых заново. Проклятых, когда им должно быть блаженными. Обречённых, когда им должно быть спасёнными. И единых, когда им должно быть многими.

Новые люди, помрачневшие от ужасов, что им довелось свидетельствовать, освирепевшие от терзающего их души отчаяния и полные благочестия в силу высушившего их желудки голода. Они выбросили все свои пышные украшения. Одеяния их были запятнаны грязью тысяч пройденных ими земель, а оружие и доспехи забраны у мёртвых родичей. Единая нация, рождённая безумными месяцами, а не безмятежными веками.

В ночь после Великого Отпущения Святой Аспект-Император явился к каждому из своих наиболее прославленных военачальников, дабы наедине всмотреться в их души. Но он не явил милости и не даровал прощения за совершённые ими злодеяния, не дал им ничего, что смогло бы унять вцепившийся в их сердца ужас. Он отверг все их возражения, а в ответ на мольбы выразил одно лишь недовольство. Он явился к ним во гневе и ярости, будучи суровым в указаниях и нетерпимым к ответным речам. Ходили слухи, что он даже убил графа Шилку Гриммеля, ибо тот никак не

Глава двенадцатая. Последнее Погружение

мог унять свои рыдания. Из всех на свете грехов неспособность взять себя в руки стала самым непростительным.

Завтра, поведал он им, Школы будут спущены с поводка и растопят Ковчег, будто печь!

— И когда мы выпотрошим его, как бычью тушу, — скрежетал он, сияя во тьме под провисшей холстиной их палаток, — то соберём всё, что осталось от наших разорванных в клочья сердец... и *вернёмся **домой***.

И, будучи после его ухода едва способными даже просто дышать, владыки Юга поражались причудливой странности этого слова... и оплакивали её.

Ибо все люди тоскуют о доме.

* * *

Мать и дочь отвели Акхеймиона в покои императрицы, выделенные ей в Умбиликусе. В их воссоединении ощущалось напряжение, ибо оно было отягощено недоверием и опасением растревожить старые обиды. Новое сочетание душ, некогда уже соединённых друг с другом, всегда сопровождается тягостной болью множества взаимосвязанных ран, когда шрам трётся о шрам, а один нарыв давит на другой. Поэтому, когда Эсменет поначалу отказалась просить милости для Пройаса, Акхеймион решил, что причина этого кроется в её раздражении, с которым можно справиться одним лишь пониманием и терпением. Ведь, в конце концов, каждый взгляд, брошенный им на носящую его ребёнка Мимару, был для Акхеймиона болезненным, и посему он полагал, что и взгляды, которые в сторону дочери то и дело бросала сама Эсменет, в свою очередь, заставляют её терзаться от гнева, сопоставимого по степени мучительности с его стыдом.

Но чем больше он умолял и упрашивал её, тем чаще и яростнее скорби, обрушившиеся на Пройаса, заставляли его исходить желчью и брызгать слюной. Эсменет же, как это всегда происходило ранее, во время их сумнийских споров, напротив, всё сильнее преисполнялась снисходительности, ибо чем более исступлённое беспокойство о Пройасе проявлял Акка, тем больше возрастала её жалость к нему самому. Она рассказала, что ей доводилось видеть тысячи «вздёрнутых», в особенности в Нильнамеше — после первых успехов восстания Акирапиты. Люди, связанные и подвешенные таким способом, ни разу не протянули дольше нескольких часов, задушенные весом собственных тел.

— Он и так уже продержался дольше их всех, — сказала она с жёсткостью в голосе, вполне соответствовавшей свирепости её взора. — Ты не можешь спасти его, Акка. Не больше, чем ты был способен спасти Инрау.

До этого момента Мимара спорила с ним; теперь же она смотрела на него широко распахнутыми глазами бывшего союзника.

— Тогда я просто сниму его.

— И что? — вскричала Эсменет. — Спасёшь Пройаса лишь для того, чтобы сгинуть вместе с ним.

В этот миг он почувствовал себя очень старым.

Обе женщины взирали на него с печалью и опасением, став в этом мраке и общности чувств ещё более похожими друг на друга. Он понял, что, несмотря на противоположность их взглядов, они видели сейчас перед собой одного и того же человека. Они знали. Побуждение вырвать собственную бороду охватило его.

Бремя было слишком тяжёлым.

— Акка! Сейчас наша цель — спасение Мира... мы пребываем в тени Голготтерата!

А плата слишком высокой.

Слишком.

— В той самой тени, в которой умирает мой мальчик! — вскричал он. Его сердце разрывалось, его чувства и мысли переполняли ощущения и образы мучений Пройаса. И вот он, вскочив на ноги, уже мчится сквозь обтянутые холстиной коридоры и залы, отбрасывая в сторону лоскуты кожаных клапанов и не обращая внимания на несущиеся следом женские крики. А затем старый волшебник оказывается снаружи, хотя воздух там слишком мерзок, чересчур пропитан какой-то прогорклой вонью, чтобы он способен был ощутить пьянящее чувство свободы. Небеса были слишком серыми, чтобы можно было понять, день стоит или ночь, а *прямо перед ним открывалось видение, заставившее его рухнуть на колени.*

Голготтерат.

Верхушка Воздетого Рога уже тлела солнцем нового дня, и пока он смотрел туда, первый луч подступающей зари вонзился сверкающим копьём и в кончик Склонённого. Укрытия и палатки Ордалии, напоминающие застигнутые полным штилем обломки кораблекрушения, равно как и простёршиеся перед ним мили и мили голых пустошей Шиголи окрасились в сиянии этого ложного рассвета в какой-то желтушный цвет.

Словно бы раздвоившись, он одновременно и уже стоял на четвереньках, неотрывно уставившись на мощь зачумлённого золота, и всё ещё падал на колени, глядя на то, как мерцающими нитями свисают его собственные слюни.

Глава двенадцатая. Последнее Погружение

Маленькие ладошки подхватили его под каждую из рук и со смутившей Акхеймиона лёгкостью подняли его на ноги.

— Лишь я могу спасти его, — произнесла Благословенная императрица Трёх Морей, прислонившись лбом к его виску, — я — единственный изменник, которого мой муж когда-либо оставлял в живых... — Она смотрела на них с изумлением и страхом... — Так надолго.

* * *

Юный имперский принц, схватившись за голову от дезориентации, вскочил на ноги под громкий звон Интервала. Комната, в которой он находился, была просторной, но забитой всякой всячиной. Свободного места возле его постели было маловато, поскольку слева к ней вплотную примыкали кожаные панно, а по его правую руку были свалены груды разного рода пожитков и припасов. Затем он вспомнил — вернулась эта сучья Мимара и они отправили его спать в кладовую.

У пробуждения есть любопытное свойство — готовность человека иметь дело с событиями, чересчур беспокоящими и хаотичными, чтобы он был способен даже просто постичь их, пока те ещё происходят или сразу же после того. Они бежали прочь от развалин Андиаминских Высот, пересекли само чрево Мира, и всё это время у него подгибались ноги от тревоги, ужаса и сожалений. У него попросту не хватало духу, чтобы как следует обдумать случившееся.

Казалось, что способность дышать осталась единственным даром, по-прежнему доступным ему.

Мы проиграли эту игру, бра...

Нет!

Поначалу он просто сидел, понурившийся и удручённый, — твёрдая, напряжённая оболочка, застывшая поверх безмолвных, но яростных споров. Кто-то придёт, сказал он себе. Кто-то обязательно должен прийти к нему, даже если это будет всего лишь гвардеец или раб! Он же *маленький мальчик*...

Ничего. Никого.

Его светильник прогорел за ночь. Утренний свет единственным тоненьким лучиком проникал внутрь сквозь шов в потолке и просачивался тусклой полоской вдоль верхнего края наружной стены. Этого было более чем достаточно для его глаз — в комнате на самом деле оказалось гораздо светлее, нежели во чреве Андиаминских Высот. Он разделся и разложил на походной кровати свою одежду — алую тунику, расшитую роскошными золотыми нитями, — а затем снова взял и надел её, будто она была свежей. Он плакал от голода.

Он же маленький!
Но ничего не происходило. Никто к нему не пришёл.

Какое-то время он, постукивая по полу босыми пятками, сидел на краю тюфяка, вслушиваясь и перебирая звучащие голоса, выискивая... преимущество... ему нужно было обнаружить хоть какое-то преимущество в катастрофе, поглотившей его Мир. На Андиаминских Высотах он всегда заранее знал обо всём, что должно случиться. Он мог лежать тёплым и сонным, наслаждаясь тем, как место и действие словно бы расцветают, вырастая из едва слышимых звуков. Всякая спешка непременно выбивалась из ленивого звучания текущей рутины, любая целеустремлённость заставила бы умолкнуть бормотание сплетничающих рабов, и тогда он сыграл бы в игру, смысл которой заключался в том, чтобы угадать характер и цель всех этих приготовлений. Умбиликус в этом отношении отличался от Андиаминских Высот лишь тем, что его тонкие стены из холстины и кожи предоставляли гораздо больше свободы его пытливому слуху. Дворцовые мрамор и бетон заставляли всякий звон или шёпот застревать в позлащённых коридорах. Здесь же, стоило ему закрыть глаза, и кожаные стены становились кружевом, прозрачным для всех скребущих и попискивающих звуков, исходящих от душ, в нём обитающих.

Тишина становилась мерой пространства, пустотой, в которой проявлялись разбросанные там и сям участки личной или совместной деятельности. Два человека, препирающиеся из-за недостатка воды. Мирскату, экзальт-капитан Столпов, разбрасывающийся небрежными указаниями. Какой-то грохот, раздавшийся в огромной полости зала собраний.

Он уловил чей-то голос, произнёсший: «*Который из них?*» — где-то неподалёку, в одной из комнат, расположенных в дальней от входа части этого громадного, запутанного павильона.

Звучащие в этом голосе нотки благоговения, выходящего за рамки обычного подобострастия или даже раболепия, привлекли его внимание.

«*С волчьей головой...*» — ответил кто-то ещё.

В то время как первый голос принадлежал юноше, чей шейский был исковеркан гнусавым варварским выговором эумарнанского побережья, второй голос выдавал человека более опытного и уверенного, говорившего с небольшим айнонским акцентом, свидетельствующим о долгих годах, проведённых в Нансурии. Оба голоса при этом звучали приглушённо и даже испуганно, будучи подавленными присутствием кого-то третьего...

Глава двенадцатая. Последнее Погружение

Юный имперский принц резко выпрямился, крепко обхватив плечи.

Отец здесь.

В панике он ощупывал слухом мрак Умбиликуса в поисках малейших признаков присутствия матери — сочетания звуков, известного ему лучше любого другого букета и ценимого пуще всех прочих звуков на свете.

Может, она спит?

Или сбежала?

Это ты сделал! Ты прогнал её!

Нет...

Она где-то рядом — она должна быть тут! Ведь он её милый мальчик!

Совсем ещё *малыш*...

«Хорошо, — произнёс второй голос. — А теперь дай сюда щётку».

Свист ткани. Глазами своей души Кельмомас видел Его, неподвижно стоящего с вытянутыми в стороны руками, пока угрюмый слуга, склонившись, вычищает складки и швы его шерстяных одеяний.

— Отец... — осмелился он пискнуть во мраке, — никто не пришёл ко мне.

Ничего.

Словно бы что-то вроде крохотного обезьяньего когтя вцепилось ему прямо в глотку. Он нервно царапал лицо.

— Отец... пожалуйста!

Мы же ещё маленькие!

Ритмичный шорох очищающей ткань щётки ни на миг не прекращался, напоминая шум, когда-то доносившийся до его слуха из подметаемого рабами плаца скуари.

Предатели, населявшие душу мальчика, взбунтовались. Его глаза обожгли слёзы. Он раскашлялся от неудержимых рыданий, забрызгав капельками слюны темноту. Из распахнутого рта вырвалось нечто вроде кошачьего визга...

Он всеми покинут! Брошен и предан!

И тогда его отец, Святой Аспект-Император, сказал:

— Уверовавшие короли собираются. — Посвист ткани под щёткой стих. — Тебе надлежит пообщаться с сестрой или братом? — А затем возобновился, ускорившись от удивления и ужаса. — Прислушайся к ним, Кель. — Судя по звукам, раб пытался без остатка раствориться в порученной ему работе. — Им известна сущность твоих преступлений.

* * *

Они вместе двинулись в путь через предрассветные просторы Шигогли, зеркальные отблески Инку-Холойнаса озаряли их путь. Они решили, что как только доберутся до Обвинителя, Благословенная императрица просто прикажет обрезать верёвку и снять Пройаса. И вновь Мимара отказалась оставить свои чёртовы безделушки, не дав Акхеймиону проложить их путь напрямик через небеса.

— Ну, конечно! — кричал старый волшебник, взмахами рук словно бы пытавшийся поцарапать лик безучастного неба. — Давайте не по...

— Смотрите! — вскрикнула Эсменет. Палец Обвинителя виднелся вдалеке, всё ещё оставаясь в тени Окклюзии, благодаря чему отдалённые бело-голубые вспышки гностического колдовства казались ещё более яркими и заметными...

— Свяйяли, — сказала Мимара — самая остроглазая из них.

Старый волшебник разразился ругательствами, проклиная как само присутствие ведьм, так и то, что со всей неизбежностью из этого следовало — он действительно ничего не мог поделать без помощи Благословенной императрицы Трёх Морей. Его мысли неслись и распухали, словно пузырящаяся пена в бурном потоке. Он начал ходить кругами, настаивая, как ему казалось вполне разумно, на том, что он и Эсми могли бы пойти напрямик...

— И что? — рявкнула Эсменет. — Ты оставишь свою беременную жену в одиночку тащиться через Шигогли? — Резко повернувшись к Голготтерату, она, умерив ярость, крикнула: Ты что, *позабыл, где мы?*

Друз Акхеймион издал вопль, голос его надорвался, словно извлечённый прямиком из ада папирус. Он взревел, оглашая пустоши криком человека, столкнувшегося с почти непреодолимым препятствием; человека растерянного и, прежде всего, человека, совершенно не понимающего, как ему дальше быть.

Женщины хмуро посмотрели на него, а затем Эсменет с непроницаемым выражением на лице повернулась к дочери... и обе они покатились со смеху. Старый волшебник задохнулся от возмущения и в ужасе воззрился на них, видимо рассчитывая одной лишь свирепостью своего взгляда согнать с их лиц эти возмутительные ухмылки. Но они прижались к нему — к той вонючей груде шкур, которой он был, и крепко схватили за руки. И внезапно он тоже рассмеялся, квохча, словно старая гагара, и всхлипывая от облегчения — от признательности человека, обнаружившего себя в окружении душ, которых по-настоящему любит...

Глава двенадцатая. Последнее Погружение

Память о прежней живости наполнила его, словно душистый пар. С кивком человека, пришедшего в себя от приступа, на миг затуманившего его ум и похитившего мужество, он освободился из их хватки.

— Сперва убедимся в том, что он ещё жив, — сказал старый волшебник, признав, наконец, возможность, о которой Эсменет твердила с самого начала.

Его чародейский голос окутал их подобно туману. Он увидел отблеск белой искры своего рта в их глазах. Простёртыми в стороны руками он направил колдовскую Линзу на овеянный легендами Химонирсил, Обвинитель, испытывая при этом чувство удовлетворения, как, собственно, и всегда, когда ему доводилось проявлять свою силу. Округлое искажение сфокусировалось на отдалённой точке и чудесным образом приблизило её, явив его взгляду то самое, что он жаждал увидеть, тот самый ужас...

Пройаса, висящего голым... и напоминающего влажное тряпьё, какой-то хлам — бесформенный и блестящий...

И дышащий...

Глубокая тень словно бы продавливает его бок — медленно и неуклонно... и неоспоримо.

— Сейен милостивый, — задыхаясь, воскликнул Акхеймион.

— Келлхус не... не *вздёрнул* его, — сказала Эсменет, ошеломлённо всматриваясь в изображение. — Видишь... как верёвка, обвязанная вокруг пояса, идёт затем к локтям? Видишь, как это распределяет его вес? Он хочет, чтобы Пройас оставался в живых... чтобы он не умер.

Они переглянулись, вспомнив о том, что здесь, в этом месте, не бывает случайностей.

— Чтобы Пройас мог увидеть завтрашнее сражение? — спросил Акхеймион. — Чтобы показать ему праведность своего дела?

Эсменет медленно кивнула.

— Этот вариант лучше, чем другой.

— Какой ещё другой? — спросил он.

Мимара стояла, положив руки на белую выпуклость своего живота, будучи в каком-то смысле более осведомлённой и менее заинтересованной, нежели любой из них.

— Чтобы он страдал.

Но Благословенная императрица Трёх Морей нахмурилась. Подобно Акхеймиону, она далеко не сразу готова была согласиться с тем, что её муж в дополнение к своей безжалостности ещё и злобен.

— Нет. Чтобы заманить нас... заставить убраться прочь от Великой Ордалии.

Акхеймиону почудилось, будто остриё кинжала скребёт по его груди.

— Зачем? Что произойдёт сегодня?

Эсменет пожала плечами:

— Великую Ордалию надлежит подготовить...

Казалось, будто какая-то бездонная пустота щекочет его нутро.

— Как? — донёсся голос Мимары откуда-то сбоку.

— Сегодня днём лорды Ордалии соберутся в Умбиликусе, чтобы принять Его благословение, — сказала она, взглянув им в лицо. — Он называет это Последним Погружением.

* * *

Сын Харвила наблюдает за тем, как он сам оборачивается, чтобы увидеть себя наблюдающего за тем, как он пробирается сквозь заполнившие Умбиликус толпы, в тот самый момент, когда адепт Завета хватает его за руку.

— Г-где... — бормочет Эскелес, — где же вы скрывались, Ваше Величество? — Он не просто отощал, он попросту измождён, но его улыбка всё так же сладка, как и прежде. — Я пытался разыскать вас после вашего возвращения, но... но...

Такой одинокой маленькой флейтой...

Он был.

Эскелес хмурится, в то время как они с Му'миорном хохочут над его бедной, забитой лошадкой. Он пробирается сквозь кишащие толпы, хватает его за локоть и говорит:

— Где же вы скрывались, Ваше Величество?

Такая тихая, одинокая песня... робкий плач, звучащий над бездной.

— Я пытался разыскать вас после вашего возвращения, но...

Свет солнца — сверкающий и сверкавший. Воин Доброй Удачи хмурится, а затем усмехается в знак узнавания.

— Эта земля пожирает наши манеры.

Они обнимаются, ибо что-то в том, как держит себя адепт, требует этого. Он смотрит мимо леунерааль и зрит себя, стоящего коленопреклонённым перед Святым Аспект-Императором, видит себя склонившимся, чтобы поцеловать его возвышающееся, словно гора, колено и сжимающим в правой руке древний мешочек. Чёрные паруса Умбиликуса скрывают собой безбрежную синеву.

— Этот узор... — говорит Серва. — Троесерпие...

— И что насчёт него? — спрашивает он, вздрагивая от близости её взгляда к своему паху.

Её взгляд — холодный и отстранённый, словно взгляд старых, исполненных гордости вдов, наконец, поднимается и встречается с его собственным.

— Это знак моего рода времён Ранней Древности... Анасуримборов из Трайсе.

Он оборачивается и обнаруживает себя окружённым проклятыми лордами Ордалии и ступающим в компании сморщенного трупа Эскелеса, говорящего:

— Я пытался разыскать вас после вашего возвращения, но... но... Лорды Ордалии воют от ужаса и неверия.

Воин Доброй Удачи усмехается, ожидая того, что уже случилось. Он замечает наблюдающего за ним сына Харвила, стоящего на расстоянии всего нескольких сердцебиений.

То, что было жалким, одиноким плачем, стало могучим хором. Его дышащий жизнью любовник воспламеняет плоть сына Харвила, творя из него жертвоприношение Ужасной Матери.

— Эта земля пожирает наши манеры.

* * *

Одетая в яркие, переливающиеся волнами церемониальные облачения Анасуримбор Серва явилась нежданной, войдя в его комнату сразу же вслед за Столпом, принёсшим ему фонарь и кусок лошадиной ноги, явно поджаренный ещё минувшим вечером. Кельмомас тут же плюхнулся на задницу и, скрестив ноги, сделался подобным сидящему на коврике псу, наблюдающему за тем, как она, проходя мимо груды отцовских вещей, с беззастенчивой очевидностью изучает его.

— Ты и вправду всех их убил?

Кельмомас одарил сестру грустным взглядом, а затем вернулся к своей убогой трапезе.

— Только Сэмми, — сказал он с набитым ртом.

Похудев, она теперь выглядела по-другому, но в целом не слишком изменилась, если, конечно, не обращать внимания на синяк вокруг глаза и лёгкий налёт... отчаяния, быть может. Серва всегда была как бы отстранённой. Даже будучи ещё совсем ребёнком, она всегда умела показать своими манерами и чертами какую-то величавость, без усилий могла изобразить женственное благородство — то, что другие девочки её возраста могли лишь по-обезьяньи передразнивать. А битвы, через которые ей довелось пройти, понял мальчик, не ощущая при этом ни малейшей досады, отточили эти качества, превратив их в нечто почти мифическое.

— Да ещё и не по-настоящему, — сказала она.

— Нет... не по-настоящему. Я убил лишь его плоть.
— Потому что веришь в то, что ты и есть Сэмми.
— Отец знает об этом. Он знает, что я не вру. И Инрилатас тоже знал!

— И всё же мама... — сказала она, позволив этим словам скорее повиснуть в воздухе, так и не став прямым вопросом.

Пережёвывание. Глотание.

— Винит меня за всё. За Инри. За Святейшего дядю. Даже за Телли.

Его сестра заметно разозлилась.

— А тебе-то что за дело? — вскричал он.

— В нас полно трещин, братец. Словно в битых тарелках. Наши сердца — полупустые чаши, в них нет сострадания. — Она приближалась к нему, с каждым шагом всё больше становясь гранд-дамой свайяли и всё меньше девушкой, которая, сколько он себя помнил, не обращала на него ни малейшего внимания. — Но у нас есть наши способности к постижению, братец. У нас есть наш интеллект. Нехватку сострадания мы восполняем здравомыслием...

Он пристально смотрел на неё несколько неторопливых ударов сердца, а затем вновь набросился на свою истекающую жиром пищу.

— Значит, ты считаешь меня безумным... — сказал он, набивая рот, — вроде Инрилатаса?

Она возобновила невозмутимое изучение отцовского имущества.

— Инрилатас был другим... Он не отличал грех от божественного деяния.

— А как насчёт меня, госпожа. Какова тогда природа моего безумия?

Мгновенно последовавший ответ ужаснул его:

— Любовь.

Мальчик, казалось, обратил всё своё внимание на поблёскивающие в свете фонаря остатки трапезы, разбросанные по тарелке. Даже у мяса была собственная Безупречная Благодать. Он медленно выдохнул... так же медленно, как тогда, когда шпионил за нариндаром на Андиаминских Высотах.

Его сестра продолжала:

— Мама теперь за пределами твоей досягаемости, Кель? Ты же понимаешь это?

Он продолжал рассматривать конину, надеясь, что жажда убийства не отразится на его надутом лице — надеясь, что его великая и беспощадная сестра не сумеет увидеть её.

— Она устроила заговор, рассчитывая убить Отца, — сказал он, скорее для того, чтобы умерить эту её невыносимую самоуверенность, нежели ради чего-то ещё. — Ты знала об этом?

Серва внимательно посмотрела на него.

— Нет.

— И теперь она за пределами досягаемости отца.

Ты выдаёшь ей слишком многое! — вскричал Самармас.

Взгляд Сервы на краткое мгновение затуманился, а затем вонзился в него, будто железный гвоздь.

— И ты полагаешь, что по этой причине сможешь вернуть себе его расположение.

Имперский принц продолжал рассматривать конину у себя на тарелке, едва заметно дрожа от обуревавшей его ярости, — и на этот раз сестра без труда увидела это!

Гранд-дама свайяли присела на корточки прямо перед ним.

— Ты именно таков, как и сказал наш Отец, — сказала она с выражением лица столь же безучастным, как у спящего. — Ты любишь нашу мать, как обычный мальчик, но твои колебания и привязанности во всех остальных отношениях — воистину дунианские. Мамина любовь — единственный твой интерес, единственная цель, которую ты способен преследовать. И весь Мир для тебя лишь инструмент, смысл существования которого состоит в том, чтобы с его помощью сделать мамины чувства к тебе её главной и единственной страстью...

Мальчик пристально смотрел куда-то вниз, чавкая так громко, как только мог. Он чувствовал на себе её взгляд — исполненное злонамеренности присутствие существа, обладающего ангельской внешностью, но при этом совершенно беспощадного.

— Ты создание тьмы, Кель, — машина в степени даже большей, нежели сами машины.

Становилось весело.

— *Что она имеет в виду?* — спросил Самармас.

Мир поддавался ему слишком часто и слишком решительно, чтобы он был способен смириться с оценками его природы, исходящими от какой-то коровы...

Он поднял взгляд, доверив незамутнённой ненависти задачу стереть с его лица все прочие чувства и мысли.

— Ты можешь почуять их запах? — спросил он. — Нашей сестры и волшебника?

Серва одарила его тонкой усмешкой семейной гордости, а затем поднялась на ноги с лёгкостью, напомнившей ему о том, что она превосходит его в силе и скорости. Уступая просьбе младшего брата, она закрыла глаза и глубоко вдохнула, поражая его взор своими чертами, одновременно и столь прекрасными, и такими хрупкими.

— Да... — сказала она, по-прежнему не открывая глаз. — Так, значит, она просто пришла с Пустоши?

Сделав здоровенный глоток, Кельмомас кивнул. Какой же он голодный!

— Угу — причём на сносях, как на том гобелене из Пиршественного зала.

Серва пристально посмотрела на него своим холодным взглядом.

— Это как-то касается Отца? — наседал мальчик. — Она говорит, что явилась судить его.

— Мимара всегда была безумной, — сказала Серва, словно бы указывая ему на непреодолимую гору, обозначенную на карте.

В этот момент он даже ужаснулся исходящему от неё ощущению головокружительной высоты. Быть может, это было именно то, что делало их души нечеловеческими — соединёнными слишком многими заботами с вещами чересчур огромными, чтобы иметь хоть какое-то отношение к обыденной жизни. Соединёнными с чем-то, слишком напоминающим Бога... Как и говорил Инрилатас.

— Как ты думаешь, что отец собирается делать со мной? Заточит меня, как заточил Инри?

Она поджала губы, то ли и вправду задумавшись, то ли изображая раздумья.

— Я не знаю. Если бы не мама, он бы в своё время убил Инрилатаса — или мне просто так кажется. Кайютас с этим не согласен.

— Так, значит, он готов убить собственного сына?

Она пожала плечами:

— А почему нет? Твои дары слишком устрашающие, чтобы доверить их капризам чувств.

— Так, значит, и ты готова убить меня?

Встретившись с ним взглядом, она какое-то мгновение молчала.

— Без колебаний.

Нечто словно бы схватило и выкрутило его кишки; нечто вроде реальности, будто всё, случившееся с ним до этого мига, было лишь какой-то гадкой игрой...

А вот интересно, на что похожа смерть?

Заткнись!

— А Кайютас? Он бы тоже убил меня?

— Понятия не имею. Мы слишком сильно заняты, чтобы об этом думать.

Глава двенадцатая. Последнее Погружение

Он напустил на себя вид пригорюнившегося ребёнка.

— Тебя возмутило поручение посетить меня?

— Нет, — небрежно сказала Серва. Она вновь приоткрыла вуаль своих чувств, позволив взгляду слегка задержаться. — Я доверяю Отцу.

— Ты доверяешь отцу, способному убить собственного сына?

Её одежды взметнулись одним коротким резким движением, она встала прямо перед ним, глядя вниз своим треклятым бесстрастным взором. Отблески света заиграли на золотых киранейских крыльях — основание каждого вырастало из кончика предыдущего, — которыми были расшиты шлейфы её одеяний.

— Ты имеешь в виду, что мне не стоит доверять Отцу, потому что он не способен любить, — сказала она. — Но ты забываешь, что мы дуниане. Всё, что нам требуется, так это общая цель. И до тех пор, пока я служу отцовским целям, мне нет нужды сомневаться в нём или опасаться его.

Кельмомас откусил кусок мяса от шматка холодной конины и, медленно пережёвывая, уставился на неё снизу вверх.

— А Пройас?

Это имя зацепило её, словно крюк. Он очень мало знал о том, что произошло после их прибытия, но догадался, по-видимому, довольно о многом.

— Что Пройас? — спросила она.

— Некоторые цели предполагают необходимость разрушения инструментов, с помощью которых они достигаются.

Её взгляд затуманился обновлением оценок и суждений.

Ты показываешь чересчур много.

Пусть она видит. Пусть видит, сколь острым может быть нож её младшего братика.

— Что ж, значит, быть посему, — сказала прославленная гранд-дама свайяли.

— Ты готова умереть ради Отца?

— Нет. Ради его цели.

— И какова же та цель?

Она снова на время умолкла. Среди всех своих братьев и сестёр имперский принц всегда считал Серву наиболее непостижимой, даже в большей степени, нежели Инри — и вовсе не из-за её Силы. Она не умела видеть так далеко и настолько глубоко, как он, но при этом сама ухитрялась оставаться почти абсолютно непроницаемой.

— Тысячекратная Мысль, — ответила она. — Тысячекратная Мысль его цель.

Кельмомас нахмурился.

— И что это такое?

— Великий и ужасающий замысел, который позволит уберечь Мир от вот этого самого места.

— И откуда тебе это знать?

Да. Дави не переставая.

— Ниоткуда. В этом я могу лишь положиться на Отца и на несравненное могущество его разума.

— Так вот почему ты вручаешь отцу свою жизнь? — недоверчиво вскричал он. — Потому что он умнее?

Она пожала плечами:

— Почему нет? Кому ещё вести нас, как не тому, кто зрит глубже... и дальше всех остальных?

— Возможно, — сказал он, раздуваясь от гордости, — нам стоит преследовать собственные цели.

Страдальческая улыбка.

— Нет лучшего способа умалиться, младший братец.

Если только, — произнес некогда тайный голос, — *не подчинить этим целям весь Мир...*

По её лицу скользнула тень любопытства.

— Самарсас... Он действительно внутри тебя.

Кельмомас опустил взгляд, уставившись на свою тарелку.

Он понимал, что теперь она была по-настоящему обеспокоена, хотя ничем и не выдала этого.

— Ты ошибаешься, Кель, если считаешь, что цели, которые появляются благодаря каким-то порывам, — твои собственн..

— Но они — мои собственные! Как мож...

— Твои ли? К чему тогда этот вопрос, младший братец? И что же это за цели, скажи-ка на милость?

Анасуримбор Кельмомас уставился вниз, на свои сальные пальцы и пятна белого жира на серой ткани.

Чего же он действительно пытается достичь?

Его сестра кивнула.

— Желания вырастают из тьмы. Тьмы, что была прежде. Это они владеют тобою, братец. Потакать им — всё равно что с ликованием приветствовать собственное порабощение, потворствовать им — значит, делать слепую жажду своим госпо...

— А лучше быть порабощённым Тысячекратной Мыслью?

— Да! — вскричала она, наконец купившись. — Лучше быть рабом Логоса. Лучше быть порабощённым тем, что господствует над самой жизнью!

Он уставился на неё, совершенно ошеломлённый.

Глава двенадцатая. Последнее Погружение

Умная сука!

Зат-кнись! Зат-кнись!

— И поэтому-то ты и готова убить меня, — опрометчиво воскликнул он, — пото...

— Потому что ты не имеешь представления о каких бы то ни было целях, кроме любви нашей матери.

Он взглянул на подпалённый кусок лошадиной ноги, который держал в руках, мясо ближе к кости было розовым и отслаивалось, словно разодранная крайняя плоть. То, как в свете фонаря мерцали все эти хрящи и кости, казалось подлинным волшебством.

— А если я приму отцовскую цель, как свою собственную?

Он продолжал обгладывать мясо с кости.

— Ты не властвуешь над своими целями. В этом отношении ты подобен Инри.

Он проглотил очередной кусок, а затем обсосал зубы.

— И это означает, что мне стоит смириться с собственной смертью?

Знаменитая ведьма нахмурилась.

— Я не знаю, как отец намерен с тобой поступить. Возможно, он и сам пока что не знает, учитывая Голготтерат и Великую Ордалию. Боюсь, ты сейчас самая малая из всех его забот. Всего лишь соринка.

По всей видимости, Мир на самом краю пропасти.

Да! Как ты не видишь? У нас есть время!

Заткнись!

Есть время, чтобы всё исправить!

— А если бы ты была сейчас на моём месте, как бы ты поступила, сестра?

Её взгляд мучил его своим безразличием.

— Попыталась бы постичь Отца.

Это было наследием их крови, тот факт, что большего ей и не требовалось говорить, ибо кровь всегда была ответом.

Юный имперский принц снова принялся жевать.

* * *

Две тройки Лазоревок охраняли Обвинитель — одна заняла позицию у вершины скалы, а другая на каменном крошеве у её основания. Акхеймиону не было нужды наколдовывать ещё одну Линзу, ибо он и без того знал, что ведьмы с неослабевающим интересом наблюдают за их приближением.

Вместо того чтобы добираться до Обвинителя понизу, они вскарабкались на склон Окклюзии, выбрав путь, пролегающий через чёрные базальтовые руины Аробинданта. Сторонники её мужа, как объяснила Эсменет, не слишком-то уважительно относились к ней, даже когда она находилась на возвышении, не говоря уж о том, если бы ей пришлось взывать к ним снизу, стоя в какой-то яме. Но подъём непосредственно от основания скалы был бы для них, а особенно для Мимары, чересчур утомительным. Сердце старого волшебника и без того едва не выпрыгнуло изо рта, когда он увидел, как она со своим животом, напоминающим огромную грушу, пошатываясь, карабкается по склонам, стараясь при помощи расставленных в стороны рук удержать равновесие.

Зачем? — услышал он яростный хрип скюльвенда. — *Зачем ты потащил свою сучку через тысячи вопящих и норовящих сожрать вас обоих лиг?*

Лазоревки наверняка знали, что он колдун, ибо его Метка была глубока, но не предприняли никаких действий, даже когда они подошли совсем близко. По всей видимости, они давно наворожили собственные Линзы и отлично знали, что его сопровождает Благословенная императрица.

Акхеймион за руку вытянул Мимару, чудесным образом по-прежнему выглядевшую безупречно чистой, на усыпанный каменной крошкой уступ, где уже находился он сам и её мать. Основание Обвинителя было теперь прямо над ними.

— Давайте говорить с ними буду я, — сказала Эсменет, хотя старый волшебник и не имел представления, почему она при этом бросила на него резкий, предупреждающий взгляд. — Вот если бы нам удалось застать их врасплох, — добавила она, — но, уверена, они уже всё...

Раздавшийся неподалёку женский голос оборвал её речь, а следом до них донёсся нестройный хор колдовских бормотаний. Все втроём они вскарабкались на ровную площадку, на которой некогда располагалось основание древней цитадели, тут же увидев тройку свайяли, в ряд зависших в тридцати локтях над тыльной стороной Обвинителя. Глаза и рты ведьм полыхали белым, шлейфы их одеяний были выправлены и развернулись завитками золотой ткани, змеящимися в воздухе вокруг них...

Эсменет выругалась, вместе с Акхеймионом и Мимарой поражённо взирая на открывшееся им зрелище.

— Многовато их, — пробормотал старый волшебник, — для того, чтобы стеречь клочок земли на верхушке скалы...

Зрелище ошеломляло. Обвинитель, в точности как и говорилось в легендах, указывал не столько на Склонённый Рог, сколько

Глава двенадцатая. Последнее Погружение

на Воздетый — громадный и сияющий, словно могучая золотая ось, вокруг которой вращается вся эта пустошь. Ведьмы свайяли висели, будто пришпиленные к этому чудовищному видению, их шелка, несмотря на месяцы тяжёлого пути, по-прежнему блестели и переливались, распускаясь, словно лишённые стебля цветы, а из их ртов и глаз изливались сияющие смыслы.

Акхеймион повернулся к Эсменет, которая, казалось, тихонько проговаривала про себя то, что сейчас собиралась во весь голос заявить Лазоревкам. Схватив её запястье, он произнёс:

— Подожди... Эсми...

Нахмурившись, она обернулась к нему.

— Если бы Келлхус захотел... убить тебя... убить всех нас...

— То что?

— Я... я не смог бы на его месте придумать способа лучше! Сделать это вдали от лагеря, а потом сочинить на этот счёт какую-нибудь правдоподобную историю.

Она улыбнулась, словно бы поражаясь его наивности, и провела двумя пальцами по щеке волшебника вниз через жёсткую, словно проволока, бороду.

— Я жила с ним двадцать лет, Акка. Я знаю своего мужа.

— Тогда ты знаешь, что это может быть ловушкой.

Она покачала головой в ласковом отрицании, похоже, слишком хорошо замечая — так, как замечала всегда — все безнадёжные противоречия в его мыслях и рассуждениях.

— Нет, старый дуралей. Я знаю, что ему не нужны ловушки, чтобы убить кого-то вроде нас с тобой.

А затем она зашагала вперёд — госпожа в белых шелках, подогнанных так, чтобы соответствовать её фигуре, и он задрожал от наконец пришедшего осознания... что стезя Эсменет пролегала вдали от лёгких путей, что на её долю выпало больше всего утрат и что из всех них именно её душа ныне была самой омертвевшей — и потому лучше всего подходила для их цели. И он продолжал трястись, даже когда Мимара обхватила его за плечи и поясницу, ибо это казалось никак не меньшим, нежели подлинным чудом — наблюдать за тем, как Эсменет вот так вот проходит под свайяли, парящими над нею грозным цветком, всё глубже погружаясь в безумный образ Мин-Уройкаса и шествуя при этом так, словно именно она — единственный ужас этого Мира...

— Они не причинят ей вреда, — гулким голосом сказала Мимара, её глаза также неотрывно следили за Благословенной императрицей, как и его собственные. — Но в то же время нипочём и не прислушаются к ней... Мы напрасно проделали весь этот путь.

— Откуда тебе знать?

Молния вспыхнула меж иссиня-бледными облаками, пойманными остриями Рогов, и они застыли на месте — старик и молодая женщина.

— Оттуда, что она и сама так считает.

* * *

Жить означает терзаться жаждой вечности.

Чёрные паруса Умбиликуса поглощают их, но и в Палате об Одиннадцати Шестах толпа не становится меньше. И на каждом измученном лице Сын Харвила видит след этой жажды.

— Я сожалею, — начинает Эскелес, — насчёт... насчёт Цоронги...

— Ныне все мы бросаем любовь в погребальный костёр, — отвечает юный король Сакарпа, — все приносим жертвы.

Адепт выглядит не до конца убеждённым.

— Значит, ты понимаешь...

— Он был ставкой своего отца.

Эскелес слегка кланяется ему, признавая мудрость сказанных слов.

— Как и все мы, мой юный король.

— Так и есть.

Жить — означает свидетельствовать, как сгнивают мгновения, быть истлевающим присутствием, вечно угасающим светом — и ничего больше. Жизнь есть проклятие, предвосхищающее проклятье.

И что же, он сейчас переступает пределы жизни?

— Что за времена! — восклицает Эскелес. — Я едва способен в это поверить...

Он стал собою, следующим за собою, следующим за ним.

— Что ты имеешь в виду?

Бывшим после того, что было до...

— Представь, каково это — видеть во сне Апокалипсис, как мы — адепты Завета, а затем проснуться и... узреть всё тот же кошмар...

И каждый его вдох — самый чудесный из всех возможных бросков...

— ...Голготтерат.

Добрая Удача.

* * *

Ужас. Гнёт. Преклонение.

Вот бремя Силы.

Анасуримбор Кельмомас замер в пяти шагах от Отца, а Серва стояла позади, в притворном ободрении положив руки ему на

Глава двенадцатая. Последнее Погружение

плечи. Лорды Ордалии прибывали, заходя внутрь через вход, располагающийся от него по правую руку, и разбредались по утрамбованному земляному полу, чтобы занять своё место на ярусах Умбиликуса. У них был вид с ног до головы перемазанных грязью разбойников, долгое время преследуемых мстительными властями, — головорезов, облачённых в одеяния, награбленные ими у гораздо более утончённых каст и искусных народов. Почти от самого входа все они таращили на него глаза, а многие долгое время продолжали бросать в его сторону взгляды и после того, как рассаживались по местам. Некоторые, узнавая его, кивали и улыбались. Другие тревожно хмурились. А большинство взирали на него с тягостным ужасом или, хуже того, с тоской и отчаянием. Кельмомас вдруг обнаружил, что это внимание угнетает и даже пугает его, в достаточной мере, чтобы его взгляд почти неотрывно оставался прикованным к мучительному образу Голготтерата, видневшемуся через обширную прореху в западной стене павильона.

Он понимал, почему они смотрят на него. Он был первым ребёнком, увиденным ими за всё время их тягостного пути. Более того, они прозревали в нём образ их собственных детей и внуков, оставленных ими так далеко за горизонтом. Вот почему Отец приказал ему присутствовать: дабы послужить примером того, что эти люди собирались спасти — стать сущностью всего того, о чём они позабыли.

Кельмомас дивился этой уловке. Он почти позабыл о том, насколько всецело его Отец распоряжался этими людьми — забыл о бездонных глубинах его владычества. Уверовавшие короли собрались, чтобы явить свою преданность и рвение и получить перед штурмом Голготтерата благословение своего ох-какого-могучего Господина и Пророка. Они явились сюда, чтобы укрепить свою веру и быть укреплёнными. Но никто среди них не был способен постичь главную цель этого собрания. Увещевая их, Святой Аспект-Император в гораздо большей степени стремился изучить их, оценить их стойкость, дабы понять, где их можно использовать наилучшим образом, как их можно... применить — так, как он применил и использовал самого Кельмомаса.

Это был тяжкий труд — все инструменты надлежало оценить и проверить.

Кельмомас от пронзившего его озарения обеими руками вцепился в складки своей шёлковой белой рубахи. Всё это время он полагал, что отец лишь более сильная версия его самого — просто некто, способный на большее, нежели сам Кельмомас. Но ни разу ему не приходило в голову, что отец в состоянии сделать нечто такое, что он сам не мог бы даже надеяться совершить и о чём не был способен даже помыслить.

Что угодно, быть может...

Святой Аспект-Император Трёх Морей вышел из тьмы к свету, остановившись перед своей скамьёй. Сверхъестественное золотое сияние окружало его голову и обе его, воздетые для благословения и молитвы, руки. Несмотря на сумрак Умбиликуса и пасмурное небо, он отчего-то был словно бы залит солнечным светом. Его белые с золотом облачения сверкали так ярко, что всякий глядящий на него непроизвольно щурился, а в складках этих одежд таились глубокие тени, очерченные невидимым за плотными облаками утренним солнцем.

Попытайся постичь Отца... — сказала им Серва.

Собравшиеся на ярусах Уверовавшие короли и их вассалы пали на колени. Получив от своей сестры чувствительный щипок, Кельмомас покорно опустил взгляд. Умбиликус погрузился в хор воинственных выкриков — звук глубокий и древний, как море. Но в сравнении с их Святым Аспект-Императором все они казались лишь жалкими шутами, кривляющимися в тенях, даже Серва. Все они брели на ощупь и махали во тьме своими ручонками — все, не считая Его.

Не считая Отца.

Мы были слишком самонадеянными... — прошептал Сэмми.

Да. И жадными.

Они никогда даже близко не были Ему ровней. Теперь Кельмомас видел это совершенно ясно.

— Благословен, — разнёсся голос Отца под прогнувшимися холщовыми сводами Умбиликуса.

— Благословен будь, Мета-Бог.

Все эти игры с простецами не были мерой его Силы. Любой дурак может повелевать собачьей сворой. Случай с Инрилатасом вопиял об этом, особенно та лёгкость, с которой его брат видел сквозь все его маски и прозревал его без остатка.

Нет. Теперь он будет делать то, что стоило делать с самого начала — будет поступать так, как поступали его братья и сёстры: станет Его инструментом. Будет полезен...

Сперва чтобы выжить. Затем чтобы преуспеть... и возможно даже победить.

А мама? Мама перестала быть полезной, что подтверждалось её отсутствием здесь, и теперь могла лишь надеяться отыскать хоть что-то, в чём Отец мог бы положиться на неё. Даже её чрево стало бесплодным! Пусть она теперь лебезит перед своей шлюхой дочерью! Пусть ноет и липнет к ней! Она превратилась в дешёв-

Глава двенадцатая. Последнее Погружение

ку. В потускневшую и забытую безделушку, что меняют на кубок вина и добрую песню! Или же вовсе отдают задаром, лишь бы не видеть, как она превращается в хлам...

Мы совершим нечто грандиозное! Докажем нашу Силу!

Да... Да!

Вот тогда-то она узнает — тупая сука! Блудливая манда! Когда даже рабы откажутся подтирать ей слюни, мыть её потаённые места и отстирывать вонючее дерьмо с её простыней! Вот тогда-то она поймёт и снова будет его любить — *любить, как ей и положено*, и гладить его, и обнимать, и приговаривать: «Ох, миленький мой, пожалуйста-пожалуйста-пожалуйста, прости меня!»

Да. Это казалось таким очевидным сейчас, когда он наблюдал за стадом кастовой знати, мычащим под отцовым ножом.

Она будет нашей наградой.

* * *

— *Ишма та сирара...*

Грозное собрание по слову своего Господина и Пророка поднялось на ноги, оформившись в какое-то подобие чаши, целиком занявшей дальнюю часть Палаты об Одиннадцати Шестах и состоящей из полных ожидания лиц. Заключавшееся во всём этом противоречие притягивало мальчика — страстное воодушевление некогда могучих душ, неистовая жажда восстановить свои добродетели и достоинства и сопровождающая происходящее гнетущая аура непобедимости, присущая тем, кому довелось пережить невообразимые испытания. Они казались одновременно и призраками — существами, сотканными из дыма и кривотолков, — и чем-то вроде груды неразрушимых железных слитков. Палата об Одиннадцати Шестах также несла на себе следы разрухи и небрежения — прореха в западной стене, погасшие фонари, вытертая кожа и гнилая холстина. Кельмомас узнал два ковра, лежащие на утрамбованной земле меж императорской семьёй и лордами Ордалии, ибо ему множество раз доводилось промерять эти ковры шагами, когда они выстилали пол Имперского Зала Аудиенций. Ему было известно, что ранее они служили декорацией, будучи щедро украшенными вышивкой, представлявшей собой наглядное повествование о Первой Священной Войне, — историю о том, как его Отец обрёл свою святость — но теперь они казались лишь частью этой взрытой земли, грязью Голготтерата, а все вытканные на них яркие, живые образы превратились в мутные пятна.

— Вы... — начал Отец, — изготовились к битве. И полны усталости.

Сыны Трёх Морей смотрели на него восхищённо, как дети.

— И я спрашиваю вас... Что за чудо привело нас сюда — в это место?

Увлечённо внимая даже вопросам.

— Что за чудо привело нас к самому концу Человечества?

Пройас! — позволил себе Кельмомас молчаливую издёвку.

— Века промчались мимо, словно нож, брошенный сквозь Пустоту, — молвил Отец; слова его грохотали будто гром отдалённой, но всё же явственно слышной грозы. — Нож, что, сверкая лезвием в необъятной тьме, преодолел невообразимые бездны, дабы, наконец, вонзиться сюда. В это самое место. Он сокрушил пронизавший корни Мира хребет Вири — одной из величайших кунуройских Обителей древности. Он вознёс цепи Окклюзии и исторг пламя, возжёгшее сами небеса — и те, что прямо над нами, и те, что вокруг нас...

Кельмомас вытянул голову, чтобы взглянуть на Отца, и вдруг обнаружил, что не способен отвести взора от невероятных глубин его Метки, от сияющего великолепия его шерстяных облачений и белых шёлковых одежд, от ореола, окружающего его руки и голову...

— Но сам нож не сломался, — молвил Отец. — Оставшись невредимым, он начал источать яд. Стал отравленным шипом, воткнутым в грудь Сущего; поражённым заразой бивнем, пронзившим сей... Святейший из Миров.

Заколдованные гобелены Эккину, длинными хвостами свисавшие за отцовым сиденьем, по какой-то необъяснимой причине становились всё более яркими. Мальчик заметил, что губы декапитантов шевелятся, будто один из них что-то шепчет на ухо другому...

Ладонь Сервы легла на его щёку и, надавив, заставила смотреть вперёд.

— Проткнутые, пронзённые, веками истекали мы кровью. Тысячелетиями мы терзались недугом, различая Эпохи нашего Мира по приливам и отливам этой болезни. Целые цивилизации корчились в муках, поражённые этой порчей — сперва нелюди былого — Куйяра Кинмои и его ишрои, а затем и могучие, свирепые люди Древнего Севера — мой праотец Анасуримбор Кельмомас и его рыцари-вожди.

Услышав имя своего древнего тёзки, Кельмомас возликовал — ну разумеется, он был нужен Отцу здесь! Он воплощал собой не только дом, но и историю. Серва говорила правду: ему нужно най-

Глава двенадцатая. Последнее Погружение

ти свою роль во владычестве Отца. И отчего Кельмомас всегда так ненавидел и боялся его?

Оттого, что он был способен увидеть игру, в которую мы играли с мамочкой.

— Обоим этим великим королям довелось стоять там, где стоим сейчас мы — на этих ужасающих пустошах. Оба они подняли оружие, и оба пали в тени сего места.

Оттого, что он пугал нас...

— Они пали, ибо с ними не было Бога, — сказал Отец.

Воинственное сборище разразилось бурей хриплых возгласов. Воплей. Выкриков. Яростных заявлений. Люди на ярусах Умбиликуса вскочили со своих мест. И Кельмомас почувствовал, как все они вибрируют, словно нити, натянутые на ткацкий станок Отца. Казалось, впервые он постиг красоту, симметрию своей искажённой души и веры.

Да! — воскликнул Самармас. — *Отец! Отец!*

Я вверю себя ему! Я вверю себя ему, и он увидит это! Увидит, что я не вру!

Это же так очевидно, каким же дураком он был. Лишь то, что Отец всегда был чересчур занят другими делами, давало Кельмомасу возможность играть в его игры. Такая Сила! Ведь именно это и восхваляли сейчас собравшиеся здесь простачки, хоть они ничего и не понимали. Владычество их Господина! Своё собственное порабощение!

— Но с нами всё иначе! — прогремел голос Наисвятейшего Аспект-Императора, и лорды Ордалии согласно взревели, топающими ногами и воздетыми кулаками выказывая охватившее их воинственное неистовство.

— Мог-Фарау пробуждается — даже сейчас Не-Бог шевелится! Даже сейчас наш Враг, собравшись вокруг Его тела, завывает на языках, пришедших из Пустоты, и совершает обряды — древние, мерзкие и более нечестивые, нежели способен вообразить себе даже самый ужасный из грешников... Даже сейчас Консульт взывает к Нему!

Юный имперский принц едва не закудахтал от веселья. Это было так забавно. Как же он мог быть настолько слеп, как мог не замечать такую замечательную игру — игру, сто́ящую всех прочих игр? Есть ли разница между спасением Мира и его присвоением?

— Да, братья мои, мы — оплот. Я стою там, где стояли Куайяра Кинмои и Анасуримбор Кельмомас — непреклонные души! Гордые. Властные. Я смотрю на вас, мои благородные приверженцы, люди, ожесточившиеся от убийств, опалённые порочной страстью, смотрю, как взирали они на своих самых могучих и неистовых воинов. — Отцовский голос резонировал, перебирая регистры и тона, и никто, кроме Кельмомаса и его сестры, не слышал, что эти переливы цепляют всякую душу, точно струну, в согласии с тем, как ей должно звучать.

— И я говорю вам... *Мы преуспеем там, где они дрогнули!* Мы разрушим эти стены! Низвергнем нечестивые врата! Сотрём в порошок бастионы! Проломим твердыни и цитадели! И грянем на Нечестивый Консульт во всей своей праведной ярости! **Ибо! С нами! Бог!**

Люди, совсем недавно выглядевшие изможденными и отупевшими, вдруг взревели, словно бы превратившись в острые мечи, выкованные из гнева и ненависти, глаза их вспыхнули, как сияющие клинки.

— Ибо мы собрали Воинство, *подобного которому никогда ещё не видывал Мир!* Воинство Воинств для Бога Богов, Великую Ордалию! И мы схватим врага за глотку и сбросим его труп с этих золотых вершин!

Люди Юга шатались, кричали и жестикулировали. Взгляд мальчика вновь метнулся через плоскую, как тарелка, равнину Шиголи к вонзившимся в шерстяную глотку неба Рогам. Вот это игра! — подумал он, смаргивая слёзы.

И на сей раз его брат не был жестоким.

* * *

Отец стоял недвижимо, не столько купаясь в фанатичном преклонении, сколько промеряя его и, *ни единым знаком того не высказав,* неким образом побуждая Лордов Ордалии удвоить мощь своих завываний. А затем он просто ждал, и в какой-то момент хор начал затихать, переходя в бессвязное бормотание, пока, в конце концов, Умбиликус не погрузился в безмолвие.

— Вы... — молвил он голосом, казавшимся одновременно и таинственным и обыденным. — Всё дело в вас.

Он свёл руки перед собой в странном подкупающем жесте.

— Прошлой ночью я странствовал среди вас. Многие приветствовали меня и приглашали разделить уют своих обиталищ... ну — таков, какой он есть...

На ярусах послышался раскатистый смех. Так Отец выдрессировал их — понял юный имперский принц.

— Но я не искал лишь общества великих имён. Я также посещал биваки ваших вассалов — могучих своею волей, если не благородством крови. Я встретил айнонского юношу по имени Мир-

Глава двенадцатая. Последнее Погружение

шоа, — он повернулся к Уверовавшему королю Верхнего Айнона, — думаю, одного из твоих храбрецов, Сотер.

— Ну, это зависит от того, что он тебе сказал! — выкрикнул в ответ Святой Ветеран.

Ещё один взрыв утробного смеха.

Святой Аспект-Император погрозил ему пальцем и улыбнулся.

— Он рассказал мне историю про своего родственника по имени Хаттуридас.

Он переводил взгляд с одного лица на другое.

— Видишь ли, если Миршоа, будучи заудуньяни, присоединился к Ордалии, чтобы спасти Мир, то его кузен Хаттуридас в свою очередь сделал это, дабы уберечь самого Миршоа... — Аспект-Император сделал паузу, казалось, заставившую каждого находившегося в Умбиликусе затаить дыхание. — И по мере сил Хаттуридас выполнял эту задачу, сражаясь рядом с Миршоа в каждой битве, вновь и вновь рискуя своей жизнью, чтобы спасти горячо любимого, но менее умелого в ратном деле родича от гибели или ран. А Миршоа мог только дивиться его свирепости, считая именно себя исполненным праведности и благочестия, как это присуще всем душам, верящим, что они бьются во имя Господа, сражаются ради меня...

— И всё же его кузен сражался яростнее, нежели он сам, *и при этом... ради него — ради Миршоа...*

Он позволил услышанному проникнуть в души и затвердеть в сердцах внимавших ему людей.

— Я спросил его: почему, как ему кажется, так вышло? — Грустная усмешка. — Воистину, нечасто видишь айнонца, не знающего, что сказать в ответ...

Очередные раскаты смеха.

— Но, в конце концов, поведал мне Миршоа, его кузен Хаттуридас пал у Даглиаш, сражённый шранчьим копьём в Битве на Берегу. Эта утрата, сказал он, разорвала ему сердце и указала на то, что всё это время он тоже бился ради Хаттуридаса, а не ради меня...

Отец повернулся, словно бы вообразив себе юного Мишроа, стоящего рядом с ним.

— Храбрец, — молвил он, лучась восхищением. — То, как он стоял передо мной. То, как смотрел! Он дерзнул — да! Дерзнул бросить мне вызов, ожидая, что я отвергну его...

Тревожная пауза, умело выдержанная так, чтобы сотни сердец могли ощутить, как они на мгновение замерли.

— Но я не сделал этого, — признался Аспект-Император. — Я не смог. Ибо в действительности он произнёс самые искренние и верные слова из всех, что мне довелось услышать минувшей ночью.

Его Отец опустил лицо, взглянув на свои ладони, и исходящее от его рук сияние высветило сложные киранейские плетения его бороды. Мальчик готов был поклясться, что биение сердец собравшихся постепенно замедляется.

— Самые верные слова из всех, что мне довелось услышать за долгое время.

Лорды Ордалии согласно загудели, оплакивая своих павших родичей.

Серва вдруг без видимой причины сжала его плечо, и он, откинув голову назад и вверх, проследил за её взглядом до пролёгших рядом с входом теней, где... увидел маму. Её волосы были зачёсаны назад и резко, внатяг удерживались в таком положении заколками, она была одета в белые жреческие одеяния, подогнанные по её миниатюрной фигуре. Кайютас попытался удержать её, схватив за руку, но новый экзальт-генерал не был ровней Благословенной императрице Трёх Морей, которая просто прошла мимо своего старшего сына, что-то при этом ему яростно прошептав. Кельмомас едва не расхохотался. Мимара, с тревогой вглядывавшаяся в грохочущие множеством голосов просторы Умбиликуса, следовала за матерью, до крайности нелепо выглядя с этим своим пузом. Сразу за нею ковылял какой-то дряхлый попрошайка, запятнанный Меткой. Кельмомас попытался вывернуться из хватки сестры, чтобы проследить за продвижением матери, поглощённой кишащими толпами, но Серва не позволила ему даже двинуться с места.

Что происходит.

Всё больше безумия...

Словно для того, чтобы подтвердить свою оценку, Отец, внезапно скрестив ноги, положил их на скамью и... воспарил — сперва на ладонь вверх от лежавшей на сиденье подушки, а затем на локоть вперёд, неподвижно зависнув воздухе... и это без всякого колдовства, насколько был способен разглядеть Кельмомас! Всякая тень, казалось, избегала его, и посему он был прекрасно освещён — образ невозможно чёткий и яркий, не считая двух чёрных мазков, пятнающих его пояс. Внезапно сама реальность показалась ему чем-то вроде сгнившего яблока...

— **Какое чудо?** — спросил Святой Аспект-Император Трёх Морей голосом, щекочущим полости уха. — **Какое чудо привело нас в это место?**

Глава двенадцатая. Последнее Погружение

Никто среди собравшихся не имел представления о том, что за слово собирается произнести их пророк, но всё же каждый из них, понял мальчик, уже был готов признать это слово святой истиной.

Отец покачал головой и улыбнулся, сморгивая слёзы, пролитые за этих глупцов, которых он так любил. И протянул к ним свои сияющие золотом руки.

— **Вы это чудо! Вы привели в это место друг друга!**

Крики вырвались из лёгких, взвыли сокрытые в бородах рты, слёзы излились из глаз, лица раскраснелись, а сжатые кулаки поднялись, словно готовые бить и крушить молоты.

Хвалы. Благословения. Проклятия.

— И потому я знаю, что вы — именно вы! — Голос Отца, подобно кличу божества, проник сквозь весь этот шум. — **Выжжете Голготтерат дотла! И потому я знаю, что именно вы наконец сокрушите Нечестивый Консульт! Что Мог-Фарау, Цурумах будет исторгнут из той утробы, где зреет — исторгнут мертворождённым! Воля и сила каждого из вас предотвратит Гибель Мира!**

Это место.

И они тряслись и застывали, переполненные волнением — пропащие Люди Юга. Они бушевали от гнева и неистовствовали огнём возрождённой надежды... до тех пор, пока поднятый ими обезьяний хай не стал совершенно невыносимым.

* * *

Кельмомас тщетно пытался высмотреть маму среди толпящихся Лордов Ордалии. Подобно псам, надеющимся заслужить ласку хозяина, один за другим они устремлялись вперёд, оставляя ярусы Умбиликуса ради твёрдой земли или же верхние ступени ради нижних, словно бы они вдруг узнали — неизвестно откуда, — что их возлюбленный Воин-Пророк потребует от них теперь. И когда Отец наконец воззвал:

— Подойдите ко мне, братья, и примите Погружение! Пусть руки мои станут той чашей, что очистит вас! — Все они ринулись вперёд и попа́дали друг на друга, сбившись в какой-то копошащийся шар, показавшийся юному имперскому принцу одновременно и забавным и отвратительным. Он снова посмотрел в сторону выхода, а затем даже склонился вперёд в очередной тщетной попытке отыскать взглядом маму, но Серва, болезненно щёлкнув его по уху, строго шепнула:

— Веди себя прилично!

Однако она теперь и сама вовсю глядела туда же, куда и он. Кельмомас всмотрелся в её бесстрастное лицо, закрывавшее от его взора толпу препирающихся королей и великих магистров, но прежде, чем он успел задать вопрос, Серва присела рядом и единственным резким взглядом напомнила ему о нависшем над ним роке.

— Оставайся... на месте, — прошептала она, а затем, отведя в сторону гобелены Эккину, оставила его, поспешив к выходу... Быть может, чтобы помочь Кайютасу совладать с мамой?

Он едва сумел подавить смешок. Ему нравилось волнение и беспокойство, присущее подобным обстоятельствам, решил он. Всегда остаётся место для неожиданностей — не так ли? — неважно, сколь велика Сила...

Никакое мастерство не является совершенным. Всякое действие было ставкой, даже исходящее от Отца.

И мы тоже были такой ставкой... — шепнул голос.

Да.

Та часть кастовой знати, что всё ещё оставалась на нижних ярусах, затянула какой-то гимн, который принцу прежде не доводилось слышать. Слова зажгли толпу, как искры воспламеняют трут, и вскоре вся Палата гремела:

> Пурпурная буря, гибельный бурый, животворный зелёный,
> Заветная весть — откровение небывалой любви...

Восьмилетний мальчик обратил взор к парящему в воздухе сиянию — своему могучему Отцу, Анасуримбору Келлхусу Первому, Аспект-Императору Трёх Морей — плечи выгнуты назад, колени расставлены, запястья лежат поверх них, а от всей фигуры исходит яркий, нездешний свет. Живот мальчика бурлил, протестуя, что кто-то может вот так вот запросто парить в воздухе, — тем удивительнее был тот факт, что у него без особого труда получалось не поддаваться путам, столь безнадёжно оплетавшим всех этих скачущих вокруг него мартышек. Что он может настолько превосходить сынов человеческих.

Даже сейчас он бросает счётные палочки.

Да.

Он наблюдал за тем, как первобытная ипостась лорда Сотера склонилась, чтобы поцеловать правое колено Отца. Кельмомас по-прежнему силился отыскать хоть какие-то признаки присутствия мамы или Мимары, но ничего не мог разглядеть сквозь завесу кишащих тел. Он повернулся к своре благородных псов, состязающихся невдалеке за внимание своего хозяина, и впервые за этот день ощутил накатывающую скуку. А затем он увидел *его*...

Глава двенадцатая. Последнее Погружение

> Бальзам для сердца моего, светоч моих шагов,
> Веди же меня, о Спаситель,
> К месту, где я сумею уснуть...

Открыто и до нелепости дерзко стоящего там — среди них. Неверующего.

* * *

Всякий миг — не более чем узелок на нити, из которой соткано ошеломляющее полотно. Вот почему Воин Доброй Удачи уже мёртв, хотя ещё продолжает дышать. Вот почему Миг-некогда-звавшийся-Сорвилом подходит к самому себе так, как подходят к двери. Жизнь — всего лишь пылинка в сравнении с тем, что следует за ней. Быть Вечным значит быть мёртвым.

Эскелес одним из первых чует, что наступает время получить благословение, и потому Миг-некогда-звавшийся-Сорвилом уже внизу, когда остальные ещё только толпятся на ярусах, нетерпеливо ожидая своей очереди. Лицо Эскелеса озарено какой-то кровожадной радостью — его мягкость, терпимость и добродушие отступают под натиском религиозного варварства.

— Я никогда не забуду, Ваше Величество, что именно вы спасли меня тогда...

— Как и я... — отвечает Миг-некогда-звавшийся-Сорвилом.

Время пожирает впереди стоящих; их очередь близится. Миг настаивает, чтобы его спутник шёл первым, Эскелес упорно возражает, но владеет собой недостаточно, чтобы суметь скрыть нечто вроде жадного ликования.

Они приближаются к парящему Демону — душа за душою, двигающиеся, словно ничем не скреплённые чётки. Миг-некогда-звавшийся-Сорвилом вместе с остальными распевает гимн. Эскелес служит ему чем-то вроде дрожащего занавеса, волосы колдуна растрёпаны и взъерошены. Миг-некогда-звавшийся-Сорвилом оказывается на виду, лишь когда его спутник преклоняет колени.

Демон взирает на него.

Воздух вокруг потрескивает и шипит — такова мощь его голода.

Демон улыбается.

Оно поглощает то, чем может напитать его Эскелес, но оно недовольно, как недовольно всегда — недостаточностью даже самых крайних, самых безраздельных человеческих чувств. Оно благодарит адепта за его долгое голодание, заставившее того так сильно похудеть, даёт ему советы и одаряет благословением, а также напоминает о достоинствах интеллекта — о ложном могуществе Логоса.

Затем Эскелес, спотыкаясь, растворяется в небытии, и Миг-некогда-звавшийся-Сорвилом преклоняет колени прямо перед сифрангом, вдыхая исходящий от него сладковатый аромат смирны. Адские декапитанты криво свисают с пояса Демона, будучи направлены лицами друг к другу. Тот, что принадлежит зеумцу, обрубком шеи трётся о ковры. Длинные шлейфы Эккину обрамляют Посягнувшего — чёрная основа, расшитая золотом, образующим бесчисленные, идущие сверху вниз строки змеящегося текста, который никто, кроме него самого и Демона, не способен прочесть. И тень Серпа, лежащая поверх всего.

— Благословен будь Сакарп, — возглашает Нечистый Дух, голос его звучит так, чтобы остальные тоже могли слышать.

— Вечный бастион Пустоши. Благословен будь самый доблестный из его королей.

Миг-некогда-звавшийся-Сорвилом благодарно улыбается, но он благодарит не за слова, произнесённые Мерзостью. Мешочек, выскользнув из рукава, цепляется за кончики пальцев. Его голова склоняется вперёд, в то время как руки поднимаются, чтобы обхватить колено явившейся из Преисподней твари, коснуться его так нежно, как мог бы вернувшийся с войны дядюшка коснуться щеки расплакавшейся племянницы. Лорды Ордалии распевают гимн, всячески выказывая при этом свою воинственность. Мешочек переворачивается вниз горловиной. Губы вытягиваются для поцелуя. Хора соскальзывает в правую ладонь.

Демон уже знает — но миг безвозвратен.

Правая рука ложится на его колено.

Мир это свет.

Миг-некогда-звавшийся-Сорвилом отброшен назад — навстречу изумлённым лордам и великим магистрам.

Демон стал солью.

Матерь издаёт пронзительный вопль: *Ятвер ку'ангшир сифранги!*

Лорды Ордалии отчаянно кричат, а дочь Демона видит его, видит творение Благословенной Матери — её дар людям.

И, наконец, волшебный огонь уносит его навстречу освобождению.

* * *

Нахмурившись, Анасуримбор Кельмомас всмотрелся внимательнее. Этот человек стоял у рыхлого основания импровизированной очереди жаждавших получить благословение Святого

Глава двенадцатая. Последнее Погружение

Аспект-Иператора. Высокий. С правильными чертами лица. Светлые волосы, некогда подрезанные для битвы, теперь отросли и выглядели спутанным сальным клубком. Борода и усы представляли собой нечто, лишь немногим большее, нежели юношеский пушок. И глаза — такие же ярко-синие, как у Отца, даже в большей степени подобные им, чем его собственные.

Мальчик взглянул на Отца, желая убедиться, увидеть какой-то знак, свидетельствующий о том, что этот человек не ускользнул и от его внимания, но тот был занят, нашёптывая слова ободрения королю Найрулу, только что поцеловавшему его колено. Кельмомас не видел ни Сервы, ни Кайютаса, только услышал сквозь пение лордов крик какого-то старика: «Пройас умирает!», донёсшийся из той части Умбиликуса, где он ранее заметил маму.

Хотя Отец едва глянул в том направлении, мальчик точно знал, что он отследил этот крик с точностью, превосходящей его собственную.

Кельмомас стоял недвижимо, недоверчиво следя за продвижением Неверующего в очереди жаждущих благословения. Человек был одних лет с Инрилатасом, хотя из-за лишений трудного пути и выглядел старше. На нём была оборванная кидрухильская униформа со знаками различия капитана полевых частей, но при этом держался он с манерами и повадками, свойственными кастовой знати. Он пел вместе с остальными, во всём подражая их виду и благочестию, но, если хорошенько присмотреться, можно было углядеть намёки на то, что он делал это подобно актёру, презирающему своё ремесло.

> Малая длань да не усомнится в великой,
> Усталое да не дрогнет от злобы чело.

Имперский принц даже начал подпрыгивать, настолько отчаянно ему захотелось обнаружить в толпе свою сестру или брата.

> Бальзам для сердца моего, светоч моих шагов,
> Вразуми же меня, о Спаситель,
> Как мне вновь научиться рыдать...

Отец продолжал оставаться поглощённым людьми, преклоняющими перед ним колени. Мальчик видел, что время от времени он бросает на процессию просителей короткие взгляды. Конечно же, он заметил этого человека — и множество раз. Конечно же, он знал!

Он знает! — прошептал его брат. — *Он просто зачем-то подыгрывает ему.*

Возможно...

Больше всего имперского принца смущала полнейшая наглость предателя — а он не мог быть никем иным, — то, что он совершенно не беспокоился, наблюдают ли за ним его собратья. Подобное презрение выглядело бы глупым или даже идиотским, если бы не тот факт, что никто, включая владеющих Силой, не обращал на него ни малейшего внимания!

Но могут ли и все остальные тоже подыгрывать?

Самармасу нечего было на это ответить.

Что-то не так.

* * *

Матерь отдаёт.

Матерь уступает... давит и душит.

Воину Доброй Удачи нужно заглянуть вперёд, чтобы увидеть её.

— Иногда, Сорва, — воркует она. — Голод из глубин вырывается на свободу.

Он сидит у неё на коленях — одна нога поджата, а другая свисает. Он ещё маленький мальчик. Солнце заливает террасу ослепительным светом, рассыпая сверкающие отблески по керамическим плиткам, обожжённым ещё в древнем Шире. Воздух столь чист и прозрачен, что око зрит до самого Пограничья. А его отец ещё жив.

— Сифранг, мама?

Аист, белый как жемчуг, наблюдает за ним с балюстрады.

— Да, и, подобно пузырю в воде, он поднимается...

— Чтобы отыскать нас?

Она улыбается его испугу и медленно, словно бы лениво, мигает — так, как это делают лишь сонные любовники или умирающие.

— Да, они поглощают... овладевают нами, стремясь утолить свой голод.

— И поэтому ты ударила меня? Потому что это... это была не ты?

Слёзы льются ручьём.

— Да. Это была н-не я...

Она крепко прижимает его к себе, и они рыдают, словно одна душа.

Плачут вместе.

Он вопит:

— Пусть-оно-уберётся-пусть-уберётся-пусть-уберётся!

Она на мгновение отстраняет его.

— Ох, милый! Как бы я желала этого!

— Тогда я заставлю его! — свирепо заявляет он.

Эскелес, некогда бывший пухлым колдун, преклоняет колени, открывая миг.

— Я сделаю это, мама!

Демон улыбается.

— Ох, Сорва, — улыбаясь, плачет она, — ох ты мой любимый маленький принц!

*Ты **уже** это сделал.*

* * *

— Тебя что-то беспокоит, юный принц?

Лорд Кристай Кроймас возник перед Кельмомасом словно бы из ниоткуда — настолько мальчик бы поглощён дилеммой, связанной с предателем. Кроймас был конрийцем — одним из тех льстецов, что инстинктивно умеют использовать любую возможность угодить нужным людям, вплоть до того, что готовы ради этого заискивать перед рабами или детьми. Во всех отношениях он был полной противоположностью своего знаменитого отца Кристая Ингиабана. Кельмомасу показалось удивительным, что подобный человек вообще сумел пережить поход Великой Ордалии, учитывая все истории, которые ему уже довелось услышать. И всё же он был здесь — исхудавший, одетый в массивную кольчугу и пластинчатый хауберк. Из-за своих отросших, давно не чёсанных чёрных волос он напоминал какого-то медведя и, невзирая на все выпавшие на его долю невзгоды, похоже, нисколько не поумнел.

От его дыхания несло тухлым мясом.

— Ты понёс множество утрат, как я слышал, — сказал он, очевидно имея в виду случившееся в Момемне, — но теперь ты...

— Кто это? — перебил Кельмомас. — Вон тот молодой норсирай, что идёт за отощавшим адептом — капитан кидрухилей.

Какая-то малая часть его желала, чтобы предатель заметил, как он указал на него, и из-за нежелательного внимания отказался от своих планов — чего бы он там ни задумал. Но нет.

— Это король Сорвил, сын Харвила, — дружелюбно нахмурившись, ответил лорд Кроймас, после того как вновь обратил на него взор. — Один из самых прославленных сре...

— Прославленных? — рявкнул мальчик.

Гримаса дружелюбия сошла с теперь уже просто хмурого лица лорда. Будучи неотёсанным чурбаном, да ещё родом с востока, Кроймас не относился к числу тех, кто готов спокойно терпеть детскую дерзость.

— Он спас жизнь твоей сестре, — сказал он тоном одновременно и льстивым и укоризненным. — А ещё целое войско — часть Ордалии.

Имперский принц упорно продолжал разглядывать этого глупца.

— Он отчего-то тревожит тебя? — спросил палатин Кетантеи.

— Да! — раздражённо воскликнул Кельмомас. — Неужели никто из вас, дураков, не видит?

— И что же мы должны увидеть?

Злоумышление.

Что происходит?

Я не знаю! Не знаю!

Лорд Кройнас распрямился с видом отца, забирающего назад ранее сделанный им же подарок.

— После того как твой отец благословит Сорвила, я позову его сюда.

Кельмомас нанёс ещё одно оскорбление этому болвану, отстранив его со своей линии зрения.

Лишь двое теперь отделяли сына Харвила от Отца... Кельмомас изгнал из фокуса своего внимания и конрийского лорда, и вообще всё, что было вокруг, сосредотачивая на Предателе все свои чувства, каждую свою Часть — до тех пор, пока тот не сделался всем, что можно было услышать, всем, что можно было увидеть и о чём помыслить...

Сыном Харвила не владело ни одно из тех беспокойств и тревог, что приводили в такое возбуждение людей, находившихся рядом с ним. Он не потел. Его сердце не колотилось с вздувающей вены силой или поспешностью. Он дышал ровно, в отличие от многих других, чьё дыхание распирало им грудь...

Он вёл себя как-то... обыденно. Казалось, что свежесть, новизна происходящего, не говоря уж о грандиозности, странным образом оставляет его совершенно безучастным.

Его взгляд не бегал из стороны в сторону, будучи неотрывно сосредоточенным на Святом Аспект-Императоре, и в этом взоре читалась смехотворная самоуверенность — и чистая ненависть.

И юный Анасуримбор Кельмомас вдруг понял, что Сорвил, сын Харвила, не просто предатель...

Он убийца.

Я боюсь, Кель...

Я тоже, братик.

Я тоже.

* * *

Павший Серп. Демон, обращённый в соль.
Демон с лживой приветливостью улыбается и произносит:
— Благословен будь Сакарп. Благословен будь славнейший из его королей.

Воин Доброй Удачи поднимает взгляд и видит себя, стоящего на коленях и склонившегося вперёд, чтобы поцеловать парящее в воздухе колено Мерзости.

Демон, обращается в соль. Лорды Ордалии захлёбываются воплями.

Он оглядывается через плечо и видит себя — так случилось, — восклицающего с радостью и ликованием: «*Ятвер ку'ангшир сифранги!*»

Он стоит в очереди, терпеливо ожидая того, что уже случилось. Того, что было всегда. Зная, и зная, и зная... Вскоре Серп падёт.

* * *

Стена толпящихся Уверовавших королей, вождей, генералов, палатинов, графов, великих магистров и их советников, смертельно бледных и взирающих с каким-то вожделением, обступила их едва ли не со всех сторон. Несколько напряжённых мгновений Кельмомас всматривался в фигуру Отца, парящего сбоку от него, в его властный львиный лик, казавшийся имперскому принцу одновременно и близким и далёким. Воплощением Судии. Вокруг гремела гортанная песнь...

> Свет, не сияющий, но озаряющий нас откровением,
> Солнце, нежно льнущее к созревшим полям.

Вот бы Кельмомас мог одним только криком изгнать весь этот шумный карнавал из движений и звуков, что разворачивался сейчас перед ним. С места, где он находился, верхний край огромной дыры в западной стене Умбиликуса казался чем-то вроде рамы, проходящей над головами и плечами стоящих в очереди просителей. Там — снаружи имперский принц мог видеть лишь Склонённый Рог, тускло сияющий на фоне хмурого неба, ибо фигура убийцы на несколько сердцебиений застыла прямо под мерцающим изгибом, заслонив собой мрачные укрепления Голготтерата. Это произошло быстро — так быстро, что никто ничего не заметил, за исключением Кельмомаса...

Аист — хрупкий и девственно белый — пронёсся прямо перед отверстием... широко распахнув свои крылья.

Что?

Это было столь неожиданно и столь... неуместно, что его внимание переключилось на происходящее в непосредственной близости от Предателя.

    Бальзам для сердца моего, светоч моих шагов...

Кельмомас увидел, как изнурённый голодом адепт, стоявший в очереди перед убийцей, поднимается на ноги и удаляется, унося с собою столь необходимый ему кусочек отцовой заботы.

    Вразуми же меня, о Спаситель,
    Чтоб я смог, наконец, возрыдать...

Сын Харвила сделал шаг вперёд и преклонил колени на месте ушедшего просителя, взирая на своего поразительного Господина и Пророка снизу вверх. Губы его кривились в презрительной усмешке, а глаза сияли безумной ненавистью.

Но Отец приветствовал его — приветствовал, как одного из своих Уверовавших королей!

И лишь Анасуримбор Кельмомас, младший сын Святого Аспект-Императора, заметил, что юноша прячет от взглядов руку, пальцы на которой собраны в горсть. Лишь он увидел, как мешочек со знаком Троесерпия падает в эту горсть из рукава...

    * * *

Мимара собирается покончить с разговорами. Всё это время они стояли поодаль, ожесточённо споря сперва с Кайютасом, а теперь с Сервой, и бросали из сумрака взгляды на сверкающую сердцевину палаты собраний.

— Довольно! — громко восклицает она, перекрикивая поющих лордов. Она никогда не любила Серву, даже когда та была только начинавшей ходить малышкой. Мама постоянно упрекала её за то, что она воспринимает обычного ребёнка как соперника, но Мимара всегда знала, что какой-то частью себя Эсменет понимает враждебное отношение дочери к прочим её отпрыскам, или, во всяком случае, побаивается его.

Они никогда не были людьми в полном смысле этого слова — её братья и сёстры, всегда оказываясь чем-то бо́льшим или же, напротив, ме́ньшим.

И вот она здесь, Анасуримбор Серва, великолепная в своих ритуальных одеяниях, взрослая женщина — гранд-дама! Могущественнейшая ведьма, которую когда-либо знал этот Мир. И это раз-

Глава двенадцатая. Последнее Погружение

дражает её — хоть и по мелочам. Раздражает, что она выше — по меньшей мере на ладонь. Раздражает, что она такая чистая и ухоженная. Бесит даже то, как её красота идёт вразрез с неистовой мерзостью её Метки.

— Мы пойдём туда, куда пожелаем и когда пожелаем!

— Нет! — ответила Серва сухо и отстранённо. — Вы пойдёте туда, куда пожелает Отец.

— И Мать? — рявкнула Мимара. Мама вела себя непримиримо до тех пор, пока им противостоял лишь Кайютас, но с появлением Сервы её решимость увяла. — Как насчёт её пожеланий?

— Как насчёт мо...

— Отец встретится с тобой, — поспешно и примиряюще встрял Кайютас. — Тебе нужно лишь подождать, сестра.

До чего же нелепо он выглядит сейчас — облачённый в дядюшкину мантию и его регалии. И как же мерзко и трагично!

— Как вы оба можете вот так вот отбросить прочь свои чувства? — кричит она с яростью, достаточной для того, чтобы ощутить на своём предплечье мамино осторожное касание. — Пройас умирает! — вновь исступлённо вопит она, в её голосе теперь слышно лишь отвращение. — Прямо сейчас, пока мы разговариваем!

Это заставляет их умолкнуть, но они по-прежнему упорно преграждают им путь, а когда Мимара делает попытку обойти их, Серва хватает её за рукав.

— Нет, Мим, — твёрдо говорит ведьма.

— Что? — кричит Мимара, вырывая руку. — Разве мы не такие же Анасуримборы, как и вы?

— Ты никогда не верила в это.

Мимара свирепо смотрит сестре в глаза, все прежние обиды взметаются вихрем в дыму её ярости. Как могла она не ревновать? Дочь, проданная работорговцам, к дочери, взращённой в роскоши и великолепии. Дочь, отвергнутая и росшая в вечном небрежении, к дочери балуемой и с рождения окружённой заботой! Она была настоящей находкой для борделя — девочка, так похожая на Императрицу. Ей было позволено оценивать и словно женихов выбирать себе тех, кто будет трахать её. Единственной вещью, которую её мать так и не смогла понять, было то, на что она обрекла её, когда думала, что спасала. Мимара стала растоптанным сорняком, пересаженным в самый прекрасный на свете сад. Её кровь, угущённая грязью черни, нипочём не могла сравниться с золотым блеском её сестёр и братьев. Как могла она быть кем-то ещё, кроме как уродцем, заточённым в клетке Андиаминских Высот?

Как могла она со всей очевидностью не быть разбитой и сломленной...

Она яростно смотрит Серве в лицо, вновь поражаясь ужасающей глубине её ведьмовской Метки — столь гнусной и бездонной, невзирая на её юный возраст. Неконтролируемое раздражение требует, чтобы Око открылось и она узрела Проклятие своей младшей сестры... С ужасом в сердце она отвергает эти мысли.

Существовала ли когда-либо на свете семья настолько ненормальная, насколько искорёженная и исковерканная, как Анасуримборы?

На миг перед её глазами встаёт видение костей матерей-китих — лежащие в пыли позвонки, рёбра, громоздящиеся над ними, будто сломанные луки.

Мимара внезапно смеётся, но не так, как нарочито пронзительно смеются те, кто хочет использовать смех в качестве защиты, а так, как это делают люди, умудрившиеся до нелепости глупо споткнуться на ровном месте. К чему играть с дунианином в словесные игры? Она удивляет свою сестру-ведьму, решительно протиснувшись мимо неё и ринувшись прямо в пышущую воинственным жаром толпу. Возможно, это не такое уж и проклятие — быть единственным сорняком в саду, единственной разбитой на части душой. Они ничего не могут ей сделать. Нет на свете скорбей, которые они могли бы на неё обрушить, не убив при этом. Нет на свете страданий, что ей уже не пришлось на себе испытать.

А она знает, что убить её Бог не позволит.

Она служит высшей силе и власти.

Мимара, неучтиво толкаясь, пробирается сквозь расступающуюся галерею поражённых, но по-прежнему воинственных мужчин, облачённых в доспехи и источающих крепкую вонь давно не мытых тел. Казалось, они уступают ей путь в той же мере благодаря её беременности и полу, в какой и по причине её принадлежности к императорской семье, изумляясь чему-то, имеющему отношение к дому, к давно забытому миру запугиваемых или обожаемых ими жён, внезапно воздвигшемуся прямо здесь, в ужасающей тени Голготтерата.

Серва кричит и сыпет ругательствами у неё за спиной. Она хватает Мимару за плечо как раз тогда, когда она, растолкав мешающую её продвижению кастовую знать, вторгается в круг исходящего от её отчима света. Гранд-дама свайяли пытается затащить её обратно, но она успешно сопротивляется...

Вместе они свидетельствуют сцену, достойную Священных Писаний. Лорды и адепты взирают на Святого Аспект-Императора — некоторые торжественно или восторженно, другие сотрясаясь от

Глава двенадцатая. Последнее Погружение

обуревающих их чувств, третьи же по-прежнему поют, запрокидывая головы и широко раскрывая рты, зияющие в их спутанных бородах, словно какие-то забавные ямы. Её отчим, скрестив ноги, парит, окружённый своими последователями и озарённый лучами света, словно бы падающими на его фигуру со всех сторон. Он облачён в ниспадающие, безупречно белые одеяния, вокруг его головы сияет ослепительно золотой ореол. Юный кидрухильский офицер стоит перед ним на коленях, собираясь коснуться руками императорского колена и поцеловать его. И Кельмомас вдруг срывается со своего места рядом с повелителем... так быстро, что его движение едва удаётся увидеть...

Удивлённые взгляды распевающих лордов. Нож, появившись из ниоткуда, вспыхивает отблеском отражённого света. Прыжок... невозможный для человеческого ребёнка.

Кельмомас отскакивает и уверенно приземляется прямо перед Сервой и Мимарой, стоя спиной к делу рук своих. Клинка в его руке уже нет.

Мимара ловит его взгляд, а коленопреклонённый норсирай позади него дёргается и шатается.

Убийца — вот единственная мысль, посещающая Мимару. Серва, вскрикнув с подлинным ужасом в голосе, бросается мимо младшего брата к падающему наземь кидрухильскому офицеру. Тревожные возгласы и крики беспокойства поглощают ещё гремящий гимн. Она замечает рукоять ножа, торчащую из виска юноши, за мгновение до того, как фигура Сервы скрывает от неё умирающего. Кельмомас оборачивается, следуя за изумлением в её взгляде.

Она понимает, что Серва влюблена в этого человека...

А затем невероятный лик Святого Аспект-Императора Трёх Морей воздвигается перед нею — могущественный муж её матери стоит достаточно близко, чтобы она могла коснуться его. И, как всегда, он кажется ей выше ростом, нежели она помнит. Одной рукой он держит брыкающегося и извивающегося Кельмомаса.

— Он был ассасином! — визжит маленький мальчик. — Отец! Отец!

И внутри своей души она кричит Оку: *Откройся! Откройся! Ты должно открыться!*

Но Око отказывается прислушаться. Оно столь же упрямо, как и она сама.

Беспощадно синие глаза её отчима взирают на неё... и, внезапно подёрнувшись восковой поволокой, вспыхивают белым.

Колдовские слова вонзают когти в каждое место — зримое или незримое.

Сияние, подобное высверку молнии. И Святой Аспект-Император исчезает, оставляя её смотреть на то, как множество людей — лордов Ордалии — беспорядочно бросаются со всех сторон к месту событий.

— Дыши!

Возглас её сестры?

Мама хватает Мимару за плечи и что-то кричит, уставившись ей под ноги.

— Мимара? Мимара?

Она глядит вниз, вытягивая шею, дабы рассмотреть то, что находится ниже живота, и видит, как блестят её голени и икры, а пыльная поверхность у ног пропитана чёрным. И лишь тогда она чувствует, как по бёдрам и ступням струится тёплая влага.

Первый приступ острой боли, судорожный спазм чего-то, чересчур глубинного, чтобы оно могло быть её собственным. Слишком рано!

Потрясённая, она хрипит и издаёт жалобный вскрик.

Пройас мёртв.

Мать обнимает её.

Мать обнимает её.

* * *

Сорвил падает. Земля сминает его щёку. Кровь струится, вытекая из раны, будто из уха.

Жизнь это голод. Дышать — значит, мучиться, изнывая от невозможности объять и прошлое и будущее… Дышать — значит, задыхаться.

Поверженный, он корчится на коврах. Лорды Ордалии изумлённо кричат. Он замечает среди переступающих ног мешочек с вышитым на нём Троесерпием и видит, как чей-то пинок отбрасывает вещицу назад в то небытие, откуда она когда-то явилась. Изо всех сил он пытается приподнять от земли щёку, но голова его — железная наковальня.

Теперь он может лишь наблюдать, как миг сгнивает за мигом. Может быть, лишь истлевающим присутствием, вечно угасающим светом.

Он всегда сгорал так, как сгорает сейчас. Зеваки бросаются вперёд сборищем беспокойных теней. Сквозь огонь на него с ужасом смотрит прекрасная ведьма. Серва. Она баюкает его голову у себя на коленях, что-то утешающее шепчет и требует:

— Дыши!

Матерь — сама щедрость… рождение…

Глава двенадцатая. Последнее Погружение

— Он мёртв, принце...
— Дыши!
Матерь вынашивает всех нас...
— Дыши, Лошадиный король!
Тёплые руки. Колыбель, сплетённая из солнечного света. Колышущиеся на ветру зеленеющие поля — бесконечные и плодородные. Земля, терзающаяся муками невероятной плодовитости.
— Сорвил!
Женское щебетание.
— Ты должен дышать!
Кости его источают ужас.
Шшш.
Шшш, Сорва, мой милый.
Отложи в сторону молот своего сердца... спусти парус своего дыхания...
Заверши труды... прекрати свои игры...
Я обнимаю тебя, милый мой...
Усни же в моих священных объятиях.

ГЛАВА ТРИНАДЦАТАЯ

Окклюзия

> Издали заметить врага означает выяснить то, к чему сам он слеп: его местоположение в бо́льшей схеме. Заметить же издали себя самого означает жить в вечном страхе.
>
> — ДОМИЛЛИ, *Начала*

Ранняя осень, 20 Год Новой Империи (4132, Год Бивня), Голготтерат

Огромные золотые поверхности простирались и вверх и вниз от фигуры инхороя, казавшейся в исходящем от них отражённом свете красновато-коричневой, словно бы вырезанной из потемневшего яблока. Он висел, зацепившись одной рукой за небольшой выступ и упираясь когтями ступней в непроницаемую оболочку Рогов. Висел так высоко, что его лёгкие жгло от недостатка воздуха. Хотя тело его и было привито для соответствия этому миру, оно тем не менее несло в себе знание о том далёком чреве, что его породило, или, во всяком случае, содержало какую-то его частицу. Его душа, однако, ничего не помнила о своих истоках, если, конечно, не считать воспоминанием нечто вроде умиротворения. Иногда какие-то обрывки памяти о собственном происхождении являлись ему в сновидениях, особенно когда в его жизни появлялось нечто новое, и тогда ему казалось, что из всех этих крупиц древних переживаний, какими бы потаёнными они ни были, и состоит сущность его разума. Но он не помнил этих снов. Он узнавал о них только из-за появлявшегося где-то глубоко внутри чувства удовлетворённости, побуждавшего его стремиться к мирам с воздухом, более разреженным, нежели здешний.

Он был старым. Да, столь древним, что минувшие века, казалось, рассекли и разбили его на множество личин, осколков себя. Прославленный Искиак, копьеносец могучего Силя, Короля-после-падения. Легендарный Сарпанур, знаменитый Целитель Королей. Презренный Син-Фарион, Чумоносец, ненавистнейший из живущих... Ауранг, проклинаемый военачальник Полчища... Он помнил, как содрогался их священный Ковчег, натолкнувшийся на отмели Обетованного Мира, помнил Падение и то, как гасящее инерцию Поле пронзило кору планеты до сердцевины, вдавив огромный участок глубоко в её разверзшееся нутро и исторгнув кольцо гор, в тщетной попытке в достаточной мере смягчить неизбежный удар... Его память хранила и последовавшие годы Рубцевания Ран — то, как Силь сумел сплотить оказавшийся на краю гибели Священный Рой и как научил их вести войну, используя лишь жалкие остатки некогда грозного арсенала. Именно Силь показал им путь, следуя которому они всё ещё могли спасти свои бессмертные души! Он помнил достаточно.

Так много воплощений, столько веков изнурительного труда на пределе сил! И вот теперь... наконец, после всех бесчисленных тысячелетий, после чудовищного множества минувших лет прошлое будет сокрушено, согласно Закону. Так скоро!

Даже на этой высоте он чуял разносимый ветром запах человеческого дерьма. Он отчётливо видел размазанное по кромке Окклюзии войско — очередную Ордалию, явившуюся, чтобы обломать о Святой Ковчег зубы и когти.

И он знал, что за сладостный плод они собираются сорвать. Жаждая Возвращения, он парил высоко над горами и равнинами этого Мира. Душа его наведалась во все великие города людей; о да — он хорошо изучил эту жирную свинью, подготовленную для пиршества. Напоённые влажной негой бордели, умащённые ароматными, зачарованными маслами. Огромные, шумные рынки. Храмы — позлащённые и громадные. Трущобы и переулки, где золото перемазано кровью. Набитые толпами улицы. Возделанные поля. Миллионы мягкотелых, ожидающих своего восхитительного предназначения. Служения, выраженного в корчах и визгах...

Шествующего по земле вихря — громадного и чёрного.

Его фаллос изогнулся, прижавшись к животу луком, натянутым для войны.

И славы.

* * *

Поддерживаемая с обеих сторон под руки Акхеймионом и мамой, она удаляется из ревущей грохотом случившегося убийства Палаты собраний в разделённую на множество комнат дальнюю часть Умбиликуса. Ужасающие и ужасные лица проплывают мимо, некоторые залиты слезами, другие отвёрнуты в сторону. Невидимые для неё собственные бёдра скользят друг о друга.

Нет-нет-нет-нет-пожалуйста-нет!

— Что случилось? — с придыханием вскрикивает Акхеймион.

— Ребёнок идёт, — отвечает мама, то и дело направляя их в сторону от появляющихся у них на пути лордов Ордалии.

Этих слов, как знает Мимара, он и ожидает, но старый волшебник в ответ лишь недоверчиво бормочет:

— Нет! Нет! Это, должно быть, из-за еды. Испортившаяся конина, воз...

— Твой ребёнок идёт! — огрызается её мать.

Они пробираются по тёмному коридору, откидывая, один за другим, кожаные клапаны. Она чувствует их, словно дёргающиеся глубоко внутри неё ремни — скручивающиеся, сжимающие в нестерпимом спазме, вопящие мышцы...

— Мимара, — кричит Акхеймион с настоящей паникой в голосе. — Возможно, станет легче, если тебя вырвет?

— Дурак! — ругается её мать.

Однако же Мимара разделяет неверие старого волшебника. Не может быть! Не сейчас. Чересчур рано! Это не может произойти сейчас! Не на пороге Инку-Холойнаса — Голготтерата! Не когда Пройас висит на скале Обвинения, истекая кровью, словно дырявый бурдюк водой. Не когда они стоят в одном, последнем, шаге от претворения того, что так долго намеревались сделать!

Судить его — Анасуримбора Келлхуса, дунианина, захватившего полмира...

Мимаре действительно хочется блевать, но, скорее, от мысли, что она явит миру новорожденную душу — её первое дитя! — в таком ужасном месте и в такое неподходящее время. Есть ли на свете колыбель, предвещающая большие несчастья, люлька более страшная и уродливая? Но это всё же происходит, и, хотя она и пребывает в ужасе — а по-другому быть и не может, — тем не менее где-то внутри неё обретается непоколебимое спокойствие. Нутряная уверенность в том, что всё идёт так, как ему и должно...

Жизнь сейчас находится внутри неё... и она должна выйти наружу.

Они пересекают комнату, где она, впервые после разлуки, встретилась с матерью и, откинув клапан, заходят в спальню.

Сумрак и затхлость.

— В-возможно, — заикается старый волшебник после того, как они укладывают её на тюфяк, — возможно, нам-нам стоит поп-попробовать...

— Нет... — вздыхает Мимара, морщась в попытке выдавить из себя улыбку. — Мама права, Акка.

Он склоняется над ней, лицо его становится вялым и пепельно-серым. Невзирая на всё, что им довелось пережить вместе, она никогда не видела его более испуганным и сломленным.

Она порывисто хватает его за руку.

— Это тоже часть того, что должно произойти...

Должно ***быть***.

— Думай об этом как о своём Напеве, — говорит её мать, суетливо перекладывая подушки. Мама испытывает собственную тревогу и ужас, понимает Мимара... по причине убийства, которому они только что стали свидетелями.

И беспокоится за судьбу своего безумного младшего сына.

— Только вместо света будет кровь, — вздыхает Благословенная императрица, прикладывая прохладную, сухую ладонь к её лбу, — и жизнь, вместо разорения и руин.

* * *

Было что-то неистовое в метагностическом Перемещении — какое-то насилие. Также Маловеби мог бы отметить суматошное мельтешение света и тени, и всё же чувства его настаивали на том, что *он вообще не двигался с места* — это сам Мир, словно начисто снесённое здание, вдруг рухнул куда-то, а затем, доска к доске, кирпичик к кирпичику, собрался вокруг него заново.

Крики и шум Умбиликуса исчезли, словно перевёрнутая страница, и вместо этого перед ним сперва открылись предутренние просторы Шигогли, которые, в свою очередь, также отпали, будто лист с общего стебля. Они вновь оказались в лагере Ордалии, но только выше по склону, и стояли теперь прямо перед входом в шатёр, покрытый чем-то, напоминающим ветхие, провисшие и обесцветившиеся леопардовые шкуры.

Когда они заходили в тёмное нутро этого обиталища, юный имперский принц в голос рыдал. Неразборчивым бормотанием Анасуримбор призвал колдовской свет, раскрасивший пустое убранство шатра синими и белыми пятнами.

— Его лицо, Отец! Я видел это в его лице! Он собирался у-убить, убить тебя.

Маловеби заметил по центру шатра ввинченный в каменный пол металлический крюк, к которому бы прикреплён комплект ржавых кандалов.

— Нет, Кель, — произнесла вечно нависающая над ним тень, заставив ребёнка сесть на пол рядом с ними, — он любил меня так же, как и все остальные, даже сильнее, чем многие.

Ангельское личико мальчика надулось от неверия и несправедливой обиды.

— Нет-нет... он ненавидел тебя. Ты же должен был видеть это. Зачем ты притворяешься?

Святой Аспект-Император присел на корточки так, что Маловеби теперь почти ничего не видел, кроме его рук, ловко цепляющих кандалы на запястья и лодыжки сына. Казалось, будто он ласкает трепещущие тени, столь явным и неестественным был контраст между светом и темнотой. Могучие вены, пересекающие сухожилия. Крохотные сверкающие волоски.

— Так много даров, — молвило закрывающее весь остальной мир присутствие, — и все они порабощены тьмой.

— Но так всё и было! Его переполняла ненависть!

Анасуримбор Келлхус встал и выпрямился, и Маловеби увидел, как фигура закованного в кандалы мальчика отодвинулась назад, его лицо было слишком бледным и слишком невинным для выражения столь лютого.

— Ты любопытное дитя.

— Ты собираешься убить меня... — Спутанные льняные волосы, обрамляющие разрумянившееся от страданий и горя лицо. Шмыгающий розовый нос. Полные слёз голубые глаза, искрящиеся ужасом человека, осознающего, что он нелюбим и предан. — Ты говоришь так, словно собираешься убить меня!

— Ты веришь, что тот из вас, который говорит, — Кельмомас, — сказал Святой Аспект-Император, — а тот, что шепчет, — Самармас, и не понимаешь, что вы двое постоянно меняетесь местами.

Мальчик смотрел на него, белый, как кусок сахара, — и такой же хрупкий.

— Ты! — проклокотал он в той же мере, в какой и прохрипел и прокричал. — Ты! *Собираешься убить меня!*

Скрывающее мир присутствие оставалось непроницаемым. Принимающим решение.

— Я пока не знаю, кого именно следует убить.

Анасуримбор пошире расставил ноги, заставив Маловеби перекатиться по поверхности его бедра.

Глава тринадцатая. Окклюзия

— Посмотри-на-на-моё-лицо! — вскричал юный принц, вытягивая руку так, будто пытался остановить захлопывающуюся дверь.

Метагностическая песнь, по-прежнему давящая на слух колдуна Извази, невзирая на отсутствие у него живых ушей. Сущее тряслось и вибрировало, словно просыпанный на кожу барабана песок, — звук, пробивающийся через обвисшие своды шатра, стучащий, будто дождь в затворённые ставни.

— М-моё лицо! Пожалуйста! Папочка! Посмотри на моё лицо, *пожалуйста, папочка, пожалуйста*! Ты увидишь! Серва меня *убедила*! Я служу те...

Напев Перемещения разрезает темноту под непредставимыми углами, превращая лицо маленького мальчика в ровно освещённую пластину, переполненную раскаянием настолько подобострастным, что оно способно вызвать одно лишь презрение...

А затем страница перевернулась и всё вокруг было уже по-другому. Один лишь Маловеби неизменно оставался на месте.

* * *

Пребывая словно во сне, Друз Акхеймион топтался у входа в комнату с кожаными стенами, а страх готовым к драке кулаком сдавливал его грудь. Ему было трудно дышать. Сердце стало вялым и дряблым — чем-то, что бьётся просто ради того, чтобы биться.

Само сущее, казалось, сделалось одним безответным вопросом.

Как всё это могло произойти?

Мука объяла любимый голос, подняла до визга, а затем разбила вдребезги.

— Больно... — охнула Мимара с тюфяка, на котором лежала с грязным покрывалом поперёк выпирающего живота — голая и поблёскивающая в свете тусклого фонаря. — Как же бооооольно!

Она вновь вскрикнула. Когда она извивалась, её тень, протянувшись через всю комнату, корчилась на полу и стене... подобно пауку, и Акхеймион не мог не думать об этих чёрных вытянутых конечностях, изгибающихся вокруг выпуклой и такой же чёрной грудины.

— Так больно! — терзаясь очередным спазмом, выдавила она из себя. — Что-что-что-то не так, мамочка, что-то не так! Слииишком больно!

Эсменет, скрестив ноги, сидела сбоку, протирая ей лоб влажной тряпицей.

— Всё так, как и должно быть, милая, — сказала она, улыбаясь так уверенно, как только была способна. — В первый раз всегда больнее всего.

Она провела тканью по щеке Мимары, и этот образ заставил старого волшебника затаить дыхание, ибо под определёнными углами, в определённых сочетаниях света и тени мать и дочь отличались друг от друга лишь возрастом, будто бы перед ним сейчас предстала одна и та же женщина, разделённая между временами.

— Шшш... — продолжала Благословенная императрица. — Молись, чтобы он не был таким упрямым как ты, Росинка... Я когда-то промучилась с тобою два дня!

Мимара как-то странно сморщилась — улыбнулась, понял он.

— Нет... — сказала она, пыхтя. — Не называй меня так!

— Росинка-Росинка-Росинка... — протенькала Благословенная императрица. — Я звала тебя так, когда ты...

— *Не называй меня так*! — с неистовой яростью завизжала Мимара.

Это была её третья по счёту вспышка, но Акхеймион вздрогнул в этот раз так же сильно, как и в первый.

Эсменет же, напротив, не повела и бровью, продолжая уверенно улыбаться и по-прежнему помогать дочери, успокаивая и утешая её.

— Шшшш... Шшш... Пусть всё пройдёт. Пусть всё закончится.

— Прости меня, мама.

Что-то скребло внутри него, побуждая бежать прочь. Эсми потребовала, чтобы он остался и помогал, хотя единственное, что он был способен делать, так это выкручивать собственные руки.

— Это же ты натворил! — обвиняюще сказала она, и он понял, что она лишь для вида простила его за связь с её дочерью. Поэтому он был вынужден остаться и теперь лишь молча стоял, наблюдая за происходящим и чувствуя себя так, будто весь мир вдруг превратился в глиняный кувшин, всё больше и больше наполняющийся насекомыми. Даже его собственные внутренности, казалось, начали извиваться. Здесь не было места ни одному мужчине, не говоря уж о столь старом и измученном. Это были женские таинства, слишком глубокие, слишком уязвляющие истиной, слишком грубые и влажные для бесчувственного, высохшего мужского сердца.

И, кроме того, *этого вообще не должно было произойти*.

Дыхание Мимары стало не таким тяжёлым, а затем и вовсе неслышным. Ещё одна передышка между схватками.

— Вот видишь? — прошептала Эсменет. — Видишь?

Облегчение страданий стало для него чем-то вроде частичного освобождения от обязательств. Возможно, именно поэтому безудержное отвращение и возобладало над ним в этот миг — непреодолимое побуждение увильнуть, уклониться от возложенной на него Эсменет повинности...

Он попросту убежал, хотя нипочём не признался бы в этом. Устремился прочь, отбрасывая в сторону изукрашенные затейливыми оттисками кожаные клапаны. Тут слишком душно, говорил он себе. А зрелище слишком своеобразно... для желудка... столь... слабого как у него.

Вскоре он оказался снаружи, чувствуя головокружение от вины и охватившего его смятения. Рога невозможным видением взметались в ночные дали, разрезая северный край спутанного мотка облаков, как торчащая в ручье палка рассекает взбитую течением пену.

К чёрту Эсменет и всё, что она там скажет! Кто она такая, чтобы осуждать его?

Он наклонился, положив руки на колени и дыша тяжело и глубоко — так, словно ему на самом деле требовался свежий воздух, нехваткой которого он оправдывал свою трусость. Ему не нужно было видеть двоих Столпов, чтобы, учитывая хоры на их поясе, отлично знать, что те стоят позади него. Рядом с Умбиликусом они были повсюду, поскольку их лагерь прилегал прямо к огромному павильону. Предощущение приближающейся Метки — более глубокой и обладающей более странными особенностями, нежели ему доводилось встречать у кого бы то ни было, включая короля нелюдей, — заставило его поднять взгляд.

Он увидел фигуру, появившуюся из пасти погружённого в темень прохода и идущую прямо к нему. Воздух вырвался из лёгких старого волшебника одним долгим, дрожащим выдохом, в то время как сам он изо всех сил боролся с совершенно иным побуждением — бежать. Ибо он знал. Акхеймион встал и выпрямился — в груди, казалось, что-то гудело так, словно она стала вдруг ульем, в котором вместо пчёл поселились ужас и неверие, — наблюдая за тем, как лик Анасуримбора Келлхуса проступает из темноты...

Святого Аспект-Императора Среднего Севера и Трёх Морей.

Сколько же минуло времени?

Во время Погружения и последовавшего за ним переполоха он трижды видел Келлхуса — три проблеска, подобных удару холодной стали, ибо именно настолько острую и мучительную боль они ему причинили. У большинства людей нет никакого порядка в отношении обид, терзающих их души, — нет ясности в обвинениях, нет списка обвиняемых и перечня их преступлений. Для большинства людей уязвлённая, полная желчи часть их души — это своего рода жилище, в котором обитают мучительные образы, вырвавшиеся из суетного круговорота насилия и произвола и сумевшие каким-то образом пережить отведённую им пору. Большинство людей неграмотны и потому не могут надеяться использовать слова, чтобы приколоть к бумаге тени, мечущиеся в их сердцах. И даже если им это доступно, они, как правило, яростно отвергают точное описание и разбор своих скорбей, ибо любая ясность обыкновенно способна сделать эти обиды спорными и сомнительными.

Но не для Друза Акхеймиона. Двадцать лет он готовился к этому мигу, раз за разом повторяя себе слова, которые скажет, позу, которую примет, уловки, которые позволят ему вернуть свою утраченную честь...

Вместо этого он обнаружил себя хлопающим глазами и прислушивающимся к звону в собственных ушах.

Нет. Нет. Только не так.

Сияющие ореолы вокруг поражённых темнеющей скверной головы и рук — сверкающие золотом диски, всё такие же удивительные, как и тогда, в Шайме. Акхеймион едва способен был углядеть мирской аспект этого человека — столь отвратительной была его Метка, настолько мерзкой. Келлхус был выше, нежели он помнил, и одет всё в те же белые облачения, что и ранее сегодня. Его золотистая борода была уложена аккуратным квадратом и заплетена в манере киранейских Верховных королей Ранней Древности. Необычное навершье его клинка, Эншойи, выступало над левым плечом Келлхуса. Знаменитые декапитанты покачивались у его бедра, привязанные за волосы к чешуйчатому нимилевому поясу Аспект-Императора. Мёртвые веки существ подёргивались в глубоко ввалившихся глазницах, на миг то и дело являя взгляду их глаза — стекло, масло и чернота. Одеревеневшие губы шевелились, открывая зубы, напоминающие чёрные гвозди. Выглядело это так, словно декапитанты перешёптываются друг с другом.

Акхеймион вздрогнул, поняв, что Келлхус *воистину постиг Преисподнюю*, как и говорили слухи. Сама основа Мира стонала, скрипели подпорки и своды сущего — столь довлела плотность его присутствия. Поступь Аспект-Императора, казалось, обрушивалась ему на грудь, вышибая дыхание из лёгких, в той же мере, в какой сотрясала эту проклятую землю...

Такая мощь, собранная в одном месте и принадлежащая одному существу! Никогда ещё Мир не видывал подобного...

Глава тринадцатая. Окклюзия

И именно он, Друз Акхеймион, был тем самым глупцом, который выдал дунианину Гнозис!

Двадцать долгих лет тому назад.

Анасуримбор Келлхус остановился прямо перед ним всего в четырёх шагах — образ, пульсирующий и дрожащий в равной мере благодаря как обрушивающимся на Акхеймиона воспоминаниям, так и мистическим проявлениям напряжённости самого Бытия. Стоявшие у входа в Умбиликус Столпы пали ниц, в то время как старый волшебник не двинулся с места. Ближайший гвардеец пролаял какую-то угрозу, которую он даже не смог расслышать из-за грома, грохочущего у него в ушах и груди...

Старый волшебник стоял, разинув глаза.

— Ты говорил с Сакарисом, — произнёс Келлхус на древнекуниорском. Никаких обращений. Никакого джнана. — И встревожил его.

— Совершенно недостаточно, — ответил Акхеймион, пребывая в своего рода оцепенении.

Фигура не столько испускала свет, сколько превращала его в нечто неприсущее этому Миру.

— Ты рассказывал ему о своих Снах.

Акхеймион осторожно кивнул.

— Настолько, насколько он пожелал слушать.

Бледные глаза взирали так же пристально, как он и помнил, — так, словно он был висящей над бездной безделушкой, не просто последней, но и вовсе единственной оставшейся на свете вещью.

— Расскажешь мне?

— Нет.

Анасуримбор Келлхус попросил у него это, а значит, необходимо было отказать.

— Твоя ненависть не остыла.

— Найюров урок.

Миг бездонного взгляда.

— Значит, он ещё жив.

Испуг. Кожу на голове старого волшебника свербило и покалывало, ибо он понимал глупость этого словесного противостояния. Не существовало способа сбить с толку стоявшего перед ним человека — невозможно было ни как-то повлиять на него, ни перехитрить. И чем дольше он находился в фокусе его внимания, тем больше тайн и секретов неизбежно ему выдавал — даже тех, о которых и сам не подозревал.

Это было аксиомой.

— Я видел Ишуаль, — сказал он, повинуясь какому-то инстинкту — дурацкому или же, напротив, хитроумному, он не знал.

Стоящее перед ним эпическое существо мгновение помедлило, и само пространство и дыхание ночи показалось Акхеймиону застеклённым окном, сквозь которое его изучающе рассматривало некое сверхъестественное постижение.

— Тогда тебе известно, что она разрушена.

Сглотнув, Акхеймион кивнул, поглощённый мыслью о спрятанном в вещах Мимары кирри.

— Я видел, как твой сын прыгнул со скалы и разбился насмерть.

Едва заметный кивок.

— Кто-нибудь ещё выжил?

— Я знаю, что значит быть дунианином!

Произошедшая у него на глазах трансформация была похожа на чудо: лицо, только что бывшее бесстрастным и отстранённым, в мгновение ока стало знакомым и тёплым — доброжелательная ухмылка друга, давно приноровившегося к надоедливым и утомительным уловкам своего товарища.

— Быть беспощадным?

— Нет! — рявкнул Акхеймион с внезапной яростью. — Быть злом! Быть нечестивой мерзостью перед Оком самого Господа!

Келлхус недоумённо нахмурился... выражение его лица напомнило Акхеймиону о Ксинеме.

— В смысле, вроде тебя?

Старый волшебник мог лишь отупело взирать на него.

Внезапно Келлхус, словно бы в ответ на какой-то звук, который был способен услышать лишь он один, повернулся ко входу в Умбиликус. Какой-то частью себя старый волшебник упирался, отказываясь следовать за этим взглядом, поскольку убедил себя в том, что это ещё одна проклятая дунианская уловка, ещё один способ отвлечь и сбить с толку, чтобы безраздельно овладеть обстоятельствами. Но он всё равно повернул голову и взглянул туда, ибо его подбородок повиновался инстинкту более могучему, нежели его истощённая душа. Столпы по-прежнему простирались ниц, сгорбившись по обеим сторонам некогда богато украшенного входного клапана, напоминая своими облачёнными в зелёное с золотом спинами жуков-скарабеев. Стоящие вдоль Умбиликуса жаровни равнодушно пылали, разбрасывая искры. Кожаные стены вздымались далеко за пределы освещённого этим скудным светом пространства...

И, подобно какому-то чуду Хроник Бивня, нажатием руки откинув клапан, из тёмного зева шатра явилась Эсменет.

Её раздражённый взгляд тут же вонзился в Акхеймиона — отлынивающую от своих обязанностей душу, которую она здесь искала, лишь для того, чтобы наткнуться на своего чудовищного мужа...

Её правая рука рефлекторно схватилась за левую, прикрывая размытое синее пятно, оставшееся на месте татуировки с двумя переплетающимися змеями. Акхеймион едва не разрыдался, увидев, как она застыла, а выражение её лица тут же стало лишь отражением лика её мужа-Императора. И был краткий миг, когда ему словно бы довелось разом узреть всё то, что она потеряла между Шайме и этим самым моментом. Анасуримбор Келлхус был её величайшей пагубой, тяжелейшим ярмом из всех, когда-либо терзавших её, и она ненавидела его так, как более никого на свете...

Акхеймион увидел это так ясно, будто бы он и сам был дунианином.

— Где Кельмомас? — спросила она на чётком, благородном шейском Андиаминских Высот, и лишь едва заметный выговор выдавал принадлежность её крови к низшим кастам. Она говорит о мальчике, понял старый волшебник, её сыне, о котором он уже и позабыл за всеми волнениями и беспокойствами, вызванными Мимариными родами.

— Прикован к столбу, — сказал Келлхус, — в шатре лорда Шоратисеса.

Она пристально глянула в его неумолимое лицо, но намёк на поражение уже сквозил в её повадках. При всей своей материнской стойкости, стоя в тени своего богоподобного Императора, она внезапно показалась ему податливой и хрупкой.

— Что случилось?

— Ты видела. Он убил Сорвила, сына Харвила, Уверовавшего короля Сакарпа.

И тогда он почувствовал это — слабость, присущую тому, кто принуждён был столь долго обитать в тени пустоты столь нечеловеческой. И понял, как сильно это исковеркало её — необходимость служить человеческими вратами, через которые в мир являлись нечеловеческие души, и любить тех, кто в ответ мог лишь манипулировать ею. Быть ещё одной матерью-китихой. Побуждение освободить её охватило его, жажда спасти не столько их настоящее, сколько прошлое, желание вырвать её из тисков катастрофических последствий его собственных решений. В этот миг он был готов на что угодно, лишь бы суметь вернуться назад и, уступив её мольбам, остаться с ней и любить её все эти годы на сырых берегах реки Семпис...

На всё, лишь бы не покидать её ради сареотской библиотеки.

— Но почему? Разве он вообще знал его?

— Он думает, что Сорвил был убийцей. Он говорит, что увидел это на его лице, и он верит в то, что говорит.

В голосе Келлхуса слышалась нежность и даже ласка, но эти чувства были словно бы приглушёнными, сделавшиеся с годами тусклыми и осторожными, как и всякая ложь, сотворённая в осознании неизбежного неверия.

— И оно было? — спросила она с напряжением в голосе. — Было ли у него на лице... это самое убийство?

— Нет. Он был Уверовавшим королём... Одним из наиболее преданных и благочестивых.

Благословенная императрица просто смотрела на него, оставаясь совершенно непроницаемой, если не считать плещущейся в её глазах муки.

— Так, значит, Кель просто... просто...

— Его невозможно исправить, Эсми.

Задумавшись, она опустила взгляд, а затем повернулась и направилась обратно во чрево Умбиликуса.

— Оставь его, — бросил Келлхус ей вслед.

Она остановилась, не столько взглянув на него, сколько лишь повернув подбородок к плечу.

— Я не могу, — ответила она вполголоса.

— Тогда *остерегайся* его, Эсми, *и следи за пределом его цепей*. Голод его намного сильнее присущего человеку. — Голос Аспект-Императора был исполнен мудрости, неотличимой от сострадания. — Сына, которого ты так любила, никогда не существовало.

Её взгляд скользнул по лику её Господина и Пророка.

— Значит, буду остерегаться, — сказала она, — так, как я остерегалась своего мужа.

И, повернувшись, Благословенная императрица исчезла в огромном шатре.

* * *

Келлхус с Акхеймионом смотрели ей вслед, и на какой-то миг показалось, что со времени Первой Священной войны не минуло ни дня и они стоят, как стояли тогда, будучи друг другу желанными спутниками на общем мрачном пути. И старый волшебник вдруг понял, что ему более не нужна храбрость, чтобы говорить с ним.

— Там, в Ишуаль, мы видели место, где вы держали своих женщин... где дуниане держали своих женщин.

Осиянное ореолом лицо кивнуло:

Глава тринадцатая. Окклюзия

— И ты считаешь, что именно так я использовал Эсми — как ещё одну дунианскую женщину. Для умножения собственной силы через потомство.

Казалось, что это, скорее, какое-то воспоминание, нежели произнесённые здесь и сейчас слова.

Старый волшебник пожал плечами:

— Она считает так же.

— А что насчёт тебя самого, старый наставник. Ведь будучи адептом Завета, тебе доводилось видеть в людях орудия, инструменты достижения целей. Сколько невинных душ ты бросил на чашу весов супротив вот этого самого места?

Старый волшебник сглотнул.

— Никого из тех, кого я любил.

Улыбка, и утомлённая и грустная.

— Скажи мне, Акка... А каким во времена икурейской династии было наказание за укрывательство колдуна в пределах Священной Сумны?

— Что ты имеешь в виду?

Теперь настала очередь Аспект-Императора пожимать плечами.

— Если бы шрайские рыцари или коллегиане раскрыли тебя в те годы, что бы они сделали с Эсми?

Старый волшебник изо всех сил старался изгнать обиду из своего взора. Это именно то, что всегда и делал Келлхус, вспомнила рассвирепевшая часть его души — всякий раз разрывал неглубокие могилы, всякий раз ниспровергал любую добродетель, которую кто-либо пытался обратить против него.

— Ра-разные времена! — запинаясь, пробормотал он. — Разные дни!

Святой Аспект-Император Трёх Морей воздвигался перед ним воплощением бури, засухи и чумы.

— Я тиран, Акка. Самая кошмарная из душ этого Мира и этой Эпохи. Я истреблял целые народы лишь для того, чтобы внушить ужас их соседям. Я принёс смерть тысячам тысяч, напитав Ту Сторону плотью и жиром живых... Никогда ещё не было на свете смертного, столь устрашающего, столь ненавидимого и настолько обожаемого, как я... *Сама Сотня* подняла на меня оружие!

Произнося эти слова, он, казалось, воистину разрастался, увеличиваясь сообразно их мрачному смыслу.

— Я именно то, чем должен быть, **дабы этот Мир мог спастись**. Что же произошло? Как случилось, что все его доводы — справедливые доводы! — стали чванством и развеялись в дым?

— Ибо я знаю это, Акка. Знаю, как знает отец. И согласно этому знанию я заставляю приносить жертвы, я наказываю тех детей, что сбились с пути, я запрещаю вредные игры и, да... я забираю потребное для спасения...

— Будь то жизни или жёны.

Ощущение тщетности обрушилось на Друза Акхеймиона — ещё более мучительное из-за своей неизбежности. Он был всего лишь старым безумцем, чудаком, взлелеявшим за долгие годы чересчур много обид, чтобы надеяться узреть за ними ещё хоть что-то. Где? Где же Мимара? Это не должно было случиться вот так. Только не так! Как? Зачем? Зачем приводить её к Ордалии, если она отягощена кандалами собственного тела? Зачем приковывать Мимару к её же утробе в миг величайшей нужды?

Почему? Почему Бог забрал своё Око прямо накануне Второго Апокалипсиса?

Все эти годы, наполненные мучительными Снами, являвшими ему величайший Кошмар Мира, и трудами, совершаемыми без поддержки или же цели. Пьющий, впадающий в блуд и бесноватое буйство, лежащий в ожидании смертного ужаса своих сновидений. А сейчас... сейчас...

— Да! — произнёс Святой Аспект-Император Трёх Морей.

Это не должно было случиться вот так.

— Но тем не менее случилось, Акка. Никакой расплаты не будет.

Трепет. Дрожь старческого нутра и дрожь существа, стыдящегося, что его узрели дрожащим.

Проклятое видение снова кивнуло.

— Когда-то ты одарил меня Гнозисом, ибо считал, что я был ответом...

— Я считал тебя Пророком!

— Но ты сумел прозреть сквозь эту личину и увидеть, что я дунианин...

— Да! Да!

— И тогда ты отверг меня, отрёкся, посчитав меня лжецом...

— Ибо ты и есть лжец. Ты лжёшь даже здесь! Даже сейчас!

— Нет. Я всего лишь безжалостен. Я лишь тот, кем и должен быть...

— Очередная ложь!

Взгляд, исполненный жалости.

— Ты полагаешь, что справедливость может спасти Мир?

— Если не справедли...

— Помогла ли справедливость нелюдям? Помогла ли она Древнему Северу? Смотри! Оглядись вокруг! Мы стоим прямо у ворот

Глава тринадцатая. Окклюзия

Мин-Уройкаса! Узри собранное мной Воинство, узри все эти Школы и Фракции, которые я привлёк к походу Ордалии и провёл сквозь бесчисленные лиги, наполненные вопящими и преследующими их шранками. Думаешь, этого можно было добиться добротой и любезностью? Или ты, быть может, считаешь, что можно было честностью принудить к общему делу души столь многочисленные и столь непокорные? Что один лишь страх *перед какой-то там сказочкой* мог бы послужить цели так же хорошо, как и моё понуждение?

И он взглянул — да и как бы он мог поступить иначе, понимая, где он сейчас находится. Всю свою жизнь он мог лишь в голос вопить «Голготтерат!» да топать ногами, отлично зная, что всё, бывшее для него веками истории и кошмара, для остальных было лишь пустыми и глупыми басенками, продолжающимися счётом давно оконченной и забытой игры. А сейчас Акхеймион стоял здесь, слыша свой собственный вопль, — тот самый, что ранее издавали чужие уста. И он обернулся...

И узрел...

— Боги одурачены, — настаивал Келлхус, — и слепы. Они не способны увидеть это. А Бог Богов не более чем их недоумевающая сумма.

Пронзившая ночь необъятность, воспарившая к звездам угроза, сияющая в блеске Гвоздя Небес призрачным светом.

— Нет! — выдохнул Акхеймион.

— Лишь смертный способен постичь то, что пребывает вне суммы всего, Акка. Лишь человек способен поднять на Не-Бога взгляд, не говоря уж об оружии...

— Но ты — не человек!

Его ореолы выглядят так сверхъестественно. Так невозможно.

— Я — Предвестник, — изрёк сияющий лик, — прямой потомок Анасуримбора Кельмомаса. Возможно, старый друг, я всё-таки человек — во всяком случае, в достаточной мере...

Акхеймион поднял руки по обеим сторонам головы, взирая на то, как Святой Аспект-Император и Инку-Холойнас противопоставленными друг другу предзнаменованиями скорбей воздвигаются по краям его поля зрения — оба сияя, словно покрытые маслом видения, замаранные каждый соответственно мерзостью Метки и ужасами воспоминаний.

— Так яви же это! — воскликнул он, простирая руки в порыве внезапного вдохновения. — Сними Пройаса со скалы! Яви милость, Келлхус! Покажи то самое избавление, что ты обещаешь!

И оба чуждые всему человеческому.

— *Пройас уже мёртв.*

— Лжец! Он жив, и ты это знаешь! Ты сам так устроил в соответствии с собственными замыслами! Потерпи же теперь в своём чёртовом сплетении одну-единственную незакреплённую нить, единственный запутавшийся узелок! Поступи разок так, как поступают люди! *Исходя из любви!*

Скорбная улыбка, искажённая светом Гвоздя Небес и ставшая в результате этого чем-то вроде плотоядной усмешки.

— А ты подумай, Святой Наставник, кто же есть ты сам, если не такой вот допущенный мною узелок и незакреплённая нить?

Предвестник повернулся и зашагал к обветшалым шатрам, расположившимся ниже по склону. Акхеймион в каком-то идиотическом протесте раскрыл рот — раз, другой, будучи похожим сейчас на брошенную в пыль и задыхающуюся рыбину. В его голосе, когда старый волшебник наконец вновь обрёл его, сквозило отчаяние.

— Пожалуйста!

Друз Акхеймион пал на колени, рухнув на проклятую землю Шигогли более старым, разбитым и посрамлённым, нежели когда-либо. Он протягивал вослед Аспект-Императору руки, лил слёзы, умолял...

— Келлхус!

Святой Аспект-Император остановился, чтобы взглянуть на него — явственно проступающее в темноте видение, омерзительное из-за гнилостной бездонности Метки. Впервые Акхеймион заметил множество человеческих лиц, выглядывающих из сумрака разбитых вокруг палаток и биваков. Щурясь во тьме, люди пытались понять значение слов древнего языка, который Келлхус использовал, чтобы скрыть от них суть этого спора.

— Лишь это... — плакал Акхеймион. — Пожалуйста, Келлхус... Я умоляю.

Его сотрясали рыдания. Слёзы пролились ручьём.

— Лишь это...

Единственный удар сердца. Жалкий. Бессильный.

— Позаботься о своих женщинах, Акка.

Старый волшебник вздрогнул, закашлявшись от внезапной и острой боли, пронзившей грудь, и вскочил на ноги, разразившись приступом гнева.

— Убийца!

Никогда прежде слова не казались столь ничтожными.

Анасуримбор Келлхус взглянул на вознёсшиеся к небу Рога — огромные, мерцающие угрожающе-злобным блеском.

— Что-то, — оглянувшись, изрекла чудовищная сущность, — необходимо есть.

Глава тринадцатая. Окклюзия

* * *

— Мамочка? — позвало маленькое пятнышко темноты.

Эсменет сняла чехол с фонаря, держа его в вытянутой руке — в большей мере стремясь поберечь глаза от яркого света, нежели для того, чтобы в подробностях разглядеть чрево шатра. И всё же она увидела пустые углы, вздутые швы, провисшую холстину, потерявшую цвет и приобретшую за долгие месяцы пути множество грязных разводов и пятен. Она вдыхала запахи плесени, сырости и тоскливого уныния — всего того, что осталось от предыдущего владельца.

Было что-то кошмарное в том, как его образ в какой-то момент вдруг просто возник перед ней, явственно видный на этом пыльном земляном полу. На лице у него, как это бывает у только что проснувшихся детей, было написано какое-то жадное, взыскующее выражение. От Кельмомаса исходило раскаяние, ощущение беды и нужды, но взгляд его скорее отталкивал, нежели манил, вызывая в памяти все совершённые им злодеяния — так много вопиющих обманов и преступлений.

Что она здесь делает? Зачем пришла?

Она всегда находила особую радость в том недолгом времени, пока её дети ещё оставались малютками — в их крошечных, гибких, льнущих и ластящихся к ней телах. В их беспечных, легкомысленных танцах. В их суетной беготне. Например, в случае Сервы она поражалась спокойствию, которое обретала, просто наблюдая за тем, как девочка бродит по Священному Приделу. Это было своего рода глубокое удовлетворение — отрада, которую тела находят в проявлении беспокойства в отношении других тел — тех, что они породили. Но память о радости, что её всегда испытывало от вида Кельмомаса, сопровождалась ныне ощущением безумия, исходящим от всего, недавно открывшегося ей, — и тогда образ его словно бы распухал перед её глазами, будто её сын был каким-то наростом, мерзкой кистой, уродующей шею Мира. Сидящий перед нею маленький мальчик — существо, которое она так лелеяла и обожала — превратился в живой сосуд, наполненный ядом и хаосом.

Она выдохнула и пристально взглянула на него.

— *Мамочка-мамочка, пожалуста-пожалуйста выслу...*

— Ты никогда не узнаешь... — перебила она его, голосом столь громким, будто находилась сейчас на шумном рынке, — и никогда не поймёшь, что значит иметь ребёнка...

Теперь он ревел.

— Он-он *собирался убить Отца*! Я-я хоте...

— Перестань реветь! — завизжала она, наклонившись и прижав локти к талии. Руки её сжались в кулаки. — Довольно! Довольно с меня твоих уловок и обмана!

— Но это правда! Правда! Я спас Отцу жи...

— Нет! — вскричала она. — Нет! Прекрати притворяться моим ребёнком!

Эти слова ударили его, будто тяжёлый мужской кулак.

— Я твоя мама. Но т-ты, ты, Кель — никакой не ребёнок.

И тогда она увидела это... ту же самую пустоту во взгляде, которую она ранее научилась видеть в других своих детях. Настороженность. Как же она не замечала этого раньше?

Он был таким же, как и остальные. Калекой. И даже более изувеченным, нежели прочие — из-за своей способности казаться иным... из-за умения имитировать человеческие чувства, подражать людям. И тогда вся чудовищность случившегося вновь обрушилась на неё. Смерти. Разрушения. Ужасающая правда об этом ребёнке.

Эсменет рухнула на четвереньки, извергнув в пыль кусочки полупереваренной конины — всю ту малость, что ей ранее удалось съесть. Она сморгнула с глаз неизлившиеся слёзы, почти ожидая, что он воспользуется этой её слабостью, чтобы канючить или браниться, или подольщаться, или внушать ей что-то. Или даже, как предупредил Келлхус, чтобы убить её.

Следи за пределом его цепей...

Но он просто наблюдал за ней, будучи безучастным, как всякая истина.

Благословенная императрица поднялась на ноги, отряхнула пыль с рукавов и локтей и, шаркнув ногой, засыпала песком лужицу блевотины. Всё внутри неё, казалось, омертвело. Она стояла там, раздумывая над тем, доводилось ли ей когда-либо ранее чувствовать себя настолько одеревеневшей.

— Я думаю... — резко начала она, запнувшись из-за онемения, распространившегося и на язык и глотку. Она моргнула и, кашлянув, прочистила горло. — Я думаю, он считает, что ты в это веришь.

Ему понадобился лишь миг для того, чтобы вычислить, что из этого следует.

— Значит, он считает меня безумным. Вроде Инрилатаса.

Она откинула назад волосы, одарив его неуверенным взглядом.

— Да.

Ещё один миг.

Глава тринадцатая. Окклюзия

— В его руке ничего не нашли.
— Он был верующим, Кель... Таким же, как остальные.

Его широко распахнутые глаза сузились. Ангельское личико, понурившись, склонилось.

Оставшийся на земле фонарь превратил пыльную поверхность в нечто вроде рукописи, где каждый след или отпечаток казался фрагментом текста, клочком давно утерянного смысла. И посреди этой безумной сигилы, последним кусочком, пока ещё сохранявшим своё значение, оставался Кельмомас... Крошечный. Хрупкий.

Её милый, убийственно маленький мальчик.

Он поднял взгляд, выражение его лица было настолько безучастным, что в этом спокойствии можно было увидеть всё, что угодно, кроме сокрушённости или разбитого сердца.

— Тогда зачем ты пришла?

Зачем же она пришла? Просто это казалось ей действием столь же необходимым и естественным, как слияние капель воды в единое целое. У неё не было иного выбора. Быть матерью означало до конца жизни перемещаться между перспективами, стать в этом смысле чем-то вроде кочевого народа, бесконечно следующего за желаниями, защищающего интересы и страдающего от боли, причиняемой кому-то другому. Иногда эти иные души отвечали взаимностью, но в действительности столь многое отдавалось безвозвратно, забиралось без какого-либо возмещения или попросту забывалось, что несправедливость такого обмена была очевидной.

Возможно, именно поэтому она и пришла. Чтобы быть обиженной и уязвлённой, как множество прочих матерей. Чтобы обретаться в одном жилище с самозванцами, не имея никакой надежды на возмещение своих усилий. Чтобы быть обманутой, осмеянной, используемой... и необходимой, как собственная кожа.

Возможно, она пришла, чтобы быть матерью.

Возможно...

— Понятно... — сказал он.

Суета и смятение схлынули, и она пристально посмотрела на него, изумляясь тому, что перед нею то самое дитя, которое надушенные рабы извлекли из её чресел. Перед тем как уйти, она, ненадолго задержавшись, сунула руку себе под одежду, достав маленький напильник, который ранее стянула из хранилища в Умбиликусе. След татуировки на руке привлёк её внимание, заставив Благословенную императрицу замереть — но лишь на краткий миг. Она бросила инструмент на землю возле маленьких ножек сына, заставив подняться в воздух завихрения пыли.

Её последний подарок...
Порождённый любовью, обретающейся в самых глубинах её существа.

* * *

Мигагурит урс Шаньюрта присел у самого гребня Окклюзии, время от времени бросая взгляды на равнину, где воздвигалась Шайта'анайрул — Могила, Облачённая в Золото, но по большей части изучая раскинувшийся у внутреннего основания гор лагерь. Костров было совсем немного. Это могло обмануть взор менее опытный, чем его, послужив свидетельством малочисленности расположившегося там войска. Но Мигагурит давно шёл путями войны. Он знал, что армии юга жгут собственные палатки и снаряжение, так же как ранее они употребили в пищу своих лошадей. Хорошие предзнаменования.

Король Племён будет доволен.

Будучи памятливцем, он имел представление об этом месте. Он всегда верил в Локунга и всегда считал, что Шайта'анайрул действительно существует. И тем не менее он был потрясён тем, что сущность его веры зависела от вещей... столь нереальных. Ибо когда он взирал на Могилу, Облачённую в Золото, то скорее не радовался, а трепетал, ощущая, как его внутренности сжимаются и выкручиваются от мрачных предчувствий. Да и мог ли он не бросать туда один взгляд за другим, зная, что Шайта'анайрул служит зримым подтверждением реальности его ужаса, ибо доказывает, что всё это время он воистину поклонялся убийству? Наконец, он задремал, и сны его полнились кошмарами, источаемыми этими скалами...

Ибо Локунг умер не просто, совсем не просто.

Внезапно он вздрогнул и, морщась от боли, потёр лоб над левым глазом. Что-то, какой-то камушек ударил его...

Он сел, испуганно моргая от охватившего его сверхъестественного ужаса.

Маленький мальчик присел на корточки у его ног. Льняные волосы ребёнка белели в свете Гвоздя Небес.

— Ты скюльвенд?

Мигагурит улыбнулся невинной улыбкой, а затем попытался поймать видение. Но ребёнок ускользнул. Памятливец вскочил и закрутился, все его чувства до предела обострились. Он схватился за нож... лишь для того, чтобы обнаружить, что тот исчез...

Захрипев, он упал, его икры сжались, собравшись у подколенных впадин в не прикреплённые к щиколоткам шарики. Жжение в пятках переросло в мучительную боль. Он знал, что уже мёртв, но тело, посчитав его глупцом, без остатка превратилось в сгусток паники. Отталкиваясь локтями, он пополз на спине. Собственные ноги казались ему чужими. Мальчик метался вокруг, словно скачущий через верёвочку призрак. Порезы и уколы один за другим обрушивались на скюльвенда сквозь туман невыразимых мучений. Мигагурит спазматически дёргался и дрожал, размахивая руками и стараясь заслониться предплечьями, но всё это лишь вызывало взрывы мелодичного смеха. Из последних сил добравшись до края гребня, скюльвенд перевалился через него, застыв на нисходящем склоне спиною вниз.

Белокурый мальчик остановился и, взглянув на него, вытер себе нос, размазав кровь по щеке.

— Анас... — выплюнул Мигагурит это имя, вместе с кровью. — Анасуримбор!

Он чувствовал, как склон тянет его вниз. Он знал, что с головы и плеч стекает кровь, увлажняя покрывающие склон булыжники и постепенно заставляя его съезжать...

Ребёнок прыгнул ему на грудь и, по-мартышечьи низко склонившись, заглянул в глаза.

Казалось, что давление и медленное скольжение, вызванное его весом, потихоньку сдирает кожу со всех частей тела, которыми Мигагурит касался поверхности скалы.

— И куда же идут скюльвенды? — спросил мальчуган с каким-то неистовым любопытством в голосе. Сияние Гвоздя Небес создало вокруг его головы серебрящийся ореол.

Мигагурит хрипел и рыдал. С верой, переходящей в ужас.

Мальчик кивнул.

— Куда-то, где очень страшно... — задумчиво сказал он. — То есть туда же, куда и все остальные.

Мигагурит попытался закричать, но вес мальчика выдавил из его лёгких последний вздох. Он продолжал соскальзывать вниз.

— Оставь его, — раздался откуда-то сверху женский голос.

Сломанное ребро воткнулось в его плоть — столь резво в ответ на эти слова спрыгнул с него ребёнок.

Невыносимая боль, наполненная, однако, обетованием передышки. Каким-то образом преодолев вызванный муками паралич, Мигагурит сумел поднять голову и увидел поводящего ножом из стороны в сторону мальчика, стоящего перед одетой в чёрное женщиной — некогда прекрасной и до сих пор сохранившей свою красоту. Мальчик держался от неё на некотором отдалении и вёл себя настороженно...

Императрица?

Склон вцепился в него, словно бы ухватившись за что-то в его теле...

— Ты не моя мать, — заявил мальчик.

Кривая улыбка.

— Я могу быть тем, кем тебе нужно.

Женщина протянула мальчику руку... мужскую руку.

Склон усилил хватку, а затем одним яростным рывком сдёрнул сына жестокосердного Шаньюрты с гребня скалы.

* * *

Мужи Ордалии делились россказнями и слухами, как склонны делиться ими друг с другом любые солдаты. Жечь костры запретили всем, кроме Великих Имён, и посему люди сбивались в кучки, осиянные бледным светом Гвоздя, и сидели, делая вид, что сосредоточены на починке и поддержании в исправности своего снаряжения — будь то заточка клинков, подшивание разошедшихся швов или же натирание потускневших металлических частей доспехов и оружия. Они сидели рядом, очень близко друг к другу, их голоса, в силу какого-то внезапно охватившего их странного благоговения звучали тихо и приглушённо. И, как это часто случается, сам факт разговоров был намного важнее их содержания. Разум всегда ищет общего дела, никогда не стремясь к разладу и разноречию. Те, кто ранее заикался, внезапно обнаруживали, что их речи льются ручьём — смело и открыто. Те, кто никогда не любил всеобщего внимания, вдруг понимали, что говорят откровенно, обнажая душу. И даже если рассказчик запинался или колебался, он получал от старших товарищей лишь возгласы поощрения и ободрительные жесты — руку, положенную на плечо, или же взъерошенные пятернёй волосы. Ибо, несмотря на все испытания и скорби, они вдруг отыскали в себе изобилие — снизошедшую на них благодать. Будучи обездоленными, лишёнными всего на свете, кроме ничтожной надежды на искупление, они нашли в себе причину для того, чтобы отдать...

В какой-то момент воины всех народов заговаривали о своих жёнах и детях. Воспоминания постепенно затопили лагерь — благоговейный трепет людей, вызывающих в памяти утренние часы, залитые солнечным светом. Глаза их затуманивались, отзвуки прошлого звучали в сердцах щебетанием женских голосов, образы возлюбленных лиц мелькали перед ними яркими и веселящими радость видениями, возникая словно бы из ниоткуда среди повседневных трудов и забот. Они хохотали над проделками малышей, улыбались вспыльчивости и нежности жён. Вспышки смеха пронзали нависшую над лагерем тьму — возникающие то тут, то там искорки неподдельного веселья. Люди протягивали к пустоте руки, вспоминая твёрдые черты своих юных сыновей или трепетные, податливые изгибы возлюбленных. В словах их звучала тоска, заставлявшая многих слушающих эти речи плакать. Они делали рвущие души и сердца признания, приносили публичные клятвы и изрекали проклятья.

И так вот, один за другим, они *вверяли свои вечные души завтрашнему дню* — уничтожению мерзкого Голготтерата.

Они размышляли о тлеющих оконечностях Рогов, а скользящие по громадным поверхностям отражения вторили пустоте воцарившейся ночи. Они метались и бормотали, преследуемые кошмарами, ибо ужасы Шигогли тревожили их сны.

И ни один из них не осмелился даже упомянуть о том, что голоден.

Той ночью они вернули себе чувство товарищества, память о том, что значит быть рядом с братьями, чувствовать на себе их снисходительный взгляд, видеть их поддразнивающую усмешку.

Они сделались чем-то большим, нежели просто сподвижниками в битвах и распрях. Грех соединил их глубже, сильнее, чем вера, и оказалось достаточным лишь чуточку умерить самоуничижение, чтобы суметь исцелить друг друга.

Снова стать братьями.

Они были грешниками... ответственными за ужасные, вырожденческие деяния — мерзости, в реальность которых они сами едва могли поверить, не говоря уж о том, чтобы постичь. Чувство вины была их ярмом, позорной плетью. Злодеяние стало их общностью, их грехом и проклятием. И подобно всем мужам, сокрушённым бременем своих преступлений, они ухватились за предложенный им путь искупить не столько даже свои души, сколько всё взятое на душу. И они готовы были ради этого принести в дар свою храбрость, свой гнев и свои жизни — отдать предсмертный вздох и последнее биение сердца, делая это не ради какого-то мистического обмена, но лишь ради того, чтобы отдать...

Из любви к своим братьям.

И пусть побуждение сие было безумным — они не замечали этого. Они даже не задумывались над тем, что за сумасшедшие обстоятельства способствовали возникновению этой жажды, ибо братство само по себе предполагает необходимость отбросить прочь все вопросы, все вожделения, обыденные и чуждые ему. Пребывать в братстве означает на какое-то время отринуть беспокойство о времени — открыть для себя Вечность, погрузившись в неё не через героизм веры, но через сон доверия.

Они пили из фляг драгоценную воду. Едва дыша, преломляли хлеб. Вместе пели гимны, отпускали шуточки и читали молитвы. Под светом звёзд лагерь тянулся и тянулся вдоль склона — человеческий мусор, выплеснувшийся из лобка Окклюзии прямо на ввалившийся живот Шигогли. Бастионы Голготтерата горбились в злобной тени Рогов, неосвещённые и лишённые даже малейших признаков движения. Мужи Ордалии повернулись спинами к этому бесцветному миру, отвергая его как задачу предстоящего дня, и оставались сосредоточенными лишь друг на друге — на свете великодушия и благородства, пылавшем этой ночью вместо лагерных костров. И каждый из них размышлял о душах его окружающих, глядел на своих товарищей и видел в них красоту, превосходящую собственную, видел души одновременно и слабые и непобедимые. И у каждого была возможность сказать: *Этот человек... Я бросаю счётные палочки ради него.* И это ввергало их в изумление. Ибо братство означает не просто возможность узреть собственный образ в чьей-то душе, но возможность увидеть там *кого-то лучшего,* нежели ты сам.

Ночь всё сгущалась. Они обнимались, смущённо бормоча друг другу трогательные заверения, ибо осознавали, что близится время безумной свирепости. Некоторые вели себя воинственно, а другие напыщенно, но всем им сегодня прощались эти крайности — свидетельства их противоречивой человеческой природы. Ведя беседы в тени Голготтерата, мужи Ордалии словно бы открыли для себя новую разновидность страха — ту, которая не столько приводит человека к смирению, сколько делает его целостным. Во мраке они разбредались по своим укрытиям, пытаясь согреться, и погружались в неспокойный сон, зная, что хотя бы на одну эту ночь за всё время их ужасающего пути они оказались благословенными.

Были ли они галеотскими танами, шайгекскими хирургами, айнонскими воинами-рабами, нансурскими колумнариями или налётчиками кхиргви... не имело значения. На протяжении нескольких страж они знали, что на них снизошла Благодать.

А в тени Апокалипсиса это было подлинным даром.

ГЛАВА ЧЕТЫРНАДЦАТАЯ

Голготтерат

> Мы дети минувшей печали,
> Наследники древних чинов,
> День завтрашний мы прославляем,
> В день нынешний — ярость наш зов...
> *«Песнь Сожжённого Короля»,*
> *Баллады Шайме*

Ранняя осень, 20 Год Новой Империи (4132, Год Бивня), Голготтерат

Гусиный клин, вытянутый и неровный, пронёсся по лазурному небу.

Рассвет. Лучи солнца вычернили внутренний склон изогнутого вала Окклюзии, заставив засверкать зеркальным блеском громаду Рогов. Золотое сияние обрушилось на искрошенные вершины и скалы, одарив лагерь Ордалии воспоминанием о его былом многоцветном великолепии...

Высочайшее из знамён Кругораспятия вспыхнуло белым.

Интервал прогремел в последний раз, наполнив неподвижный воздух пронзительным звоном, но запутанные лабиринты лагеря оставались пусты. Копья и пики торчали, воткнутые в песок. Откуда-то доносились отрывистые приказы владык и выкрики командиров, но более ничего не было слышно. А затем мужи Ордалии выступили, наводнив своими бессчётными множествами все лагерные проходы и закоулки. Безмолвие сменилось всевозрастающим гомоном. Пустота наполнилась повсеместной деятельностью.

Ведьмы и колдуны, оставаясь в пределах выделенных соответствующим Школам пространств, разбивались на тройки. Учитывая их яркие одежды, они казались диковинными цветами, распустившимися на вершинах Окклюзии. Даже от самых старых и дряхлых из них исходили мерцающие ореолы колдовского могущества. Обычные воины, подкрепившись тем, чем было возможно, присоединялись к всеобщему движению в направлении периметра лагеря, где их собратья и соотечественники строились в боевые колонны под строгим присмотром своих командиров. Всё вокруг щетинилось лесом копий, сияло ослепительным блеском оружия и натёртых до блеска доспехов. Повсюду можно было увидеть группы коленопреклонённых людей, творящих общую молитву. Звуки песнопений разносились над шумящими толпами — псалмы, исполненные смятения и насыщенные воспоминаниями, гимны, обуянные гневом и напоённые славословиями. Выжившие Судьи помогали жрецам с Отпущениями.

Невзирая на все тяготы их скорбного пути, несмотря на все удары и раны, отмеренные им Шлюхой, Великая Ордалия оставалась военным чудом. Едва ли треть выступивших из Сакарпа воинов дожили до этого дня. Четверть Ордалии погибла в Ирсулоре. Ещё четверть пала у Даглиаш или умерла от чудовищных последствий Ожога. Различные болезни, истощение и смертоубийства унесли остальных. И всё же на проклятых пустошах Шигогли собралось около ста тысяч душ, что вдвое превосходило силы Анасуримбора Кельмомаса времён Ранней Древности и по меньшей мере втрое — численность ишроев Куйяра Кинмои.

Воинство Воинств строилось, укутав целые лиги клубящейся пылью. Находящимся в руинах Акеокинои часовым, наблюдавшим за тем, как боевые порядки Людей Юга удивительным образом словно бы сами по себе возникают из сгущающихся потоков и облаков пыли, казалось, будто само время обращается вспять. Поблёскивающие фаланги одна за другой маршировали по пустошам, фланги выгнулись, выдвигаясь навстречу могильному присутствию Голготтерата. Эмблемы и символы, собранные со всех Трёх Морей, украшали боевые построения, как и тысячи вариаций стягов Круговраспятия, лениво обвисших в морозном утреннем воздухе.

Лошади либо были съедены, либо, вконец оголодав, остались за стеной Окклюзии, слишком ослабевшие, чтобы перенести через хребет даже ребёнка, не говоря уж о тяжеловооружённом рыцаре. Лишь лорды Ордалии оставались конными. Облачённые в доспехи и то военное снаряжение, что им удалось до сей поры сохранить, они объезжали боевые порядки, проверяя и напутствуя своих людей. Ответные возгласы воинов гремели над пустошами.

Святой Аспект-Император разделил Ордалию на три Испытания, как он назвал их, перед каждым была поставлена своя цель. Люди Среднего Севера под началом короля Коифуса Нарнола образовывали центр, которому было приказано штурмовать Гвергиру — циклопическую надвратную башню, защищающую знаменитую Пасть Юбиль — Чёрный Зев Голготтерата. На правом фланге Сыны Шира под командованием жестокого короля Нурбану Сотера должны были атаковать и захватить башню Коррунц, сторожащую подходы к Юбиль с севера. На левом же фланге Сынам Киранеи, ведомым князем Инрилилом аб Синганджехои, предстояло взять Дорматуз — чудовищную товарку Коррунц, обороняющую южные подступы к Вратам.

Громадная тень Окклюзии — не чёрная, а скорее охряная или шафрановая из-за мерзкого блеска Рогов — отступила от скалящихся золотыми зубцами парапетов и начала медленно смещаться к подножью каменистых склонов. Издаваемый воинством шум постепенно растворился в шипении утреннего солнца. Вскоре слышны были лишь крики отдельных, судя по всему, впавших в неконтролируемое буйство душ. Святой Аспект-Император пока что не появился, но его стяг реял высоко и был хорошо заметен всем — укреплённое перед фронтом Воинства чёрное Кругораспятие, некогда непорочное, но ныне истёртое ветрами и представляющее собою лишь пустой круг, из которого даже исчез образ их божественного Пророка, словно бы вознесенного в суровые небеса. Все взгляды обратились к этому знамени, и все сердца обрели утешение, ибо оно истрепалось и обветшало так же, как они сами, и все различия между ними заключались в единственном принципе, точно определяемом совершенством этого тонкого истёршегося круга.

Безмолвие опустилось на Святое Воинство Воинств. А затем единым гремящим голосом мужи Ордалии вознесли Храмовую Молитву.

> Возлюбленный Бог Богов, ступающий среди нас,
> Да святятся твои священные имена...

Единодушный хор разнёсся над равниной Шиголли, и мужи Ордалии услышали то же самое, что некогда довелось услышать их предкам, как, впрочем, и нелюдям во времена ещё более древние: то, как звуки, словно бы издеваясь над всеобщей молитвой, отражаются от Рогов насмешливым эхом. Голоса некоторых воинов — тех, кто впал в замешательство, — дрогнули, но прочие оставались сильными, служа своим братьям примером, побуждая их возглашать священный речитатив всё громче и громче.

Это была молитва, которую они узнали, казалось, ещё до того, как родились. Слова, используемые так часто, что словно бы стали неразличимыми и недвижными, втиснутыми в само их существо ещё до того, как они стали собой. И потому, произнося их, они будто бы оказывались укоренёнными в бесконечности, а Ковчег, при всей своей головокружительной необъятности, представлялся не более чем фокусом некого тщеславного фигляришки, сотворённым при помощи фольги и правильно выбранной перспективы.

> Да утолит хлеб твой глад наш насущный.
> И да суди нас не по прегрешениям нашим,
> Но по выпавшим на долю нашу искусам...

Зов боевых труб разнёсся над пустошью, постепенно растворяясь в тягостном океаническом стоне — гуле начинающегося сражения. И тогда закованные в доспехи и ощетинившиеся оружием порядки все как один двинулись вперёд, темнея и блистая на фоне пепельно-серой пыли Шиголи. Масштаб происходящего был таков, что, казалось, сместился сам Мир. Тем, кто всё ещё оставался в руинах Акеокинои, почудилось, будто люди вдруг растворились в исходящей от них же пыли. Великая Ордалия стала воинством теней, собранием привидений, и лишь редкие отблески отражённого солнечного света напоминали о хрупкой реальности этих фантомов...

И таким вот порядком Уверовавшие короли Трёх Морей продвигались на запад, в сторону серо-голубой завесы гор Джималети, простёршейся по ту сторону Окклюзии, и в направлении мрачного, увенчанного золотом призрака Голготтерата, раскинувшегося внизу.

Так начался Конец Света.

* * *

«Им'виларал» прозвали их нелюди в незапамятные дни — Скалящийся Горизонт. Высокие норсираи заимствовали это название, как и многие другие, и переиначили его так, чтобы оно было им то ли по языку, то ли по сердцу. Так Им'виларал стал Джималети — названием горной гряды, всей своей устремлённой к небу необъятностью укрывающей север от мщения смертных.

Обладание чем-то означает познание этого. Любые неизученные части Мира тревожили людские сердца, но мало было мест, претендовавших на то, чтобы внушать людям трепет, подобный навеваемому горами Джималети, ибо они в гораздо большей степени, нежели даже сам Голготтерат, служили шранчьей утробой. После победы в куну-инхоройских войнах нелюди пытались очистить горы от этой заразы. Долгое время многие из храбрейших ишроев и квуйя взбирались на отроги Джималети, охотясь на мерзкое наследие своих врагов. Но минули годы, величие их имён истёрлось из памяти, и то, что ранее считалось деянием мужественным и славным, стало представляться лишь безрассудством. И, как часто бывает, храбрость оказалась переломленной о костистое колено тщетности, и стратегия эта была оставлена.

Высокие норсираи, в свою очередь, тоже стремились очистить Джималети от чудищ. Некоторое время самыми опасными и высокооплачиваемыми наёмниками во всём Мире считались знаменитые эмиорали, или бронзоликие, как их называли из-за прикрывавших всё тело свободных доспехов из бронзовых пластин. Однако у аорсийцев, равнинных родичей эмиорали, был для этих воинов ещё один эпитет — Бесноватые «Силачи» — прозвище, которое первоначально давалось тем, кто во время битвы впадал в боевое безумие. И в той же мере, в какой они готовы были считать эмиорали братьями в сравнении с представителями прочих народов, они так же и сторонились их с отчуждением, свойственным людям, пусть и более слабым, но гораздо более многочисленным. Хотя бронзоликие и были известны как жадные до денег, неразговорчивые и склонные к мрачной ярости наёмники, истина заключалась в том, что родичи всего лишь завидовали их славе и боялись их силы. «Что останавливает их? — спрашивали себя люди, собираясь вокруг затухающих очагов, когда все лица окрашены алыми отблесками, а души обращаются к вещам кровавым и тёмным. — Людей, им подобных... Зачем им жить такой тяжкой жизнью? Зачем взращивать своих сыновей по ущельям и склонам, когда им нужно всего лишь прийти и отнять принадлежащее нам?» И тем самым они сделали неизбежным именно то, что как раз и надеялись предотвратить своими выдумками, — такова сущность человеческого безумия.

В Совете Соизволений Шиарау мудрейшие из народа аорси пришли к заключению, что численность шранков в итоге неизбежно рухнет, столь огромна была плата, которую эмиорали требовали за удержание своих Сокрытых Цитаделей. Возможно, число тварей некоторое время и сокращалось, но верность эмиорали Шиарау убывала быстрее, и, в конце концов, бронзоликие стали нетерпимыми к нелепой снисходительности и полной изобилия жизни своих южных родичей, и даже стали питать к ним некое отвращение. Эмиорали превратились в источник постоянной крамолы, в рассадник буйных разбойников и мятежных генералов, и в 1808 Году Бивня Верховный король Анасуримбор Нанор-Укерджа наконец счёл башрагов и шранков меньшим злом: все девяносто девять Сокрытых Цитаделей были покинуты, а Джималети целиком уступлены Врагу.

Никто не знал, отчего эти горы оказались местностью, позволявшей тварям размножаться в таком изобилии. Пики Джималети были вдвое выше пологих круч Демуа, столь же громадны, как сам Великий Кайярсус, и так же, как он, иссечены скалами, без счёта изрезаны пропастями и долинами — по большей части совершенно бесплодными. Наиболее древние записи нелюдей сообщали о бесконечной пустыне из снега и льда, простирающейся за Джималети, — продолжении той громадной ледяной пустоши, которую люди с востока называли Белодальем. Башраги жили охотой, но шранков питала сама земля, и они не смогли бы поддерживать своё существование на мерзлоте. Белодалье своим примером доказывало это. Некоторые учёные-книжники Ранней Древности утверждали, что всё дело в западном Океане. Они ссылались на рассказы храбрых моряков, которым доводилось наблюдать спускающиеся к его водам отроги Джималети, врезающиеся в море бесчисленными извилистыми фьордами, согреваемые тёплыми течениями и до такой степени забитые шранками, что казалось, будто весь ландшафт кишит какими-то личинками. *Питарвумом* назвали они это место, Колыбелями Бестий.

Один из этих книжников, историк Короля-Храма, известный потомкам как Враелин, предположил, что именно с Питарвумом связаны циклы внезапного и взрывного увеличения численности тварей, которые влекли за собой бесконечно повторяющиеся вторжения шранков с северных отрогов Джималети на обжитые земли. Вот почему, утверждал он, твари, обретавшиеся в восточной части гор, неизменно оказывались более истощёнными, чем те, которых замечали на западе. И как раз поэтому, по его словам, шранки Джималети отличались от своих южных сородичей более низким ростом и меньшей прытью на открытых пространствах, но при этом имели более сильные конечности и были скорее свирепыми, нежели порочными. Питарвум, говорил он, разводит их, как пастухи разводят коров, и так продолжается до тех пор, пока истощение ресурсов не заставляет этих тварей забираться в горы, в которых, в свою очередь, хозяйничают башраги. Именно этот повторяющийся цикл и оказывается столь губительным...

Ибо лишь величайшее перенаселение может заставить их спуститься с гор и грянуть на людей мерзким тлетворным потоком.

* * *

Великая Ордалия пересекала отделяющую её от Голготтерата пустошь.

Людей терзало предощущение надвигающейся беды, но также и обуревало ликование. Голготтерат воздвигался перед ними изнуряющим видением, истощающим силы не только по причине их нынешних трудов, но и из-за мучительных месяцев военной кампании и долгих, утомительных лет подготовки к ней. Мало кто непосредственно задумывался над этим фактом, скорее лишь ощущая, как сам здешний воздух вытягивает из них стойкость, а направление, в котором они движутся, похищает их волю. Голготтерат — цель, ради которой целые народы были подняты на меч. Голготтерат — обоснование ужасающего риска, оправдание неисчислимых лишений, которым они подвергли свои сердца, души и плоть. Голготтерат — содержание и сущность бесчисленных гневных молитв, зловещих рассказов и тревожных дум посреди ночи.

Голготтерат. Мин-Уройкас.

Нечестивый Ковчег.

Величайшее зло этого Мира, приближающееся с каждым вздымающим облачка пыли шагом и потихоньку вырастающее перед их взором.

Невозможно было отрицать святость их дела. Не могло быть ни малейших сомнений в праведности войны против сего места — раковой опухоли столь явной и мерзостной, что она попросту взывала к своему иссечению.

Не могло быть ни малейших сомнений.

Бог Богов ныне шествовал с ними — и проходил сквозь них. Святой Аспект-Император был Его скипетром, а они Его жезлом — воплощением Его проклятия, Его жестоким упрёком.

Песнь, возникнув, показалась искрой, разом разгоревшейся во всех глотках...

У священных вод Сиоля
Мы повесили лиры на ивы,
Оставляя песню вместе с нашей Горой.

И это казалось чудом посреди чуда, величественным замыслом Провидения — тот факт, что именно эта песня из всех тех, что вмещала в себя их память, захватила сейчас их сердца. Гимн Воинов.

> Перед тем, как погибла Трайсе,
> Мы брали детей на колени,
> Подсчитывая струпья на наших руках и сердцах.

Никто не знал происхождения этой песни. У неё было столько же вариаций, сколько было в Мире усыпанных костями полей, что делало её особенности ещё более примечательными: меланхоличное прямодушие, настойчивое упрямство, с которым она повествовала о том, что происходит вокруг сражений, а не в ходе них самих, и тем самым показывала всю ярость битв через живописание передышки и отдохновения. Мотив этой песни никогда не убыстрялся, даже когда её пели во время нескончаемых маршей, ибо она воспевала всё то, что было общего между воинами — бдение, которое они несут в тени совершающихся зверств. Они пели как братья — огромная общность подобных друг другу душ. Они пели как грешники, ответственные за отвратительные злодеяния, — люди, сбившиеся с пути и оставшиеся в одиночестве...

> На тучных кенейских полях
> Мы краденый хлеб преломляли,
> Вкушая любовь тех, кто уже умер.

И это объединяло их всех. Рыцарей Хиннанта, чьи лица были раскрашены белой краской, а глаза, взращённые туманом сечарибских равнин, странным образом находили себе отраду в плоском блюде Шигогли. Облачённых в железные кольчуги ангмурдменов, точно брёвна несущих на плечах свои длинные луки. Массентианских колумнариев, чьи щиты походили на располовиненные бочки, украшенные знаками увенчанного Снопами Кругораспятия — жёлтыми на жёлтом. Воинов кланов двусердных холька, бросающихся в глаза из-за своего огромного роста и огненно-алых бород и волос и, как всегда, идущих на битву впереди всех, где их боевое безумие было и наиболее полезным, и наиболее безопасным для остальных.

Голготтерат! Там — перед ними! Невозможный и неумолимый. Вне зависимости от того, к какому народу ты принадлежал и какие имена значились у тебя в списках предков, это было единым для всех. Голготтерат стал единственной во всём Мире дверью, единственным проходом, через который они могли покинуть Ад.

Ибо они только что выбрались из пропасти лишь для того, чтобы прыгнуть в бездну...

Нечестивая Твердыня, будучи чуждой как своими циклопическими размерами, так и видом, приближалась, зловеще нависая над ними. Рога высились позади, тяготея над всем сущим, словно два огромных весла чудовищного Ковчега, вонзившихся в брюхо неба. Их золотая поверхность сияла в утреннем свете столь ярко, что на расположенные ниже каменные укрепления пала пелена желтушного отсвета. Сердца мужей Ордалии, неразрывно связанные с Господом и потому пребывающие в покое и безмятежности, постепенно начали убыстряться. Никто среди них не сумел в той или иной мере избежать трепета — таким было ощущение надвигающейся громады, массы столь исполинской и вздымающейся так высоко, что, казалось, это само по себе грозит опасностью, вызывая безотчётный ужас. Они сделались будто мошки. И всем до единого им пришла в голову мысль, посещающая каждого смертного, бредущего по горестной равнине Шигогли...

Это место не принадлежит людям.

Доказательства этого были ясно видны на Склонённом Роге — уродующие его поверхность гигантские царапины и прорехи в обшивке, сквозь которые проглядывали радиальные балки, рамы и переборки, похожие на те, что имеются на деревянных судах. Инку-Холойнас, ужасный Ковчег инхороев, был конструкцией, созданной для путешествия сквозь Пустоту — результатом труда бесчисленных нечеловеческих строителей и ремесленников... Пришельцев, упивающихся похотью и зверствами...

Но откуда же они явились?

Будучи людьми, мужи Ордалии неизбежно задавались этим вопросом, ибо, будучи людьми, они инстинктивно понимали значение истоков, знали, что истина о чём-то или ком-то заключается в его происхождении. Но подобно нелюдям, этот чудовищный Ковчег выходил за пределы своих истоков. Он был загадочным и непостижимым, не просто в связи со всеми сопутствовавшими ему чудесами и вызванными им катастрофами, но и в связи с соприсущими ему хаосом и безумием. Вещь, явившаяся из ниоткуда, была чем-то, чего не должно было быть. И посему вырастающий перед их глазами Ковчег стал для них надругательством над самим Бытием — чем-то настолько фундаментально проклятым, что кожа на их руках превращалась в папирус от одного взгляда на эту мерзость...

Сущность чуждая, как никакая другая... Вторжение и принуждение.

Насилие, отнявшее девственность этого Мира.

И эта гадливость кривила их губы, это отвращение корёжило их голоса, ненависть и омерзение пронизывали их сердца, когда они пели Гимн Воинов. Они скрежетали зубами, громко топали и били мечами и копьями о щиты. Ярость и ненависть переполняли их, страстное желание резать, душить, жечь и ослеплять. И они знали с убеждённостью, заставлявшей их рыдать, что причинить зло этому месту значит сотворить святое дело и самим стать святыми. Они превратились в головорезов из тёмного переулка — в ночных убийц, стали душами слишком опасными, слишком смертоносными, чтобы опасаться уловок и ухищрений любой своей жертвы...

Даже такой чудовищной, как эта.

Рога воздвигались всё выше, становясь всё более грандиозными, укрепления были всё ближе — уже достаточно близко, чтобы отражать ревущим эхом их яростные голоса и придать невероятный, сумасшедший резонанс их песне. Вскоре сам Мир звенел с каким-то металлическим лязганьем.

> У Ковчега, полного ужасов,
> Мы узрели горящее в золоте солнце,
> В миг, когда на Мир пала ночь.
> И оплакивали пленённое завтра...

Вой труб увенчал эту — последнюю — строфу, и всеобщий хор рассыпался на бесчисленное и разнородное множество голосов. Передовые отряды каждого из Испытаний остановились, а затем оказались подпёртыми с тыла основной массой войск, образовав три громадных сочленённых квадрата. Расположившись таким образом, Воинство Воинств целиком оказалось на поле, которое древние куниюрцы называли Угорриор, а нелюди Мирсуркьюр — на ровной площадке прямо перед челюстями Пасти Юбиль.

Голготтерат злобным призраком воздвигался прямо над ними — наконец-то! — так близко, что в воздухе висело его зловоние, подобное запаху разложения. Рога парили, скрываясь всей своей необъятностью где-то в вышине, но чуждая филигрань, осыпающая Мир богохульными Проклятиями, была хорошо видна — абстрактные фигуры, выгравированные на облицовке, громадные и неопределённые. Идущие полосами нечестивые символы. На расстоянии укрепления Голготтерата казались не чем иным, нежели убогими пристройками — настолько их затмевали Рога. Но сейчас люди хорошо видели, что по своей высоте и мощи эти бастионы соперничают и даже превосходят фортифи-

Глава четырнадцатая. Голготтерат

кации величайших городов Юга. Катастрофическое падение Ковчега вызвало нечто вроде извержения и выброса горных пород, создав чёрное крошево из скал и торчащих, словно зубья, утёсов, в которое было погружено основание Рогов. Древние куниюрцы называли этот нарост Струпом. Огромная по протяжённости стена более чем в пятьдесят локтей высотой обегала его по кругу, щетинясь хитроумными сочетаниями валов и бастионов. Все эти укрепления были выстроены из могучих чёрных глыб, высеченных прямо из скал самого Струпа, за исключением зубцов, казавшихся на их фоне золотыми слезинками. Лорды Ордалии полагали, что зубцы эти были чем-то вроде обломков кораблекрушения, вытащенных из Ковчега и выставленных вокруг него, как забор. Поскольку ни в одном из древних текстов о них не упоминалось, мужи Ордалии поименовали их *исцисори*, ибо они напоминали золотые клыки, торчащие из почерневших и гниющих дёсен.

Величайшие ворота, имевшиеся на всём протяжении грозной цепи укреплений, были также и единственными — легендарная Пасть Юбиль, названная так благодаря тому, что в ходе куну-инхоройских войн она поглотила бесчисленное множество ишроев. Нелюди давным-давно разрушили те изначальные врата, но особенности ландшафта и расположения Струпа были таковы, что попасть в Голготтерат, как и выйти из него, можно было только одним путём — через одно-единственное место. Острые скалы обступали огромный чёрнобазальтовый нарост со всех сторон, кроме юго-запада, где Струп был словно бы проломлён, благодаря чему образовался обширный, шириной с реку Семпис, спуск, начинающийся от самой его вершины и заканчивающийся прямо на пустой тарелке Шигогли. Потому, хотя стены цитадели и являлись на всём своём протяжении отвесными и почти неприступными, на юго-западе они были возведены прямо на поле Угорриор, опираясь своим основанием на ту же самую пыльную землю, на которой стояли сейчас воины Ордалии. Потому стены эти и были циклопически громадными. Потому здесь и была выстроена Гвергиру, ненавистная надвратная башня, сторожащая Пасть Юбиль, столь же приземистая и необъятная, как Атьерс. Потому подступы к Юбиль прикрывали башни Коррунц и Дорматуз, короны которых, скалящиеся золотыми зубами, возносились к небу так же высоко, как сами Андиаминские Высоты. И потому склон Струпа оказался превращён в последовательность возвышающихся одна за другой террас, на которых были воздвигнуты укрепления Забытья, — начиная от чёрного утюга Юбиль и до ужасающей необъятности Высокой Суоль, крепости, защищающей легендарные Внутренние Врата — наземный вход в Воздетый Рог.

Цитадель во всей своей ужасающей совокупности словно бы висела на этой оси — между внутренними и внешними вратами. Пугающе необъятная. Сложенная из скреплённого железом камня. Нашпигованная вмурованными в её стены колдовскими Оберегами — настолько таинственными и замысловатыми, что они жалили взоры Немногих.

И, невзирая на всю свою страсть и убеждённость, мужи Ордалии были устрашены. Попытка затянуть новый Гимн провалилась, растворившись в нестройном хоре разрозненных выкриков тех, кто пытался разжечь пыл своих братьев.

Они слышали рассказы об этом месте. Из людей никто и никогда не сумел проникнуть за эти стены, не считая тех, кто пробрался в Голготтерат тайком или попал туда как пленник или же сговорившись с врагом. Когда-то в древности рыцари Трайсе при поддержке Сохонка однажды умудрились с боем удерживать Юбиль — Внешние Врата Голготтерата — в течение нескольких послеполуденных страж, но это стоило им так дорого, что Анасуримбор Кельмомас приказал оставить все захваченные укрепления ещё до наступления темноты. Лишь нелюди — Нильгиккас и его союзники — единожды за все эпохи Мира сумели захватить эту самую смертоносную из всех на свете твердынь.

Жуткая, почти мёртвая тишина объяла Великую Ордалию. Утреннее солнце взбиралось в небо за спинами воинов. Их соединённые друг с другом тени, ранее, когда они ещё только строились в боевые порядки, далеко вытягивавшиеся вперёд, теперь сжались, уподобившись мрачным надгробьям. Титаническое золото Рогов окрасило жёлтым их кожу, ткани одежд и даже песок под ногами.

На чёрных стенах не было видно ни души. Но мужи Ордалии, казалось, чувствовали их — влажные, пристально глядящие на них глаза, собачьи грудные клетки, вздымающиеся при дыхании, нечеловеческие губы, втягивающие сочащуюся изо рта слюну...

* * *

К этому времени все часовые, остававшиеся на высотах Акеокинои, уже были мертвы. Вместо них за разворачивающимися внизу событиями теперь наблюдали почти голые скюльвенды, кожа которых была раскрашена серым и белым — цветами Окклюзии.

Глава четырнадцатая. Голготтерат

* * *

Сияющая фигура Аспект-Императора выплыла вперёд, остановившись у подножия чёрных стен так, чтобы он и его свита, состоящая из Уверовавших королей, были хорошо видны. Ближайшие к нему ряды и отряды разразились бурными приветствиями, волна которых, быстро распространяясь в стороны, вскоре достигла флангов Воинства Воинств. Голова Келлхуса была непокрытой, а львиная грива его волос туго заплетена и прижата к шее. В отличие от спутников, на нём не было доспехов, вместо которых Аспект-Император был облачён в нечто вроде свободных, струящихся волнами облачений адептов Школ — одеяний из белого шёлка, подвязанных чёрным плетёным поясом и сияющих в лучах солнца столь ярко, что они казались сотканными из ртути. Однако же, в отличие от колдунов, он был вооружён — над левым плечом Келлхуса выступало оголовье его знаменитого меча — Эншойи.

И как всегда, с его пояса грязными пятнами всклокоченной тьмы свисали декапитанты.

Ликующий рёв утих.

Повернувшись спиной к Голготтерату, Аспект-Император окинул оценивающим взглядом невероятный результат своих трудов — Великую Ордалию. И находящимся поблизости почудилось, будто он близок к тому, чтобы заплакать, но не от страха, сожалений или боли утрат, а от удивления.

— Кто? — воскликнул он голосом, таинственным образом преодолевшим расстояние, отделявшее его от самых дальних рядов Ордалии. — Кто из моих королей донесёт до Врага наши требования?

Хринга Вюлкьет, Уверовавший король Туньера, желая повторить и тем самым увековечить славу своего мёртвого отца, выдвинулся из свиты Аспект-Императора. Миновав своего Господина и Пророка, он в одиночестве пересёк полосу пыльной земли, отделявшую воинство от укреплений Голготтерата, и остановился прямо у чудовищного подножия Гвергиру. Он был облачён в знаменитый кольчужный доспех своего отца — длинный чёрный хауберк, весивший как пара тысяч медных келликов. Он нёс легендарный заколдованный щит, звавшийся Боль — древнюю семейную реликвию, некогда принадлежавшую его деду. Он поднял взгляд на парапеты Гвергиру и, не увидев там никого и ничего, позволил своему взору скитаться по перехватывающей дух необъятности Рогов, взметающихся сквозь облачную дымку в небеса — всё выше и выше...

Он сделал вид, что потерял равновесие, и, притворно споткнувшись, исполнил комический пируэт.

Мужи Ордалии взвыли, сперва захлебнувшись смехом, а затем ликующе взревев. Небеса звенели.

Уверовавший король, наконец отвлёкшись от своей пантомимы, вскричал пустым парапетам:

— Даааа! Мы смеёмся над вами! Надсмехаемся! — он повернулся, чтобы улыбнуться сотне тысяч своих братьев. — Выбор прост! — проревел он чёрным высотам. — Отворите ворота и живите рабами! Или укройтесь за ними, — он бросил взгляд через плечо, — и горите! В Аду!

Угорриор взорвался звоном мечей о щиты и взбурлил полными ярости возгласами.

Чёрные парапеты оставались пустыми, а куртины стен безлюдными.

Враг не дал никакого ответа.

Какое-то время Хринга Вюлкьет стоял, в ожидании вглядываясь в зубцы парапетов. Наконец, его усмешка угасла. Помедлив ещё несколько сердцебиений, он пожал плечами и, закинув на спину Боль, двинулся обратно к своим братьям — Уверовавшим королям. Но стоило только ему повернуться к стенам спиной, как огромный, размалёванный боевой раскраской и увешанный амулетами шранк выскочил из тени парапета и бросил копьё, тяжёлое, как ось ткацкого станка.

— Мирукака хор'уруз, — взвизгнул он на извращённом языке своей расы.

Это, самое первое, появление врага ошеломило воинство. Копье на излёте ударило Уверовавшего короля в спину, заставив его упасть лицом вниз. Тысячи людей издали испуганный вздох, решив, что он мёртв. Но Боль уберегла его, так же как когда-то уберегла его деда и деда его деда. Морщась, уверовавший король Туньера поднялся на ноги.

Великая Ордалия вновь взревела.

— Это значит «да»? — воззвал Хринга Вюлкьет к одинокому шранку. — Или «нет»?

Люди покатились со смеху, держась за бока и даже хлопая себя по щекам.

— Ну же? — крикнул твари туньер.

Вместо ответа его мерзкий собеседник, вдруг застыв от резкого толчка, залил камни бастиона лиловой кровью. Затем тело шранка оказалось воздетым, а конечности при этом дёргались в унисон. Великая Ордалия испустила всеобщий вздох, ибо, подняв существо высоко над своей головой, его удерживал нагой нелюдь, лицо которого было неотличимо от лица жертвы, а обнажённая фигура поражала взор своим фарфоровым совершенством. С громким смехом он перекинул шранка через крепостной парапет. Тело, ударившись о землю, смялось, как гнилой плод.

Тишина опустилась на поле Угорриор. Нелепый вид нелюдя дополнялся безумным бормотанием. Он поднял лицо к солнцу, подставив его лучам сначала одну щёку, потом другую — будто пытаясь согреть их.

— Кто, — крикнул король Хринга Вюлкьет, — говорит от имени Нечестив...

— Выыыы! — взревел нелюдь на искажённом шейском. Он поставил ногу на зубец парапета, охватывая Угорриор взглядом, в котором, казалось, навечно застыл миг неверия. — Вы опустошили и разорили меня!

Нахмурившись, настырный туньер пристально уставился на него.

— Только на меня не смотри! Я понятия не имею, куда подевалась твоя одежда!

Взрывы воинственного смеха, казалось, привлекли к себе внимание нелюдя. Он стоял, дерзко и пренебрежительно рассматривая заполонившие поле боевые порядки. А затем удостоил Хрингу Вюлкьета насмешливым взглядом, в котором плескалось десять тысяч лет расового превосходства и презрения.

— Меня не ужасает этот Мир, — произнёс нелюдь, — и потому я обнажён, как разящий меч!

Он закрыл глаза и жалостливо покачал головой. Тело нелюдя блестело, словно умащённое, что только подчёркивало его совершенную красоту.

— Ибо я и есть ужас... Йирмал'эмилиас симираккас...

Будто два солнца вспыхнули в его алебастрово-белом черепе. Громадные дуги Гностической мощи охватили его...

Хринга Вюлкьет потянулся за своей хорой, но каким-то образом Святой Аспект-Император уже оказался рядом ...

Яростная буря объяла их, обрушившись с мёртвых углов. Атака безумного квуйя с треском оплела Гностическую защиту. Мужи Ордалии пытались проморгаться и заново сфокусировать взгляд, ослеплённые этим натиском...

Святой Аспект-Император стоял на месте совершенно невредимый, а Уверовавшего короля колдовской удар заставил рухнуть на колени. Дикий напор росчерков палящего зноя образовал вокруг них идеальный круг, почерневшая земля всё ещё дымилась.

Воинство Воинств разразилось воплями ликующей ярости.

Нелюдь высокомерно воззрился на воодушевлённые массы, выглядя при этом скорее беспомощно, нежели самонадеянно. Он не улыбался и не надсмехался, скорее имея вид пьянчуги, вдруг заподозрившего окружающих в том, что они осыпают его оскорблениями, но при этом считающего себя слишком хитрым, чтобы как-то на это реагировать. Пусть весь Мир дожидается его решения...

Что бы там ни случилось...

Анасуримбор Келлхус приказал Хринге Вюлкьету покрепче сжать в кулаке свою хору и отойти назад. Туньер, с которого атака квуйя слегка сбила спесь, поспешил повиноваться и отступил под защиту дружинников, оставив своего Господина и Пророка в одиночестве у подножия приземистых бастионов Гвергиру.

— Кетьингира! — воззвал Святой Аспект-Император к обнажённой фигуре. Его голос обрушился на воздух подобно дубине, ударившей по груду глиняных горшков. — Мекеретриг!

Древнее и злобное имя, овеянное бесчисленными легендами и шипящее проклятиями на бесчисленных устах.

Нечестивый сику опустил лицо, но взгляд его чёрных глаз по-прежнему не отрывался от человеческих масс.

— Они смеются... — наконец, бросил он вниз, хотя и неясно было, оскорблён он или же просто обижен.

— Помнишь меня, Предатель людей?

Взгляд нечеловеческих глаз сместился вниз и на какой-то миг словно бы прояснился.

— Тебя?

Взор, казалось, вглядывающийся в глубины памяти.

— Дааа! — сказал древний эрратик. — Я помню...

— Раскаиваешься ли ты в своих мерзких злодеяниях? — разнёсся над пылью Угорриора глас Святого Аспект-Императора. — Принимаешь ли ты своё Проклятие?

Кетьингира улыбнулся. Его веки затрепетали. Он помотал головой, прижатой к груди.

— Как ты мог даже помыслить о чём-то подобном? — удивился он. — Или ты говоришь это лишь для их ушей?

— Раскаиваешься! Ли! Ты?!

Нечестивый сику выбросил вперёд руку в странном жесте, обращённом к собравшимся у стен Голготтерата человеческим массам.

— Крапиве ли выносить приговоры дубу?!

— Я — глас...

— Пфф! Да ты просто дитя! Я старше ваших языков, вашей истории и самого вашего подложного Бивня! Я старше имён, которые вы дали своим червивым богам! Душа, что ныне взирает на тебя, смертный, была свидетелем целых Эпох! — глубокий грудной смех, оскорбительный в своей искренности, разнёсся по крепостным валам. — И ты полагаешь, что можешь быть мне Судьёй?

Оставаясь безмятежным и выражением лица и позой, Святой Аспект-Император выдержал паузу, словно бы убеждаясь, что до конца выслушал перебившего его нелюдя. У всех, собравшихся сегодня на поле Угорриор, перехватило дыхание, ибо казалось, будто Келлхус в миг сей воссиял светом в каком-то смысле слишком глубинным для человеческих глаз. Там, в тени чудовищных каменных стен, стоял Воин-Пророк — презренное дитя... которое, вне всяких сомнений, было кем-то большим и гораздо более могущественным.

Он пожал плечами и воздел руки, оторвав ладони от бёдер. Золотые ореолы вспыхнули вокруг расставленных пальцев.

— Я, — сказал он, — лишь сосуд Господа.

Кетьингира какое-то время, показавшееся всем чересчур долгим, глумливо хихикал.

— О нет, Анасуримбор, ты нечто намного, намного большее...

И тут раздался могучий звон множества тетив. Мириады отрицаний Сущего взмыли в воздух, сорвавшись с чёрных парапетов. Выпущенные из шранчьих луков, они летели сначала вверх, а потом вниз, устремляясь к выжженному нелюдем на земле кругу... и обрушиваясь на этот клочок Угорриора, словно свирепое градобитие.

Но Святого Аспект-Императора там уже не было.

А Кетьингира поднял взор к небесам, вглядываясь в точку чуть выше палящего белого солнца.

Ибо оттуда на чёрную цитадель с рёвом низвергались сифранги.

* * *

Словно бы вырвавшись из ослепительно-белого колодца солнца, они с оглушающим визгом устремлялись вниз — вызванные из Преисподних демоны, соединённые с пыткой Сущего чарами жестокими и хитроумными. Пускарат, Мать Извращений; разевающий свою громадную пасть непотребный Хишш-Чревоугодник, перемещающийся неуклюже, словно огромная пылающая груда овеществлённого гниения; чудовищный Хагазиоз, Пернатый Червь Ада; необъятный Годлинг, туша которого могла по размерам сравниться с двумя поставленными в ряд боевыми галерами; могучий Кахалиоль, Жнец Героев, облачённый в доспехи из славы и проклятия; ужасающий Урскрух, ненасытный Отец Падали, изблёвывающий в Мир мор и чуму, и две дюжины других призванных из бездны гнусных сифрангов, рабов Даймоса, марионеток Ийока и его собратьев по колдовскому ремеслу. Сифранги широко распростёрли свои прежде сложенные крылья, стремясь зачерпнуть ветер и немного замедлить спуск, а затем набросились на Гвергиру, визжа и скрежеща диким хором, сжимающим глотку и колющим слух, перебирающим каждый тон в музыке, играющей на человеческом ужасе. Мгновение спустя они уже оказались над Забытьём, направляясь к основанию Высокого Рога, где с новым жутким визгом устремились к бастионам Высокой Суоль, пробивая, будто рухнувшие с неба железные шары, этажи и ярусы крепости, выжигая вмурованные в её стены защитные Обереги...

Мужи Ордалии, ошеломлённо моргая и глядя вослед чудовищам через парапеты Коррунц, наблюдали за тем, как всполохи пламени расцветают на туше Высокой Суоль. Но стоило одному-единственному человеку издать радостный вопль... и весь Угорриор в ответ разразился гремящим ликованием, рёвом, который, казалось, исходил от единого существа — такова была выражаемая им страсть, таков был пыл, охвативший их всеобщим порывом.

Началось! Наконец-то началось!

Где-то глубоко в недрах Голготтерата лапы тварей замолотили в гонги, и какофония из шума и грохота, казалось, вознеслась до самых небес. Давняя уловка потеряла всякий смысл, и на стены Голготтерата, вопя на своём искажённом наречье, хлынули облачённые в чёрные хауберки уршранки, щёки которых украшало клеймо в виде Двух Рогов. Но священный зов войны звучал всё так же ясно и громко, явственно слышимый невзирая на прочие звуки. Лучники и арбалетчики вырвались из рядов каждого из трёх Испытаний: агмундрмены из строя Людей Среднего Севера, эумарнанцы из фаланг Сынов Киранеи и антанамеране из рядов Сынов Шира. Словно бы объятые приступом внезапно нахлынувшего безумия, они бросились вперёд, поднимая клубы пыли, и ещё до того, как толпа их врагов сумела хоть как-то организоваться, наложили болты и стрелы на тетивы, подняли оружие и выпустили тучу снарядов...

Оскалившиеся золотыми зубьями парапеты кипели бурной деятельностью, ощетиниваясь чёрным железом. Верещащие белые лица заполняли собою бойницы, но ни одна стрела не вонзилась в них. Все без исключения снаряды напрямую ударили в сами укрепления, прогрохотав по отвесным стенам и могучим основаниям Коррунц, Дорматуз и Гвергиру, на которых внезапно расцвели вспышки направленных внутрь взрывов. И тогда, к всеобщему замешательству, раздался нарастающий грохот, не похожий ни на что, ранее слышанное человеческими ушами — будто тысяча мастодонтов неслась куда-то, топоча своими громадными ногами по натянутым на барабаны шкурам Души и Мира...

Ибо вмурованные в чёрные стены Обереги крушились, распутывались, растворялись.

Голготтерат был построен из зачарованного камня. Вязь колдовства квуйя пронизывала и скрепляла все куртины и бастионы. Некоторые волшебные устроения предназначались для упрочнения самой кладки, другие же были подобны настороженным ловушкам, готовым жечь или сбрасывать штурмующих с парапетов, но много больше было таких, что служили чем-то вроде колдовского облачения, защищая внешние фасы стен от разрушительных Напевов. Клад Хор прошёлся дождём по всем ним, проникая в саму структуру колдовства, вспыхивая искрами, понуждающими к распаду и расторжению, рассыпаясь взрывами соли. Чёрные глыбы кладки пошли трещинами. Стропила и балки стонали. Стоящие на парапетах уршранки валились с ног.

А адепты Школ по приказу экзальт-магоса, Святейшей ведьмы Анасуримбор Сервы уже завели свою бормочущую песнь. Не успели ещё лучники вернуться под прикрытие огромных фаланг, как сотни чародейских Троек шагнули из их рядов прямо в пустое небо — величайшая концентрация колдовской мощи, которую когда-либо знал этот Мир. Тысяча адептов с лицами, скрытыми низко надвинутыми капюшонами, дабы скрыть предательское сияние Напевов. Тысяча Воздушных Змеев, как их называли воины Ордалии, — почти все до единого ранговые колдуны, которых Главные Школы Трёх Морей сумели наскрести в своих рядах.

Адептов Завета вёл Апперенс Саккарис, их красные, струящиеся волнами облачения казались монашескими из-за своей простоты и непритязательности; Темус Энхору возглавлял Имперский Сайк, чьи чёрные как смоль, отороченные золотым шитьём одеяния, залитые ярко-белым солнечным светом, отливали фиолетовыми отблесками; Обве Гёсвуран предводительствовал Школой Мисунсай, одежды адептов которой были разнородными, не считая капюшонов, напоминающих клобуки амотийских пастухов — белые с небесно-голубыми полосками; истреблённые при Ирсулоре Вокалати были представлены ныне лишь горсткой адептов, представлявшей собою не более чем насмешку над прежними их лилово-белыми множествами; Багряных Шпилей вёл Гирумму Тансири, их одежды переливались различными оттенками алого — подобно крови, стекающей по осенним листьям; и, разумеется, Лазоревки — свайяльское Сестринство, — самые многочисленные и, безусловно, самые завораживающие из всех них, в своих мерцающих шафрановых облачениях. Их голоса добавляли в басовитый мужской хор нотки женской пронзительности.

Тысяча адептов — величайшая концентрация колдовской мощи, которую когда-либо знал этот Мир. Все как один они развернули шёлковые волны своих одеяний, став подобием цветов, распускающихся навстречу сиянию солнца.

Люди внизу ликующе взревели.

Далёкие бастионы Высокой Суоль внезапно вспухли пузырями сверкающих взрывов.

Скюльвендские убийцы-лазутчики взирали на происходящее с вершин Окклюзии, задыхаясь от ужаса и благоговейного трепета. Тройки выстроились в три линии перед фронтом каждой фаланги — опутанные клубком шевелящихся щупалец цветы, висящие в воздухе на высоте могучего дуба. Черепа чародеев и ведьм превратились в котлы, наполненные сияющим светом, когда они начали петь в унисон...

Имрима кукарил ай'ярарса...

Внезапное дуновение ветра швырнуло волосы им на лица, вытянуло вперёд шлейфы их одеяний. Хаос и ужас правили противоставшими им чёрными стенами и башнями.

Килатери пир мирим хир...

И все как один адепты, сделав краткую паузу, набрали в лёгкие воздуха, а затем резко выдохнули, словно дитя, пытающееся сдуть пух с пушистого одуванчика...

Могучий порыв ветра раскрошил твёрдую землю Угорриора и взметнул в воздух неимоверные массы песка и пыли, образовав огромную клубящуюся завесу, вскипая, распространяющуюся наружу и вверх. Мгновением спустя защитники Голготтерата уже не способны были рассмотреть абсолютно ничего, кроме висящей прямо перед их глазами серой хмари. Даже фигуры товарищей казались им не более чем проступающими во мраке смутными силуэтами. Уршранки взвыли от разочарования и ужаса, ибо они отлично знали, что адепты лишь начали свою разрушительную песнь.

* * *

Ангел мерзости.

Оно не знает этого места. Звери, вереща и похрюкивая, разбегаются прочь перед его дымящимся натиском. Кахалиоль визжит от муки и ярости, топча их словно крыс, своими покрытыми роговыми пластинами лапами, хлещет их плетью, рассекает их, как горящие снопы пузырящейся мякоти, чья плоть подобна корчащейся в пламени бумаге.

Прекрати! — кричит оно.

Терзающая неумолимость, колющее упорство, кромсающая реальность и режущая, режущая, режущая, распиливающая, словно плотник, отделяющий сустав от сустава, конечность от конечности — снова, и снова, и снова. Какая же мука этот Мир, какая же визжащая агония! Он пронзает его, колет всякую его частицу, всякую точку. Каждый кусочек дьявольской материи прикалывает его к этой чудовищной плотности — гремящей, вонзающейся...

Прекрати! — вопит Князь Падали пребывающему внутри Слепому Поработителю. — *Прекрааааатииии!*

После того, как ты завершишь всю работу.

Слепой червь! О как же я о тебе позабочусь! Как буду любить и ласкать тебя!

Боюсь, на меня предъявят права души ещё ужаснее.

Я разожгу печь в твоём сердце! Я буду отхлёбывать те...

Исполни свои обязательства!

Ангел мерзости.

Оно кричит, ибо Поработитель изрекает слово, и острые иглы этого Мира повинуются ему. Кахалиоль, великий и ужасающий Жнец Героев, Обольститель Воров, вопит, изрыгая серу, и плачет от ярости, расправляясь с мечущимися кучками бездушного мяса, обрушивая гибель на хнычущих животных, которые, вереща, разбегаются с его пути. Оно следует громадным коридором, алое сияние, рассеивающее дымящуюся тьму и несущее с собой испепеляющее разрушение. Плоть теперь бежит перед ним, что-то ноя и бормоча, будто она реальна. Иная плоть сменяет её — намного выше, больше размером и облачённая в лязгающее железо. Громко вопя, плоть бросается на Кахалиоля, тыкая в него копьями и молотя дубинами по его чешуйчатым конечностям, но и она поддаётся и падает — хрипло скулящая, вязкая, горящая и изломанная.

Оно продвигается вперёд, и камень крошится в пыль под его поступью.

Ангел мерзости.

Мясо лежит вокруг — растерзанное и дымящееся. Более ничто не противостоит ему, кроме одинокой фигуры в надвинутом на лицо капюшоне, стоящей посреди огромного зала...

Остерегайся его... — шепчет Слепой Поработитель.

Рёв заставляет дрожать гниющие камни.

Наконец-то... — изрыгает Кахалиоль ядовитый пар.

Душа.

* * *

Беспомощность приводит в ярость.

— Она твоя жена! — вскричала Эсменет.

Слова, подобранные, чтобы оцарапать его сердце.

Старый волшебник бросил на неё скептический взгляд. Невзирая на всё, что ему довелось пережить, невзирая на все тяготы и унижения долгого пути, сейчас это казались ему ничем в сравнении с последней, наполненной страданиями, ночью: утекающими, словно жидкая глина, стражами; попытками погрузиться в дремоту, лишь для того, чтобы быть тут же одёрнутым и растормошённым; беспомощно взирать на Мимару или, спотыкаясь, носиться туда-сюда, выполняя приказы Эсменет, иногда произнесённые нежным голосом, а иногда гневно пролаянные — принеси воду, вскипяти воду, выстирай тряпки, выжми тряпки, помоги обтереть её... Постоянно пребывать в состоянии тревоги, быть вечно смущённым, ощущать себя не в своей тарелке — человеком, вмешивающимся в чужие дела. Он всячески старался отводить в сторону взгляд, не имея к тому иных причин, кроме неоднозначной позы, в которой лежала девушка, — словно бы и призванной облегчить роды и одновременно развратной. Позы, налитой и похотью, и её вывернутой наизнанку противоположностью, напоённой чем-то чересчур откровенным и глубинным, не предназначенным для плоских мужских сердец, чем-то внушающим нежеланную мудрость, знание об изначальном женском труде, стоящем у самых истоков жизни. О пребывающей за пределами мужского постижения мучнисто-бледной божественности — опухшей, кровоточащей и терзающейся.

Мир кончается. Но начинается жизнь.

— Я скоро вернусь, — объяснил он. — Мне про-просто необходимо это увидеть.

Что-то шло не так. Когда схватки усиливались, Эсменет была с Мимарой самим утешением и воркующим ободрением, а в перерывах, когда боли утихали, рассказывала ей истории о собственных родах и муках, особенно о тех, что ей пришлось испытать со своим первенцем — самой Мимарой. Она обхаживала и успокаивала испуганную дочь, заставляла её смеяться и улыбаться забавным шуткам об её младенческом упрямстве.

— Два дня, — восклицала она голосом, полным насмешливого обожания, — два дня ты отказывалась выбираться наружу! «Мимара! — кричала я. — Ну, давай же, милая! Родись уже, пожалуйста». Но нееееет...

Однако при этом на каждое обращённое к Мимаре нежное увещевание она ожидала от него — мужчины, оживившего чрево её дочери, мужчины, которого она всё ещё любила, — покаяния и искупления. Несколько раз за последнее время, на пике очередного, особо мучительного приступа, она обращала к нему разящий взор своих наполненных ненавистью глаз. И всякий раз Акхеймиону казалось, что он может прочесть движения её души так же ясно и уверенно, как своей собственной...

Если только она умрёт...

Ставки были смертельно высоки — и он понимал это. Ставки всегда были такими, когда речь шла о родах. И всякий раз, когда Эсменет отвергала испуганные уверения дочери насчёт того, что не всё в порядке, было ясно — она и сама это знает. Труды её дочери были слишком тяжкими, а приступы слишком свирепыми...

Что-то шло неправильно. Ужасающе неправильно.

И это делало Друза Акхеймиона убийцей, ожидающим казни.

— Ты нужен мне здесь! — плюнула в ответ Эсменет с властным негодованием. — Ты нужен Мимаре!

Как это часто случается в семейных раздорах, утомление стало неотличимым от проявления эгоистичных желаний.

— Именно поэтому я и вернусь!

Эсменет моргнула, явно потрясённая. Ответная горячность заставила вспыхнуть её взгляд, но лишь на мгновение. Пустившись в одиночное плаванье, она стала холодной и отстранённой, глядящей на него, скорее, сверху вниз, нежели как-то ещё, словно бы он был лишь ещё одним просителем, умоляющим Благословенную императрицу о милости, припадая к её ногам.

— Тебе необходимо убрать всю эту грязь, — сказала она. — Мне нужно, чтобы здесь было чисто...

— Я лишь сообщаю, что буду делать, — с яростью в голосе ответил старый волшебник, — а не вымаливаю у тебя на то дозволения, Имп...

В этот миг они очутились в каком-то ином будущем, в котором Эсменет ударила его, — достаточно сильно, чтобы в кровь разбить ему губы...

Столько всего стояло сейчас меж ними. Целая жизнь, объединённая общим отчаянием, полубезумной свирепостью душ, *у которых на свете нет ничего, не считая друг друга*. А затем ещё одна жизнь, проведённая в неизменных ролях отшельника и властительницы и никак не связывающая их между собой, не считая, конечно, той самой неизменности — будь то пустошей Хьюнореала или пышной роскоши Андиаминских Высот. Новая жизнь, приговорённая обретаться на руинах старой.

И вот они здесь... наконец воссоединившиеся в объявшем этот мир хаосе.

Акхеймион вытер рот грязным рукавом.

— Ты должен мне это, — тихо сказала Эсменет.

— Боюсь, это ты моя должница, — ответил он, на краткий миг сверкнув ненавидящим взором.

— Ты обязан мне жизнью, — воскликнула она, — отчего, как ты думаешь, Келлхус тер...

— Мама!

Голос Мимары — хриплый и визгливый, словно горло её было перехвачено пеньковой верёвкой. Оба они вздрогнули, осознав, что она лежит, наблюдая за ними.

— Отпусти его... Пусть идёт...

Она тоже почуяла это, понял Акхеймион. Вонь колдовства, принесённую переменившимся ветром.

— Мим...

— Кто-то... — охнула девушка, сразу и раздражённо и умоляюще, — кто-то должен это увидеть, мама.

* * *

Оно опускалось на кожу, заставляя вставать торчком волоски. Оно словно бы истекало из их собственной глотки и исходило паром на границах поля зрения. Оно туманом опускалось с небес и шло по телу мурашками, словно дрожь, распространяющаяся от пыльной земли. Оно искажало слух и заставляло сбиваться с ритма сердца. Оно вскрывало мысли, позволяя просачиваться внутрь чернилам безумия...

И оно изливало свет, источая потоки разрушения прямо из пустоты.

Колдовство.

Тройки скрывались из виду одна за другой, без колебаний вступая в колышущуюся завесу, которую сами только что взметнули в воздух. Долгие месяцы преследования Орды научили их правильно оценивать укутанные пеленой расстояния и, отсчитывая шаги, не терять направление к избранной цели. Их враги орали и визжали, стоя на незыблемых стенах, их местоположение было определено и оставалось неизменным, в то время как сами они то немного смещались вверх, то, напротив, снижались, оставаясь к тому же укрытыми пылью и потому невидимыми.

В этой хмари они едва различали друг друга, развевающиеся шлейфы одеяний превращали их в мечущиеся осьминожьи тени, а низко надвинутые капюшоны скрывали исходящий от лиц свет.

Казалось, будто что-то словно бы вырывает нити чародейской песни из их уст и лёгких, сплетая одну громадную, звучащую в унисон невозможность. Каждый чародей выпевал Оберег за Оберегом, окружая себя самого и свою Тройку бесплотной бронёй, сотканной из абстракций или же из метафор. И каждый подсчитывал в уме шаги, пройденные им по поддельной земле...

Стрелы падали словно град, обрушивающийся, однако, скорее рядом с ними, нежели на них. Каждый из колдунов чувствовал летящие в их сторону хоры — крохотные дыры небытия, вырывающиеся из висящей перед их глазами мутной пелены и устремляющис в никуда. Одна безделушка поразила колдуна Мисунсай, согбенного Келеса Мюсиера, прямо под надвинутый на лицо капюшон, и он, до самых кончиков пальцев превратившись в соль, просто рухнул на землю, разбившись в пыль. Трое других серьёзно пострадали от хор, запутавшихся в их струящихся облачениях, и товарищам пришлось вынести адептов из боя, вернув их под защиту Ордалии. Визжащие парапеты были уже неподалёку, проступая через клубящуюся в воздухе пыль, звуки казались абсурдно близкими и, что ещё сильнее сбивало с толку, слышались даже сверху — столь колоссальными оказались бастионы Голготтерата. К ливню стрел добавились копья и дротики. Массивные снаряды с тяжёлыми железными наконечниками сокрушили множество Оберегов. Однако Тройки продолжали вслепую идти вперёд, двигаясь в направлении единственного ориентира, который они могли ясно различать в клубящейся серой хмари — к упавшим на землю безделушкам Клада Хор, лежащим у основания каменной кладки, которую этот удар ослабил и лишил колдовской защиты...

К этому времени огромное облако, с помощью которого колдуны и ведьмы скрылись от взора врагов, рассеялось в достаточной мере, чтобы защитники крепости смогли разглядеть в его чреве подступающие к бастионам тени. Вал снарядов сосредоточился, став убийственным потоком. Семнадцать адептов рухнули наземь, обратившись в соль, а ещё пять десятков пришлось унести в тыл — некоторые из пострадавших жутко кричали и бились в судорогах, другие же лежали не шевелясь...

А все оставшиеся нанесли удар.

Первое, что увидели мужи Ордалии, когда серая пыль начала потихоньку рассеиваться, были золотые зубцы на верхушках Коррунц и Дорматуз — немногим больше, нежели силуэты зубчатых парапетов, проступающие на фоне чудовищной туши Рогов. Затем они заметили уршранков, копошащихся, словно белокожие термиты, у гребня башен и исступлённо бьющих из пращей, швыряющих копья и стреляющих из луков в парящих где-то под ними незримых адептов. Колдовской хор внезапно расщепился, превратившись в нестройный многоголосый ропот, режущий слух своей гремящей неотступностью. Само Сущее, казалось, трещало по швам под напором этих дьявольских изречений, включая собственную плоть воинов. Вспышки яркого света одна за другой пронзали серую муть — белые, синие, алые и фиолетовые, каждая из которых высвечивала парящие в воздухе тени адептов и их развевающихся одеяний. По всему Шигогли разнёсся дребезжащий грохот, от звуков которого все щёки — и чисто выбритые и обросшие — начало щипать и покалывать.

И хотя многие разразились ликующими возгласами, большинство затаило дыхание, *ибо они увидели, что верхушка Коррунц кренится*. Парапеты склонились вправо, словно бы шутливо кланяясь северу, а затем просто рухнули, сначала наружу, а потом и прямо вниз, будто бы нечестивый бастион погрузился в собственное небытие. Разогнав остатки завесы из клубящейся пыли, взметнулась ударная волна, явив Багряных Шпилей и адептов Завета, висящих над грохочущим потоком песка и камней, возникшим вследствие разрушения башни. Анагогические и гностические Обереги колдунов под ливнем обломков сверкали россыпью ярких вспышек. Уршранки на соседних башнях визжали и вопили. Сыны Шира возликовали и взревели, словно дикие звери, потрясая мечами и копьями. Сквозь затухающий грохот взвыли рога, и смуглокожие сыны Айнона, Сансора, Конрии и Кенгемиса бросились в атаку сквозь пыльные просторы Угорриора...

Позади свершавшегося катаклизма потусторонним видением вздымался Склонённый Рог. Глазея на его громаду, не менее дюжины душ оказались растоптанными. Гвергиру упрямо горбилась слева, объятая бурей секущих её приземистую глыбу огненных росчерков — результат усилий Лазоревок. Не успели сыны Шира добраться до развалин Коррунц, как её могучая сестра Дорматуз тоже начала рассыпаться, восточная стена башни просто обвалилась, открыв взору все её этажи, кишащие мечущимися в панике уршранками, словно вскрытый улей пчёлами. А затем, под оглушительный вой, всё это исчезло в дыму и руинах.

Сыны Киранеи разразились ликующим воплем, а затем воины Нансурии, Шайгека, Энатпанеи, Амотеу и Эумарна тоже рванулись вперёд...

Надвратная башня, сторожащая Пасть Юбиль, продолжала стоять. Будучи вполовину ниже Коррунц и Дорматуз, а также вдвое шире, зловещая Гвергиру была попросту слишком крепкой и устойчивой, чтобы обрушиться под собственным весом. Струя-

Глава четырнадцатая. Голготтерат

щиеся волны облачений свайяли превратились в мелькающее золотое кружево, ибо ведьмам пришлось упорно бить и хлестать древнее строение Напевами Разрушения, постепенно истирая Гвергиру слой за слоем. Они кружили над монументальным укреплением, словно стая гибнущих лебедей, кроша нутро бастиона сияющими геометрическими устроениями — Третья и Седьмая Теоремы квуйя, Новиратийское Острие, Высшая Аксиома Титирги. Они бичевали полуразрушенные парапеты Гвергиру, разрывали в клочья её дымящееся чрево, громоздя обломки в залитые лиловой кровью груды. Где-то позади раздался рёв боевых рогов, и Люди Среднего Севера издали могучий вопль — громовой клич воинственных и мрачных народов. А затем тридцать тысяч воинов Галеота, Кепалора, Туньера и Се Тидонна в едином порыве пошли на штурм, полные жажды мщения за муки и смерть своих древних родичей...

Уршранки на пока остающихся невредимыми участках стены верещали от ужаса, стенали и выли. Пламя ворвалось в промежутки меж золотых зубцов.

Таким образом, Великой Ордалии удалось то, чего ранее не смогло достичь ни одно из людских воинств. Внешние Врата лежали дымящимися руинами. Впервые в истории нутро Голготтерата нагим простёрлось перед разнузданной человеческой яростью.

* * *

Умбиликус был полностью покинут, но старый волшебник уже и так это знал. Но вот пустота брошенного лагеря ужаснула его, как и вид изгаженных окрестностей — неряшливая мозаика, лишённая даже малейших признаков жизни.

Они остались на кромке Шигогли — совершенно одни!

Но на то, чтобы раздумывать о последствиях случившегося, Шлюха дала ему не больше сердцебиения, ибо там, за безлюдьем брошенного лагеря и пустошами Пепелища, воздвигался Голготтерат.

Казалось, он с самого начала слышал это — хор сотен адептов, в унисон возносящих колдовские Напевы.

Затаив дыхание, Акхеймион наблюдал. Отсюда он видел Великую Ордалию целиком — три огромных квадрата, в ожидании застывших перед колоссальным маревом из дыма и пыли. Внутри серого облака, повисшего над Угорриором, он замечал вспышки колдовских огней, во всём подобные отдалённым ударам молний, за исключением своего многоцветия — алые, белые, голубые зарницы. А затем он узрел, как громада Коррунц вздрогнула, накренилась и рухнула, став дымом и небытием...

Коррунц! Мерзкая, убийственная и столь трагически неприступная башня! Сама Пожирательница Сыновей уничтожена и низвергнута!

Часть его души, принадлежащая Сесватхе, вопила от радости и ужаса, поскольку казалось попросту невозможным, что он наблюдет сейчас за низвержением чего-то столь необоримого и ненавистного. Ибо именно он, Сесватха, некогда убедил Кельмомаса пойти войной на Нечестивый Консульт, для того лишь, чтобы многие тысячи благородных жизней разбились об эти беспощадные стены. Именно он, возглавляя Сохонк, отважился противостоять Граду Хор, послав на верную гибель столь многих своих возлюбленных братьев. Именно на нём, Сесватхе, Владыке-Книжнике, *лежала наибольшая доля вины*. И видеть сейчас нечто подобное... свидетельствовать...

Должно быть, это просто какой-то мучительный сон!

Старый волшебник охнул и пошатнулся. Нахлынувшие чувства подломили его ноги, заставив Акхеймиона упасть на колени.

Это *происходило*...

И Келлхус! Он... он...

Моргая, старый волшебник неотрывно вглядывался в то, как раскололась надвое, а затем превратилась в груду руин Дорматуз. Спустя некоторое время по всей равнине прогрохотал раскатистый гром.

Келлхус говорил правду.

Друз Акхеймион хохотал и лил слёзы, вопя с дикой и даже безумной радостью. Он вскочил на ноги и, завывая, сплясал какой-то нелепый танец. Он отвёл взгляд, а потом посмотрел вновь туда... и взглянул ещё раз, словно ополоумевший пропойца, пытающийся увериться в реальности своих видений. Но всякий раз, когда он осмеливался посмотреть в сторону идущей битвы, он убеждался в том, что бастионы Голготтерата пали... Там! Там! Поблёскивающие сталью ряды бросались вперёд через поле Угорриор. Люди — десятки тысяч людей! — врывались внутрь через бреши в чудовищных стенах. Адепты — сотни адептов! — обрушивали пылающий дождь на внутренние пространства цитадели, наступая прямо на глотку Мин-Уройкасу. Он невероятно хлопнул себя по лбу и, вцепившись дрожащими пальцами в волосы и бороду, пустился в пляс, хрипя и ликуя, словно старый обезумевший нищий, случайно нашедший бриллиант.

Отрезвление явилось к нему вместе с хриплыми звуками Мимариных стенаний, донёсшимися до его слуха из утробы оставшегося у него за спиной Умбиликуса. Душе его пришлось выдержать короткую, но яростную борьбу, прежде чем он сумел вернуться к привычному для себя благопристойному и страдальческому образу. Не вполне осознавая, что делает, он послюнявил палец и глубоко засунул его в мешочек, который ранее украдкой вытащил из Мимариных вещей. Кирри... его каннибальский порок. И старый, старый друг.

Он жадно слизал с пальца наркотический пепел, проглатывая больше кирри, чем когда-либо ранее осмеливался употребить под оценивающим взглядом Мимары.

Он закрыл глаза, чтобы уять своё яростно бьющееся сердце и успокоить неровное дыхание. Смакуя земляную горечь, глазами своей души он вдруг заметил Клирика — Нильгиккаса, взирающего на него, к его глубочайшему замешательству, хмуро и беспощадно.

Столь многое уже случилось. И столь многое ещё произойдёт...
Старый упрямый дуралей... Задумайся.

Мимара снова вскрикнула, голос её сорвался на еле слышное страдальческое сипение. Чаша Окклюзии дребезжала от рёва и грохота разрушительного колдовства. Клубы дыма заволокли громадные основания Рогов. Чародейские устроения искрились и сверкали. Акхеймион не двигался с места, увлечённый открывшимся ему зрелищем, пленённый тем, что представлялось бесчисленными воззваниями к его надеждам и упованиями на его внимание.

И внезапно он понял упрямое сопротивление Эсменет, осознал, почему она так упорно пыталась помешать ему оказаться здесь — *на этом самом месте*. Она всегда была мудрее, всегда обладала душою более проницательной. Она всегда прозревала его способами, которые он способен был постичь лишь впоследствии. Он прожил всю свою жизнь в кошмарной тени этого мига...

Сейчас...
Она знала, что он останется стоять, где стоит.
И что Мир призовёт его к себе.

ГЛАВА ПЯТНАДЦАТАЯ

Голготтерат

> Какие же прегрешения
> могут быть равными скорбям,
> что ты обрушил на нас?
> Какие посягательства и грехи
> могут быть столь мерзкими,
> чтобы уравновесить наше горе
> на твоих беспощадных Весах?
> Ибо мы восславили тебя, о Господь,
> мы направили свою ярость
> на всё, что оскорбляет тебя.
> К чему наполнять жизнью
> наши поля и наши утробы,
> чтобы сжечь затем каждую житницу
> и разорвать всякое чрево на части?
> Что за грехи и проступки
> могут быть столь ужасными,
> чтобы предать детей наших
> неистовству шранков?
>
> — Неизвестный,
> «Киранейское стенание»

Ранняя осень, 20 Год Новой Империи (4132, Год Бивня), Голготтерат

Сыны Шира мчались вперёд. Плотная масса войск по мере своего приближения к руинам Коррунц всё больше растягивалась, становясь похожей на наконечник копья. Тройки адептов Завета уже продвинулись вперёд, бичуя Напевами нижние террасы Забытья, в то время как Багряные Шпили разделились, чтобы позаботиться об оставшихся неповреждёнными стенах по обоим флангам. Летевшие в наступающих воинов Ордалии стрелы и прочие снаряды были немногочисленными и не оказывали сколь-нибудь существенного воздействия. Уршранки либо, панически визжа, удирали, либо сгорали. Багряные Шпили, зависнув над проломом, заливали скалящиеся согтомантовыми зубцами стены потоками сияющего золотого пламени, испускаемого дюжинами Драконьих Голов. Сыны Шира, ведомые конрийскими рыцарями, которым Аспект-Император предоставил возможность искупить позор своего короля, рыча, взбирались по громоздящейся ниже осыпи, оставшейся на месте Коррунц. Маршал Аттремпа, палатин Крийатсс Эмфаррас первым поднялся на руины башни и первым спрыгнул вниз, став, таким образом, первым человеком, ступившим внутрь Голготтерата. Яростно крича под своими серебряными боевыми масками, он и его родичи вырезали попадавшихся им на пути уршранков. Отблески гностического колдовства переливались на их шлемах, щитах и хауберках словно масло. Сыны Шира беспрепятственно вливались внутрь Голготтерата. Ковчег нависал над ними, будто вторая, непроницаемая поверхность, являвшая в своих отражениях всё до мельчайших деталей. Вдоль внутреннего основания стен пролегал широкий пустырь, усыпанный грудами обломков и разнообразного мусора, а также застроенный скопищем грязных лачуг — перенаселённых бараков, которые адепты немедленно поджигали. Мужи Ордалии стали называть этот пустырь Трактом. От подожжённых построек, обескураживающе смердя, поднимались клубы ядовитого чёрного дыма. У конрийцев, столпившихся на этой забитой развалинами узости и окружённых огненным адом, не было иного выхода, кроме как карабкаться на стену, выстроенную вдоль противоположного края Тракта — Первый Подступ, самую нижнюю из укреплённых террас Забытья. Достав цепи и крючья, воины Юга взбирались наверх, обнаруживая там множество скорченных тел, пылающих словно свечи. Закрывая небо кружащимися шлейфами своих одеяний, адепты Завета и Багряные Шпили крушили расположенные выше террасы вспышками всеразрушающего пламени.

В развалинах Дорматуз дела пошли иначе. По неизвестным причинам Темус Энхору не повёл Имперский Сайк в атаку на Забытьё, задержавшись вместо этого над проломом, чтобы очистить от врагов стены на флангах наступающего войска, взяв на себя задачу, возложенную на Обве Гёсвурана и его Мисунсай. Первыми из Сынов Киранеи в пределы Голготтерата ступили князь Синганджехои со своими облачёнными в тяжёлые кольчужные доспехи эумарнанцами. В отличие от атаковавших севернее конрийцев они оказались под градом стрел и дротиков с Первого Подступа и понесли тяжёлые потери. Ряды киранейцев, теснимые продолжавшими напирать сзади воинами, смешались, ибо всё больше и больше их родичей отваживалось ступить на убийственную полоску земли, протянувшуюся перед возвышающимися террасами. Темус Энхору осознал свою ошибку лишь тогда, когда князь Синганджехои приказал дружинникам стрелять из луков прямо в дряхлого великого магистра Имперского Сайка. Непредвиденным следствием разразившегося хаоса стало то, что Сыны Киранеи, стремясь найти укрытие от вражеских стрел, первыми овладели опустевшей стеной между Дорматуз и Внешними Вратами, откуда нансурские метатели дротиков сумели нанести защищающим Первый Подступ уршранкам чудовищные потери.

Они также были первыми воинами Ордалии, сумевшими достичь могучего приземистого крестца Гвергиру, где люди Среднего Севера увязли в рукопашной схватке с мерзкими уршранками. Ведомые Сервой свайяли оставили чудовищную надвратную башню, полагая, что они уже загнали оставшихся в живых защитников на террасы Забытья и теперь преследуют их. Но Нечестивый Консульт, зная о ненадёжности своих рабов, пошёл на то, чтобы приковать цепями несколько тысяч уршранков прямо внутри Гвергиру, вскрытое нутро которой, благодаря бесчисленному множеству помещений, напоминало расколовшийся улей. Король Вулкъелт со своими воинственными туньерами, взобравшись на то, что согласно их ожиданиям должно было быть грудой опустевших руин, внезапно оказались в гуще яростной битвы. Как и в случае с беспорядком, возникшим у бреши, оставшейся на месте Дорматуз, рвение напирающих сзади воинов оказалось смертельным. Ревущие туньеры были прижаты к своим врагам — и многие погибли просто из-за нехватки места для замаха топором или мечом. Внезапное присоединение к схватке генерала Биакси Тарпелласа и его колумнариев положило конец этим бессмысленным и трагическим потерям. Уршранки, обезумев от ужаса, просто нанизывались на нансурские копья. Вулкъелт, Уверовавший король Туньера и Тарпеллас, патридом Дома Биакси обнялись прямо в тени Врат Юбиль, которые, будучи преисполненными злыми чарами, остались затворёнными, несмотря на то что уже были низвергнуты.

Люди Кругораспятия тысячами толпились на Первом Подступе и среди трущоб Тракта, круша и ломая остатки шранчьих жилищ и затаптывая догорающее пламя. Ещё десятки тысяч теснились шумным скопищем в проломах на месте разрушенных башен и сокрушённой Пасти Юбиль. Лишь лучники-хороносцы, с залпа которых начался этот невероятный штурм, задержались на поле Угорриор. В поисках хор, не засыпанных обломками, они обыскали все валы и стены, а также прочесали осыпи и проверили место, где Святой Аспект-Император вёл свою игру с Мекеретригом. Служители Коллегии Лютима, ответственные за хранение и использование Клада хор, бродили по полоске земли на дистанции стрельбы шранчьих луков, указывая на безделушки, которые в состоянии были увидеть или ощутить. Каждый лучник, вновь обретший Святую Слезу Бога, тут же крепил её к заранее подготовленному древку, используя специальные инструменты, и вскоре уже множество стрелков стояло, опустившись на одно колено в пыль, руки их при этом бешено трудились.

Эти воины и оказались единственными, кому удалось избежать ужасных потерь.

* * *

Экзальт-магос Анасуримбор Серва парила над схваткой, шлейфы её одеяний напоминали какой-то затейливый цветок — нечто вроде лилии, распустившейся в воде, залитой солнечным светом. Она не испытывала колебаний.

— *Берегитесь Первого Подступа*! — воскликнула она грохочущим чародейским голосом.

Абсолютно все мужи Ордалии на миг оставили свои дела.

Три Тройки сестёр Сервы по Гнозису парили подле неё, струящиеся волны их облачений мерцали в лучах солнца. Ещё дюжины Троек подобно распахнутым крыльям простирались по обе стороны. Колоссальные террасы Забытья вздымались перед нею — одна монументальная ступень за другой, божья лестница, ведущая к основанию чего-то, что было превыше богов. Но при всей угрозе, исходящей от громоздящихся друг на друга укреплённых валов, именно находящийся в тридцати локтях под её ногами Первый Подступ привлёк к себе внимание экзальт-магоса. Что-то... нет...

Ничего. Она не ощущала ничего. Никакого движения.

От защищавших парапеты тощих остались лишь выдавленные кишки и пепел...

— *Сомкните ряды*! — закричала она. — *Постройтесь напротив*!

Голос её, подобно удару дубины, обрушился на каждую находящуюся в поле зрения душу. Те из воинов, что находились у неповреждённой части стены, уже подняли щиты, обратив их против уступов Забытья, все остальные же, однако, смешались. Стремясь присоединиться к тому, что казалось лёгким истреблением уже обращённого в бегство врага, войска пришли в беспорядок, беспечно влившись всей своей массой в теснину Тракта — забитый трущобами промежуток между циклопическими внешними стенами и самым нижним из уступов Забытья. Они стояли там громадной растянувшейся толпой — смешавшиеся друг с другом народы, окутанные клубами дыма от затоптанных пожарищ, ощетинившиеся оружием... и лишённые цели. С холодным удивлением она наблюдала за тем, как они становились в импровизированные шеренги, строя стену щитов, обращённую к лишённому защитников Первому Подступу.

Она пронизывала взглядом воздух в поисках отца.

Он бы знал.

С этой мыслью она снизилась, опустившись на первую террасу Забытья, шлейфы её одеяний тянулись за нею, скользя прямо по сожжённым и скрюченным шранчьим тушам. Она закрыла глаза, сосредоточившись на щекочущих капельках небытия, плывущих где-то под нею, точно крохотные пузырьки. Хоры — вне всяких сомнений, причём хоры перемещающиеся так, словно они привязаны к чему-то живому и неуклюжему...

У неё перехватило дыхание.

— Башраги! — вскричала она, голос её словно бы расщепился, превратившись под действием тайн, что скрывала каменная кладка Первого Подступа, в нечто нечеловеческое. — Они прячутся внутри Пер...

Чудовищные толчки прокатились по стене Первого Подступа вдоль всей протяжённости Тракта, стена во многих местах осыпалась, пошла трещинами и обрушилась потоками щебня и пыли. Люди вопили и закрывали предплечьями глаза, стремясь уберечь их. Участки кладки обрушились наружу. Целые куски стен пали, явив взору непотребные ужасы...

Дюжины отверстий разверзлись в отвесных стенах. Башраги извергались на мужей Ордалии, как блевотина. Они ворвались в ряды побледневших людей — ревущие, словно взбесившиеся быки, размахивающие топорами размером с галерные вёсла. Существа возвышались над своими копошащимися жертвами, плоть их была мерзким смешением тел, а движения хоть и неуклюжими из-за множества уродств и изъянов, но тем не менее смертоносными. Щиты раскалывались, оружие ломалось, шлемы сплющивались, грудные клетки раздавливались. Закованные в доспехи рыцари были опрокинуты и отброшены, пропахивая ряды воинов, точно тележные колёса. Раздался оглушительный грохот. Серва рванулась обратно в воздух, присоединившись к своим сёстрам. Изобретательное коварство, с которым была организована эта атака, не ускользнуло от неё. Откровенно говоря, всё, что свайяли сейчас могли делать, так это оцепенело всматриваться в разразившийся внизу и переполненный воплями хаос. Башраги выглядели, словно чудовищные взрослые, ворвавшиеся в бурлящие толпы детишек и косящие малышню, как пшеницу, — просто убивающие их. И ничего нельзя было сделать, ибо представлялось невозможным нанести колдовской удар так, чтобы не перебить своих же. Она увидела, как упало знамя Тарпелласа, увидела, как знаменосца и почётную стражу размолотили о камни в кровавую кашу. Невзирая на свою дунианскую кровь, Серва заколебалась...

Где же Отец?

Даже просто мысль о нём тут же вернула ей способность рассуждать здраво. Она повернулась лицом к Забытью, ныне оставленному Воинством без какого-либо внимания. Ей не нужно было видеть, чтобы знать — там для них готовится очередной сюрприз. Консульт не столько потерял в ходе штурма свои легендарные укрепления, поняла она, сколько намеренно сдал их...

— Отступаем! — вскричала она гремящим колдовским голосом. — К Угорриору, сёстры!

* * *

Нечто, подобное журчащим отзвукам водопада...

Лишь это по большей части и могла разобрать Благословенная императрица Трёх Морей, вслушиваясь из поделённой на множество помещений утробы Умбиликуса в какофонию штурма: неразборчивый рёв, вопль, сотканный из разнородных звуков резни. Низвергающийся где-то в отдалении каскад, гремящий смертью вместо воды.

Смерть, смерть и ещё больше смерти. Все эти двадцать лет одна лишь смерть. Даже те жизни, что она принесла в этот Мир, лишь увеличили и без того громадное скопище обретающихся в нём убийц.

Лишь Мимара... ослепительно прекрасная малышка, обожавшая запах яблок. Лишь она была единственным её истинным даром жизни.

Так что теперь настала и её очередь умереть.

— Он вернётся...

Эсменет вздрогнула. Скрестив ноги, она сидела на кромке тюфяка, без конца пытаясь распрямиться, — так, что это заставляло её чувствовать себя парусом, влекомым куда-то невидимым ветром. Она считала, что её дочь находится в бессознательном состоянии — столь тягостным был последний приступ и столь много бессонных страж уже минуло с тех пор, как чрево её девочки изверило воды. Она опустила взгляд, посмотрев на Мимарино лицо и заметив, как замечала всегда, пятнышко веснушек, седлом протянувшееся через горбинку её носа, — одна из многих черт, которые она унаследовала от своей шлюхи-матери.

Слишком многих.

— Мимара...

Она заколебалась, обнаружив, что её первородная дочь пристально взирает на неё своими карими глазами.

— Я...

Ветер подвёл её. Она вздрогнула, отведя глаза вниз и в сторону, хотя казалось, что каждая часть её души требовала вытерпеть взгляд дочери. Минуло несколько сердцебиений. Взор Мимары сделался почти физически ощутимым, покалывая ей висок и щёку. Она вновь отважилась встретить его собственным взглядом, лишь для того, чтобы оказаться ошеломлённой его неистовой непримиримостью — и снова опустить очи долу, как ей приходилось поступать когда-то давно в присутствии кастовой знати.

Мимара потянулась к ней и сжала её руку.

— Я до сей поры не понимала этого, — сказала она.

Эсменет подняла на неё полный смирения взор — такой, что бывает у потерпевших неудачу матерей и любовников. Дыхание давалось с болью. Улыбка дочери показалась ей ослепительной — из-за неуместности в нынешней ситуации, из-за своей искренности, разумеется, но более всего из-за проглядывавшей в ней явственной убеждённости.

— Всё это время, с тех самых пор, как ты вытащила меня из Каритусаль, я наказывала тебя. Все страдания, что мне довелось вынести, я записывала на твой счёт... связывала их со смутным образом матери, меняющей свою маленькую дочь на монеты...

Эти слова сжали ей сердце безжалостной хваткой.

— Они сказали, что сделают из тебя ткачиху, — услышала она собственный голос, — но я, само собой, не верила им. — Глаза её стали раскалёнными иглами. — Золото было просто чёртовым довеском. М-мы были связаны, ты и я... мы голодали до кровоточащих дёсен, и я *думала, что спасаю тебе жизнь*. У них была еда. Да ты и сама видела их лоснящиеся лица. Пятна жира на этих их отвратных туниках... Их усмешки. Я чуть не грохнулась в обморок, думая, что ощущаю исходящий от этих людей запах пищи... разве это не безумие?

Глава пятнадцатая. Голготтерат

Но разве могли все эти терзания сравниться с обжигающим взглядом ребёнка?

— Ты говоришь всё это так, словно желаешь оправдаться, — молвила Мимара, улыбаясь и смаргивая слёзы, — и объясниться... однако полагаешь, что не заслуживаешь ни понимания, ни прощения...

Звенящая тишина. Оцепенение.

— Да, — сказала она. Сердце её гулко стучало. — Келлхус говорил то же самое.

— Но, мама, я же вижу тебя — вижу такой, какой видит тебя *сам всемогущий Бог Богов*.

Благословенная императрица Трёх Морей вздрогнула.

— Забавно, — сказала она, протянув руку, чтобы разгладить складки на простыне, — что ты говоришь в точности как и Он...

Улыбка — безумная и блаженная.

— Это потому, что он притворяется тем, кем я являюсь на самом деле.

— Ты мне больше нравилась, когда тебе было больно, — сказала Эсменет.

Взгляд её дочери не столько удерживался на ней, сколько, казалось, удерживал её — будто бы она существовала лишь до тех пор, пока Мимара могла её видеть.

— Ты знаешь... — изрекли возлюбленные уста. — Знаешь, о чём я говорю... и всё же не можешь даже слышать об этом.

Эсменет вдруг поняла, что уже стоит на ногах, повернувшись к дочери спиной, а всю её кожу жжёт стыдом и смятением.

— Возможно, тогда это к лучшему, — напряжённо сказала она, голос её почти сорвался на рыдание, казалось, будто её собственные лёгкие отказались в этом ей подчиниться.

— Что к лучшему?

Она повернулась, но не смогла заставить себя открыто и прямо взглянуть на свою обессиленно распростёршуюся дочь. Однако смогла принудить себя улыбнуться.

— Что лишь мы и остались друг у друга.

Эсменет могла смотреть только в точку, располагавшуюся где-то слева от беременной женщины. Пророчицы. Незнакомки... И могла лишь догадываться о том, что у той на лице написаны жалость и обожание.

— Мама...

Эсменет встала на колени и, взяв чашку с водой, приложила её к Мимариным губам, задаваясь вопросом о том, когда же она успела до такой степени омертветь от буйных поворотов своей судьбы. Столько несчастий... Если задуматься, то слишком много для одной-единственной души.

И всё же она здесь.

— Мама... — Взгляд женщины полнился нежной настойчивостью, какой-то материнской убеждённостью в определённых вещах. Она была сильнее. Она знала. С этого мига именно мать следовала за дочерью. — Ты должна позволить этому исчезнуть, мама. Прямо сейчас.

Скупая улыбка.

— Хмммм?..

— Мама... — Леденящий взгляд карих глаз, взирающих так, как не должны взирать очи смертного. — Ты прощена...

Ход жизни замедлился, а она словно бы застыла на острие самого раскалённого зубца самой раскалённой шестерни.

— Нет... — сказала Анасуримбор Эсменет с улыбкой, чересчур уж искренней на её вкус. Она вытерла щёки, ожидая почувствовать на своих пальцах слёзы, но не обнаружила там ничего, кроме сального пота истощения и тревоги. *Куда?* — задалась она безумным вопросом. — *Куда же подевались все рыдания?*

— Нет, пока я сама так не решу.

* * *

Воины Кругораспятия многое повидали на своём веку. За всю историю этого Мира мало было бойцов, до такой степени закостеневших в ратном труде. Для очень многих из них этот безумный поход через всю Эарву был лишь последним эпизодом целой жизни, проведённой в войнах и без остатка посвящённой насилию. Им доводилось праздновать победы. Им доводилось сталкиваться с неожиданными разворотами военного счастья — и даже с массовыми разгромами. Они насиловали, грабили и убивали невинных. Они жестоко забавлялись с взятыми в плен врагами. Им приходилось пробиваться сквозь град стрел и отбрасывать щитами и копьями сверкающий бронёй натиск рыцарей-Ортодоксов. Но им доводилось также и оказаться разбитыми, рассеянными и опрокинутыми. У многих были ожоги, а другие даже несли на теле воспалённые шрамы, оставшиеся от хлыстов колдовства.

И посему они не испытывали подлинного ужаса, глядя на стену Первого Подступа и готовясь к удару врага. В рядах их даже раздавались взрывы смеха, ибо владевшее воинами воодушевление вызывало к жизни разного рода скабрезности и остроты. Многие, увидев, как рушатся пласты каменной кладки, предвкушающе усмехались. Но весь их опыт и все умения, которыми они обладали, не смогли подготовить их к последовавшим событиям.

Среди всех инхоройских мерзостей никакая другая не была столь противоестественной, как башраги. Они извергались из вырытых под землёй полостей и ходов, излились, словно поток нечистот, на сверкающее мясо людских народов, набившееся в теснину Тракта, — подволакивающие ноги отвратительные чудовища, обладающие огромными головами, заросшими космами чёрных волос, уродливыми строенными конечностями и облачённые в железные доспехи весом по меньшей мере в десять тысяч келликов. Люди в сравнении с ними казались не более чем взявшими в руки оружие и напялившими на себя кольчуги детишками. Даже самые высокие из тидонцев едва доставали им до локтей. Лишь нансурским колумнариям под началом генерала Тарпелласа, швырнувшим в чудовищ такое множество дротиков, что, казалось, их хватило бы, чтобы прикончить даже мастодонта, удалось на какое-то время сдержать этот ревущий натиск. Но отверстия в стене Первого Подступа продолжали изрыгать всё новых бестий, которые, топча воинов, бросались прямо в их ряды, визжа, рыча и размахивая тесаками шириною со щит. Никто не сумел удержать на своём лице усмешку под этим напором, но поначалу не было недостатка и в храбрости. Люди кололи тварей мечами, рубили их топорами и пронзали копьями. Но в узости Тракта было слишком тесно, башраги были слишком свирепы и слишком сильны, чтобы замедлить — не говоря уж о том, чтобы остановить — их неистовую атаку. Броня доспехов сминалась, словно фольга. Черепа раскалывались, будто глиняные горшки. Щиты пробивались и разрывались на части, как тонкий пергамент. Взмахи чудовищных топоров располовинивали не сумевших уклониться воинов и взметали их тела над вопящим и бурлящим воинством.

Адепты с ужасом взирали с неба на воцарившийся внизу хаос, застыв от непонимания, что им следует делать. Коварство врага было очевидным, как и его цель. Если они ударят по мерзостям сверху, то перебьют своих, а если спустятся на землю, чтобы разить врагов напрямую, — расстанутся с собственными жизнями, ибо сотни тварей несли хоры. Очевидная цель этой засады заключалась в том, чтобы нанести воинству как можно большие потери, причинить Великой Ордалии максимальный ущерб ещё на пороге Голготтерат. А затем Анасуримбор Серва, то ли поддавшись женскому страху, то ли почуяв какую-то иную угрозу, приказала Школам отступать...

Те, кто имел возможность взглянуть вверх, увидели, как гранд-дама, облачённая в измазанные сажей и лиловой кровью одеяния, повела своих свайяли обратно к полю Угорриор. И, при всей их стойкости, мужей Ордалии охватила паника.

Казалось, за одно-единственное биение сердца Насуеретская и Селиальская Колонны, как и Колонна Кругораспятия, практически прекратили существование. Священные нансурские штандарты с легендарными нагрудниками Куксофуса II, последнего из древних киранейских верховных королей, рухнули в пыль. Тарпеллас, стоявший на груде обломков у тыльной стороны Гвергиру, был разрублен от плеча до пояса. Смерть закружилась вихрем. Маранджехои, гранд Пиларма, спутник князя Инрилила, потерял правую руку, отрублённую по самое плечо ударом столь стремительным, что после отсечения конечности гранд какое-то время ещё стоял, а затем просто опрокинулся на спину и, упав на трупы своих родичей, лежал, неотрывно взирая на вцепившуюся в небеса необъятность Рогов — до тех самых пор, пока не сделался неспособным более ни на что.

Пал Бансипатас из Сепа-Гиелгафа, как и Орсувик из Кальта и Вустамитас Нангаэльский, оба сокрушённые боевыми молотами размером с наковальню.

Смерть, и снова смерть, и ещё больше смертей — опрокидывающей наземь и сметающей прочь...

Люди начали спасаться бегством или же, скорее, пытаться, ибо тысячи воинов поняли, что оказались в ловушке, стиснутые клещами схватки, разразившейся около проломов во внешних стенах. Торжествующие башраги, издав хриплый рёв, обрушились на них, учинив чудовищную резню.

Зажатые в теснине Тракта и пока ещё остающиеся в живых Уверовавшие короли разразились жалобными стенаниями, выкрикивая в небеса призывы к своему Святому Аспект-Императору.

* * *

Мужской крик, наполненный мучительной болью, приглушённый, но достаточно близкий, чтобы различить надсадный хрип и бульканье мокроты.

Он вырвал Благословенную императрицу из задумчивой дремоты, куда она ранее погрузилась, и заставил её вскочить на ноги. Эсменет стояла, моргая, вслушиваясь и костями чувствуя, что этот крик донёсся откуда-то изнутри Умбиликуса. Она мысленно выбранила Акхеймиона последними словами, внезапно осознав, что вот именно на такой случай его присутствие и было необходимым. Ни одна другая душа на свете не могла быть более уязвимой, нежели роженица — не считая разве что младенца, которого она рожает.

Она схватила нож, приготовленный для обрезания пуповины, подкралась к порогу и осторожно отодвинула в сторону кожаный клапан с тиснёными изображениями.

— Мамочка? — всхлипнула позади Мимара. Близился очередной приступ.

Бросив на дочь раздражённый взгляд, она прижала палец к губам.

А затем вышла из комнаты.

Она пересекла прихожую. Эсменет так напрягала слух, стараясь различить хоть какие-то звуки, кроме шумящего фоном водопада отдалённой резни, что уши её, казалось, покалывало.

Она проникла в проход и прокралась вдоль него, держа нож перед собой остриём вперёд, и услышала бормочущие голоса... а затем надрывный кашель, по всей видимости, причинявший человеку, которого он обуревал, настоящие муки.

Она проскользнула в Палату об Одиннадцати Шестах и, присев на корточки возле скамьи мужа, стала ждать, когда глаза привыкнут к свету. Благословенная императрица поморщилась из-за донёсшейся до её обоняния вони и вдруг заметила, что гобелены Эккину отсутствуют...

— Здесь? Ты уверен?

Она едва не вскрикнула от пришедшего узнавания, но из свойственной всем беглянкам привычки сдержалась, не издав ни звука.

— Мне... нужно... наблюдать... за...

Она вгляделась в обширные пространства Палаты.

— Но ведь там есть кровати!

— Отсюда... лучше... видно...

Рассеянный свет проникал в помещение через дыру на месте отсутствующей четвёртой стены, которую Келлхус историг, дабы явить собранию Уверовавших королей всю нечестивую славу Голготтерата. Он сочился сквозь доски возвышающихся ярусов, будучи уже слишком тусклым, чтобы отбрасывать тени, но достаточно явственным, чтобы подчеркнуть царящий вокруг мрак. Акхеймион сидел спиной к ней на одном из верхних ярусов, напротив огромной прорехи... заботливо ухаживая за каким-то обнажённым человеком, простёршимся прямо на грязных досках. Голова человека покоилась у старого волшебника на коленях.

— Ты... ты был прав... всё это время... Прав насчёт него.

— Пройас?

— Нет-нет... мой мальчик... Я заблуждался!

Эсменет едва не затряслась от стыда — и облегчения. Конечно, он ушёл — как она и боялась. И, разумеется, *он вернулся...*

Он же Друз Акхеймион.

Но она по-прежнему оставалась безмолвной и неподвижной, наблюдающей за очередным ярко освещённым местом из очередного укутанного в сумрак обиталища — таящаяся, как она таилась всегда, не желая тревожить других своим жульническим присутствием...

Меньшая сущность её души.

— Но он обманщик... — задыхаясь, просипел недужный король Конрии. — Он... дунианин... как ты и утверждал!

Акхеймион поднял руку, заслонив свет и тем самым на какой-то миг явив её взгляду свой сухощавый профиль.

— Взгляни сам... Голготтерат пал!

С учетом своего местонахождения, она не могла видеть этого зрелища.

— Разве? — содрогаясь, поинтересовался Пройас.

Это изумляло и даже ужасало — понимание, что она *повернулась спиной к Апокалипсису...*

— Ну, он, вне всяких сомнений, горит...

Анасуримбор Келлхус, её чёртов муж, бросал счётные палочки, играя на сам Мир, — *но её это совершенно не заботило...* до тех пор, пока Мимара оставалась в безопасности.

— Ааа... — потянул Пройас; его голос, казалось, вновь обрёл нечто вроде былой горячности и твёрдости, хотя бы и лишь на мгновение. — Ну да. Должно быть... для тебя это... вроде нектара... Или даже наркотика... Подобное зрелище...

Акхеймион ничего не ответил, продолжая обтирать лицо своего давнего ученика. Бледный свет заливал их, затемняя нижние части их тел, выбивая цвета и сообщая самим телам монохромность присущей им смертности. Король, умирающий на коленях колдуна... как в древние времена.

Эсменет стерпела боль своей трусости, унизительной неспособности либо раскрыть своё присутствие, либо потихоньку убраться отсюда. Она вспомнила о том, как когда-то очень давно подглядывала за ним в Амотеу, после того как впервые прочла Священные Саги... после того как отвергла его, в каком-то бреду польстившись на Келлхусову постель. Она вспомнила тот миг, когда окончательно раскусила его, когда поняла, что именно красота была его настоящей и слишком человеческой слабостью...

Но всё это казалось ничтожным в сравнении с тем, что происходило сейчас.

— Сможешь ли ты... — начал Пройас, лишь для того, чтобы голос его от мучительной боли сменился каким-то хрипящим свистом.

— Что смогу, дорогой мальчик?

— Сможешь ли ты... простить меня... Акка?

Неискренний смех.

— Проклятия жён, как и благословения колдунов, ничего не стоят. Разве не так говорят у вас в Кон...

— Нет! — крикнул король, очевидно предпочтя страсть яростного восклицания любым возражениям или банальным отговоркам. — Моё имя... — продолжил он исказившимся голосом, — станет именем... которое мои дети... и дети моих детей будут проклинать в своих молитвах! Неужели ты не видишь? Он не просто предал казни моё тело! Я проклят, Акка!

— Как и я! — воскликнул волшебник, с улыбкой возражая ему. Эсменет увидела, как он беспомощно пожал плечами. — Но... постепенно к этому привыкаешь.

И тогда она поняла, что это было подлинным даром — способность выторго́вывать условия у собственной смерти.

— Да... — ответил Пройас; его голос на краткий миг будто бы снова обрёл былую лёгкость. — Но ведь... это же... я, Акка. Это же... я.

Акхеймион с тупым неверием покачал головой. Оба мужчины рассмеялись, хотя расплатиться за это из них двоих пришлось лишь Пройасу. Он охнул и, захрипев, выгнулся от боли, на мгновение открыв её взгляду чёрные волосы своего лобка. Старый волшебник, поддерживая правой рукой голову любимого ученика, левой медленно протирал влажной тряпицей его грудь, шею и плечи. Он делал это до тех пор, пока судороги не прекратились — помогал Пройасу тем же способом, которым она помогала и ещё будет помогать Мимаре.

В тишине тянулись мгновения. Эсменет, ощутив неудобство своей позы, опустилась на колени.

— Какая заносчивость... — сказал, наконец, Пройас голосом безжизненным и оттого тревожным.

Судя по его виду, Акхеймион некоторое время силился понять, о чём речь.

— Что?

— Какая заносчивость... скажешь ты... Какое безоглядное и незамысловатое высокомерие... строить догадки о том... чего ты заслуживаешь...

Акхеймион вздохнул, наконец смирившись с тем, что Пройасу необходимо исповедаться.

— Дети частенько почитают меня мудрецом. Дети и всякие идиоты.

— Но... не я... Я почитал тебя... дураком...

Акхеймион ничего ему не ответил — Эсменет сочла это свидетельством какой-то старой и даже им самим не до конца осознанной обиды. Такова сущность бремени, что мы налагаем друг на друга. Таковы хитросплетения жизни, оставленные нами, словно бурьян на невозделанных полях...

— Сможешь ли ты... — натужно дыша, спросил Пройас дрожащим голосом. — Сможешь ли ты... простить меня... Акка?

Старый волшебник прочистил горло...

— Только если ты пообещаешь держаться, мой мальчик. Только если ты будешь жи...

Но Пройас вдруг отбросил прочь заботливые руки Акхеймиона собственной гротескно отёкшей и побагровевшей рукой. Он, неотрывно взирая на происходящее внизу буйное действо, выгнулся вперёд — лишь для того, чтобы самому застыть в пароксизме мучительной боли.

Эсменет перевела дыхание — достаточно громко, чтобы Акхеймион тут же бросил в её сторону короткий взгляд.

Их глаза на миг встретились — два опустошённых лица.

— Взгляни! — задыхаясь, простонал Пройас, взмахом руки указывая в сторону Голготтерата. — Что-то... про-происходит...

Она увидела, как старый волшебник повернулся к отсутствующей стене — и тут же побледнел.

* * *

Не считая засевших в Акеокинои скюльвендов, первыми это заметили адепты Мисунсай и Имперского Сайка, перестраивавшие свои ряды над Угорриором... хотя поначалу многие и не поверили своим глазам. На западе Окклюзия изгибалась идеальной дугой, достигая стелющейся поверху бесцветной туманной дымки и ограждая от взора всё, что простиралось за нею вплоть до самого Крушения-Тверди — упирающихся в лазурное небо заснеженных вершин Джималети. Не кто иной, как Обве Гёсвуран, великий магистр Мисунсай, чей взгляд был привлечён клубящимся столбом то ли дыма, то ли пыли, первым заметил их...

Шранков, стекающих вниз по склону вдоль рытвины на западной дуге Окклюзии. Ещё большее их число через некоторое время показалось всего лишь лигой южнее. И ещё большее между этими двумя точками.

А затем очередное скопище тварей, изливаясь на равнину целыми тысячами, явилось с севера.

Адепты разразились воплями тревоги и ужаса. Темус Энхору отправил тройки колдунов Имперского Сайка с сообщениями Серве, Кайютасу и Саккарису. Но представлялось весьма вероятным, что те уже обо всём знали, услышав происходящее, невзирая на адский грохот идущего внизу сражения...

Постоянно усиливающийся титанический ропот, раскалывающее небеса завывающее безумие собравшихся воедино невероятных множеств.

Всепоглощающий рёв Орды.

А затем, внезапно, словно вода, проломившая борт, полчища шранков хлынули вниз, затопив все расселины и склоны противоположного края Окклюзии потоком копошащихся белых личинок. Скопища бледных фигур заполнили всё, кроме самых отвесных вершин, во многих местах целыми пластами — сотнями и тысячами — срываясь со скал и обрывистых склонов, огромной волной устремляясь к собственной смерти. Мёртвые и искалеченные существа скатывались кувырком по изрезанным рытвинами косогорам, накапливаясь в канавах и ямах, заполняя собою овраги, покрывая склоны грудами тел до тех пор, пока очередные сорвавшиеся с обрывов твари не начинали невредимыми подниматься после падения, возвращаясь к спешному бегу, — до тех пор, пока Окклюзия не стала не чем иным, как кучкой изолированных вершин, окружённых бурлящим водопадом, который, растянувшись на целые лиги, изливался вниз и растекался вовне грязным потоком, состоящим из бесчисленных тысяч.

Адепты взирали на происходящее с ужасом и неверием. Некоторые из них, чьи глаза были помоложе, сумели разглядеть на Шигогли одинокую фигуру, словно бы ожидающую набегающего потока. Они поражённо наблюдали за тем, как кишащие массы устремились к ней, вздымая столбы клубящейся пыли... И лишь когда земля под парящей фигурой начала изрыгать гейзеры пепельно-серого песка, расшвыривающие во все стороны залитые лиловой кровью белесые туши, они узнали в ней своего Святого Аспект-Императора...

В одиночестве противоставшего надвигающейся шранчьей Орде.

* * *

Ангел Мерзости.

Его триумфальный визг сбивает со стен налёт пыли и пласты отслаивающейся извести. Кахалиоль, Жнец Героев, вертит вещь в пылающих когтях. Болтающиеся конечности, голова, висящая словно на вытянутом чулке. Мягкая кожа — пузырящаяся ожогами, расцарапанная или просто ободранная. Мочевой пузырь, окружённый студенистыми внутренностями и переполненный, словно неотжатая тряпка, каким-то невероятным количеством крови.

Но где она? Где же душа?

Брось это, — приказывает Слепой Поработитель.

Я оставлю это себе на память.

Оно проводит когтем по фарфоровой глади черепа, снимая с него кожу, как с подгнившего фрукта, выискивая...

Выполни свою задачу.

Архисифранг рычит, клацает когтями и топает лапами в припадке яростного, но бессильного неповиновения. Как? Как он может причинять ему боль? Мир подобный хлебу. Подобный крему или сладкой лепёшке. Мир, полный сделанных из мяса кукол!

И тем не менее щетинящийся колющими иглами, битком набитый кромсающими зубами.

Какими удовольствиями я мог бы одарить тебя, смертный... какими изысканными наслаждениями.

Я принимаю дары прямо здесь.

Обольститель Воров, возложив мёртвое тело на своё чешуйчатое плечо, вступает в пустую и безучастную тьму. Его пылающая шкура создаёт рядом с ним наполненную зловещим сиянием сферу, которая при каждом его бычьем выдохе чуть вырастает в размерах. Но вокруг не видно ничего, кроме вымощенной грубыми булыжниками поверхности пола — столь огромно помещение. Лишь когда горящий след его крови удлиняется, становится виден край громадного зала — и их цель: циклопические глыбы каменной кладки, массивные квадратные колонны... и исполинская золотая стена...

Ангел Мерзости.

Кахалиоль останавливается между двумя колоннами, тщательно вглядываясь во мрак своими инфернальными глазами. Кровь, вытекающая из его трофея, вскипая, шипит на полу.

Да... — бормочет Слепой Поработитель.

Они глубоко во чреве Высокой Суоль, где массивные стены Голготтерата смыкаются с непроницаемой шкурой инхоройского Ковчега. Огромная изгибающаяся поверхность Высокого Рога вздымается перед демоном, расплёскиваясь багровыми отсветами и вскипая мерцающим золотом. Обширная расщелина примерно тридцати шагов шириной и чересчур глубокая, чтобы её можно было промерить взглядом, отделяет Ковчег от каменного пола Суоль. Пропасть под их ногами представляется столь же бездонной, сколь высоко воспаряет вверх инхоройское золото.

Оболочку, однако, едва ли можно назвать неповреждённой. Через бездну переброшен чернокаменный мост, покоящийся на золотых балках и соединяющий Суоль с огромной прорехой в шкуре Ковчега, защищённой бастионами столь же могучими, как и любые другие в Голготтерате — словно каменной кладкой пытались заложить дыру в корпусе корабля.

Вот они, — сообщает коварный шёпот, — *Юбиль Носцисор...* Внутренние Врата.

* * *

Зловоние выпущенных кишок повисло в воздухе. Забитая людьми теснина Тракта билась и содрогалась по всей своей длине. Тысячи воинов Ордалии сбились возле каждого из трёх проломов в темнеющие, словно тучи, толпы, напоминающие огромные кляксы, щетинящиеся поблескивающими клинками. Экзальт-магос провела своих сестёр над кишащими людьми руинами Гвергиру, оказавшись по ту сторону разрушенных стен и бастионов внешней линии укреплений. Багряные Шпили, пройдя над скалами Струпа, прикрыли правый фланг, а колдуны Имперского Сайка сделали то же самое слева. В то время как свайяльские ведьмы отступили прямо на поле Угорриор, адепты Завета укрылись за северным участком неповреждённой стены, а колдуны Мисунсай — те из них, что вняли её призыву, — оказались под защитой южной куртины. Мужи Ордалии в смятении взывали снизу, проклиная их за малодушие, но взор Анасуримбор Сервы не отрывался от зловещих уступов Забытья. Атака башрагов была предпринята не просто так. Нечестивый Консульт осознанно сдал убийственную Пасть Юбиль и защищавшие её чудовищные бастионы...

Засада была частью гораздо более масштабной ловушки. Воинству грозила ещё большая катастрофа.

Но откуда?

Десятки адептов проигнорировали её призыв к общему отступлению, большинство из числа Мисунсай, но двое из её собственной Школы: Хютта-Мимот и Сафараль — старые, упрямые души, женщины, занимавшиеся ведьмовством даже под угрозой пыток и смерти задолго до Аннулирующего Эдикта и основания Свайяльского Договора. Когда отступили их сёстры, они, вместе со своими тройками, не двинулись с места, то ли оказавшись не в состоянии бросить на произвол судьбы погибавших внизу людей, то ли следуя определённому образу действий, который почитали решительным или же героическим.

Серва запретила любые попытки связаться с ними или их подчинёнными. Пока что знание было высшей целью — и её миссией.

Столбы дыма продолжали подниматься над златозубыми парапетами Высокой Суоль, закручиваясь шлейфами вокруг основания Воздетого Рога — колыхающиеся чёрные проплешины, обвивающие золотого исполина. Она наворожила колдовскую Линзу, осыпая ругательствами своих сестёр, то и дело заслоняющих ей обзор. И тут Мирунве принёс сообщение о том, что адепты Мисунсай заметили ещё одну Орду, изливающуюся вниз по северо-западным склонам Окклюзии. Сколь бы катастрофическими ни были эти известия, Серва продолжала неотрывно разглядывать Голготтерат через свою Линзу, узрев, наконец, множество нелюдей-эрратиков, внезапно сошедших вниз с парапетов Девятого Подступа — квуйя, чьи черепа в сиянии семантических конструкций представлялись взору тёмными силуэтами.

Упыри.

Щекочущие точки небытия, перемещающиеся несколько ниже, привлекли её внимание — созвездия незримых хор, влекомых незримыми руками. Она перенаправила Линзу на Третий Подступ, где обнаружились отряды несущихся вприпрыжку стрелков-уршранков.

— *Стоим на месте!* — прогрохотал её голос в безоблачном небе.

Она пролаяла приказы ведьмам из своей Тройки, которые, в свою очередь, передали их великим магистрам, а также её брату Кайютасу — экзальт-генералу и отрядам лучников-хороносцев, оставшимся на поле Угорриор.

Бычий рёв башрагов и визгливые человеческие вопли гремели повсюду. Группы стрелков-уршранков заполнили парапеты Третьего Подступа.

Дождь из капелек небытия обрушился на ослушавшихся приказа экзальт-магоса ведьм и колдунов.

Серва прекратила поддерживать Линзу. Хютта-Мимот и ведьмы её тройки одна за другой исчезли в мерцающих вспышках. Сафарал и её сёстрам повезло больше, лишь одна из них, Хереа, оказалась поражена хорой, оказавшись на пути целой их волны.

Но упыри-квуйя уже были рядом. Более сотни их спустились по уступам Забытья — некоторые были обнажены, не считая хитросплетений церемониальных шрамов или вязи нанесённых на кожу священных текстов, другие явились во всём ишройском великолепии — в сиянии шелков и блеске нимиля, остальные же оказались замотанными в гниющие тряпки. И все они издавали безумные завывания, извергающиеся геометрическими построениями из огня и света.

Но экзальт-магос знала, что время ещё не пришло.

— **Держим позицию!** — прогремела она.

Из не последовавших за Servoй свайяли лишь Сафарал парила с полностью раскрытыми шлейфами. Мифарал, её сестра, как по крови, так и по ведьмовскому искусству, держала на руках раненую Хереа. Женщины одновременно подняли глаза, обнаружив, что находятся в точке, в которой сходятся два десятка блистающих Гностических Напевов. Две ведьмы из трёх протянули не более десятка сердцебиений. Несмотря на то что Сафарал избежала основного удара, она оказалась отброшенной к уцелевшему участку стены между Дорматуз и Гвергиру. Упыри преследовали её потоками воющего света, сияющей кутерьмой Напевов — Иллариллическими Примитивами и Тимионскими Агрессиями, избранными эрратиками-квуйя не столько осознанно, сколько в силу обуревавшей их ярости. Сафарал пыталась спастись бегством от этого убийственного натиска, её потрёпанные Обереги парили вокруг ведьмы эфирными знаками. Но упыри близились, обдирая, пронзая и молотя её вспышками достаточно яркими, чтобы бросить тени на стоящее в зените солнце, и без разбора убивая всех подвернувшихся под руку неудачников, мимо которых Сафарал пробегала, пытаясь укрыться от смертоносного колдовства. К этому времени первые из вновь снарядивших свои стрелы лучников-хороносцев начали взбираться на устоявшие островки разрушенных стен, поспешно, насколько это позволяли развалины укреплений, занимая позиции, незаметно прицеливаясь и открывая стрельбу. Невообразимо древние, вожделеющие скорбей и разрушений, эрратики-квуйя не почувствовали хор через громады массивных куртин. Некоторые из них, заметив новую угрозу, останавливались, но многие продолжали охотиться за Сафарал, сумевшей укрыться за торчащим среди руин золотым зубцом.

Последовавшие за этим события сжали сердца всем тем, кто видел Сны о Первом Апокалипсисе и знал упырей такими, какими они некогда были — ишроями и сику, кунуроями древности. Лишь анагогические колдуны оказались достаточно толстокожими, чтобы вопить от радости и ликования. Лучники-хороносцы начали поражать в воздухе свои беснующиеся цели, и квуйя один за другим стали падать на землю, превращаясь в соляные статуи и разбиваясь о парапеты Первого Подступа или же рассыпаясь искрящейся солью по всей протяжённости Тракта. Колдуны-упыри возопили свои нечеловеческие песнопения, сметая лучников со стен потоками геометрически взаимосвязанных росчерков света и насмерть поражая многих из них убийственным действием вторичных мирских сил. Но на каждого убитого два новых стрелка проскальзывали меж золотых зубцов. И тогда люди Трёх Морей обрушили на эрратиков-квуйя второй Град Хор, отомстив за случившуюся более двух тысячелетий назад трагедию первого.

— *В атаку!* — прогремел голос экзальт-магоса.

И с этими словами она, возглавив своих сестёр по ведьмовскому искусству, повела их над забитыми толпами развалинами Пасти Юбиль обратно в кипящий котёл Голготтерата. Одновременно с этим колдуны Мисунсай и адепты Завета воспарили над стенами по обоим флангам, черепа их были топками пылающих смыслов, а песнопения звучали, будто какофония самого Первотворения — песнь пятисот крошащих камни чародейских Напевов.

Это зрелище было несравнимо ни с чем. Бойня, ставшая светом и красотой.

Ослепительные Примитивы, призрачные Линии Бытия, слепящие Первоосновы... все эти дышащие яростью Абстракции и Аналогии вспыхивали пламенем, рвущим на части сущее, а затем угасали в дыму рушащихся с неба горящих фигур. Так приняли смерть Сос-Праниура, Владыка Ядов, проклятый основатель Мангаэкки; и Мимотил Малодушный, знаменосец, нёсший Медное Древо при Пир-Минингиаль; и переменчивый Ку'кулоль, невероятно древний родич Куйяра Кинмои. Так пал Рисафиал, племянник Гин'юрсиса и многие другие эрратики, ставшие бессмысленной жертвой собственного безрассудства. Так погибли они, сражаясь на стороне того самого зла, что оставило столько шрамов на их сердцах, убивая ради того, чтобы помнить.

Так погибли остатки целой Эпохи.

Едва ли два десятка упырей сумели пережить этот, самый первый, натиск. Эрратики могли бы бежать, спасаясь от наступающих Троек человеческих чародеев, но почти все они стали упорствовать — некоторые смеялись и осыпали врагов глумливыми издёвками на своих мелодичных языках, другие просто изрыгали визжащие Напевы, сражаясь с призраками прошлого — быть может, с тенями собственных былых страданий и скорбей. Сверкая на солнце своими развевающимися одеяниями, маги Трёх Морей заливали упырей потоками убийственного сияния, разрывающего гностические Обереги как тряпки, сбивающего эрратиков-квуйя с небес и расшибающего их пылающие трупы о землю.

Как раз в это время башраги прорубали себе путь в рядах Воинства, а мужи Ордалии завывали под их оскальзывающимися в человеческой крови ногами.

* * *

Теперь оно то открывается, то закрывается вновь, Око...

Распахиваясь при возникновении родильных болей, а затем снова смыкаясь, когда они отступают, а иногда, гораздо реже, на миг приоткрываясь в промежутках между схватками, словно приглядывающий за происходящим вокруг дремлющий пёс, вдруг почуявший чьё-то прибытие.

Мимара хватает за руку сияющего ангела — свою мать и кричит, хотя голос её ныне лишь верёвка, болтающаяся на мачте терпящего крушение корабля. Она слышит собственный плач и стенания. Она заглядывает в блистающие глаза ангела, умоляя не о чём-то материальном или, напротив, неосязаемом, и даже не выклянчивая освобождения от мук, а просто умоляя — без надежды или цели.

Ей не нужно Око для знания о том, что Благословенная императрица думает, будто её дочь умирает.

И, кажется, она и впрямь умрёт, столь мучительной стала боль и столь бесплодными все её потуги. Мимара даже не думала, что подобные муки вообще возможны — нагромождение боли, скручивающих спазмов и раздирающих её тело вздутий. Её утроба сделалась огромной клешнёй — чуждой и беспощадной, то сжимающейся на Мимарином животе, то отпускающей его, круша и превращая в месиво само её нутро, снова, и снова, и снова — до тех пор, пока её вопли не становятся словно бы чужими.

Последний приступ идёт на убыль, и она практически хихикает, ибо боль выходит за все возможные пределы, становясь совершенно безумной. Мать всё воркует и воркует над нею. Она начинает задыхаться. Её глаза дёргаются и дрожат, и комната с кожаными стенами — пыльный сумрак, слегка разбавленный тусклым светом фонаря, — шатается и вращается в болезненном бреду. Её мать что-то говорит, понимает она... кому-то, сокрытому тенями, мечущимися на краю поля зрения, словно дерущиеся скворцы...

— Нет. Это невозможно. Её пути... Они должны раскрыться...

Акхеймион, понимает она...

Акка!

Преодолевая судороги, она поднимает голову и видит его у противоположной от изголовья стороны тюфяка — опять переругивающегося с матерью. Омерзительность его Метки достаточна, чтобы затолкать всю её желчь обратно в глотку, но прелесть самого его присутствия... она...

Тоже достаточна.

Можешь выходить, малыш. Папочка вернулся.

Благословенная императрица не разделяет её облегчения.

— Я запрещаю! — кричит она звонко и пронзительно. — Ты не будешь...

— Доверься мне! — яростно гремит раздражённый голос старого волшебника.

Мать вздрагивает, замечая её пристальный взор. Акхеймион следует за её взглядом.

Им стыдно, понимает она, стыдно, несмотря на то, что большинство любящих душ ссорятся у постелей умирающих. Она пытается улыбнуться, но у неё получается лишь выдавить из себя гримасу, жутко кривящую её лицо.

— Я т-тебе говорила... — задыхаясь, хрипит она матери, — говорила... что он придёт...

Старый волшебник преклоняет колени рядом с ней, исходящая от него едкая вонь невыносима. Он пытается улыбнуться. Без каких-либо объяснений он слюнявит палец и опускает его в мешочек...

Как она могла об этом забыть?

Он достаёт из горловины осыпанный пеплом кончик пальца и протягивает ей...

— Акка! — протестует мама. — Мимара... не...

Она смотрит на него — единственного человека, перед которым когда-либо выказывала слабость. Своего отца, своего любовника...

Своего первого приверженца.

Он не может заставить себя улыбнуться; они слишком долго путешествовали бок о бок и зашли чересчур далеко, чтобы испытывать нужду в обманах, продиктованных состраданием. Он не знает, причинит ли кирри вред ей или её ребёнку. Он лишь знает, что у неё нет выбора.

Ты уверен?

Его кивок едва заметен.

Она берёт его руку и до второго сустава засовывает себе в рот его палец, обсасывая с него нечто горькое и могучее.

Нильгиккаса...

Жреца Дикого Края и Пустоши.

* * *

Тракт превратился в бойню.

Люди сумели истощить первоначальное, зверское неистовство башрагов — за счет своей численности прежде всего. Сперва гиганты без каких-либо усилий пробивались сквозь ряды мужей Ордалии, оставляя за собой широкие просеки, заполненные

Глава пятнадцатая. Голготтерат

лишь мертвецами. Когда же люди ударились в панику, они топтали и истребляли их до тех пор, пока выжившие не оказались согнанными либо в разрозненные, вяло сопротивляющиеся кучки, либо в огромные толпы, скопившиеся возле брешей, оставшихся на месте разрушенных башен и ворот. И тогда свирепая ярость башрагов уступила место тяжкому труду, резня превратилась в битву, становившуюся всё более и более стеснённой.

Свирепость натиска в разных местах была далеко не одинаковой. Главный удар пришелся в центр Воинства, где башраги, похоже, вознамерились вернуть под контроль Консульта руины Гвергиру. Но здесь им пришлось столкнуться с легендарным Сошерингом Раухурлем, верховным таном холька, и его двумястами семьюдесятью тремя соплеменниками. Холька были неистовейшими из сынов Туньера, хотя родичи едва ли почитали их за людей. Они славились многим: своими огненно-красными гривами, своей чудовищной силой, боевым безумием, но более всего тем фактом, что обладали двумя сердцами. Земли холька располагались на самой границе области владычества людей — в верховьях могучей реки Вернма, рядом с полным ужасов диким краем, что скальперы прозвали Космью. Они были вскормлены в тени шранчьей угрозы, будучи ветеранами бесчисленных битв с целыми толпами этих тварей, и как мало кто другой из человеческого рода они почитали башрагов за своих родовых врагов.

Огромные косматые головы тварей мотались из стороны в сторону, на их конечностях тут и там торчали вздутые родинки. Башраги продавливали и пробивали себе путь через людские толпы, скопившиеся возле Гвергиру, где Раухурль собрал своих сородичей, стоявших теперь вдоль развалин на самом верху осыпи. Стоило гротескным созданиям добраться до основания руин, как холька обрушились на них вопящим ливнем боевых топоров и вспыхнувших алым конечностей. Черепа мерзких тварей затрещали, потоки лиловой крови хлынули по огромным сегментированным доспехам из чёрного железа. Башраги дрогнули. Охваченный боевой яростью Раухурль сошёлся в поединке с Кру Гаем — знаменитым среди своего отвратного племени вождём башрагов. Они взревели друг другу в лицо — инхройская мерзость и необыкновенный человек, один шатающийся и угрюмый, мертвенно-бледный и сочащийся слизью, другой же переполненный дикой и безудержно-алой жизненной силой, оба вопящие от ярости, исходящей от глубин более древних и первобытных, нежели жизнь или душа. Раухурль бросился вперёд, широко размахнувшись боевым топором, привязанным к его запястью кожаным ремнём... и попал лезвием своего оружия прямо в челюсть чудовища, разрубив рудиментарные лица на обеих щеках башрага так, что его монструозная голова откинулась назад. Верховный тан холька не столько торжествующе воскликнул, сколько возопил, мешая брызгающую изо рта слюну с постепенно оседающим лиловым туманом.

Так грянули на башрагов воины холька, бросаясь на них с неистовой яростью, рассекая их строенные лодыжки, круша грудины, размером с тележные колёса, пробивая топорами котлоподобные черепа. Невзирая на свои громадные и внешне неуклюжие фигуры, они двигались со смертоносной живостью кошек, обладая свирепой дикостью, что была столь же безумной, сколь и необоримой. Даже будучи выпотрошенными, они оставались на ногах, по-прежнему бушуя и сражаясь. Сыны племени холька дрались как сумасшедшие, и обладавшие помрачённым рассудком башраги оказались озадаченными и растерянными. Они хрипели и что-то мычали своим собратьям. Они набрасывались на Багровых Людей во всё большем числе... и с хрюканьем валились наземь, вытирая своими строенными руками сгустки лиловой крови.

Неуклюжих мерзостей насчитывалось лишь несколько тысяч, и кровопускание, что они сейчас получили, ещё сильнее сократило их число. Всё больше и больше тварей оказывалось вовлечёнными в поднятую холька смертоносную кутерьму, кровавые схватки начали разворачиваться по всему Тракту.

Таким образом, к тому моменту, когда Лазоревки и адепты Школ атаковали квуйя, весы битвы сбалансировались. Все глаза, будь они чёрными и вечно слезящимися или же белыми и ясными, обратились вверх — к мельтешению злобных огней, добела раскалённых и недолговечных. И в какой-то поразительный миг они просто стояли, размышляя — люди и башраги, отбрасывавшие на землю тени, вращавшиеся у их ног. И когда упыри-квуйя, горя и разрываясь на части, начали падать с небес, бездушные громады обуял ужас. А воины Кругораспятия, издав могучий вопль, всей массой ринулись вперёд, дабы отомстить за тысячи умерщвлённых башрагами братьев.

Ещё никто из них не ведал о том, что с запада явилась Орда.

* * *

Передовые тройки держались на небольшой высоте, вышагивая почти непосредственно над головами наступающих отрядов. Они непрерывно и в унисон возносили чародейские Напевы, головы их были обращены к угрожающе нависавшим уступам Забытья, а из их вытянутых рук вырывались шлейфы колдовского дыма, которые ветер утаскивал вверх по склону, окутывая пеленой пока ещё занятые врагом террасы. В то же самое время занявшие устоявшие участки внешних стен лучники-хороносцы начали методично осыпать Безделушками укрепления Забытья, уничтожая вмурованные в них обширные системы взаимосвязанных Оберегов. Уверовавшие короли со своими вассалами бросились вперёд и вверх, выбираясь с помощью крюков и цепей из бойни и сумрака Тракта и занимая сперва Второй, а затем и Третий Подступы, где их оружие и доспехи вновь вспыхнули в лучах солнца.

И тогда они поняли, что нечестивая мощь Консульта сокрушена и Голготтерат беспомощно простёрся перед их праведной яростью. Хищное рвение охватило их, ибо это знание возбуждало в них жажду крови и разрушений. Люди, вопя и издавая торжествующие крики, ринулись на опустевшие ярусы Забытья. Анасуримбор Серва по-прежнему не могла отделаться от подозрений, хотя она и понимала убеждённость воинов. Их Святой Аспект-Император низвергал каждое место, которое когда-либо возжелал низвергнуть. С чего бы с Голготтератом должно быть иначе?

Если, конечно, древние и чудовищные интеллекты Консульта не играли с ними в совершенно иную игру.

Основанную на темпе.

Она уже сообщила о своей обеспокоенности Кайютасу, и тот с ней согласился. Именно появившаяся Орда была краеугольным камнем замысла Консульта, а вовсе не златозубые бастионы Голготтерата, задача которых состояла лишь в том, чтобы сдерживать Великую Ордалию достаточно долго, дабы Орда нагрянула на неё с тыла...

Вот почему Отец в одиночестве находился сейчас там — на Шигогли, приманивая, запугивая и сея невыразимые разрушения.

Чтобы выторговать ей и её брату чуть больше времени.

— **Наверх!** — прогремела экзальт-магос голосом, отразившимся от Рогов резонирующим эхом. — **Штурмуйте Высокую Суоль!**

* * *

Всевластное сияние, скорее, затмевающее свет полуденного солнца, нежели просто усиливающее его...

Одинокая фигура Святого Аспект-Императора парила над опустошённым блюдом Шигогли лицом к пересечению Окклюзии с вздымающимися за нею голубыми громадами Джималети.

Само пространство перед ним, казалось, куда-то ползло, изобилуя скопищами столь великими, что это сбивало с толку взгляд, одурачивая ощущением, будто недвижный каркас земли и неба сдвинулся с места. Шранки, шранки и ещё больше шранков — голых, не считая корки засохшей грязи, что-то невнятно вопящих и бормочущих, потрясающих грубой работы топорами и ещё грубее сделанными копьями, несущихся куда-то с прижатыми к животам собачьими конечностями, запятнанными лиловой кровью. Они затопили всю северо-западную часть Окклюзии. Мертвенно-бледные водопады теперь уже захлестнули отроги каждой вершины, каскадами низвергаясь по склонам и расплёскиваясь по опустошённой равнине тысячами бурных потоков, постепенно сливающихся в один огромный бурлящий натиск...

Устремляющийся прямо в неистовое сияние Благословенного Спасителя.

Он истреблял их целыми неистовствующими тысячами. И всё же они продолжали бушевать, продолжали набегать приливными волнами бесчисленных визжащих лиц — белых и прекрасных, но искажённых порочной, какой-то звериной жестокостью. Цепляясь когтями, они карабкались по телам убитых и, визжа, бросались на броню всесокрушающего света. И тогда их конечности и торсы, следуя сверкающим ярко-белым росчеркам, разлетались вокруг, словно осенние листья.

Орда вздымалась и бушевала внизу, а Святой Аспект-Император парил над нею, полыхая и сверкая, как светоч, и вознося единственные песнопения, которые способны были привлечь внимание этих гнилостных множеств — убийственные Абстракции, прорезавшие в мерзком натиске громадные борозды, наполненные гибелью и разорением, и Метагностические контроверсии, поглощавшие целые легионы тварей. Сердца вырывались из мириадов грудных клеток. Черепа сами по себе взрывались, скручиваясь, словно отжатые тряпки. Куда бы ни шествовал Благословенный Спаситель, конусы сияющего разрушения следовали за Ним, покрывая равнину целыми пластами дымящихся и подёргивающихся мертвецов. Но все эти груды трупов были лишь островками в бурном море, ибо шранчий потоп заслонил собой горизонт, всё больше и больше наводняя Шиогли.

И вскоре Он словно бы стоял на крохотной отмели, паря над землёй, каждый участок которой был переполнен белёсыми воплями и бесноватыми вожделениями.

Пелена поглотила сперва Святого Аспект-Императора, а затем заволокла колышущейся безвестностью и исходящее от него поразительное сияние. И, невзирая на всю Его божественную мощь, Орда, словно бы и не встретив у себя на пути никакого препятствия, хлынула на Голготтерат...

Глава пятнадцатая. Голготтерат

* * *

Есть сумрачные области, места и пути, что простираются между безжалостно-жёсткими гранями и текучим туманом — между живым и мёртвым. Крюки, позволяющие душе цепляться за нечто, пребывающее вовне влажной твёрдости тела.

Пройас, раскинув руки и тихонько дыша, голым лежал на ярусах Умбиликуса, залитый светом, исходящим от тех самых образов, что до сих пор вынуждали его жить.

Рогов, пронзающих высь, словно молния. И пылающего, чадящего Голготтерата, раскинувшегося под ними, как чёрный краб.

Пелена новой Орды — огромная бесформенная завеса клубящегося пепла, заслоняющая солнечный свет и погружающая мир в безвестность и тьму... близилась.

Отчасти загораживая открывающееся ему зрелище, в нижней части прорехи появляется силуэт мощного телом человека, щеголяющего в киранейском шлеме. Несмотря на то что человек стоит вовне Умбиликуса, Пройас откуда-то знает, что тот без остатка принадлежит игре теней внутри павильона, и понимает, что так было всегда, хотя безумие и хаос яростно противоречат этому.

Фигура шагает в клубящийся сумрак, будучи сочетанием овеществлённой угрозы и воинственного облика. Человека сопровождает отряд ощетинившихся оружием призраков, но его присутствие полностью затмевает их. Он слегка сутулится. На теле его всюду шрамы, и шрамы, и шрамы — бесчисленные свазонды. У него густые чёрные волосы. Высокие скулы... и глаза... его глаза. Их пустой, безразличный взгляд.

Найор урс Скиота поднимается по ярусам Умбиликуса, всё сильнее заслоняя увитый дымами лик Мин-Уройкаса. Его грудь и торс ритуально обнажены. Свазонды покрывают всю его кожу узловатыми снопами — летопись смертоносной жизни, заменяющая ему панцирь. Они охватывают нитяной филигранью шею, взбираясь на челюсть и достигая края нижней губы... будто бы он вот-вот утонет в своих человекоубийственных трофеях.

Жесточайший из людей.

Пройас лежит и моргает — но не потому, что не верит своим глазам. Он уже пребывает за пределами любого неверия. Если бы не муки — он бы рассмеялся.

Он чувствует тяжкую поступь человека через деревянные доски. Поднимающийся Найор вдруг останавливается рядом, словно собираясь ткнуть его своим сапогом. Лежащий Пройас мог бы быть пустой землёй или же мёртвым любимым родственником — столь титанически безразличен мёртвый взгляд скюльвенда.

— Я спрашивал... — задыхаясь, произносит Пройас с исказившимся от мучений лицом. — Я с-спрашивал Его...

Всё те же глаза — голубые ирисы, возлежащие на белом снегу, зрачки же бездонны, как алчность Каритусаль. Всё тот же дикий, шарящий взор.

— Спрашивал о чём?

Даже его голос с возрастом сохранил свою свирепую грубость. Моргая, Пройас пытается сглотнуть.

— Как ты умер.

Глаза сузились.

— И что же он ответил?

— Со славой.

Кто-то иной не принял бы ответа столь таинственного. Кто-то иной принялся бы настаивать и выпытывать подробности, выяснять подоплёку этой встречи, доискиваясь и стремясь полностью понять её смысл. Но не жесточайший из людей.

— Он сделал это с тобой?

Растрескавшиеся губы растянулись в улыбке.

— Да.

В их встретившихся взглядах было нечто более суровое, нежели сталь, и нечто более тяжкое, чем земля.

Скюльвенский Король Племён повернул голову и сплюнул.

— Я никогда не был таким глупцом, как ты.

Ещё одна Пройасова улыбка — странным образом и вымученная и безмятежная.

— Такой... аргумент... легко... обратить.

Дикарский лик вздрогнул.

— Да неужели? Моё отмщение грядёт — и прямо сейчас, а твоё, король За Чертой, прямо сейчас вытекает из твоего чрева.

Пройас смеётся. И плачет.

— Просто нужно... время.

Весь мир теперь сер, разделён на смутные очертания и пятна тусклого света... Матушка хихикает и поддразнивает Пройаса из-за его атласных локонов... а здесь, столь же явственно зримый, как льняное полотно, залитое солнечным светом, перед ним стоит скюльвендский варвар, приведший Анасуримбора Келлхуса в Три Моря и каким-то удивительным образом вдруг сделавшийся ещё сильнее. Мощь его присутствия стала резче, как и морщины вокруг его глаз. Его кожа испещрена свазондами, отмечающими все минувшие и переполненные зверствами десятилетия.

— С самого начала, — рычит Найюр, — я ненавидел его.

— И это... было ему известно...

Глава пятнадцатая. Голготтерат

— Он был углём, разжигавшим мой гнев, — прерывает скюльвенд, — разящим ножом, поработившим мою волю. Ты думаешь, я этого не понимаю? Ты думаешь, я совсем оцепенел под этим его мерзким ярмом? *С самого начала!* С самого начала он правил моей одержимостью... И, зная это, я бросал собственные счётные палочки. Зная это, я вытянул себя — *за свои же волосы* я вытянул себя! — из его неисчислимых ловушек.

И Пройас видит это — не столько правоту скюльвенда, сколько истинность его трагедии, гибельный рок, преследующий все обречённые души. Верить в то, что их минуют беды. Что все наводнения утихнут прямо у их ног.

— Он сказал мне... сказал, что ты идёшь...

Взгляд, полный угрюмой задумчивости.

— Он не Бог, — молвил Найюр урс Скиота.

— И что же... он?

Хмурый вид.

— То же самое, что и я.

Пройас понимает, что следует быть осторожным и взвешивать в присутствии этого неистового человека каждое слово, чтобы ненароком не оскорбить его. Воплощённая злоба следит за всяким движением, изучает каждую гримасу — словно змея, ждущая малейшего повода, чтобы разить. А могучая фигура и перевитые стальными мышцами руки делают исход такого развития событий однозначным.

Уверовавший король осознаёт нависшую над ним угрозу, но не ощущает ни малейшей тревоги, ибо понимает, что находится на самом краю смерти.

Пройас сглатывает слюну, задыхаясь от боли, раздирающей его грудь изнутри.

— Ты... и в самом деле... считаешь... что всё это... лишь какая-то уловка?

Найюр резко склоняется, будто бы собираясь схватить или даже задушить его, зубы скюльвенда стиснуты, провисшая от старости кожа на его шее натянута напрягшимися сухожилиями.

— Он!

Удар каменного кулака расщепляет доску рядом с правым ухом Пройаса.

— Же!

Второй удар — на этот раз слева.

— Дунианин!

Жесточайший из людей дугой выгибается над ним, точно любовник.

— И я буду преследовать его. Красться за ним по пятам! Вцепляться в него во время сна! Дождусь, когда в своём омерзительном высокомерии он весь без остатка предастся непотребному обжорству своей Миссии! И когда его убогие орудия будут растрачены, когда сам он окажется потрёпан и слаб, вот тогда — тогда! — я и обрушу на него ужасающий удар моего возмездия!

— И... рискнёшь... вс...

— Чем? Вашими великими городами? Этими грудами навоза? Жиром Трёх Морей? Человечеством? Всем сущим? Глупец! Ты взываешь к разуму там, где его нет! Ты хочешь уравновесить мою ненависть моими желаниями — показать безумную цену моего замысла! *Но ненависть и есть моё желание!* Мои рёбра — зубы, моё сердце — утроба без дна! Я — воплощённая ярость, насилие, принявшее форму мяса и сухожилий! Моя тень раскалывает землю и обрушивается на саму Преисподнюю! Я источаю дым умерщвления невинных. И я буду пировать его унижением! Я выколю ему глаза! Сделаю побрякушки из его пальцев! Зубов! И мужского естества! Я искромсаю его так, что он превратится в червя — того самого червя, которым является по своей природе! Ибо он не что иное, как опарыш, обжирающийся гнильём и мертвечиной!

— Твоим собственном мясом, — взвыл он, вздымая нож...

Найюр урс Скиота замирает, словно бы подвешенный на собственном яростном хрипе, и Пройас удивляется своей отстранённости, ибо жизнь его, очевидно, висит сейчас на волоске, но это ничуть не беспокоит его, не говоря уж о страхе.

Король Племён оставляет позу готовности к убийству и поднимается.

— А как насчёт тебя? — сплёвывает он, заталкивая клинок в ножны. — Кто ты такой, чтобы жонглировать всеми этими доводами? Ты — брошенный под ноги и растоптанный! С каких это пор жертвы доказывают праведность собственного убийцы?

Свет становится серым. Пройас ощущает во рту лишь пустоту — полное отсутствие и слов и слюны. Он видит... Серве... стоящую двумя ступенями ниже. Не постаревшую. Изящную, даже хрупкую, хотя и одетую в варварские одежды. Такую же прекрасную, как и тогда, когда Сарцелл убил её в Карасканде.

Безумный Король Племён в силу какой-то причуды склоняет голову из стороны в сторону. Падение Голготтерата, словно какой-то живописный макет, проступает на фоне его лица, и Пройас обнаруживает, что его собственный взгляд без остатка поглощён зрелищем, представляющимся чем-то вроде разыгрывающегося под водой спектакля. Пелена Орды вздымается позади, заслоняя противоположный край Окклюзии и оспаривая у Рогов вызов, брошенный Небесам.

Свет тускнеет.

Он замечает вспыхивающие и гаснущие алые нити, а затем иссечённое шрамами лицо, искажённое гримасой бесконечного отвращения, вновь вторгается в поле его зрения, заслоняя открывающийся вид.

— Он использовал тебя всего — без остатка.

И Пройас зрит это через надвигающийся мрак — образы, проступающие в сиянии солнца менее желтушного цвета. Другая Эпоха. Другая Священная Война. Норсирай, одстый, как нищий, но держащийся, словно король — и скюльвенд...

— Даааа...

И беззаботность этого мига кажется невозможной — мига, когда он удерживал Святого Аспект-Императора и скюльвендского Короля Племён в пределах своего смертного суждения. Что, если бы он почувствовал это тогда, тот юный глупец, которым он был? Если бы ощутил щекочущее касание этого ужасающего мига...

Ещё тогда?

Неотрывный взор бирюзовых глаз. Дерьмо по-скотски истекает из лежащего у его ног истерзанного тела. Свет тускнеет. Безумец поднимает глаза, всматриваясь в сумрак, глаза его подсчитывают изукрашенные множеством Кругораспятий штандарты, свисающие из клубящейся под куполом Палаты об Одиннадцати Шестах пустоты. Он простирает вперёд руки, способные ломать шеи будто тростинки.

— *Сжечь!* — ревёт он так, словно и тьма и пустота его рабы. — *Сжечь это место!*

Найюр урс Скиота поворачивается, вновь став лишь громадным высящимся силуэтом, и спускается к мечущимся внизу мрачным теням. Проследовав сквозь них, он выходит через брешь навстречу прорезающемуся, словно ещё один свазонд, свету.

А Пройас остаётся лежать, как лежал до его появления, силясь придать каждому своему вдоху форму, позволяющую хоть в какой-то мере избежать всевозрастающих мук.

Ему кажется, что он смотрит на мир словно через тусклое стекло.

Ужасающий Голготтерат подобен сидящему на корточках нечестивому идолу, наблюдающему за тем, как какие-то жучки ползают и снуют у его чешуйчатых ног.

Передний план заполоняют скюльвенды — вопящие, бегающие с наружной стороны бреши и швыряющие головешки к закруглённым стенам Умбиликуса... Свет угасает.

Несколькими мгновениями спустя Пройас понимает, что один из призрачных спутников Найюра задержался внутри...

Ещё один силуэт. Ещё одна фигура, от которой исходит ощущение подавляющей физической мощи.

Она близится, раздвигая дым, словно лишённую плотности воду. И вновь узнавание приходит не сразу. И вновь знакомый облик заслоняет эпический блеск Инку-Холойнаса и круговерть идущей у его подножья битвы. Но это лицо выглядит иначе — словно изделие более искусного гончара. Унаследованная от отца жестокость черт укрощена материнской красотой, придав его профилю скорее орлиную мужественность.

— Мо-моэнгхус?

Угрюмый имперский принц кивает. По бокам его клубятся и пухнут смутные массы серой хмари — Пелена Орды обрамляет его размытым ореолом.

— Дядя.

И представляется правильным, что и это видение тоже должно быть реальным. Обряженный в одежды Народа, это всё же, вне всяких сомнений, он — Моэнгхус. *«Что ж... —* шепчет что-то внутри него. *— В этот день, похоже, откроется вся правда...»*

— Как? — хрипит и кашляет он. — Что... ты делаешь?

— Шшш, дядя.

Языки пламени проникают в Палату об Одиннадцати Шестах. Анасуримбор Моэнгхус колеблется, а затем, подняв руку — такую же огромную, как у отца, зажимает Пройасовы рот и нос.

— Шшш, — шепчет с чем-то, представляющимся стародавней тоской. Он обдумал это. И он решил.

Конвульсии терзают раздувшуюся плоть.

— Ты чересчур задержался.

Его силу едва ли можно назвать человеческой.

— И я не дам тебе сгореть.

Усомнившийся король Конрии задыхается. Свет и образы гаснут. Его лёгкие сжимаются в спазмах. В костях разгорается пламя. Биение тела удивляет его, ибо он считал, что оно уже мертво.

Но зверь внутри него никогда не перестаёт бороться, никогда не теряет надежды... И веры.

Ни одна душа не бывает столь фанатичной, как тьма, бывшая прежде.

Это урок, который каждый из нас забирает с собою в могилу — и в ад.

* * *

Никто не знал, кем были воздвигнуты огромные базальтовые мегалиты на вершине Воздетого Рога, но несколько последних страж Военачальник Полчища провёл у основания самого громадного из них, укрываясь от солнца под навесом собственных, изборождённых прожилками крыльев. Глядя вниз с края полированной отвесной стены, он наблюдал за тем, как в разыгрывающейся партии бенджуки движутся по огромной круглой доске большие и малые фигуры. Склонённый Рог всей своей громадой высился на юге — его единственный спутник в пустоте разверзшегося над ним неба, ссутулившаяся, низкорослая сестра Воздетого Рога, скорее укутанная туманной дымкой, нежели заслонённая проплывающими над нею чахлыми облаками.

Как же долго он ждал? Даже для существа, до такой степени изменённого, как он, минувшее время представлялось поразительным. Тысячелетия, превращающиеся в века, и века, становящиеся годами... и вот сейчас *осталось лишь несколько страж*. Закат ознаменует их Спасение... наконец-то. *Возвращение*.

Древний инхоройский ужас, распрямившись и не обращая внимания на головокружительную пропасть у своих ног, стоял на самой вершине Рога, казавшегося чем-то немногим большим, нежели фитилёк, торчащий из надвигавшегося океанического покрова Пелены. Его Орда заполняла западные равнины, принеся с собою это сумрачное обетование, заслонившее весь западный горизонт. Скоро, очень скоро она погасит жестокое око солнца. Скоро, очень скоро Произведённые грянут на Нарушителей и, воздвигнув горы из разлагающихся трупов, очистят их грязь с порога священного Ковчега.

Их хор распалял его. Потоки холодного ветра омывали золотую вершину, вызывая резь в его могучих лёгких. В силу какой-то прихоти он расправил крылья, позволяя ветру наполнить их и, словно воздушного змея, поднять его на вершину огромного камня. Оглядевшись, он узрел искривлённый край Мира и застонал от внезапного стремления подняться выше, гораздо выше, чем когда-либо — так высоко, чтобы оказаться прямо в лоне бесконечной Пустоты...

Шествовать над и между мирами.

Сверкнувшая алая нить привлекла его внимание к копошащимся внизу жучкам.

* * *

Огонь пожирал Умбиликус, переплетающиеся языки пламени напоминали мышцы, мгновенно обвивающие гладкие кости, а потом столь же быстро спадающие с них. Анасуримбор Моэнгхус бродил вокруг пожарища, сжимая и разжимая не перестававшие дрожать кисти рук — особенно правую, которую, казалось, до сих пор покалывали нечёсаные пряди дядиной бороды. Он поражался тому, как чадящая кожа шатра, содрогаясь и корчась, словно живое существо, вдруг прорастает широкими полосами яркого пламени и шлейфами густого чёрного дыма.

Это, решил он, пожалуй, подходящий погребальный костёр для короля Нерсея Пройаса.

Священный Король Племён со своей свитой поднялись выше по склону, где теперь стояли, окружённые всё сильнее разрастающимся пожаром, охватившим оставшиеся после исхода Великой Ордалии вещи и мусор. То ли обычай, то ли его явственное безумие подарили отцу три шага свободного пространства, ибо его свита в той же мере толпилась вокруг его по пояс обнажённой, не считая нимилевой безрукавки, фигуры, в какой и держалась на почтительном расстоянии. Лишь седой Харликарут, старший сын Окная Одноглазого, осмеливался стоять рядом с ним. Его скопированная Консультом мать — Вещь-зовущаяся-Серве в этот раз для разнообразия стояла в сторонке, яростными жестами указывая на то, что и без того приковывало к себе всеобщее внимание варваров: на Голготтерат.

Множество озадаченных взглядов, обращённых на равнину, не пробудили у имперского принца ни малейшего любопытства. Он только что задушил своего любимого дядюшку — факт, который не столько занимал все его мысли, сколько вообще устранял всякую потребность в них. Некоторые формы ярости попросту слишком огромны, чтобы душа была способна их осознать, но при этом слишком глубоки, чтобы взять и исчезнуть в потоке жизни. И посему Анасуримбор Моэнгхус и не подозревал, что близок к тому, чтобы убить своего отца.

— Ты собирался *сжечь его заживо?* — приблизившись, услышал он собственный крик. — Человека, который спас тебя двадцать лет назад?

Некоторые из лиц повернулись в его сторону, но лишь те, что были совсем рядом. Его отец, даже в таком жесточайшем окружении выглядевший воплощённой жестокостью, даже не подал виду, что услышал его...

Он не был здесь единственным, кто бушевал и трясся от возмущения, понял Моэнгхус, увидев, как его поддельная мать яростно жестикулирует, стоя среди более высоких, чем она сама, мужчин. Гнев, пылающий в его взоре, постепенно утихал, пока, наконец, он не взглянул туда же, куда и остальные. Взгляд его, скользнув над горящими участками лагеря, упёрся в Голготтерат и Рога, сверкающие и окружённые поднимающейся к небесам Пеленой.

Светящаяся красная нить то и дело вспыхивала, соединяя изгиб Воздетого Рога со скопищем кишащих внизу термитов.

— Это знак! — кричала его фальшивая мать, причём на шейском. Собравшиеся вожди непонимающе хмурились.

— Священное Копьё Силы!

Даже будучи плохо различимыми сквозь рёв пламени и боевые кличи скюльвендских отрядов, слова её звучали как призыв.

— Ты поклялся, сын Скиоты! Мы должны ударить!

Имперский принц поднялся выше по склону, очутившись среди стоявших дальше всего от центра сборища вождей, и, вытирая ладони о свои грязные скюльвендские штаны, всмотрелся в невозможную красоту матери.

Священный король Племён воздвигался перед нею, его исполосованные шрамами руки были напряжены и яростно стискивали пустоту.

— Думаешь, я верю в ту белиберду, что ты несёшь?

Она казалась такой хрупкой в его всеподавляющей тени, столь трагически прекрасной — словно символ такого желанного, но совершенно недостижимого мира...

— Всё... — кричала она, готовясь то ли защищаться, то ли бежать. — Всё, что ты обещал мне! *Ты дал клятву! Присягнул!*

Священный Король Племён простёр руку к её трепетному лику, зажав заплутавший локон её волос между большим и указательным пальцами.

— Думаешь, — проскрежетал он, — что твоя ложь меньше воняет? Что ты могла преуспеть там, где потерпел крах дунианин?

Он сжал свою правую руку — исполосованную шрамами, потемневшую от многих сезонов палящего солнца — на её горле.

Она захрипела, вцепившись бессильными руками в его могучее запястье.

— Я лишь то... — просипела она, — чем тебе требуется, чтоб я была!

— Думаешь, я настолько не в себе, настолько безумен?

Уже обе его руки легли ей на шею, большие пальцы не столько сдавливали трахею, сколько пережимали сонную артерию.

— Любимый! — кричала она. — Убий...

— Думаешь, я колотил тебя, чтобы избавиться от стыда? От греха и порока?

— Хрххх...

— *Мерзость!* — возопил Король Племён, сжимая её шею. Тень легла на его предплечья, вычернив полосы шрамов, сплетения вен. И он давил, впиваясь в её плоть пальцами, точно железными крючьями, сминая её шею ладонями, грубыми как точильные камни. — Я избивал тебя ради самой мерзости! — прорычал он. Лицо его превратилось в безумную маску. — Я терзал тебя для того, чтобы ты мне поверила! Наказывал, чтобы одурачить! Обмануть!

Его естество набухло, оттопырив обтягивающие штаны. Из её горла вырывался хрип. Стройное тело били судороги. Алебастровое совершенство её лица вдруг словно бы пошло трещинами, покрывшись чем-то вроде отвратительных жабр...

Найюр урс Скиота теперь горбился над нею, узловатый, как верёвка, дрожащий от напряжения и с пыхтением выплёвывающий изо рта воздух вперемешку со слюной. Тело его наложницы, подчиняясь безотчётным рефлексам, ещё какое-то мгновение билось и содрогалось всеми своими хрящами.

Моэнгхус, протиснувшись между последними, ещё отделявшими его от отца, вождями, увидел, как тот, подняв её ухо к своим губам, то ли бормотал, то ли бредил:

— Я дрессировал тебя, как зверушку! Дрессировал ради вот этого самого мига!

Моэнгхус моргнул, заметив дым, поднимающийся от вязи свазондов, охватывающей его дрожащие руки.

— Дожидаясь преимущества... — на выдохе яростно прохрипел жесточайший из людей. — И дожидаясь... — прошептал он, всасывая воздух. Голос его скрежетал титаническим напряжением. — И дожидаааясь...

Он обрушил её на землю, точно топор или молот...

— *До тех пор, пока не осталась лишь смерть!*

Тело сложилось, словно марионетка. И хруст — слишком нутряной, чтобы быть обычным переломом, — сломалась шея...

Ангельское личико Серве раскрылось блестящими узловатыми сочленениями.

Найюр урс Скиота стоял так, словно собирался дотянуться руками до пока ещё не осквернённых Пеленой кусочков неба. Толпящиеся вокруг вожди Народа взревели в бурном одобрении, даже взявшись при этом за руки, словно на каком-то празднестве.

Всё ещё дрожащий от напряжения, Укротитель-коней-и-мужей повернулся к своему женолицему сыну, схватив его за плечи

Глава пятнадцатая. Голготтерат

хваткой настолько крепкой и жестокой, что Моэнгхус даже съёжился.

— Ещё раз отойдёшь от меня, — прохрипел скюльвендский Король Племён, — и я тебе конечности вырву.

* * *

Это случилось, как только Серва отдала приказ штурмовать Высокую Суоль, и продолжалось лишь одно мгновение, оставшись совершенно неслышным среди грохота битвы.

Ослепительный росчерк света, геометрически столь же идеальный, как любой из гностических Напевов, но, в отличие от них, тёмно-алый...

И лишённый каких-либо признаков Метки.

Адепт из числа Багряных Шпилей рухнул с неба, цепляя шлейфами пылающих одеяний укреплённые валы Забытья.

Вся Великая Ордалия, включая Анасуримбор Серву, застыла в ужасе и изумлении.

Возникнув совершенно беззвучно, очередная слепящая взоры нить соединила ещё одного бичующего Напевами бастионы Голготтерата Багряного адепта по имени Миратими с точкой на внутренней поверхности Высокого Рога, находящейся вне досягаемости любого колдовства. Прямой импульс, достаточно яркий, чтобы заставить вспыхнуть защитные Обереги Миратими, и вот она уже наблюдает за тем, как он камнем летит вниз.

Текне.

— Сейен милостивый! — с ужасом в голосе воскликнул рядом с ней Мирунве. — Копьё-Цапля!

Третий импульс и очередной Багряный адепт — Экомпирас, — двигаясь по спирали, устремился к земле. Его объятые пламенем одеяния разлетались по ветру, словно горящая солома.

— *Сплотиться!* — прогремел среди возникшей сумятицы голос экзальт-магоса.

Находящиеся под её непосредственным командованием тройки тут же начали придвигаться к ней, и вскоре она уже возносила Напевы совместно с поддерживающими её с флангов сёстрами...

Четвёртый импульс, подобный внезапно побледневшему солнцу. Луч света, выпотрошивший беспорядочно выстроенные гностические сферы. Яростные вспышки, заставившие порозоветь её щёки просто из-за своей близости. Шипение и свист воздуха.

— *Отец!* — прогремела она.

Пятый импульс. Луч света, бьющий с мощью Злобы — хузьелтова копья, крушащий разлетающиеся клочьями и дымом Обереги, вышибающий дыхание из нутра, воспламеняющий края струящихся облачений.

Свайяли продолжали вести свою песнь, хотя из носов у них вовсю шла кровь, казавшаяся чёрной в извергаемом их ртами сиянии.

Тем не менее катастрофический шестой импульс вспыхнул уже за спинами несчастных колдуний.

— *Рассеяться!*

Как раз в тот миг, когда она выкрикнула этот приказ, одна из её сестёр по имени Кима упала с небес пылающим белым мотыльком. Все до единого шлейфы их одеяний горели. В свете солнца она увидела заполнивших террасы Забытья мужей Ордалии, взирающих вверх с ужасом и изумлением. Резко потянув за пояс, удерживающий на талии волны её облачений, она выскользнула из своих пылающих одежд...

Как раз в тот миг, когда седьмой импульс пронзил их, словно обычный кусок ткани. Она опустилась на землю среди отряда изумлённых, распевающих псалмы нангаэльцев, поражённо взиравших как на её опалённые волосы, так и на её переменившийся облик. Она ожидала, что воины разбегутся, однако вместо этого они сгрудились перед нею, в жалком подобии галантности подняв свои щиты в попытке прикрыть её от вознёсшейся до самого неба громады Высокого Рога.

Но явившийся восьмой импульс поразил не её. Раскалённая нить соединила золотые высоты с группой адептов Завета и Багряных Шпилей, парящих перед чёрными парапетами Суоль. Четыре пылающие фигуры, отделившись от скопления колдунов, тут же рухнули наземь, а затем, кувыркаясь, за ними последовала и пятая. Она услышала, как Саккарис также скомандовал своим адептам рассеяться. Она приказала стоящему позади бородатому воину, мрачному рослому человеку, облачённому в железный хауберк, поднять свой каплевидный щит.

Она не видела девятого импульса, узнав о нём лишь по собственной тени, на мгновение вычернившей каменные плиты.

Кивнув тидонскому рыцарю, она прыгнула вверх, использовав его щит, чтобы перескочить с него на гребень следующего Подступа. Оттолкнувшись от парапета руками и крутанувшись, словно акробатка, она приземлилась на корточки, опасно балансируя на верхушке парапета. Толпящиеся на этой террасе люди — галеотские гесиндалмены поражённо вскрикнули. Серва бросилась бежать на юг вдоль гребня стены. Таким способом она, двигаясь с грацией и изяществом мчащейся газели, пробежала по всей оставшейся протяжённости Шестого Подступа, а её скользящие над грубыми каменными зубцами ноги казались размытым пятном. Справа от неё нескончаемая череда глупо глазеющих воинов Кругораспятия устремлялась куда-то назад и прочь...

Ближайшие погибли, уничтоженные одиннадцатым импульсом.

Оседлав фронт ударной волны и сделав какой-то невероятный кульбит, Серва, подобно садящемуся на землю лебедю, вновь опустилась на твёрдую поверхность и побежала ещё быстрее. Толпящиеся на террасе галеоты начали подбрасывать в воздух щиты за её спиной, пытаясь хоть как-то прикрыть её от Копья.

Продолжая бег, она вознесла колдовскую песнь своим воссиявшим голосом, и тотчас в воздухе позади неё возникли чёрные шлейфы, расплывающиеся, точно струйки попавших в воду чернил. Вереница зубцов закончилась. Она прыгнула прямо в пустоту, перебирая ногами...

Оставшаяся позади и внизу оконечность Шестого Подступа взорвалась, вновь подхлестнув ударной волной её стремительный бег. Двенадцатый импульс.

Но, ступив на колдовское отражение земли, она уже мчалась прямо по воздуху, взбираясь на уступы Струпа. Мимо, по краю поля зрения проплыли остатки брошенного лагеря — отдалённые трущобы и груды мусора, разбросанные у подножия юго-западного склона Окклюзии. Столбы пыли и блеск оружия привлекли её внимание — потоки, во множестве стекающие со склонов там, вдалеке. Тоненькие струйки, огибающие лагерные шатры и палатки.

Люди... поняла она.

Скюльвенды?

Но экзальт-магос отвернулась от них. У неё не было времени. Наколдованный ею дым лишь на время сбил с толку невидимого Копьеносца — или же она просто так полагала. Воспарив над чёрными, изрезанными высотами Струпа, она мчалась к высящейся прямо перед нею титанической громаде Склонённого Рога, сквозь надтреснутую тушу которого пробивался дневной свет. Орда, громадной завесой из тьмы, пепла и охряной пыли заслонившая весь запад, простиралась далеко за пределы этой непроглядной массы. Из её бурления струились сотни потоков, ближайшие из которых уже почти достигли укреплений Голготтерата — шранчьи банды, поняла она, самые изголодавшиеся и быстроногие. Позади них громадные скопища, казалось, заполонили без остатка весь запад, толпы, напирающие на толпы, уходящие вдаль неисчислимые множества, постепенно становящиеся всё более расплывчатыми, бесцветными и нечёткими, ибо воздвигающаяся Пелена поглощала всё, включая небо...

Но даже сейчас она разглядела это — всполохи света, извергающиеся из разрыва в крутящихся завесах и шлейфах.

— **Отец!** — вновь прогремела она, взывая и умоляя. Голос её пронзил расстояния и дали.

Как раз в тот миг, когда тринадцатый импульс настиг её.

* * *

Всё Сущее вопило и завывало. Столбом поднимавшаяся к небу пыль образовывала плотный покров, укутавший их тенями и мраком. Свет разрушения стал единственным светом, являвшим взору шранков, бледных, как рыба, скользящая в тёмных водах. Тварей, толпящихся столь плотно, что они давили друг друга, воющих, вздымающихся отовсюду бурными волнами, будто бы перехлёстывающимися прямо через горизонт...

И сие доводило до полного разорения и без того обездоленную душу Маловеби.

Ужас был ныне таким же непреходящим, как и телесная дезориентация, ибо хотя Маловеби и знал, что взирает на мир из глазниц отрезанной головы, он тем не менее чувствовал, как его тело, парализованное и свисающее, поочерёдно то тащится по земле, то болтается в воздухе, подобно связке невесомого шёлка, выписывающей какие-то каракули прямо по лику этих забитых невообразимыми толпами равнин...

Орда.

Размывающаяся в отдалении громадным серым пятном, становящаяся вблизи ярящимися штормовыми порывами, сливающимися в неудержимую бурю, объявшую и небо и землю. Одна бурлящая масса поверх другой — не столько покрывающая поверхность равнины, сколько становящаяся ею. Поднимающая в воздух шлейфы и целые завесы из пыли, окутывающие дали, пятнающие и прячущие от взгляда солнце...

Орда...

Разящие колдовские всполохи, природу которых Маловеби едва был способен понять, Абстракции, подобные гностическим, но отличающиеся от любых описанных в книгах Напевов. Серебрящиеся обручи обхватом с крепостные башни, встряхивающие всё вокруг, подобно отражению в луже, в которую ступила чья-то нога. Расцветающие фрактальные огни, распространяющиеся вовне, повторяясь и множась — когда одна вспышка превращается в шесть, а шесть становятся дюжиной, разрывающие, взрывающие, ровняющие целые области и наполняющие их смертью и расчленёнными телами.

Орда.

Бесчисленные искажённые бесноватым буйством лица, становящиеся гладкими и удивлёнными, когда на них низвергается смерть и свет. Истерзанный бесконечными кошмарами, испытывающий головокружение, которое он ранее не мог себе даже представить, маг Извази, пленённая душа, болтался на жутком поясе Аспект-Императора, наблюдая за тем, как тот обрушивает всю свою мощь на эти убогие, жрущие землю скопища.

* * *

Сыны человеческие многими тысячами начали занимать опоясывающее Струп кольцо черных стен. Остальным же была поставлена цель — укрепиться в проломах, сложив из камней баррикады. Хотя некоторым лордам Ордалии и претила сама идея *становиться на защиту Голготтерата*, им тем не менее достаточно было лишь бросить взгляд на западные области Шигогли, дабы осознать беспощадную необходимость этого...

Лорд Сампе Уссилиар и его шрайские рыцари наступали на юг, следуя в авангарде за колдунами Имперского Сайка, сжигавшими или разрывавшими на части каждого уршранка, оказавшегося достаточно глупым или чересчур обезумевшим, чтобы спасаться бегством. Захват увенчанных золотыми зубцами стен протекал на удивление бескровно, однако же в тесноте башен разразилась жестокая и беспорядочная бойня, когда за каждый сделанный шаг приходилось платить яростной схваткой. Хотя и несопоставимые по размерам со своими стоящими на поле Угорриор знаменитыми товарками, эти бастионы тем не менее являлись грозными укреплениями, будучи одновременно и могучими и приземистыми постройками, возведёнными из громадных, грубо отёсанных глыб. Учитывая необходимость спешить, адепты Сайка были вынуждены участвовать в штурме башен, бичуя колдовством внутренние помещения и вышибая железные ворота, дабы расчистить воинам путь к следующим куртинам и позволить им продолжить свой натиск, в то время как оставшиеся позади силы завершали освобождение укреплений от врага. Но запутанная, напоминающая нутро пчелиного улья планировка башен в сочетании с неистовой яростью уршранков превращала захват каждого бастиона в сражение, требовавшее усилий сотен душ. Облачённые в тяжёлую броню шрайские рыцари с воем прокладывали себе путь вниз по коварным лестницам и вдоль узких, неосвещённых коридоров. Воины, продвигавшиеся чересчур быстро, сталкивались с ловушками и попадали в засады, ибо уршранки были намного более хитрыми тварями, нежели их дикие сородичи. Люди до крови сдирали себе кожу, натыкаясь на углы, и постоянно спотыкались о трупы врагов. Великий магистр Уссилиар едва сумел миновать пять башен, до того как простая нехватка людей вынудила его уступить место в авангарде генералу Раш Соптету и его гораздо более легковооружённым шайгекцам.

Продвижение на юг быстро увязло и остановилось, но как только первая из возвышавшихся над руинами Дорматуз башен оказалась очищена, отряды нансурских колумнариев и эумарнанских грандов устремились прямо на выступающую часть Струпа. Первоначальный план предполагал необходимость сперва захватить лежащие ниже бастионы и лишь затем взяться за возвышенности, дабы избежать возможных ловушек Консульта и гарантированно сокрушить его. Но Орда, которая, как могли видеть мужи Ордалии, поглощала всё большую и большую часть Шигогли, сделала этот план невозможным в данных обстоятельствах тактическим изыском. С гибелью генерала Биакси Тарпелласа командование нансурскими Колоннами внезапно легло на плечи генерала Лигессера Арниуса, у которого, однако, было достаточно времени, чтобы многому научиться. Будучи, по общему мнению, порывистым, но одарённым военачальником, он сразу же осознал характер надвигающейся угрозы. Кто знает, какие потайные ворота могут иметься в распоряжении Консульта? Он хорошо выучил трагический урок Ирсулора: если только эта вновь появившаяся Орда окажется внутри Голготтерата — всё пропало. Решив, что его собственного примера будет достаточно, чтобы это можно было счесть сообщением для остальных, он беспорядочной толпой повёл своих колумнариев через Струп, держа путь под изгибом Склонённого Рога прямо к бастионам, непосредственно обращённым к приближающейся шранчьей угрозе. Быстро уяснив его намерения, генерал Инрилил аб Синганжехои приказал своим эумарнанцам последовать его примеру. Его гранды и их приближённые — все до единого — взирали на висящую над Шигогли искру бело-бирюзового света. На своего Святого Аспект-Императора, в одиночестве противоставшего этому чудовищному натиску.

— К западным стенам! — взревел лорд Инрилил своим поражённым родичам. — Оттуда, несомненно, видно намного лучше!

Несмотря на всё своё буйство и отсутствие организации, Орда двигалась так, будто обладала собственной волей и явственным намерением. Для сражающихся на стенах воинов казалось своего рода ночным кошмаром то, как она с каждым брошенным в её сторону взглядом заполняла собою всё большую часть зримого Мира. Однако же вместо того, чтобы просто поглотить Шигогли без остатка, Орда вдруг протянулась через пустынные просторы Пепелища завитком, способным, пожалуй, охватить весь Каритусаль и направленным прямо к южной оконечности ужасающей цитадели. К Голготтерату, казалось, устремлялись целые области равнины, поля столь необъятные, что шайгекцам, наблюдавшим с южных парапетов за их приближением, чудилось, будто стены и башни уплывают из-под их ног, смещаясь куда-то на запад.

С учётом того, какой ужас надвигался на них снизу, откуда им было знать, что их погибель нависает сейчас прямо над ними?

* * *

Кахалиоль, Жнец Героев, стоит, взирая на Юбиль Носцисор. Ангел Мерзости.

Чешуя дымится. Из ран вместо крови истекают смола и огонь.

Берегись, шепчет Слепой Поработитель, *могучее и ужасное колдовство пронизывает этот мос...*

Что, хрипит оно, с рёвом выдыхая пламя, ***это за место?***

Слепой Поработитель ошеломлён. Князь Падали чувствует, как его душонка дёргается в приступе лихорадочного замешательства, подобно бьющемуся на леске рыбака пескарю.

Кахалиоль издаёт вопль, полный яростного непокорства. Мир, которым правят пузыри из дерьма! Мир, где души зависят от попустительства помойной жижи и мяса! Мир, где вши взнуздывают львов!

Выполни свою зада...

Что это за место?

Слепой поработитель колеблется. И Кахалиоль — демон-божок болезненных трущоб и дебрей Каритусаль — чувствует это: нерешительность, замешательство, нарастающий страх...

Все утончённые лакомства, все свойственные смертным слабости.

Ты стоишь прямо на пороге ужасающего Ковчега... отвечает Слепой Поработитель. *Инку Холойнаса.*

Тяжко ступить на порог сей... речёт Обольститель Воров, ибо он чует, как истлевают удерживающие его путы, ощущает беспощадную силу, влекущую его в направлениях, противоположных линиям этой грубой реальности, словно бы он стал вдруг тлеющим угольком, брошенным на одеяло и постепенно прожигающим его. Угольком, испепеляющим одну поганую нить за другой.

Да.

Ангел Мерзости.

И оно понимает. Кахалиоль постигает это. Оно чувствует, что погружается куда-то вглубь, словно постепенно тонущая старая, дырявая посудина. Жнец Героев воздевает свои подобные ятаганам когти и издаёт хохочущий рёв, в котором слышны визги тысячи тысяч душ.

Всё, что нужно теперь — лишь полоснуть когтями, сорвав и отбросив прочь язвящую его плоть бумагу этого проклятого Мира...

Теперь выполни свою Задачу!

Несть.

Выполни свою Задачу!

Слепой Поработитель осмеливается вымолвить *слово*. И оно чувствует муки, которые человечишко навлёк бы на него, находись они сейчас в любой другой части этого треклятого Мира. Но *здесь*, в этом месте, *сам воздух пропитан Преисподней*, делая *целостным* всё то, что хилое колдовство чародея разделило надвое. Здесь, *в этом месте*, оно не может быть разъединено.

Жнец Героев хохочет и вопит с демоническим торжеством.

Какое значение имеет кара Желанием, идентичным его Предмету?

Твоя Клятва! кричит Слепой Поработитель в слепом же ужасе. *Твоя Клятва — вот твоя Цель!*

Несть. Гремит Князь Падали голосом, доносящимся ото всех граней Сущего. **Ты сам — вот моя цель.**

И с этими словами Кахалиоль, Жнец Героев, оборачивается вовнутрь и, протянувшись сквозь себя самого, хватает Голос Слепого Поработителя, выдирая лакомый огонёк его души. Как же всё-таки вертятся эти насекомые! Ликующе взревев, оно рушится, превращаясь в груду копошащихся многоножек, устремляющихся в разные стороны в своих хитиновых сонмищах — подёргивающихся, скребущих, просачивающихся сквозь все щели и проскабливающихся сквозь шелушащуюся краску этого Мира...

И Ангела Мерзости не стало.

* * *

Не кто иной, как лорд Сотер со своими родичами, первыми оказались под бастионами Высокой Суоль. Айнонцы заняли позиции, изготовившись последовать за адептами, как только увенчанные золотыми зубцами стены будут полностью разрушены.

Глава пятнадцатая. Голготтерат

Небо над ними было почти непроглядно закрыто колдунами и их колыхающимися шёлковыми облачениями, когда ударил первый импульс. В воздухе внезапно поплыл едкий запах палёной свинины. Возникла суматоха, взоры людей в полнейшем замешательстве рыскали, панически ища ответы, а затем, когда с небес рухнул горящий Миратими, ряды воинов взорвались всеобщими громогласными выкриками. Те, кто по-прежнему оставался сбитыми с толку, следовали взглядами за руками и пальцами, указывающими почти непосредственно вверх — на воздвигающуюся над ними необъятность Высокого Рога.

Лишь для того, чтобы оказаться ослеплёнными третьим импульсом.

Чародейские Напевы царапали людям нутро. Тысяча Адептов пребывала в смятении, некоторые группы пытались сплотиться, чтобы сосредоточиться на защите, другие же рассеивались — при этом все до единого отпрянули прочь от измочаленных парапетов Высокой Суоль. Юный айнонец из числа кастовой знати Немукус Миршоа первым осознал, что теперь именно на их плечи — на плечи Воинов Кругораспятия — легло бремя Апокалипсиса. Пока все остальные пялились в небо, он крикнул своим родичам-кишъяти, стыдя их за медлительность и нерадение, а затем, издав древний боевой клич своих предков, в полном одиночестве бросился прямо в разбитую и раскрошенную пасть Высокой Суоль.

Изумившись, кишъяти тем не менее последовали за ним — сперва отдельными волнами, а затем всей своей массой. Чёрные стрелы дождём обрушились на них, утыкивая щиты и вонзаясь им в плечи, но, учитывая вспыхивающие в лучах солнца шлемы и тяжёлые хауберки кишъяти, убить они смогли лишь немногих. Взобравшись по груде обломков, воины бросились в огромную брешь, проделанную в укреплениях Суоль бившимся в агонии Хагазиозом, и наткнулись внутри на Миршоа с родичами, бьющихся во мраке со множеством мерзких уршранков.

Лорд Сотер, и сам человек по своей природе воинственный, немедленно осознал мудрость стремительного порыва Миршоа.

— Кто жнёт, тот и пожинает! — вскричал он своим вассалам. — А мы тем временем лишь жалко корчимся, прячась за спинами колдунов!

И посему палатины Верхнего Айнона покинули адептов, оставив им заботу о незримом Копьеносце. Огромной вопящей толпой они ринулись внутрь зияющих проломами бастионов и выжженных коридоров Высокой Суоль. Поскольку в их присутствии в настоящий момент всё равно не было смысла, их не стали отзывать.

Увидев стремительно мчащуюся над Забытьём Серву, Апперенс Саккарис приказал тройкам адептов Завета, пройдя над Высокой Суоль, спешно отправиться к громаде Воздетого Рога.

— Спасите её! — крикнул он. — Спасите дочь Господина!

Поднявшись над крепостью, колдуны узрели Орду — нескончаемый поток шранков, спускающийся с гор и заливающий Пепелище. Вздымаясь перед мчащимися вперёд массами, выспрь возносилась Пелена, казалось, жаждущая удушить зловонными испарениями сам Свод Небесный. Дабы совладать с нахлынувшим на них ужасом и унынием, адепты бросились вперёд, извергая из уст своё древнее и святое наследие — Гнозис. Они увещевали своих врагов Аргументами Сесватхи, мрачным кодексом Сохонка — Напевами Войны. Громадные сверкающие гребни сметающими и стригущими движениями проходились по отвесным золотым поверхностям — Третьи Ткачи, Тосолканские Могущества. Желчного цвета отблески скакали и плясали поверх сияющих отражений, словно бы Воздетый Рог превратился вдруг в засаленное зеркало. Сверкающие Абстракции взбирались всё выше по циклопическим изгибам и скатам, иногда достигая даже того уровня, где находился Копьеносец...

И всё же они не способны были даже слегка опалить площадку, на которой он стоял, не говоря уж о том, чтобы проверить на прочность его Обереги.

Импульсы, бьющие теперь почти вертикально вниз, сбивали с неба завывающих адептов, воспламеняя их развевающиеся облачения. Подобные пылающим цветкам, чародеи, кружась, устремлялись к земле.

Воины, заполнившие террасы Забытья, зачарованно наблюдали за происходящим, выкрикивая проклятия и мольбы. Неистовые вопли, донёсшиеся с Девятого Подступа, привлекли все взгляды к мерцанию, внезапно возникшему над Шестым — к лучистому блеску, свидетельствующему о появлении Святого Аспект-Императора...

Воины Кругораспятия ликующе взревели.

Он висел в воздухе на высоте нетийской сосны, облачённый в свои безукоризненно белые одеяния, завихрения дыма кружились вокруг и рядом с местом его чудесного пришествия. Он удерживал раскрытые ладони поднятыми, точно воздетые клинки, лицо же его было обращено к небесам, так что казалось, что он одновременно и молится и всматривается ввысь в поисках ужасающего Копьеносца...

Глава пятнадцатая. Голготтерат

Сияющая багровая нить протянулась между ним и Высоким Рогом.

На пару мгновений её сияние и последовавшая за этим вспышка скрыли его из виду. Из глоток вырвались тысячи предостерегающих криков...

Но их Спаситель висел всё в том же месте — не пострадавший, недвижимый и по-прежнему вглядывающийся в небеса.

Ещё один импульс, отнимающий сразу и возможность видеть, и способность дышать. В этот раз люди сумели заметить всё многообразие его призрачных Оберегов, впитывающих в себя мощь удара, и источающих сияние, исходящее из каких-то непостижимых измерений.

Копьеносец ударил вновь. Воздух потрескивал от разрядов. Сочетание сфер сверкало всё ярче, словно бы умаляя образ Святого Аспект-Императора и низводя его до подобия силуэта кающегося грешника.

И ещё один импульс, в этот раз целиком скрывший его фигуру. Обереги ныне висели в воздухе сияющим призрачным объектом, терзающим и корёжащим разум в той же мере, в какой и взгляд.

Лишь те, кто в этот миг смотрел на головокружительную необъятность Рога, сумели углядеть на его цилиндрических высотах светящуюся точку...

Ещё один тёмно-алый импульс.

В месте, куда пришёлся удар, Обереги рухнули, превратившись в дым, энтропия каскадами ринулась наружу, прорываясь через все раскалённые сетчатые структуры, вращающиеся в пространствах и измерениях более глубинных и потаённых, нежели пустой воздух. Вся Великая Ордалия, за исключением тех немногих, что смотрели вверх, издала вопль чистого ужаса. Последние же сперва задохнулись от удивления, а затем разразились криками безумного торжества.

Ибо они узрели своего Святого Аспект-Императора, вышедшего из эфира прямо над Копьеносцем и, ступив на призрачное отражение площадки, обрушившего на врага свою рычащую Метагностическую песнь. Они увидели дождь всеразрушающих Абстракций. Увидели мерцающие вспышки разбивающихся и взрывающихся Оберегов эрратика. И увидели, как их Спаситель низринулся на Копьеносца, словно воплощение мести, и сбросил его, визжащего, с этих невероятных высот...

И наблюдали за тем, как Святой Аспект-Император воздел Копьё.

Из глоток воинов Круораспятия вырвался громовой триумфальный клич. Повсюду — и на захваченных стенах и на террасах Забытья — люди опускались на колени и возносили хвалу, выкрикивая святое имя Анасуримбора Келлхуса, своего всепобеждающего Господина и Пророка.

Крик триумфа, заглушив кошачьи вопли Орды, глубоко проник в разрушенные залы и коридоры Высокой Суоль, ещё сильнее воспламенив сердца Миршоа и его родичей-кишъяти. Они вырезали и забивали полчища беснующихся уршранков до тех пор, пока выкрашенные белой краской лица воинов не сделались фиолетовыми от крови врагов. Они бились, следуя коридорами, как узкими, так и широкими, и постепенно приближаясь к Внутренним Вратам. Подобно всем воинам, оставшимся в живых к этому мигу, они чувствовали, как убывает решимость врага. И это ещё сильнее подхлёстывало их, до тех пор, пока Миршоа и его родичи уже не шагали вперёд, а мчались, смеясь и ревя, словно боги, играющие в свои смертоносные игры.

Суматоха и буйство охватили всё зримое до самого горизонта. Надвигающаяся Орда, разбившись о западные бастионы Голготтерата, хлынула на юг. Неисчислимые множества шранков, вздымая огромные завесы пыли, сплетающиеся в непроницаемую для взора мреть Пелены, заполонили всю западную часть Шиголи. На востоке горел оставленный Ордалией лагерь, а на его окраинах тысячами скапливались скюльвендские всадники. А внутри Голготтерата люди отовсюду устремлялись к внешним стенам, чтобы захватить и обезопасить их от подступающего врага.

И тогда Святой Аспект-Император поднял Копьё... и выстрелил.

* * *

Близясь, оно разрасталось всё сильнее — открывающееся им зрелище дымящихся провалов и разрушенных каменных стен, простёршихся под сюрреальной громадой Рогов.

— Спасайтесь! — в тревожном и раздражённом возбуждении кричал старый волшебник. — К Голготтерату!

Вокруг царило безумие. Они ковыляли через пустошь, поддерживая с обеих сторон Мимару, то ли мучающуюся родовыми болями, то ли пребывающую в кратком периоде затишья между схватками — он не знал, ибо кирри единым духом передало девушке всю доступную ей жизненную силу. Голготтерат воплощённым кошмаром нависал над ними, Рога воздвигались, ослепительно пылая в прямом солнечном свете, а за ними разрасталась Пелена, поглощавшая всё большую и большую часть неба. Неспособность поверить в происходящее приводила его в оцепенение — казалось, он не мог даже видеть лик Голготтерата, не говоря уж о том, чтобы проникнуть внутрь него. Ибо им было просто необходимо, отчаянно необходимо добраться до увенчанных золотыми клыками бастионов, дабы оказаться в безопасности, под защитой Великой Ордалии. Акхеймион, замечая распространение Пелены, всякий раз впадал в панику. Даже ведомые благословенным пеплом, каннибальская сила которого придавала живости их ногам, они, в своём стремлении к бреши, где когда-то стояла древняя башня Коррунц, не могли рассчитывать обогнать Орду.

Они непоправимо опаздывали. Он костями чувствовал это.

Они бы могли пройти прямо по небу, если бы Мимара, наконец, выбросила свои чёртовы хоры, но она настаивала, что они нужны ей. Он не стал спорить — к тому моменту скюльвенды уже вовсю поджигали шатры, и его наибольшей заботой была необходимость как можно незаметнее выскользнуть из лагеря.

Но теперь — очень скоро — у неё не останется выбора.

Очень скоро.

— Кто-то гонится за нами! — воскликнула Эсменет, стараясь перекричать всевозрастающий вой.

Старый волшебник проследил за её испуганным взглядом. Сперва всем, что он сумел увидеть, было некое несоответствие — контраст между бледной, бесцветной перспективой, прочь от которой они стремились, и мешаниной тягостно-чёрных скал, к которой лежал их путь. Затем он разглядел вдалеке горящие участки лагеря и тысячи скюльвендов, струящихся множеством потоков сквозь лабиринты холщовых лачуг, словно бы пытаясь спугнуть дичь с луга...

И гораздо ближе — отряд численностью в сотни всадников, скачущий прямо по их следам.

— Быстрее! Быстрее! — воскликнул он.

Мимара закричала от мучительной боли, однако же каким-то образом они сумели несколько ускорить шаг. Но шатающаяся, спотыкающаяся рысца сейчас не в состоянии была спасти их. Минуло всего несколько мгновений, и вот уже Люди Войны приблизились в достаточной мере, чтобы опробовать на них свои луки. Стрела зарылась в пепел справа от них, затем ещё одна — сразу же за их спинами. Третья же заставила вспыхнуть его Обереги, вскользь ударив по ним, и вскоре непрерывный град снарядов яростными высверками обрушился на его гностическую защиту...

Вот и настало время...

— Брось свои хоры, Мим!

— Нет! — свирепо рявкнула она.

— Вот упёртая девка! — вскричал старый волшебник, от неверия едва не споткнувшись. — Брось их, или умрёшь! Это же та про...

— Погоди! — окликнула его Эсменет, прямо на бегу оглядываясь через плечо. — Они разворачиваются! Они...

— Глядите! — прохрипела сквозь муки Мимара.

Акхеймион уже повернулся, привлечённый ослепительной алой вспышкой, промелькнувшей на краю поля зрения.

Несмотря на то что Рога всё ещё находились от них на расстоянии нескольких лиг, они тем не менее казались невероятно огромными. Великая Ордалия заполняла нисходящую лестницу Забытья — зрелище, которое и само по себе захватывало дух, — и уже вовсю штурмовала Высокую Суоль — громадную цитадель, охраняющую Внутренние Врата! И она была как раз там — сверкающая, кроваво-красная линия, вдруг соединившая точку в нижней части Воздетого Рога с чем-то, что, по-видимому, являлось парящим в воздухе колдуном. Луч света, удивительным образом незапятнанного чародейской Меткой... убийственного света.

Текне.

— Что это? — крикнула Мимара. — Копьё-Цапля?

Могло ли это быть так? Нет. Копьё-Цапля слишком часто являлось ему во Снах, чтобы он способен был ошибиться.

— Цвет не тот...

Какое-то другое световое оружие инхороев? Другое Копьё?

Онемевшие, они поспешно ковыляли вперёд, с трудом пересекая пустынные просторы Шигогли. Копьё сверкало вновь и вновь, отмечая их продвижение всё новыми и новыми воспламеняющимися адептами...

Пока, наконец, не явился Келлхус.

* * *

На сей раз рубиново-красная, туго натянутая нить прошла в вышине... ударив, однако же, вовсе не в мертвенно-бледные, извивающиеся скопища Орды и не в укрепления Высокой Суоль. Она поразила внутренний изгиб Склонённого Рога — в том месте, где его оболочка выглядела предельно ветхой и дряхлой.

Раздавшийся треск, казалось, расколол глотку Неба. Прогремевшее эхо напомнило грохот военных барабанов фаним.

Святой Аспект-Император выстрелил из Копья ещё раз.

И ещё.

Увидев то, что последовало за этим, воины Круговраспятия просто не поверили происходящему. Для многих из них пребывать под громадами Рогов было сродни воспоминанию о сне у корней какого-то древнего дерева, когда ствол — могучий и необъятный — словно бы наваливается на лоб, а изгибающиеся ветви взметаются куда-то ввысь, заслоняя собою целые небесные царства. Силы и напряжения не имели значения. *Постоянство* было абсолютной сущностью исполинов, таковы их пропорции и размеры. Горы не прыгают, а Рога не падают.

И всё же Склонённый Рог задрожал, заколебался, словно подвешенный на какой-то незримой нити, а затем будто бы слегка кивнул — совсем чуть-чуть, так, что в рамках джнана это можно было бы счесть оскорблением. И, тем не менее, сие было предвестником настоящей катастрофы.

Небеса пошатнулись.

Всё Сущее издало стон, подобный зевоте сонного пса. Оконечность Рога зашаталась, рассекая на части зацепившееся за его изогнутую шею облако. *А затем Склонённый Рог рухнул.* Многие просто не поверили своим глазам — таков был масштаб происходящего. Сама земля под ногами, казалось, вздыбилась, дёргаясь туда-сюда, словно кусок ткани, раздираемый на части вцепившимися в него с разных сторон псом и его хозяином. Сооружение, совершив тяжеловесный пируэт, перевернулось в воздухе, а затем, описывая чудовищную петлю, плавно двинулось к земле. Солнце вспыхнуло на золотой оболочке рушащегося исполина, сверкающая бусина скользнула по его поверхности, прочертив на неземном золоте сияющую линию протяжённостью в целые лиги. На Пепелище шранки, накрытые простёршейся тенью, вопили и завывали, целые легионы тварей в ужасе разбегались, побуждая к такому же паническому бегству всё новые и новые неисчислимые множества. Послышался порождённый гигантским завихрением воздуха странный звук, словно по кольчуге изящного плетения туда-сюда водили монетами. Затем раздался оглушительный треск, вызвавший последовательность хлопков, ощущаемых даже голой кожей. И вот, прямо перед их неверящими взорами, рухнули сами небеса. Огромный уродливый цилиндр, перехваченный, точно корпус корабля, громадными радиальными рёбрами, стерев в порошок укрепления Голготтерата, низвергся на равнину с мощью геологической катастрофы...

Подбросив ввысь, словно тучи пыли, несметные множества шранков.

Удар сбил людей с ног. Из ноздрей у них хлынула кровь, а глаза покраснели от лопнувших сосудов. Земля, как во время землетрясения, содрогалась на протяжении тридцати ударов сердца — времени, потребовавшегося для того, чтобы верхушка сооружения присоединилась к его исполинскому основанию. Склонённый Рог, словно в барабан, ударил в натянутую шкуру Мира, и Творение отозвалось грохотом столь оглушительным, что по всему свету, до самого Каритусаль, спящие младенцы, вдруг пробудившись, громко заплакали.

Орда же впала в безмолвие. В нутро Пелены ворвался могучий порыв чистого воздуха, открывая взору протянувшиеся до самого горизонта прокажённые массы... и застывшие в напряжённом ожидании белые лица.

У мужей Ордалии не было времени удивляться — его едва хватило, чтобы подняться на ноги. Следом за порождённой ударной волной прозрачностью явилась буря — настоящий ливень из поднятого в воздух песка и мелких камней, забивавший им глотки и коловший глаза. Они одурело трясли головами, издавая хриплые крики и кашель, вытирали носы или хлопали себя по ушам. И всё же один за другим сыны человеческие, с трудом осматриваясь сквозь завесы пыли, видели, что Великая Ордалия, в сущности, осталась невредимой, в то время как Орда тяжело ранена. Князь Инрилил аб Синганджехои поднял взгляд на своего Святого Аспект-Императора, стоявшего в вышине, на ранее облюбованной Копьеносцем площадке, и издал вопль безумного, необузданного торжества.

И все оставшиеся в живых воины Кругораспятия присоединились к нему.

ГЛАВА ШЕСТНАДЦАТАЯ
Инку-Холойнас

> Изведать побои значит возненавидеть храбрецов.
>
> — Божественные Афоризмы,
> МЕМГОВА

Ранняя осень, 20 Год Новой Империи (4132, Год Бивня), Голготтерат

Катаклизм — золотой и ошеломляющий. Бренчание и стук падающих обломков превратились в шипение песчаного ливня.

Потрясённая тишина...

По террасам Забытья, вдоль скалящихся золотыми клыками стен и на выступающих над ними высотах воины Кругораспятия, кашляя, поднимались на ноги и, щурясь, вглядывались в последствия катастрофы. Склонённый Рог, словно бедренная кость, лежал поперёк равнины Шигогли вереницей разобщённых цилиндров — частью смявшихся, а частью удивительным образом оставшихся совершенно невредимыми, — разделённых огромными обручами. При этом лишённые оболочки секции даже теперь, невзирая на случившееся с ними бедствие, размером превосходили высоту гор Окклюзии. Дохлые шранки окружали руины чудовищным клубком спутанных тел, образуя громадную кайму, совершенно лишённую цвета из-за осевшей пыли.

Постепенно приходило понимание.

Крики триумфа прокатились по высотам Голготтерата, в какой-то миг слившись в единый гремящий рёв. Все как один мужи Ордалии обратили взоры к своему Наисвятейшему Аспект-Императору, стоящему на площадке Копьеносца там — в вышине. Голоса их дрожали сразу и от неверия в случившееся, и от обожания. Отвечая им, овеваемый ветром Анасуримбор Келлхус воздел над головой сверкающие хитросплетения Копья.

Исполнившись преклонения, мужи Ордалии ликующе взвыли и зарыдали.

И тут многие из них, задохнувшись от непонимания, увидели камень, летящий вниз вдоль всей протяжённости Высокого Рога. Святой Аспект-Император взглянул вверх...

С шумом и треском столкнувшись с незримыми сферами Оберегов, гранитный булыжник раскололся, разлетевшись увядающим соцветьем обломков. Воины Круговраспятия закричали: некоторые, увидев инхоройский ужас, стремительно падающий с небес, а затем, будто воробей, упорхнувший куда-то; некоторые, увидев, как Аспект-Император отвесно, словно выскользнувшая из срезанного кошелька монета, упал с площадки лишь для того, чтобы раствориться в небытии колдовского света; а некоторые, увидев, как низверглось в пустоту Копьё, потянувшее за собою верёвку, прикреплённую к какому-то металлическому сундуку...

Бормочущий шум пронёсся над огромным блюдом Шигогли — злобный, неразборчивый ропот. Воины Круговраспятия обратили взоры к забитым мерзкими толпами лигам окружающих Голготтерат пустошей — к сим бледным и алчущим миллионам. Звук, подобный стучанью зубов, взвился до самых небес — словно мириады змей загромыхали вдруг своими погремушками. А затем вновь раздалось безумное завывание — похоть, скрученная воедино с ненавистью и голодной яростью и изливающаяся вовне заунывным кошачьим концертом...

Лорды Ордалии изо всех сил ревели, раздавая приказы.

* * *

Изломанный силуэт Голготтерата проступал перед троицей немощных беглецов.

— Поднимайтесь... — прохрипел старый волшебник, с присвистом дыша и размазывая слюну по ладоням и коленям — впрочем, так же как и остальные. Из-за болезненного звона в ушах он едва слышал собственный голос. — Поднимайтесь! Скорее!

На него опустилась тень. Взглянув вверх, он увидел Мимару, загораживающую своим телом окуренный пылью солнечный диск и протягивающую ему руку. Эсменет уже заставила себя подняться на ноги, лицо её было пустым и белым как мел. Старый волшебник схватил беременную девушку за запястье.

Глава шестнадцатая. Инку-Холойнас

Троица беглецов стояла, глядя, как дали постепенно освобождаются от пыли.

— Нам необходимо двигаться дальше... — пробормотал Акхеймион.

Никто из них даже не шевельнулся.

— А это вообще возможно? — безучастно произнесла Эсменет.

Акхеймиону не хватило дыхания, чтобы ответить. Ему едва хватало дыхания, чтобы смотреть и постигать...

В своё время Айенсис удивительно точно подметил, что душа способна всё что угодно сделать символом для чего-то совершенно иного — что все человеческие знаки произвольны. Даже если речь идёт о колдовстве, утверждал он, важны лишь смыслы — значения. Но некоторые символы, как было известно Акхеймиону, неотличимы от их значения. Некоторые символы властвуют над тобой, другие же к чему-то побуждают — и не в силу своего значения, а в силу своего совершенства.

Меч — один из таких символов. Так же как и щит или же Круго-распятие...

Пыль, подобно песку, брошенному в колыхающиеся воды, оседала, открывая взору детали и предметы, кажущиеся голыми из-за контраста между сверкающим на их поверхностях солнцем и сумрачностью воздвигающейся позади них Пелены. Голготтерат лежал перед ними, словно череп какого-то чудовищно громадного зверя, наполовину занесённый песком, так что наружу торчал лишь его огромный рог...

Один Рог.

Адепты Завета много из чего творили себе идолов, ибо дело их всегда было отчаянным, а люди отчаявшиеся всегда стремятся связать свои надежды с чем-то более осязаемым. Но Рога Голготтерата были единственным идолом, пред ликом которого они постоянно молились. Ибо он всегда был там — тень, павшая на изгиб целого мира, зримая краешком каждого взгляда и терзающая всякий пристальный взор вне зависимости от того, был ли он брошен по поводу тривиальному или же эпическому, память об ужасе, ставшая ужасом — зловещий монумент самому себе.

Символ кошмара, сам бывший воплощённым кошмаром — чистым и абсолютным.

И ныне сей идол оказался *сокрушён*...

Это зрелище отняло у него дыхание. Расколовшийся на куски размером с горы, Склонённый Рог лежал на равнине цепочкой бочкообразных руин, сияя золотом в солнечном свете, подобно кучке выброшенных в грязь и растоптанных церемониальных повязок. Глаза его жгло и кололо — дождь из песка. Он почувствовал приступ головокружения, заставивший его пошатнуться — странное побуждение как-то подправить открывавшийся ему вид, изменив положение тела, словно наклон головы или некоторый подъём каким-то образом могли помочь вернуть оба Рога.

Эсменет, поддерживая в нём остатки решимости, сжала его руку. Мимара успокаивающе гладила его по плечу и спине.

Он не мог дышать! Отчего? Он подумал о способе, которым короли-боги Умерау казнили преступников, надевая им на грудь бронзовые обручи, а затем постепенно сдавливая их всё туже, и услышал лишённые слёз рыдания какого-то старика.

— Мы, — начал он лишь для того, чтобы ощутить себя так, словно младенческая ручонка схватила и сжала его голосовые связки.

Как бы отчаянно он ни моргал — песок всё равно колол ему глаза.

Мимара вскрикнула и скорчилась, обхватив свой огромный живот. Он услышал рёв тысяч и тысяч человеческих глоток — Великая Ордалия ликующе завывала.

— Идём! — сказала Эсменет прямо ему в ухо, сострадание в её голосе соперничало с тревогой. — Нам необходимо двигаться дальше!

Но было уже слишком поздно.

* * *

Не только шранков настигла смерть в ходе этого циклопического катаклизма. Никто из шайгекцев и адептов Имперского Сайка, увязших в сражении на южных бастионах Голготтерата, ничего не знал о Копье и той суматохе, что оно вызвало на террасах Забытья. Громада Склонённого Рога, подобно горной вершине, нависала над ними, заслоняя весь обзор. Лишь когда Святой Аспект-Император начал использовать древний инхоройский артефакт, они оторвались от ужасающего зрелища надвигающейся Орды, обратив взоры вверх — к грохоту и треску, вызванному перераспределением простёршихся над ними невероятных напряжений и масс. Генерал Раш Сорпет вместе с великим магистром Темусом Энхору находились на верхней площадке девятой башни, изо всей сил стараясь перекричать постоянно усиливающийся вой Орды. Они одновременно обернулись и сощурились, ибо высоко стоявшее солнце внезапно вспыхнуло на краю необъятного чрева Склонённого Рога. Им почудилось, будто сама земля вдруг взлетела прямо к нему — настолько громадным было сооружение. Дряхлый великий магистр спешно выкрикнул какой-то Оберег, но пользы от него было ничуть не больше, нежели от вскинутых в защитном жесте рук генерала. Золотая поверхность обрушилась на них, замуровав всю жизнь и весь свет в нескончаемом мраке.

Когда Склонённый Рог ударил в само основание Мира, великий магистр Уссилиар был поглощён жесточайшей схваткой в чреве пятой башни. Стены повело. Пыль и обломки посыпались с потолка. Несмотря на то что шрайские рыцари стояли, упираясь плечами в щиты, они тем не менее оказались сбиты с ног. По капризу Шлюхи уршранки быстрее оправились от удара, и к тому времени, когда воины в достаточной мере опомнились и вновь явили свою свирепость, успели учинить в рядах людей ужасающую резню. Шранчий вождь, ростом почти с человека, пускающий слюни и обвитый прикованными к его грубому хауберку железными цепями, яростно атаковал потерявшего равновесие Уссилиара, и до того как грозный магистр, наконец, снёс мерзости голову, сумел пустить ему кровь из бедра.

— На стены! — скомандовал он рыцарям, помогшим ему подняться на ноги после схватки и теперь поддерживающим его.

Не выказывая ни малейшего страха, он поднялся по лестнице навстречу пробивающемуся сквозь завесу пыли дневному свету. Огромный цилиндр Рога, возвышаясь над раскрошенными стенами, возлежал своим чревом на Струпе и чередою разбросанных, сияющих золотом вершин тянулся через блюдо Шигогли. Один из рыцарей его свиты вдруг вскрикнул, увидев скорчившуюся в юго-восточном углу боевой площадки обнажённую молодую женщину, продолжающую дышать, несмотря на изъязвляющие её кожу ужасные ожоги. Недоумевая, люди сгрудились подле неё. Лорд Уссилиар первым упал на колени.

— Принцесса, — осмелившись дотронуться до её плеча, позвал он, — экзальт-магос...

Анасуримбор Серва схватила великого магистра шрайских рыцарей за запястье, а затем, словно подброшенная чьими-то руками, встала. Она взглянула на взметающиеся ввысь золотые изгибы, а затем перевела взор на терзаемые неисчислимыми белокожими мерзостями дали. Неверие сменилось непоколебимой убеждённостью, и шрайские рыцари пали на колени, прижав лица к каменной кладке. Сердца людей в равной мере полнились и ужасом и изумлением, ибо она была облачена в одни лишь страдания. Её когда-то роскошные волосы сгорели до корней, превратившись в подобие опалённого пуха. Её правая рука до кончиков пальцев была изъязвлена ожогами. Оставшиеся нетронутыми пламенем участки её некогда по-орлиному совершенного лица образовывали пятно в форме руки вокруг её глаз и носа. Всё остальное, включая лоб, щёки и рот, покрывали лоскуты растрескавшейся и обожжённой кожи. Лишь её ноги да покрытое волосами проклятье её женственности не пострадали.

— Лорд Уссилиар, — сказала она, голос её каким-то таинственным образом оказался неподвластным возрастающему шуму Орды. — Поставьте в строй всех, кто ещё дышит. Оставьте стены на раненых... Остальные же пусть защищают проломы. Удостоверьтесь, что никто не сможет проникнуть внутрь по развалинам Рога!

С кошачьей грацией она вспрыгнула на парапет.

— Скорее! — с внезапным гневом рявкнула она. — Пока ваш голос ещё слышен!

А затем её глаза и сожжённый рот вспыхнули сверкающим светом, и экзальт-магос Великой Ордалии шагнула в небо.

* * *

В момент Падения Склонённого Рога Немукус Миршоа и его родичи-кишьяти с боем прокладывали себе путь глубоко в недрах Высокой Суоль. Они пробивались через разгромленные коридоры, очищая от врагов вонючие кладовые и длинные бараки, забитые всяким мусором и отбросами. Все до единого они хрипели от напряжения и содрогались от ярости, иззубривая во мраке свои мечи о чёрные железные тесаки. Люди ничего не знали о том, что происходит снаружи, ибо погружённые во тьму залы были переполнены уршранками, свирепость которых с каждым локтем Суоль, уступленным ими людям, всё возрастала. У схватки не было чётко выраженного фронта. Разгром, вызванный первоначальной атакой сифрангов, ещё сильнее усложнил без того лабиринтоподобную планировку внутренних помещений крепости, соединив между собой этажи за счёт обвалившихся потоков и перекрытий, и спутал друг с другом проходы и коридоры, обрушив стены. Более того, им довелось столкнуться с уршранками иной породы — ростом почти с человека, гораздо менее склонными к проявлениям бешеной ярости и полагающимися скорее на выучку и мрачную решимость. Сё были ужасные *инверси*, уршранки-гвардейцы, вооружённые мечами, похищенными из склепов и реликвариев Иштеребинта, облачённые в железные хауберки и несущие щиты с золочёным изображением горящего сверху вниз пламени. Всё больше и больше сынов Айнона сходились в бою с врагами столь же опасными, как и они сами, и даже более смертоносными, учитывая присущую уршранкам выносливость. То, что ранее представляло собой уверенное продвижение вперёд, превратилось в губительное топтание на месте. Урдусу Марсалес, некогда страдавший ожирением палатин Кутапилета, известный своим умением биться громадной, тяжёлой палицей, пал от руки уршранка, вооружённого зачарованным кунуройским клинком — знаменитым Питирилем, разрубившим его щит с такой лёгкостью, словно он был сделан из бумаги. Гринар Халикимм, Священный Свежеватель, знаменитый чемпион шранчьих ям, родом из касты торговцев, также был зарублен древней колдовской реликвией времён куну-инхоройских войн, известной как Исирамулис — старейший из шести мечей-Испепелителей, выкованных, как считалось, самим Эмилидисом.

Смерть закружилась вихрем.

Высокая Суоль, превратившись в бойню, наполнилась криками. Наступающими и давящими сзади массами соплеменников воинов неумолимо влекло вперёд — к чавкающей линии столкновения, где они щека к бороде сталкивались с уршранками, кололи их кинжалами, схватывались врукопашную, убивали их и погибали сами. Миршоа и его родичи, по-прежнему оставаясь впереди, обнаружили, что сражаются теперь на дне колодца, образовавшегося при обрушении сразу пяти этажей крепости. Схватки различной степени напряжённости разворачивались над их головами на каждом из открытых взору уровней, и кишъяти, походившим на упырей из-за размазанной по их лицам белой краски, приходилось терпеть непрерывный дождь метательных снарядов. Из-за брошенного сверху кирпича Миршоа, утративший и шлем и равновесие, потерял правое ухо, отрубленное капитаном *инверси*. Юноша погиб бы, если бы ещё один кирпич не рухнул прямо на существо в тот самый миг, когда оно ринулось к нему, чтобы убить.

А затем пол вдруг ударил в подошвы сапог.

Инку-Холойнас накренился — такова была масса Склонённого Рога. Мертвецы подскочили. Живые упали. С потолка, круша стены, посыпались целые пласты каменной кладки. Не успели Миршоа с братьями подняться на ноги, как очередной толчок — это Склонённый Рог рухнул на равнину Шигогли — вновь бросил их на пол. Крышка колодца обрушилась водопадом смертоносных обломков, без разбора убивающих всех, кому не посчастливилось оказаться у них на пути. Внутрь просочился тусклый солнечный свет. Воины Кругораспятия испуганно вопили и с ужасом ждали новых бедствий. Но облачённые в чёрные доспехи *инверси* видели лишь смешавших ряды людей, оказавшихся в сладостной уязвимости, и с похотью, умащнённой ненавистью, устремились на поражённых страхом сынов Айнона...

Крики и бряцанье оружия, отражаясь эхом от уцелевших стен, наполнили руины Суоль.

Миршоа и его родичи внезапно обнаружили, что теперь сражаются ради спасения собственных жизней. В то время как на террасах Забытья их братья издавали ликующий рёв, сыны Верхнего Айнона, теснимые вдоль коридоров и залов Высокой Суоль, были вынуждены с боем отступать.

Но их не оставили без поддержки. Апперенс Саккарис, великий магистр Завета, осознал важность захвата Внутренних Врат. Как раз в тот миг, когда айнонцы дрогнули под напором ярости и волшебного оружия *инверси*, первый из Наследников Сесватхи ступил внутрь через осиянный солнцем пролом и, вознося колдовскую песнь, начал спускаться по колодцу, сея вокруг себя разрушение и смерть. Пятеро адептов погибли, поражённые хорами. Один из них, до самых костей превратившийся в соль, рухнул на дно колодца, едва не зашибив Миршоа. Но в каждый миг своего спуска к основанию цитадели колдуны терзали и бичевали открытые их ярости помещения Суоль хитросплетениями гностического света и, добравшись, наконец, до самого нижнего этажа, обрушили свои ужасающие Абстракции на гвардейцев-уршранков.

— Отмщение! — взвыл Миршоа своим родичам, коих теперь оставалось лишь несколько десятков. *Инверси* отпрянули от его пляшущего клинка, а затем и вовсе бросились прочь, визжа и стеная, когда тот настигал их. Разразилась свирепая бойня, и среди убитых Миршоа уршранков оказалась мерзкая тварь, ранее сразившая Халикимму и многих других его соотечественников...

И таким образом юноша завладел мечом, звавшимся Исирамулис — Гибельный Горн. Пятеро адептов вместе с Миршоа и его родичами ринулись следом за уршранками, углубляясь в сумрак широкого прохода, словно бы предназначенного для процессий и уже усыпанного множеством обгоревших и разорванных на части мертвецов. Юные воины мчались вперёд, торжествуя и радостно крича: «Суоль пала! Крепость наша!» Но их ликование почти немедленно растворилось в небытии. Внезапно горловина прохода перед ними вспыхнула скользнувшими по грубой кладке стен колдовскими всполохами, а затем пять точек сверхъестественного сияния, за которыми они следовали, вдруг стали четырьмя. Оставшиеся в живых сыны Кишъята остановились, с опаской вглядываясь в темноту. Миршоа сумел разглядеть нечто вроде надетого на слоновью тушу нимилевого хауберка и белую ногу, размером превышающую человеческий рост...

Четыре огонька стали тремя.

Теперь уже адепты Завета устремились в их сторону, спасаясь от того — чем бы оно ни было, — что погасило свет двух их собратьев.

— Бегитеее! — подстегнул криком один из колдунов своих мирских товарищей.

Почти все повиновались, ибо там, где чародей спасается бегством, только дурак посмеет пренебречь опасностью.

Миршоа, однако, остался.

В остаточном сиянии, исходящем от убегающих колдунов, он едва мог видеть хоть что-то, но ему оказалось достаточно лишь возжелать света... и Исирамулис, внезапно вспыхнув, засверкал, вырывая из-под покрова тьмы нечеловеческого противника Миршоа и являя взору юного айнонца все его кошмарные особенности...

Перед ним воздвигался нелюдь-эрратик, ростом по меньшей мере на два локтя выше башрага, облачённый в чудовищные доспехи из мерцающего нимиля, несущий на голове шлем размером с котёл сукновала и обладающий руками, способными баюкать взрослого человека, словно младенца. Своей неожиданной вспышкой Испепелитель ослепил гиганта, позволив Миршоа легко уйти от удара обрушивающейся на него кузнечной наковальни — палицы эрратика. Закружившись в пируэте, юноша выждал момент, когда вес тяжёлого оружия ишроя заставил того слегка пошатнуться, а затем, ринувшись к громадной фигуре, погрузил свой клинок в монструозное лицо нелюдя. Остриё меча, пройдя сквозь скулу, вышло из глазницы врага. Инерция движения гиганта протащила ошеломлённого Миршоа вперёд, вырвав Головню из его руки.

Миршоа заставил себя подняться на ноги и вгляделся в кромешную тьму. Сделав шаг, он споткнулся о лежащий на выщербленных каменных плитах Испепелитель. При его прикосновении по всей длине клинка пробежали отблески яркого пламени. Удерживая меч перед собой, словно факел, он в одиночестве продолжил свой путь по заваленному трупами коридору, двигаясь в направлении Внутренних Врат.

* * *

В отличие от труса Ликаро, Маловеби не был человеком, совершенно чуждым битве. Он умел читать её судорожные ритмы и знал, как легко во время боя благодушие переходит в панику, как вспышки насилия сменяются периодами затишья, во время которых стороны зализывают раны, и как затем всё возвращается на круги своя. «Пьяным батюшкой» метко называл сражение Мемгова, учитывая весь тот поток мелких капризов, наказаний или даров, что оно являет совершенно случайным образом.

Но это...

Он лепетал бы от ужаса, словно идиот, если бы происходящее не представлялось настолько абсурдным. Он давно бы опорожнил кишечник, если бы тот у него оставался.

Только что он наблюдал за тем, как один из Рогов Голготтерата медленно, словно бы двигаясь сквозь воду, рушится на равнину, в катастрофическом катаклизме разваливаясь на куски и давя целые лиги толпящихся там шранков. А в следующий миг он уже болтался на бедре Анасуримбора, взмывая вверх после резкого падения. Скалистая поверхность земли кружилась перед его не способными сфокусироваться глазами — возносящаяся смерть...

Лишь для того, чтобы тут же обнаружить себя низвергающимся, казалось, с самого небесного свода — с такой высоты, что с неё можно было разглядеть всю Окклюзию целиком...

Он падал, будучи совершенно беспомощным, а голова, что являлась его вместилищем, раскачиваясь, плыла по небу. Он заметил второго декапитанта, разглядел его чешуйчатые щёки, железные рога, выступающие из путаницы чёрных волос, и ярко-жёлтые глаза, по которым также невозможно было сказать, принадлежат ли они существу мёртвому или живому, как и по его собственным. А потом он увидел Аспект-Императора — его уложенную и заплетённую бороду и его рот, пылающий словно топка. Выражение лица Келлхуса было абсолютно безмятежным.

Он падал и падал, до тех пор пока не почувствовал себя чем-то вроде плывущего по небу мыльного пузыря — душой, влекомой единственным проклятым волоском...

Лишь для того, чтобы внезапно ощутить, как, яростно дёрнувшись, он прекратил своё падение. Открывающийся ему вид подрагивал и вращался, в то время как они со вторым декапитантом подскакивали на поясе Аспект-Императора, словно привязанные к его талии побрякушки. Взору его теперь открывалась лишь охряная хмарь Пелены.

Крутанувшись из-за внезапного разворота своего похитителя, он оказался вдруг ослеплённым геометрическими устроениями Гнозиса — сверкающими будто лучи полуденного солнца росчерками, описывающими идеальные дуги и ровные линии.

Словно бы пробившись сквозь этот сияющий каскад, перед его взором на миг мелькнула крылатая тень...

Затем они снова падали с какой-то невероятной высоты, а Пелена расплывалась по телу Мира, словно болезненное пятно...

Лишь для того, чтобы, проскочив сквозь ещё один невозможный предел, вновь уткнуться в завесу из охры и извести, на сей раз оказавшись прямо над крылатым чудовищем — существом с кожей, подобной плавающему в толще воды плевку...

Инхорой... с ужасом осознал Маловеби.

И Анасуримбор охотится за ним.

С тех пор как колдун Мбимаю обнаружил свою душу пленённой, ему доводилось обитать среди нескончаемого карнавала легенд, но однако же ни одна другая из них не смогла заставить его оцепенеть так, как эта...

Более не оставалось никаких сомнений в намерениях Анасуримбора Келлхуса.

Чуждая тварь парила над кишащими толпами, поднимаясь или опускаясь с каждым взмахом иззубренных крыльев. Её взгляд с тревожной напряжённостью метался из стороны в сторону, однако лишь Напев Аспект-Императора дал знать отвратительному существу об их присутствии. Вокруг стоял такой рёв, что только колдовские слова — изречения, скользящие где-то вовне Реальности, могли быть услышаны. Тварь перевернулась, точно дёрнутая за проволоку, и Маловеби сперва показалось, будто она слепа, ибо глазницы на громадном продолговатом черепе были затянуты белой бескровной плотью. Затем он увидел мерзкое лицо, проступающее прямо в пасти этого черепа, и блеск чёрных глаз, внезапно воссиявших семантическими интенциями...

Возможно, создание намеревалось нанести удар или же просто хотело укрепить свои Обереги — Маловеби не дано было этого узнать. В этот день он очень мало понимал, о каком колдовстве ему доводится свидетельствовать. В любом случае тварь опоздала. Явившиеся из эфира сверкающие бело-голубые нити по дуге ринулись к существу, вращаясь вокруг незримых осей и обвивая гностические Обереги инхороя спиралями всё возрастающей и возрастающей сложности, постепенно формирующими вокруг него сияющую сферу. Поражённый Маловеби увидел, что инхорой начал вращаться...

Казалось, будто само пространство оказалось обезглавлено, превратившись в нарост пустоты — в нечто такое, что Аспект-Император мог по своему соизволению вращать будто волчок — и за счёт этого повергнуть своего противника, не пробивая ни одного из его Оберегов.

Вращение ускорялось, повороты постепенно становились неистовым вихрем, пока инхорой наконец не превратился в размытое пятно внутри сферы пульсирующего сетчатого света, а его конечности и крылья не оказались простёртыми по сторонам и вывернутыми из суставов в мрачной пародии на Кругораспятие.

Анасуримбор подошёл к этому жуткому зрелищу, а затем чудесным образом шагнул внутрь, разрушая сферу, словно бы замораживая размытые очертания и фиксируя инхороя в гротескной неподвижности...

А затем Аспект-Император швырнул бесчувственное тело на золотую площадку у себя под ногами.

Казалось, всё сущее было блистающим золотом — парящими полированными плоскостями, отражающими солнечный свет. Мгновением спустя Маловеби со всей ясностью понял, где они находятся.

Нет...

Пелена поглотила Высокий Рог.

* * *

Сиксвару Марагул, умерийский книжник времён Ранней Древности из Школы Сохонк, дал им это имя, исказив название, услышанное от своих наставников-сику, — Оскал. Ужасающие Внутренние Врата, земной порог Инку-Холойнаса.

Миршоа, привлечённый исходящими от его меча отблесками света, скользящими по поверхности, оказавшейся золотой шкурой Ковчега, вошёл в огромный зал. Глубокая пропасть примерно пятидесяти локтей шириной отделяла Инку-Холойнаса от выложенного грубо обтёсанными булыжниками пола Суоль. Он остановился перед мостом — чёрный камень поверх сияющей неземным золотом балки, — не решаясь ступить на него, чем спас свою жизнь от разящего возмездия вложенных внутрь полотна, словно свёрнутые пружины, смертоносных Оберегов.

Неземной металл Ковчега уходил вниз и устремлялся вверх далеко за пределы отблесков света. Но если всюду золотая оболочка следовала гладким, как юная кожа, изгибам — здесь она была выгнута и пробита. Вертикальная прореха высотой с башню Багряных Шпилей под углом рассекала корпус Ковчега. Кладка из чёрных каменных глыб, столь же циклопических, как всюду в Голготтерате, целиком закрывала дыру, образуя грубую, в сравнении с неувядающе-вечной полировкой оболочки, поверхность.

Внутренние Врата воздвигались в центре каменной кладки. Отверстые.

Исходящая изнутри вонь была почти осязаемой — столь резкой, столь чуждой, настолько гнилостной, что, казалось, так может пахнуть разве что его желудок. Прикрыв рот, Миршоа кашлянул, всматриваясь в чёрный как смоль зев Внутренних Врат. Ликование, точно кровь, вытекло из него, сменившись ужасом. Решимость юношей — вещь переменчивая и абстрактная из-за недостатка у них по-настоящему сурового опыта, и посему она эфемерна, как всякая прихоть или причуда. Он бросился на штурм Высокой Суоль... но ради чего? Чтобы воодушевить своих братьев. Выполнить священный долг. Спасти свою погрязшую в злодействах душу...

И да — чтобы стать первым.

Первым бросить взгляд на Внутренние Врата.

Первым ворваться в Ковчег.

Возможные последствия не беспокоили его, поскольку он, подобно многим юношам, инстинктивно понимал, что совершённые поступки зачастую необратимы, и знал, что просто делать что-либо — хоть что-то — иногда бывает достаточно, дабы избавить человека от трусости и превратить славу и мужество в его единственных спутников.

Но теперь он пребывал в замешательстве... лишившийся щита и сжимающий волшебный меч, терзаемый страхом и нерешительностью.

Что ждёт его там — внутри Инку-Холойнаса? Какие искажения чувств и извращения разума?

Он подумал об омерзительных грехах, совершённых им под воздействием Мяса, о злодеяниях против человеческой благопристойности и божественных установлений. Он подумал о своём проклятии и, вздрогнув от чудовищного отвращения, сморгнул слёзы...

Перемещающийся, снующий туда-сюда скрип донёсся сквозь чёрный портал.

Знатный юноша едва не подпрыгнул. Но с гаснущей вспышкой тревоги к нему вернулась прежняя ярость, унёсшая прочь всякий страх.

— И они трясутся в своих жалких норах! — воскликнул он, цитируя из-за нехватки собственных слов строки Священного Писания. — Ибо слышат, как под поступью Суждения стонут пласты самого Творения!

Он стоял, высоко воздев Исирамулис и всматриваясь в клубящуюся меж железных створок темноту...

Дыша...

Дивясь умерийским рунам, вырезанным на обрамляющих портал каменных глыбах.

Чудовищное рыло возникло из пустоты, за ним последовали челюсти размером с лодку и подобные сверкающим изумрудам глаза — бусины, сияющие из-под увенчанных рогами гребней, заменяющих зверю брови.

Враку.

Миршоа потрясённо застыл.

Блестящая чёрная голова с беззвучной змеиной грацией поднялась выше, являя гриву из белых шипов, длинных, как копья, и питонью шею толщиной с туловище мастодонта. Чудовище взвилось до высоты корабельной мачты, а затем сделало стремительный выпад, откинув голову назад и издавая кошачье шипение. Пламя ринулось через мост, охватив перепуганного насмерть юношу.

Однако стена огня прокатилась над и вокруг Миршоа, показавшись ему не более чем тёплым ветерком. Юный кишъяти, крича от удивления и ужаса, стоял совершенно невредимый, хотя камень под его ногами треснул, защёлкав, словно суставы живого существа.

Громадный враку вновь воздвигся, всей своей статью высясь над мостом. Объявшая чудовище ярость окрасила багровой каймой обсидианово-чёрные щиты чешуи на его шее. Шипы поднялись над величавой короной, застучав, словно железные прутья. Обнажив зубы, с которых сочилась дымящаяся слюна, оно ухмыльнулось. Миршоа решил, что сейчас оно яростно взревёт, но вместо этого существо заговорило...

— ***Аунгаол паут мюварьеси...***

Нобиль-кишъяти, который едва мог поверить, что всё ещё жив, засмеялся словно подросток, оставшийся невредимым после грозящего верной смертью падения. Анагке благоволит к нему!

Он слышал крики родичей, разносящиеся гулким эхом по коридорам позади него.

— Сё добродетель! — проревел он Зверю. — Лишь нечестивцам суждено гореть в день сей!

Зловещий враку разглядывал его, стоящего с раскалённым Исирамулисом в руке, и постепенно всё выше и выше вздымался на фоне золотой оболочки Ковчега, становясь при этом столь огромным, что тело юноши, спасовав под тонкой скорлупой его бравады, затряслось, ибо там, где душа надеется, тело знает...

— Ибо они слышат, как под поступью Суждения! — воскликнул Миршоа с вызовом, исполненным неповиновения и готовых излиться слёз. — Как под поступью Суждения стонет...

Оно нанесло удар словно кобра, в мановение ока обрушившись на Миршоа, как молот, и стиснув пасть на теле злополучного юноши — ибо лишь её он и видел перед самым концом. Помедлив не более сердцебиения, чего хватило, чтобы лодыжки и правое предплечье Миршоа шлёпнулись на булыжники, оно, так же быстро, как до этого и ударило, втянулось обратно в пустоту Внутренних Врат. И исчезло...

Скутула Чёрный.

Червь-Тиран. Крылатый Пожар. Ненасытный страж Оскаленной Пасти.

Хранитель Внутренних Врат.

* * *

У страдания есть собственные пути. Оно способно, скатав затаившуюся душу в крохотный шарик, заменить собою весь Мир. Или же, проколов пузырь и надорвав оболочку, может выплеснуть душу, как краску, прямиком на шипастый хребет Реальности.

— Бегите! — кричит старый волшебник.

Он обезумел от ужаса; Мимара же — нет.

— Сделай же *что-нибудь*! — визжит её мать, перекрикивая всё усиливающийся вой.

То, что должно принадлежать ей, теперь отвергает её, а то, что должно отвергать, ныне принадлежит ей. Империя её тела распалась, обвивая её непослушными конечностями, словно бунтующими провинциями. И в то же самое время всё вокруг — скалящиеся золотыми зубцами укрепления, вздымающиеся одна за другой ступени Забытья и даже чуждая чудовищность Воздетого Рога — жгутся и покалывают, словно являются продолжением её собственной кожи... пока ей не начинает казаться, будто она простёрлась ныне на всё Творение...

Мимара, устремляющаяся от Мимары к Мимаре.

— Выбрось свои чёртовы безделушки! — рычит старик. — Дай мне возможность спасти нас!

Она видит на равнине скопища шранков, извивающихся словно личинки, снующие по земле-что-есть-мясо. Но взгляд её уносится прочь, скользя вдоль воспаряющего в небо уцелевшего Рога, нежно поблёскивающего в солнечном свете. Медленно, женственно и изящно она укутывается Пеленой, скрывая свою грациозную необъятность, ибо она по-прежнему остаётся той, кем была всегда — застенчивой шлюхой.

Как всегда, прекрасной на вид.

Она смотрит вниз на трёх отчаявшихся человечков, таких же маленьких, как жучки, куда-то спешащие по полу храма.

Меньшая Мимара кричит, обхватывая свою горящую, судорожно сжимающуюся, визжащую утробу. Внутри неё пульсирует жизнь, и потому её тело задыхается и бьётся в конвульсиях.

А Мимара бо́льшая беседует с Богом, как Бог.

* * *

Маловеби наблюдал за тем, как Пелена поглощает пустоту, бывшую светом, принося зловонную тьму и хмарь. Окружающая их бездна исчезла, оставив лишь небольшую площадку, выступающую из простирающейся во всех направлениях бесконечной вертикальной плоскости. Облегчение, которое испытал Маловеби при упрощении геометрического буйства до простых и понятных линий, оказалось сведено на нет вспышкой ужаса. Они находились на Бдении — площадке, расположенной высоко на восточном фасе Воздетого Рога и являющейся, как утверждали древние поэты, чем-то вроде открытой веранды Золотого Зала...

Сокровеннейшего святилища Нечестивого Консульта.

Во всяком случае, прямо перед ним виднелись запертые врата. В зеркальную золотую оболочку была вставлена грубая железная плита — достаточно высокая, чтобы крючья на крыльях инхороя могли свободно пройти в проём, и достаточно широкая для того, чтобы два человека могли встать в нём в ряд. С мирской точки зрения она представлялась достаточно скромной, однако же в метафизическом отношении Маловеби, хоть и с некоторым трудом, увидел в ней нечто более монументальное. Метка портала словно бы кипела, указывая на могущественные Обереги — колдовство, вложенное в саму сущность железа и фрактальной паутиной расходящееся по изгибам Рога.

Скрючившаяся инхройская мерзость без чувств лежала у ног Аспект-Императора, отвратные крылья были сложены, напоминая руки молящегося, чёрные вены пульсировали под по-медузьи прозрачной кожей, мембраны трепетали. Анасуримбор перешагнул через могучую фигуру и наступил правым сапогом на крылья твари. Маловеби болтался чересчур близко к бессознательному телу и даже не успел понять, что Аспект-Император вытащил меч, как вдруг оба крыла инхороя уже оказались отсечены.

Тварь с ужасным криком очнулась, оставив эмбриональную позу и выгнувшись мучительной дугой.

Аспект-Император сделал шаг назад за пределы досягаемости существа. Открывающаяся взору Маловеби мрачная перспектива подпрыгнула и замоталась из стороны в сторону, поочерёдно являя его взору то пустоту, то взмывающие ввысь конструкции Рога. Мрак и безвестность оживили зеркальную полировку чередою мутных, размытых пятен. Инхорой корчился на площадке, суча ногами и разбавляя жутким воем доносящийся со всех сторон лай Орды. Постепенно тварь, казалось, начала оправляться и, наконец, поскуливающе дыша, поднялась и преклонила колени перед победителем. Лицо, вложенное в челюсти бо́льшего черепа, обратилось вверх — блестящее от слизи и попеременно искажаемое то скукой, то гримасой страдания...

Перед ними Ауранг, понял адепт Мбимаю, Военачальник Полчища, столь поносимый древними норсирайскими авторами Священных Саг.

— Я буду любить тебя... — выдохнуло оно.

И Маловеби узрел растущее очарование этого несчастного и жалкого лица, проступающее на нём обетование нежности. Стреноженная фигура существа, всего несколькими мгновениями ранее представлявшаяся отталкивающей из-за намёка на поразившую её бледную гниль, внезапно начала источать плотскую красоту и великолепие. То, что недавно было мерзкой слизью, стало маслянистым посулом вязкого, скользящего соединения. Маловеби заметил, как висящий член создания начал набухать, поднимаясь вдоль бедра... и это не казалось ему отталкивающим или же неприятным.

Во всяком случае, пойманный им взгляд инхороя наполнил его любопытством, одновременно представлявшим собою нечто вроде тягостного желания — невинной жажды знать, а также одарил головокружительной надеждой на освобождение...

— Открой Врата, — ответил Анасуримбор.

— Я буду преклоняться перед тобой! — ахнуло оно. Образы страстного проникновения и напротив — нанизывания промчались перед глазами его души.

— Открой Врата сейчас же, или присоединишься к своей Орде — там, внизу.

Оно встало так же прямо, как и его фаллос, и, воздвигнувшись над Аспект-Императором, усмехнулось, словно бы уступая своему нечеловеческому пылу и поддаваясь плотским желаниям. Даже не имея рук, Маловеби ощутил острое желание коснуться и сжать член создания, дабы удовлетворить его столь непомерно проявившие себя потребности.

А затем оно повернулось к Вратам, открыв взору адепта Мбимаю ужасающе выглядящие обрубки над своими плечами.

И тогда основа охватившего Маловеби непристойного безумия оказалась разбитой.

Он ощутил фантомное шевеление внутренностей — позывы к тошноте, наполнившие его отвращением. Существо околдовало его, понял он, вскрыв его душу, словно замок, при помощи каких-то распутных и гадких чар.

Маловеби призвал чуму на голову Ликаро и всех его родственников.

Чуждая мерзость провела когтями по железной преграде, опустив при этом свой продолговатый череп, дабы что-то пробормотать. Какое-то подобие смолы сочилось из обрубков на его спине, пятная зад. Энергия запульсировала по всей гигантской системе магических Оберегов — эфирное сердцебиение.

Погружённый во мрак Мир завывал. Железный монолит беззвучно скользнул влево.

Врата отворились.

Высота Бдения была такова, что его невозможно было полностью лишить солнца. Свет сочился в прямоугольную пасть, открывая взору глубины, простирающиеся за каменным обрамлением — укутанные в сумрак скошенные золотые поверхности и более ничего.

Инку-Холойнас...

Ковчег Апокалипсиса!

Инхорой пал на одно колено, его непотребная жизнь вытекала из корней обрубленных крыльев. Лицо, притаившееся в огромной оскаленной пасти, отвернулось от тьмы, клубящейся в глотке разверстого портала.

— Спаси меня, Анасуримбор, — прохрипело оно сквозь слизь и шелест тростников, — и я покажу тебе, как побороть... Смерть... и Проклятие...

— Побороть? — спросил в ответ Святой Аспект-Император. — Ты обретший плоть кошмар Преисподней, ставший ужасом этого Мира. Ад давно поборол тебя — причём всеми возможными способами.

Щелчки, видимо представляющие собою нутряной смех. Молочно-серые мембраны заволокли глаза существа маслом и обсидианом.

— Ты будешь истекать кровью, — просипело чудовище, — такова будет тягость... и сила...

Маловеби не видел своего пленителя и потому не знал в точности, что произошло. Он лишь узрел, как окутанный Пеленой Мир вдруг дёрнулся куда-то, словно подвешенный на верёвке, Бдение и Рог заскакали перед его глазами, очутившись на самом краю поля зрения, а когда всё успокоилось, Святой Аспект-Император уже стоял на этих продуваемых всеми ветрами высотах совершенно один.

Он услышал затихающий визг, вопль чуждого существа, заглушаемый гораздо более могучим рёвом Орды.

Ауранга, древнего и злобного Военачальника Полчища Мог-Фарау, не стало.

* * *

Только не так...

Хотя ему и пришла в голову эта мысль, Акхеймион тем не менее понимал, что это была именно та участь, которую Анагке уготовала им. Ибо вся его жизнь была не чем иным, как бесконечным преодолением.

Маршем смерти, что было угодно учинить Шлюхе.

Мимара, решил он, оказалась обманутой чудовищной необъятностью Голготтерата — какое ещё может быть объяснение? Рог целиком заслонял Небеса — невозможная громада. Златозубые стены были наполовину выше укреплений, окружавших Момемн. Она глянула на всё это и, будучи несколько не в себе из-за тяжести своих материнских трудов, решила, что они находятся гораздо ближе к безопасному прибежищу Великой Ордалии, нежели они в действительности были — достаточно близко, чтобы успеть достичь ближайшей бреши до того, как с юга нахлынут шранчьи полчища.

Однако в настоящий момент Пелена уже поглотила Высокий Рог, а первые шранки карабкались на развалины Коррунц, и ещё больше тварей — гораздо, гораздо больше — устремлялось следом. Настоящий потоп тощих мчался сквозь пустоши. Невероятные множества шранков, выглядящих более звероподобно, нежели ему когда-либо ранее доводилось видеть, казалось, вознамерились заполонить собою всё Пепелище без остатка.

Они, все втроём, продолжали бежать, несмотря на очевидную бессмысленность этих усилий. В боках у каждого кололо, одышка обжигала им глотки, а конечности онемели, будто холодная глина. Они более не слышали друг друга, не считая слов, выкрикнутых прямо в приложенные к уху ладони. И, бросая взгляд на Мимару, старый волшебник всякий раз испытывал ужас — то, как она брела, шатаясь под тяжестью своего огромного живота, то, как блестели от слёз её щёки, то, как от непрерывных мучений она морщила брови, а рот её постоянно округлялся от неслышимых криков.

И всё же они продолжали ковылять вперёд. Старый волшебник поражался её упрямству, граничащему с настоящим безумием! Анасуримбор Мимара, казалось, готова была с радостью швырнуть всех троих — или четверых? — беглецов прямо в пасть неизбежной смерти! Да она была готова скорее затащить его в Преисподние, нежели прислушаться к нему!

Тощие десятками тысяч уже заполнили полоску земли, лежащую между ними и Голготтератом. Пелена поглотила белый шип солнечного света, воздвигшись перед ними, словно бесконечно разбухающая череда фантомных скал — призрачные отроги высотой до самого неба, всё продолжающие и продолжающие расти до тех пор, пока Воздетый Рог превратился не более чем в смутный силуэт, оставшийся единственным ориентиром. Избавленные от беспокоящего их яркого света, первые шранки тут же заметили их, и буквально через несколько мгновений вся Орда целиком — или во всяком случае та её часть, что они могли видеть — ринулась прямо к ним.

— Упёртая девка! — крикнул Мимаре Акхеймион. — Ты убила нас всех!

Но он и сам себя не слышал.

Эсменет рыдала, отвернув лицо от безумного зрелища, Акхеймион же, напротив, застыл, будучи неспособным отвести от врагов взгляда — собачьи движения, бешено дёргающиеся бледные конечности, нескончаемая череда белых лиц, совершенная красота, изуродованная выражением полоумной похоти и неистовой ярости. Орда обрушилась на них. Каждая беснующаяся фигура напоминала нечто вроде мчащегося во время камнепада обломка — смертельно опасного и как сам по себе, и как часть монументального множества...

И тем не менее они по-прежнему ковыляли вперёд.

В самый водоворот.

Акхеймион практически швырнул Мимару в руки Эсменет, возвысив голос в мистической песне ещё до того, как эти двое рухнули в пыль. Беснующиеся белёсые тела тощих распластались по внешним пределам его зарождающихся Оберегов, а неудержимый вал надвигающихся сзади сородичей попросту расплющил тварей о его защиту. Скрежещущие зубы. Молотящие бёдра. Царапающие и кромсающие Обереги конечности и оружие. Благословенная императрица Трёх Морей сидела в пыли, обхватив ногами свою раздираемую муками дочь, и разражалась рыданиями при каждом взгляде на творящееся вокруг безумие.

Пелена охватила их.

За какие-то мгновения тощие полностью поглотили магическую полусферу, и они погрузились во мрак более непроглядный и ужасающий, нежели любой другой на их веку. Это нападение было несравнимо кошмарнее того, что им довелось пережить в Куниюрии. Старый волшебник пел навзрыд, зная, что это всего лишь вопрос времени — когда его колдовская сила иссякнет или же кто-то из тощих, имеющих при себе хору, просто прорвётся к ним прямо сквозь Обереги. Семантический накал его заклинаний заливал всё вокруг — от мешанины шранчьих фаллосов до округлости Мимариного живота — жутким, стирающим все различия светом. Он ударил Напевом по кишащим вокруг безумцам, сбросив их со своих Оберегов, словно намокшие листья. Он возжёг их плоть, превратив тварей в извивающиеся свечи. Он расчертил занятые ими пространства линиями гностического света, оставив лежать на земле расчленённые и подёргивающиеся тела. Но всё больше и больше существ, волнами вздымаясь над пузырящимися кипящим жиром и дымящимися трупами, бросались на его Обереги всё с той же бешеной яростью.

Эсменет опустила подбородок к Мимариному плечу и теперь вместе с дочерью раскачивалась взад-вперёд, прижавшись щекою к её щеке. Слёзы прочертили дорожки в покрывающей их лица пыли, нарисовав возле глаз похожие на чёрные деревья узоры. Не переставая петь, Друз Акхеймион взглянул на них и увидел весь их ужас, притуплённый, как он понял, осознанием факта, что, в сущности, это не такая уж мерзкая вещь...

Умереть в объятиях тех, кого любишь.

Он прервал свой Напев и, упав на колени, заключил их в объятия. Мимара сжала его руку. Эсменет обхватила ладонями его седые щёки. Шранки, перепрыгивая через своих дымящихся сородичей, бросались на его Обереги, и каждая новая мерзкая фигура похищала очередной кусочек мутного света. Тьма объяла их. Акхеймион уткнулся лицом в их волосы и закрыл глаза, с лёгкостью выдоха отпуская последние остатки сожаления и обиды, ещё остававшиеся в его душе... И, глубоко вдохнув, вобрал в себя союз любви и смирения.

Плача от благодарности.

За Эсменет. За Мимару.

За то, что хотя бы эти двое верили... и прощали.

Я достаточно долго трудился.

Орда взвыла.

Явившийся свет был достаточно ярким, чтобы воссиять прямо сквозь закрытые веки. Он открыл глаза и, моргая, прикрылся ладонью от ослепительного блеска. Сощурившись, он увидел её — парящую среди колышущейся хмари Пелены девушку, одетую лишь в пузыри от ожогов и изъязвлённую кожу; девушку, возносящую гностические Напевы, непохожие ни на один из известных ему. Его облепленные тварями Обереги оказались очищены, а впереди расстилалась широкая полоса, свободная от бесноватого буйства — нечто вроде призрачной дороги, проложенной прямо среди выпуклых луковичных торсов и торчащих конечностей.

— **Бегите**! — прогремел её голос через всё Сущее.

* * *

Кричать, когда ты что-то видишь, — то же самое, что бить дубиной, когда ты что-либо делаешь, — просто иной способ действовать. Днями напролёт он болтался на поясе Аспект-Императора, и, хотя его бессилие для бытия столь насыщенного было совершенно невероятным, Маловеби, тем не менее, не мог не кричать. Он неоднократно восставал против бескомпромиссной и неумолимой манеры действий Анасуримбора, но никогда ранее не противоречил ему столь яростно, как сейчас, на площадке Бдения.

Это наживка! — вопил он в безмолвии своего плена. — *Консульт заманивает тебя!*

Ауранг был мёртв, а Врата распахнуты.

Ликаро непременно заплатит за это.

Аспект-Император задержался на краю платформы, выпевая колдовские устроения, которые колдун Мбимаю оказался неспособным постичь, предположив, однако, что это были Метагностические Обереги.

Ты уже победил в этом Споре, Анасуримбор!

Хотя Маловеби и знал, что не обладает телом, некая часть его души вновь отказалась соглашаться с этим знанием. Даже сейчас эта часть пинала и царапала заключающее его в себе небытие.

Я знаю — ты слышишь меня! К чему ещё таскать меня на бедре?!

Казалось, сама пустота теперь мечется вокруг них — провалы и высоты затерялись в безвестности Пелены. Обгоревшая шкура Рога поблёскивала сквозь дымку, кажущаяся для брошенного вдаль взгляда воистину бесконечной — простирающейся на всю сумму Творения.

Аспект-Император шагнул к порогу. Казалось, что они сейчас смотрят во чрево какой-то ямы, а не в коридор — в какие-то бездонные и ужасающие глубины.

Нееет! — взвыл Маловеби. — *Это же глупо! И ты сам понимаешь насколько!*

Зеркально чёрный, словно обсидиановый, пол простирался во мраке. Стены на протяжении первых нескольких локтей были сложены из прямоугольных каменных блоков. Они взметались ввысь, поддерживая каменные перемычки, также прямоугольные. Но далее внутреннее пространство становилось золотым и на три четверти развёрнутым — с переборками, выступающими под острыми и тупыми углами, с полом, являющимся подобием внутреннего бортового ската опрокинувшегося судна.

Ты бросаешь счётные палочки на сам Апокалипсис! На конец всего!

Глава шестнадцатая. Инку-Холойнас

И тогда случилось невозможное — Анасуримбор положил ладонь и пальцы на щёку декапитанта. Пленённый адепт едва почувствовал это прикосновение, но сумел ощутить его, ибо оно по-прежнему вызывало у него приступы ужаса и тоски.

— Не тревожься, Извази, — сказал Святой Аспект-Император — *сказал ему*, — я — гораздо бо́льшая тайна.

Нечто, подобное скользнувшей в пучине вод каракатице, мелькнуло среди тусклых переливов — там, в глубине зала.

— И ступаю путём Причинности.

А затем Второй Негоциант Маловеби оказался внутри Ковчега, полного ужасов.

ГЛАВА СЕМНАДЦАТАЯ

Воздетый Рог

> Чем изощрённее Ложь, тем больше она являет форму Истины и тем больше обнажает истину Истины. Посему не опасайтесь чужих Писаний. Глубоко испивайте из Чаши Лжи, ибо Чаша сия допьяна напоит вас Истиной.
>
> — *Сорок четыре Послания*, ЭКИАНН I

Ранняя осень, 20 Год Новой Империи (4132, Год Бивня), Голготтерат

Гораздо больше душ погибло в межплеменных войнах, последовавших за битвой на реке Кийют, нежели в самом легендарном сражении. Бесконечные стычки, голод и нищета едва не привели Народ Войны на грань исчезновения. По всей Священной Степи старые матери открыто проклинали тех, кто нёс на себе свежие свазонды, называя этих людей фа'балукитами — жирующими на Несчастье. А затем из дымов Каратай явился Найюр урс Скиота, одинокий утемот, от щёк до ногтей на пальцах ног иссечённый шрамами, несущий больше свазондов, нежели любой воин Народа — как в прошлом, так и в настоящем. Принадлежащая ему «норсирайская наложница» не только не стала пятном на его чести, но, напротив, лишь добавила его образу таинственности. Она — дщерь Локунга, утверждал он, и никто не осмелился возразить ему. Старые матери стали называть её Салма'локу — именем кошмара из легенд Народа Войны. По ветру носились слухи — рассказы, полные скандальных и позорных подробностей о жизни Найюра, но истории эти в гораздо большей сте-

Глава семнадцатая. Воздетый Рог

пени бросали тень на самих рассказчиков, нежели на людей, о которых велась речь. Начать с того, что утемоты оказались теперь рассеянными по всем уголкам Великой Степи. Что важнее, этот человек представлял собой подлинное воплощение Старой Чести — воина, разившего врагов при Зиркирте, сумевшего уцелеть при Кийюте, и, не увидев способа помочь возрождению Народа, отправившегося вовне, чтобы, купаясь в крови чужаков, биться в войнах королей За Чертой...

Ещё большее значение имело то, что, как утверждали в рассказах о Ненавистной Битве памятливцы, именно он оказался единственным вождём, осмелившимся возразить Ксуннуриту Проклятому. И теперь *он вернулся*, неся на своей коже и в своих венах хрипы сотен смертей и заявляя при этом, что *Люди Войны — один Народ. Найюр урс Скиота*...

Жесточайший из людей.

Некоторые говорили, что он захватил Степь в один день, и, хотя всё было не совсем так, это утверждение близко к истине, ибо никто из противостоявших ему не обладал даже толикой его воли, не говоря уж о его хитрости или авторитете. В разгар одного напоённого свирепой яростью лета он раздавил всех, кто находил для себя преимущества в братоубийственных войнах, истребив при этом лишь тех, чья смерть была совершенно необходимой. Кровь Народа чересчур священна, чтобы бездумно растрачивать её, сказал он. Он распределил вдов среди могущественнейших воинов и отдал в рабство бесплодных женщин. Буря грядёт, говорил он, и Народу понадобятся все его сыновья.

Как же будут ликовать старые матери. Они будут рыдать от счастья, что им была уготована честь прожить достаточно долго и узреть его Пришествие. Они будут кланяться ему и, обнажая землю, рвать травы у его ног — дабы показать, что Степь и сей человек суть одно. Человек, которого они стали звать Вренкусом...

Искупителем.

Варварским отражением его заклятого врага.

* * *

Душа, подобно телу, знает, как съёживаться и сжиматься, как укрываться внутри самой себя, оберегая самое уязвимое и драгоценное. И, как и тело, надёжнее всего она стремится спрятать лицо. И посему, когда тащившая свою дочь Анасуримбор Эсменет, внезапно поскользнувшись, споткнулась, свободной рукой она в этот миг прикрывала собственное лицо. Её неспособность свидетельствовать происходящее превратилась в неспособность раскрыться — столь кошмарным ныне стал её мир.

Трупы... выпотрошенные и сожжённые, искромсанные и изувеченные, болезненно-бледные и прекрасные лица, глаза — тёмные и бездонные омуты размером с медные монетки, — уставившиеся в грязь или на рассечённую плоть или просто взирающие в никуда сквозь безразличный ко всему лик Сущего.

Трупы... подёргивающиеся, будто рыба, вываленная в доках на доски.

А там, по ту сторону истерзанных Оберегов, — вздымающиеся, накатывающие со всех сторон бесконечные тысячи, беззвучно завывающие, размахивающие оружием, а затем погибающие в смещении раскалённых плоскостей, становящиеся лишь сверкающими и плавящимися силуэтами, резко оседающими или же отлетающими прочь.

И она делала шаг, находила опору, а затем волочила свою ношу, находила опору и волочила. Она была матерью, и её дочь была единственным, что имело значение.

Её дочь — та ноша, что она волочила по трупам. Ту же дочь, что сейчас парила над ними, она не узнала.

Она делала шаг и искала опору, её обутая в сандалию нога при этом иногда погружалась в груду тел по колено. А затем она подтаскивала свою измученную дочь, волоча её вперёд, всегда вперёд.

До тех пор пока какая-то предательская её Часть не прошептала: *Я знаю этих зверей...*

Ибо она отталкивала их прочь всей целостностью своей жизни, их голод был звериным, как и их суждение... Они были вещами — голыми и подёргивающимися.

Позволив Мимариной руке соскользнуть, она прижала обе свои ладони к лицу, для того лишь, чтобы, потеряв опору, рухнуть прямо в чудовищную мешанину мёртвых тел. Если она и кричала — никто не слышал. Она провалилась в гнездовище скользкой наготы, безуспешно пытаясь ухватится за влажную кожу, и, в конце концов, начала брыкаться от ужаса и замешательства.

Ты помнишь это...

Её визг был оглушительным.

* * *

Голготтерат превратился в остров, окружённый бушующим внутренним морем.

Орда обрушилась на его западные подступы, однако же большая часть потопа хлынула на юг, где, уткнувшись в руины Склонён-

Глава семнадцатая. Воздетый Рог

ного Рога, иссякла до тонкой струйки из-за необходимости либо перебраться через усыпанные гигантскими золотыми обломками пустоши, либо вовсе обойти их. В результате всё больше и больше кланов устремлялось на север, огибая Голготтерат до тех пор, пока нечестивая крепость и находящаяся внутри неё Великая Ордалия не оказались полностью окружёнными.

Измученные воины Кругораспятия, продолжавшие осаждать укрепления врага, сами оказались в осаде. Все оставшиеся в живых сыны Верхнего Айнона были либо привлечены к обороне охваченных бурлящим морем внешних стен, либо выведены в резерв, чтобы кто-нибудь из них не дрогнул. Оставшиеся башни были очищены от уршранков и обеспечены гарнизоном. В брешах были воздвигнуты стены щитов, причём во многих случаях фаланги в глубину достигали десятков рядов.

Рыцари Бивня защищали самый южный пролом — глотку рухнувшего Склонённого Рога. Громадная, удивительным образом уцелевшая, хотя и треснувшая цилиндрическая секция лежала на скалах. Сквозь её внутренний проём открывался вид на горный хребет, состоящий из кусков расколовшегося золотого исполина, или, во всяком случае, на ту его часть, что позволяла разглядеть Пелена. Облачённые в железные кольчуги рыцари стояли в одном шаге от края секции и, сомкнув свои украшенные Бивнем и Кругораспятием щиты, кололи копьями и пронзали мечами нескончаемый вал нечеловеческих лиц, перехлёстывающийся через кромку цилиндра. Внутренние переборки секции грудой развалин лежали позади них. При этом, как оказалось, под ударом низвергшегося Рога склоны замеились множеством трещин, образовав проходы под сегментом, лежащим противоположной своей стороной на руинах внешних стен Голготтерата. Если бы не предусмотрительность великого магистра, на всякий случай разместившего внутри этих полостей сторожевые пикеты, шрайские рыцари были бы обречены. Как бы то ни было, эти пикеты быстро оказались уничтоженными, однако с десяток оставшихся в живых воинов сумели взобраться на внутреннюю поверхность цилиндра более чем в ста пятидесяти локтях позади и выше того места, где были развёрнуты силы лорда Уссилиара. Они вопили, размахивали руками, швыряли в сторону строя шрайских рыцарей разного рода обломки и мусор, но тем не менее в этом титаническом шуме и грохоте оказались неспособными привлечь внимание никого из своих братьев. И лишь когда они начали бросаться навстречу смерти, лорд Уссилиар, наконец, заметил их и осознал нависшую над всеми ними угрозу. Повинуясь сигналам-касаниям, задние ряды развернулись, образовав строй в форме черепахи, состоящей из тысяч могучих воинов. На этот панцирь тут же обрушилась лавина обломков и метательных снарядов. Из кавернозных пустот, сливаясь в бурлящие потоки, вырвались толпы шранков. Опустившись на колени, Рыцари Бивня подпёрли щиты плечами и заклинили их мечами, образовав тем самым нечто вроде импровизированного бастиона, и начали колоть вопящих и беснующихся врагов своими длинными кепалорскими ножами. Но и щиты раскалывались, а руки ломались, и всё больше и больше беснующихся тварей врывались внутрь строя, создавая тут и там островки яростных рукопашных схваток. Люди, горбясь во мраке и тесноте, издавали крики, которых они и сами не слышали. Многие уже бормотали то, что им представлялось их последними проклятиями и молитвами, когда меж стыков щитов они увидели многоцветье рассыпающихся огней. Рыцарей Бивня спасли адепты Имперского Сайка — некогда ненавистнейшие из их врагов. Оставив кромку цилиндра, воины начали пробивать себе путь сквозь руины вглубь гигантской секции, взирая на то, как колдуны превращают поверхность огромного обруча за их спинами в огненный котёл.

* * *

Око Судии встаёт на колени меж влажной кожей и обугленными телами и смотрит вверх...

Видя, как изящный сифранг, заливающий землю дождём из смерти, парит высоко, как само будущее, — ведьма, насквозь пропитанная огнями своего проклятия и несущая на теле ожоги поверх ожогов.

Оно оборачивается... и зрит старую женщину, источающую ангельскую благодать, и старика, чья сущность — хрипящее пламя и трижды проклятый пепел.

Оно оглядывается вокруг... и видит шранков, летящих наземь точно состриженные чёрные волосы под высверками ведьмовского ремесла, хотя они суть нечто, лишь немногим большее, нежели очертания, какие-то сделанные углём наброски.

Затем оно очень долго взирает на её живот...

И слепнет.

* * *

Укрепиться в юго-восточных брешах, как, собственно, и защищать их, оказалось легче всего — во всяком случае поначалу. Тидонский король Хога-Хогрим и его вооружённые секирами и

Глава семнадцатая. Воздетый Рог

каплевидными щитами Долгобородые удерживали руины Дорматуз. Ревущие, краснолицые таны Нангаэлса, Нумайнерии, Плайдеоля и других тидонских областей занимали позиции примерно в тридцати шагах позади чёрных стен, выстроившись на грудах щебня. К Северу от них король Коифус Нарнол и его галеоты защищали развалины Коррунц. В отличие от своей товарки Дорматуз, Коррунц рухнула целиком, образовав внутри кольца златозубых стен продолговатый выступ, представлявший собой практически полноценный бастион, обеспечивший воинственным северянам основу, необходимую для формирования их традиционной фаланги и надлежащей стены щитов. И посему они выдерживали бешеный, завывающий натиск своих врагов с дисциплинированным хладнокровием.

Королю Хринге Вулкьелту и его варварам-туньерам выпала задача оборонять наиболее хаотично разбросанные, а потому и наиболее коварные руины — пролом, оставшийся на месте Гвергиру — чудовищной надвратной башни, ранее защищавшей Внешние Врата Голготтерата. Здесь не существовало очевидной позиции для организации обороны. Тыльная часть башни осталась нетронутой, в то время как передовые бастионы превратились в развалины — хотя и в различной степени. Внутренние помещения и этажи, лишённые обращённых наружу стен, были открыты на всеобщее обозрение. Каменные блоки, размером с хижины, осыпались и лежали расколотыми. Неповреждённые стены вздымались отдельными участками, представлявшимися малопригодными к обороне. Вместо того чтобы развернуть войска по периметру руин, туньерский Уверовавший король принял решение защищать остатки громадного укрепления, разместив своих облачённых в чёрные доспехи воинов в тех самых залах и помещениях, откуда они несколькими стражами ранее выковыривали уршранков. Такое своеобразное развёртывание означало неизбежные потери, но туньеры и сами рассчитывали пустить тощим кровь. Благодаря своему воспитанию и природной кровожадности, они гораздо больше полагались на секиру, нежели на щит. Они знали, как сокрушить шранков и обратить их в бегство, как сбить их натиск, заставить тварей дрогнуть и отступить, дав себе возможность восстановить силы. И посему выпотрошенные галереи Внешних врат превратились в ужасную бойню.

Но даже их труды и потери меркли перед усилиями адептов Мисунсай. Паря над самими проломами и рядом с ними, тройки колдунов давным-давно обрушивали на истерзанное предполье Угорриора ужасающие Нибелинские Молнии. Они первыми заметили экзальт-магоса, шествующую к ним сквозь хлопья Пелены, яростно жестикулирующую и на самом пределе сил выпевающую хитросплетения убийственного сияния, низвергающиеся на кишащие шранчьи массы. Невзирая на обстоятельства, она двигалась с осторожной медлительностью, словно бы ступая по поверхности, сплошь покрытой какими-то ползающими существами. Внезапно *где-то под нею* разгорелось сияние гностических Оберегов — светящаяся чаша, с которой столкнулась её всесокрушающая и всесжигающая песнь.

И люди, столпившиеся на кручах Гвергиру, все до единого, увидели, как эта чаша разбилась, а сияние Оберегов погасло...

Анасуримбор Серва парила в небесах, словно живой свет, изливающийся на живую круговерть — кишащую и бурлящую массу, бесконечно и неумолимо вливающуюся вовнутрь некого участка поверхности, вне зависимости от того, насколько яростно и отчаянно она его выскабливала. Экзальт-магос крушила саму землю, испуская бритвенно-острые параболы разящего света. Целые шранчьи банды просто падали на собственные отрубленные конечности, корчась и извиваясь на грудах своих же трепыхающихся сородичей.

Люди ревели голосами, которые невозможно было услышать, некоторые торжествующе, но большинство — предостерегающе, ибо любому глупцу было ясно, что она лишь роет яму в песке, скрытом водой.

И, словно бы услышав их, девушка внезапно повернулась к ним лицом, прогрохотав через всю забитую кишащими толпами равнину своим чародейским голосом:

— ***Ваша императрица нуждается в вас!***

И вновь именно лорд Раухурль сумел ухватить благосклонность Шлюхи. Ни с кем не советуясь, он повёл своих людей по осыпающемуся, неустойчивому гребню разрушенной внутренней стены Гвергиру до участка, откуда они могли сигануть прямо в шранчьи толпы. Один за другим холька приземлялись среди врагов — двести тринадцать могучих, широкоплечих воинов. Их кожа от охватившего их боевого безумия стала такой же алой, как и волосы, их клинки кружились размытым вихрем, дышащим свирепой, неистовой яростью. С мрачной, неторопливой решимостью верховный тан холька повёл своих людей вглубь беснующихся пустошей. Девять троек адептов Мисунсай сопровождали их, бичуя бурлящее буйство ослепительно белыми высверками Нибелинских Молний.

Продвигаясь таким строем, они прорубали и прожигали себе путь сквозь кишащие толпами шранков просторы — плотный круг из кромсающих вражью плоть варваров, дрейфующий в окружении колдовских теней и осиянный снопами сверкающих вспышек. Могучие холька раз за разом вздымали, а затем обрушивали на врага свои топоры, с лезвий которых слетали брызги крови, отливающей в разрядах молний ярко-фиолетовыми отблесками. Тем, кому, стоя на руинах Гвергиру или на прилегающих к ним стенах, представилась возможность как следует рассмотреть происходящее, всё это казалось кошмаром в той же мере, в какой и чудом — клочком божественной благодати, сделавшей характер и масштаб творящихся на их глазах событий чем-то абсолютным. Некоторым казалось, что судьба всего Мира зависит от исхода этого безумного предприятия, ибо невзирая на всю сверхъестественную мощь и свирепость холька, в их успехе не было и не могло быть ни малейшей уверенности. Людям чудилось, будто они не сделали ни единого вдоха, во время которого они бы не видели, как кто-то из краснокожих воинов падает, забитый дубинами или изрубленный шранчьими тесаками. Окровавленные лица. Глотки, заходящиеся напоённым омерзительным безумием воем. Казалось, боевой круг в любой миг может разорваться под натиском этой вспахивающей землю ярости.

Но холька всё же *добрались* до светоча экзальт-магоса и, помедлив не более дюжины преисполненных колоссального напряжения сердцебиений, начали всё так же неустанно пробивать себе путь обратно к скорлупе Гвергиру, теперь продвигаясь гораздо быстрее из-за помощи Сервы и поразительной мощи её Метагнозиса.

Слёзы навернулись на глаза людей, узревших, что Благословенная императрица спасена.

Сосеринг Раухурль лично нёс её в своих огромных руках, уже проходя по руинам Нечестивой Юбиль и увлекая Эсменет к безопасности Тракта.

Лишь сто одиннадцать уцелевших холька проследовали за ним.

* * *

Инку-Холойнас.

Чем дальше Анасуримбор углублялся во чрево Ковчега, тем больше Маловеби пронизывало ощущение какого-то погружения — словно они, опустившись на дно непроглядно чёрного моря, проникли внутрь разбитого корпуса какого-то раззолоченного корабля — таков был его ужас.

Всё вокруг, некогда сопротивляясь движению вниз, было опрокинуто и перекручено. При этом он, учитывая царящий повсюду мрак и собственное жалкое положение, был не в состоянии даже различить пределы помещения, в котором находился, не говоря уж о том, чтобы постичь его предназначение. Он знал лишь, что они оказались в огромном золотом зале, освещаемом чем-то вроде чудовищной перевёрнутой жаровни размером с Водолечебницы Фембари, закреплённой на громадных, натянутых цепях таким образом, что она формировала нечто вроде потолка, простёршегося над полированным обсидианово-чёрным полом. Извивающиеся языки бледного пламени сплетались и плясали на её поверхности — блёкло-синие, зловеще-жёлтые и искрящиеся белые — только тянулись они при этом сверху вниз.

Удивление поначалу заставило его изо всех сил вглядываться на пределе возможностей своего зрения, стремясь разобраться, что это всё же за пламя, ибо, несмотря на неестественный характер его горения, Маловеби не ощущал в нём никакого колдовства.

Отврати очи прочь... — велело ему присутствие.

Он не знал — был ли этот голос его собственным или же он принадлежал Аспект-Императору, но, вне всяких сомнений, он изогнул стрелу его внимания таким образом, будто принадлежал именно ему самому...

Вдали от сверхъестественного пламени, посреди зеркально-чёрного пола воздвигалось жуткое видение — нечто вроде трона, угадывающегося во множестве торчащих, словно шипы, массивных цилиндров, змеящихся наростов и извилистых решёток. Престол Крючьев, понял он, нечестивый трон короля Силя. Седалище кривилось и выпирало мириадами углов, выпячивая в пещерный мрак зала какие-то абсурдные измерения и плоскости. Пол, внезапно осознал Маловеби, кончался сразу за этим громоздким сиденьем, обрываясь в пропасть, казавшуюся слишком необъятной, чтобы быть сокрытой от взора Небес. Бездну населяли отблески, отбрасывающие на противоположную сторону зала тени, указывающие на какую-то ошеломляющую конструкцию. Старый Забвири как-то показывал ему внутреннее устройство водяных часов, и сейчас, всматриваясь в этот непостижимый механизм, Маловеби испытывал точно такое же чувство. Он видел то, что являлось стыками и каналами, по которым циркулировали некие вполне мирские силы, не имея при этом ни малейшего представления о характере и природе этих сил...

Не считая того, что вместилища их были невообразимо огромными.

И пленённый зеумский эмиссар внезапно подумал о ишроях древней Вири, размышляя о том, пронзали ли упыриное нутро Нин'джанджина чувства, подобные его собственным, в тот миг, когда тот впервые узрел чудеса Ковчега Ужасов? Испытывал ли он тот же страх? То же цепенящее неверие? Ибо сё было Текне, та самая мирская механика, к которой Маловеби и весь его чародейский род относились с таким презрением, только вознесённая превосходящим интеллектом до высот, превращающих всё их колдовство не более чем в дикарское гавканье. Ужасный ковчег, понял он, это водяные часы невероятно изящной работы, колоссальное устройство, ведомое каким-то внутренним, своим собственным одушевляющим принципом, порождающим всеподавляющие эффекты, энергии, распространяющиеся через эти лабиринты, устроенные... просто... как...

Какими же дураками они были! Маловеби едва ли не вживую видел, как они выплясывают и крутятся во Дворце Плюмажей — сатахан перебирает орешки у себя на ладони, стоящий рядом Ликаро источает яд, называя это мудростью, а оставшаяся часть разодетого и разукрашенного окружения кузена упивается до беспамятства, обмениваясь сплетнями, выискивая поводы для зависти и мелких обид, — люди, всё больше и больше жиреющие и глупеющие, но пребывающие при этом в совершеннейшей убеждённости, что решают судьбы Мира. Какое идиотское высокомерие! Какое тщеславие! Праздные, льстивые души, опутанные похотью и леностью, растленные вином и гашишем, почитающие благом поливать грязью Анасуримбора Келлхуса — проклинать своего Спасителя!

Что за позор! Что за бесчестье навлекли они на Высокий и Священный Зеум! Вот почему он болтается у бедра Анасуримбора — и почему обречён! Вот почему умер Цоронга...

Он рассмотрел изнутри ужасающие взаимосвязи. И откровение, явившееся ему на площадке Инку-Холойнаса, теперь показалось Маловеби половинчатым — лишь скорлупой чего-то гораздо более фундаментального. Его «мир» оказался вдруг умерщвлённым, и на месте том воздвигся новый Мир — коренящийся в вере более основательной и глубинной. Неизведанный. Ужасающий. Ясно видимый там, где ранее всё было смутным, и непроглядный там, где ранее всё было переполнено льстивыми фантомами. Наконец Маловеби постиг откровение, некогда явившееся казнённым его кузеном проповедникам — когда нечто, ранее бывшее Священным Писанием, внезапно превращается в выдумку, а выдумка становится чем-то вроде загадки.

Кем были инхорои? Нелюди утверждали, что они спустились на землю из Пустоты и лепили свою плоть, как гончары, придающие форму глине. Но что это означало? Что это могло означать? Неужели они воистину старше человечества?

И чем же был Ковчег? Кораблём для путешествий... меж звёзд?

Всех этих вопросов и откровений было для него чересчур много... И появились они чересчур быстро...

Вот почему Второй Негоциант лишь в последнюю очередь рассмотрел в клубящемся сумраке то, что следовало увидеть изначально — призрачно-белый лик, взирающий на них из укутанного тенями нутра нечестивого трона...

Рука видения с ленивой медлительностью, свойственной разве что умирающим поэтам, скользнула вверх и коснулась лба.

— Силь создал таким это место, — произнёс *Мекеретриг*.

* * *

У великого магистра Завета не было иного выбора, кроме как обратиться за помощью к экзальт-генералу, поскольку он пребывал в замешательстве, не зная способа, с помощью которого он со своими адептами мог бы прорваться через Внутренние Врата. Сперва они попытались очистить мост от смертоносных Оберегов, однако в итоге лишь полюбовались на то, как тот рушится в бездонную пропасть. Затем они атаковали сам мерзкий Оскал, круша ворота и обрамляющую их каменную кладку при помощи нескончаемого потока разрушительного колдовства. Они превращали стены в руины, стараясь повалить их таким образом, чтобы обломки забили зев пропасти. Обрамление Врат было разорвано в клочья. Фрагменты кладки разлетались, как листья, в то время как мощнейшие из Напевов продолжали терзать заколдованное железо самого портала — одна всеразрушающая Абстракция за другой, — пока, наконец, арка проёма тоже не рухнула в забитую руинами расщелину, явив взору ту зияющую пустоту, где Сиксвару Марагул некогда преградил им путь.

Ковчег был взломан.

И тогда глубоко внутри скорлупы Высокой Суоль люди Кругораспятия разразились криками ликования, тут же, правда, придушенными превосходящей всякое описание вонью, распространившейся по залу, точно миазмы гниющего жира. Сквозь жуткое, резонирующее внутри каменных стен завывание Орды послышались звуки неудержимой рвоты.

Сто четырнадцать оставшихся к этому моменту в живых адептов Завета, распустив волны своих облачений, развернулись над краем пропасти в замысловатое построение, повернувшись лицом к возносящимся золотым стенам. Дыра в Ковчеге источала тьму и нечеловеческую вонь.

Глава семнадцатая. Воздетый Рог

Колдовская гать, возникнув у края обрыва, протянулась крутой седловиной прямо к Высокой Суоль. Пять троек адептов Завета, шагая по чародейскому отражению удушившей пропасть груды обломков, двинулись к чёрной дыре Оскала. Приближаясь к проёму, они вознесли колдовскую песнь, укрепляя свои гностические Обереги, ибо им было известно, что могучий враку сторожит сии Врата. Ширина проёма была такова, что лишь одна тройка могла войти внутрь зараз. Честь идти в авангарде досталась тройке Иеруса Илименни — одарённого адепта, недавно ставшего самым молодым членом Кворума. Оставшиеся по ту сторону пропасти адепты Завета наблюдали за тем, как тройки, одна за другой, точно нанизанные на нить жемчужины, скрываются в пасти и глотке Внутренних Врат. Колдовские речитативы, резонируя, гремели в воздухе, таинственным образом словно бы устремляясь внутрь проёма, а не наружу...

Внезапно яркое сияние вырвалось из Оскаленной пасти, а следом послышалось хихиканье, от которого у всех перехватило дыхание. Затем сквозь проём донеслись какие-то визги, прерванные громоподобным ударом.

— Стоять на месте! — воскликнул Саккарис, дабы удержать в строю наиболее порывистых адептов.

Все присутствующие застыли, тревожно вглядываясь в черноту...

Один-единственный колдун показался изнутри. Он бежал, размахивая руками, шлейфы его облачений пылали. Сделав какие-то десять шагов по колдовской гати, он рухнул, оставшись лежать недвижной грудой. Позабыв о собственной безопасности, Саккарис ринулся к этому человеку — Теусу Эскелесу, адепту из тройки Илименни...

— Скутула! — прохрипел тот, поднимая руку, до кости превратившуюся в соль.

Вихрем явилась смерть.

* * *

Смерть завалила весь Тракт, словно груда навоза.

Дохлые башраги громоздились тут и там, будто громадные, утыканные копьями тюки, мёртвые люди клочьями паутины заполняли пространство меж ними. Кровь наводняла все выемки, создавая лужи, края которых обрамляла растрескавшаяся корка.

Экзальт-магос неподвижно стояла, глядя на спасённых ею людей. Не было ни разговоров, ни упрёков, ни изъявлений благодарности — просто потому, что ни единого слова невозможно было расслышать сквозь монументальный, всезаглушающий вой. Троица беглецов, сбившись в кучу, лежала рядом — две женщины на какой-то занавеске, которую им удалось прихватить из лагеря, а Друз Акхеймион прямо на окровавленном камне. Старый волшебник кривился, отрывая кусок ткани от одежд имперского колумнария — чтобы перевязать себе лодыжку, поняла Серва. Её мать лежала, привалившись к стене, вялая и почти ко всему безучастная. Мимара опустилась рядом с Эсменет на колени, желая позаботиться о ней, невзирая на то, что её саму доводили до исступления мучительные спазмы. Серва наблюдала, как её беременная сестра, сунув палец в кожаный мешочек, покачивающийся в её дрожащей руке, вытащила его оттуда покрытым какой-то пылью, а затем протолкнула кончик пальца меж материнских губ...

Сделав то немногое, что могла, Мимара, тяжело опустившись на землю, отдалась собственным мукам...

Или почти отдалась, ибо её взгляд, тут же зацепившись за возвышающуюся над нею фигуру младшей сестры, заскакал от одного участка обнажённого тела Сервы к другому, задерживаясь на язвах и волдырях, бывших ныне её единственной одеждой. Жалость и ужас. Исподтишка глянув на старого волшебника, Мимара, поморщившись от приступа боли, предложила мешочек сестре.

Серва колебалась.

Что это? — взглядом спросила она.

Ей достаточно было видеть губы Мимары, чтобы услышать имя.

* * *

Маловеби изо всех сил пытался вновь обрести самообладание.

— До Силя, — сказал Мекеретриг, — Ковчег отдавал приказы, Ковчег одаривал, Ковчег вершил суд... — усмешка изнурённого хищника. — А Священный Рой припадал к Нему, как дитя припадает к материнскому соску.

Нечестивый сику склонился, подставив всё тело под льющийся сверху мерцающий свет, а затем, сдвинув вперёд бёдра, опустил босую ногу на зеркально отполированный пол. Его нагота источала плотское великолепие — приводящее в замешательство совершенство мужественных форм и пропорций. Протянув руку влево, он погладил нечто выгнутое и продолговатое, что, как, приглядевшись, понял Маловеби, было... огромной головой *ещё одного инхороя*, во всех отношениях подобного Аурангу, за исключением явственной робости. Там, где Военачальник Полчища, казалось, поглощал само пространство вокруг себя, это существо — *Ауракс*, догадался адепт Мюимаю, — напротив, как бы уклонялось от него, будто даже пустой воздух грозил ему смертельной опасностью. Оно цеплялось за Престол Крючьев так, словно пыталось удержаться от гибельного падения.

— Механизм, — произнёс Анасуримбор Келлхус, — инхороями правил механизм.

Мекеретриг улыбнулся

— Да. Но инхорои считают, что всё на свете — механизм... в этом отношении они подобны дунианам. Ковчег правил ими лишь потому, что был наиболее могущественным механизмом.

— До Падения.

Не глядя на Анасуримбора, Мекеретриг убрал руку с головы Ауракса, который сперва потянулся следом, словно бы устремляясь за лаской, а затем вновь принял свою жалкую позу.

— Они были сокрушены и понесли потери, — ответил нечестивый сику. — Да. Но сильнее всего они пострадали именно из-за гибели Ковчега. Они стали — как вы их там называете? — паразитами... Да — червями, обитающими в громадном кишечнике Ковчега.

Он встал, являя алебастровое великолепие своей фигуры — красоту, раскрывающую всё убожество дряхлости смертных.

— Именно Силь первым сумел преодолеть оцепенелую одурь, в которую все они впали. Именно он сплотил Божественный Рой. Именно Силь создал это место — сделал его таким, каким оно есть...

— А до Силя, — сказал Святой Аспект-Император, — Ковчег отдавал приказы.

Маловеби поставило в тупик это повторение уже сказанных ранее фраз, пока он, наконец, не понял, что Анасуримбор проверяет древнего эрратика, изучая пределы его поражённой хворью памяти.

Хмурый, подёрнутый поволокой взгляд. Явственные колебания древнего существа.

— Именно Силь поднял Обратный Огонь из Нутра, — продолжал Мекеретриг, — и установил его здесь, дабы все, обращавшиеся к нему, могли постичь Бремя.

— Да... — со странной рассеянностью сказал Анасуримбор. — Причину, по которой все упоминания об этом зале оказались вымаранными из Исуфирьяс.

Представлялось очевидным, что «Обратный Огонь» — это та громадная перевёрнутая жаровня, что висела над ними. И не было сомнений в том, что Анасуримбор, лица которого он по-прежнему не видел, прямо сейчас рассматривает её. Что озадачивало и тревожило адепта Мбимаю, так это торжествующая усмешка, игравшая на губах нечестивого сику...

— Я не могу не завидовать тебе, — сказал Мекеретриг, всматриваясь в призрачные отражения, плясавшие на полированных плитах. — И не могу не скорбеть вместе с тобой. Да... Впервые узреть Обратный Огонь...

Ауракс, задрожавший, как только нелюдь встал с трона, опустил подбородок к ногам и, казалось, захныкал.

— Мы вошли оттуда, — возгласил нечестивый сику. Он шёпотом наворожил нечто вроде квуйянской версии Сурилличеcкой точки и взмахом руки швырнул её в указанную сторону. Вспыхнувший белый свет, казалось, превратил обсидиановый пол в какую-то жидкость, а остальную часть помещения наполнил дробящимся хаосом, ибо тысячи сверкающих белых точек заскользили, переливаясь как масло, по хитросплетениям золотых плоскостей. Светоч остановился над первой из шести лестниц, тут же засиявших зловещими отблесками. Первоначально Золотой Зал был чем-то вроде узлового помещения, понял Маловеби, ибо к нему сходилось около дюжины коридоров, которые после катастрофического падения и опрокидывания Ковчега стали лестницами, — шесть из них спускались со следующего этажа по левую руку Анасуримбора, а ещё шесть поднимались с предыдущего уровня справа.

— Нас было трое, — продолжал Мекеретриг, поднимая взгляд к Обратному Огню, — мудрый Мисариккас, жестокий и холодный Ранидиль и я. Мы были осторожны, ибо Силь сумел склонить на свою сторону не только Нин'джанджина, но и вообще всех вироев — народ, известный своей несгибаемой волей! И мы знали, что случившееся как-то связано с этим самым местом.

Нелюдь незаметно бросил взгляд на Анасуримбора — мрачная ирония плескалась в его очах... и удовлетворение.

— Но ничего сверх этого.

Насколько колдун Мбимаю мог различить, Аспект-Император всё ещё продолжал вглядываться в пламя...

Что тут происходит?

— Как же хорошо я это помню! — прохрипел нечестивый сику, подставляя лицо всполохам Обратного Огня, словно лучам утреннего солнца. — Такой... восхитительный... ужас...

Что такое этот Обратный Огонь?

— Мисариккас стоял там, где стоишь сейчас ты... застывший... неспособный оторвать от Пламени взгляда...

Какое-то ужасающее оружие?

Глава семнадцатая. Воздетый Рог

— Ранидиль, — на вид всегда такой суровый и высокомерный, упал прямо вон там... и начал рыдать, вопить... ползать на животе и выкрикивать какую-то бессмыслицу!

Означает ли это, что они уже обречены?

— А что сделал ты? — спросил Анасуримбор.

Недостойная мужчины благодарность заполнила Маловеби, просто услышавшего его голос.

Не смотри! — мысленно вскричал он. — *Отврати прочь взгляд!*

Улыбка, изогнувшая кончики нечеловеческих губ, была столь порочной, сколь адепту Мбимаю никогда ещё прежде не доводилось видеть.

— Почему-то... засмеялся, — фарфорово-бледный лик внезапно нахмурился. — А что же ещё следует делать, узнав, что всё, ради чего ты жил и убивал, — обычная ложь?

Мекеретриг вновь взглянул в Обратный Огонь с таким выражением, будто взирал на что-то священное — и чудесное.

— Рядом с ним я обрёл целостность, — молвил он, глубоко вздохнув. — Стал настоящим.

Анасуримбор оставался таинственно безмолвным — и недвижимым.

Он обманывает тебя! Убаюкивает!

— Тебе бы стоило послушать, как мои братья-ишрои заливались по нашем возвращении соловьями! Мы обмануты! — вопили они. — Обмануты! Мы все прокляты! Обречены на вечные муки! *Инхорои говорили правду!*

Смех, странный своей слабостью.

— Что за глупцы! Говорить правду — немыслимую, неприемлемую Истину — власти, любой власти, не говоря уж о власти короля нелюдей! О, как же разгневался Нильгиккас! Он потребовал, чтобы я — единственный, кто оставался безмолвным и таинственно-безучастным — объяснил их кощунство и эти святотатственные речи. Я тогда посмотрел на них — Мисариккаса и Ранидиля — и увидел в их глазах абсолютную убеждённость в том, что сейчас я непременно подтвержу их безумные речи, ибо в тот самый миг, когда мы взглянули в это Пламя, мы стали братьями, братьями, объединёнными связями, с которыми ни одна общность костей и крови не стояла и близко. Они смотрели на меня... нетерпеливые... встревоженные и растерянные... и тогда я повернулся к своему мудрому и благородному королю и сказал: «Убей их, ибо они поддались искушению, как поддался некогда Нин'джанджин...»

И вновь смех... на сей раз подчёркнуто фальшивый.

— И тем самым Истина была спасена.

Нечестивый сику опустил взгляд, моргая, словно вследствие какой-то магической дезориентации.

— Ибо, не сделай я этого, Нильгиккас убил бы и меня тоже.

А Маловеби почудилось, будто он куда-то уплывает, вдруг ощутив себя пузырём, дрейфующим в потоке холодного ужаса. Ибо он, наконец, понял, что такое Обратный Огонь...

На который столь заворожённо взирал Анасуримбор.

Не смотри же туда, будь ты проклят!

— О чём бы я мог поведать ему? О том, что священный Срединный Путь — сплошной обман? Что все, кого ему пришлось потерять — его братья по оружию, его сын и дочери, его жена, — все они вопят и визжат в Аду? Об этом?

— Узри! — вскричал нечестивый сику, глядя вверх и воздев руки в ужасе и неверии. — Узри, дунианин! Узри всю мерзость и безумие их преступлений — путь, которым боги разоблачают тебя! Ссасывают жир мучений с каждой твоей прожилки! Насилуют суть! Сцеживают твои вопли!

— Нет... — внезапно засмеялся он, во взгляде его сверкала одержимость. — Это нельзя объяснить. Ни Нильгиккасу, ни любому другому нелюдскому королю. Вот чего не учли Мисариккас с Ранидилем — про Обратный Огонь нельзя рассказать...

Кетъингира неотрывно воззрился на Анасуримбора своими чёрными очами.

— Его нужно *увидеть*.

* * *

— Скутула! — проревел экзальт-генерал в искрошенную глотку Оскала. — Я хочу говорить с тобой!

Царившая там темнота — чёрная, словно сажа — оставалась совершенно непроницаемой.

Рядом с ним стоял Апперенс Саккарис, но никого другого на изогнувшейся седлом колдовской гати не было на двадцать шагов в обе стороны. Более сотни айнонских рыцарей только что погибли, пытаясь прорваться в Ковчег сквозь Внутренние Врата — дымящиеся, обугленные останки воинов устилали каменный пол как перед разверстой дырой, так и внутри неё.

— Скутула! Поговори со мной, Чёрный Червь! — Менее хладнокровный человек мог бы вздрогнуть при виде распахнувшихся во тьме огромных змеиных глаз — чёрные прорези зрачков, окружённых ирисами, переплетающимися подобно узору из золотых лезвий. Даже Саккарис сделал шаг назад, прежде чем сумел взять себя в руки. Анасуримбор Кайютас не двинулся с места, оставаясь, как и прежде, непроницаемым.

— *Ктооо?* — певуче произнёс враку с нарастающим рыком. Зловещее ярко-жёлтое свечение явило взору громадные клещи его челюстей и сотню саблеподобных очертаний зубов. — ***Кто верит, что убеждения и уговоры могут преуспеть там, где оказались бессильны колдовство и острая сталь?***

Сверкающая добела своим раскалённым нутром усмешка, подобная открытой и вовсю полыхающей топке...

Смех, подобный шуршанию груды ворошащихся углей.

— Анасуримбор Кайютас! Принц Новой Империи! Экзальт-генерал Великой Ордалии!

— ***Ахххххх... тёзка Проклятого Драконоубийцы!***

— Какой ошейник удерживает тебя, враку? Как ты оказался порабощённым?

— ***Ты хочешь уязвить меня свой дерзостью...***

— Ты же просто домашняя зверушка — пёс, прикованный возле хозяйского порога!

— ***Я не в большей степени раб, нежели ты — Драконоубийца!***

— Так и есть — я не мой тёзка, а ты не Скутула Чёрный, Великий Обсидиановый Червь!

Золотые глаза закрылись, а затем вновь распахнулись, сузившись от злобы, ненависти и подозрительности.

— ***Я буду смаковать твою плоть, человечишко. Хитрость придаёт мясу слад...***

— Что стряслось с тем ужасным и великим враку, о котором говорится в легендах? — яростным криком перебил его Кайютас. — Скутула, о котором я слышал, попирал бы вершины гор, терзая сами Небеса! Кто этот самозванец, что прячется в барсучьей норе и щёлкает оттуда зубами?

Голос экзальт-генерала, отражаясь от парящих золотых плоскостей, на мгновение словно бы задерживался в воздухе, прежде чем раствориться в вездесущем вое Орды.

Глаза враку ещё сильнее сузились, став тонкими щёлками, изогнутыми, будто два сияющих лука. Удушенное клеткой зубов, ярко-жёлтое пламя пригасло, указывая на растущую крокодилью свирепость...

А затем злобный лик растворился во тьме.

Два человека выжидающе стояли, всматривались в глубины пролома.

— Как и говорилось в легендах, — наконец пробормотал великий магистр Завета, — «Тела их в чешуе из железа, а души укутаны кисеёй...»

Внутренние Врата воздвигались перед ними — сокрушённые, разверстые и совершенно пустые.

— Похоже, я перестарался, — сказал Кайютас. — Боюсь, он теперь скорее сдохнет, чем оставит Оскал.

— Не обязательно, — ответил Саккарис, — возможно, он уже оста...

Огненные отблески, замерцавшие в чёрной глотке Оскала, заставили великого магистра запнуться, похитив не произнесённые им слова.

Исторгнутое порталом сверкающее пламя пожрало всё остальное.

* * *

— Ты уже увидел себя? — спросил нечестивый сику голосом глубоким и переливчатым. — Ибо всякий смотрящий видит — всякий, осмелившийся обрести в этом проклятом Мире хоть малую толику величия.

Колдун Мбимаю завывал в безмолвной ярости, вызванной как собственным бессилием, так и тем, что ему открылось.

Отврати же взор.

— Теперь ты видишь, дунианин? — визгливо вскричал Мекеретриг с внезапным напором. — Видишь необходимость Возвращения?! Видишь, почему Мог-Фарау должен явиться, а Мир должен быть затворён?!

Анасуримбор даже не шелохнулся.

— Скажи мне, что ты видишь!

Маловеби ощущал себя так, словно был привязан за волосы к столбу.

— Я вижу... себя... Да...

Нечестивый сику нахмурился, в черты его лица, прежде выказывавшие лишь непоколебимую убеждённость, вкралось нечто... менее определённое.

Маловеби тоже ощутил нечто вроде... недоумения.

— Но ты чувствуешь это... точно память, обретающуюся в твоих собственных венах...

Скажи «нет»! Пожалуйста!

— Да.

Что же происходит? Адепту Мбимаю хотелось верить в то, что Анасуримбор каким-то образом сумел подготовиться к этой угрозе... Но Мекеретриг без тени сомнений считал, что Обратный Огонь откроет ему... Что? Истину? Возможно, какой-то более глубокий и ужасающий слой откровений лежал под тем, что Маловеби уже удалось осознать...

Мог ли Аспект-Император быть обманут?

Колдуны избегали размышлений о Преисподней. Они наполняли свои жизни бесчисленными привычками, позволявшими им уклоняться от подобного рода мыслей.

Покрывший себя позором нелюдь-изгой вновь поднял взгляд и воззрился в Обратный Огонь, оставшийся для Маловеби игрой призрачных отблесков на устилавших пол зеркально-чёрных плитах. Переплетения языков пламени отбрасывали по всей поверхности точёной белой фигуры Мекеретрига тени, подобные текущей жидкости или струящемуся дыму. Через несколько мгновений взгляд его заволокло каким-то наркотическим остекленением, на лице же было написано полное опустошение.

— Со временем, — безучастно вымолвил он, — абсолютность и чудовищные масштабы этих мучений даруют спокойствие... и возвышают...

Отсветы пламени, скользящие по белой коже.

— И они никогда... никогда не повторяются... всегда разные... какая-то непостижимая арифметика...

Его эмалевое лицо исказилось ужасом.

— Мы называем это Стрекалом, — продолжил он хриплым от неистового напряжения голосом. — Именно оно связывало воедино наш Святой Консульт все эти тысячи лет... — На лице его отразился приступ мучительной ярости. — *Возможность узреть совершённые против нас преступления!* Вот что побуждает нас терзать ту непотребную мерзость, что представляет собой этот Мир! Мучения, явленные нам Обратным Огнём!

Он едва ли не проорал всё это, и теперь стоял, раздираемый чувствами, сухожилия выступили на его запястьях и шее, а руки сжимали пустоту.

— Но я не ощущаю никаких мучений, — сказал Анасуримбор.

Маловеби замер в своём оцепенелом небытии. Мекеретриг и вовсе несколько сердцебиений мог лишь моргать, прежде чем уставился на Аспект-Императора.

— Ты хочешь сказать, что Огонь *лжёт?*

— Нет, — ответил Аспект-Император. — Этот артефакт обеспечивает чувство неразрывности Сейчас с нашими душами, пребывающими вне времени на Той Стороне. Он позволяет этим состояниям перетекать друг в друга, словно жидкости, находящейся в сообщающихся сосудах, являя образы, которые Сейчас способно постичь. Огонь пламенеет истиной.

Хмурый, страдальческий взор.

— Так, значит, ты понимаешь, *что ты брат мне?*

Золотой Зал закачался вместе с полем зрения Маловеби — Аспект-Император, наконец, повернулся лицом к основателю Нечестивого Консульта.

— Нет... — ответил Анасуримбор. — Куда ты пал, будучи кормом, я низвергся как Голод.

* * *

Смерть.

Мёртвые тела, застывшие в каком-то гаремном сплетении. Башраг, лежащий навзничь и прикрывающий своею строенной рукой косматую голову, будто ребёнок, отсчитывающий мгновения во время игры в прятки. Нансурский колумнарий, словно бы упавший откуда-то с неба и растянувшийся в луже собственной крови. Ещё один колумнарий, прислонившийся головой к бедру первого и во всём, не считая выгнутой под неестественным углом шеи, выглядящий так, будто просто решил вздремнуть. И отрубленная рука, словно бы тянущаяся к его уху, намереваясь пощекотать его...

Всё это... жгло.

В мёртвой плоти была своего рода простота — спокойствие, своей исключительностью вознесённое над шелухой суеты. И эта неподвижность поразила её, словно вещь невообразимо прекрасная и неприкосновенная. Жить на свете означало растирать сумятицу возможностей, превращая их в нескончаемую нить действительности, и оставлять за собой миг за мигом, словно змея, сбрасывающая с себя бесконечную, сотканную из мучений кожу. Но умереть... умереть значило обретаться в земле, будучи самой землёю — непоколебимой и непроницаемой протяжённостью.

Только представьте — больше никогда не нужно дышать!

Она посмотрела на отрезанную голову красивого юноши — пухлые губы, ровные зубы в яме распахнутого рта. Когда-то она ценила молодых и красивых мужчин, удивляясь, что даже их непристойность может представляться чем-то возвышенным и чистым. Она представила себе, как ловит его взгляд в одном из позлащённых коридоров Андиаминских Высот, упрекая его за какую-то выдуманную оплошность — шаловливо флиртующая старая королева...

Глава семнадцатая. Воздетый Рог

Но затем, различив под переплетением человеческих ног уршранка, она обнаружила, что её фантазия куда-то испарилась... ибо существо выглядело более красивым, нежели мёртвый юноша, и потому гораздо более отталкивающим.

Жжение... внутри неё и снаружи.

Она провела пальцем по губам и, моргая, повернулась к поднявшейся справа суматохе. Там она увидела свою дочь Мимару, беззвучно вопящую рядом с ней, и своего любовника Акхеймиона, держащего беременную девушку за руку и выкрикивающего какие-то слова, ни одно из которых она не могла разобрать. Протянувшись, она неуверенно положила ладонь на раздутый живот дочери, удивляясь, насколько он тёплый...

Роды.

С резким вдохом мрачная умиротворённость осыпалась с неё, и вся бурная неотложность жизни вновь рухнула ей на плечи.

Все мёртвые очи, даже те, что, превратившись в сопли, застыли в раздавленных глазницах мертвецов, отвратились прочь.

* * *

Глаза нечестивого сику сузились.

— Это лишь отговорка!

— Так, значит, я первый? — спросил Аспект-Император. — Больше никто не устоял перед Стрекалом?

Мекеретриг, ничего не сказав в ответ, вернулся к Престолу Силя и вновь расположился среди зловещих крючьев. Сместив вес на одну ягодицу, он подтянул ноги, примостившись, словно девочка-подросток, на покрывающей сиденье трона подушке. Не считая лежащей на колене руки, а также лба, тень теперь скрывала всё его тело.

— Никто, даже знаменитый Нау-Кайюти, — наконец ответил из мрака нелюдь. — Великие всегда порчены грехом. Всегда прокляты... Я полагал, что и ты тоже.

Ауракс, словно выбраненная, а теперь ищущая благосклонности хозяина собака, положил свою огромную голову на колени нечестивого сику. Подобие было почти полным, разве что инхорой при этом едва слышно шептал:

— *Гассирраааджаалрими...*

Маловеби хотел было возрадоваться, но чересчур много тревог терзало его мысли — и то, что окно, ведущее в Ад, сейчас висело прямо сверху, была наименьшей из них! Как бы он сам поступил, явись ему непосредственное свидетельство его проклятия? Принял бы это?

Или принял бы *их*?

Анасуримбор сказал, что Огонь пламенеет Истиной, а значит, он знал это наверняка. Пребывал ли он в Аду, как утверждали его враги из Трёх Морей, или же нет...

Нечестивый сику, казалось, не имел представления, что ему теперь следует делать, ибо его вера в убедительность Обратного Огня, по всей вероятности, была абсолютной. С повисшей тишиной явился призрак безответного насилия.

— Где Шауриатис? — резко обратился к нему Анасуримбор. — Где твой халаройский господин?

Мекеретриг склонился вперёд, явив лицо, прежде скрытое тенью Престола:

— Дерзости не принесут тебе никакой пользы, — произнёс он.

— Почему это?

— Потому что мне восемь тысяч лет от роду.

— И ты по-прежнему прикован к столбу, — отрезал Аспект-Император. — Меня утомило твоё мелкое позёрство. А ну говори, безмозглый кунуройский пёс, *где Шауриатис*?

Алебастровая фигура оставалась недвижимой, не считая единственной пульсирующей на освещённом лбу вены...

А затем, звуча глухо, точно сквозь паутину, в зале раздался новый голос.

— *Спокойно... старый друг...*

И ещё один голос...

— *Ему известны все древние легенды...*

Этот голос тоже звучал слабо — словно говоривший находился при последнем издыхании.

— *И всё, что ты мог сделать — так это рассказать ему о том...*

— *Как Обратный Огонь возрождает и разжигает твоё рвение...*

Пять различных голосов, каждый из которых имел свои особенности, но всё объединяло то, что принадлежали они вещавшим с хрипотцой древним старцам. Анасуримбор некоторое время оставался недвижим, словно будучи поглощённым каким-то таинственным анализом звучания или тембра сказанных слов, а затем незначительный сдвиг местоположения подсказал Маловеби, что Аспект-Император повернулся к Престолу Крючьев... и золотой платформе, что, паря в воздухе, опускалась откуда-то из клубящейся над ней пустоты, словно бы разрастаясь по мере своего приближения.

Шауриатис?

Глава семнадцатая. Воздетый Рог

Платформа своими пропорциями соответствовала небольшой лодчонке, будучи при этом формой и изгибами ближе к огромному щиту, который, разумеется, был слишком велик, чтобы его способны были держать человеческие руки. Сперва ему показалось, что по кругу платформы установлены на каменных пьедесталах десять огромных свечей — оплывший воск, бледный, словно подкопчённый жир... Однако же эти свечи явственно двигались и имели, как это скоро выяснилось, живые лица, безволосые и морщинистые, будто чернослив, рты, подобные жевательным сфинктерам, и глаза, подобные огонькам, горящим где-то в туманной мгле. Пьедесталы, понял он, в действительности были чем-то вроде мерзких люлек, каменных вместилищ для *лишённых конечностей тел...*

Десять дряхлых личинкообразных фигур были размещены на внутренней стороне гигантского согтомантового щита...

По мере их приближения отвращение усиливалось. Наконец, платформа приземлилась рядом с Престолом Крючьев — прямо позади призрачного отражения Обратного Огня, пляшущего в обсидиановых плитах пола. Ауракс скорчился у ног Мекеретрига.

— *Наконеш,* — прошамкал один из дряхлых червей.

Наши столь несхожие Империи встретились, — завершая фразу, просипел другой.

Это? Это Шауриатис? Легендарный великий магистр Манга-экки?

Кетьингира рывком соскочил с Престола, лицо его исказилось неистовой яростью, напомнив Маловеби лица шранков. Сияние семантических конструкций вспыхнуло во всех отверстиях его черепа. Янтарное свечение начертало развилки вен на его щеках и глазницах.

Ничуть не удивившийся Анасуримбор Келлхус, немедленно повернувшись к нечестивому сику, схватил его своим метагностическим шёпотом, явившим себя в виде ослепительно-белой и тонкой как волос линии, ринувшейся к нелюдю, и, пробив зарождающиеся Обереги Мекеретрига, обвившей его горло, а затем подвесившей его — голого и сучащего ногами — прямо под колышущимися инфернальными образами.

— Я здесь Господин, — сказал Святой Аспект-Император.

Маловеби радостно вскрикнул в том нигде, в котором ныне обреталась его заточённая душа.

— *Конешно...* — прошамкал позади сотрясающейся фигуры Предателя Людей один из дряхлых личинкообразных калек.

— *Наш Господин...* — просипел другой, чья шея, а с нею и глотка вдавились в его торс.

Анасуримбор шагнул мимо отплясывающих пяток Мекеретрига прямо к той мерзости, что была Шауриатисом. Он наклонился над ближним краем платформы, стоя к ней так близко, что Маловеби видел практически всё: дорожки из гниющих остатков плоти и телесных жидкостей, тянущиеся сальными пятнами от основания люлек до края согломантового щита; повелительные фигуры инхороев, выгравированные на мерцающих вогнутых поверхностях; и разнообразные вариации старческой кожи — то мягкая и обвисшая какими-то напоминающими лепестки мочками, то истёршаяся до паутинообразных волокон, то покрытая рубиново-красными оспинами и щербинами, то по-лягушачьи тонкая и изборождённая, точно чёрными нитями, сеточками вен. Он сразу же понял природу этого хитроумного устройства, ибо тотемные узелки Извази хранили рассказы о многих Мбимаю, искавших способы спасти свои души от Проклятия.

Перед ним был легендарный Шауриатис — колдун-создатель Нечестивого Консульта. Его душа вечно кувыркалась, словно брошенный куда-то, но постоянно отскакивающий от стен камушек, порхала точно воробей с ветки на ветку, успевая сделать устами одного из несчастных уродцев лишь один-единственный вдох, а затем перемещаясь в другого. Какая изобретательность! Умирающие сосуды, обнажённые души, лишённые даже остатков жизненной страсти и посему позволяющие ему вселиться в них целиком, а не как другие Посредники — разделённым и отчасти пребывающим на Той Стороне...

Шауритас обитал не столько в самих несчастных калеках, сколько *в промежутках меж ними!*

— Скажи мне, Великий Мастер, — произнёс Анасуримбор, — давно ли ты низложен?

Низложен?

И тут колдун Извази увидел, как Аспект-Император, протянув свою сияющую божественным ореолом руку прямо к ужасающему лику этих Личинок, провёл её прямо сквозь эту мерзость, ибо там не было ничего, кроме образов — картинок, соскользнувших с руки и пальцев Анасуримбора, не оставив ни малейших следов материи — ничего вещественного...

Не более чем дым. Фантом.

Маловеби проклял Великого Мудреца.

Текне.

Глава семнадцатая. Воздетый Рог

* * *

— Брат! — крикнула экзальт-магос, увидев внизу Кайютаса, стоящего рядом с Саккарисом и лордом Сотером.

— Она жива! — воскликнул один из множества толпящихся неподалёку адептов Завета. Сотни тревожных глаз обратились в её сторону, наблюдая за плавным снижением Сервы. Её продвижение мимо стоящих плотными рядами айнонцев вызвало в разрушенных залах Высокой Суоль явственное волнение, ибо длительное отсутствие экзальт-магоса не осталось незамеченным. В какой-то момент воины Кругораспятия начали падать на колени, выкрикивая: «Серва! Серва Мемирру!» — древнее айнонское прозвание возродившихся героев. С каким-то беспокойным удивлением она наблюдала за тем, как колдуны, в свою очередь, присоединились к айнонцам.

Она опустилась на каменные плиты Суоль рядом с братом. Его взгляд был прикован к её покрытому ожогами телу. Кайютасу также довелось пережить какую-то огненную атаку, но пострадала, по-видимому, только его борода и алое кидрухильское сюрко.

— Серва... — начал было он.

— У нас нет времени, — перебила она, — я видела отца на Бдении.

Мгновение внимательного и бесстрастного взора.

— Так скоро?

— Необходимо штурмовать Ковчег прямо сейчас!

— Легко сказать, — хмуро сказал Кайютас, — порог охраняет враку.

— Так убьём его! — вскричала она.

— Скутула, — неровно дыша, прохрипел Саккарис. Его тело тоже блестело ожогами, хотя ни в одном месте они даже близко не были столь серьёзными, как её собственные. — *Скутула Чёрный* защищает Внутренние Врата...

На мгновение переведя взор на великого магистра Завета, Серва вновь взглянула на брата. Легендарный Чёрный Червь едва не прикончил их, поняла она. Она повернулась к раскрошенной пасти Внутренних Врат и, вглядевшись с помощью своего великолепного колдовского зрения в нутро Оскала, почувствовала хоры... едва ощутимое созвездие из точек пустоты, парящих в каких-то незримых пространствах.

— Отец... — произнесла она; мысли её неслись вскачь.

Мрачный кивок её старшего брата.

— Прямо сейчас в одиночестве противостоит Нечестивому Консульту.

* * *

Аспект-Император шагнул прямо внутрь зримого образа Личинок и, пройдя по мерцающим золотом хитросплетениям гравировки щита, остановился в самом центре парящей платформы. Изображения были теперь абсолютно неподвижны — каждый из гротескных старцев застыл с тем или иным немощным выражением на лице.

— Покажитесь! — крикнул Анасуримбор в темноту.

Несмотря на всё своё замешательство, Маловеби не мог не поразиться природе миража, который, будучи *абсолютно ничем*, тем не менее умудрялся обманывать глаз, видевший на его месте грубую материю. На подбородке ближайшего уродца, застыв, словно пылающая сосулька, висела ниточка слюны, отражающая в себе какое-то уже минувшее состояние Обратного Огня.

— Оставьте свои напрасные ухищрения! — прогремел в поблёскивающем металлом сумраке голос Анасуримбора.

Словно бы в качестве некого таинственного ответа, изображение старцев-Личинок, разок мигнув, исчезло.

Что же происходит? С кем он там полагает, что разговаривает?

Ауранга он сам швырнул навстречу смерти. Ауракс прижимался к Престолу Крючьев, вцепившись в собственные колени и скуля от ужаса, будто избитый до невменяемого состояния пёс, а доносящиеся до слуха Маловеби звуки удушья означали, что Мекеретриг по-прежнему висит над ними...

Шауриатис?

— Прекратите это представление! — крикнул Анасуримбор.

Мог ли Консульт и в самом деле сдаться натиску веков? И настолько одряхлеть?

Анасуримбор неожиданно развернулся вправо, отправив поле зрения Маловеби в полёт по крутой дуге. Выйдя из пятна маслянистого света, Аспект-Император остановился возле вырастающей прямо из пола конструкции, напоминающей золотой плавник — что-то вроде перегородки, которую те, кто в древности восстанавливал и декорировал этот зал, предпочли не снести, а обойти со всех сторон обсидиановыми плитами.

Поначалу Маловеби ничего не мог разглядеть в царящем вокруг сумраке. Кто бы мог подумать, что свисающий с потолка Ад может давать лучшее освещение! Но чем дольше он всматривался в окружающие его контрасты и отблески, тем явственнее они обретали форму каких-то структур и тем больше являли взору подробностей и деталей. Зеркальные полированные полы тянулись вдаль, постепенно превращаясь в какую-то желтушного цвета хмарь, а затем оканчивались изгибающейся золотой стеной. Прямо на линии пересечения обрывающегося пола и нависающей над ним стены открывались устьями проёмов шесть равноудалённых друг от друга шахт — коридоров, некогда ставших путями, ведущими куда-то наверх. Шесть лишённых поручней и каких-либо украшений обсидиановых лестниц поднимались от чёрной полировки пола к этим проёмам.

Пять фигур неумолимо спускались по ним, с каждым своим шагом всё явственнее проступая из теней... и с каждым своим шагом всё больше и больше повергая Маловеби в ужас.

* * *

Возглавляемый Королём Племён и его женолицым сыном отряд скюльвендских всадников двигался вдоль искрошенного гребня Окклюзии. Внизу, среди обугленных и дымящихся остатков лагеря пылал Умбиликус, чем-то напоминая вскрытый нарыв. Вдали, растёкшись по равнине Шигогли, Орда охватывала и терзала Голготтерат своими громадными щупальцами, окутывая всё на своём пути непроглядным покровом, не дававшим ни малейшей возможности рассмотреть творящиеся там, вне всяких сомнений, ужасы.

— Шпион-оборотень... — обратился к отцу Моэнгхус, — она хотела, чтобы ты бросил Племена в атаку прямо через равнину?

— Да... — ответил Найюр урс Скиота, вгрызаясь в плитку амикута.

— Чтобы захватить проломы до того, как Ордалия сумеет в них укрепиться?

Скюльвендский Король Племён наклонился в сторону, чтобы выплюнуть изо рта кусок кости. Вытерев рот исполосованным свазондами предплечьем, он уставился на сына своим неистовым взором.

— Да.

Юноша не дрогнул под этим пронзительным взглядом — да и с чего бы вдруг тушеваться ему, всю свою жизнь прожившему под непроницаемо-бесстрастными взорами дуниан.

— И тогда Народ стал бы кормом для Орды?

Найюр урс Скиота снова плюнул — на сей раз просто ради плевка, а затем воззрился на громаду Высокого Рога, призрачной тенью проступающую сквозь непроглядную бледно-охряную завесу.

— Здесь, — сказал он, — будет сожрано всё.

ГЛАВА ВОСЕМНАДЦАТАЯ

Золотой Зал

> Несть, Мир не единосущен в очах Божьих.
>
> — *Адепты 7:16 Трактат*

> Падают вместе, приземляются поодиночке.
>
> — *Айнонская поговорка*

Ранняя осень, 20 Год Новой Империи (4132, Год Бивня), Голготтерат

Небо и земля завывали — хор, столь же неразделимый на отдельные звучания, как пение ангельских труб, и столь титанический, что он становился голосом всякого человека, дерзнувшего открыть рот, чтобы дышать, не говоря уж о том, чтобы попытаться перекричать его.

До сумерек ещё оставалось несколько страж, но по какой-то причине пыль Шигогли, что, лёжа на земле, была бледной, словно толчёная кость, став частью Пелены, почернела, образовав непроницаемую завесу, превратившую ясный день в почти непроглядную ночь. Драконьи головы изрыгали сияющие огненные струи как внутри, так и под металлической громадой Склонённого Рога. Колдовское пламя, облизывая неземное золото сокрушённого исполина, окружало шрайских рыцарей нескончаемой процессией увядающих теней. Пучки Нибелинских молний вспыхивали над Угорриором, заливая Сынов Среднего Севера мерцающим белым светом, а вдоль западных укреплений Голг к сапогам эумарнанцев перекошенные ярко-синие тени.

Глава восемнадцатая. Золотой Зал

Голготтерат превратился в остров, окружённый всполохами убийственного света.

Тысячи нечеловеческих тварей каждый миг бросались на бастионы, но каменные блоки крепостных стен были слишком гладкими, чтобы существа способны были добраться до парапетов и преодолеть их. Одиночные адепты перемещались вдоль гребней куртин и немедленно уничтожали каждого шранка, которому удавалось забраться достаточно высоко, чтобы хоть чем-то угрожать защитникам. Настоящая битва бушевала в проломах, где Орда всей своей мощью обрушилась на людей, плотной массой стоящих на покрытых запёкшейся кровью грудах обломков, и на колдунов, парящих над ними и хриплыми голосами выпевающих проклятые самим Богом смыслы, крушащие темнеющие внизу множества. Это было сражение с могучими волнами, что, накатываясь, разбивались о твердь из колдовства и железа, затем потоками и струйками выживших откатывались назад, когда Орда, устрашившись Воинства Воинств, словно бы отшатывалась, лишь для того, чтобы заново устремиться вперёд. Вновь и вновь мужи Ордалии, выкрикивая неслышимыми среди ужасающих завываний голосами имена богов и возлюбленных душ, останавливали и отбрасывали натиск мерзости. Вновь и вновь они падали на колени или, оставаясь на ногах, поддерживаемые своими товарищами, шатались и в удушье хватали ртом воздух.

Логика была проста: те, кто чересчур уставал — погибали. Свирепость шранков в сочетании с накатывающейся колышущейся стеной массой их тел требовали от обороняющихся выносливости и упорства, которыми обладали далеко не все люди, какими бы закостенелыми в ратном труде они ни были. Так пал не кто иной, как король Хога Хогрим, решивший остаться со своими людьми на переднем крае, несмотря на усталость и натруженные конечности. Какая-то громадная тварь, ни на что не обращая внимания, ринулась к Уверовавшему королю и, отпихнув в сторону его щит, до кости пронзила бедро. Племянник знаменитого короля Готьелка рухнул наземь, корчась от боли и истекая кровью до тех пор, пока силы его, наконец, не иссякли. Какое-то время над ним размытыми пятнами плыли чьи-то тревожные лица, а затем кружащимся вихрем явилась смерть...

Швырнув его визжащую душу в адское пламя.

Кланам Джималети была совершенно неизвестна стрельба из лука, и лишь у малой их части имелись дротики. Однако время от времени кишащее чрево Орды выносило к проломам именно эти кланы, и тогда на мужей Ордалии обрушивался невероятный ливень из смертоносных снарядов — пусть грубо сработанных и заострённых одним лишь огнём, но тем не менее всякий раз по случайности находивших в строю людей слабые места и сражавших некоторое число воинов. Именно таким снарядом был изувечен и принуждён отойти в тыл король Коифус Нарнол, и именно такой снаряд сбил тана Сосеринга Раухурля с одного из бастионов Гвергиру. Могучий холька как раз ухмылялся, подбадривая своих родичей, когда брошенный кем-то из шранков дротик пробил ему левую щёку, выбил зубы и заставил его стремглав рухнуть в бурлящий внизу хаос. Вихрем явилась смерть...

Швырнув его удивлённую душу прямиком в объятия Гилгаоля.

Парившие в небесах колдуны Кругораспятия по большей части оставались неуязвимыми для шранков, однако и они не избежали потерь. Семеро самых дряхлых адептов различных Школ просто не сумели удержаться в воздухе, погубленные перенапряжением собственных сил. Вдоль обращённых к Угорриору проломов, где большая часть разграбленного сакарпского Клада Хор была потрачена на то, чтобы лишить колдовской защиты зачарованные стены Голготтерата, с небес по прошествии некоторого времени оказались сброшены более двух десятков адептов Мисунсай. Огромное множество мёртвых тел покрывало землю, словно второй слой той же земли — мерзкий и предательский, во всяком случае для тех, кому приходилось стоять на нём. Оказавшиеся зажатыми в этой ловушке шранки в какой-то момент начали разрывать трупы своих сородичей на части и метать эти куски на поразительные расстояния — либо, хотя и без сколь-нибудь зримого результата, забрасывая ими адептов, низвергающих на Орду с небес казни и муки, либо швыряя их в выстроившиеся напротив бронированные ряды. На мужей Ордалии дождём обрушился нескончаемый поток оторванных конечностей, голов, внутренних органов и даже кишок. Стиснутые сами собой, шранки начали метать во врагов себя же. Особенно много брошенных шматков растерзанной плоти доставалось тройкам адептов Мисунсай, и время от времени — то ли случайно, то ли в силу какой-то звериной хитрости шранков — в этом дожде из мертвецов оказывалась сокрыта хора...

Так погиб вспыльчивый, но выдающийся чародей по имени Хагнар Старший — его нога до самой кости превратилась в соль. Такая же участь постигла Парсалатеса, одного из соконсулов Совета Микки и около двадцати других колдунов. Бусины небытия стегали адептов убийственным градом, превращая Обереги в дым и бросая их души в адскую Яму...

Пелена сгущалась всё сильнее, всё глубже погружая мир во тьму, невзирая на то, что с полудня минуло едва ли несколько страж. Пыльная хмарь становилась всё непрогляднее, скрывая от взора всё бо́льшую часть заваленных мертвецами просторов, до тех пор пока всякий не обнаруживал, что находится словно бы на постоянно уменьшающемся островке видимости, окружённом каким-то беспросветным мельтешением. И в этой всепоглощающей тьме их души объяли уныние и ужас — предчувствие гибельного рока, который не дано преодолеть никакому рвению и героизму, и всё больше и больше людей ощущали обжигающее дыхание тщетности — убеждённость в неизбежности поражения.

Погасить взор, — значит, удушить надежду, ибо всякая стезя — дар зрения. И посему тут и там — на куртинах могучих стен и прямо в проломах, начали одна за другой появляться ведьмы сваяли — Лазоревки, облачённые в развевающиеся одеяния и извергающие и своих уст сверкающие смыслы. Но вместо того чтобы бросаться в эту свирепую и напоённую безумием битву, они парили позади щетинящихся сталью боевых порядков, а меж их распростёртых ладоней начали один за другим появляться ослепительно белые колонны, пронзающие удушающий плен Пелены и возносящиеся ввысь...

Стержни Небес воздвиглись по всему периметру внешних укреплений Голготтерата, одновременно и пробивая Пелену и разгоняя своим сиянием сгустившийся мрак — отбрасывая на колышущиеся завесы их собственные тени, прорезая в поглотившей, казалось, весь Мир тьме клинья, наполненные яростным светом и ясностью, разоблачающей все кишащие и вздымающиеся множества, являющей взору всё бескрайнее бурление Орды. Слепяще-яркие силуэты адепток бросались в глаза, притупляя разлагающее воздействие чудовищного зрелища — бесконечно накатывающихся на строй людей волн нечеловеческих тварей.

И люди, узревшие чудо, сжимали друг другу плечи.

Осмеливаясь вновь обрести веру.

* * *

— И давно ты знаешь? — поинтересовалась ближайшая и, вероятно, наиболее отвратительная фигура.

Это были люди, понял Маловеби. *Изувеченные* люди.

Они стояли каждый на своей лестнице в трёх ступенях от пола, облачённые в стёганые робы из серого шёлка. Все они недавно брили головы, и все имели бледную из-за нехватки солнца кожу, однако на этом их сходство заканчивалось — и весьма катастрофически.

Говоривший выглядел так, словно кто-то во время путешествия по бурному морю ободрал с него кожу — настолько сморщенной и волокнистой она стала вследствие почти смертельных ожогов. Его глаза взирали из глазниц, лишившихся век в результате какого-то огненного шторма. Будучи неспособным моргнуть, он каждые несколько сердцебиений судорожно сощуривался — движением настолько быстрым, что оно казалось пугающим.

— С Даглиаш, — сказал Анасуримбор. — Но я всегда догадывался о такой возможности. С тех самых пор, как о моём существовании стало известно миру, я предполагал, что Ишуаль будет обнаружена. Я знал, что Консульт непременно обрушится на неё со всей причитающейся яростью, и не сомневался в том, что наш Сад в конце концов не устоит...

Один вопрос за другим безудержно рвались из окружавшего Маловеби тумана неразумения. Кто эти люди? Как они сумели добиться того, что ныне правят — правят! — самим Ковчегом?

И, вопрос ещё кошмарнее, откуда Анасуримбор *их знает*?

— Сколько времени потребовалось Консульту на то, чтобы зачистить Тысячу Тысяч Залов? — спросил Аспект-Император.

— Одна тысяча шестьсот одиннадцать дней, — ответила вторая фигура. Этот человек — единственный из всех — не имел видимых повреждений или шрамов, однако его манера держаться и говорить была столь неестественно отрешённой, что представлялась проявлением подлинной жестокости.

— Мы не могли совладать с эрратиками, — добавил третий, на голове у которого имелось два шрама: первый — вагинообразная щель, зияющая на месте правого глаза, а второй — более тонкий и кривой, напоминающий след от лезвия косы, обрамляющий лицо от макушки до глотки, словно кто-то пытался срезать это самое лицо с его головы.

— То есть, — сказал Аспект-Император, — до тех пор, пока они не захватили вас в плен.

Эти слова поразили Маловеби ударом ошеломляющего ужаса: *дуниане*.

Эти люди — дуниане.

Танцующие-в-мыслях, описанные Друзом Акхеймионом в его еретическом трактате.

— Я всегда догадывался, что некоторые из вас окажутся в плену, — пояснил Анасуримбор, — и начнут так же, как начинал некогда я — потворствуя чванству своих дряхлых господ...

Означало ли это, что перед ними сейчас пять сил, равновеликих Анасуримбору Келлхусу?

— И я всегда знал, что вы совладаете со своим пленом тем же путём, каким дуниане овладевают любыми обстоятельствами...

Будь проклят Ликаро! Будь проклят он сам и его лживое коварство!

— И очень скоро покорите Нечестивый Консульт изнутри.

* * *

— Что ты приняла? — спросил Кайютас. — Какое-то лекарство?

— Нильгиккаса, — не глядя на него, ответила Серва. Порошок на её языке на вкус казался чем-то вроде мела, угля или пепла — не более того. И всё-таки он почти немедленно наполнил её каким-то звенящим трепетом...

Серве пришло в голову, что это нечто вроде её личной аудиенции у легендарного нелюдского короля.

— Что ты собираешься делать? — настаивал её брат.

Она бросила мешочек настороженно взиравшему на неё экзальт-генералу.

— Спасти нашего Отца, — сказала она, наконец встречаясь с ним взглядом. — И наш Мир, Поди.

Серва во многих отношениях походила на свою сестру Телиопу, отличаясь от неё пропорционально, нежели качественно. Хотя её интеллект никогда не пылал столь же ярко, как у Телли, но и чувства её до конца не угасли. Она всегда оставалась скорее маминой дочерью. Если Телиопа была способна осознавать тонкости человеческих взаимоотношений лишь как некую абстракцию, Серва в полной мере ощущала нутряное напряжение, свойственное чувствам, подобным опасению и сожалению...

Любви и долгу.

— Нет, сестрёнка. Я запрещаю тебе.

Как и Кайютас.

Они всегда относились друг к другу как близнецы, несмотря на значительную разницу в возрасте. Каждый из них всегда знал, что другой обретается в тех же самых болезненно-тусклых сумерках... в месте, где такие вещи, как забота или сострадание, почти что могут иметь значение и смысл.

— А кто ты такой, чтобы оценивать пределы моей власти? — спросила она.

Его взгляд метнулся к её пузырящейся влажными язвами коже — ко всем стенаниям и мукам её наготы.

— Серва...

— Я знаю способ не замечать плотских страданий.

Кайютас... Кайю. Он выглядел во всём подобным Отцу и всё же был чем-то невообразимо меньшим. Сё было проклятием каждого Анасуримбора — вечно жить в чьей-то тени.

— И всё равно — я запрещаю.

Она одарила его печальной улыбкой.

— Тебе, само собой, лучше знать.

Саккарис разразился ругательствами, понося тех, кто уставился на экзальт-магоса, вместо того чтобы неотрывно наблюдать за Оскалом.

— Да любому дураку ясно, что ты умираешь, сестра.

— Тогда какое это имеет значение?

Сейчас она чувствовала его в себе — Нильгиккаса. Ощущала то, как его древняя жизненная сила закипает в самих её костях, возжигает её плоть.

— Саккарис, — обратился Кайютас к обожжённому великому магистру. — Если экзальт-магос попытается войти во Внутренние Врата, ты её останови...

— Что ты делаешь? — вскричала она. — Зачем, как тебе кажется, они укрыли враку, столь могучего как Скутула, именно здесь?

— Чтобы защитить Внутренние Врата, — хмуро ответил он.

— Но от кого? — спросила она. — Разумеется, не от Отца.

Они встретились взглядами, и, казалось, сами их души в этот миг соединились. Имперский принц, сдавшись, опустил глаза. Боль в его взоре была столь же глубокой, как и любое другое горе, свидетелем которого ей довелось стать в этот проклятый день. Между ними двумя достижение пусть нежеланного, но разделяемого понимания всегда было лишь вопросом времени.

В случае Апперенса Саккариса, однако, дела обстояли иначе.

— О чём ты говоришь?

Несмотря на все его дары, он не был Анасуримбором.

— Консульт... — объяснила она. — Они знают, что Великая Ордалия выстоит или падёт вместе со своим Святым Аспект-Императором.

— Так, значит, вот каков их план? — хмуро спросил он, морщась от причиняемой ожогами боли. — Они рассчитывают сдерживать нас здесь до тех пор, пока... пока...

Внезапно он побледнел.

Саккарис, поняла она, никогда всерьёз не допускал возможности, что его возлюбленный Господин и Пророк может потерпеть неудачу. В его представлении они не столько, застыв, стояли сейчас над бездной, сколько кровавыми чернилами кропали Священные Писания. Несмотря на все свои метафизические познания, несмотря на все невообразимые бедствия, что ему довелось пережить, он оставался лишь ещё одним Уверовавшим, преданным до самой смерти... и убеждённым до идиотизма.

В отличие от её брата.

— Возьми... — сказал Кайютас, вытаскивая из-за пояса длинный — зачарованный — меч и протягивая его Серве оголовьем вперёд. Это было кунуройское оружие, созданное ещё до Наставничества, — меч, который, учитывая архаичное треугольное остриё и отсутствие какого-либо эфеса, был древнее самого Умерау. Приняв его и приноровившись к балансу, она подняла меч на уровень глаз, изучая особенности его Метки, а затем поражённо взглянула на брата: вне всяких сомнений это было изделие Ремесленника, Эмилидиса — сику-основателя Школы артефакторов Митралик.

— Исирамулис, — пробормотала она, читая вязь рун гилкунья, вытравленных на зеркальной поверхности клинка.

— Испепелитель, — кивнув, подтвердил Саккарис.

Она взмахнула мечом у себя над головой, с удовлетворением отмечая его бритвенную остроту.

— Истина сияет, — сказал Кайютас, долгим прощальным взором вверяя сестру любому будущему, которое бы ни ожидало её.

Она подмигнула ему, как встарь — как поступала всякий раз, когда ради забавы заигрывалась с каким-нибудь чересчур человеческим сочетанием иронии и глупости. Он же ограничился лишь кивком. Крепко сжимая рукоять Исирамулиса, она повернулась к разгромленному проёму Оскала, рассматривая проложенную над пропастью колдовскую гать. Каждый ещё остававшийся у неё клочок кожи покалывало холодком. Ожоги, являвшие взору глубинные слои её наготы, сочились и истекали бусинами телесной влаги. Мёртвый нелюдской король струился по её венам.

Сыны человеческие, собравшиеся внутри разгромленной скорлупы Высокой Суоль, издали яростный рёв.

* * *

Стержни Небес ограждали Голготтерат столбами сияющего белого свечения, выхватывающего из мрака, чёрным болотом растёкшегося вокруг нечестивой цитадели, сокрытые им события и подробности. Невероятная громада Высокого Рога воздвигалась над крепостью, будучи ясно видимой из-за множества сверкающих, перекошенных образов — искривлённых выпуклой оболочкой Рога отражений гностических Стержней. Свет распространялся вовне, изливаясь на кишащие мерзостью пустоши и являя взору проблески кошмаров, проступающих на краю клубящейся тьмы — невообразимые множества толпящихся шранков, чья алебастрово-белая кожа отсвечивала в черноте, а красота, соседствующая с этой скотской толчеёй, ужасала сердца. Топчущие невидимую под их копошащейся плотью землю, шранчьи кланы то неуверенно, как-то по-жабьи, тянулись вперёд, то чудовищным бледным потоком бросались на Воинство, завывая от обуревающей их злобы и похоти. То тут, то там свирепые спазмы нарушали тяжеловесный круговорот Орды, когда тараторящие множества, вовлечённые в могучее движение, вдруг разбивали её спиральные рукава на клочья бурлящих облаков — отсвечивающих белой кожей областей, внезапно вскипающих яростной жестикуляцией...

Голготтерат превратился в плот, очутившийся в клокочущем отвратительном море.

Но они были тут не одни, ибо над темнеющей равниной вдруг появились какие-то блуждающие огни.

Адепты Имперского Сайка первыми заметили их в этой непроглядной темноте. Поначалу огни были едва зримыми, слабыми и дрожащими, напоминая размазанные кровоподтёки, пятнающие нутро Пелены еле заметным свечением, точно мерцание горящих свечей, виднеющееся сквозь промасленную ткань. Те адепты Сайка, что находились в громадной глотке Склонённого Рога, ничего не заметили из-за сияния Драконьих Голов, калейдоскопическими отражениями скользящих по вздымающимся вокруг золотым стенам. Однако те, что находились снаружи, в тени сокрушённого исполина, отчётливо видели их — всполохи света, медленно движущиеся в неком едва уловимом согласии, словно проблески молний приближающегося грозового фронта...

Но появились они лишь на краткое время.

* * *

Бархатная тишина опустилась на Золотой Зал, хотя вокруг Высокого Рога весь Мир вопил и исходил слюной.

— Мы не покоряли Консульт... — молвила одноглазая фигура.

— Мы вошли в него, — продолжила четвёртая голосом, словно бы сплетённым из шелеста тростника. Этот человек также нёс на своём теле множество шрамов — и шрамов поверх шрамов, — но при этом выделялся, в первую очередь, железными скобами, охватывавшими его голову и плечи.

— Лишь Шауриатис воспротивился нам, — объяснила пятая фигура. Шрамы, столь же неисчислимые, как и у его соседа, иссекали все видимые участки его кожи, причём в случае последнего дунианина их было гораздо больше, хотя размерами своими и глубиной они были меньше, будто бы этому человеку довелось претерпеть испытания пусть менее драматичные, но более многочисленные. Однако же, по-видимому, что-то пошло не так, ибо почти две трети его нижней губы были удалены, являя взору блестящие дёсны и зубы, торчащие из-под полога верхней.

— Посему лишь Шауриатис и был уничтожен.

— Прочие же, — сказал тот, что выглядел невредимым, — попросту сочли наш Довод неоспоримым.

— Как сочтёшь и ты, — заявил обожжённый.

Дуниане правят Голготтератом — дуниане!

— Но как раз этот вопрос и требует разрешения, — ответил Анасуримбор. — Кто-то из нас обладает Вящим Доводом. Либо Консульт, либо Ордалия занимают место, принадлежащее оппоненту, и каждый исходит из предположения, что именно он владеет им по праву.

Хотя Маловеби едва осознавал смысл и значение сказанного, он понимал достаточно, чтобы знать — здесь и сейчас ведётся подлинная, а не фигурально-иносказательная битва.

— Однако же имеет место простой факт, — сказал невредимый дунианин, — именно мы тщательно изучили Ковчег.

— А ты нет, — закончил обожжённый.

Если среди представителей человеческого рода слова всегда считались чем-то вроде невесомого мусора — «скрученными одеяниями алчности», как называл их Мемгова, — то здесь, среди дуниан, они обладали тяжестью и твёрдостью железных инструментов. Они представляли собой бастионы, воздвигающиеся за время, потребное для единственного вдоха и сносимые до основания на вдохе следующем — причём так обстояли дела *для обеих сторон*!

В этом было нечто чудесное... и тревожное!

— Я признаю это, — сказал Анасуримбор, и без малейшего нежелания в голосе.

Невредимый дунианин поднял руку — жестом, который после предшествовавшей ему неподвижности поражал своей резкостью — и поманил кого-то из-за спины Аспект-Императора.

— Ауракс! — позвал он. — Подойди-ка!

Маловеби предположил, что Аспект-Император, не двигаясь с места, полуобернулся, дабы не столкнуться с какой-нибудь неожиданностью. Поле зрения колдуна Мбимаю дёрнулось, а затем сместилось, ибо его голова перекатилась так, что теперь висела перпендикулярно бедру Анасуримбора, и посему, когда тот вновь повернулся к Изувеченным, Маловеби обнаружил, что смотрит на золотой плавник, торчащий из чёрного пола, и видит собственный лик, проступающий среди отливающих золотом отражений.

— Инхорои пережили свои истоки, — сказал одноглазый монах.

Это был он... он сам, взирающий из какого-то кожаного мешка, подвешенного на поясе Анасуримбора Келлхуса за чёрные волосы...

Будь он проклят! Будь проклят Ликаро! Пусть всех его жён настигнет проказа!

— Если мы воздвигли стены, чтобы защититься от нашего прошлого, — сказал дунианин, голова которого была опутана проволокой, — инхорои сочли стены неуместными.

Взгляд на то, чем он стал, заставил мага Извази ощутить головокружение и удушье — ощущение тянущей пустоты в том месте, где должны были быть его внутренности. Будь он проклят! Будь проклято его коварство! Оторвав взгляд от декапитанта, Маловеби воззрился на чёрный с золотом мир, отражающийся всё в том же золоте, — блеск самой алчности, будто бы помноженной на что-то приторно-мерзкое. Аспект-Император стоял уверенно и прямо, львиная грива его волос казалась из-за несовершенства металла размытой, чёрная рукоять Эншойи наискось выступала над его левым плечом, а складки безупречно белых облачений играли и переливались всеми оттенками жёлтого. Изувеченные один за другим стояли в глубине зала позади Анасуримбора, и каждый следующий из них казался меньше предыдущего.

— Скажи ему, Ауракс.

Инхорой, отражение которого застыло в какой-то ямочке на металле, казался одновременно и жалким и нелепым — его туловище изогнулось, точно травинка, а когти казались дорожками расплавленного воска.

— Гдеееее? — проскрежетало оно с негодующим поскуливанием. — Где мой браааат?

Оплывшее видение сделало шаг, и безумное искажение превратилось в уже похожий на себя лик Ауракса.

— Я швырнул его в чрево Орды, — сказал Анасуримбор.

Вещь резко развернулась к обожжённой фигуре.

— Тыыыыы! — завизжало оно. — Ты мне поклялся!

Но вызов в позе и голосе инхоря сменился похныкивающей услужливостью ещё до того, как дунианин повернулся, чтобы взглянуть на него. Оно отползло обратно в ямочку, его отражение разветвилось и одновременно скрутилось в клубок, превратив образ инхоря в нечто ракообразное.

Танцующие-в-Мыслях образовали новый Консульт!

Глава восемнадцатая. Золотой Зал

Да такой, перед которым инхорой пресмыкается в ужасе...

— То, что ты видишь, — невнятно пробормотал дунианин с оголёнными зубами, — продукт Текне. Сама конструкция его плоти несёт на себе отпечаток вмешательства интеллекта.

— Они были кастой воинов, — продолжал обожжённый, — созданной так, чтобы испытывать непреодолимую тягу к совершению всех разновидностей греха и, в конце концов, обременить свои души таким проклятием, чтобы малейший проблеск Обратного Огня был способен возродить их рвение и пыл.

Что толку осыпать Ликаро проклятиями?

— Так, значит, они и сами — нечто вроде шранков? — спросил Анасуримбор.

Но что ему ещё делать?

— Их плоть, — ответил заключённый в проволочную клетку дунианин, — несёт и клеймо их миссии.

Лучше ненавидеть, чем отчаиваться.

— В них была заложена нерушимая убеждённость, — добавил его одноглазый собрат. — Извращённая Вера, предполагающая преумножение собственного проклятия как стрекала, побуждающего их к обретению спасения.

Отражение Аспект-Императора, даже превосходя своими размерами образы Изувеченных, было при этом наименее отчётливым. Казалось, будто его окружают и сжимают капельки смолы, как-то оказавшиеся внутри наплыва инхоройского золота.

— А каким образом, — спросил Анасуримбор, — их древние прародители снискали своё собственное проклятие?

— Отцы инхороев? — переспросил тот, что с оголёнными зубами. — Уверен, ты уже знаешь ответ...

— Боюсь, что нет.

— Чересчур приблизившись к Абсолюту, — ответил обожжённый.

К Абсолюту?

— Ясно, — молвило золотое отражение Аспект-Императора.

* * *

Серва бросилась бежать по неровному, ухабистому своду гати, чувствуя, как её сожжённая кожа трескается, превращаясь в острова и целые архипелаги, и, хотя она способна была счесть каждый пузырящийся атолл, это не тяготило её, ибо она мчалась как ветер — летела слишком быстро, чтобы ярмо плотской боли способно было сдавить её. Её муки волочились следом за нею, побуждая Серву всё больше ускоряться, устремляясь в разворачивающуюся впереди паутину ощущений и чувств. Она видела, как мириады теней сжимаются, вставая перед нею густыми трепещущими зарослями... лишь для того, чтобы впитаться прямо в неё — в стройную девушку, сливающуюся с темнотой. Она видела, как растерзанный зев Оскала разверзся и поглотил её — искрошенный чёрный камень, выступающий или свисающий с парящей золотой оболочки. Она вдохнула вонь столь отвратную, что та заставила её кашлянуть — раз, а затем другой.

Она оказалась внутри Ковчега.

Колеблясь от замешательства, она помедлила. Отсюда Серва едва слышала вопли Орды.

Неужели ей удалось проскользнуть незамеченной?

Чудовищная крокодилья морда ухмыльнулась в сиянии собственной огненной отрыжки...

Она воздела руки, припав на одно колено.

Пламя вспыхнуло, поджигая слюну, словно нефть или горючий фосфор... и соскользнуло с её истерзанной кожи, как вода с промасленной ткани, обдав её жаром детских воспоминаний и ужасом древних времён. Она отпрыгнула назад и вправо, сделав кувырок, позволивший ей проскочить над огненным выдохом, и в этот самый миг впитала в себя каждую освещённую поверхность, выстраивая схему своего движения, ибо она ощущала девяносто девять хор, парящих где-то в пространствах вокруг неё, и знала, что протянутые в их сторону нити ведут к нечеловеческим лучникам. К тому моменту, когда точки небытия рванулись в полёт, она уже вновь мчалась, пробегая по полу, покрытому треснувшими и измельчёнными костями...

Поверхность, сплошь покрытая остовами трупов.

Остаточные завитки пламени плясали на лужицах догорающих потрохов. Проём Внутренних Врат оставался единственной серой полосой в абсолютной черноте, пожравшей всё вокруг и оставившей ей только время и память.

Но отпрыскам Анасуримбора Келлхуса большего и не требовалось.

За Оскалом находился обширный атриум нескольких сотен шагов в поперечнике, окружённый целым лесом колонн, несущих на себе этажи за этажами, каждый из которых кренился и заваливался набок, точно палуба идущего ко дну прогулочного кораблика.

Возможно, некогда это место выглядело величественно, будучи чем-то вроде переливающегося всеми цветами радуги монумента, однако ныне оно было не более чем грудами мусора и скопищем жалких лачуг, ютящихся на отвесных склонах отсутст-

Глава восемнадцатая. Золотой Зал

вующей горы. Мусор и груды обломков образовывали пол, на котором находились они со Скутулой, остальная же часть атриума практически целиком была завешана бесконечными рядами полусгнивших тканевых штор и гамаков, свисающих с восходящих ярусов.

Враку, свернувшись кольцом, возлежал вблизи центра атриума. По меньшей мере десять отрядов *инверси* — уршранков-гвардейцев затаились на перекошенных ярусах или теснились по краям заваленного мусором пола...

Гораздо больше, чем она надеялась.

Оставалось ещё восемьдесят восемь Безделушек.

* * *

Абсолют...

Айенсис использовал этот термин для обозначения коллапса желания и объекта, Мысли и Бытия.

Мемгова считал, что Абсолют не что иное, как Смерть — редукция разнообразия бытия до своего рода совмещения сущностей, некоего принципа существования. Однако Маловеби не имел ни малейшего представления о том, что понимают под этим термином дуниане, не считая того, что для них Абсолют был чем-то вроде награды — целью, стремление к которой разделяли как Изувеченные, так и Анасуримбор...

— Прародители назвали этот век Озарением, — произнесло миниатюрное золотое отражение невредимого дунианина, — эпоху, во время которой Текне стало их религией — идолом, которого они вознесли над всеми прочими. Они отринули своих старых богов, забросили старые храмы и воздвигли новые — огромные сооружения, посвящённые разгадыванию истоков бытия. Причинность стала их единственным и подлинным Богом.

Из туманных образов обожжённый дунианин проступал в неземном золоте отражением, превосходящим размерами всех присутствующих, кроме Анасуримбора.

— Причинность, Келлхус.

— Ибо они верили, — провозгласил опутанный проволокой, — что, двигаясь этим путём, сумеют превозмочь тьму, бывшую прежде, и тем самым станут богами.

— Смогут достичь Абсолюта, — заключила фигура с оголёнными зубами. Её отражение в полировке было крохотным — размером с большой палец.

Но что может значить солнечный свет для крота? В своей странной коллективной манере дуниане поведали о том, как

Текне таким образом видоизменило жизнь прародителей, что все старые пути сделались невозможными. Оно оторвало их от древних традиций, сняло с их разума кандалы обычаев — так, что в итоге лишь животная природа стала хоть как-то ограничивать их. Они поклонялись самим себе, как мере значимости всех вещей, и предавались бессмысленному и экстравагантному чревоугодию. Никакие запреты не ограничивали их, исключая разве что воспрепятствование другим в их желаниях. Справедливость сделалась подсчётом состязающихся потребностей и аппетитов. Логос стал принципом всей их цивилизации.

— Незаметно прирастая, — сказал одноглазый дунианин, лицо которого странно блестело, — Текне освобождало их желания, позволяя им извращения и безумства всё более изощрённые.

Текне. Да. Текне лежало в основе их доводов.

— Они начали лепить и творить самих себя, как гончар лепит глину, — сказал невредимый.

Текне и все преобразования, на которые была способна его безграничная мощь.

— Они практически коснулись Абсолюта, — заявил дунианин с оголёнными зубами, — он колол их пальцы — так близко к нему они оказались.

То, что освободило инхороев от нужды и лишений, в то же время отняло у них всё, что было святым...

— Оставалась лишь одна загадка, которую они не смогли разрешить, — сказал невредимый дунианин, — единственный древний секрет, пока что оказывавшийся не под силу Текне...

— Душа, — выдохнул его лишённый нижней губы собрат.

Три сердцебиения безмолвия — безмолвия, напоённого невероятным откровением.

— Душа стала их Тайной Тайн, фокусом сосредоточения множества изощрённых интеллектов.

Более не имело значения, кто именно из дуниан говорил — *Изувеченные не лгали,* и посему Истина изрекалась так, словно высказывалась одним человеком.

— И когда душа, наконец, выдала свои тайны, спасовав перед их проницательностью...

И *он сам* тоже был там — отражение чего-то вроде пчелиного улья, свисающего с пояса Аспект-Императора. Как? Как он мог оказаться в положении настолько жалком?

— Они обнаружили, что вся их раса проклята.

Чёртов Ликаро!

Глава восемнадцатая. Золотой Зал

* * *

Возле руин Дорматуз сияние Стержней Небес отбрасывало тени людей на бурлящее бездушное буйство. Тени эти, изможденно вжимающие плечи в щиты, тяжко трудились, делая выпады копьями или же устало размахивая мечами и топорами. Вновь и вновь они отбрасывали натиск шранков, будучи уже скорее подобны окровавленным пугалам, нежели людям. Волосы прилипли к щекам, пропитанные кровью бороды обрамляли распахнутые в тяжёлом дыхании рты, а глаза тревожно, даже панически, рыскали из стороны в сторону. Вновь и вновь шранки, бездумно прорываясь сквозь грабли Нибелинских молний и перехлёстывая через груды и завалы из обугленных трупов, бросались на осаждённых норсираев — источающие слюну, безумные и неисчислимые узкоплечие фигуры, словно бы вырезанные из палево-бледного воска, с глазами, сияющими подобно плавающим в масле чёрным оливкам. Сумасшедший натиск их был в той же мере буйством вопиющей непристойности, в какой и ревущей ярости. Неслышное бормотание. Неслышные хрипы и завывания. Вновь и вновь существа резко падали или же оседали в расстилающееся под их ороговевшими ногами сплетение мёртвых тел, движениями бёдер отсчитывая свои последние вдохи.

Именно здесь вновь появились блуждающие огни, ранее замеченные на западе адептами Имперского Сайка. Сам великий магистр Мисунсай, свирепый Обве Гёсвуран одним из первых увидел их прерывистое свечение — объёмные вспышки, прорезающие выбоины в чреве Пелены. Он стоял на переднем крае руин Дорматуз — там, где сынам Тидонна приходилось отбивать самые яростные атаки и где, поражённые хорами, во множестве пали колдуны его Школы. Сперва ему показалось, что его подводит зрение, но взгляд, брошенный им на адептов его личной тройки, убедил его в том, что если это и иллюзия, то уж очень реальная.

Всякий дурак мог видеть Метки. Огни в своём множестве и неистовстве разгоняли мрак Пелены, отдельными проблесками являя взору части Орды — целые области, кишащие чем-то вроде копошащихся в чернилах личинок...

Колдуны... Десятки колдунов — судя по пиротехнической плотности и геометрической неразберихе приближающихся огней.

Смутное тление стало туманным свечением, вскоре усилившимся до сияния гностических устроений — во всяком случае, именно так с самого начала решил великий магистр. А затем, один за другим, их фигуры проступили в бурлящих пыльных шлейфах.

Они шли в двадцати локтях над истерзанной равниной — некоторые, в силу своего безумия, совершенно голые, другие же облачённые в архаичного вида широкие развевающиеся одеяния. Их рты и глазницы сияли мистическим блеском, а их колдовство обрушивалось на вопящие внизу пространства, сея гибель и опустошение.

— **Иштеребинт!** — загрохотал чародейским громом голос Гёсвурана. — **Иштеребинт явился на помощь Великой Ордалии!**

Квуйя наступали неровной дугой, извергая перед собой завесу искрящегося всеуничтожения. Могущественнейшими из них были Випполь Старший — сику времён Ранней Древности, подвизавшийся в Атритау и среди сынов Эамнора, а также Килкулликкас — ещё один истинный отпрыск Иштеребинта, что, принадлежа к числу Позднерождённых, тем не менее сумел в полной мере раскрыть свои дарования. Именно он в ходе Инвеституры низверг Дракона Ножей — Муратаура Серебряного. Также в числе явившихся был и печально известный Суйяра'нин — сиольский ишрой, которого древние летописцы именовали Бескровным за его невероятную бледность и который некогда странствовал по людским царствам и, будучи известен как Алый Упырь, служил визирем смертным королям до тех пор, пока не превратился в эрратика и не был вынужден просить милости у Нильгиккаса — короля Последней Обители. Он, единственный из всех нелюдей, имел определённое отношение к Мисунсай, ибо его жажда власти и прочие хищнические повадки во времена Поздней Древности вдохновили его основать Совет Микки, а его методы, хотя нынешним адептам Мисунсай это было и неведомо, как раз и подтолкнули эту Школу к наёмничеству. Именно Суйяра'нин первым начал требовать от своих клиентов вытяжку из их крови, удерживая её до окончательного расчёта в качестве залога — то же самое практиковала и Мисунсай. И именно его прозвище послужило причиной того, что люди почитали всех нелюдей за упырей-трупоедов.

Никто их тех, кто сейчас наблюдал за квуйя, не был способен узнать никого из них, ибо были эти души древнее древних. Они видели лишь кунуроев, Ложных Людей, о которых говорилось в Хрониках Бивня, — существ, чья телесная мощь и плотская красота пристыжали людей своим совершенством, а лица были неотличимы от шранчьих. Упырей. И, тем не менее, сейчас на них надвигалось явственное проявление величия, поражающего всех тех, кто не был непосредственно поглощён грязью битвы. Эти нелюди не были развращёнными эрратиками, подобными тем, с кем им ранее довелось сегодня столкнуться — безумцами, изуродованными обрывками мучительных переживаний, которые они ещё способны были извлечь из своей памяти. Сё были последние кунурои, оставшиеся Целостными, шествовавшие в сиянии своей древней славы. Пробудилась легендарная ярость квуйя!

Нелюди Иштеребинта ответили на призыв их Святого Аспект-Императора!

Песнопения извергались сияющими вспышками из их черепов. Квуйя приближались, паря над поражёнными скверной полями в своих традиционных позах — грудь выпячена, а руки отставлены назад, словно они пытались протолкнуть свои сердца через толщу воды. Перед самым мигом явления колдовства они резко вытягивали руки вперёд, меняя положение тела на прямо противоположное и словно бы выстреливая свои Абстракции. И шранки гибли под ударами их гнева, как гибли они в те времена, когда их души ещё были молоды, а вся непристойная мерзость Сотворения этих существ была свежей, как пытка. Блистающие параболы вбивали шранков в грязь. Сверкающие гребни превращали их в горящие свечи. И они визжали, как визжали когда-то, обращая свои завывания к парящим в небесах призрачным фигурам, приходящимся им отцами. Их обращённые вверх лица сминались, словно зажатые в кулаке куски шёлка, кривясь в безумных гримасах. Они зрели в небесах своих древних врагов и ненавидели их — как ненавидели тех и люди, так же как и шранки обращавшие свою ненависть на более совершенные, нежели они сами, образы.

Но если убожество приводит к однородности, совершенство порождает многообразие. Около тридцати трёх квуйя продвигались к пролому, и при всём сверхъестественном сходстве их черт выражения их лиц ни разу не повторялись, и каждое из них искажали сильнейшие чувства — убийственная холодность, чудовищная скорбь или же веселье, рождающее судорожный смех. Даже Целостные казались словно бы одурманенными, ибо многие квуйя полагали, что битва по своей сути есть Ри — то есть нечто, пребывающее вне любых законов и предполагающее отсутствие какой-либо сдержанности. Горбясь над сиянием своих Теорем, они хихикали и рыдали, вопили и считали вслух, обрушивая опустошение и погибель на кишащие белёсыми личинками просторы.

Обве Гёсвуран всегда славился какой-то по-особому безрассудной отвагой, превосходя в этом отношении даже своих суровых и властных собратьев по ремеслу. Там, где прочие словно бы блуждали в лабиринте, он безошибочно придерживался золотого пути, сворачивая, делая выбор или же сходя с тропы именно там, где это было необходимо.

Он гораздо быстрее чуял опасность, чем осознавал её.

* * *

Лязганье доспехов и вой гвардейцев-уршранков разносились в обрамлённой металлом пустоте.

— **Множество раз**, — прорычал ужасающий и великий Скутула, — **поглощали мы девственных дочерей человеческих**.

Анасуримбор Серва мчалась сквозь непроглядную тьму, перепрыгивая через обломки и мусор, расположение которых открылось ей перед тем как исчезли последние источники света — угасшие языки пламени. Она слышала скрипение и стук, исходящие от примерно сотни или чуть больше того *инверси*, пребывающих внутри того самого мрака, в чрево которого она устремлялась. Самая нижняя из галерей, учитывая перекошенные плиты перекрытий и заваленный грудами мусора пол, была чуть просторнее тесной пещеры. Потолок накренился параллельно проходу, оставив лишь небольшую щель, открывавшуюся в атриум, где с топотом и грохотом перемещался древний враку.

— **Но мы не чуем запаха твоего девичества...**

Ни одна из тварей не подозревала, что экзальт-магос уже рядом, — во всяком случае поначалу. Серва промчалась меж ними с той же лёгкостью, с какой дитя пускает пузыри. Исирамулис скакал из стороны в сторону, изощряясь в акробатических пируэтах. Уршранки едва успевали вскрикнуть или слегка хрюкнуть, как, хватаясь за смертельные раны, уже падали наземь. Она успела убить пятерых до того, как перед ней оказался носитель хоры. Он умер так же глупо, как и предыдущие твари, но его предсмертные корчи привлекли остальных, тут же бросившихся в её сторону, вслепую разя темноту, что хоть и выглядело нелепо, но, тем не менее, было довольно опасно. Прекратив свою охоту, она просто развернулась и побежала в обратную сторону, преследуемая буйной, по-кошачьи завывающей толпой...

— **Жена ли ты**, — с присвистом прохрипел могучий враку, — **или же *шлюха*?**

Вернувшись назад, к светлеющему на фоне абсолютной черноты пролому Оскала, она на краткое мгновение припала к земле — достаточно надолго для того, чтобы её изящный образ отпечатался в глазах охотящихся на неё. Она чувствовала, как на находящихся перед ней галереях поднимаются хоры — лучники прицеливаются в открывшуюся их взорам фигуру. Она слышала колыхание венчика рогатой короны дракона, ощущала дрожь земли, исходящую от его туши. Она увидела, как *инверси* выскочили из галереи, по которой она только что бежала, увидела их искажённые гневом и яростью нелюдские лица...

Она приготовилась прыгнуть, глазами души узрев пересекающиеся траектории выпущенных в её сторону хор.

— *Нет*! — воскликнула она, совершая мгновенные расчёты. — *Я ведьма!*

Огонь. Огонь охватил всё вокруг, превращая грязь в стекло, воспламеняя осколки костей и уничтожая выскочивших гвардейцев.

Теперь ей пришлось бороться ещё и со светом, исходящим от пылающих тел.

И она насчитала восемьдесят семь.

* * *

Он отлично помнил её — саудиллийскую шлюху, к которой они с Ликаро оба наведывались в молодости. *Остерегайся этого шакала!* — как-то предупредила она его. — *Ибо он навлечёт на тебя погибель!*

Свирепые речи, произносимые с усталостью, неотличимой от мудрости. И всё же Маловеби сомневался, что она была способна в полной мере предвидеть, что с ним в действительности произойдёт.

Обезглавленный. Оказавшийся в заложниках у Нечестивого Консульта — или, скорее, у поглотившего Консульт дунианского кошмара.

А в ладони спорящих дуниан сейчас пребывало всё человечество — сумма всей когда-либо существовавшей на свете любви, итог всех мук и трудов. Аргументы были подобны рычагам и шестерёнкам. Высказывания и факты оценивались не по радению или тревоге говорившего, но лишь согласно их убедительности — вне зависимости от того, насколько они противоречили тому, *что свято...*

— Ты понял, Брат? *Текне — и есть Логос.*

Понимание всегда сопровождает опасность. Маловеби, постоянно наблюдавший за тем, как Ликаро подталкивает их глуповатого царственного кузена к нужным ему решениям, слишком хорошо знал это. Понять значило оказаться *перемещённым*. Понять значило стоять на пороге *веры...*

— Ты принял наш Довод?

Он чувствовал это даже сейчас, размышляя над возможностью того, что Истина и Святость *не одно и то же*. Как бы Айенсис ликовал и злорадствовал!

— *Проклятие это препятствие...*

И хотя его разум и сопротивлялся, сердце Маловеби, казалось, ушло в пятки от настигшего его всеобъемлющего осознания — *это не люди.*

— *Помеха.*

Как инхорои, являясь вариацией шранков, были созданы, чтобы верить в то, во что им предначертано было верить, так и эти Танцующие-в-Мыслях — эти дуниане — были созданы, чтобы постигать и покорять.

— Мир необходимо Затворить, Брат.

И тем самым достичь своего загадочного Абсолюта.

— Завещание Ковчега должно быть исполнено.

Стать самодвижущимися душами.

Всё именно так, как и утверждал этот несчастный Друз Акхеймион! Всё это время сатаханов Двор дивился Аспект-Императору, вновь и вновь пытаясь постичь смысл его озадачивающих действий, вновь и вновь приписывая ему грубые мотивы, присущие их собственным душам. Мог ли им овладеть демон? Был ли он «Кусифрой», как утверждали Фанайял и ятверианское чудовище? Но никому не приходила в голову возможность того, что он мог всего лишь воплощать определённый принцип, что он, подобно шранкам, мог попросту исполнять некий императив, впечатанный в саму основу его души.

Искореняя всё *остальное...*

— Круговорот душ должен прерваться, — сказал безгубый дунианин, его миниатюрное отражение из-за отсутствия губы выглядело как-то нелепо. — Человечество необходимо привести на грань уничтожения.

Твари, полоумные твари! Адепт Мбимаю почувствовал дурноту и головокружение — не столько из-за того, что ему довелось осознать нечто настолько безумное, сколько из-за того, что нечто настолько безумное *может быть истиной.*

Неужели всё так ужасно? Неужели твердыней человечества всегда было лишь заблуждение... невежество?

Как бы убивался бедный Забвири...

— И поэтому-то вы и обихаживаете меня, — молвило отражение Анасуримбора.

И, наверное, выглядел бы довольно забавно.

Глава восемнадцатая. Золотой Зал

— Да, — признал обожжённый дунианин, его складчатая кожа нервировала даже в столь крохотном отражении. — Чтобы воскресить Не-Бога.

* * *

Вопящий хор немного утих, став чуть менее оглушительным.

Те Долгобородые, что находились на куртинах могучих стен, осмелились высунуться меж золотых зубцов, дабы как следует оглядеться, а те, что стояли в проломах, закричали, получив неожиданную передышку. Десятки тысяч шранков, скопившихся возле руин Дорматуз, внезапно умолкли. Квуйя рваной линией выступили из непроглядной завесы Пелены, обозначая себя сиянием семантических конструкций и соответствующим им вполне материальным высверкам и взрывам. Парящие Тройки Мисунсай меж тем оставались на своих позициях, волны их облачений вились и кружились, как чернила, растворяющиеся в воде. Их Нибелинские молнии яростными вспышками сметали с расстилающейся под колдунами равнины всякую жизнь. Шранки, подобно громадным рыбьим косякам, скользили меж росчерками магического света, бросаясь как к неприступным чёрным стенам, так и прочь от них толпами настолько плотными, что даже самые слабые Напевы учиняли среди них совершенно невероятную бойню. И хотя тесаками и выступали сверкающие колдовские устроения, работа эта ничем не отличалась от труда мясника.

Сыны Се Тидонна взвыли в унисон — вопль, который они на сей раз сумели услышать — и застучали мечами и топорами о поднятые щиты.

Обве Гёсвуран во главе своей Тройки вышел навстречу сынам Иштеребинта, считая этот поступок своей привилегией и обязанностью. Находящиеся рядом Тройки сместились вперёд, сопровождая его. Облачение из свинцово-серого войлока, несущее вышитый переливающимся золотом Знак его Школы, унимало колыхание шлейфов его одеяний. Сиял Свёрнутый Свиток Оараната, парящий над Луком и Стрелой Нилитара, опоясанных Кругом Микки. Около пятнадцати адептов Мисунсай шагнули в пустое небо на обоих флангах. Многие из них, подобно великому магистру, также несли на своих одеждах Знак Школы.

Однако среди квуйя лишь Килкуликкас сумел правильно оценить намерения приближающегося магистра и попытался предупредить Вилполя Старшего, но безуспешно. Безумнорождённый крушил давящие друг друга толпы и, рыдая, выкрикивал имена своих давно умерших братьев. И так же вели себя и многие другие. Затерявшись в искалечивших их память утратах, они вновь переживали битвы, в которых им довелось сражаться тысячелетия назад, — Имогирион, Пир-Миннингиаль, Пир-Пахаль и другие. Они выкрикивали имена возлюбленных мертвецов, оплакивали горести и мстили за беды, что были старше человеческих языков.

Шлюхе было угодно, чтобы первым с великим магистром Мисунсай столкнулся Алый Упырь, ибо, учитывая свою знаменитую страсть к убийствам и разрушениям, Суйяра'нин попросту оказался далеко впереди своих товарищей. Попеременно то хихикая, то рыдая, он парил в небесах, облачённый в блистающую алую броню из зачарованного нимиля — знаменитый Оримурил, Рубеж Безупречности, который века тому назад люди Трёх Морей со страхом и завистью именовали Валом. Он взрывал землю Виритийскими Инфляциями, оболочками раздувающихся сфер расшвыривая кучки шранков, разлетавшихся по траекториям, зачастую проходящим всего в нескольких локтях от его обутых в сандалии ног. Казалось, он заметил людских колдунов, лишь когда те оказались прямо подле него — настолько глубоко он погрузился в себя. Нахмурившись, словно только что разбуженный человек, Алый Упырь парил в воздухе, наблюдая за тем, как адепты Мисунсай обступают его... а затем его взор упал на вышитый золотом Круг, украшающий грудь Обве Гёсвурана...

Защитные Аналогии Гёсвурана, предназначавшиеся для отражения стрел, камней и прочих мирских снарядов, ничем не могли помочь против Абстракций Суйяра'нина. Призрачная оболочка развеялась в дым, и Обве Гёсвуран, пылая, рухнул с небес, а его дёргающееся тело, разрезанное сверкающими Мимтискими Кольцами, ещё в воздухе распалось на части.

Вихрем явилась смерть... швырнув его сущность навстречу жаждущим чреслам Ада.

В последовавший за этим миг изумления и замешательства Суйяра'нин убил ещё одного адепта Мисунсай, а пока остальные отчаянно готовили ответный удар, прикончил ещё двоих. Оставшиеся восемь обрушили на ярящегося, облачённого в алый доспех нелюдя сокрушительный всполох Нибелинских Молний, охвативших того сплетением сверкающих ломаных линий и сбросивших потрясённого этим ударом Суйяра'нина с небес прямо в ревущие внизу мерзкие толпы — ибо его Обереги тоже предназначались лишь для защиты от копий и стрел.

И Алого Упыря не стало.

* * *

Словно мышка, шныряющая в тени плюющегося огнём кота, она стремглав неслась по усыпанной мертвечиной поверхности. Громадные камни дрожали от гневного рыка Скутулы. Пылающая жидкость плескалась вокруг, разбухая с шипящим сиянием.

Серва выпрыгнула из неё.

— А вот я чую одно лишь девичество! — тяжело дыша, крикнула она. — Быть может, это от тебя так несёт?

Схватившись за свисающую верёвку, она перебросила себя во мрак круговой галереи второго яруса.

Пламя яростным потопом следовало за ней, бурля и вздымаясь словно живое, рыщущее в её поисках существо. Крепко сжимая Исирамулис, она будто призрак скользила вперёд, уворачиваясь от его обжигающих щупалец, яркое сияние которых на миг вырывало из сумрака поблёскивающие конструкции и особенности здешнего обустройства. Она очутилась на истёртом временем помосте, мчась мимо созвездий сверкающих оранжевых бусин и всматриваясь в мир, вдруг ставший грубо сработанным лабиринтом. Плиты перекрытий оказались настолько перекошенными, что террасы и проходы были повсюду — частично образованные вздымающимися каменными блоками и наваленными на них грудами грязи и мусора, а частично деревянными конструкциями, причём столь гнилыми, что местами они свисали с потолка, как паутина, заполняя собой все галереи вплоть до золотых сводов атриума. В некоторых случаях по всей протяжённости яруса были обустроены четыре или даже пять деревянных террас, под каждой из которых были один над другим подвешены два, а иногда и три убогих обиталища. Казалось, будто целое царство, полное свирепых паразитов, обретается в нутре некого громадного и вместе с тем совершенно иначе устроенного существа, или, скорее, какой-то необратимо повреждённой структуры.

— **Сам этот Мир провонял сучьей дыркой!** — с хриплым смехом прогремел величественный змей.

Она бежала по самому краю галереи — так близко к внутреннему пространству, как только могла. Тела гвардейцев, которых она заманила под пламя дракона, будто головешки пылали внизу, бросая на её обнажённую фигуру красные и бледно-жёлтые отблески. Она добавила шесть к своему Счёту — теперь оставалось семьдесят четыре.

— **Говорят, десять миллионов погибло во время Падения**, — проревел Скутула, — **и эта земля набилась в утробу нашей Матери!**

Но ещё больше гвардейцев по-прежнему копошилось в ветхой сети, сползаясь отовсюду, чтобы перехватить и поймать её.

— **Во чрево нашего Наисвятейшего Ковчега!**

Здесь было достаточно светло, чтобы она могла видеть поблёскивание перевёрнутого пламени, украшающего их щиты, а там, внизу, в скудном свете был заметен лишь суетный рой спешащих теней. Она бежала так, словно стремилась прямиком в их объятия. Мчалась, подныривая и перепрыгивая посвист хор, летящих вместе с разящими стрелами с различных позиций внутри атриума. Ещё пять!

Она спрыгнула с дощатого края галереи на находящиеся ниже усыпанные мусором перекошенные каменные плиты и остановилась на островке ложной безопасности, скрытая от враку, но ясно видимая несущимся вверх по склону уршранкам. Буйство, что было Нильгиккасом, колющими иглами струилось по её венам, и ей казалось, что она может ощущать всё вокруг — вихляющие на бегу тесаки и мечи гвардейцев, скребущие грязь когти и дрожание гребня враку, а также разгоняющее гнилостный воздух движение его туши. Невообразимое множество словоохотливых знаков, сходящихся в этом вот самом... месте...

В месте, где обреталась Причинность.

Она увидела выбегающих из мрака гвардейцев — их нелюдские лица уродовала чудовищная злоба и похотливое презрение — и каким-то образом сумела узреть прямо *в этих лицах* постепенно воздвигающуюся позади неё массивную корону враку — все особенности и подробности её устройства, рассеянные по ним множеством проявлений потрясения и ужаса. Серва внимательно наблюдала за тем, как гвардейцы, скользя по обломкам и мусору, замедлили бег и остановились, и в нужный момент сунула Исирамулис в ложбинку между своих грудей, ибо увидела пламя враку, вспыхнувшее золотом в чёрных глазах.

Это нечто вроде способностей Отца?

Умение видеть затылком.

Ревущая огнём блевота вспыхнула вокруг неё. Она ощутила, как пламя колышет остатки её волос и протискивается сквозь остатки кожи. Наблюдала за тем, как оно, подобно любым другим инструментам её воли, поглощает уршранков...

Убогие твари визжали, как тонущие свиньи.

Затем она перепрыгнула через гребень укоса и, увернувшись от клацнувших челюстей Скутулы, полных железных зубов, скользнула в извилистый лабиринт галереи, заполненный хаотичным переплетением камня и дерева. Двое из оставшихся у неё за спиной *инверси* имели при себе хоры...

— И что же, скажите на милость, — воскликнула она со смехом, что весело зазвенел, отражаясь от золотых конструкций, — драконы могут знать о сучках?

Оставалось шестьдесят семь.

* * *

— Мог-Фарау, — сказал Анасуримбор.

Произнесённое имя, казалось, налилось тяжестью.

Колдовское бормотание какого-то странного тембра донеслось вдруг отовсюду. Свет вспыхнул на отражении дунианина, превратив остаток его губы в подобие предмета, извлечённого из печи стеклодува. Лики Изувеченных, синхронно повернувшись, воззрились куда-то в темноту...

Маловеби почти сразу увидел его — чёрный, беззвучно проступающий из такой же черноты огромный саркофаг, размером примерно девять на четыре локтя, сработанный то ли из керамики, то ли из какого-то загадочного металла и словно бы плывущий в собственном отражении по обсидиановым плитам.

Это происходит сейчас, понял он. Прямо сейчас!

Поблёскивающий монолит с лёгким шорохом по очереди миновал трех стоящих в отдалении дуниан. Скорчившаяся клякса, что была Аураксом, стоило саркофагу поравняться с ней, издала какой-то звук — то ли хрип, то ли кашель. На мгновение чёрная громада всей своей массой воздвиглась перед Аспект-Императором. Поверхность саркофага была испещрена линиями и прожилками, образовывавшими то ли контуры какого-то лица, то ли чертёж великого города — и Маловеби едва не зажмурился, ибо тьма, проступавшая в отражении Анасуримбора, вдруг словно бы слилась с отражением этой вещи. А затем, с той же самой беззвучной точностью, саркофаг опрокинулся назад, встав горизонтально и зависнув примерно на ширину ладони от пола. Своим верхним краем чёрный монолит достигал талии Анасуримбора.

Карапакс... Неужели это он? Но большинство источников утверждали, что в него были вставлены хоры...

— Это Объект, — с какой-то мрачностью возгласил обожжённый дунианин.

Гравированная плоскость саркофага, оказавшаяся крышкой, сама по себе поднялась, а затем, наклонившись, опустилась на одну из своих граней. Зеркально отполированная поверхность исказила и раздробила отсвет Обратного Огня.

Маловеби ничего не мог рассмотреть внутри саркофага... как и не был способен сформулировать хоть какую-то связную мысль.

— Но к чему такие сложности? — спросил Анасуримбор. — Если ваша цель — истребить человечество, то почему бы не воспользоваться тем оружием, что вы применили в Даглиаш?

Единственное, о чём мог думать сейчас Маловеби, — Не-Бог... Перед ним Не-Бог.

— Нам удалось восстановить лишь одну подобную вещь, — сказало отражение невредимого дунианина, — но даже если бы были другие — это оружие чересчур неразборчиво и непредсказуемо, особенно если его применять массово.

— Наше Спасение заключается не в самом факте истребления человечества, а в особенностях этого процесса.

— Лишь Объект способен Затворить Мир от Той Стороны, — пояснил одноглазый дунианин.

— Да... — сказал Аспект-Император, — те самые сто сорок четыре тысячи...

— Объект это замена Ковчегу — нечто вроде протеза, — продолжил безгубый дунианин, его отражение размером было не более пальца — из-за того, что он стоял дальше остальных. — В отливах и приливах жизни этого Мира таится определённый код, и чем больше смертей, тем явственнее он проступает — и тем большую часть кода Ковчег способен прочесть...

— Так, значит, Не-Бог и есть Ковчег? — спросил Анасуримбор Келлхус.

— Нет, — ответил обожжённый дунианин, — но ты это и так знаешь.

— И что же я знаю?

— Что Не-Бог сливает воедино Объект и Субъект, — ответил одноглазый монах. — Что он и есть Абсолют.

Святой Аспект-Император Трёх Морей склонил голову в задумчивом подтверждении. Отражения Изувеченных замерли в ожидании его следующих слов. При всех странностях отражения Анасуримбора, Маловеби понимал, что тот смотрит вниз — внутрь Карапакса...

Размышляя?

Жаждая!

— И вы полагаете, что я — недостающая часть? — спросил Келлхус. — Субъект, способный вернуть к жизни эту... систему?

Поэтому хоры и были убраны из Карапакса? Из-за него? Маловеби казалось, что он сейчас задохнётся...

Ближайший из дуниан — обожжённый — кивнул.

— Кельмомасово пророчество предрекало твоё пришествие, брат.

Глава восемнадцатая. Золотой Зал

* * *

Вой Орды поглотил все звуки и голоса, кроме самых громких. Моэнгхусу ещё предстояло понять, слышит ли кто-нибудь его самого, ибо пока что он пребывал в таком же оцепенении, как и все остальные, а его побелевшие пальцы цеплялись за искрошенные парапеты Акеокинои. Скюльвенды что-то оглушительно орали на своём языке, но в целом происходящее было и без того понятно. Когда ошеломляющие размеры шранчьего воинства сделались очевидными, его отец приказал Народу укрыться за гребнем Окклюзии — на её внешних склонах — и использовать предоставленных Консультом *экскурси* для того, чтобы преградить проходы и перевалы. Сам же Найюр, вместе с военачальниками и вождями, теперь держал ставку здесь, на Акеокинои... разглядывая открывающиеся его взору просторы, кишащие жизнью, но при этом совершенно безлюдные.

Выступая над передними зубами Орды, словно какие-то газообразные дёсны, Пелена постепенно без остатка удушила весь Шиголги в своих зловонных объятиях — палево-бледная кисея, отчего-то ставшая в свете полуденного солнца чёрной и почти совершенно непроницаемой, так что в определённый момент она сокрыла от взора даже сияние уцелевшего Рога, ныне проступавшего сквозь завесу лишь смутными очертаниями. Не считая всполохов колдовства, напоминающих мерцание серебряных келликов в глубинах ночного омута, Пелена теперь стала единственным видимым зрелищем — сплошной вуалью, сотканной из гнилостных шлейфов, заслоняющих скалы Окклюзии и воздвигающихся до почерневшего Свода Небес.

И это встревожило имперского принца, поражённого монументальностью вершащегося зла, к которому харапиорово зло не способно было даже приблизиться... ибо он был взращён на рассказах об этом миге — о миге конца, о дне, когда Судьба Человечества, наконец, определится. Сущность и значимость всех их душ проявится в день сей! Пелена, плещущаяся в чаше Окклюзии, казалось, источала некое таинство, словно сосуд, наполненный тёмным, мифическим приношением...

Сама земля превратилась в алтарь ужаса!

И там сейчас был Кайютас... и Серва.

— Уверен, твой план заключался не в том, чтобы просто стоять тут и наблюдать! — воскликнул Моэнгхус, изо всех сил стараясь перекричать вой Орды.

Король Племён обратил к нему свой взор — давящий и убийственный.

— План, щенок, заключался в том, чтобы захватить Ордалию врасплох, пока она ещё находилась в лагере, и завладеть Кладом Хор, вырезав при этом всю твою семью.

Слова, произнесённые, чтобы спровоцировать его.

— И ты ожидал...

— Я ожидал того, чего всегда ожидаю, противостоя ему!

Прочие вожди, скрестив руки, с каменными лицами взирали на них.

— И чего же? — едва сдерживаясь, спросил Моэнгхус. Ибо всю свою жизнь он был наименее хладнокровным из своей семьи — человеком, ведомым внутренней яростью, порывистым и ожесточённым.

Ухмылка мертвеца. Шрамы вокруг Найюрова рта превратились в сочетание вертикальных линий, и у Моэнгхуса возникло приводящее его в замешательство ощущение, что все свазонды варвара ухмыляются вместе с ним самим.

— Что я потерплю неудачу.

— Но это же безумие! — не успев как следует подумать, выпалил Моэнгхус.

— Безумие? Но в этом-то и вся суть, не так ли? Сама мерзость его существования навязывает нам это безумие! Всё то дерьмо, что он размазывает по нашим щекам и ноздрям! И потому-то нам до́лжно быть словно мечущиеся на поле мотыльки — постоянно покидать проторенные пути и порхать туда-сюда, не замечая уклонов и косогоров. И чирикать, *как чёрные птицы, клюющие маргаритки!*

— Да ты же сумасшедший! — в ужасе вскричал Моэнгхус.

— Даааа! — проревел Священный Король Племён, отвешивая ему подзатыльник и взирая на имперского принца с кровожадным весельем. — Потому что лишь это с ним и разумно! — с хохотом проорал он, вновь поворачиваясь к мрачному образу Пелены, царящей и возвышающейся над всем сущим. Найюр урс Скиота плюнул вниз на выступающие парапеты нелюдских руин, а затем поднял обе руки, сложив пальцы в виде чаши...

— До тех пор, пока я вижу Его тень, — прокричал тяжеловесной круговерти неистовейший из людей, — я не прыгну в пропасть!

* * *

Казалось, всё сущее взревело. Випполь Старший, наконец, вышел из своего оцепенелого помрачения — лишь для того, чтобы тут же погрузиться в иную его форму, грозящую много более кошмарными последствиями. Он повернулся к кучке адептов Мисунсай, отделившихся от общего строя. Глаза древнего квуйя от обуревающей его ярости округлились, словно монеты.

— *Сиоль тири химиль!* — прогремел его голос, расколов окутанные тьмой небеса. — *Ми ишориоли тири химиль!*

Лишь Вальсарта — единственная ведьма сваияли, в силу обстоятельств оказавшаяся рядом с брешью, поняла ужасающий смысл этих слов: «Кровь Сиоля — кровь Ишориола!»

Безумнорождённый двинулся в сторону колдунов Мисунсай, которые начали отступать под его натиском. Они хорошо помнили трагедию Ирсулора, когда адепты Завета и Вокалати умылись кровью друг друга из-за действий единственного безумца. Словно мифический призрак, явившийся из каких-то доисторических времён, помешанный архимаг квуйя грянул на них. Он выглядел донельзя диковинно в своих архаичных чародейских доспехах — сплетённых из тонкой проволоки заслонов, при помощи специальной упряжи закреплённых так, что они располагались вокруг его напоминающих истлевший саван облачений, и обеспечивавших Випполю Старшему защиту от хор.

— *Ишра, Випполь!* — прогрохотал голос Килкуликкаса. — *Инсику! Сиралипир джин'шарат!*

Колеблющийся Безумнорождённый, мерцая, парил в воздухе — образ его был едва виден из-за вскипающих Оберегов. Он взглянул на циклопические укрепления, на протыкающий непроглядную завесу Высокий Рог, на его громадные зеркальные поверхности, где плясали бело-золотые переливы и отблески. А затем озадаченно воззрился в пустоту, где некогда воздвигался Склонённый Рог...

— *Ишра, Випполь!* — проревел Килкуликкас где-то за пределами возможностей слуха и голоса.

Безумнорождённый, наконец, вернулся к своим Целостным родичам.

Однако же за время, понадобившееся, чтобы избежать одной катастрофы, успели взрасти корни другой — ещё большей. Столкнувшись с надвигающейся возможностью магической битвы, адепты Мисунсай перестали бичевать своими молниями кишащую белёсой мерзостью равнину. Рукопашная схватка, смешав ряды людей, вспыхнула по всей протяжённости бреши. Впервые за всё время сражения строй сынов Тидонна, принявших на себя ничем не сдерживаемый удар Орды, оказался прорванным. Они были обучены тому, что следует делать в подобных обстоятельствах, и бесконечно упражнялись именно ради такого случая, более того — ранее им уже доводилось сталкиваться с такими атаками, однако порода шранков, с которой им ныне довелось схватиться, была более сильной и свирепой. Они бросались на Долгобородых, как взбесившиеся обезьяны, колющие и молотящие воинов с такой яростью, словно сзади их поджимало пламя. Стена щитов смешалась, превратившись в одну отчаянную схватку. Так древнее зло Дорматуз продолжило собирать свою кровавую жатву. Люди гибли так быстро, что таны-военачальники начали хлопать по шлемам целые отряды, посылая их на передний край — в самую гущу битвы.

Но сынов Тидонна не удалось сломить. Да и как бы могло такое случиться, если пролом за их спинами преграждала вся вящая слава их гордой нации? Нангаэльцам же пришлось ещё тяжелее, ибо они удерживали ту груду обломков, небеса над которой занимал, чтобы затем покинуть их, сам Обве Гёсвуран. И поэтому, даже когда адепты Мисунсай вновь начали рыхлить равнину артритными когтями колдовских высверков, нангаэльцы по-прежнему продолжали принимать на себя ничем не смягчённый удар Орды. Смерть выскребала их ряды, как железная кирка выскребает угольный пласт, и, хотя это их не сломило — не могло сломить, — нескончаемые потери, казалось, высасывают костный мозг из костей воинов, поражая их мрачной убеждённостью в неизбежности собственной гибели, вне зависимости от того, чем завершится битва в целом.

Их Долгобородые родичи из Канутиша первыми недоумённо начали указывать туда — в точку, находящуюся где-то в сотне шагов перед позициями нангаэльцев и погребённую под кишащим белёсым месивом. Там, где друг к другу жались неисчислимые бледные лица, а бесчисленные тесаки и дубины сотрясались над ними, подобно теням насекомых, — шранки вдруг стали... разлетаться?

Или они, напротив, устремлялись туда?

Со всех сторон существа бросались к этой точке, словно бы нападая на нечто, находящееся прямо среди них, — нечто швыряющее их в воздух, как скошенную траву, и заставляющее разлетаться параллельно равнине более чем на сто шагов в каждую сторону. Открывавшееся зрелище озадачивало взор: ядро, состоящее из сотен копошащихся на поле битвы шранков, постоянно извергало из своего центра устремляющиеся вверх и вовне фигуры так, будто они падали с отвесной скалы. Сучащие и дёргающие конечностями палево-бледные существа разлетались во всех направлениях, словно бы сваливаясь *с края какой-то волшебной поверхности*, и, в конце концов, ломая себе шеи, врезались в окружающие массы сородичей, сбивая тех с ног...

И это явление перемещалось...

Глава восемнадцатая. Золотой Зал

* * *

— *Сам Эмилидис, Ненавистный Кузнец, был той ещё сучкой, и мы отведали его плоти!*

Драконья блевота порождала настоящее пекло, ибо дерево ярусов вспыхивало лишь немногим хуже, нежели трут. Заключённой во чреве Ковчега ветхой конструкции из навесов, столбов и платформ никогда не касалась влага, за исключением разве что сырой плесени да мочи. Но хотя пламя и мчалось с невероятной стремительностью, экзальт-магос без каких-либо сложностей убегала от него, шлёпая босыми ступнями по грязи, гниющей внутри галерей.

— *Его нежно похрустывающего мяса!* — проревел величественный Зверь. — *Его хрупких косточек! Слышишь, мы пожрали создателя твоего мечишки!*

Её частящие ноги превращали валяющиеся на полу отбросы в брызги — в непроглядный туман, который непременно сделался бы серьёзным препятствием для другого человека. Она же проскользала сквозь него, словно бесплотное видение — как нечто совершенно неприкосновенное и неуловимое.

— *Дааа...*

Никогда ещё цель не была для неё столь очевидной.

— *Нам...*

— *Сучки...*

— *По вкусу...*

Невзирая на все свои дары, ей всегда приходилось гнать от себя суматоху и хаос, всегда приходилось бороться, дабы ступать в ногу с неистовым бурлением Мира. Всегда и всюду она была окружена вещами непостоянными и строптивыми, на краткое время хватавшими её, всякий раз стремясь заключить в клетку «здесь и сейчас», но всякий раз что-то ещё отбрасывало её назад — к себе самой.

— Так Скутула домогался Скутулы! — крикнула она со смехом столь звонким, что он был отлично слышен даже сквозь весь этот скрипучий рёв.

Ничто не могло коснуться её просто потому, *что она была всем*.

Белесой раной Оскала. Осыпавшейся грудой земли. Громадным Атриумом, своими бесчисленными ярусами возносящимся от основания укоса до неизмеримых высот. Гвардейцами, тут и там теснящимися вдоль кромки самой нижней из галерей, что-то бормочущими, жестикулирующими и жадно всматривающимися в темноту в ожидании малейшего поданного ею знака...

И конечно, драконом.

— *Дерзкая шлюха! Посмотрим, как ты запоёшь, когда Я выдерну тебе ноги из зада.*

— Не понравятся тебе мои песни, земляная змея!

Оставив позади этот крик, Серва бросилась вверх по укосу — в объятия свистящего пламени. Она заметила, как последовавшие за нею уршранки, завывая и скуля, загорелись прямо на бегу. Крепко сжимая в руке Исирамулис, она углубилась в охватившее её сияние и помчалась вверх по обугленным доскам.

— *Ведьма?* — со свойственной всем ящерам недоверчивостью прохрипел Скутула. — *Изо всех могучих воинов, явившихся на эту войну, человеческие народы, стремясь испытать нашу мощь, посылают к нам тощую ведьму?*

Пламя опало с неё, словно влажные розовые лепестки. Сажа покрыла кожу, но дым оставался беззубым, неспособным впиться в её глаза или дыхание независимо от того, насколько густым и вязким был этот едкий вихрь. На мгновение она появилась там же, где и исчезла, стоя на краю Великого Атриума в сотне шагов от того места, где враги ожидали её появления. Её кожу и ожоги сплошь покрывала копоть.

Пламя объяло громадную ухмылку галереи, являя отражённые образы Сервы в каждой золотой поверхности и заполняя пустую громаду Атриума всполохами дробящегося света. Чудовищное тело Скутулы Чёрного, свернувшееся возле проёма Оскала, поблёскивало и лоснилось в свете раскочегаренной им же самим адской топки.

— *Посылайте к нам ваших героев!* — проревел чёрный монстр. — *Посылайте к нам ваших храбрецов, дабы они могли сделаться мучениками, сгорев в огнище, как и полагается Истинному Святому!*

Никто не знал, с помощью какой изощрённой алхимии инхорои породили драконов, ибо, подобно яблокам, из семян этих проклюнулись разные плоды, хотя и представлявшие собою вариации на одну и ту же исполинскую тему. Это был не кто иной, как Скутула — тот самый враку, что, будучи самым змееподобным из драконов, подвигнул нелюдей древности назвать всю их расу «Червями». Его чудовищная масса висела на костяке, почти целиком состоящем из позвоночника и рёбер, не считая расположенных внизу десятков веретенообразных ног, которые волнообразно — словно конечности многоножки — шевелились, когда существо перемещалось. Его тело по всей длине покрывали бесчисленные чёрные чешуи, размером и пропорциями напоминающие норсирайский щит, но ближе к ногам уменьшающиеся,

Глава восемнадцатая. Золотой Зал

на сочленениях становясь не более броши. Крылья враку, сложенные как треугольные паруса, лежали на его длинной спине, вырастая из массивных мышц, которые были единственным местом на теле дракона, хоть в какой-то степени напоминающим плечи. Грива длинных, как копья, игл украшала его шею, переходя в гребень, состоящий из окостеневших белых шипов и венчающий массивную роговую корону.

— ***Накормите нас теми, кто достоин бремени нашей славы! Теми, кто сможет нести на плечах нашу легенду — или хотя бы её приподнять!***

Но смертоносное великолепие враку в большей мере проявляло себя в нюансах и оттенках, а также изяществе его движений, нежели просто в голых фактах, описывающих его облик. Его чешуйки переливались перламутровыми отблесками, когда дробящийся свет играл и плясал на них свой радужный танец, и одновременно были совершенно чёрными, казалось, поглощая весь падающий на них свет без остатка — так что дракон представлялся подвешенными на неких струнах осколками зеркала — фантомом, облачённым в пустоту. И он скользил через пространство, как плывущий сквозь толщу вод угорь — в одном месте двигаясь медленно, словно гнущаяся ветвь, а в другом в своей стремительности оставляя взору лишь размытый образ. Он не столько перемещался, сколько пульсировал. В сочетании со сверхъестественно-чёрным окрасом Скутулы это заставляло его казаться скорее призраком, нежели чудовищной ящерицей — струйкой чернил, тянущейся сквозь умасленный мир.

— Увы, тот Мир уже мёртв! — воскликнула она. — Боюсь, драконы теперь лишь забава для *маленьких девочек*!

Скрипящий визг приветствовал её возвращение. Шранки, толпящиеся по краям нисходящих галерей, завопили и начали указывать на неё. Рыло Скутулы рванулось к ней, злобные зелёные глаза сузились.

— ***Се речёт лакомство!*** — прогремел Бич Веков. — ***Смазка для зубов!***

И всё было наполнено... такой... ясностью...

— Се говорит герой! — крикнула она с певучей насмешкой.

Дразнящие колкости, словно серебряные блесны, жалили разум рептилии, замедляя её необходимостью подсчёта неуместных очков чести...

Дразнящее видение её тела, выставленного напоказ, как прелести портовой шлюхи, жалило уршранков бледным и неистовым искушением...

Всё это было совершенно ясно, ибо она и была тем змеиным разумом, свернувшимся вокруг незапамятных обид, так же как была и каждым из месящих грязь лучников, чресла которых, изжигаемые неистовой жаждой совокупления, так манил к себе её мелькающий образ. Кирри струилось по её венам, нет, по костям, заполняя все промежуточные пустоты, все ложные дыры сущего, ранее делавшие её обособленной и уязвимой.

Кирри раскрывало, кто она есть — и кем была всегда...

Неприкаянным танцем среди летящих хор, пущенных в полёт тетивами, натянутыми пальцами и нацеленными глазами, следящими за неприкаянным танцем...

Изящным прыжком среди обжигающих выдохов...

Волчьим укусом и стремительным бегом...

Клацающей пастью и ускользающим пируэтом...

Колёсами, вращающими колёса. Анасуримбор Сервой, экзальт-магосом Великой Ордалии, божественной дочерью Аспект-Императора — она была тем, что происходило здесь.

Самим этим местом.

И потому Счёт уже дошёл до двадцати одного.

* * *

Жить означает быть промокшим и влажным. В бытии нет ничего сухого, ничего стерильного или раздельного. Жить значит источать и вонять — всегда просачиваться собою в собственное окружение. Все отверстия человеческого тела смердят. Уши. Рот, из которого у некоторых несёт, как из зада.

И глаза. Глаза более всего остального.

Жить значит потреблять и извергать, жевать и гадить, меняя всё, до чего сумел дотянуться, тысячью потаённых алхимических преобразований, трансформируя желанное в ненавидимое... или любимое.

И посему жизнь билась в судорогах и исторгалась из своего вместилища. Покрытая кровью, она выскальзывала из удушающей действительности — из грязи своего амниотического истока, являя себя взору холодной Пустоты, приюту молитвы...

Лишь так некая *сущность* может возникнуть...

Чьё-то дыхание извергалось вовне криком.

* * *

Изувеченные поведали ещё одну историю, рассказав, что Нечестивый Консульт в действительности никогда не понимал того, во что верил, не говоря уж о том, что в неведении пребывали и те, кого они использовали как орудия. Они знали лишь, что Карапаксу требуется душа, дабы Не-Бог пробудился. И тогда они начали кормить Объект Субъектами. Они сковывали пленников цепями и выстраивали их в огромные очереди, а затем тащили сюда — в этот самый зал, помещая их в Карапакс, убивавший тех одного за другим. Они занимались этим более тысячи лет, вплоть до Первого Апокалипсиса, лишая жизни пленников десятками тысяч и бросая их трупы в Абскинис — Могилу без Дна...

— А затем, — молвило отражение обожжённого дунианина, — они поместили в Карапакс Нау-Кайюти... знаменитого сына их смертельного врага.

— Моего предка, — сказал Святой Аспект-Император.

— Вот каково значение Пророчества Кельмомаса, — объяснил заключённый в проволочную клетку дунианин, а его сосед продолжил без какой-либо паузы или же колебания:

— Твоё возвращение предрекает возвращение Не-Бога, потому что, брат, *ты и есть Не-Бог*.

Маловеби размахивал и лягался отсутствующими конечностями.

— Ты — Мог-Фарау.

Беги! — вопил безголосый чародей Мбимаю. — *Спасайся из этого мерзкого места!*

Но отражение Анасуримбора в золотом наплыве, несколько сердцебиений постояв без движения, повернулось к Изувеченным.

— Ты — наше спасение, — сказал невредимый дунианин. — Спасение для всех нас!

Ужас мурашками пробежал по задней части шеи, которой Маловеби более не обладал.

Мог-Фарау...

— Но сам я уже спасён, — произнёс Святой Аспект-Император, — а ваши души, боюсь, прокляты безвозвратно.

Какое бы облегчение эти слова ни принесли Маловеби, оно испарилось без остатка при виде фигур, тихо, словно втянувшие когти кошки, крадущихся по обсидиановым плитам позади Анасуримбора, поголовно облачённых в чёрные одеяния и несущих привязанные к ладоням уколы небытия.

— Я ступил в глубины ада... — произнёс Анасуримбор, то ли не знавший о новой опасности, то ли нисколько не обеспокоенный ею, — и заключил соглашения с Ямой.

И у каждой твари вместо лица были какие-то палево-бледные водяные корни, или, скорее, пальцы, понял Маловеби — длинные старушечьи пальцы, сначала расширяющиеся, а затем вновь сужающиеся, становясь в грубом приближении подобными человеческим — и так снова и снова.

— Преисподние слепы к этому месту, — возгласил обожжённый дунианин, — даже если они и присматривают за тобой — здесь они тебя не увидят.

Шпионы-оборотни Консульта один за другим возникали из темноты — Маловеби уже разглядел более десятка, однако Анасуримбор их не видел.

Повелитель Трёх Морей явственно улыбнулся.

— Вы вознамерились уморить голодом самих богов, — молвило его отражение, — вещи, столь грандиозные, не нуждаются в свете, чтобы отбрасывать тени, братья.

— Что ты имеешь в виду? — потребовал объяснения лишённый губы дунианин.

— Что кое-кто всегда чуял ваше отсутствие.

— В лучшем случае, — парировала невредимая фигура, — они скорее Интуиция, нежели Разум. У них нет интеллекта, чтобы задаваться вопросами.

Маловеби увидел ещё большее число облачённых в чёрное убийц, выступающих из отражающейся в наплыве темноты. Должно быть, там уже была целая сотня существ с паучьими лицами, несущих в руках хоры, и он чувствовал, хотя пока и не видел, что позади них во тьме перемещаются всё новые точки пустоты.

— Вот поэтому, — сказал Святой Аспект-Император, — им и был необходим я.

Изувеченные уставились на него. Множество безлицых убийц замерли.

Маловеби казалось, что никто теперь даже не дышит.

— Обратный Пророк, — сказал Келлхус. — Откровение... посланное живыми мёртвым. Откровение, исходящее от «здесь и сейчас» — в Вечность.

* * *

Тидонцы, защищавшие руины Дорматуз, предупреждали друг друга, хлопая соседей по плечам и указывая в нужном направлении. Нечто вроде пропасти двигалось сквозь Орду прямо к пролому. Нечто, изменявшее направление тяготения, благодаря чему тощие падали вдоль горизонта, причём сразу во все стороны, и эти потоки уж начали попадать в выступающие над грудой обломков ряды нангаэльцев, выкашивая тех, точно выпущенные из катапульт камни.

Среди колдунов Мисунсай царила неразбериха. Все они были так же сбиты с толку, как и тидонцы, и каждый полагал, что кто-то ещё лучше него знает, что следует делать, и посему не делал ничего. Каждый, за исключением ведьмы-свайяли по имени Валсарта.

Однако же и она недооценила всё глубину их смятения. Лишь когда дождь из шранков уже начал заливать стены Голготтерата, Валсарта поняла, что колдуны вообще ничего не будут предпринимать, и к тому моменту, когда она, шагая по небу в окружении вскипающих волн своих шафрановых одеяний, наконец добралась до осаждённых нангаэльцев, было уже слишком поздно. Угроза того, что нангаэльский строй будет опрокинут, превратилась в угрозу, исходящую от того, что строй уже опрокинут.

Для лорда Войенгара, графа Нангаэльского, близящаяся пропасть представлялась зрелищем совершенно иррельным — шранки под воздействием какого-то загадочного импульса, крутясь и суча конечностями, беспорядочно разлетались, словно бы сваливаясь с края скалы и устремляясь ко дну невозможной горизонтальной ямы, только пропасть эта словно бы начиналась *сразу во всех направлениях от некой точки.* Шранчий вал, накатывающийся на передние ряды воинов Войенгара, сначала ослабел, а затем и вовсе сошёл на нет, и сквозь лес железных шлемов своих вассалов граф Нангаэльский воззрился на то, как пропасть, наконец, явив себя, шагнула вовне из чрева Орды...

Алый Упырь, Суйяра'нин, чудесным образом оставшийся невредимым, показался перед строем нангаэльцев. Его алые нимилевые облачения блестели, сияющие глаза и рот казались окнами, открывающимися в бурлящий в ярящейся топке котёл его души — души эрратика. Визжащие шранки толпились за его спиной, продолжая свой безумный натиск, невзирая на то, что видели, как каждый, осмелившийся поднять на алого воина дубину или тесак, стремглав падает с какого-то несуществующего обрыва. При виде мрачного строя нангаэльцев Суйяра'нин, практически ни на миг не задержавшись, продолжил ступать по грудам трупов, двигаясь прямо к первому ряду людских воинов...

Лорд Войенгар увидел, как его люди вздыимают щиты и мечи, а затем просто поднимаются в воздух и, кувыркаясь, улетают в кишащие массы Орды. Следом за ними он и сам бросился на безумного квуйя, твёрдо держась на ногах там, где все остальные были отброшены прочь — из-за хоры в своём пупке, внезапно поняла какая-то его часть.

Хохоча, эрратик парировал яростный взмах его меча, направив ответный удар в незащищённое лицо нангаэльского графа, а затем выдернул из раны свой древний клинок. Ревущие нангаэльцы со всех сторон ринулись на него... лишь для того, чтобы рухнуть с Рубежа Безупречности навстречу своей погибели.

В итоге Алый Упырь перебрался через груду руин Дорматуз, швырнув всех, кто пытался напасть на него, в кошмарную пучину Угорриора. Просто идя вперёд, безумный нелюдь прорезал в рядах тидонцев широкую борозду...

Джималетские кланы следовали за ним чудовищным бормочущим и бурлящим потоком, инстинктивно охватывающим фланги, проникающим глубоко внутрь сокрушённого строя. Шранки кромсали расстроенные ряды людей со свирепостью и ловкостью кошек, и буквально через несколько мгновений яростные схватки закипели повсюду, в том числе далеко за пределами непосредственного места прорыва — в глубине тидонской фаланги. Паря над разразившимся хаосом, Валсарта и адепты Мисунсай не имели другого выбора, кроме как оставить возникшую брешь Суйяра'нину. Спасение гораздо большего числа тех, кого его прорыв подверг опасности, и без того было трудом более чем достаточным.

И посему Алый Упырь, не встретив никакого сопротивления, взобрался на торчащее из груды обломков основание Дорматуз и, стоя на самом верху, хохотал и рыдал по причинам, уже тысячи лет как утратившим всякий смысл. Он воззрился на объятых ужасом Долгобородых и сынов Плайдеоля, поспешно строящихся на Тракте, — там, внизу.

— *Почему?* — прогремел он на шейском, перекрывая всепоглощающий шум. Жуткая гримаса искривила, а затем и полностью изуродовала его идеальное белое лицо.

— *Почему вы ждали так долго?*

Слепящая белая вспышка. Стрела с прикреплённой к ней безделушкой ударила его прямо в щёку — «шлепок», как называли такой удачный выстрел лучники-хороносцы, удар, площадь соприкосновения с хорой при котором достаточна, чтобы обратить колдуна в соль до самых костей. Суйяра'нин, в момент выстрела утвердившийся на достаточно ровной поверхности, остался стоять идеальной белой скульптурой, его меловое лицо навеки застыло в гримасе непередаваемой ярости, а знаменитый доспех по-прежнему облекал его тело своими замысловатыми алыми сочленениями.

Недоброй славы Алый Упырь был мёртв — и на сей раз окончательно.

Сыны Плайдеоля стояли оцепенев, ибо каким-то образом само их понимание Мира ныне умалилось. И им ещё только предстояло осознать, что за этим последует.

Статуя Суйяра'нина накренилась вперёд, а затем упала, оказавшись растоптанной поступью ороговевших ног.

Брешь Дорматуз пала. Подобно полчищу термитов, устремляющемуся вперёд хитиновым наводнением, мерзость хлынула в пределы нечестивого Голготтерата.

* * *

В определённый момент атриум превратился в сверкающую топку.

Ярясь и неистовствуя, легендарный враку хлестал, бил и изрыгал из себя слепящую огненную блевотину. Скутула преследовал юную гранд-даму, ни на что более не обращая внимания и лишь стремясь во что бы то ни стало настичь и покарать её. Ревущий с каким-то странным, ящериным негодованием, он вторгался следом за нею в каждую галерею, внутри которой та исчезала, и, прокладывая себе путь через отряды уршранков, крушил, пожирал и сжигал их — сжигал более всего остального, ибо галереи, после того как он притискивался сквозь них, вспыхивали одна за другой. Линии, дуги и плоскости инхоройского золота изобиловали отражениями пламени, а дым клубами устремлялся сквозь перекрытия, сливаясь в поток достаточно плотный, чтобы заполнить собой весь громадный ствол шахты.

И она бежала, танцуя не столько с теми, кто жаждал убить и осквернить её, сколько с чем-то, что было лишь частью большего механизма — системой внутри системы...

Она понимала истинную сущность героизма — то, как он сводит любое действие к противодействию, просто устраняя неосторожность, свойственную как страху, так и храбрости.

Она понимала природу отцовой силы.

Гвардейцы вопили и извивались, многие прыгали вниз лишь для того, чтобы разбиться об пол атриума, словно связка пылающих листьев. За исключением совсем немногих, все имеющие при себе хоры твари теперь бежали, спасаясь от огня и дракона. Она могла ощутить все точки небытия, рассеянные во чреве Рога, и чувствовала, как некоторые из них угрожающе смещаются вверх или вниз, однако, рано или поздно, всё равно падают, чтобы присоединиться к остальным — уже лежащим недвижно.

А часть её продолжала вести Счёт.

Четырнадцать...
Тринадцать...

Балки застонали под тяжестью враку, который, словно чудовищная змея, заползал с одного яруса на другой. Скутула решил использовать громадную протяжённость своего тела для того, чтобы согнать её к основанию укоса, где он мог бы раздавить её даже вслепую. Неземной металл сотрясался под титаническими ударами...

Она же, обнажённая, не считая своих ожогов и Испепелителя, мчалась, удерживая безупречное равновесие и проникая, словно бесплотное видение, сквозь возносящиеся стены пламени. Снова и снова Скутула являлся из огненной пелены, воздвигаясь над нею с изяществом разворачивающейся стальной пружины, пластины его чешуи, кажущиеся в маслянистых отблесках пламени словно бы лакированными, алели от обуревающего враку гнева.

А она всё так же продолжала крепко сжимать свой зачарованный меч...

Семь...
Шесть...

Исирамулис... Гибельный горн.

И она смеялась, танцуя вблизи яростного клацанья его челюстей, порхая словно бабочка, привязанная тонкой нитью прямо к рылу могучего враку. Она смеялась с неумолимым весельем, и в её голосе — столь звонком, что он, резонируя и отражаясь эхом от металлических стен, проникал во все уголки исполинского перекошенного атриума — слышался смех маленькой девочки, забавляющейся с ужаснейшим драконом, когда-либо жившим на свете.

Скутула Чёрный выл, бушевал и крушил всё вокруг своим громадным змеиным телом.

А Анасуримбор Серва уворачивалась и ускользала от него, подсчитывая погибших и промахнувшихся уршранков.

Один...
Ноль...

— *Сейчас*! — крикнула она грохочущим колдовским голосом, перекрывшим рёв древнего враку, словно тихое пение арфы.

* * *

Свет
Холод.
Ужас...
Дыхание.
Судорожный вопль явившегося в мир.
И затерявшегося в лавине уходящих.

Глава восемнадцатая. Золотой Зал

* * *

Маловеби взглянул на череду уменьшающихся отражений, проступающих на переднем плане согтомантового плавника, а затем перевёл взгляд на сборище совершающих глотательные и хватательные движения паучьих лиц, виднеющихся позади них.

— Я принёс божественному слово о преходящем, — сказал Анасуримбор. — И вы не так хорошо укрылись, как полагаете.

Обожжённый дунианин размашисто взмахнул рукой. Неожиданно вспыхнул свет, исходящий, казалось, от тысяч точек, разбросанных по пещероподобным сводам и глубинам зала, и являющий взору множество взаимосвязанных таинственных механизмов, настолько причудливых видом и формой, что они показались колдуну Мбимаю чем-то вроде текста, написанного на чужом языке.

— А ты сравнил бы свои храмы из обожжённого кирпича с подобным собором?

— Ковчег — вот наш аргумент, Брат, — молвил невредимый монах. — Станешь ли ты отрицать материальное воплощение Логоса?

Святой Аспект-Император едва взглянул на увитую золотыми ухищрениями бездну.

— А что, если Логос более не движет мною... — сказал он, а его размытое отражение, наконец, повернулось, чтобы рассмотреть шпионов-оборотней, толпящихся по краям Золотого Зала. — Что вы предпримете в подобном случае?

Несметные мириады огней погасли, приглушив сияние неземного золота до едва зримого мерцания — прожилок, поблёскивающих в чернеющей бездне. И впервые взгляд Маловеби зацепился за ещё одну демоническую голову, висящую на анасуримборовом бедре, — за второго декапитанта. И впервые пленённый чародей заметил на этом месте точно такое же размытое пятно, каковое искажало лик самого Анасуримбора — нечто вроде капельки чернил, как-то оказавшейся в лужице разлившейся ртути.

И увиденное заставило замереть его бесплотное сердце...

— Коррекцию, разумеется, — ответил безгубый дунианин.

...Висящий и что-то бормочущий кошмар.

— Тебя переиграли, Анасуримбор, — произнёс его одноглазый брат.

Рога — узловатые и жуткие, вздымающиеся вкось и вкривь, словно нарисованные пьяным или ребёнком картинки.

Четыре рога...

Нет...

— Но вы кое-что забыли, — усмехнувшись, сказал Анасуримбор.

Его отражение согнуло ногу в колене и топнуло по полу обутой в сандалию ступнёй...

Сокрушительный удар, от которого по обсидиановой полировке плит пошли концентрические разломы. Грохот, отразившийся эхом от остова конструкции и вернувшийся обратно с силой, покачнувшей всех присутствующих...

И голос, громыхающий без малейшего признака колдовства.

— *Я здесь Господин!*

Ужас лягнул его, как взбесившийся мул.

Второй Негоциант завопил в неслышимом покаянии.

Прощая Ликаро вместе со всеми его неисчислимыми пороками и грехами.

* * *

Сам Мир превратился в крутящиеся вокруг неё мельничные механизмы и жернова — колёса всякой души вращались внутри колёс, шурша каждое в свой черёд, но издавая при этом и совместный всепоглощающий скрежет. И Голготтерат в пределах Сущего был наиболее яростно крутящимся механизмом.

Самым *непредсказуемым* местом.

— Сейчас, Кайютас!

Ещё крича, она почувствовала его — *укол небытия*, появившийся в двух шагах справа от неё, будто вытащенный из кармана...

Ей не было необходимости слышать щелчок...

Стрела едва задела её кулак, но этого было достаточно — да, более чем достаточно.

Древний Испепелитель не столько выскользнул из её руки, сколько упал вместе с рукою...

Принцесса рухнула на колени, схватившись за культю, оставшуюся на месте правого запястья. Хлынула кровь, растворяя соль, будто снег.

Сотня, подумала она, глядя на то, как гибельной угрозой воздвигается над нею Скутула, ухмыляясь истекающей огнём пастью...

Сотня камней.

Стоя на коленях у самого края обуглившейся галереи, она скорчилась над обрубком руки. Исполинский змей навис над нею, его чудовищная голова склонилась, шипы на гребне ликующе грохотали. Нити пылающей слюны тянулись из пасти. Изумруды его глаз восторженно сверкали.

— **Долгие века минули**, — прорычал легендарный враку, — **с тех пор, как в последний раз мы лакомились героем, подобным тебе...**

По-прежнему оставаясь на коленях, она распрямилась, бестрепетно встретив злобный взгляд.

— Я — ведьма!

Течение её мыслей разделилось. Сияние смыслов превратило череп Сервы в чёрную тень.

Одним движением она вновь обрела Исирамулис, схватив его левой рукой.

Скутула Чёрный извлевал из себя Ад.

Направляя песнь прямиком в разверзшуюся перед ней топку, она иссекла пространство перед собой сверкающими ртутными росчерками.

Серва ощутила этот звук своим сердцем — грохот удара, превосходящий возможности слуха.

А затем устремилась вниз под скрежет рухнувших конструкций.

Всё вокруг падало, опрокидывалось и переворачивалось, скользя по изгибам оболочки Ковчега — отбросы веков нечеловеческого убожества, тысячелетние декорации, осыпающиеся вдоль исполинской шахты Атриума. Кувырнувшись в полёте, она заметила, как рушатся громадные завесы галерей, увлекая за собой ревущего Князя Драконов — ещё больше падали для ложной земли. А затем, перед тем как разбиться о трещину в перекошенных плитах, бурлящий поток обломков хлынул на неё всесокрушающей лавиной...

Отец!

* * *

Шранки, бросаясь с тесаками и копьями на поражённо застывших тидонских танов, хлынули из бреши, как прорвавшие плотину воды. Клинки превращали в месиво лица. Каменные дубины в муку крошили кости.

Сыны Плайдеоля были бойцами столь же стойкими, как и все прочие в Воинстве Воинств, но их истребление оказалось будто бы предначертанным самой алхимией происходящего. Внезапностью случившегося краха. Замешательством Мисунсай. Ужасом, в который их повергли действия Алого Упыря. Всё это вместе взятое подорвало бы решимость любого, кем бы он ни был. Передние ряды попросту растворились в беснующемся потоке тощих. Таны один за другим гибли под этим неистовым натиском: лорд Эмбуларк, славившийся своею могучей статью, о которой другие мужи могли лишь мечтать, не говоря уж о том, чтобы тягаться с нею; фанатичный лорд Бирикки, прозванный во время Объединительных войн Подсвечником из-за сонмища сожжённых им за ересь ортодоксов; и множество других — менее известных. Сыны Плайдеоля, однако, были людьми мстительными, более склонными по причине понесённых потерь впадать в ярость, нежели устрашаться. Они могли бы сплотиться вокруг своих павших родичей...

Не находись их знаменитый граф в самых первых рядах. Несмотря на все легендарные подвиги, совершённые им в ходе Первой Священной войны, Вериджен Великодушный ныне не способен был по-настоящему противостоять ярости Орды. Возраст и невзгоды Великой Ордалии подточили его твёрдость, сделав её болезненно хрупкой, и, подобно многим воинственным душам, пережившим свою силу и славу, единственное, чего он теперь действительно жаждал, так это смерти в бою. Именно поэтому Анасуримбор Кайютас и оставил его в резерве, и именно поэтому он и обрёл то, чего так алкал, рухнув наземь под тяжестью повисшего у него на плечах шранка в самые первые мгновения яростного натиска. Беснующееся создание объедало ему лицо, когда скорбящие родичи графа, наконец, прикончили тварь.

Вихрем явилась смерть... швырнув в ад ещё один завывающий трофей, уготованный чревоугодию Ямы.

Так пал, навеки исчезнув, Дом Рилдингов, а Обагрённый Меч — штандарт Плайдеоля — рухнул на горы трупов. В суматохе неистовой схватки отыскать надежду было почти так же невозможно, как пролитые сливки. Потери порождали потери, порождающие потери. Ужас распространялся. Решимость войска, как целостности, ослабла, а затем попросту растворилась, распавшись на бесчисленное множество беспощадных случайностей. Какое-то время длиннобородые таны ещё колебались, пытаясь раздуть угли своей ненависти, лишь для того чтобы мгновением позже поддаться панике и чистому ужасу.

Мерзкий потоп хлынул сквозь их барахтающиеся ряды, полностью поглотив сынов Плайдеоля.

Ярящиеся множества с грохотом ринулись на Тракт, обрушившись на сынов Инграула, спешно смыкавших ряды позади развалин Гвергиру...

* * *

Этого не могло быть... ужаса, что Маловеби зрел вскипающим в блеске согтоманта, просто не могло быть.

Зеумцы были древним и властным народом, поддерживающим чистоту своих крови и языка; связанным воедино строгими законами и изощрёнными обычаями; пронизанным тысячелетней искушённостью. Как могли его сыны не испытывать презрения к народам Трёх Морей с учётом увечных границ их государств и чересполосицы их языков, с учётом всех их постоянных и кровопролитных войн, ведущихся за плодородные провинции, с учётом их извращённой потребности вести бесконечные споры относительно святотатств их отцов? Их сущностью было мясо, пожирающее другое мясо в стремлении погубить то, чего оно не в состоянии превзойти. Посему, разумеется, Маловеби смотрел на Фанайяла и его пёстрый двор как на варваров — суеверных дураков, верящих в то, к чему их подталкивают собственные сиюминутные и тщеславные побуждения, а когда тот взял в наложницы Псатму Наннафери, чародей Мбимаю лишь сильнее утвердился в своём убеждении. Падираджа-разбойник и мятежная Первоматерь! Обломки ещё одного низвергнутого порядка...

Разве мог он относиться всерьёз к чему-либо, о чём твердили подобные изгои? Особенно когда то же самое утверждал и Ликаро...

Но теперь... там... воздвигался Он.

— Наши разногласия, — молвило ужасающее обличие Анасуримбора, — проистекают из того, куда именно забросил нас случай после нашего отбытия из Ишуаль.

Демон.

— Вы оказались среди изощрённости Текне и теперь воспринимаете его как окончательный итог реализации дунианских принципов — истину из которой исходит сама ваша сущность и разум. Вы полагаете, что наша ошибка заключалась в том, что мы мнили Логос чем-то, относящимся к движению наших собственных душ, в то время как в действительности он вплетён в механику самого Мира. Ваше откровение заключалось в понимании, что Логос — не что иное, как Причина, кроющаяся во тьме, что была прежде. Вы узрели, что разум и сам является всего лишь ещё одной потаённой машиной — машиной машин.

Он был там! Маловеби действительно видел...

Видел Его.

— Вы осознали, что задача заключается не в том, чтобы овладеть Причиной при помощи Логоса, а в том, чтобы овладеть Причиной при помощи Причины, бесконечно видоизменяя Ближнее с тем, чтобы однажды поглотить и вовлечь в себя Дальнее.

Его отражение, скручивающееся и вливающееся вовнутрь, всё сильнее искрилось и вскипало гневными разрядами какой-то потаённой... мощи.

— Но если вашим уделом стало Текне, моим стал Гнозис.

Невещественной, но отчего-то представляющейся гораздо более реальной, нежели череда мертвенно-бледных Изувеченных, стоящих на своих лестницах, нежели вогнутое и размытое искажение, что было Аураксом, и нежели шевелящиеся лица толпящихся по краям зала шпионов-оборотней...

— Я обрёл мирскую силу, покорив Три Моря, а вы, в свою очередь, подчинив себе Голготтерат. Но если вы видели во всём происходящем лишь способ отменить своё проклятие, оживив древний инхоройский конструкт, *я узрел безграничную мощь...*

Четырёхрогий Брат явился...

— В то время как вы с головой погрузились в тайны Текне, взяв на себя тяжкий труд восстановления инхоройского наследия, я овладел Даймосом, стремясь разграбить Чертоги Мёртвых.

Расхититель Душ нашёл путь.

— В то время как вы намеревались затворить Мир от Той Стороны, дабы спасти свои души, я *жаждал покорить Ад.*

Ворвался в амбар Живущих.

— В то время как вы хотели вырвать Ту Сторону из чресел реальности, я *вознамерился поработить её.*

И собирался разорить его без остатка.

Изувеченные воззрились на вскипающий лик.

— А если мы решим противостоять тебе? — спросил безгубый дунианин.

Зола чернела вокруг бушующего внутри пекла. Четырёхрогое отражение Анасуримбора подняло руку.

В золотом плавнике внезапно возникло отражение Мекеретрига, скребущего горло в тщетной попытке разжать сдавившую его петлю, сверкающую, словно раскалённая нить. Какая-то незримая сила или сущность протащила нелюдя по полированному обсидиану, а затем подняла его, голого и задыхающегося, выставив на обозрение дуниан. Одна из самых могущественных Воль, когда-либо известных этому Миру, пребывая на грани удушения, болталась в воздухе, будучи совершенно беспомощной.

Когда инфернальный образ заговорил, голос его грохотал, как гром отдалённой грозы.

— Вы заманили меня сюда, полагая, что Обратный Огонь прельстит меня так же, как он прельстил вас. Вы решили также,

Глава восемнадцатая. Золотой Зал

что, если этот план потерпит неудачу, на вашей стороне всё равно окажется численное преимущество, что для пятерых не составит большого труда одолеть одного и вам достаточно будет сбросить с высоты Воздетого Рога моё растерзанное тело, и Великая Ордалия, лишённая своего пророка, развеется по ветру.

Айокли... Отец Ужаса... Князь Ненависти...

— Вы заманили меня сюда, ибо считали, что это место — Золотой Зал — ваше место...

Бог Бивня!

— Даже сейчас вы продолжаете верить, что это я нахожусь там, где властвует ваша Причинность.

Горе! Несчастье! Для всего человечества грядёт Эпоха невыразимых скорбей!

— И отчего же, — произнёс обожжённый дунианин, указывая на безмолвствующую толпу шпионов-оборотней, — мы должны предполагать иное?

Низкий, рычащий смех, ужасающий непосредственностью своего воздействия, воспринимающийся так, словно кто-то щекочет его уши остриём ножа.

— Оттого, что во всём Мире нет другого места, коему довелось бы свидетельствовать большие ужас, мерзость и жестокость — чистую, незамутнённую травму. Ваш Золотой Зал не что иное, как пузырь, висящий прямо над Трансцендентной Ямой. Ад, братья мои. Ад пятнает здесь каждую тень, курится над каждой поверхностью, крадётся по всем распоркам и балкам...

Вновь и вновь скрипели могучие напряжения и силы. Вновь и вновь стонали сопрягающиеся стороны и противоречащие друг другу углы. Скопище отражений, подобно поверхности взбаламученного омута, искажалось движениями глубинных потоков — бурлением невероятной мощи.

— *И потому, братья мои, это место — в большей степени, нежели любое другое во всём Мире...*

Рука инфернальной фигуры затрепетала. Обезглавленное тело Кетьингиры рухнуло на зеркально-чёрные плиты. Одновременно с падением головы нечестивого сику правые руки шпионов-оборотней оказались прижатыми к полу. Привязанные к их ладоням хоры теперь намертво пригвождали существ к их собственным отражениям в полированном обсидиане.

Голова Анасуримбора превратилась в факел, струями извергающий яростное пламя.

— *Как раз моё место.*

Маловеби истошно завопил.

* * *

Старый волшебник не мог дышать.

Дитя было не серым, не посиневшим.

Оно было розовым и заходящимся беззвучным криком.

Сын.

Запрокинув голову, он взирал сквозь склизкую мокроту на окружающий ужас.

Его сын.

И сын, невероятным образом, абсолютно здоровый.

Эсменет беззвучно плакала и смеялась, нянча малыша так, чтобы Акхеймион мог его видеть.

Он совершенно оцепенел, словно бы превратившись в пустоту — какую-то дыру, поражённо моргая взирающую на новорождённую душу.

Миниатюрные пальчики хватали воздух, пытаясь нащупать материнскую грудь, — тянущиеся, сжимающиеся.

Но всё, о чём он был способен помыслить — *вот ещё одна воссиявшая свеча.*

Ещё один зажжённый погребальный костёр.

Стыд заставил его перевести взгляд на Мимару, раскинув колени и тяжело дыша лежащую на земле. Её голова опиралась на вывороченный из стен Голготтерата камень. Её глаза искали его, невзирая на все перенесённые ею страдания. И не было ничего, что, по его ожиданиям, могло бы принести ей облегчение от изнурительных трудов, даже если бы прожитая им жизнь предполагала подобные ожидания. Кровь нечеловеческих тварей покрывала её голову и щёки, а её бесчувственное опухшее лицо принадлежало человеку, находящемуся на грани смерти. Она отбросила прочь костыль и дубину своего гнева, как и упрямство своего безумного рукоположения. Пропал и налёт смирения, лёгший на её чело после всех месяцев утомительного пути. От неё исходила одна лишь покорность — покорность и невинная жажда жить, зримая даже в хрупком сиянии рассвета иной жизни.

Он сразу же понял, что она сказала, хотя и не слышал ни слова из-за диких завываний Орды.

Ещё один.

Он взглянул на Эсменет, желая поделиться с нею этой новой тревогой, но увидел позади неё Тракт...

И первых тощих, прыгающих в смешавшиеся ряды людей, как обезумевшие обезьяны.

Глава восемнадцатая. Золотой Зал

* * *

Ужас... дошедший до такого предела, что сделался неотличимым от агонии. Обладай Маловеби телом, он бы сейчас, суча конечностями, забился бы так, словно ему вколотили гвоздь прямо в глотку.

— *Вам суждено стать моими ангелами*, — скрежетал Бог-сифранг голосом, несущим в себе дыхание бесчисленных проклятых душ.

Шпионы-оборотни изо всех сил пытались сдвинуться с места, сочленения их мерзких лиц пульсировали от напряжения, но руки продолжали, как влитые, лежать на обсидиановых плитах. Отражение инхороя Ауракса выпрыгнуло из ямочки на согтомантовом наплыве, лишь для того чтобы съёжиться позади стоящего на самой дальней из лестниц безгубого дунианина, жалко тщась заслониться своими крыльями от инфернального ужаса. Изувеченные оставались абсолютно неподвижными, неотрывно взирая на кошмарное видение, извергающее прямо перед ними из себя пламя и тьму.

— *Вы будете моим стрекалом — бичом для народов. Дети будут плакать, а мужи яриться и рыдать даже просто из-за слухов о вашем прибытии. И весь ужас и муки, посеянные вами, я пожну.*

— Он скрывается где-то здесь, — с совершенно непроницаемым лицом сказал одноглазый дунианин, — родственники охотятся на него, и он думает, что может спрятаться от...

Отражение Бога воздело когтистую руку, и отражение дунианина словно бы сжалось в одну точку, череп смялся, будто фольга, конечности оказались с треском раздавлены, словно протащенные через тонкую, как веточка, щёлку. В единый миг на месте одного из дуниан осталась лишь какая-то студенистая масса.

— *Четыре брата*, — рассуждал Князь Ненависти, — *четыре Рога. Вместе мы пронзим этот Мир и выпьем его, словно спелый плод, висящий на высокой ветви.*

Сама основа Золотого Зала содрогалась от демонического звучания его голоса — вековых стенаний, сочащихся из окружающей тьмы.

Четыре оставшихся дунианина переглянулись.

— *Обратный Огонь не что иное, как окно, через которое вы заглянули в мой Дом*, — произнёс Тёмный Бог-Император, — *и узрели то, что вас там ожидает. Преклонитесь предо мною или познайте вечное проклятье...*

Изувеченные поголовно уставились на него — уродливые повреждения были единственными выражениями их лиц. Шпионы-оборотни верещали, дёргались и тряслись от ужаса. А Маловеби вдруг узрел невозможное — маленького мальчика, крадучись скользящего меж их неистовыми потугами и старающегося при этом оставаться за спиной инфернального отражения Ухмыляющегося Бога. Имперский принц? Некоторые из существ понемногу начали отрывать от пола пришпиленные к нему запястья.

Маловеби стенал, вертелся и бился внутри пределов своего заточения.

— *Лишь я, братья...*

Но стенами его тюрьмы было ничто, окружённое ничем.

— *Лишь я и есть Абсолют.*

А то, до чего невозможно дотронуться, невозможно и сокрушить.

ГЛАВА ДЕВЯТНАДЦАТАЯ

Возвращение

> И она будет стенать, плача в Небеса и взывая к Нам,
> Ибо Нам ведомо, какую душу и когда суждено матери
> явить миру.
> — *Книга Песен 38:2 Трактат,*
> *Хроники Бивня*

> Король объявил вне закона любые прорицания, сославшись на порождаемые ими беспорядки и впустую потерянные в фанатичном возбуждении жизни. Посему гадание на воде сделалось уделом ведьм.
> — *Кенейские анналы, КАСИД*

Ранняя осень, 20 Год Новой Империи (4132, Год Бивня),
Голготтерат

Бывают места, оказавшись в которых люди уже не могут покинуть их — места, откуда нет возврата, и независимо от того, насколько такие места далеки — в годах ли, в лигах ли, неважно, — они всякий раз повергают сынов человеческих в отчаяние и ужас.

Опершись на копьё, старый волшебник тяжело поднялся на ноги.

Сын.

Ему удалось забраться на тушу башрага. Зашатавшись на неустойчивой мертвечине, он сумел восстановить равновесие, а затем взглянул вниз — в теснину Тракта.

У него сын.

Колдовские огни чудесными цветками распускались на ступенчатых укреплениях Забытья справа от него. Трепеща белым. Пульсируя бирюзовым. Сияя алым. Слева развалины Гвергиру громоздились до засыпанных сажей небес. Перед ним, примерно в сорока шагах, толпились на груде обломков инграульские секироносцы, поспешно усиливающие фалангу своих родичей, перегородившую глотку Тракта чуть далее в направлении руин Дорматуз. По всему переднему краю темнеющего построения Долгобородые толкались щитами и рубились, силясь остановить белесый поток. Шранки, вскипая, словно разбивающийся о волноломы прибой, откатывались назад, превращаясь в скопище шипящих личинок, окружённых фиолетовыми брызгами и лиловым туманом...

Их было так много. Чересчур много.

У него сын! — осознал Акхеймион.

Внезапно гностические огни воссияли по эту сторону внешних стен. Старый волшебник с благоговейным трепетом наблюдал, как из пролома, оставшегося на месте Дорматуз, в пространство над узостью, кишащей бледнокожими тварями, ступили квуйя. Их черепа пылали богохульными смыслами, и зажатый между внешними укреплениями и Первым Подступом рукотворный каньон под натиском их убийственных трудов обратился в жерло вулкана.

Истребление было абсолютным. По Тракту словно прокатилось исполинское горнило, сперва поглощавшее, а затем возжигавшее белёсые массы. Паника охватила выживших шранков. Хаос стал чем-то... ещё более хаотичным. Тракт превратился в кипящую вздымающимся пламенем котловину. Закованные в железо инграулы хлынули вперёд, довершая бойню.

Старый волшебник стоял, разинув рот и позабыв собственные Напевы. Не кто иной, как Владыка Випполь шествовал в авангарде наступающих квуйя — облачённый в древние доспехи из тонкой проволочной сетки и возносящий свою песнь с яростью души, обезумевшей от груза прожитых лет... А там! — там в небесах парил сам Килкуликкас — Владыка Лебедей, прославленный квуйя, некогда сокрушивший Дракона Ножей...

Келлхус призвал на подмогу Иштеребинт, поняла какая-то онемевшая часть Акхеймиона.

Существа под косою сынов Инграула валились, словно солома. Возжённые песнью сынов Элирику, они пылали как просмолённые факелы. Меч и огонь поглотили всех оставшихся тощих. Инграулы, торжествующе потрясая оружием, устремились вдоль выжженного дотла Тракта, намереваясь вновь захватить пролом.

У него сын!

По случайности Акхеймион встретился взглядом с парящим наверху Владыкой Випполем. На мгновение глаза, в глубинах которых плескалась тьма, остановились на нём, а затем продолжили свои беспорядочные метания...

И тут это случилось... всепоглощающий рёв Орды вдруг оборвался, сменившись невероятным безмолвием.

В ушах зазвенело.

Младенец плакал... и звук этот представлялся головокружительно невозможным.

Сама земля, казалось, шаталась от нереальности происходящего — столь всеобъемлющим и ошеломляющим он был. Невзирая на то что вопль Орды терзал слух всего несколько страж, за это краткое время он превратился в нечто, будто бы лежащее в первооснове бытия — в сущность самого Творения.

Старый волшебник удивлённо озирался, замечая, что остальные поступают так же...

— Она отступает! — заорал какой-то Долгобородый с гребня стены. — Орда! Бежииииит!

Следом за этим неистовым воплем вновь заплакало дитя — крик, подобный пронзительному посвисту свирели.

Повернувшись к женщинам, Акхеймион увидел Эсменет, горбящуюся между коленей своей голосящей и хрипящей дочери.

— Ты слыши...

Гремящий хор мужских голосов, казалось, раскол мироздание. Крики счастья, понял Акхеймион. *Счастья*. Мужи Трёх Морей вскидывали вверх руки, в неверии хватали друг друга за плечи или же просто падали на колени, заливаясь слезами. Грохочущее эхо разносилось по Голготтерату. Всеобщий триумф дробился на отдельные проявления экстатического неверия и неистовой радости. Люди в голос рыдали, обхватив руками колени. Люди шумно дышали и разражались звериным рёвом, били себя в грудь, пинали и топтали шранчьи тела. Люди сцеплялись локтями и танцевали какие-то старушечьи танцы.

Под натиском северного ветра непроглядная тьма Пелены посерела, превратившись в нечто вроде закопчённого стекла. Свет вновь наступившего дня хлынул на них — зрелище из числа тех, что смертным не доводилось видывать целую эпоху.

Дитя плакало. Его мать всхлипывала. Вторые роды были милосердно быстрыми.

Под прикрытием ликующего рёва Эсменет перерезала пуповину Бурундуком, а затем поспешно завернула посиневшее тельце в кусок ткани, оторванный от одежд мертвеца. Старый волшебник никогда не узнает, что с ним сталось — с умершим близнецом.

Держа первый свёрток у груди, Мимара безудержно рыдала.

Сойдя вниз с туши башрага, старый волшебник уселся на котлоподобный череп создания и, положив локти на колени, спрятал лицо в ладонях. Его сотрясала дрожь.

Когда же всё кончилось? Когда минули бедствия?

У Друза Акхеймиона сын.

* * *

Солнечный свет касался их, будто руки целителя. Его лучезарные пальцы пробивали лохмотья Пелены, озаряя участки развалин своим ласковым благословением. Осенённые этим прикосновением люди удивлённо озирались, лица их чернели пятнами сажи и засохшей крови. Они видели свет, столь же невероятный, как и исходящий от Рога, но при этом чистый и словно бы призрачный. Свет, пронизывающий рассеивающиеся шлейфы дыма и пыли — оранжевые, чёрные и серовато-коричневые громады, сминающиеся о купол неба. Свет, воссиявший прямо сквозь весь этот гнилостный чад.

Защитники западных бастионов — измученные нансурские колумнарии, эумарнанские гранды и прочие — наблюдали за тем, как шранки откатываются прочь от твердыни своих создателей, устремляясь, подобно рыбьим косякам, за отступающим мраком Пелены.

— Так бежали Бездушные, — восторженно возгласил генерал Инрилил аб Синганджехои, — от гнева Обладающих Душами!

Более миллиона трупов покрывали Пепелище — и почти все были шранчьими. Они грудами лежали на склонах и огромными перепутанными мотками громоздились у подножья златозубых стен. В десятках мест тела пылали, как лагерные костры, испуская чадящие дымы, покачивающиеся на ветру, будто колышущиеся в воде чёрные волосы. Голготтерат воздвигался из этого хаоса, словно горелый струп, окружающий своими растрескавшимися язвами громаду Высокого Рога, который вновь, ослепительно сияя, воспарил в невозможно прозрачные небеса. Склонённый Рог, расколотый на исполинские сегменты, лежал поперёк Шиголи чередою полыхающих под касаниями солнца руин.

Разбросанные отрядами и группами по всему этому развороченному амфитеатру, мужи Ордалии хрипели и рыдали от облегчения и ликования, ибо они обрели спасение. Тут и там на разрушенных стенах и бастионах гремели импровизированные про-

Глава девятнадцатая. Возвращение

поведи. Радостные крики поднимались в одной части крепости, чтобы тут же быть подхваченными в других, — ликование охватило все оказавшиеся в Голготтерате многоязычные племена.

А затем наиболее остроглазые узрели Его и воинственная радость превратилась в бурю, гремящую экстатическим преклонением.

Святой Аспект-Император ступил на площадку Бдения — платформу, расположенную высоко на восточном фасе уцелевшего Рога. Люди, как изувеченные, так и здоровые, тысячами воззрились на Него, и каждый, не отрывая взгляда от Его сияющего образа, кричал и вопил, добавляя свой голос к всеобщему торжествующему рёву. И Он, укрытый тенью Рога, стоял там, глядя на них сверху вниз, словно человек, взошедший на горную вершину, и они зрели свет Его счастья.

Экстаз сменился подлинным сумасшествием, скорее даже каким-то бесноватым безумием.

Страстные излияния чувств наполняли криками воздух. Гремящий рёв тысяч, резонируя, отражался эхом от парящих изгибов инхоройского золота. Когда Святой Аспект-Император, шагнув в пустоту, сошёл с площадки Бдения, эти вопли несколько поутихли... лишь для того, чтобы усилиться вдвое, когда Он, вместо того чтобы рухнуть, начал плавно опускаться к земле, словно пух одуванчика, парящий в застывшем от безветрия воздухе.

Резкий и звонкий зов боевой трубы разнёсся у основания Рога. Воинственный призыв ко Храму. В наставшем поражённом безмолвии одинокий конрийский рыцарь, каким-то чудом оказавшийся на одном из северных бастионов, затянул знаменитый Гимн Воинов:

> У священных вод Сиоля
> Мы повесили лиры на ивы,
> Оставляя песню вместе с нашей Горой.

Возможно, в голосе его был какой-то особый трепет, или же в самом Гимне присутствовали некие проникновенные интонации, передающие саму суть радости и тоски...

> Перед тем, как погибла Трайсе,
> Мы брали детей на колени,
> Подсчитывая струпья на наших руках и сердцах.

Ибо песня эта возжигала души одну за другой, с неестественной лёгкостью распространяясь по разгромленным пределам Голготтерата, вливая в себя всё новые хриплые голоса и превращая тысячи мутных капель в единый, прозрачный как слеза водоём. Они были людьми, узревшими и постигшими Божью волю. Они были и теперь навсегда останутся мужами Ордалии. Они изведали тяготы пути, понесли тяжелейшие утраты, и песня эта была о таких, как они...

>На тучных кенейских полях
>Мы краденый хлеб преломляли,
>Вкушая любовь тех, кто уже умер.

Так пели Новые инрити, пока Наисвятейший Аспект-Император Трёх Морей, паря, опускался с высот Воздетого Рога, ибо вознося эту песнь, они отказывались от собственных границ, словно бы прекращая быть и потому переставая быть одинокими. Они пели для своего Пророка, будучи ныне неразделимыми и неотличимыми.

В отсутствии границ заключена сумма божественной благодати. Целые поля раскрытых ладоней поднимались к глазам, ибо, они стремились получше различить Его отдалённую фигуру. И последнюю строфу они в той же мере прорыдали, в какой и проревели, ибо она подводила черту под всеми утратами, что им пришлось понести...

>У Ковчега, полного ужасов,
>Мы узрели горящее в золоте солнце,
>В миг, когда на Мир пала ночь.
>И оплакивали пленённое завтра...

Сколько же раз им доводилось петь эту песню? Сколько унылых, безотрадных страж им довелось провести, напевая бесчисленные строфы Гимна Воинов и всякий раз возвращаясь к словам, передающим всю тяжесть их трудов, всю сущность их опыта, сведённую к единственному преисполненному мрачной мощи четверостишью. Сколько же раз они, щурясь, вглядывались в горизонт сквозь колышущуюся поросль трав, размышляя *об этом вот самом миге?*

И ныне они стояли здесь, воздев к небесам руки...

Свидетельствуя своё спасение.

Спасение... такое особенное слово.

Одно из тех, что превращают мужей в младенцев.

Для некоторых происходящее попросту оказалось за пределами того, что они были способны вынести — столько страданий и размышлений сошлись в острие этого мига. Они шатались и даже лишались чувств.

Но прочие обнаружили, что их пыл разгорелся ещё сильнее. «Наше спасение!» — начали кричать они своему пророку нестройным ревущим хором, несколько мгновений спустя слившимся в громоподобное единство.

— *Наше спасение!*
— *Наше спасение!*

Люди заполнили террасы Забытья, кожу их покрывала почерневшая кровь. Люди собирались на верхушке Струпа, толпились на каждом участке внешней стены, позволявшем им узреть их Спасителя. Около шестидесяти тысяч голосов звучали в унисон, поглощая хрупкое эхо и превращая скандируемые слова в нечто разящее — бьющее и пинающее само небо.

— *Наше спасение!*
— *Наше спасение!*

Наисвятейший Аспект-Император опускался к земле как пылинка, витающая в недвижном воздухе, мерцая и переливаясь каким-то потусторонним светом.

— *Наше спасение!*
— *Наше спасение!*

Выйдя из тени Рога, он вспыхнул, засверкав в лучах закатного солнца...

— *Наше спасение!*
— *Наше спасение!*

И, распростёрши руки, сияющие золотыми ореолами, погрузился в эту реверберацию.

— *Наше спасение!*
— *Наше спасение!*
— *Наше спасение!*

* * *

Руки...
Руки несут её.
Поле зрения Мимары наклонено по отношению к безумию вздымающегося прилива.
Сама земля стала торжествующим помешательством — лица бледные и смуглые — все до единого словно бы одурманены изнеможением и неистовым ликованием.

— *Наше спасение!*

Они схватили её, эти обезумевшие люди, и подняли иссечёнными руками у себя над головами, а теперь несут следом за её матерью-императрицей. Боль в её чреслах неописуема, а жуткая усталость попросту парализует её, однако она всё ещё чувствует остаточное присутствие нелюдского короля, тянущегося, будто стальная проволока, от самого её сердца и до кончиков пальцев.

Сама же она свисает с Нильгиккаса, точно сушащееся на ветру рубище нищего.

— *Наше спасение!*

Она поворачивает голову и видит влекомого рядом с нею старого волшебника, вовсю поносящего несущих его и практически погребённого под ворохом гнилых шкур, в которые он облачён. Она ощущает тошнотворность его Метки и понимает, что он выкрикивает её имя.

— *Наше спасение!*

Её мать, крепко прижимая к груди своего внука, шествует впереди, продвигаясь к какой-то вполне определённой цели. Её фигура кажется крохотной на фоне могучих инграулов, раздвигающих перед нею людские массы.

— Благословенная императрица! — пошатываясь, ревут они. — Дорогу! Дорогу!

— *Наше спасение!*

Она видит их — мужей Ордалии, зрит маскарад их истерзанных лиц... прижимающихся к земле, когда сами они вдруг опускаются на колени.

— *Наше спасение!*

Следуя за взглядами тех из них, кто стоит в отдалении, она видит Его, опускающегося с неба, блистая в лучах заката славой и великолепием.

— *Наше спасение!*

Она видит Высокий Рог — его зеркальную громаду, распространяющую окрест сияние ложного солнца.

— *Наше спасение!*

Она тревожится о новорождённом, но всё же не чувствует острого желания поскорее забрать его у своей матери-императрицы. Она мучается вопросом о том, что произошло, и о том, почему, даже окружённая всей этой радостной кутерьмой, она ощущает лишь опустошение.

— *Наше спасение!*

Она видит воинов, толпящихся на разгромленных террасах — там внизу, а также заваленную углём и золой рытвину Тракта. Она видит похожие на златозубую пилу внешние стены. Видит искрошенную Пасть Юбиль — лежащие в руинах Внешние Врата Голготтерата, как и груды обломков там, где ранее высились казавшиеся неприступными Коррунц и Дорматуз.

— *Наше спасение!*

Она мельком замечает исковерканный изгиб Павшего Рога, лежащего сверкающей дугой на выпирающем горбе Струпа. Она видит в небе множество описывающих круги точек, озарённых алым закатным светом — воронов и стервятников, парящих в потоках восходящего воздуха.

— *Наше спасение!*

Она взирает на то, чему суждено однажды стать Священными Писаниями.

Она видит Его...

— *Наше спасение!*

Анасуримбора Келлхуса, Наисвятейшего Аспект-Императора. Видит, как Он медленно опускается навстречу человеческому морю, простирающему к нему руки...

Старый волшебник выкрикивает её имя.

* * *

Оцепенелая одурь представляет собой ошеломление событием столь чудовищным, что ты просто не знаешь, что тебе теперь делать и как дальше быть. Акхеймион позволил своим ногам бездумно шагать по телам, а в его взгляде не было даже проблеска хоть какого-то намерения или замысла. Затем он споткнулся. Ошалело огляделся вокруг. Кровавое месиво, в которое превратилась земля, от проявлений неистового торжества ходило ходуном...

— *Наше спасение!* — гремел, отражаясь эхом от инхоройского золота, клич мужей Ордалии, подобный ударам молота.

— *Наше спасение!* — отмечающий спуск их Господина и Пророка, тем самым словно бы шагающего вниз по какой-то грохочущей лестнице...

Пока, наконец, Он не ступил на мирскую поверхность, заставив Голготтерат погрузиться в безмолвие. Сам образ Наисвятейшего Аспект-Императора вдруг задрожал от переполняющей его сверхъестественной мощи, очертания его тела на миг расплылись — но всего лишь на миг. А затем словно бы рябь вновь прокатилась по утихающей поверхности водоёма.

— *Наше спасение!* — снова раздался клич, в этот раз, однако, нестройный... а затем и вовсе растворившийся в каком-то океаническом ропоте.

Внезапно люди, которые только что едва узнавали троих беглецов, не говоря уж о том, чтобы позаботиться о них, рухнули на колени прямо среди трупов, возжаждав служить своей Благословеннейшей Императрице. Охромевший Акхеймион мог только, глупо моргая, наблюдать за тем, как Эсменет, держа на руках его новорождённого сына, приказала столпившимся вокруг инграулам доставить их, передавая из рук в руки, к её божественному супругу. Посему он не протестовал, когда рослые воины подняли его и начали перемещать у себя над головами. Казалось, его несёт наводнением, и внезапно он вспомнил, как около двадцати лет назад, в Сумне, ему уже доводилось перемещаться подобным образом... в тот день, когда Святейший шрайя обрушился словом на нечестивцев фаним и все их беззакония.

Однако же на сей раз он не упал в обморок — во всяком случае, не в той же самой манере. Неверие в происходящее было лишь малой частью того, что его терзало. Вся его жизнь, а с тех пор как он принял Сердце Сесватхи и всё его существо, имели своим истоком это вот самое место. Ибо при всех наших притязаниях на самость в действительности мы сплачиваемся лишь вокруг того, что понимаем. То, в какой мере происходящие события способны выбить нас из колеи, соответствует тому, насколько мы сами неотличимы от наших знаний.

При отсутствии обода стрелка компаса — ещё не сам компас.

Посему до самого верхнего яруса Забытья он оставался в неком пограничном состоянии, будучи одновременно и бесчувственным и бдительным — живущим каждой деталью своего перемещения. Раны. Нависающая и крушащая душу громада Рога. Засохшая кровь. Он помнил, как что-то кричал Мимаре, словно бы находясь под воздействием чьего-то чужого побуждения, нежели своего собственного — или же просто в силу дурацкого рефлекса, вызванного глупым желанием хоть на миг увидеть её удивительное лицо.

Мужи Ордалии толпились на всех ярусах Забытья, взгляды их либо лихорадочно блестели восторгом, либо казались совершенно отупелыми от неверия. Адепты, спустившись с небес, словно вороны расположились на выступающих скалах Струпа, прочие же ранговые колдуны в своих многоцветных облачениях стояли на возвышающихся одна над другой террасах бок о бок с воинами. Люди преклоняли колени — некоторые молясь, а другие в силу полнейшего изнеможения. Люди сидели неподвижно, позволяя себе лишь дышать. Люди стояли и, вытягивая шеи, напряжённо всматривались, пытаясь получше разглядеть происходящее. Люди переминались и, воодушевлённые радостным ожиданием, вступали друг с другом в беседы. Мятущийся взор волшебника повсюду вычленял выразительные образы — точащего меч галеота с окровавленной головой; шайгекца, переворачивающего мертвецов, чтобы проверить их лица; сидящего и покачивающегося айнонца, снова и снова тычущего себя кинжалом в бедро.

Так старый волшебник перемещался, передаваемый из рук в руки, точно монета. Повсюду на Подступах виднелись конопляные верёвки лебёдок, частью привязанные к плетёным корзинам, а частью просто свисающие и заканчивающиеся пустыми петлями. С помощью этих верёвок его затаскивали наверх, поднимая вдоль обожжённых колдовским пламенем каменных стен. Те, кто нёс, а затем передавал его дальше, невзирая на свой дикий вид, обращались с ним с тем же почтением, с каким они относились к Благословенной Императрице. Вид на террасы Забытья и лежащую в руинах тушу Гвергиру с каждым преодолённым ярусом становился всё более головокружительным. Когда мужи Ордалии подняли его на предпоследнюю террасу, он увидел внизу Мимару — образ настолько живой и яркий, что он не мог отчасти не вспомнить того, что происходило прямо сейчас...

И того, кем он был.

Она взглянула вверх, услышав его ещё даже не прозвучавший зов. Он едва не зарыдал, увидев потемневший овал её лица.

А затем мозолистые руки вновь схватили его и потащили вверх. Очутившись между зубцами самой последней стены, он перекатился, чтобы встать на здоровую ногу...

И ошеломлённо оглядел вершину Забытья.

Плач младенца разорвал тишину.

Какой-то каритусалец протянул Акхеймиону копьё, чтобы он мог опереться на него, как на костыль. Старый волшебник принял его.

Всё вокруг пребывало в прохладной тени Струпа. Штандарты и знамёна с Кругораспятием повисли в вечернем безветрии. Лишь люди, тянувшие лебёдки, вовсю трудились, прочие же поголовно простирались ниц. По всей террасе, куда ни глянь, можно было увидеть склонённые головы, щиты и спины — Уверовавших королей и адептов, кастовой знати и их слуг.

Над самым верхним ярусом — Девятым — нависал чёрный выступ, рассечённый глубокой впадиной и оттого выглядящий подобно раскинутым рукам, готовым что-то искромсать или сжечь. Из этого углубления торчал огромный, накренившийся обломок скалы...

Его трибуна.

Там Он и стоял.

Там Он и стоял, взирая с лёгкой улыбкой на лице прямо на старого волшебника.

Анасуримбор Келлхус.

Святой Аспект-Император Трёх Морей.

Повелитель Голготтерата.

Его образ едва не слепил взор, играя хитросплетениями золотых отражений в бесчисленных обсидиановых осколках, мерцая во множестве металлических и эмалированных поверхностей.

И этот образ не нёс на себе Метки.

Старый волшебник прокашлялся, чтобы вдохнуть... и зарыдать. Горячие слёзы заструились по его щекам.

Он был... очищен...

И спасён.

Ощутив, как маленькая тёплая ладонь взяла его за руку, Акхеймион слегка вздрогнул. Оторвав взор от Келлхуса, он повернулся, ожидая увидеть Мимару, но вместо этого увидел Эсмене́т со своим сыном на руках, глаза её были полны удивления... и жажды откровения, разделяемой всеми вокруг. По щекам её тоже текли слёзы, оставляющие влажные дорожки, наполненные преломлёнными отблесками сверхъестественного света, исходящего от Аспект-Императора.

Что-то пронзило его — нечто намного большее, нежели мысль.

Не могло ли быть так?

Не могло ли быть так, что всё то, что он потерял, что оплакивал и утрате чего возмущался...

Его Школа, его миссия, его ученик...

Его жена!

Не могли ли все его ужасающие жертвы... его скорбные приношения...

Спасти Мир?

Он говорил правду...

Друза Акхеймиона била такая дрожь, какой ему ранее не доводилось испытывать.

Всё закончилось...

Святой Аспект-Император кивнул им обоим — знак, показавшийся ему немыслимым благословением, — а затем перевёл свой лазурный взгляд на собравшихся...

Его воля исполнилась...

Голос Анасуримбора Келлхуса излился на них тёплым дождём, даруя и бодрость и успокоение...

— Человек...

Голос гудел, отражаясь от подножия Рога и будто бы согревая всё, бывшее пустым и огромным...

— *...скорее прольёт слёзы перед ликом Божьим, нежели перед лицом своего брата.*

Акхеймион двинулся вперёд, стремясь примкнуть к этому невозможному собранию, но тут его покачнуло. Подхватив старого волшебника, Эсмене́т помогла ему опуститься на колени, а

Глава девятнадцатая. Возвращение

затем и сама присоединилась к нему. В этот миг мимо них с совершенно пустым взглядом прошла шатающаяся Мимара. Он потянулся, пытаясь схватить её за рукав, но пальцы его припозднились. Покачиваясь от тяжести всех мук и трудов, что ей довелось претерпеть, она проследовала между коленопреклонёнными мужами Ордалии.

— *Он съёживается, ожидая розги, что никогда не опустится на его спину...*

Её дитя пускало слюни на руках у её матери.

— *Предпочитая осуждать своего брата за гордыню...*

Сзади, на подоле её позаимствованных одеяний расплывались алые пятна крови.

— *Предпочитая бить его наотмашь своею покорностью.*

* * *

Её ноги босы...

Не имеет значения.

Она проходит мимо Акки и своей матери.

Не имеет значения.

Она видит, как от громады Высокой Суоль приближается её брат, несущий в руках истерзанное тело её сестры...

Не имеет значения.

Око Судии открывается.

* * *

Святой Аспект-Император что-то говорит с чёрного помоста...

Проходя мимо коленопреклонённых людей, Мимара иногда спотыкается об их спины, но продолжает продвигаться вперёд, не давая себе труда даже взглянуть на них, не говоря уж об извинениях.

Они не имеют значения.

Наконец её босые ноги пересекают черту, за которую ни одна душа не смеет ступать... не считая её саму. Она не может сделать ни вдоха. Жар охватывает её от макушки до кончиков пальцев, струясь, словно льющаяся потоком вода. Чья-то рука хватает её за локоть, пытаясь оттянуть назад, но взор её неотрывен и столь же неумолим, как и солнце...

И посему вместо этого старый волшебник ковыляет рядом с нею, глядя на Аспект-Императора, хмуро взирающего на них сверху...

На Мир опускается тишина.

— Мим...

— Акка... — отвечает она, всё так же рассматривая лучащийся золотом лик Анасуримбора Келлхуса.

Рыдания пронизывают её, превращая кости в вервия. Старый волшебник подхватывает её, помогая устоять на ногах, и разворачивает к себе, хотя взгляд её по-прежнему не отрывается от отчима.

Собравшиеся народы, могущественнейшие из Сынов Бивня удивлённо взирают.

— Он говорил правду, Мим... — бормочет Акхеймион, в изумлении вцепляясь пальцами в свою нечёсаную шевелюру отшельника. Он хихикает с недоверчивой радостью, а затем кричит: — *Консульт уничтожен!*

Нестройные возгласы торжества вырываются из рядов воинов и адептов Кругораспятия. Заудуньяни, толпящиеся тридцатью локтями выше на груде развалин Высокой Суоль и вдоль выступа Струпа, издают вопль торжества.

— Нет... — говорит она.

Но Воинство Воинств уже охватывает безумный восторг, понуждающий все эти неистовствующие тысячи упасть на колени, рыдая и простирая руки к образу их Господина и Пророка, их непобедимого Святого Аспект-Императора.

— *Нееееет!*

Акхеймион хватает её за руку, его румянец сменяется бледностью.

— Мимара?

— Как ты не видишь? — визжит она. — *Смотри!*

В голосе её звучит ошеломление столь исступленное, что оно цепляет всякую душу, его слышащую. Ликование затухает, сменяясь множеством растерянных взоров. Акхеймион же разевает рот так широко, что кажется, будто у него напрочь отсутствуют зубы.

Наисвятейший Аспект-Император стоит, осиянный солнцем нового дня. И нового Мира. Он снисходительно кивает.

— Дочь? — произносит он с улыбкой на лице.

* * *

Она моргает и снова моргает, но он по-прежнему остаётся на месте... поблёскивая, словно жук-скарабей...

— Что там? — спрашивает Анасуримбор Келлхус, хотя его нигде и не видно. — Что беспокоит тебя, Мимара?

Глава девятнадцатая. Возвращение

Чёрный, мерцающий в сиянии солнца саркофаг, парящий на том самом месте, где стоит её облачённый в сияющие белые одеяния отчим...

Его львиный образ одаряет её улыбкой...

Прощая...

И изрекая...

— Скажи мне...

Воздетый Рог стонет под натиском немыслимой мощи. Первые порывы ветра сливаются в огромный, леденящий вихрь.

— Что ты видишь?

Шлейфы пыли, взметаясь, несутся по Шигогли.

Старого волшебника сотрясает такая дрожь, что её ладонь выскальзывает из его руки.

— **ЧТО Я ЕСТЬ?**

ГЛАВА ДВАДЦАТАЯ

Пепелище

И были слова, скрепившие землю,
И были слова, распростёршие небо,
Слова, пробуждавшие в нас красоту,
Пока Вера наша не рассыпалась ложью.

И будут слова, что развеют землю,
И будут слова, что обрушат небо,
Слова, что пробудят наши рыдания,
Кои будут слышны до дня нашей смерти.

— *Песня Подъёмщиков*

Ранняя осень, 20 Год Новой Империи (4132, Год Бивня), Голготтерат

Шёпот небытия всякий раз обманывает время, сжимая в краткий миг забвение послеполуденного сна или же, напротив, бесконечно растягивая мгновения утренней дремоты. Маловеби очнулся от забытья, подобного смерти. Ему казалось, что прошло уже несколько страж... или несколько дней... или же вовсе промчались года. Хотя на самом деле едва минуло несколько мгновений.

Он по-прежнему висел, привязанный за волосы к воинскому поясу. И по-прежнему видел в мерцающем согломанте отражение своей безумной тюрьмы — яйцевидные пятна декапитантов у бедра...

Статуи?

Возвышающейся на фоне непроглядного мрака. Украшенной уложенной на древний манер бородой. Несущей на плечах голову, не имеющую шлема и обладающую заплетёнными на затылке волосами. Статуи, облачённой в белые одеяния...

Соляного столпа, что был Аспект-Императором.

Анасуримбором Келлхусом.

* * *

Пришло чувство... чувство вновь наступивших Лет Колыбели. Чувство неведомое людям со времён Ранней Древности — с горьких и мучительных времён Апокалипсиса.

Это чувство было единым для всех душ во всех уголках этого мира, будь то рисовые поля южного Зеума, равнины Инвиши, напоённые влагой и изрезанные оросительными каналами, или же вздымающиеся башни Аттремпа. Как пребывающие в одиночестве, так и толпящиеся тысячными скопищами, люди вдруг резко вздрогнули... а затем обратили взоры к северному горизонту. Женщины подхватывали на руки плачущих детей. Жрецы обрывали бормотания и трясущимися руками тянулись к своим идолам. У всех и каждого прерывалось дыхание, отнимался язык. И всякую душу охватывало это чувство...

Подобное чувству падения.

Нечто вроде ощущения, что Мир с чьим-то могучим вдохом оставила сама его сущность.

Никто, во всяком случае поначалу, не сопоставлял это чувство с рассказами о разразившемся в древности катаклизме. Некоторые даже удивлённо смеялись, поражаясь ощущению ужаса, не имеющего явного источника, кроме направления, с неистовой силой привлекающего к себе все до единого взоры. И лишь когда раздались первые визгливые вопли рожениц, люди осознали сущность того, что позже назовут Предвестием, и тотчас поняли, с чем имеют дело, — во всяком случае в тех странах, где Священные Саги почитались за Святые Писания. Для верующих Трёх Морей Предвестие являлось самой сущностью ужаса — тем, что матери и жёны чаще всего поминали в своих пылких молитвах, заклиная богов, чтобы Мир минула чаша сия.

И тогда плач и вой объяли великие цивилизации Юга — стенания верных, убедившихся в реальности катастрофы, и уныние неверующих, переживших сразу два сокрушительных удара. Семьи собирались на крышах домов, дабы явить свою скорбь. Буйные толпы громили храмы, как малые, так и великие — настолько отчаялись души, вдруг взалкавшие мольбы и покаяния. Сумнийская Хагерна, ранее уже поддавшаяся крушащему саму землю гневу Момаса, была подожжена и теперь пылала, воздвигаясь над вечно жаждущим городом погребальным костром. Безумие выплеснулось на улицы и переулки, наполнив города воплями, что всякое сердце уже и без того прокричало: Предвестие! Сейен милостивый, Предвестие явилось нам!

Великая Ордалия потерпела поражение!

Мало кто слышал вопли матерей, ибо каждая душа терзалась своей собственной скорбью, а те, кто всё же слышал — их повитухи, — были слишком изумлены и чересчур омертвели сердцами, чтобы отслужить требы, подобающие ятверианским жрицам. Никакие молитвы не прозвучали над утробами рожениц, как не были расколоты и истолчены глиняные черепки с именами. Слова сочувствия, даже если и были произнесены, оказались неискренними и рассеянными, ибо именно повитухи, и только они оказались способными узнать это чувство, поскольку им ранее уже доводилось с ним сталкиваться — ещё не ставшее твёрдой уверенностью мучительное предположение, что дитя родится мёртвым. Предвестие из древних легенд было их собственным предвестием — предчувствием трагедии и необходимостью продолжать двигаться по направлению к ней...

Чувство, вызванное рождением мертвеца.

И они лили слёзы, зная, что каждое чрево ныне стало могилой, а им предначертано быть могильщиками.

* * *

Смерть Рождения.

Он воздвигался так высоко над ними, что требовалось встать на колени, дабы увидеть его!

Карапакс.

Он парил над запруженными людскими толпами террасами Забытья — угольно-чёрный саркофаг, поднимающий на просторах Шиголи шлейфы пыли и закручивающий их громадными и пока лишь угадывающимися кольцами. Он парил, выглядя именно так, как выглядел во множестве ранее явившихся старому волшебнику Снов, и лишь одиннадцать хор, некогда закреплённых по линиям его стыков, ныне отсутствовали. Он был здесь! Наяву!

Мог-Фарау!

Обсидиановая глыба, висящая на фоне золотой громады. Небо застонало, скручиваясь над вершиной Воздетого Рога, облака, сбившись в стаи, устремились наружу и вверх — мрак, извергающий мрак. Резкие порывы ветра скребли скалы струями каменного крошева и песка. Первые чёрные завитки закружились по Шиголи.

Мимара, казалось, всем телом обернулась вокруг своего крика, в её взгляде застыло подлинное сумасшествие, лицо дрожало от напряжения, а рот вперемешку с плевками извергал из нутра наполненный гневом и неверием вой, словно бы она вознамерилась единым духом выплеснуть в мир месяцами копившееся внутри неё возмущение всеми унижениями, через которые ей довелось пройти — от забившегося в сандалию камушка до извращённого безумия нелюдских королей. Акхеймион и Эсменет волоком тащили её в направлении всеобщего бегства. Дитя пронзительно кричало на руках Благословенной Императрицы. Его живой, дышащий сын.

Люди сотнями, нет, тысячами бежали туда же, куда и они. Воины Ордалии протискивались промеж других воинов — застывших, словно погружённые в ямы с бетоном столбы. Лица их, наполненные одурелым замешательством, выдавали единственное владеющее ими желание — жажду бесцельного бегства. По всей чадящей чаше Голготтерата происходило одно и то же. И на оплетающих громаду Струпа стенах, и на покрытой грудами трупов земле мужи Трёх Морей, словно бы надломившись где-то внутри, разделились на тех, кто был чересчур обуян ужасом, чтобы сойти с места, и тех, кого ужас обуял чересчур сильно, чтобы оставаться на месте оставалось возможным. Завеса пыли закрыла солнце, превратив золото в охру, а нимиль в воск. Воздетый Рог издавал гул столь низкий, что он отдавался в костях. Порывы ветра обрушивались на людей, забивая во рты волосы и швыряя в глаза песок. Кружащийся вихрь сминал лица, превращая их в кошмарные гримасы и заставляя тех, кто находился на возвышенностях, закрываться от бури поднятыми руками.

И он воздвигался над ними — чёрный как раз в той мере, что отражала воцарившийся внизу ужас.

Старый волшебник ковылял по трупам, рыдая и плюясь желчью. Многообразие напоённых безумием воплей пронзало воздух — воплей, в своей бесчисленности сливающихся в какой-то океанический прибой. Статные воины, толкаясь, огибали их или протискивались между ними. Его нога ныла от нестерпимой боли. Он прошёл мимо куарвешмена, выдирающего себе бороду из окровавленной челюсти. Он миновал ансерканского колумнария, сидящего на собственном шлеме и, хихикая в ладошку, считающего вслух. Он проходил мимо людей, лица которых были иссечены раздувшимися ранами, и мимо людей, в лицах которых не было ни кровинки. Он проходил мимо людей, задумчиво щурившихся, словно пытаясь прикинуть, какая завтра будет погода, и мимо людей... сокрушённых горечью поражения и осознанием конца — всеми теми вещами, которые никак не способны принести умиротворения.

Он помедлил — не столько для того, чтобы что-то понять, сколько для того, чтобы вспомнить.

Мать и дочь в тревоге повернулись к нему, но Акхеймиону, тут же получившему чувствительный толчок сзади, уже не требовались чьи-то ещё увещевания и побуждения. Рухнув на четвереньки, он обнаружил, что взирает прямо в лицо нелюдя, холодное и идеальное, как фарфор, и слегка приподнятое так, словно мертвец вознамерился одарить его сонным и распутным поцелуем. И он чувствовал там, в небе, нависшее над всеми ними бремя — напор воплощённой обречённости, которой тем не менее не удавалось повергнуть его в отчаяние.

Теперь уже Мимаре пришлось увещевать его и, умоляя подняться, тянуть старого волшебника, вцепившись в протухшие шкуры его одежд. Он не столько видел её саму, сколько её руки — грязные, трясущиеся... и теребящие мешочек с сыплющимся оттуда каннибальским пеплом. Едва не поперхнувшись тем количеством кирри, что она запихнула ему в рот, старый волшебник, с трудом протиснув напоминающий вкусом землю наркотик меж сжатыми зубами, рефлекторно сглотнул...

Младенец пронзительно кричал.

Резко выдохнув, Акхеймион сдул со своих усов нильгиккасов пепел. Казалось, разряд молнии прошёл сквозь него, заставив тело забиться в судорогах. Он сумел приподняться, встав на колени, и увидел над охваченными паническим ужасом террасами идущую по воздуху ведьму-свайяли, оплетённую раскалёнными золотыми росчерками. Он поймал её взгляд, узрев, как принесённые ветром песчинки обращаются в дым, столкнувшись с её гностическими Оберегами, и осознал, что сейчас она была Сесватхой — сокрушённым и измождённым, всюду преследуемым и очень, очень старым.

Друз Акхеймион не столько понял это, сколько, принадлежа к той же общности, ощутил.

— *Ирджулила*... — начал он свой Напев, — ***хиспи ки'лирис***...

Голос его загремел над руинами, и он узрел своё отражение — отражение одичалого отшельника — в мёртвых очах квуйя. Собственные его глаза сияли голубыми искрами под косматыми бровями, а рот представлял собой сверкающую дыру в седой бороде. Отмахнувшись от помощи и поддержки женских рук, он повернулся спиной к Предвестию и, пройдя между зубцов укреплений Девятого Подступа, ступил прямо в воздух. Ветер колол глаза и стегал кожу. Взглянув поверх спешащих прочь бурлящих людских потоков и за пределы кружащихся завес чёрно-серой пыли, он узрел ужасающую кромку Орды, вновь устремившейся к Голготтерату...

И пришла мысль: «Да... я уже был здесь когда-то».

Его голос, казалось, сокрушил рёбра горизонту:

— **Бегите! Спасайтесь, сыны человеческие!**

И на мгновение все омрачённые ужасом и покрытые грязью лица обратились к нему, все глаза уставились на его образ — лик замотанного в шкуры волшебника. Его колдовской крик обрушился на них, как истинный Стержень Небес. Те, кто уже бежал — ускорились, а те, кому ранее бегство претило, влились в поток своих братьев. То, что до этого представляло собою нечто вроде эрозии, внезапно превратилось в могучий оползень. Людские потоки плотными массами устремились в бегство, изливаясь вовне и вниз и схлёстываясь в настоящей битве за спуск по нисходящему каскаду укрепления. В единый миг брошенные щиты чешуёй покрыли всю зримую твердь.

— **Второй Апокалипсис!**

Оглянувшись, он посмотрел в изумлённые лица любимых женщин, увидев, как их красота дрогнула под громовым напором его сияющего голоса и под мрачным натиском бедствия, о котором он возвещал.

— **Второй Апокалипсис грядёт!**

И, казалось, с высот Забытья вниз ринулась сама земля, столь абсолютным был исход, столь повальным бегство.

По-прежнему паря в воздухе, Акхеймион придвинулся к Эсменет, которая тут же присоединилась к нему на участке призрачной тверди и встала рядом, одной рукой обхватив его за талию, а другой удерживая у груди вопящего внука. Он же, повернувшись к Мимаре, усмехнулся, как, очутившись в преддверии краха, всегда усмехался Сесватха — улыбкой человека, осознавшего гибельную поступь рока, улыбкой души, обнажённой до неприкрытого факта любви.

Уставившись на него, она непонимающе всхлипнула. «Как? — не столько вопрошал её взгляд, сколько её боль. — *Как же это могло случиться?*»

Воздетый Рог воздвигался позади них, выцеживая стужу из пустого сердца неба — громада, само присутствие которой вызывало постоянное инстинктивное желание съёжиться. Великая Ордалия, вылившись из треснувшей чаши Голготтерата, хлынула на восток. Порывы ветра уже стали по-настоящему болезненными, и Эсменет уткнулась лицом в покрытое вонючими шкурами плечо старого волшебника.

Мимара, по каким-то лишь ей одной ведомой причинам, испытывала мучительные терзания, взирая на отца своего ребёнка полными слёз глазами, явственно вопрошающими... Как? Сейен милостивый...

Почему?

Акхеймион протянул ей руку.

— Пожалуйста, — попросил он сквозь нарастающий рёв.

Внутри нас есть знание, способы подтверждения которого чужды прямым и ярким лучам, свойственным речи. Колдовством не исчерпываются чудеса голоса: одним-единственным словом он сумел донести до неё то, чего ранее не смог достичь диспутами, для записи которых понадобились бы целые тома.

Апокалипсис был его неотъемлемым правом.

Ужас витал над ними — разящий свет, опаляющий души. Гневно смахнув слёзы, она вытащила мешочек с двумя своими хорами — обретённой ею во чреве Кил-Ауджаса и взятой в Сауглише с мёртвого тела Косотера. Единым, слитным движением она подняла мешочек над головой и швырнула его в пустоту над террасами Забытья. Ничьи взгляды не следили за её сокровищем, пока оно падало в царящие внизу хаос и панику. В её глазах это было последним доказательством его вины.

Стараясь удержать равновесие, Анасуримбор Мимара ступила на край стены, а затем приняла его руку.

* * *

Аспект-Император мёртв.

Никогда ещё Маловеби не ощущал внутри себя столь бездвижной и оцепенелой пустоты. Как это возможно — быть бестелесным и всё равно прекратить существовать?

Память возвращалась к нему, являя образы минувшего на внутренней стороне некой неопределённой полости. Айокли — *Четырёхрогий Брат*! — не просто был здесь, а обитал внутри *Анасуримбора Келлхуса*. Кромсающие сердце последствия, выворачивающий нутро ужас, беззвучные визги, предвестие убийственного будущего...

А затем вдруг появился маленький мальчик... Анасуримбор Кельмомас... он крадучись двигался вон там, пробираясь между шпионами-оборотнями, пригвождёнными к полу хорами...

Маловеби, побуждаемый необузданным страхом, решил, что мальчиком овладел Айокли. Один из Сотни предстал перед ними! Конечно же, мальчик и есть он!

Однако же тот им не был.

— И этот тоже меня не видит! — хихикнул мальчик.

Пылающий гейзер, что был вместилищем Ухмыляющегося Бога, зашипел и плюнул искрами...

Четверо оставшихся Изувеченных зачарованно наблюдали за ним. Ауракс съёживался и пресмыкался.

Тёмное сияние опало с плеч бога-сифранга, оставив лишь Анасуримбора Келлхуса, который, моргая, будто обычный смертный, недоверчиво взирал на своего младшего сына.

— К-кел? Как ты зд...

Ближайший из шпионов-оборотней схватил его за лодыжку ладонью с привязанной к ней хорой.

И Аспект-Императора не стало.

— Видите! — заклокотал и завизжал ребёнок с какой-то нелепой радостью. — Я же говорил вам! Говорил! Они не видят меня! Боги! *Боги не видят меня!*

Неспособный мыслить, Маловеби наблюдал в золотом отражении, как Изувеченные ухватили канючащего Кельмомаса, сперва колдовством, а затем и руками, на которых недоставало пальцев. Как ребёнок рыдал, визжал и пинался, поняв, что поменял одного тирана на четырёх. Когда дуниане затащили Кельмомаса в огромный чёрный саркофаг, Маловеби мельком увидел трепыхание маленьких ручек и ножек, услышал поросячий визг испытывающего телесные муки ребёнка, его жалобные крики и душераздирающий плач. А затем громадный лик Карапакса сомкнулся на древней печати...

— *Мааааамооочкаааа...*

Он вспомнил! Не издав ни звука, Карапакс встал вертикально... Само основание Рога взревело.

Аспект-Император мёртв.

Никогда ещё Маловеби не ощущал внутри себя столь бездвижной и оцепенелой пустоты.

* * *

Зрелище подобно ремням, стягивающимся на твоей груди.

Ты видишь поблёскивающий чёрный осколок, парящий за завесой, словно бы сотканной из бесцветных искажений и пульсирующей вокруг уцелевшего Рога. Ты видишь, как пыльные завихрения, наконец, прекращают своё беспорядочное плутание и теперь движутся вокруг огромного чёрного блюда Шигогли. Ты видишь, как люди, словно железные опилки или кварцевый песок, высыпаются наружу из тех же самых проломов, что они проделали несколькими стражами ранее. Ты видишь магов, подобных семенам, летящим в порывах какого-то иного ветра, дующего не по кругу, а прямо тебе в лицо. Ты видишь Орду, скопившуюся после своего чудесного отступления возле дальнего края Окклюзии, а теперь убийственным катаклизмом устремляющуюся назад. Ты видишь всеобщее паническое бегство в том самом направлении, куда дует тот — второй ветер.

И ты знаешь, ибо чувствуешь это — яму, провал, который люди ощутить не способны, некое отсутствие, находящееся по ту сторону рассудка и за пределами ужаса. Ты знаешь, что грядёт Вихрь.

Не-Бог возвратился.

— Ты должен что-нибудь сделать!

Ты выкрикиваешь эти слова, но твой отец неподвижен как изваяние, за которое ты бы его непременно и принял, если бы от этой неподвижности не исходила такая неистовая ярость. Безразличие, абсолютное безразличие, пребывающее в тени обиды столь бездонной, что, столкнувшись с нею, оробели бы и сами боги. Отцова жажда отмщения не могла быть более личной — в большей степени опутанной волосами и кровью гнева, обращённого на конкретного человека, и всё же каким-то образом она была направлена на нечто, находящееся внутри разворачивающегося катаклизма.

Цурумаха... Мурсириса... Мог-Фарау...

— И что же? — с едким уничижением в голосе восклицаешь ты. — Великий Король Племён будет просто стоять и, глупо разинув рот, смотреть на происходящее? Напрочь сокрушённый крушением мира!

И когда твой отец — твой настоящий отец — наконец поворачивается к тебе, ты попросту пятишься, ибо ледяной взор его разит, будто остриё клинка. Губ не видно — настолько его оскал напоминает волчий. Зубы такие маленькие, такие ровные и белые. И ты, наконец, понимаешь, что ты для этого человека то же, чем являются для своего настоящего отца твои братья и сёстры — меньший светоч, обёрнутый тканью более грубой.

Он разворачивается к вождям своего народа, и кажется, что вместе с ним движется и окружающее пространство, словно бы все его бесчисленные шрамы в действительности представляют собою стежки, коими он пришит к вот этому самому месту. И с ужасом ты понимаешь, что отец более не принадлежит к роду человеческому. Грех и ненависть отсекли его душу от смертной плоти, и теперь Преисподняя заполняет его без остатка.

— Не имеет значения, — речёт он своим гордым вождям, — что вы видите, когда смотрите на этого юношу. Он! Он теперь ваш Король Племён!

Глава двадцатая. Пепелище

Он обводит взглядом всех исполосованных шрамами воинов, поочерёдно ухмыляясь каждому из них. В его бирюзовых глазах ты не видишь признаков безумия — скорее там, напротив, сияет пламя абсолютного здравомыслия.

— Посмейте только усомниться в моих словах... Взгляните! Взгляните на меня, братья, и признайте, наконец, то, что вам и без того всегда было ведомо — то, о чём ваши упившиеся родичи перешёптываются возле гаснущих костров. Взгляните на меня и познайте всю мощь моего проклятия. Посмеете изменить ему, крови от моей крови, *и я навещу вас!*

Эти слова сжимают твоё сердце. А затем он словно бы поворачивается спиной *ко всему на свете*, и ты остаёшься стоять, пребывая в том же изумлении, как и остальные, только будучи при этом ещё сильнее сбитым с толку, нежели они. Вместе вы наблюдаете за тем, как ваш легендарный господин, Найюр урс Скиота, Укротитель-коней-и-мужей, спускается по внутреннему склону Окклюзии и в полном одиночестве идёт к затмевающим все пространства и дали явлениям гибельного рока. По щекам твоим даже текут слёзы.

Лишь внушаемый твоим отцом страх удерживает их от того, чтобы без промедлений лишить тебя жизни.

* * *

Нет постижения, укоренённого глубже, нежели осознание бедствия, нет понятия более первобытного — и окончательного. Это то, о чём кричат младенцы и о чём, впадая в неистовство, хрипят душегубы. То, о чём стонут старики, когда гаснет свет их очей, и о чём вопят роженицы. Именно его поэты рассыпают жемчугом и выхаркивают плевками. Бедствие — наш творец, враг, что, гоня и терзая, лепит нас, словно глину. Поразмысли над этим! Россказни об убийствах не увлекали бы нас до такой степени, не будь мы детьми тех, кто выжил.

Мужи Ордалии чувствовали это в нарастающем слиянии ветров. Они слышали это в стоне, пробирающем без остатка всё сущее. И чуяли это в тошнотворной пустоте, льнущей к их позвоночникам и остающейся там навсегда, независимо от того, насколько далеко они уже смогли убежать... предощущение, предчувствие... чего-то... чего-то...

Огромное стадо Аспект-Императора мчалось и ковыляло по Чёрному Пепелищу, бросая оружие и срывая с себя доспехи. Многие из-за вызванного шоком опустошения не способны были испытывать вообще никаких эмоций, превратившись в нечто, лишь немногим большее, нежели переставляющие ноги механизмы. Другие рыдали, бушевали и верещали, будто малые дети, у которых отобрали какой-то желанный трофей. Оставшиеся же, стиснув челюсти до зубовного скрежета, отказывались дать волю снедающим их страстям.

Беснующиеся потоки песка вскоре не оставили на поле Шигогли ни единого спокойного места. Кровь стала чёрной, как масло. Гримасы искажали лица, прожимая их вплоть до почерневших зубов, так что каждый из людей казался одновременно и уродцем, и передразнивающим этого уродца фигляром. Всё большее и большее их число, содрогаясь, падало на колени.

Так бежали мужи Ордалии, всё сильнее окутываемые облаками песка и пыли, всё яростнее терзаемые порывами ветра — огромная толпа, растянувшаяся по Чёрному Пепелищу, словно комета. Немощные и неудачливые отставали от удачливых и здоровых, но все они бежали в сторону лагеря, который, как было видно, горел. Позади них Орда уже охватила Голготтерат — насекомообразный потоп, простирающийся насколько хватало глаз. Вихрь, оседлав взвивающиеся до неба шлейфы Пелены, начал впитывать её в себя, и чёрные завесы тут же завращались вокруг Голготтерата и Воздетого Рога. Могучая воронка, закрыв от взора поблёскивающий Карапакс, вздыбилась из налившихся непроглядной тьмой оснований Вихря. Рёв поглотил все прочие слова и звуки, кроме громоподобного:

— СКАЖИ МНЕ...

Потоп, завывающий глотками тысяч и тысяч шранков, неумолимо преодолевал расстояние, отделяющее его от раненых и обременённых. Эти несчастные уже были обречены, хотя они и продолжали небольшими кучками и целыми группами, спотыкаясь, ковылять, а порой и ползти по утрамбованной пыли Шигогли. Адепты и ведьмы — единственные души, чья помощь могла бы дать им возможность спастись, были уже так далеко, что их даже не было видно.

Мужи Ордалии, оказавшиеся в авангарде этого панического бегства, достигнув, наконец, горящего лагеря и начав карабкаться вверх по склонам, вдруг остановились и издали вопль ужаса. Взгляды их приковало к себе чудовищное видение вращающегося вокруг Рога Вихря, вздымающего источаемую Ордой Пелену до самого Свода Небес. Они казались неспособными даже двинуться с места. Лагерь для них был не столько неким остаточным символом дома, внушающим, как место уже знакомое, иллюзию безопасности, сколько точкой принятия решения, и теперь, по её достижении, никто не знал, что следует делать дальше и куда идти. И тем самым вскоре все они оказались бы уничтоженными собственной нерешительностью, ибо внизу, у периметра лагеря, уже начали возникать всё усиливающиеся заторы.

— **Бегите!** — прогремел колдовской голос — тот же самый, что погнал их прочь из Голготтерата. — **На ту сторону Окклюзии.**

Мятущиеся взгляды отыскали его фигуру, парящую над забитыми беженцами просторами — фигуру облачённого в шкуры, одичавшего отшельника. Святого Наставника...

Волшебника.

— **Спасайтесь!**

* * *

Однажды, когда Найюр был ребёнком, через стойбище утемотов пронёсся смерч. Его плечи уходили в облака, а яки, скот и живые люди кружились у его ног, точно юбки. Найюр смотрел на смерч издалека, вопя от страха и цепляясь за жёсткий отцовский пояс. Потом смерч исчез, точно песок, улёгшийся на дне. Найюр помнил, как отец бежал сквозь дождь и град на помощь соплеменникам. Поначалу он бросился следом, но потом споткнулся и остановился, ошеломлённый расстилавшимся перед ним зрелищем, словно масштаб произошедших изменений умалил способность его глаз верить увиденному. Огромная запутанная сеть троп, загонов и якшей была переписана наново, как будто какой-то малыш с гору величиной палкой нарисовал на земле круги. Знакомое место сменилось ужасом, однако один порядок сменился другим.

Это был иной вихрь.

А он больше не был ребёнком.

Он относился к Народу — был одним из тех, кто пожирает Землю, чтобы стать Землёю. Он был вождём Народа — одним из тех, кто отдал грязи так много душ, что числа давно забылись. Он был Королём Племён — потомком Унгая, некогда расколовшего древнюю Киранею, словно горшок, и наследником Хориоты, превратившего имперскую Кенею в погребальный костёр. Их кровь была его кровью! Их кости были его костями! Он был утемотом — представителем неистовейшего и святейшего племени среди всех бесчисленных племён Народа.

Найюр урс Скиота спустился по склону и двинулся по равнине, не обращая никакого внимания на огибающие его массы беглецов. Он шёл, глядя только на длинный нож в своей руке, которым он часть за частью срезал с себя доспехи и одежду, являя устрашающую сумму того, что было отобрано им у Мира — следы тысяч умерщвлённых им сыновей и дочерей, тысяч остановленных сердец, тысяч погашенных глаз. Наконец, прижав клинок к безволосому лобку, он рассёк свою набедренную повязку, открыв мужское естество укусам ветра. И так он и шёл — одинокий и полностью обнажённый, не считая иссекающих его торс и конечности свазондов — бесчисленных тотемов, отмечающих людей им убитых и не просто убитых.

Ветер омывал его исполосованную кожу и развевал косматую гриву его волос. Всё сущее гремело и завывало, укутанное непроглядными завесами пыли и поглощённое тьмой. Небеса являли взору проблески яростного сияния, низ же представлял собою непроницаемую беспросветность — кружащуюся и кромсающую. Сам мир будто бы противостоял циклопическому круговороту. Казалось, размытые потоки овеществлённого разложения хлещут высверки Воздетого Рога.

Щурясь в яростных порывах ветра, он продвигался вперёд, словно бы погружаясь в нутро надвигающегося Вихря. Из его свазондов струился дым, напоминающий кровь, сочащуюся из рыбьих жабр, а затем разносящуюся мутными потоками в стремительных водах.

— КЕЛЛХУС! — проревел он нечеловеческим голосом. Крик, перекрывший вопль Орды и отбросивший во все стороны облака пыли.

Вихрь продолжал расти, впитывая в себя Пелену, извлекая, вбирая и вдыхая её из чрева Орды, а затем формируя из её шлейфов огромный, пузырящийся чёрными выпуклостями столб. Существа были уже рядом.

— Я ГРЯНУ НА ТЕБЯ НЕНАВИСТЬЮ!

Мужи Ордалии по-прежнему целыми сотнями появлялись перед ним, выныривая из темноты и клубов пыли. Все они были ранены или тащили раненых на себе, а лица их под давлением ветра искажались какими-то обезьяньими гримасами, но каждый при этом был таким же живым и ярким как любое «здесь и сейчас» — каждый был серебрящейся складкой Творения.

— ГРЯНУ ГНЕВОМ И ВСЕСОКРУШАЮЩИМ ГОЛОДОМ! — ревел нечеловеческий голос.

Шрайский рыцарь показался из крутящейся и хлещущей тьмы, его некогда белое сюрко давно превратилось в лиловую тряпку. Воин стоял на месте, уже утратив способность двигаться — то ли из-за ветра, то ли в силу того, что ноги его были почти полностью занесены песком. Небеса превратились в пыточное колесо, выворачивающее наружу нутро, и человек застыл, выглядя так, будто изо всех сил пытается что-то прочесть. Губы его шевелились. За ним — там, где всё сущее тонуло во мраке, всюду кишели мерзостные массы, рвущие на части трепыхающихся мужей Ордалии — всех и каждого. То ли не замечая этого, то ли не обращая на происходящее никакого внимания, рыцарь Бивня продолжал стоять всё так же бездвижно, до тех пор пока лавина нечеловеческих тварей не хлынула на него.

Когда первые бледнокожие фигуры бросились в сторону Найюра, тот захохотал и продолжал смеяться даже тогда, когда вопящие, бледные, как рыбье мясо, массы хлынули прямо на звук этого смеха — тысячи вослед беснующимся тысячам. Он хохотал и плевался.

— МОЯ ГРУДЬ СТАЛА ТОПКОЙ, А СЕРДЦЕ ПЫЛАЮЩИМ УГЛЁМ!

Казалось, весь Мир без остатка заполонили визжащие, белёсые или же замаранные грязью формы — чудовищная волна, поглощающая всех ковылявших перед нею беглецов и превращающая каждого из них в трясущийся и трепыхающийся под этим свирепым напором цветок. А позади наводнения воздвигался Вихрь — исполинская пузатая воронка, вырастающая и постепенно отделяющаяся от гигантских, курящихся пыльными столбами завес.

— МОИ МЫСЛИ ПОЛЫХАЮТ, КАК ПРОМАСЛЕННЫЙ ЛЁН! ТАК БЫСТРО! И ТАК ГЛУБОКО!

Нагой и безоружный Найюр урс Скиота, неистовейший из людей, хохоча, шагал прямо в чрево Орды Мог-Фарау...

И она разделилась... не из-за дыма, источаемого его бесчисленными свазондами, и не из-за ядовито-алого свечения, которым налились его некогда бирюзовые глаза, и даже не из-за тёмного марева — видения четырёх рогов, вздымающегося у него над головою. Не столько шранки сходили с его объятого Адом пути, сколько сама Орда уступала ему дорогу. Мерзкие существа продолжали всё так же визжать, потрясать конечностями и нестись со всех ног, только они теперь делали всё это в стороне от него.

Найюр урс Скиота же, хохоча, надсмехался над ними и плевался огнём.

— АНАСУРИМБОР! — ревел он нечеловеческим голосом. — УСЛЫШЬ МЕНЯ, ЛЖЕЦ!

С каждым сделанным им шагом визжащая толпа расступалась перед ним, и посему он шёл, разделяя Орду надвое какой-то незримой и не оставляющей следов сущностью.

Порывы ветра начали изжёвывать его нагую кожу.

— Я ЗАБЕРУ СВОЮ ДОЛЮ! СВОЮ ДОБЫЧУ!

Казалось чистым безумием одновременно взирать на столько итераций одной и той же вещи, тем более такой мерзкой, как шранки — целые их поля, целые равнины неестественно прекрасных лиц, корчащихся в чудовищных гримасах. И поля за полями скрежещущих зубами пастей!

Варвар хохотал, стоя нетронутым и невредимым среди всех этих громадных и находящихся в бесконечном движении звериных стай. Он плевал на них огнём и смеялся всё громче, в то время как существа пинались и безжалостно топтали друг друга.

— ТЫ БУДЕШЬ СТРАДАТЬ ТАК, КАК ДО ТЕБЯ НЕ СТРАДАЛ НИ ОДИН ИЗ СЫНОВ ЧЕЛОВЕЧЕСКИХ! — гремел он, обращаясь к чёрной воронке, подпирающей небеса. Глаза его теперь испускали клинья алого сияния.

И тут в самом сердце Вихря он разглядел это — некий проблеск, намекающий на присутствие чёрной, мерцающей драгоценности. Запрокинув лицо, он воздел к небесам руки — иссечённые шрамами и курящиеся инфернальными дымами.

— ВСЯКОЕ СУЩЕЕ В КОНЦЕ КОНЦОВ НИЗВЕРГНЕТСЯ В ЯМУ КАК ЛАКОМСТВО!

Порывы ветра уже начали, словно наждак, скрести его кожу. Из свазондов вовсю сочилась кровь. Дым заструился из тысячи разрезов, возникших на его теле.

А Не-Бог шествовал... шествовал прямо к нему.

— АНАСУРИМБОР, — ревел он голосом, налитым чудовищной яростью. — ЯВИСЬ ПРЕДО МНОЮ!

И миллион глоток ответили:

— **СКАЖИ МНЕ...**

Вихрь запятнал весь лик Творения, по мере своего продвижения швыряя тела наружу и засасывая их вверх. Миллион губительных игл соскребали шрамы с его кожи, превращая наветренные участки тела в полосы живого огня. И они полыхали внутри него, как горящий жир — унижения, что ему довелось претерпеть, испытанные им оскорбления и обиды! Обиды, жар которых могло унять лишь убийство!

— ЯВИСЬ МНЕ ВО ПЛОТИ, ДАБЫ Я МОГ СРАЗИТЬ ТЕБЯ!

Его кожа уже отрывалась от мяса, отслаиваясь, будто пергамент. Струящаяся из ран кровь превратилась в облако багрового тумана.

— **ЧТО ТЫ ВИДИШЬ?**

И, наконец, порывы ветра, просто содрав с него внешние пласты и пожрав их, явили взору его пылающее нутро. С полыхающей в глазах Преисподней Найюр урс Скиота воззрился в разверзшуюся над ним пустоту и увидел там... ничто.

Глава двадцатая. Пепелище

— ЯВИСЬ! ЯВИСЬ МНЕ!

Плоть распалась. Зловещая чернота, поправ всё сущее, заставила его онеметь.

— ЧТО Я ЕСТЬ?

* * *

Трепет есть ужас сердца, ждущего отовсюду удара.

Мы трепещем, оказываясь во власти того, что превосходит наше разумение.

Трепет заполняет пустоту, оставшуюся на месте нашей собственной силы, позволяя нам надеяться и ненавидеть, как надеялись и ненавидели наши отцы, и тем самым находить прибежище в вещах, которые искреннее сердце способно постичь. Трепет позволяет душам воспрять, пребывая где-то за пределами горизонта, даёт возможность отвлечься от всех этих безумных итераций и обрести веру в то, *чего невозможно увидеть*. Трепет призывает нас быть теми, кем мы были и кем остаёмся — людьми, что могут убивать ради сказок.

Посему мы способны до самого конца наших унылых дней обретаться в оболочке застарелой убеждённости.

Посему мы способны содрогаться, лицезря красоту, и цепенеть, сталкиваясь с истиной.

* * *

Ядовитые шлейфы закрыли последний ещё остававшийся свет, вычернив лик Неба. Рёв стал ещё громче, хотя уже и без того причинял настоящую боль, и Орда, сомкнувшись перед Вихрем, хлынула к основанию Окклюзии океаническим потопом из железа, кремня и когтей. Мужи Ордалии целыми тысячами исчезали в этих вздымающихся волнах, вовсю напирая на своих поспешающих братьев, во множестве пробирающихся через выпотрошенный лагерь, а затем сбивающихся на Семи Перевалах в огромную неуправляемую толпу. Мерзкие скопища ринулись к основанию склонов, пронзительно визжа и завывая, их изогнутые фаллосы прижимались к впалым животам. Сыны человеческие испуганно озирались, их рты превратились в разверзшиеся в бородах ямы, а взгляды были полны ужаса и безысходности. В их глазах отражалась круговерть, ставшая окончательным итогом всех минувших кровавых событий. Беснующийся гребень волны вскипел и поднялся над ними. Шранки набросились на них, как шершни на мёд, заключив воинов в трясущуюся и молотящую клетку. Глубокие раны фонтанировали кровью. Черепа крушились, а лица вдавливались в головы, как подушки...

Пока, наконец, не разверзся Ад и Смерть не явилась за ними.

Орда мчалась впереди Вихря наводнением, заливающим основания внутренних склонов Окклюзии, и мужи Ордалии начали сбивать с ног и затаптывать своих братьев — столь отчаянно они напирали. Все обличия мук и безумия мчались к ним, неспособным двинуться с места, их сальные лица являли взору все формы обречённости — трагедии отчаявшихся душ: тут стоял инграул с костяшками пальцев, вплетёнными в его длинную бороду, верхние зубы его при этом отсутствовали; а там ждал смерти кариотец, обвязанный лубками и раскачивающийся подобно надломленному и кренящемуся подсолнуху, сажа на его щеках потекла, запятнав чёрными разводами заплетённую бороду, а карие глаза, казалось, пронизывали взором весь континент — ибо он улыбался своим детям, продолжающим, хихикая, играть в дядюшкином саду в то время, когда им уже полагается спать.

Орда прирастала в числе, отдельные вырвавшиеся вперёд банды сменились хлынувшими в лагерь плотными массами, накатывающие волны белёсых тварей поглощали палатки и груды поклажи... волны, внезапно начавшие сгорать в геометрических хитросплетениях чародейского света.

Многоцветная полоска ведьм и адептов повисла над перевалами, голоса их хрипели от беспрестанного напряжения этого дня, блистающие чародейские песнопения пронзали мрак серебрящимися иглами — крохотными в сравнении с чёрной необъятностью Вихря. И всё же искры эти как сияющие маяки озаряли своим светом всё Шигогли, являя взору неистовые белые лица, неисчислимые, словно песчинки на морском берегу.

Оказавшиеся на узостях Окклюзии в ловушке, мужи Ордалии было возрадовались, издав крик, который можно было если не услышать, то хотя бы увидеть. Некоторые даже посмели обернуться, дабы насладиться зрелищем предаваемых пламени беснующихся скопищ.

Но следом за шранками шествовал Вихрь, и Орда, которая ранее бездумно ринулась бы прямиком в уже распалённые гностические печи, вдруг остановилась... Кишение мерзостных масс замерло, и теперь на Чёрном Пепелище перемещалась лишь громокипящая круговерть Мог-Фарау.

Пелена, лига за лигой, втягивалась в нутро Вихря, являя взору миллион бесстрастных и богоподобных лиц и миллион безучастно стоящих под сенью всеобъемлющего катаклизма белёсых фигур.

Ликование сынов человеческих сменилось отупелым удивлением.

Вихрь Мог-Фарау шествовал облачённый в бурю и увенчанный короной из молний. Орда вдруг с визгом ринулась вперёд, подстёгнутая каким-то проявлением его ужасающей воли. Адепты вновь начали выкрикивать и выкашливать свои песнопения, низвергая на волны мерзости пылающие огни и раскалённые вращающиеся решётки. В ужасе они наблюдали за тем, как шранки толпами врываются в их сверкающие устроения, продолжая бежать, невзирая на муки, и останавливаясь, лишь получив фатальные повреждения. Они надвигались как неостановимый тлетворный поток, нагромождая из своих тел дымящиеся груды обугленных костяков и горящего жира — костры, становящиеся всё яростнее и мощнее. Обменявшись предупреждениями, адепты отступили, заняв, как им показалось, более безопасные позиции. Однако же они не ведали, что из-под руин Голготтерата были извлечены *тысячи хор*, которые шранки раз за разом швыряли вперёд — так, что безделушки, пройдя, будто облако, сквозь тело Орды, оказались у подножия Окклюзии, где их уже вложили в пращи.

Внезапность была полной, а итог окончательным. Колдовские огни и сцены яростного насилия, являемые ими у изножий темноты, всюду на Чёрном Пепелище исчезли. Плоть королей и их полководцев во всей своей славе и великолепии простёрлась у ног Произведённых пищей, призванной утолить их ненасытный голод.

Так Великая Ордалия Анасуримбора Келлхуса сгинула в резне и соли.

ЭНЦИКЛОПЕДИЧЕСКИЙ ГЛОССАРИЙ

Примечание автора:
Предпочитая классическое звучание, книжники-инрити обычно употребляют имена и названия в их шейских вариантах, используя нативные версии только при отсутствии подходящего аналога в древнешейском языке. Так, например, фамилия Коифус (дважды упоминаемая Касидом в его Кенейских Анналах) в действительности является шейской версией галлишского «Коёфа» и потому употребляется именно в шейском произношении. В противоположность этому фамилия Хога не имеет шейского аналога и потому употребляется в своём исходном — тидонском — произношении. Примечательным исключением из этого правила являются киранейские топонимы, такие как «Асгилиох», «Гиргилиот» и «Киудея».

Таким образом, подавляющее большинство представленных ниже имён и названий просто транслитерированы из их шейских (и иногда куниюрских) форм. Они переведены только в тех случаях, когда их шейский аналог имеет то же самое значение. Так, например, айнонское слово «Ратарутар», шейской формой которого является «Реторум Ратас», в глоссарии даётся как Багряные Шпили, поскольку это буквальное значение указанного словосочетания — «ратас» (красный) и «реторум» (башни).

Этимологическое происхождение и переведённое значение топонимов в некоторых случаях указывается в скобках.

А

Аббарсаллас (4068—4106) — хозяин Мимары в первые пять лет её пребывания в Карисуталь.

Абенджукала — классический трактат по бенджуке, написанный неизвестным автором во времена Поздней Древности. Поскольку в сочинении подчёркивается связь между бенджукой и мудростью, многие считают его и классическим философским текстом.

Абскинис — «Могила без дна» (*ихримсу*). Огромный колодец в глубинах Воздетого Рога, куда Консульт сбрасывает тела убитых, возможно, каким-то образом использованных для Карапакса Не-Бога, находящегося в Золотом Зале.

Абсолют — так дуниане называют состояние «неограниченности», свободную от влияний совершенную душу, независимую от того, «что предшествовало» ей. См. Дуниане и Обработка.

Абстракции — эпитет для гностического чародейства. См. Гнозис и Метагнозис.

Авалунсиль (ок. 820 — ок. 860) — легендарная умерийская принцесса времён Ранней Древности, расправившаяся при помощи ножа для рыбы с Сумаюлом — скеттским вождём, казнившим её отца. Это событие породило целый цикл баллад, известных под названием «харсунки», или «рыбные ножи». Впоследствии ей было суждено стать первой (и единственной) императрицей Умерийской империи. Согласно харсункам, её прозвали Дваждыцветущей за отказ выходить замуж. В конце концов Авалунсиль была убита одним из своих воздыхателей.

Агабон Коифус (4124—4132) — участник Ордалии и младший сын короля Коифуса Нарнола. Один из первых людей, погибших на пути Великой Ордалии через равнины Истиули.

Агмундр — область к северо-востоку от Галеота, расположенная у подножия гор Оствай, к югу от Баяля.

Агоглианские быки — древние киранейские символы удачи и мужества, самые известные из которых были обнаружены в Хагерне напротив Святилища Бивня.

Агонгорея — «поле скорби» (*куниюрск.*), известное во времена Древнего Севера как Поле Ужаса. Выжженные земли к западу от реки Сурса и к северу от моря Нелеост. Большинство учёных-книжников Трёх Морей полагают (как и их собратья времён Ранней Древности), что Агонгорея образовалась в результате разлёта обломков Инку-Холойнаса, описанного в сохранившихся свидетельствах о Падении Ковчега.

Агонии — название гностических Напевов Мучений, на которых специализировалась Мангаэкка.

Агхурзой — «отрезанный язык» (*ихримсу*). Язык шранков. Среди кунуроев долгое время не утихали споры о том, могут ли шранки владеть каким-либо языком, если душ у них никогда не было. Однако же для тех, кто хоть раз имел дело со шранками, наличие у них языка являлось неоспоримым фактом. И всё же мудрецы-квуйя, такие как почтенный Йи'яариккас, задавались вопросом: как может наречие шранков иметь смысл, если они не имеют опыта как такового? Чем может быть язык, лишённый смысла?

Ответ, ставший впоследствии догмой, был найден и гласил, что наречие шранков относится к так называемому «тёмному диалекту» — бессознательному обмену «тёмными смыслами», который хоть и близко не похож на осознанный выбор слов, но прекрасно подходит для удовлетворения животных потребностей шранков. Дамиаль'ишарин — сиольский ишрой, пять дней прятавшийся в сердце кочевого лагеря шранков, утверждал, что те обладают обычаями и практиками, почти столь же сложными, как собственные обычаи и практики кунуроев. Эти сведения послужили основой для известных утверждений учёных мужей (среди которых был, например, знаменитый еретик Луриджара) о том, что, в сущности, все языки являются тёмными и что смысл является достоянием одних лишь колдунов и богов. Однако же мало кто придерживается столь радикальных взглядов.

Адепты — колдуны, относящиеся к Школам.

Адуниане — «малые дуниане» (от умерийского «артунья» — «крупица правды»). Так называли себя приверженцы Келлхуса, присоединившиеся к нему в Атритау.

Аенгелас (408–4112) — воин из племени веригда.

Айенку Аумор — древняя меорская крепость, некогда оберегавшая Кельмеол — столицу Меорской империи.

Айенку Маимор — древняя меорская крепость, некогда оберегавшая Тельмеол. Ныне носит имя Толстая Стена — торговый и перевалочный пункт.

Айенсис (1896—2000) — отец-основатель силлогистической логики и алгебры, которого многие считают величайшим философом в истории. Он родился в столице Киранеи — Мехтсонке и никогда не покидал этого города, даже во время страшного мора 1991 года, хотя его преклонный возраст тогда обрекал его на почти верную смерть от болезни. Согласно многим его жизнеописаниям, Айенсис ежедневно мылся и отказывался пить воду из городских колодцев. Он говорил, что это, наряду с отвращением к хмельному и приверженностью к скромной пище, и было секретом его здоровья. Многие комментаторы, как древние, так и современные, сетуют, что количество «айенсисов» равно количеству читателей Айенсиса. Это совершенно справедливо в отношении его умозрительных опусов (например, «Теофизики, или Первой аналитики рода человеческого»), однако работам его свойственна заметная и последовательная скептическая направленность, впервые проявившаяся в «Третьей аналитике рода человеческого» — самой циничной книге учёного. По Айенсису, люди чаще всего «делают главным мерилом истины свои слабости, а не причины явлений или же мир».

Он отмечает, что большинство индивидуумов обходится без каких-либо критериев для собственных верований. Поскольку Айенсис был так называемым критическим философом, то стоило бы ожидать, что он разделит участь своих собратьев — таких, как Порса (прославленный «Философ-Шлюха» из Трайсе) или Кумхурат. Лишь его репутация и структура киранейского общества спасли Айенсиса от злобы толпы. Рассказывают, что с детства он производил необыкновенное впечатление, поэтому сам верховный король заметил восьмилетнего ребёнка и даровал ему своё особое покровительство, что было совершенно беспрецедентным для восьмилетки. Такое покровительство было древним и священным киранейским обычаем. Находящийся под покровительством мог говорить всё, что угодно, не опасаясь последствий, даже самому верховному королю. Айенсис продолжал свою деятельность, пока не скончался от приступа в возрасте ста трех лет.

Айетелариус VI (4062—4132) — (шейский вариант имени Атуллара) король Атритау, последний выживший потомок Моргунда. Командовал войском в битве при Эельсе и был убит, сражаясь со скюльвендами Найюра урс Скиоты.

Айнонский — язык Верхнего Айнона, происходящий от хам-херемского.

Айовай — горная крепость на севере гор Хинайят, считающаяся административной столицей Гиргаша.

Айокли — бог воровства и обмана. Хотя Айокли и упоминается среди главных богов в «Хронике Бивня», его культа, как такового, никогда не существовало. Почитатели Айокли рассеяны по большинству крупных городов Трёх Морей. Из-за нехватки организации Культ Господина Преступников ушёл в тень. Верховные жрецы Культа Айокли, если их можно так назвать, именуются нариндарами. Это смертоносные убийцы, лучшие из лучших. Айокли часто упоминается во второстепенных священных текстах различных культов в качестве коварного спутника богов или как их жестокий и злобный соперник. В «Марэддат» он назван ветреным супругом Гиерры. В книге богов он описан, как внушающий страх враг человечества, как бог, чересчур голодный, чтобы оставаться на Той Стороне. Книга Хинтаратеса содержит схожее описание, но указывает на то, что Айокли истощил силы собственной алчностью и теперь в состоянии лишь нашёптывать да прибегать к разного рода уловкам. Его образ, представленный в писаниях, размыт и неопределён, что отражается в многочисленных прозвищах, данных ему или описывающих его деяния: Обманщик, Вор, Четырёхрогий Брат,

Наглец, Ухмыляющийся Бог, Вечная Злоба, Князь Ненависти, Распутник и другие.

Айрос — виритское имя Антарега. См. Антарег.

Акаль — основная денежная единица Киана, более не существующая.

Акеокинои — крепостные башни, воздвигнутые нелюдьми на вершинах Окклюзии во время Второй Стражи.

Аккеагни — бог болезней. Также известен как Тысячерукий Бог. Учёные периодически иронизируют над тем, что в священство бога болезней входят врачи, лечащие людей во всех Трёх Морях. Как можно поклоняться болезни и воевать с ней? В «Пиранавас», священной книге этого культа, Аккеагни классифицируется как так называемый воинственный бог, который предпочитает льстецам и угодникам тех, кто борется с ним.

Акксерсия — погибшая страна Древнего Севера. Хотя древние норсираи северных берегов Церишского моря не имели постоянного контакта с нелюдьми, Акксерсия постепенно стала вторым великим центром норсирайской цивилизации. Она была основана в 811 году, сразу же после кондского ига, Салавеарном I. Страна, поначалу ограниченная городом Миклаем — торговой и административной столицей государства, — постепенно начала распространять своё господство сначала по реке Тиванраэ, затем на равнины Гал и весь северный берег Цериша. Ко времени первой Великой Войны со шранками в 1251 году Акксерсия была крупнейшим из норсирайских государств и включала в себя почти все племена белых норсираев, кроме племён равнин Истиули. Страна пала под натиском Не-Бога после трёх страшных разгромов, случившихся в 2149 году. Акксерсийские поселенцы на лесистых южных берегах Церишского моря обосновались на месте, которому суждено было стать ядром Меорской империи.

Акксерский — забытый язык древней Акксерсии, «чистейший» из нирсодских наречий.

Аккунихор — скюльвендское племя центральной степи. Находясь ближе всего к имперским границам, аккунихорцы стали главными источником слухов и сведений о скюльвендах в Трёх Морях.

Акулмирси — дословно «человек — мильный столб». Этим эпитетом драматурги в Поздней Древности называли людей, путешествующих без особой на то причины.

Алгари (4041—4111) — личный раб принца Нерсея Пройаса.

Алимир — «Разделитель» *(ихримсу)*. Легендарный зачарованный меч верховных королей Куниюрии. Его лезвие — «Грань Бесподобная» при должном умении владельца было способно разрубить пополам даже мамонта. Утрачен в битве на поле Эленеот в 2146 вместе с телом Анасуримбора Кельмомаса.

Алкуссы — скюльвендское племя центральной степи.

Аллозиев Форум — обширные судейские галереи, расположенные у подножия Андиаминских Высот.

Аллозиева Мандала — знаменитый молитвенный гобелен, выставленный напоказ в Аллозиевом Форуме. В нём впервые были применены концентрические узоры.

Ам-Амида — крупная кианская крепость в сердце Ацушанского нагорья, воздвигнутая в 4054 году.

Амикут — походная пища скюльвендских воинов. Состоит из диких трав и ягод, спрессованных с сушёным мясом.

Амиолас — зачарованный скрывающий лицо шлем, позволяющий своему носителю понимать ихримсу. Признан одним из наиболее могущественных артефактов Эмилидиса. Несмотря на чудеса колдовства, перевод тайного знания оставался (и остаётся) невозможным. Гений Эмилидиса проявился в первую очередь в понимании метафизики. Он постиг неразрывность смысла и души, обнаружив, что осуществляемое при помощи колдовства понимание ихримсу влечёт за собой магическое объединение душ. Впоследствии, открывая всё новые формы колдовства, Эмилидис сумел наполнить шлем душой Иммирикаса Киниалрига, печально известного Мятежника, инъюрского ишроя, некогда приговорённого к смерти Куйяра Кинмои, которому Нильгиккас предоставил выбор: рискнуть Преисподними или же вечность скитаться в форме неполной нашёптывающей души.

Амиолас несколько раз появляется в ходе человеческой истории. Некогда умери называли его Бальзамирующим Черепом, а куниюрцы — Котлом. Короли и великие магистры тех времён отказывались носить его, опасаясь, что он представляет собой оружие (которым он почти наверняка в какой-то момент и стал). Как утверждали адепты Сохонка, Амиолас как бы вливал сущность Иммириккаса в тёплые воды души носителя, создавая тем самым нечто вроде раствора — трясины, которая у кого-то со временем высыхает, а у других лишь становится глубже. Понимание ихримсу приходит без особых усилий, однако оно искажено каждой частичкой Мятежника и самой природой его древней, дряхлой души. Хотя и не сохранилось записей о носителях, испытавших глубокое изменение личности, адепты Завета заявляют, что Сесватха тяжко сожалел о своей обращённой к Нильгиккасу просьбе о дозволении воспользоваться Амиоасом — пусть даже полученная информация и позволила ему с Нау-Кайюти украсть Копьё-Цаплю и тем самым спасти мир.

Аммегнотис — город на южном берегу реки Семпис, построенный во время Новой киранейской династии.

«Амортанея» — купеческая каракка, на которой Акхеймион и Ксинем приплыли в Джокту.

Амотейский — язык Амотеу, происходящий от маматийского.

Амотеу — провинция Киана, расположенная на южном краю Менеанорского моря. Как все страны близ гор Бетмуллы, Амотеу, или Святая Амотеу, как её порой называют, росла в могущественной тени древней шайгекской династии. Согласно сохранившимся надписям, шайгекцы называли Ксераш и Амотеу Хут-Ярта, «земля яртов», или Хути-Парота, «средние земли». Ярты были главенствующим кетьянским народом в этом регионе, и амотейцы, как и некоторые другие местные племена, платили им дань вплоть до своего покорения шайгекцами. Но по мере бурного развития земледелия на шайризорских равнинах и постепенном развитии Шайме и Киудеи на реке Йешималь равновесие сил медленно смещалось. Много столетий Срединные земли являлись полем битвы между Шайгеком и его южными соперниками — Эумарной, находящейся за горами Бетмулла, и древним Нильнамешем. В 1322 году нильнамешский царь Инвиши Анзумарапата II сокрушил Шайгек и, рассчитывая укрепить своё господство, переселил сотни тысяч нуждающихся в земле нильнамещцев с равнины Хешор. Это переселение пережило его недолго просуществовавшую империю (шайгекцы отбили Срединные земли в 1349-м). После падения владычества Шайгека в 1591 году ярты попытались вернуть престол своих предков — при этом с катастрофическими последствиями. В результате войны на краткое время возникла Амотейская империя, простиравшаяся от предгорий Бетмуллы до границы пустыни Каратай. Все Срединные земли попали под власть киранейцев в 1703 году. После гибели Киранеи в 2158 году Амотеу пережила второй — и последний — период независимости, хотя теперь ксеращцы, потомки переселенцев Анзумарапаты, стали их главными соперниками. Второй «золотой век» стал эпохой осознания мудрости Инри Сейена и постепенного укрепления веры, которой в будущем суждено было стать главенствующей религией Трёх Морей. После краткой ксерашской оккупации Амотеу пережила длинную череду чужеземных владык. Каждый из них оставил свой след: в 2414 году Срединные земли завоевали кенейцы, в 3574-м — нансурцы, в 3845-м — кианцы. Хотя другие завоёванные провинции жили в мире и благоденствии, ранние годы кенейского владычества стали для Амотеу особенно кровавыми. В 2458 году, когда Триамис Великий был ещё ребёнком, инритийские фанатики организовали в провинции жестокое восстание против Кенеи. В наказание император Сиаксас II вырезал население Киудеи и сровнял город с землёй.

Амреззер Чёрный (1753—1897) — легендарный великий магистр Сурарту, известный взятием речной крепости Киз, возведённой в Каритусаль во времена Ранней Древности. В 1800 назван «Чёрным» за повадку сжигать дома посмевших противиться ему.

Амфитеатр Шилла — основная площадка Аокнисса, предназначенная для проведения религиозных празднеств, драматических спектаклей и возглашения официальных речей. Вырубленный в склоне горы Омпремпа амфитеатр славится своим видом на город.

Анагке — богиня удачи. Также известна как «Шлюха-судьба». Анагке является одним из главных «воздающих божеств», то есть тех, что вознаграждают своих почитателей райским посмертием. Её культ чрезвычайно популярен в Трёх Морях, особенно в высших слоях общества.

Анагог — ветвь колдовства, основанная на резонансе между смыслами и самими предметами. Смысл в келлианской метафизике это чьё-то видение мира. В её рамках существует смысл, являющийся бытием, а также смысл, влияющий на бытие. Второе воплощается в повседневной жизни в виде письма и речи, в то время как первое получает своё отражение в колдовстве и вере. Быть душой значит одновременно воспринимать мир и быть самим миром, но лишь крохотной его частью — той, с помощью которой Сущее взирает на само себя. Так называемые Многие, неспособные видеть природу Мира, не способны также и соединять бытие с мыслью. Немногие же способны видеть Онту и поэтому могут, при должной подготовке, замкнуть цепь и творить то, что называется колдовством. Как оказалось, существует два способа явить бытие из мысли. Первый — с помощью аналогий (как в случае Анагога и в Извази), а второй — при использовании силлогизмов (как в случае Гнозиса и Метагнозиса). При этом, если Гнозис напрямую взаимодействует с абстрактными силами, Анагог связывается с сущностями, эти силы воплощающие. Анагог, если обращаться к келлианской терминологии в метафизике, — это феноменологическое колдовское искусство, проявления которого опираются на описанные, экспериментально полученные знания. Гнозис же, напротив, является формальным колдовским искусством. Оба этих пути опираются на одни и те же игры разума (суть которых состоит в том, чтобы произносить вслух и размышлять о различных, но одновременно сложным образом взаимосвязанных вещах), но черпают свою силу в значительно отличающихся источниках, аналогично математике и поэзии. На протяжении всей человеческой истории Багряные Шпили являлись самой продвинутой из Анагогических Школ, и большая часть канона Анагога заимствована из их исследований, как, например, известные Напевы Драконьей Головы или Двойных Бурь Хоулари.

Анаксофус V (2109—2156) — киранейский верховный король, поразивший Не-Бога Копьём-Цаплей в битве на поле Менгедда в 2155 году.

Аналогии — другое название анагогического чародейства.

Анасуримбор Ганрел (2104—2147) — наследник Кельмомаса II и последний Верховный король Куниюрии.

Анасуримбор Кельмомас II (2089—2146) — заклятый враг Голготтерата в дни начала Первого Апокалипсиса и последний из верховных королей Куниюрии. См. Апокалипсис.

Анасуримбор, династия — правящая династия Куниюрии с 1408 по 2147 год. См. Апокалипсис.

Анвурат — крупная кианская крепость к югу от дельты реки Семпис, построенная в 3905 году.

Ангешраэль — наиболее знаменитый из древних пророков Бивня. Он привёл Пять Племён людей в Эарву. Также носит имя «Опалённый Пророк» с тех пор как погрузил лицо в огонь после встречи с Хузъелтом у подножия горы Эшки. Его жену звали Эсменет.

Ангка — древнее норсирайское название Зеума.

Андиаминские Высоты — главная резиденция и административный центр Нансурской империи, расположенный в обращённой к морю части Момемна.

Анима, душа — движущая сила всего сущего, обычно сравнивающаяся с «дыханием Бога». Много чернил было пролито по вопросу взаимосвязи анимы, являющейся в первую очередь теологической концепцией, а также чародейским понятием «онты». Большинство учёных считают, что последняя есть мирская версия первой.

Анисси (4089—4113) — любимая жена Найюра урс Скиоты.

Анкариотис — демон Той Стороны, одно из наиболее управляемых Могуществ, контролируемых Багряными Шпилями.

Анкирион — провинция на юге Центральной Конрии.

Анкмури — мёртвый язык древней Ангки.

Анкулакай — гора на южной границе Демуа, у подножия которой расположен город Атритау.

Анкхарлус — знаменитый куниюрский толкователь и верховный жрец Гильгаоля.

Анмергал, Скинед (4078—4112) — один из людей Бивня. Тидонский тан, убитый в битве на полях Тертаэ.

Аннанд — провинция на севере Центральной Конрии, известная прежде всего своими серебряными и железными копями. «За все серебро Аннанда» — распространённая в Трёх Морях поговорка, обозначающая «бесценный».

Аноширва — «Рога Возносящиеся» *(куниюрск.)* — древнее название Голготтерата.

Анплей — второй по величине после Аокнисса конрийский город.

Ансакер аб Саладжка (р. 4072) — сапатишах, правитель Гедеи. Тотем — чёрная газель.

Ансансий, Терес (ок. 2300—2351) — самый прославленный теолог эпохи ранней Тысячи Храмов, чей «Город людей», «Хромой паломник» и «Пять писем всем» почитаются шрайскими адептами.

Ансерка — самая южная область Нансурской империи.

Антанамера — провинция Верхнего Айнона, расположенная на горной границе Джекии.

Антарег — самая западная гора хребта Уроккас, некогда являвшаяся вершиной, под которой располагалась древняя Обитель Вири, а затем послужившая основанием Даглиаш.

Анунуарку — область древней Куниюрии, расположенная к западу от Умерау и к югу от Дальнего Вуора. Граничила с землями шранков и являлась местом рождения многих героев.

Анфайрас, Икурей — см. Икурей Анфайрас I.

Анфириг, Тагавайн (р. 4057) — один из людей Бивня и галеотский граф Гесиндаля.

Анциллинские врата — одни из так называемых Малых врат Момемна, расположенные точно к югу от Гиргаллийских врат.

Аньясири — «крикуны, не имеющие наречия» *(ихримсу)*. Раннее кунуройское название шранков.

Аокнисс — административная и торговая столица Конрии. Некогда Аокнисс являлся столицей погибшей Ширадской империи. Возможно, самый древний город Трёх Морей, не считая Сумны и Иотии.

Аорсия — исчезнувшее государство Древнего Севера. Аорсия возникла в 1556 году, когда Великая Куниюрия была разделена между сыновьями Анасуримбора Нанор-Уккерджи I после его смерти. Даже современники считали аорси самыми воинственными из норсираев, хотя это в большей степени проявлялось в защите ими собственных земель, нежели в завоеваниях. Страна была малонаселённой, за исключением земель вблизи её столицы, Шиарау, и выдерживала постоянные нападения шранков и башрагов с гор Джималети на севере, а на западе — атаки легионов Консульта, наступавших из Голготтерата, находящегося за рекой Сурса. Это вынудило аорси возвести Даглиаш — величайшую крепость того времени. Не случайно слово «сурса» по всему Древнему Северу стало означать «линия битвы». История Аорсии — это история изобретательности и решимости перед лицом бесконечных войн. Возможно, закономерно, что её гибель в 2136 году (см. Апокалипсис) стала следствием скорее предательства южных куниюрских собратьев аорси, чем неудачей Анасуримбора Нимерика, её последнего короля.

Апарвиши — крепость, защищающая Инвитталь, обширные пахотные земли, снабжающие пищей всех инвиши.

Апиари — высочайшие чертоги Иштеребинта, в которых тяжело дышать и царит пронизывающий холод, но только там можно насладиться солнечным светом.

Апокалипсис — длительная череда войн и зверств, уничтоживших Древний Север. Истоки Апокалипсиса многочисленны и глубоки. Адепты Завета (которые, вопреки общему мнению, не являются знатоками в данном вопросе) утверждают, будто эти истоки старше известной истории. Более серьёзные исследования не заходят раньше так называемого Нелюдского наставничества, со временем приведшего гностическую школу Мангаэкка к Инку-Холойнасу, Небесному Ковчегу, укрытому нелюдскими чарами в тени западных склонов гор Джималети. Записи не исчерпывающи, но достаточно ясно говорят, что так называемые войны шранков стали следствием того, что Мангаэкка овладела местом, впоследствии названным Голготтератом.

По традиции начало Апокалипсиса приходится на дату объявления Анасуримбором Кельмомасом Священной войны против Голготтерата — день Ордалии. Он же, кстати, является началом счёта лет в «Сагах» — главном историческом документе, повествующем об этих катастрофических событиях. Легенды говорят, что нелюдь сику рассказал великому магистру Сохонка (выдающейся сауглишской школы), что адепты Мангаэкки, или Консульт, как они стали называться, раскрыли утраченные тайны инхороев, которые могут привести к разрушению мира. Сесватха в свою очередь убедил Кельмомаса объявить войну Голготтерату в 2123 году.

В последующие двадцать лет было много споров и ещё больше суровой критики той гордыни и усобиц, что привели к распаду Ордалии. Но все критики не учитывают того, что угроза, возникшая перед норсираями Куниюрии и Аорсии, тогда была лишь умозрительной. Удивительно, как Кельмомасу вообще удалось до самой своей смерти сохранять коалицию, куда входили и нелюди, и символический контингент киранейцев.

- Первое сражение на равнинах Агонгореи в 2124 году не принесло решительного успеха ни одной стороне. Кельмомас и его союзники перезимовали в Даглиаш и следующей весной перешли реку Сурса, застав врагов врасплох. Консульт отступил в Голготтерат, и началось то, что потом назвали Великой Инвеститурой. Шесть лет Ордалия пыталась измором заставить Консульт сдаться, но безуспешно. Все атаки заканчивались провалом. Затем, в 2131 году, после ссоры с королём Пимсриком Аорсийским, Кельмомас сам вышел из Священной войны. Через год случилась беда. Легионы Консульта, вероятно по широкой сети подземных ходов, появились в тылу Ордалии. Войско коалиции чуть не погибло. Сокрушенный потерей сыновей, нелюдский король Иштеребинта Нильгиккас также отступил, оставив аорси в одиночестве.

- Последующие годы превратились в череду катастроф. В 2133 году аорси были разбиты в проходах Амнерлота, а вскоре пала и Даглиаш. Король Нимерик отступил в свою столицу Шиарау. Прошёл ещё год, прежде чем Кельмомас осознал свою безумную ошибку и двинулся ему на помощь. Но было слишком поздно. В 2135 году Нимерик был смертельно ранен в сражении при Хамиуре, и легионы Консульта весной взяли Шиарау. Аорсийский дом Анасуримборов погиб.

- Теперь Куниюрия осталась в одиночестве. Доверие к Кельмомасу было подорвано, он не смог призвать союзников, и какое-то время положение казалось весьма мрачным. Но в 2137 году его младший сын Нау-Кайюти сумел разгромить Консульт в сражении при Оссирише, где он завоевал себе имя Мурсвагга, «Драконоубийца», поскольку сумел сразить Танхафута Красного. Его следующая победа близ руин Шиарау была ещё более уверенной. Выжившие шранки и башраги Консульта бежали за реку Сурса. В 2139 году юный принц осадил и отбил Даглиаш, затем устроил несколько показательных рейдов на равнину Агонгореи.

- Затем, в 2140 году, любимая наложница Нау-Кайюти, Аулиси, была похищена шраньчьими мародёрами и уведена в Голготтерат. Согласно «Сагам», Сесватха сумел убедить принца (бывшего его учеником), что девушку можно спасти из Инку-Холойнаса, и они вдвоём отправились в поход, почти наверняка недостоверно описанный. Комментаторы из числа адептов Завета опровергают «Саги», где говорится, будто принцу и Сесватхе удалось вернуть Аулиси и Копьё-Цаплю. Они утверждают, что Аулиси так и не нашлась. Так или иначе, Копьё-Цапля действительно было возвращено, а Нау-Кайюти вскоре умер (скорее всего, отравленный своей первой женой Иэвой).

В 2141 году Консульт снова начал наступление, ошибочно решив, что куниюрцы сокрушены потерей величайшего и любимейшего из своих сынов. Но соратники Нау-Кайюти на деле показали себя способными, даже блестящими командирами. В битве при Скотере орды шранков были разбиты военачальником Эн-Кауйялау, странным образом умершим спустя несколько недель после победы (согласно «Сагам», он стал новой жертвой Иэвы, но адепты Завета с этим не согласны). В 2142 году военачальник Саг-Мармау нанёс ещё одно сокрушительное поражение Аурангу и легионам Консульта, а осенью того же года загнал остатки орд обратно в ворота Голготтерата.

Но вторая Великая Инвеститура оказалась куда короче первой. Как и опасался Сесватха, Консульт всё это время просто играл. Весной 2144 года сделал первый вдох Не-Бог, вызванный неизвестно как и откуда. Шранки, башраги и враку, все мерзкие порождения инхороев, отозвались на его зов по всему миру. Саг-Мармау и великая слава Куниюрии погибли.

Эффект появления Не-Бога нельзя было недооценить. По многочисленным независимым свидетельствам, люди всюду ощущали его страшное присутствие за северным горизонтом, а все младенцы рождались мёртвыми. Анасуримбор Кельмомас II без особых трудов собрал Вторую Ордалию. Нильгиккас и Кельмомас примирились. По всей Эарве войска людей шли в Куниюрию.

Но было слишком поздно.

Кельмомас и Вторая Ордалия потерпели поражение на поле Эленеот в 2146 году. Копьё-Цапля, которое не нашло себе применения, ибо Не-Бог отказался сражаться, снова пропало. Куниюрия и все огромные древние города реки Аумрис в следующем году были уничтожены. Нелюди отступили в Иштеребинт. Через год был опустошён Эамнор, хотя его столица Атритау, построенная на защищённой от чар земле, устояла. Список потерь продолжался. Акксерсия и Хармант пали в 2149 году, Меорнская империя — в 2150-м, Инвеара — в 2151-м, хотя город Сакарп уцелел. Ширадская империя — в 2135-м.

Битва осенью 2151 года при Катхоле, где сражались в первую очередь остатки меорцев и нелюди Кил-Ауджаса, стала единственной победой людей в те тёмные годы. Но плоды её были уничтожены, когда меорцы обратились против своих благодетелей и следующей весной разорили древнюю нелюдскую Обитель. Это породило миф о том, что галеоты, потомки меорских беженцев, прокляты навеки за предательство и неверность.

Верховный король Киранеи Анаксофус V, проигравший в 2154 году битву при Мехсарунате, сумел спасти часть своего войска и бежал на юг, оставив Мехтсонк и Сумну скюльвендам. Бивень был увезён и переправлен в древний Инвиши в Нильнамеше. Исторические записи скудны, но если верить адептам Завета, верховный король признался Сесватхе в том, что его рыцари спасли Копьё-Цаплю на Эленеотском поле восемь лет назад.

Вероятно, ни одно другое событие Апокалипсиса не вызывало такого количества толков и споров среди школ Трёх Морей. Некоторые историки, среди них и великий Касид, называли это самым чудовищным предательством в истории. Как смел Анаксофус скрывать единственное оружие, способное сразить Не-Бога, когда большая часть мира погибла? Но остальные — адепты Завета в их числе — не согласны с этим. Они признают, что мотивы Анаксофуса — желание спасти только Киранею и киранейцев — весьма сомнительны. Но они замечают и другое: если бы Копьё-Цапля не было скрыто, оно бы непременно погибло после катастрофы, последовавшей за Эленеотом и уничтожением Второй Ордалии. Согласно сохранившимся записям, Не-Бог ни разу не являл себя во время тех сражений и лишь ход войны вынудил его вмешаться в битву на Менгедде.

Как бы то ни было, Не-Бог — или Цурумах, как называли его киранейцы, — был убит Анаксофусом V в 2155 году. Освобождённые от его чудовищной воли, шранки, башраги и враку рассеялись. Апокалипсис завершился, и люди занялись восстановлением разрушенного мира.

Араксийские горы — гряда, образующая восточные границы Се Тидонна и Конрии.

Арвил (4077—4111) — один из людей Бивня из числа Насценти, ранее подданный графа Вериждена, унесённый болезнью в Карасканде.

Аритмеас — верховный авгур при Икурее Ксерии III.

Аркастор, Линну (4095—4132) — участник Ордалии, ярл Гесиндали, убит в битве при Имвеоре.

Аробиндант — общепринятое название ныне уничтоженной сиольской крепости, возведённой для наблюдения за Голготтератом во время Первой и Второй Страж.

Арсогул, Непимит (4097—4132) — участник Ордалии, сатрап Хавис'ампареша, убит незадолго до Ирсулорской катастрофы.

Архипонтус Вула — мост на реке Нари, некогда известный на всём Древнем Севере. Ныне лишь руины в меорской пустоши.

Архитектор — так шпионы-оборотни называют своих создателей из Консульта.

Асгилиох — «врата Асги» (киранейское, от кемкарийского «гелох»). Огромная нансурская крепость, построенная ещё в Ранней Древности и охраняющая так называемые Врата Юга гор Унарас. Наверное, ни одна крепость Трёх Морей не может похвастаться столь бурным прошлым (в частности, не так давно она отразила не менее трёх вторжений фаним). Нансурцы награждают прославленную крепость множеством эпитетов, среди них Хубара — «Волнолом».

Аспект-Император — титул, принятый Триамисом Великим на двадцать третий год его царствования (когда шрайя Экьянн III формально установил так называемый культ императора) и перенятый всеми его наследниками. Анасуримбор Келлхус I также принял этот титул после Падения Шайме в первой Священной Войне.

Атиккорос — «Твердыня Лошадей» *(киранейск.)*. Древнейшее строение в Петокике, исконной резиденции королей Конрии. Изначально цитадель древней ширадской крепости в Импаксу, известная и по сей день за свои мегалитические конструкции «башенных стен». Киранейское название восходит ко времени Кенейской империи, когда цитадель переименовали, чтобы ознаменовать поражение Фамири в 2543 году на равнине Шоримурра.

Аткопдо-атъоки — языковая группа скотоводов сатъоти с гор Аткондр и прилегающих к ним регионов.

Атритау — древняя административная и торговая столица того, что некогда было Эамнором, и один из двух норсирайских городов, уцелевших во время Апокалипсиса. Атритау примечателен тем, что построен у подножия горы Анкулакай на так называемой защищённой от чар земле, где колдовство не имеет силы. Его построил прославленный умерийский король-бог Кару-Онгонеан. Тогда, около 570 года, Атритау был крепостью Ара-Этрит («Новая Этрит»).

Атрити — язык Атритау, происходящий от эамнорского.

Атсушапское нагорье — засушливая горная страна в Гедее.

Аттремп — «твердыня отсрочки» *(киранейск.)*. Крепость-близнец Атьерса, основанная в 2158 году Сесватхой и новорождённой школой Завета. Начиная с 3921 года крепость вверена в руки дома Нерсеев Конрийских.

Атьеаури, Коифус (4089—4112) — один из Людей Бивня, граф галеотской области Гаэнри, племянник Коифуса Саубона. Легендарный герой из «Псалмов Поммеля» — серии баллад, перечисляющей многочисленные и доблестные подвиги, совершённые им в ходе первой Священной войны.

Атьерс — «твердыня предупреждения» *(киранейск.)*. Крепость-близнец Аттремпа, основанная в 2157 году Сесватхой и другими выжившими в ходе Апокалипсиса гностическими адептами. Атьерс — основная крепость Завета.

Аувангшей — прославленная кенейская крепость на крайней западной границе Нильнамеша, некогда заселённая и покинутая с течением времени. Зачастую считается пределом известного мира, т. е. Трёх Морей. Это место было восстановлено Анасуримбором Келлхусом в 4123 году после завоевания Нильнамеша заудуньяни.

Ауджа-гилкунни — забытое «исконное наречие» нелюдей. См. Языки нелюдей.

Ауджский — забытое наречие ауджских Обителей нелюдей.

Аульянау Завоеватель (895—950) — легендарный правитель кондов, победивший кел-онгонианцев в битве на реке Аксау, что привело к Расколу Умерау и утверждению кондского ига. Его последующие кампании в первый раз со времён Ускельта Волчьего Сердца объединили норсираев в единое государство. Поскольку упоминания об Аульянау свидетельствовали о паннорсирайских симпатиях среди кастовой знати центрального севера (среди тидонцев в особенности), Анасуримбор Келлхус объявил так называемое Иссечение, уничтожая все записи о нём и расправляясь с аристократами, продолжавшими утверждать, что такой человек когда-либо существовал.

Аульянау Кава-Имвуллар (ок. 1091—1124) — император Псевдо-Умерийской Империи, известный, прежде всего, своим поражением от скинтиев и тяжким бременем в виде дани, которое были вынуждены нести его наследники.

Аумрис — главная речная система северо-западной Эарвы, орошающая равнины Истиули и впадающая в море Нелеост. Река Аумрис также является колыбелью норсирайской цивилизации. За довольно краткий период времени племена древних норсираев заселили плодородные аллювиальные равнины вдоль нижнего течения Аумрис и основали первые на Севере Эарвы людские города, среди которых Трайсе, Сауглиш, Этрит и Умерау. В результате торговли с нелюдями Инъор-Нийяса могущество и утончённость цивилизации, возникшей на реке Аумрис, быстро росли, и в четвёртом столетии, как кульминация её развития, возникла империя Трайсе, процветавшая под властью короля-бога Кунверишау.

Ауовели — классический трактат Олекароса, почитающийся за содержащееся в нём «духовное исследование», однако в реальности этот труд — нечто большее, нежели просто набор мудрых изречений мыслителей разных народов. Его перевод на шейский широко распространён среди образованной кастовой знати Трёх Морей.

Ауракс — выживший князь инхороев. Об Аураксе почти ничего не известно, за исключением того, что он высокопоставленный член Консульта и брат-близнец Ауранга. Адепты Завета полагают, что именно он обучил Мангаэкку Текне.

Ауранг — «Вождь» *(куниюрск.)* — выживший князь инхороев и военачальник Не-Бога во время Апокалипсиса. Об Ауранге почти ничего не известно, за исключением того, что он высокопоставленный член Консульта и брат-близнец Ауракса. «Военачальник», Син-Фарион (Ангел Лжи) и Сарпанур (Чумоносец) — несколько наиболее известных прозвищ, которыми его называли в течение столетий.

Б

Багаратта — «стремительный» стиль скюльвендского владения мечом.

Багряные Маги — так называют адептов Школы Багряных Шпилей.

Багряные Шпили, Школа — самая могущественная Школа Трёх Морей, фактически правящая Верхним Айноном. История Багряных Шпилей уходит во времена древнего Шира (вплоть до нынешних дней блюстители традиций Школы именуют себя ширадцами). Во многих отношениях развитие Багряных Шпилей являет собой образец эволюции всех Школ Трёх Морей: разобщённая сеть отдельных колдунов становилась всё более сплочённой и замкнутой перед лицом постоянных преследований по религиозным мотивам. Изначально Багряные Шпили именовались Сурарту — «певцы в клобуках» (хамхеремск.). Примерно в 1800 году они заняли речную крепость Киз, а из хаоса, последовавшего за падением Шира в ходе Апокалипсиса и Великого Мора, они восстали, как самая могущественная организация древнего Айнона. Около 2350 года Киз был сильно повреждён землетрясением, и впоследствии, в процессе отстройки, его стены облицевали красными эмалевыми плитками, что и дало школе название, под которым она известна по сей день.

Баджеда, проливы — проливы, отделяющие юго-западное окончание Нрона от юго-восточных границ Сиронжа.

Байал — холмистое владение в северном Галеоте, считающееся проклятым.

Балайт урс Кутутха (4072—4110) — скюльвендский воин из племени утемотов, деверь Найюра урс Скиоты.

Баннутурс Хапнут (4059—4110) — скюльвендский воин из племени утемотов, дядя Найюра урс Скиоты.

Бард-жрец — в традиционных народных религиях Древнего Севера это странствующий жрец, добывающий средства к существованию чтением священных текстов, а также прислуживающий жрецам различных богов.

Барисулл, Нрецца (р. 4053) — король Сиронжа, чья корыстолюбивая изобретательность некогда вызывала восхищение и ненависть по всем Трём Морям. Сумел выжить и изменить шрайский приговор целых три раза, за что и получил свою известность.

Бататент — храм-крепость докиранейского периода, разрушенная скюльвендами вскоре после падения Кенеи в 3351 году.

Батриал Кампус — имперская площадь для шествий к северу от Андимианских Высот, граничащая с Кварталом Гостей.

Башня — главная цитадель Сауглишской библиотеки, возведённая Ношаинрау в 1058 году.

Безделушки — см. Хоры.

Безупречная Благодать — способность действовать и желать в идеальном соответствии с чьей-то Судьбой, главным образом являющаяся атрибутом нариндаров. См. Нариндары.

Белодалье — так акксерси называли неизведанные северные пустоши, протянувшиеся вдоль всего Великого Кайарсуса.

Белый Джихад — священная война, которую Фан'оукарджи I со своими кианцами вёл против Нансурской империи с 3743 по 3771 год. См. Киан.

Белый Повелитель Трайсе — почётный титул куниюрского верховного короля.

Белый Якш — традиционный шатёр вождя скюльвендов.

Бенгулла (4103—4112) — сын Аэнгеласа и Валриссы.

Бенджука — древняя сложная стратегическая игра, в которую играет знать всех Трёх Морей. Происходит от более эзотерической нелюдской игры мирку. Первые сохранившиеся упоминания бенджуки датируются годами так называемого Нелюдского Наставничества (555—825 гг.).

Бетмулла, горы — небольшая горная гряда на юго-западной границе Ксераша и Амотеу. Изначально являлась местом, где была возведена отдалённая нелюдская Обитель Иллиссеру.

Биакси — один из Домов Конгрегации, давний соперник дома Икуреев.

Библиотека Сареота — см. Сареотская библиотека.

Бивень — главный священный артефакт в религиях инрити и киюннат, а для приверженцев веры фаним — нечестивейший из символов (именуемый Роук Спара — «проклятый шип»). На Бивне вырезана старейшая из существующих версий «Хроник Бивня» — древнейшего человеческого текста. Его происхождение остаётся загадкой, хотя большинство учёных соглашаются с тем, что Бивень появился ещё до прихода людей в Эарву. На всём протяжении письменной истории человечества Бивень хранился в священном городе Сумна.

Биос — принцип, согласно которому душа независима от тела.

Битва Исалимиаль — также известная как Очищение. Последнее полевое сражение куну-инхоройских войн, в ходе которого объединённые силы ишроев Сиоля и Инъора, возглавляемые Нильгиккасом, отбросили последних оставшихся в живых инхороев назад в Инху-Холойнас.

Битва на Склонах — название, данное продолжительной стычке между кианцами и айнонцами в ходе Битвы при Анвурате.

Битва на Эленеотском поле — великая битва между войском Не-Бога и Второй Ордалией на куниюрской северо-восточной границе в 2146 году. Несмотря на то что Анасуримбор Кельмомас собрал величайшее для своего времени войско, он и его союзники не были готовы к встрече с таким количеством шранков, башрагов и враку, собранных Не-Богом и его рабами из Консульта. Битва обернулась полной катастрофой и ознаменовала последующее уничтожение норсирайской цивилизации.

Битва на бродах Тиванраэ — одно из трёх страшных поражений, нанесённых Акксерсии и её союзникам войсками Не-Бога. Адепты Завета часто вспоминают Тиванраэ как отрицательный пример использования в ходе сражения против вражеских чародеев одних только хор.

Битва на полях Тэртаэ — невероятная победа воинства Первой Священной Войны над фаним Каскамандри недалеко от Карасканда в 4112 году, закрепившая власть Анасуримбора Келлхуса над инрити.

Битва Пир-Мингинниаль — Вторая Битва у Ковчега, завершившаяся вскоре после смерти Куйяра Кинмои от рук Нин'джанджина разгромным поражением объединённых сил Обителей. Зачастую называемая просто «той самой битвой», Пир-Мингинниаль заняла прочное место в трактатах и текстах нелюдей лишь только за огромное количество павших в её ходе легендарных героев, а также за последовавшие за этой битвой пять горестных веков.

Битва Пир-Пахаль — первое масштабное столкновение на элеанотских полях между инхороями, возглавляемыми Силем, Королём после Падения, и нелюдьми Куйяра Кинмои, которому удалось сразить Силя и забрать у него Копьё-Цаплю. Инхорои бежали обратно в Инху-Холойнас, а победа нелюдей была абсолютной. Впоследствии, с учётом бунта, произошедшего в его империи, Куйяра Кинмои начал то, что затем будет названо Второй Стражей.

Битва при Агонгорее — см. Апокалипсис.

Битва при Анвурате — переломное сражение Первой Священной Войны, произошедшее летом 4111 года при крепости Анвурат к югу от дельты реки Семпис. Несмотря на первоначальную неудачу, инрити под командованием Найюра урс Скиоты нанесли поражение кианскому войску под началом Скаура аб Наладжана, тем самым обеспечив себе дальнейшее покорение Шайгека и открыв дорогу на Карасканд.

Битва при Зиркирте — решающее сражение между кианскими войсками под командованием Хаджиннета аб Скаура и скюльвендами Юрсута урс Мукнаи в степи Джиюнати в 4103 году. Хотя кавалерия кианцев оказалась несравнимой со скюльвендской и сам Хасджиннет был убит, кианцы быстро оправились, а большинство участников неудачного похода выжили.

Битва при Имвеоре — также известная как Первая битва с Ордой. Первое сражение между Великой Ордалией и Ордой, случившееся летом 4132 года и названное в честь места, где оно протекало. После нескольких недель отступления перед продвигающейся на север Великой Ордалией голод и огромная численность Орды спровоцировали её на атаку. Втайне от Ордалии Консульт сумел незаметно подобраться к Воинству силами нескольких Гнётов — легионов скованных цепями шранков, которых собирались выпустить в тыл Ордалии в тот момент, когда Орда обрушилась на неё. Битва могла бы обернуться первой катастрофой для Воинства, если бы не отряд Наследников, столкнувшийся с легионами Консульта во время фуражировки к югу от Ордалии.

Битва при Карасканде — иногда именуемая Битвой на полях Тертаэ. Отчаянное и ключевое сражение 4112 года между армией Каскамандри аб Теферокара, падираджи Киана, и Первым Священным Воинством под командованием Анасуримбора Келлхуса. Тогда фаним, превосходящие числом изголодавшихся и больных инрити, оказались не способны замедлить или остановить общее наступление Священного Воинства. Многие считают победу инрити результатом божественного вмешательства, хотя, скорее всего, причиной тому стали события, произошедшие перед самой битвой. Нерсей Пройас наиболее точно описал, как моральный дух инрити воспрял после Круговраспятия и последующей победы. Чрезмерную самоуверенность кианцев подтверждает тот факт, что падираджа позволил Первому Священному Воинству беспрепятственно развернуть свои силы перед сражением.

Битва при Кийуте — важное сражение между имперской армией Нансура и скюльвендами, произошедшее в 4110 году на берегах реки Кийут, притоке реки Семпис. Чересчур уверенный в себе скюльвендский верховный вождь завёл своих людей в ловушку, устроенную Икуреем Конфасом, нансурским экзальт-генералом. Последующее поражение было беспрецедентным для скюльвендов, если учесть, что случилось оно в степи Джиюнати.

Битва при Маане — небольшое сражение между Конрией и Се Тидонном в 4092 году.

Битва при Менгедде, вторая — отчаянное сражение, в котором Анаксофус V и его южные вассалы и союзники одержали победу над войском Не-Бога в 2155 году. Многие считают эту битву важнейшей в истории.

Битва при Менгедде, четвёртая — сражение, в котором так называемое Священное Воинство простецов под командованием Нерсея Кальмемуниса было разгромлено кианцами Скаура аб Наладжана в 4110 году.

Битва при Менгедде, пятая — первое решительное сражение между Первым Священным Воинством и кианцами в 4111 году. Священное Воинство под формальным командованием принца Коифуса Саубона, раздираемое недостатком организации и распрями командиров, было захвачено врасплох Скауром аб Наладжаном, в то время как половина армии инрити отсутствовала. С утра до полудня Священному Воинству удавалось отбивать бесчисленные атаки кианцев. Когда на фанимском фланге появились остальные полки инрити, дух кианцев был сломлен и они отступили.

Битва при Мехсарунате — первое масштабное сражение между объединёнными силами Киранеи и войсками Не-Бога на плато Аттонг в 2154 году. Хотя Ауранг, военачальник Не-Бога, и выиграл сражение, киранейский верховный король Анаксофус V с основным войском сумел ускользнуть и подготовиться к гораздо более важному сражению при Менгедде в следующем году.

Битва при Паремти — небольшое сражение между Конрией и Се Тидонном в 4109 году — первая военная победа принца Нерсея Пройаса. Исторически важна тем, что после неё Пройас приказал выпороть своего родича, Кальмемуниса, за непочтительность. Этот факт многие историки считают причиной того, что Кальмемунис решился на преждевременный марш с так называемым Священным воинством простецов.

Битва при заливе Триантис — решающее морское сражение, в ходе которого кианский флот при помощи кишаурим сумел уничтожить имперский нансурский флот под командованием генерала Сассотиана в 4111 году, таким образом отрезав доставку воды для Первого Священного Воинства во время его марша через Кхемему.

Бог — согласно инритийской традиции, это единое, всемогущее, всеведущее и имманентное существо, отвечающее за бытие. Боги (и с некоторой натяжкой — люди) являются лишь его «проявлениями». В киюннатской традиции Бог — прежде всего владыка и вседержитель. В фапимской традиции Бог является единым, всеведущим, всемогущим и трансцендентным существом, отвечающим за бытие (Единый Бог), а боги сражаются с ним за сердца людей.

Боги — сверхъестественные обитатели Той Стороны, обладающие характерными человеческими чертами и выступающие в качестве объектов поклонения. См. Сто богов.

Богуяр, Турхиг (4000—4132) — участник Ордалии из народа холька, потомок знаменитого Туррора Эрьелка и оруженосец Коифуса Саубона во время Великой Ордалии.

Божества Культа — см. Сто богов.

Божественные афоризмы — один из самых известных текстов Мемговы.

Боксариас, Пирр (2395—2437) — кенейский император, который создал единые торговые правила во всей империи и учредил в крупнейших городах сеть процветающих рынков.

Бокэ — старый кенейский форт на западной границе Энатпанеи.

Боргас, Прайсум (4059—4111) — один из людей Бивня, генерал Селиалской колонны, убит при Анвурате.

Бронзовый век — другое название Ранней Древности, когда технологии человечества основывались на этом металле.

Букрис — бог голода. Один из так называемых Карающих богов, угрожающий жертвам и подвергающий их страданиям. У Букриса нет своего культа или духовенства. Согласно Киюннатской традиции, Букрис — старший брат Анагке, и именно поэтому жрецы Анагкистского Культа проводят обряды умилостивления Букриса в голодные времена.

Бурулан (р. 4084) — одна из личных рабынь-кианок, принадлежавших Эсменет.

Бьянтас (2463—2515) — писатель времён Поздней Древности родом из Кенейской империи. Его Переводы — записи о разнообразных обычаях людей, входящих в состав империи, прославили его на многие поколения вперёд. Точность его исследований до сих пор не имеет себе равных. Угасание этих обычаев за прошедшие века оказало глубокое воздействие на мышление людей Трёх Морей, впервые даруя им возможность исторического самопознания. До Бьянтаса люди были слепы и не могли увидеть фундаментальные преобразования, привнесённые течением времени. Куда меньшая частица души стала принадлежать царству Неведомого после него.

В

«В защиту тайных искусств» — знаменитая апология чародейства, написанная Заратинием и широко цитируемая философами и колдунами. В этом труде содержится убедительная критика как инритийского запрета на колдовство, так и самой религии инрити. Книга давно запрещена Тысячей Храмов.

Вайглик — легендарный предок холька, первый человек, обладавший вторым сердцем, которое, по общему мнению, является источником их физической силы.

Вайро — зеумское народное слово, означающее «опутанный» богами, что представляет собой несколько более сложную интерпретацию слова «проклятый».

Валрисса (4086—4112) — дочь Веригды и жена Аэнгеласа.

Ванхайл, Суахон (4055—4111) — один из людей Бивня, галеотский граф Куригалда, убит при Менгедде.

Вапарсийский — мёртвый язык древнего Нильнамеша, относится к шем-варсийской языковой группе.

Варнут — ленное владение Се Тидонна, один из так называемых Внутренних пределов верховьев Сва.

Васносри — языковая группа норсирайских языков.

Вати, кукла Вати — колдовской артефакт, распространённый у сансорских ведьм, известный также как «кукла-убийца»: либо из-за того, что для управления ею требуется человеческая жертва (уловленная душа оживляет куклу), либо потому, что Вати часто использовались для убийства на расстоянии.

Великая Ордалия — эпическая военная кампания, начатая Анасуримбором Келлхусом в 4132 с целью уничтожить Голготтерат и Нечестивый Консульт.

Великая сауглишская Библиотека — архив, начало которому положил Кару-Онгонеан, третий умерийский король-бог. Нинка-эру-Телессер II (574—668) превратил библиотеку в культурный центр Древнего Севера. Ко времени её разрушения в 2147 году она достигла размера небольшого города.

Великая Соль, Великие Солончаки — особенно засушливый регион пустыни Каратай на границе с Чианадини.

Великая пустыня — см. Каратай.

Великие Имена — вельможи, возглавлявшие отряды Священного Воинства.

Великие Круглые Врата — колдовской портал, ведущий в Казну и на протяжении длительного времени пользовавшийя дурной славой. Защиту портала от хор обеспечивают пленённые души — «посредники». Легенда гласит, что врата не просто единожды вобрали в себя магию, а продолжают получать её снова и снова.

Великие фракции — общий термин, которым обозначаются самые могущественные военные и политические институты Трёх Морей.

Великий Ингресс — см. Ингресс.

Великий Кайарсус — обширная горная система, тянущаяся вдоль восточных врат Эарвы.

Великий Разрушитель — так называли Не-Бога выжившие люди Древнего Севера.

Великий Учитель — Айенсис.

Великий зиккурат Ксийосера — величайший из зиккуратов Шайгека, возведенный королем-богом Ксийосером около 670 года.

Великий магистр — административный титул главы магической Школы.

Великий Мор, или «синяя чума» — опустошительная пандемия, прокатившаяся по Эарве после гибели Не-Бога в 2157 году.

Великий океан — океан на западе Эарвы, по большей части не исследованный и не картографированный. Правда, есть мнение, что его карты имеются у жителей Зеума.

Веникáта — священный день инрити, празднуется поздней весной в память так называемого Первого откровения Инри Сейена.

Верджау, Сайнхайл (р. 4070) — участник Первой Священной войны, один из Первородных, в прошлом галеотский тан.

Веригда — норсирайское племя, обитающее на равнинах Гала.

Вериджен Великодушный, Рилдинг (р. 4063) — тидонский граф Плайдеоля.

Вернма, река — обширная речная система на востоке центральной Эарвы, омывающая просторы пустоши Дамеори и впадающая в море Менеанор.

Вероятностный транс — техника медитации, используемая дунианами, чтобы узреть последствия гипотетических поступков и определить, какие действия позволят наиболее эффективно возобладать над обстоятельствами.

Верхний Айнон — кетьянское государство в восточной части Трёх Морей. Единственная страна, где у власти находилась одна из Школ — Багряные Шпили. Верхний Айнон был основан в 3372 году после того, как Саротессер I победил полководца Маурелту в Битве при Хараджате. Долгое время эта страна была одним из самых богатых и сильных государств Трёх Морей. Сельскохозяйственная продукция, поставляемая с сечарибских равнин и из дельты Саюта, обеспечивала процветание знати (известной своими богатствами и приверженностью к джнану) и возможность энергично развивать торговые связи. Во всех портах Трёх Морей причаливали айнонские корабли. Во время «Войн Школ» (3796—3818) Багряные Шпили, чья резиденция располагалась в Каритусаль, столице Айнона, сумела уничтожить армию короля Хорциаха III и обрела влияние на все важнейшие учреждения страны. Формально главой государства оставался король-регент, подчинявшийся непосредственно великому магистру.

Верхний Паузал — первый этаж вестибюля, ведущего к Казне. Сокрыт глубоко под сауглишской Библиотекой.

«Весь свет Мира не может изливаться из единственной трещины...» — известная цитата поэта Протатиса о том, что не существует человека, достойного божественного откровения.

Ветви Умиаки — названия рычагов, используемых в обряде Покаяния.

Виндауга, река — самая западная из трёх речных систем, впадающих в озеро Хуоси. Является основной естественной границей между Галеотом и Кепалором.

Вири — одна из девяти Великих Обителей Эарвы и первая, уничтоженная в куну-инхоройских войнах. Была расположена на северном побережье моря Нелеост. Несмотря на высокую населённость и тот факт, что её сыны путешествовали так же много, как и жители других Обителей, Вири во многом являлась наиболее закрытой из всех них, будучи рьяно преданной своим давним традициям, в которых вирои видели великую мудрость. В итоге прочие кунурои стали над ними насмехаться, из-за чего вирои стали ещё более замкнутыми — больше, нежели жители любой другой Обители. («Место, где сердца огрубели так же, как и руки, а зрение загрязнилось, словно кусок ткани», — писал о Вири летописец в Исуфирьяс.) Вирои неохотно брали рабов и, в отличие от прочих Обителей, всё ещё поручали ведение сельского хозяйства и «черновой» торговли представителям собственного рода. Однако же всё это происходило до Падения Ковчега, повлёкшего за собой разрушения и предательства.

Вирнол — крепкое, способное раздавить пальцы рукопожатие сакарпских воинов, являющееся традицией королевских дружинников.

Висящие Цитадели — внутренний двор Иштеребинта, где находятся нисходящие Расселины Илкулку, служащие жилищем иштеребинтским ишроям. Во времена Ранней Древности этот двор был известен своими висящими платформами, формирующими нижний ярус Разлома, Небеса-под-Горой.

Витурнальское гнездовье — земли к северо-востоку Сакарпа, периодически заполненные тысячами спаривающихся аистов.

Вишрунул — «Поле Ужаса» *(ихримсу)*. Нелюдское название Агонгореи.

Внешние Врата — так называли Пасть Юбиль, огромные внешние врата Голготтерата, названные так в противовес Юбиль Носцисор — Внутренним Вратам.

Внутренние Врата — зачарованные врата, возведённые Нильгиккасом, дабы запечатать трещины в Высоком Роге на вершине Ступа. Нелюдям они известны под названием их инхоройского предшественника — Юбиль Носцисор, «Оскаленные зубы» *(ихримсу)*. Ныне расположены внутри цитадели, называемой Высокая Суоль.

Внутренняя лестница — огромная лестница, спускающаяся от Средоточия Иштеребинта через восходящий фас Расселины Илкулку и, проходя сквозь Висящие Цитадели, ведущая к Хтонику.

Военачальник — традиционный титул, который инрити присваивают командующим объединёнными армиями.

Военные запреты — собрание указов, устанавливающих правила ведения войны для участников Ордалии.

Воздетый Рог — также известен как Высокий Рог. См. Рога Голготтерата.

Воздушные змеи — эвфемизм, которым воины Великой Ордалии называли адептов Школ, особенно тех, что принимали участие в Жатве.

Вознесение — непосредственное восхождение Инри Сейена на Ту Сторону, описанное в «Книге Дней», входящей в «Трактат». Согласно инритийской традиции, Сейен вознесся с Ютерума — Священных высот в Шайме. Однако «Трактат» утверждает, что это произошло не в Шайме, а в Киудее. Предположительно на том месте и был возведен Первый Храм.

Воин-жрец — почётный титул, даруемый жрецами Гильгаоля наиболее отличившимся в битве воинам.

Возрождённая империя — для некоторых в Нансурии это заветная мечта о возвращении всех «утраченных провинций» (территорий, захваченных Кианом) у Нансурской империи.

«Война слов и чувств» — определение джнана, взятое из «Переводов» Бианта.

Вода — эвфемизм, означающий проявления Псухе. Существуют также варианты «Проклятая вода» и «Вода, что есть свет».

Война, скюльвендский способ ведения — невзирая на свою безграмотность, скюльвенды обладают обширной военной номенклатурой, дающей им полное понимание битвы и её психологических аспектов. Они называют битву *отгай вутмага*, «большая ссора», цель которой заключается в том, чтобы убедить врага в его поражении. Понятия, необходимые для понимания скюльведского способа ведения войны, следующие:

унсваза — окружение

малк унсваза — круговая защита

йетрут — проникновение

гайвут — шок

утмурзу — сплочённость

фира — скорость

анготма — сердце

утгиркой — истощение

кнамтуру — бдительность

гобозкой — момент принятия решения

майутафиёри — связи конфликта

труту гаротут — гибкий командный дух (дословно «мужчины в длинной цепочке»)

труту хиртут — негибкий командный дух (дословно «мужчины в короткой цепочке»).

Войны Школ — череда священных войн, развязанных Бивнем против Школ с 3796 по 3818 год. Начатые Экъянном XIV, Войны Школ привели к фактическому уничтожению нескольких колдовских Школ, а также ознаменовали начало господства Багряных Шпилей над Верхним Айноном.

Вокалати — «Плакальщики солнца» *(вапарск.)*. Крупная нильнамешская Школа, известная своей искусностью, секретностью и замкнутостью. Происхождение Вокалати восходит к самому началу эпохи Старых Инвиши (1023—1572) — неофициального союза колдунов во главе с Огадулом Великим, созданного для контроля расценок среди инвишских магов. Они сыграли важную для воплощения экспансионистских амбиций Анзумарапаты II роль и даже были запечатлены на нескольких полотнах, заказанных им в память о своих победах во времена Ранней Древности. Первый настоящий разгром вокалати довелось испытать по вине Триамиса Великого, чьи Сака доказали своё тактическое превосходство на поле битвы. Разгромное поражение Сарнагири V в 2483 году от рук Аспект-Императора оставило в их рядах лишь жалких шесть ранговых колдунов. Столкнувшись с опасностью распада, Шестеро, как их впоследствии прозвали, согласились признать власть императора Кенеи, а также обязались сохранять свою постоянную численность — шесть человек. Вокалати даже сменили цвета своей эмблемы, Разорванного Свитка, на белый с фиолетовым — цвета Триамиса, настолько велико было их желание ублажить кенейцев и избежать гнева Сака. С падением Кенеи в 3351 году Вокалати немедленно взялись за восстановление своей былой мощи, за три кратких поколения вновь достигнув положения одной из Великих Фракций Трёх Морей.

Волны — особая одежда, которую носили колдуны и ведьмы всех колдовских Школ во время похода Великой Ордалии. Для одного облачения требуется дюжина рулонов шёлка, каждый длиной в 10 локтей или больше. Эти одеяния, разворачиваясь и колыхаясь вокруг носителя при содействии особого Напева, обеспечивают ему определённую степень защиты от брошенной хоры или от выстрела лучника-хороносца.

Воплощение — так называют боевое безумие, которым в той или иной степени страдают все холька.

Враку — драконы. Огромные огнедышащие крылатые чудовища-рептилии. Созданы инхороями во время древних куну-инхоройских войн для уничтожения нелюдских магов-квуйя, а затем призваны Не-Богом во время Апокалипсиса. Считается, что почти все враку уничтожены.

Врата Слоновой Кости — самые северные ворота Караскланда. Названы так потому, что для их сооружения использовался бледно-жёлтый известняк (аналогично — Роговые Врата).

Врата Фаллоу — северные врата Ишуаль.

Врата Шкур — одни из знаменитых девяти Великих врат Сумны, выходящие на Карианский тракт.

Врата Юга — череда проходов сквозь отрог Унарас, охраняемых Асгилиохом.

Вреолет — столица древней аорскийской провинции Иллавор, а также торговая столица всего государства во времена Ранней Древности. В опустошённый вследствие падения Аорсии в 2136 году город во время Инвеституры Военачальников попыталось вернуться немалое количество беженцев. Более половины населения возвратилось, когда в 2142 году произошла Инициация Системы. Большинство людей всё ещё было уверено, что Голготтерат обречён, когда Не-Бог и его Орда окружили город, оставив их в ловушке, которую впоследствии назовут Проклятым Человечьим Амбаром — местом, куда не смели ступать даже шранки, позволяя уцелевшим жить на этой скудной земле тяжкой жизнью, дабы потом подобрать их, словно созревший фрукт, и скормить кому бы или чему бы это ни понадобилось.

Второй Апокалипсис — гипотетическая катастрофа, которая неизбежно постигнет Эарву, если Не-Бог когда-либо восстанет. Согласно преданиям школы Завета, верховный король Куниюрии Анасуримбор Кельмомас во время Первого Апокалипсиса предрек, что Не-Бог обязательно вернётся. Предотвращение Второго Апокалипсиса является главной целью существования школы Завет.

Вукъелт, Хринга (р. 4097) — участник Ордалии, Уверовавший король Туньера, сын Хринги Скайэлта.

Вутмоут река — огромная река, соединяющая озеро Хуоси с Менеанорским морем.

Вутрим — скюльвендское слово, означающее «позор».

Вуттеат — легендарный отец драконов, нечестивый образец, который инхорои использовали для выращивания и разведения всех остальных враку. Также известен как Червонный и Ужасный.

Выводок Хоги — при конрийском дворе так называли сыновей Хоги Готьелка.

«Вырежь им языки...» — известная цитата из Хроник Бивня, осуждающая колдунов и их колдовство.

Высокая кунна — упрощённая разновидность гилкуньи, используемая анагогическими школами Трёх Морей.

Высокий Челн — «Ишивариль» (ихримсу). Парящая платформа, на которой расположена печать Айевитерна — тотем Иштеребинта и трон его короля — Чернокованный Престол.

Высокий вурумандийский — язык правящих каст Нильнамеша, происходящий от варапсийского языка.

Высокий сакарпский — язык древнего Сакарпа, происходящий от древнескеттийского.

Высокий шейский — язык Кенейской империи, происходящий от древнекиранейского.

Высший Светоч — чертог Иштеребинта, соединяющий Чашевидный Чертог (Мнемонику) с основной частью Обители. Впоследствии это прозвище перешло к Нильгиккасу.

Высший хранитель Клада — почётный титул короля Сакарпа.

Вэйр Хирсауль — «Брод Черепов», брод через реку Сурса, располагающийся в нескольких милях к северу от Антарега. Здесь во времена Ранней Древности множество раз происходили сражения (в основном между Аорсией и Голготтератом), и из-за потерянных здесь бесчисленных жизней это место и обрело свою мрачную славу.

Г

Гайдекки, Шресса (р. 4062) — один из Людей Бивня, палатин Анплеи — области Конрии.

Гал, равнина — огромные травянистые равнины к северу от Церишского моря.

Галгота, Ништ (р. 4062) — один из Людей Бивня, палатин Эшганакса, палатината Верхнего Айнона.

Галеот — норсирайское государство Трёх Морей. После Апокалипсиса тысячи меорских беженцев осели на северных берегах озера Хуоси. Хотя номинально они были данниками Кенейской империи, сохранившиеся записи считают «галотов», как называли их кенейцы, вздорным и воинственным народом. В тридцать пятом столетии на местех обитания пастушьих племён стали возникать оседлые королевства по рекам Виндауга и Скульпа. Но Галеот как таковой возник примерно в 3683 году, когда король Норвайн I покончил с двадцатилетними войнами и завоеваниями, перебив своих врагов в приёмном зале Мораора — огромного дворцового комплекса галеотских королей.

Галеотские войны — войны между Галеотом и Нансурской империей. Первая случилась в 4103—4104 годах, вторая — в 4106 году. Каждый раз галеоты под командованием Коифуса Саубона быстро добивались успеха, а потом терпели поражение в решающем сражении, последнее из которых имело место при Прокорусе. Имперской армией тогда командовал Икурей Конфас.

Галигиский — язык Галеота, происходящий от старомеорского.

Ганброта Мурворг (р. 4064) — один из людей Бивня, граф туньерского лена Инграул.

Гандан-нару — «палящий ветер» *(сакарпск.)*. Такое название получили периодические смены направления господствующих летних ветров на равнинах Истиули. Как правило, являются предвестниками засухи.

Гандоки — «тени» *(галишск.)*. Традиционная галеотская игра: два человека, руки которых привязаны к концам двух жердей, пытаются сбить друг друга с ног.

Ганрикка, Вартут (4070—4132) — один из Людей Бивня, тан-вассал Готьелка во время Первой Священной войны, а также участник Великой Ордалии Анасуримбора Келлхуса. Погиб в битве при Имвеоре.

Гануирал — «Путь мудрецов» *(умерийск.)*. Дорога к библиотеке древнего Сауглиша, известная под названием Мавагираль, или «Тракт пустослова». Это прозвище было связано с заполонившими тракт еретиками и провидцами, проповедующими всевозможные безумства.

Ганьятти Амуррей (р. 4064) — конрийский палатин провинции Анкирион.

Гаорта — настоящее имя второго шпиона-оборотня, скрывавшегося под личиной Кутия Сарцелла.

Гара'гул — небольшая крепость в Монгилее, представляющая стратегическую ценность.

Гарсахадута, Рам-Сассор (4076—4111) — один из людей Бивня, принц-данник Сансора, предводитель сансорцев в айнонской армии Священного Воинства, убит при Анвурате.

Гаун — нансурский дом, один из домов Конгрегации, чьи замки разбросаны по всему западу Киранейской равнины.

Гаэнкельти (4086—4111) — экзальт-капитан эотской гвардии.

Гаэнри — галеотское владение, расположенное к северо-западу от Хетантских гор.

Гаэтуни — владение Се Тидонна, расположенное на его северо-западных берегах.

Гаямакри Саттушаль (р. 4070) — один из Первородных, в прошлом айнонский барон.

Гвергиру — проклинаемая надвратная башня, охраняющая вход в Пасть Юбиль — внешние врата Голготтерата, впервые возведённые в 800 году. Спустя века башня была расширена и перестроена и теперь достигает семидесяти локтей в высоту, имеет пятиугольую форму и узкий проход в центре, который и прозвали Пастью Юбиль.

Гвоздь Небес — северная звезда, не только являющаяся самой яркой на небосводе (иногда ее видно даже днём), но и представляющая собой ось, вокруг которой обращаются все остальные звёзды. Гвоздь превозносится людьми во всём мире как «путеводный свет» — средство для навигации и определения времени. Нелюди же, называющие его Имбарил (или «Новорождённый» на ауджском), видят в нём зловещего предвестника гибели и виновника Падения Ковчега.

Гедея — провинция Киана, бывшая провинция Нансурской империи. Расположена между Шайгеком и отрогом Анарас. Гедея —

полупустынная провинция, середина её представляет собой плато, а по границам местность гористая. Гедея впервые упоминается в хрониках как поле битвы между древним Шайгеком и Киранеей.

Гекас — палатинат Верхнего Айнона, расположенный в верховьях реки Сают.

Герота — административная и торговая столица Ксераша.

Гесиндаль — галеотский лен, расположенный на северо-западе от Освенты. Подавляющее большинство гесиндальцев принадлежат к так называемым «татуированным» Гильгаоля. Этот культ основан на популярном среди галеотов и кепалоров представлении о том, что тело, покрытое священными символами войны, неуязвимо.

Гетерий (2981—3045) — кенейский учёный-раб, прославленный своими комментариями к «Хроникам Бивня», собранными под названием «Размышления о пленённой душе».

Гешрунни (4069—4110) — один из людей Бивня, капитан-щитоносец джаврегов, убит в Каритусаль.

Гиелгат — крупный нансурский город, расположенный на берегу Менеанора.

Гиерра — богиня страстной любви. Одно из так называемых воздающих божеств, награждающее за преданность при жизни посмертием в раю. Гиерра очень популярна в Трёх Морях, особенно среди пожилых мужчин, приверженных её культовому зелью — афродизиаку, усиливающему мужскую силу. В «Хигарате», сборнике священных текстов, Гиерра изображается в образе непостоянной и коварной искусительницы, соблазняющей мужчин любовными утехами, — как правило, с роковыми последствиями.

Гилгальские врата — огромные ворота в самом западном выступе стен Момемна.

Гильгаоль — бог войны и раздора. Одно из так называемых воздающих божеств, награждающих за преданность посмертием в раю. Гильгаоль, вероятно, самый популярный из Сотни Богов. В «Хигарате», сборнике священных текстов, Гильгаоль изображается суровым и относящимся с недоверием к людям богом, постоянно требующим от них жертв и поклонения. Его культ подчиняется Тысяче Храмов, но собственных жрецов у Гильгаоля не меньше, как и жертвенных подношений. Также известен под именами: Ужасный, Отец Смерти, Всеберущий, Владетель, Погибель Героев и многими другими.

Гилькунья — наречие нелюдей квуйя и адептов гностических школ. Считается упрощённой версией ауджско-гилкунского, так называемого «земного» (или первого) наречия кунуроев.

Гин'юрсис (?–2152) — король нелюдей Кил-Ауджаса. Убит меорскими беженцами (под командованием Носола), которым он предоставил убежище от Не-Бога во времена Апокалипсиса.

Гинзиль (2115—2147) — супруга полководца Эн-Кауджалау в «Сагах». Она выдала себя за своего мужа, чтобы обмануть подосланных к нему убийц.

Гиолаль — леса к востоку от Иштеребинта, с древних времён предназначенные для охоты.

Гиргагиский — язык фаним-гиргашей, происходящий от сапматарийского.

Гиргалла (1798—1841) — древний куниюрский поэт, автор знаменитого «Сказания о Сауглише».

Гиргаш — страна Трёх Морей, расположенная на гористой северной границе Нильнамеша, единственная фанимская страна вне Киана.

Гиргилиот — разрушенный город на южном берегу Семписа, некогда столица захваченного киранейцами Шайгека. Уничтожен вскоре после гибели Киранеи в ходе Апокалипсиса.

Гишрут — традиционный скюльвендский напиток из перебродившего кобыльего молока.

Главная Терраса — огромный зал в сердце Иштеребинта, сформированный слиянием Великого Ингресса и Хтонического Двора. Чертог, некогда представлявший собой центр торговли между Обителями, а ныне являющийся лишь местом сборища эрратиков.

Глад — альтернативный перевод нелюдского «тилис» *(ихримсу)* — «небо».

Гладь — священное озеро, образующее нижний ярус Священной Бездны в самом основании Иштеребинта. Некогда славящееся своей чистотой, ныне это место поражено разложением.

Глазки — волшебные светильники, которые нелюди использовали для освещения своих Обителей.

Гнёт — легион шранков Консульта, получивший такое наименование из-за того, что шранков, входивших его ряды, приковывали одного к другому, дабы их строй обретал хоть какой-то порядок. Затем эти легионы переводили на назначенные им стратегические позиции, для того чтобы освободить от оков, как только шранки почуют запах врагов. Однако, даже будучи прикованными, существа оставались неуправляемыми, из-за чего Аурангу постоянно приходилось прибегать к мастерству притворства и уловок. Его противники же отвечали недюжинным бесстрашием и осмотрительностью, что преобразило многие битвы в испытание скорее хитрости и терпения, нежели воли и свирепости. В битве Двадцати-скованных-легионов в 2142-м Аурангу удалось заманить генерала Саг-Мармау в Агонгорею, скрыв одну засаду другой. И всё же его Орда оказалась уничтоженной куниюрскими воинами, вооружёнными копьями, выставленными вперёд щитов, — построение, которое те позаимствовали у аорси и позволившее Сохонку обрушиться на шранков всей своей невообразимой мощью.

Гнозис ветвь чародейства, некогда практиковавшаяся гностическими школами Древнего Севера, а ныне известная только Школам Завет и Мангаэкка. В отличие от анагогического колдовства, гностическое направляется Абстракциями (поэтому гностических магов часто называют магами-философами). Гнозис разработали нелюдские маги квуйя, передавшие его ранним норсирайским анагогическим чародеям во времена Нелюдского Наставничества (555—825).

Вот некоторые гностические Напевы: Стержень Небес, Рассекающие Плоскости Мирсеора, Мираж Киррои, Объятия Ношаинрау, Крест Аркса, Эллипсы Тосоланкиса, Энтелехские Теоремы, Первый изгиб квуйя, Ось Матезиса, Новикратский шип войны, Оданийский Напев, Рёбра Готагги, Седьмая Теорема квуйя, Третья Концентрическая теорема, Гребень Веары и Высшая Аксиома Титирги. См. Колдовство.

Гностические школы — Школы, практикующие Гнозис. Уцелели только две из них — Мангаэкка и Завет. До Апокалипсиса существовало несколько десятков гностических Школ, но самой выдающейся из них была Школа Сохонк.

Год Бивня — основная система летоисчисления в большинстве людских государств. Год Прорыва Врат в ней принимается за «нулевой» год и точку отсчёта.

Годы Колыбели — общепринятое название одиннадцати лет явления Не-Бога во время Первого Апокалипсиса, когда все младенцы рождались мёртвыми. См. Апокалипсис.

Гозет — древний враку, рождённый во времена куну-инхоройских войн.

Гокен Рыжий (4058—4117) — один из Людей Бивня, печально известный пират и туньерский граф Керн Авглаи.

Голготтерат — почти неприступная твердыня Консульта, расположенная к северу от моря Нелеост в тени гор Джималети. Голготтерат, в дни куну-инхоройских войн называвшийся нелюдями Мин-Уройкасом, не имел отношения к истории человечества, до тех пор пока в 777 году не был занят школой Мангаэкка, раскопавшей Инку-Холойнас и возведшей вокруг него мощные укрепления.

Над необъятным сооружением возвышаются два Рога, в основании которых расположен колоссальный отвал чернобазальтовой породы, названный нелюдями Урику, или Струпом (это название впоследствии перешло в куниюрский), поскольку кунурои в буквальном смысле верили, что зловещий Ковчег пронзил Мир, заставив излиться наружу саму его пламенеющую кровь. Вокруг Струпа простирается скалистая гряда, на которой воздвигнута система монументальных укреплений, защищающих основание Рогов Мин-Уройкаса — неприступная преграда, проходящая по всему периметру Урику, за исключением громадной насыпи, ведущей к основанию Воздетого Рога (того, что обитаем). И именно здесь пролились величайшие потоки крови в истории Мира.

Согласно Исуфирьяс, во времена куну-инхоройских войн в основании этой насыпи инхорои возвели то, что нелюди называли Улил'уройкаром, или Вратами Мерзости, — укрепление, защищавшее подходы к Угорриору и, по всей видимости, обшитое каким-то металлом, но эти фортификации были разрушены кунуроями, когда им удалось захватить Ковчег. После того как Мин-Уройкас оказался вновь заселённым, Консульт возвёл здесь Гвергиру, ненавистный барбакан, отводную башню, получившую прозвание Пасть Юбиль — внешние Врата Голготтерата, совместно с двумя другими могучими бастионами, известными как Коррунц и Доматуз, защищавшую этот клочок бесплодной земли.

В то время как инхорои использовали вздымающиеся склоны Урику для размещения жилищ своих рабов, Консульт соорудил там последовательность из девяти возвышающихся одна над другой террас — Подступов, как их называли куниюрцы, каждый из которых имел свою, дополнительную, систему фортификаций. Эти восходящие чередой укрепления однажды получат своё собственное прозвище — Облитус, или Забытьё. На Девятом Подступе Консульт возвел Высокую Суоль — цитадель, что поражала бы своими чудовищными размерами, если бы не отведённая ей роль — преддверия золотой необъятности Воздетого Рога. В Высокой Суоль расположены Юбиль Носисор — ужасающие Внутренние Врата Голготтерата.

В отличие от нелюдей, сыны человеческой расы так и не смогли отомстить за бесчисленные жизни, потерянные в ходе попыток преодолеть эти мерзкие укрепления.

Гонраин, Хога (р. 4088) — один из людей Бивня, второй сын графа Готьелка.

Гопасы — красногорлые чайки, птицы юга Трёх Морей, известные своим дурным нравом.

Гора Эшки — легендарная «Гора Откровения», где, согласно Хроникам Бивня, пророк Ангешраэль услышал зов, велевший ему вести племена людей в Эарву.

Город Мантий — одно из многих названий древнего Сауглиша.

Горы Аткрондр — вероятно, самая большая гряда к западу от Кайарсуса, тянущаяся от моря Джоруа до Великого океана и отрезающая Зеум от остальной Эарвы.

Горы Демуа — длинная горная гряда на северо-западе Эарвы, образующая границу между Инъор-Нийясом и бывшей Куниюрией.

Горы Кайарсус — см. Великий Кайарсус.

Горы Оствай — огромная горная гряда в центральной Эарве.

Готагта (687—735) — великий умерийский колдун. Его называют первым философом, возвысившим эту дисциплину за рамки теологических спекуляций. Согласно Айенсису, до Готагги люди объясняли мир с помощью персонажей и сюжетов, а после Готагги — при помощи принципов и наблюдений.

Готерас, Хога (р. 4081) — один из Людей Бивня, старший сын графа Готьелка.

Готиан, Инхейри (р. 4065) — великий магистр шрайских рыцарей и представитель Майтанета в Священном воинстве.

Готьелк, Хога (р. 4052) — один из Людей Бивня, граф Агансанора и предводитель тидонской части Священного воинства.

Град Хор — обстрел, убивший шестьдесят одного (более трети ранговых колдунов) адепта Сохонка при попытке Школы захватить Пасть Юбиль, Внешние Врата Голготтерата, во время второй Великой Инвеституры в 2142 году. Хоть Сесватха и следовал приказу Анасуримбора Кельмомаса, этот инцидент почти всеми считается главным просчётом колдуна за весь Апокалипсис.

Гриаса (4049—4111) — рабыня дома Гаунов и подруга Серве.

Гроджехальд — главная башня укреплений Сакарпа, захваченная шранками зимой 4129 года.

Гунсаэ — давно заброшенная кенейская крепость, расположенная на гедейской границе.

Гурньяу, Хога (4091—4111) — младший сын графа Готьелка, убитый в Карасканде.

Гёсвуран Обве (? –4178) — участник Ордалии, великий магистр Мисунсай в Великой Ордалии Анасуримбора Келлхуса. Был известен невероятным религиозным фанатизмом — чертой, как правило, не присущей представителям так называемой Школы Наёмников.

Гэм — легендарный ширадский король из Мифа о Гэме — истории о том, как он инсценировал собственную смерть, дабы проверить своих сыновей на прочность, а в итоге погиб от их рук.

Д

Дагмерсор — «Западный оплот» *(умерийск.)*. Крепость времён древней Куниюрии, построенная для защиты дорог, соединявших умерийские земли и Анунуарку.

Даглиаш — «Крепкий оплот» *(умерийск.)*. Древняя аорсийская крепость, выходящая к реке Сурса и равнине Агонгорея. Воздвигнута на руинах Вири верховным аорсийским королём Нанор-Михусом в 1601 году. Во время войн, предшествовавших Апокалипсису, много раз переходила из рук в руки. В ходе Великой Ордалии здесь имел место Великий Ожог.

Даймос, или ноомантия, — колдовство, призывающее и подчиняющее существ Той Стороны. Даймотические Напевы — вид заклинаний, позволяющих использовать особенность души, природа которой предполагает отсутствие протяжённости, а также тот факт, что все одушевлённые существа обитают в одной и той же области Бытия, относящейся, с одной стороны, к плану, известному как Биос, но с другой, принадлежащей также и к плану Речи (или Слов). Как по политическим, так и по прагматическим соображениям многие Школы запрещают своим адептам изучение этих Напевов, считая даймос безответственной и достойной осуждения магической практикой. Бивень особенно выделяет этот вид колдовства, обличая его как истинное зло, и описывает целых три способа казни, которым следует предавать адептов даймоса. Некоторые учёные-эзотерики утверждают, что даймотические колдуны после своей смерти обрекают себя на вечные муки в руках своих бывших рабов. Однако в конечном счете рано или поздно все колдуны оказываются там, откуда являются эти чудовища.

Дайюрут — маленькая крепость в Гедее, построенная нансурцами после захвата Шайгека фаним в 3933 году.

Дакьяс — гористая область Нильнамеша.

Дальний Вуор — так назывались отдалённые области Вуора, северо-западной провинции Куниюрии, покинутые из-за постоянных вторжений шранков через Привязь, начавшихся между 1440 и 1680 годами.

Дамеорская пустошь — широкая полоса населённой шранками лесистой пустынной местности, простирающаяся от тидонских границ на юге и уходящая на северо-восток от гор Оствай до моря Цериш.

Дар Тысячи Щитов — эмблемы, образовывавшие в Сауглишской Библиотеке времён Ранней Древности так называемую линию Урсиларал — знак мира между Школой Сохонк и всеми норсирайскими племенами, что символизировало нейтралитет Школы и, соответственно, Сауглиша в отношении любых межплеменных конфликтов.

Дар Ятвер — одно из прозвищ Воина Доброй Удачи.

Даскары — один из домов Конгрегации.

Двенадцать Ростков — двенадцать кровных линий дуниан.

Двойные Скимитары — главный священный предмет фанимства, символизирующий «Пронзающий Взгляд» Единого Бога.

Дворец «Белое Солнце» — см. Кораша.

Дворец Сапатишаха — так люди Бивня называли дворец Имбейяна в Карасканде, находящийся на Коленопреклонённом холме.

Дворец Фама — административный центр и резиденция Воина-Пророка, располагавшаяся во время пребывания Первого Священного воинства в Карасканде на Холме Быка.

Девять Великих Врат — метафорическое название главных ворот Сумны.

Девять обителей — название девяти величайших подземных городов нелюдей, включая Сиоль, Нихримсул, Ишориол, Вири, Кил-Ауджас, Иллиссеру, Курунк, Инкиссаль и Кил-Аумул. Сиоль претендует на звание первой Обители, так же как и Нихримсул. Ясно одно: когда-то в древнейшей истории нелюдей Сиоль основал Ишориол, Вири, Иллиссеру и Кил-Ауджас, который в свою очередь заложил Курунк, Инкиссаль и Кил-Аумул. Из этих девяти Обителей род Тсоноса правил всеми, кроме Нихримсула.

Декапитанты — две отрезанные головы демонов, привязанные к поясу Анасуримбора Келлхуса I. В 4121-м, вскоре после назначения Нурбану Сотера королём-регентом Верхнего Айнона, Святой Аспект-Император гостил в Кизе у Херамари Ийока, прославленного Слепого Некроманта, осваивая самое запретное из запретных искусств — даймос. Спустя четыре месяца он вернулся с двумя головами демонов, прочно закреплёнными на его поясе. В своих ответах он был сдержан, а иногда, как пишет в своих дневниках Хилу Акамис, некогда его советник из Школы Завета, и просто игнорировал любые вопросы.

Эту историю Акамису рассказал Пим, шайгекский погонщик, однажды перевозивший вещи Аспект-Императора. Как утверждает Акамис, Пим участвовал в путешествии Аспект-Императора по Гедее, в ходе которого они проезжали через легендарные равнины Менгедды. Глубокой ночью Пим, заканчивая свой дозор, обнаружил Анасуримбора Келлхуса, скитавшегося по этой населённой призраками земле и в неистовстве поочерёдно менявшего свою голову на одну из голов декапитантов. Акамис хоть и отнёсся к сообщению Пима с большим недоверием, но признавал, что искренность его слов воистину ужасала. «Он был похож на семпийского простака, повесившего сушить вместе с рыбой остатки своего разума».

Нетрудно представить, что декапитанты для авторов-заудуньяни были предметом очень деликатного свойства, поднимавшим ряд вопросов (на которых фаним и ортодоксальные инрити, противники келлианского режима, концентрировали внимание) о сущности человека, носящего столь ужасающие трофеи. Хоть этот факт часто и превозносится Тысячей Храмов, как «испытующее противоречие» (фраза, предписываемая Верджау), заудуньяни, как правило, не любят его обсуждать.

Денотарии — «первичные» Напевы, которым обучают учеников гностических Школ, дабы те научились «разделять свой голос», что означает способность говорить об одной вещи, а думать о совершенно другой.

Десятеро — этим эпитетом обозначают десять самых могущественных и широко почитаемых богов из Сотни — Ятвер, Гильгаоля, Хузьельта, Гиерру, Джукана, Анагке, Онкис, Аккеагни, Букриса и Айокли.

Дети Войны — в традиционной кунниатской вере, а также в гиргаллийских культах как инритизма, так и заудуньянского инритизма, так называют тех, кто ритуально приобщился (обычно будучи детьми) к культу Гильгаоля, Бога Войны.

Дети Ковчега — так называют инхороев.

Дети Эанны — так называют людей в «Хронике Бивня».

Детнамми, Хирул (4081—4111) — один из Людей Бивня, палатин айнонской провинции Эшкалас, бесчестно убитый около Субиса.

Джавреги — солдаты-рабы Багряных Шпилей, известные своей жестокостью в битвах. Первый отряд был создан в 3801 году великим магистром Шинутрой в разгар «Войн Школ».

Джарута — небольшая деревня примерно в двадцати милях на юго-запад от Момемна.

Джаханские равнины — обширное пустынное плато, занимающее западные пограничные территории Эумарны.

Джеккия — племенное государство Верхнего Айнона, известное тем, что там находится таинственный источник чанва. Расположено в верховьях реки Сают, у подножья Великого Кайарсуса.

Жители Джекии имеют уникальные расовые признаки народа ксиухианни.

Джешималь, река — основная речная сеть Амотеу, омывающая горы Бетмулла и впадающая в Менеанорское море вблизи Шайме.

Джималети, горы — длинный горный кряж на крайнем северо-западе Эарвы.

Джинриюма — также известная как Убежище Бивня — древняя крепость, служащая храмом Бивня. Расположена в сердце Хагерны в Сумне.

Джирукс — крупная кианская крепость на северном берегу реки Семпис.

Джихады — священные войны фаним. После принятия фанимства кианцы провели не менее семи джихадов, и все — против Нансурской империи.

Джиюнати, степь — обширная область полупустынных земель, простирающаяся на север от пустыни Каратай до равнин Истиули и населённая скотоводами-скюльвендами со времён ранней Второй Эпохи.

Джнан — неформальный кодекс поведения и речи. Многие расценивают его как «войну слова и чувства». Постижение джнана, особенно среди наиболее утончённых культур Трёх Морей, считается основным показателем статуса среди тех, кто во всем остальном находится в равном положении. Существует мнение, что Бог выражает себя в развитии человеческой истории, а история определяется в первую очередь различиями в положении людей. Поэтому многие считают джнан не просто определяющим, но и священным кодексом. Однако другие люди, особенно норсираи Трёх Морей, относятся к джнану небрежно, как к «простой игре». Джнанские обращения обычно характеризуются скрытым противостоянием, в них должны присутствовать ирония и интеллект, равно как и выражение отстранённого интереса.

Джокта — портовый город на энатпанейском побережье.

Джоруа, море — обширное внутреннее море в западной части Эарвы.

Джукан — бог неба и времён года. Один из так называемых воздающих богов, за прижизненную веру дарующих посмертие в раю. У крестьян Джукан соперничает в популярности с Ятвер, однако в крупных городах его культ практически не встречается. Жрецов Джукана легко узнать по окрашенной в голубой цвет коже. Марджуканы, чрезвычайно аскетическое ответвление культа Джукана, известны тем, что ведут отшельническую жизнь в горах.

Джурисада — бывшая провинция Нансурской империи, ныне находящаяся под властью Киана. Расположена на юго-восточной оконечности Эумарнского полуострова. Джурисада — густонаселённый сельскохозяйственный регион, и кианцы считают его землёй «лености духа».

Джуру — бог мужественности и плодородия. Один из так называемых воздающих богов, за прижизненную веру дарующих посмертие в раю. Джуру обладает наибольшей популярностью среди пожилой кастовой знати, хоть и имеет лишь небольшое число храмов, многие из которых находятся в крупных городах. Над этим культом часто насмехаются, называя его Культом Матрон.

«Диалоги Инсерути» — одна из наиболее прославленных «утраченных работ» Ранней Древности, на которую часто ссылается Айенсис.

Дилемма человека — классическая дунианская проблематика, основанная на том противоречии, что люди, будучи такими же животными, как и прочие звери, тем не менее могут постигнуть Логос.

Динхаз (4074—4111) — один из Людей Бивня, капитан Аттремпа и давний брат по оружию Крийатеса Ксинема, убитый в Иотии. Также известен как Кровавый Динх.

Длинная Сторона — скальперское название земель к северо-востоку от гор Оствай.

«Дневники и диалоги» — сборник записей Триамиса I, величайшего из кенейских Аспект-Императоров.

Дневной Светоч — см. Дуирналь.

Дом Первородный — см. Сиоль.

Дома Конгрегации — якобы «законодательное» собрание, состоящее из крупнейших землевладельческих семейств Нансурской империи.

Домьот — (шейский вариант названия «Торумьан»). Также известен как Чугунный город. Административный центр Зеума, в равной мере прославившийся как жестокостью своих правителей, так и своими неприступными стенами, окованными железом. Это место окутано легендами не меньше, чем Голготтерат.

Дорога Черепов — см. Сака'илрайт.

Драконы — см. Враку.

Древнеайнонский — язык кенейского Айнона, происходящий от хам-кхеремского.

Древнезеумский язык — язык Ангки (древнего Зеума), происходящий от анкмурского.

Древнемеорский язык — забытое наречие раннего периода Меорской империи, относится к языковой группе нирсодских языков.

Древнескюльвендский язык — язык древних скотоводов-скюльвендов, относится к языковой группе скаарских языков.

Древние Имена — так называют изначальных членов Консульта.

Древние Отцы — эпитет, используемый шпионами-оборотнями для обозначения их создателей из числа Консульта.

Древний Север — название норсирайской цивилизации, стёртой с лица земли Апокалипсисом.

Древняя наука — см. Текне.

Дробитель Щитов — так обычно называли Гильгаоля, бога войны.

Дуирналь — один из Высших Артефактов Ремесленника, Эмилидиса. Дуирналь — магический светильник, способный, как считается, мгновенно сменять ночь днём (отсюда его другое название — Дневной Светоч), во время куну-инхоройских войн прославившийся тем, что с его помощью успешно удавалось компенсировать преимущество башрагов и шранков, лучше чувствовавших себя в темноте.

Дуниане — суровая монашеская секта. Её члены отвергают человеческую историю и животные страсти во имя просветления, достигаемого путем контроля над всеми желаниями и обстоятельствами. Происхождение дуниан неясно (многие считают их потомками членов экстатических сект, возникавших перед Апокалипсисом по всему Древнему Северу), но мировоззрение их совершенно уникально. Есть мнение, что оно представляет собой свод философских, а не традиционных религиозных воззрений.

У дуниан есть несколько основополагающих принципов. Согласно эмпирическому принципу приоритета (или «принцип предшествующего и последующего»), в этом мире то, что предшествует, неизменно определяет то, что происходит потом. Согласно рациональному принципу приоритета, Логос, или Причина, лежит вне этого мира (в формальном, а не онтологическом смысле). А гносеологический принцип утверждает, что знание предшествующего (через Логос) позволяет «управлять» последующим.

Из принципа приоритета следует, что мысль, попадающая в круг предшествующего и последующего, всегда определяется предшествующим. Поэтому дуниане считают волю иллюзорной, она лишь порождение неспособности души познать то, что ей предшествовало. Душа, согласно дунианскому видению мира, является частью мира и так же движется под влиянием предшествующих событий, как и всё прочее (это находится в резком противоречии с доминирующими философскими течениями Трёх Морей и Древнего Севера: в соответствии с ними, как говорил Айенсис, «предшествует всему»).

Другими словами, люди не обладают «самодвижущимися душами». Такое состояние души дуниане считают не заданным изначально, а достижимым. Все души, утверждают они, обладают способностью к волевому самостоятельному движению, естественным стремлением к нему, желанием вырваться из круга предшествующего и последующего. Для них естественно познавать мир вокруг себя, чтобы посредством познания освободиться от него. Но множество факторов делают прямой выход невозможным. Души людей рождаются глухими, они окутаны животными страстями, они остаются рабами предшествующего. Суть дунианской морали в том, чтобы преодолеть эти ограничения и стать свободно движущимися душами, дабы достичь так называемого Абсолюта — стать «необработанной» душой.

В отличие от экзотических нильнамешских сект, приверженных разным формам «просветления», дуниане не так наивны и не считают возможным достижение своей цели в течение одной человеческой жизни. Они полагают, что этот процесс длится множество поколений. Очень рано дуниане поняли, что сам инструмент — душа — несовершенен и порочен, поэтому они составили программу селективного воспроизводства, делающего упор на интеллект и избавление от страстей. Сама секта стала своеобразным экспериментом, поскольку изолировалась от мира, дабы полностью контролировать процесс совершенствования. Каждое последующее поколение получало все знания, накопленные предыдущим поколением, до предела возможностей. Идея состояла в том, чтобы в течение тысячелетия порождать души, которые будут всё дальше и дальше уходить от мира «предшествующего и последующего». Дуниане питали надежду, что в итоге они получат абсолютно прозрачную для Логоса душу, способную познать всю предшествовавшую ей тьму.

Дунианский — язык дуниан, близкий к древнему куниюрскому, от которого он и произошёл.

Дуньокша (р. 4055) — правитель-сапатишах Святого Амотеу.

«Душа, вступающая в схватку с Ним, дальше не идёт» — строка из «Саг». Отражает распространённую веру в то, что все погибшие на полях битв Апокалипсиса оказались пойманными там в ловушку.

Е

Евнухи — мужчины, подвергнутые кастрации до или после наступления половой зрелости. Евнухи составляют неформальную касту Трёх Морей, поскольку управляют гаремами и занимают высокие административные посты. По общему мнению, невозможность иметь потомство делает их менее подверженными чужому влиянию и не склонными к династическим амбициям.

Единый Бог — «Аллонара Юла» *(кианск.)*. Имя, которое фаним используют, чтобы подчеркнуть трансцендентную единосущность их верховного божества. Согласно фанимской традиции, Бог не присутствует во всем Сущем, как утверждают инрити, и не является во множестве воплощений, как описывал его Последний Пророк. Трансцендентная природа Юлы является главной причиной, почему теологи инрити отвергают апологию фаним, называя её обычным жульничеством. Если Бог отделён от Творения, доказывают они, то тогда он лишь часть большей, необъяснимой системы. В мистических традициях Покарити, однако, отстаивается позиция, что Юла — это бесконечная функция и что трансцендентная божественность не обладает сущностью, что ставит под сомнение «Проблему Мереологии». Юла — это сила, воплощающая всё в реальность. Критики-инрити в ответ задают вопрос, как такое возможно, что функции не являются частями большего целого. Проблема фанимства, заявляют они, в неспособности принять тот факт, что Бог Богов может быть сущностью, не обладающей сознанием. Это постоянно сплетает их идеи с неполной концепцией божества, а значит, и поднимает бесчисленные вопросы, на которые у них нет возможности ответить. Мистические традиции Покарити отвечают на это по большей части указанием на тот факт, что пути, которыми многие инрити следуют в своих критических рассуждениях, предполагают наличие у Юлы трансцендентных функций — тех самых, что они сами же и требуют в качестве необходимых условий согласованности.

Ересиарх — титул предводителя кишаурим.

Ж

Жатва — массовое уничтожение адептами школ отступающих под натиском Великой Ордалии шранков.

Желтый Семпис — приток реки Семпис.

Жмурики — так оскорбительно называли ортодоксов Нумаинейри, ослеплённых во время Объединительных Войн по приказу Анасуримбора Келлхуса.

Жрецы Культа — эти жрецы, обычно потомственные, посвящают свою жизнь служению и поклонению одному из Сотни богов.

З

Забвири (4025—4101) — великий магистр Мбимаю на протяжении многих лет, последователь Мемговы, а также наставник Маловеби в начале его обучения колдовскому искусству.

Завет, Школа Завета — гностическая школа, основанная Сесватхой в 2156 году для продолжения войны с Консультом и для защиты Трёх Морей от возвращения Не-Бога. Школа располагалась в Атьерсе и имела миссии в нескольких городах Трёх Морей и посольства при дворах всех Великих фракций. Завет отличался от других мистических Школ не только своим апокалиптическим названием. Одной из главных особенностей Школы было владение Гнозисом, монополию на который Завету удавалось сохранять на протяжении почти двух тысяч лет. Последователи школы отличаются фанатизмом: все посвящённые колдуны каждую ночь видят во сне пережитое Сесватхой во время Апокалипсиса. Это является следствием чародейского ритуала, именуемого Держанием, когда посвящаемый по своей воле подчиняется заклинанию, при этом сжимая в руке мумифицированное сердце Сесватхи. Кроме того, адепты Завета выбирают исполнительный совет (именуемый Кворумом), а не одного лишь великого магистра, дабы предотвратить отклонение Школы от её основной миссии.

До помазания Анасуримбора Келлхуса как Аспект-Императора, в школе Завета насчитывалось от пятидесяти до шестидесяти посвящённых колдунов и приблизительно вдвое больше соискателей. Столь малая численность обычно характерна для мелкой мистической Школы, но это впечатление весьма обманчиво. Сила Гнозиса делает Завет грозным соперником даже для такой крупной Школы, как Багряные Шпили. Благодаря этой силе Завет долгое время был в почёте у королей Конрии.

Невозможно переоценить значимость Анасуримбора Келлхуса, который фактически сумел тесно сплести доктрину Завета с центральной догмой инрити и обратить всё это на пользу Школы. Завет, некогда бывший посмешищем для всех Трёх Морей, ныне обладает властью, подобной власти Тысячи Храмов, а его великий магистр ныне является правой рукой Святого Аспект-Императора.

Задняя Терраса — веранда в Андимианских Высотах, расположенная сразу за Покровом.

Закон Бивня — устаревший закон, зафиксированный в Книге Гимнов «Хроник Бивня». Хоть по большей части он и вытеснен «Трактатом», к нему всё ещё обращаются в тех случаях, о которых Инри Сейен умалчивает.

Залы Мурминиль — обширная подземная площадь Кил-Ауджаса.

Запретный путь — тайная военная дорога от земли скюльвендов до кианской границы Нансурской империи.

Заратиний (3688—3745) — знаменитый автор апологии «В защиту тайных искусств».

Заудуньяни — «Племя правды» *(куниюрск.)*. Самоназвание последователей Келлхуса, собравшихся вокруг него в Атритау.

Зе, Нурбанну (р. 4105) — участник Ордалии, палатин Джекки, приёмный сын короля Нурбану Сотера, военачальник джеккийского войска в Великой Ордалии.

Зеалотские Войны — затянувшийся религиозный конфликт (ок. 2390—2478) между ранними инрити и киюннатами, в определённый момент приведший к господству Тысячи Храмов в Трёх Морях.

Зенкаппа (4068—4111) — один из людей Бивня, капитан Аттремпа, в прошлом нильнамешский раб в доме Крийатеса Ксинема. Убит в Иотии.

Зерксей — нансурский дом, бывший одним из Домов Конгрегации. С 3511 года — правящая императорская династия, пока в 3619 году Зерксей Триамарий III не был убит дворцовыми евнухами.

Зеум — загадочное и могущественное государство сатьоти, расположенное за Нильнамешем. Оттуда в страны Трёх Морей поставляются наилучшие шелка и сталь.

Зеуми, зеумский язык — наречие государства Зеум, относится к древнезеумской языковой группе.

Зеумские танцоры с мечами — члены экзотического зеумского культа, которые поклоняются мечу и подняли своё боевое искусство до невероятных высот.

Зиек, башня Зиека — тюрьма в Момемне, куда нансурские императоры заключают политических противников.

Зикас — женщины, которых Анасуримбор Келлхус брал в жёны. Все они, по слухам, умерли при родах. Название происходит от небольших чаш для питья, что использовались при Восхождении.

Зиккураты Шайгека — огромные ступенчатые пирамиды, расположенные на севере дельты Семписа. Возведены древними королями-богами Шайгека в качестве гробниц и монументов.

Зиркирта — см. Битва при Зиркирте.

Змееглавы — так инрити называют кишаурим.

Знак Гиерры — татуировка с изображением двух сплетённых змей. Сумнийские проститутки должны носить её на тыльной стороне левой руки — скорее всего, в подражание жрицам Гиерры.

Знамя-Свазонд — так называли знамя Найюра в Битве при Анвурате.

Зоххурский — см. Агхурзой.

Зрящее Пламя (или Зрящий Очаг) — колдовской очаг в форме шестиугольника, отлитый из железа. Учёные спорят о его происхождении (ибо это не артефакт квуйя и не творение школы Митралик), хотя некоторые сохранившиеся источники и утверждают, что Пламя было подарком Анзумарапату II в 1331 году, а впоследствии попало в руки не кому иному, как Триамису Великому в году 2483-м. В какой-то момент оно перешло к фаним (вероятно в результате одной из их многочисленных побед над нансурцами), а затем к Анасуримбору Келлхусу в результате падения Ненсифона в 4113 году.

Зурсодда, Самму (4064—4111) — один из людей Бивня, палатин-правитель айнонского города Корафеи, умерший от чумы в Карасканде.

И

Иго кондов — эпоха, последовавшая после завоевания древнего Умерау кондами.

Идолопоклонники — так фаним обычно называют приверженцев инритизма.

Идти впереди — для дуниан «идти впереди» значит овладеть контролем над происходящими событиями (обстоятельствами). См. Дуниане.

Идти следом — для дуниан «идти следом» значит быть жертвами событий, над которыми они не имеют контроля. См. Дуниане.

Иэва (2112—2140) — легендарная жена Анасуримбора Нау-Кайюти, осуждённая за его убийство и казнённая в 2140 году.

Изменчивый — см. Эрратик.

Изрубцованные — так называют нелюдей, терзающихся воспоминаниями о войнах против Инхороев.

Ийенгар, Нукулк (4070—4112) — один из людей Бивня, Граф Нангаелсы. Убит в Битве за Шайме.

Ийиску — так себя называли Инхорои.

Ийок, Херамари (р. 4014) — участник Ордалии (и некогда Первой Священной Войны), великий магистр Багряных Шпилей в Великой Ордалии Анасуримбора Келлхуса, часто называемый «Слепым Некромантом». Зависимый от чанва, Мастер шпионов Ханаману Элеазара времён Первой Священной Войны. Провозглашён великим магистром сразу после падения Шайме в 4112. Его также называли «Вторым наставником» (Друз Акхеймион был первым) Анасуримбора Келлхуса, который в 4121 году, по слухам, провёл долгие месяцы в крепости Киз, изучая глубины Даймоса под руководством Ийока.

Икуреи — нансурский дом, входящий в состав Конгрегации, владения которого находятся на территории и в окрестностях Момемна. Правящая династия Нансурской империи с 3941-го.

Икурей Анфайрас I (4022—4081) — император Нансура с 4066 по 4081 год, дед Икурея Ксерия III. Убит неизвестными.

Икурей Ксерий III (р. 4059) — император Нансурской империи.

Икурей, династия — один из самых могущественных Домов Конгрегации, завладевший императорской мантией в 3941 году. Для этого Икуреи воспользовались смутой, последовавшей после того, как Шайгек и Гедея были захвачены кианцами. Икурей Сорий I стал первым в череде императоров этой династии. Он сосредоточил силы не столько на завоеваниях, сколько на обороне страны. См. Нансурская империя.

Иллавор — прибрежная провинция древней Аорсии.

Иллисеру — «Маяк» *(ауджский)*. До Прорыва Врат — одна из великих Обителей нелюдей. Располагалась в месте, которое люди ныне называют Бетмулльскими горами. *«Серил хими лой'ну муоми»* пишет об Иллисеру безымянный поэт в поэме «Шесть Сложенных Шкур»: «Море — их Глубочайшая Бездна». Именно из-за любви своих жителей к морю Иллисеру и находились на периферии истории нелюдей, во всяком случае той её части, что известна в Трёх Морях.

Им'инарал Светоносный (?–?) — герой Сиоля, сражённый Силем, королём Инхороев, у врат Мин-Уройкаса.

Имбейян аб Имбаран (4067—4111) — сапатишах-правитель Энтапанеи и зять падираджи. Убит при Карасканде.

Имбарил — «Новорождённый» *(аудж.)*. Нелюдское название Гвоздя Небес.

Имиморул — центральная фигура писаний нелюдей. Прозван «Отцом лжи» в Хрониках Бивня. В человеческих преданиях он описывается, как некогда увенчанный славой бог, заточённый глубоко под землёй в наказание за обучение нелюдей колдовству. Согласно же преданиям кунуроев, Имиморул вовсе не был заточён в глубинах земли, а нашёл пристанище в Глубочайшей Бездне, где боги не могли вершить свой суд, ибо не были способны даже увидеть эти места. Хотя Айенсис и утверждает, что отвращение нелюдей к открытому небу отлично вписывается в его теорию «жизненного приспособления», сами нелюди убеждены, что эта особенность лишь помогает им соблюдать священные каноны Имиморула, а также является наилучшим путём к Забвению после их кончины.

Имирсиоль — «Молот Сиоля» *(гилкунья)*. Легендарный меч, выкованный колдуном-кузнецом Виримлу для Ойрунаса, при его становлении Высоким.

Иммириккас (?–?) — сын Синиал'джина, прозванный Подстрекателем, Мятежником и Всепрезирающим. Приговорён к смерти за месяц до Второй Битвы у Ковчега. Судьбу Иммириккаса выпало решать его Родичам, которые продали его Ишориолу в качестве раба-воина, что, однако, лишь преумножило его славу, ибо никто не испытывал к Подлым большей ненависти, нежели он. Ходят слухи, что именно дурная слава и помогла ему добиться расположения Му'миорна, самого желанного любовника в Цитаделях и давнего спутника Нильгиккаса. Претендуя на Печать Дома Первородного, нелюдской король Иштеребинта принял посмертное требование Куйяра Кинмои и приказал казнить Иммириккаса. За этим последовала распря между инъйорскими ишроями и обездоленными сынами Сиоля, затихшая лишь после того, как Нильгиккас вверил судьбу Иммириккаса Эмилидису, который предоставил приговорённому ишрою выбор: смерть или колдовская трансмогрификация, предполагающая вечную жизнь внутри Амиоласа.

Имогирионская битва — катастрофа, что подвела итог попытке Иллиссеру застать врасплох Подлых вторжением с моря. Едва ли больше сотни ишроев пережило её, а уцелевшим суждено было попасть на обратном пути в Обитель в гибельный шторм, живым из которого выбрался один лишь прославленный Моритор.

«Император Триамис» — знаменитая драма Тросеана, основанная на событиях жизни Триамиса Великого.

Империя за горами — так скюльвенды называют Нансурскую Империю.

Имперская армия — распространённое наименование регулярной нансурской армии.

Имперские окрестности — название, данное землям у подножия Андиаминских Высот.

Имперский Сайк — мистическая Школа, подчиняющаяся нансурскому императору.

Имперский синод — высший совет Великой Конгрегации. Заседает в Синодине на Андимианских Высотах. Главная задача синода — давать советы Аспект-Императору.

Имперское Солнце — главный символ Нансурской Империи.

Импромта — составленный неизвестным автором сборник проповедей и афоризмов Воина-Пророка.

Имрот, Саршресса (4054—4111) — один из Людей Бивня, палатин конрийской провинции Адерот, умерший от лихорадки в Карасканде.

Имхайлас Гавол (4093—4132) — экзальт-капитан эотийской стражи, по слухам, был любовником Анасуримбор Эсменет. Казнён во время шрайского бунта без суда и следствия за укрывательство беглой императрицы.

Йинваул — земля, граничащая с Агонгореей и находящаяся в окрестностях Даглиаш. Во времена до Первого Апокалипсиса аорси вели постоянные сражения за эту землю.

Инверси — уршранки, разводимые Консультом для охраны Воздетого Рога, а следовательно и Обратного Огня. Прекрасно вооружённые и защищённые отличными доспехами, они отличаются более высокой дисциплиной и коварством. Их герб — перевёрнутое пламя на золотом фоне.

Инвиши — торговый и духовный центр Нильнамеша, один из самых древних городов Трёх Морей.

Ингиабан, Кристай (4059—4121) — один из Людей Бивня, палатин конрийской провинции Кетантеи. Убит грабителями во время посещения своей семьи в Аокниссе.

Ингол — одна из вершин хребта Уроккас.

Ингосвиту (1966—2050) — древний куниюрский философ, прославившийся в Трёх Морях своей книгой «Диалоги», однако в настоящее время известный в основном благодаря Айенсису и его критике «Тезиса Ингосвиту» в работе «Третья аналитика рода человеческого».

Инграул — ленное владение в шранчьем пределе Туньера.

Ингресс — огромный колодец Иштеребинта, часто называемый Великим Ингрессом из-за своих ошеломляющих размеров.

Ингушаротеп II (ок. 1000 — ок. 1080) — король Старой династии Шайгека, покоривший Киранейские равнины.

Индара-Кишаури — «племя» кишаурим. В традициях кианцев слово «индара» относится к «племени водоносов» — легендарному отряду, который некогда бродил в песках, даруя воду и милосердие единоверцам. Это уточнение весьма существенно (согласно «Кипфа-Айфан», водоносы спасли жизнь пророку Фану), учитывая важность племенной принадлежности для населения кианской пустыни.

Скотоводы пустыни Каратай уникальны тем, что в их языке имеется своеобразное грамматическое различие между «нами» и «ими», а также между «самим собой» и «кем-то другим», что в шейском переводе отражено местоимением «мы-они». Истории о индара-кишаури, берущие начало в Удаванте их легендарном доме, скрытом где-то в безжизненном сердце Великой Соли, наглядно демонстрируют это различие в частности и в отношении кианцев, поскольку так они называли своих киюннатских жрецов-шаманов. Именно эти принципы легли в основу межплеменных взаимоотношений, что содействовало как распространению фанимства, так и внезапному преображению раздробленных, неспособных к объединению племён в сплочённый народ, готовый к созданию империи. Фан, характеризуя свои чудесные силы как «воду», а себя — как божественного «водоноса», сумел понять эту подоплёку, встроенную в саму структуру кианского языка.

Индурум, казармы — место расположения гарнизона в Карасканде. Построены во времена оккупации города Нансурской империей.

Инкариол — «скитающийся владыка» (*ихримсу*). Загадочный эрратик, спутник лорда Косотера. Также известен как Клирик.

Иной Голос — название «голоса», который используется в Напевах Призыва для связи с другими людьми.

Инокуляция — печально известное «лекарство от смерти». В Исуфирьяс говорится, что первым от Сарпанура из народа инхороев его получил Куйяра Кинмои, король Сиоля, а затем и почти все кунурои. Термин «инокуляция» отсылает к самой болезненной стадии терапии, когда во все ткани организма вводятся полые иглы, содержащие «убивающее старость» снадобье. Нелюди были далеко не столь глупы, чтобы сразу же поголовно принять инокуляцию, — прошло почти столетие, прежде чем последние несогласные смягчились и позволили раболепствующим инхороям услужить им. Проблемы начали проявляться не сразу — только нелюди, дошедшие до преклонного возраста, начали повсеместно умирать (за значимым исключением Моримхиры). Но поскольку умершие были и без того близки к Глубочайшей Бездне, это практически не вызвало подозрений. Первой погибшей от того, что в будущем назовут «Чревомором», стала королева Ханалинку. Казалось, что смертельная болезнь распространяется инфекционно, но на самом деле она взрастала ещё со времени инокуляции, через которую прошли все кунуройские женщины. И даже тогда подозрений не возникало до тех пор пока не стало ясно, что инхорои покидают Эарву. Это ознаменовало начало катастрофы, обернувшейся смертным приговором для всех нелюдей, и горем, сведшим бесчисленных ишроев, не сумевших совладать с печалью и болью утраты, с ума. «Смерть Смерти», обещанная Нин'джанджином, Силем и

Сарпануром, в итоге обернулась «Смертью Рождения» (Насаморгас).

Инрау, Паро (4088—4110) — бывший ученик Друза Акхеймиона, убитый в Сумне.

Инри Сейен (ок. 2159—2202) — пророк и духовный (хотя и не исторический) основатель Тысячи Храмов. Утверждал, что является чистым воплощением Абсолютного Духа («части самого Бога»), посланным, дабы исправить учение Бивня. После его смерти и предположительного вознесения на Гвоздь Небес ученики Инри описали его жизнь и учение в «Трактате», текст которого ныне считается у инрити столь же священным, как и «Хроники Бивня».

Инрилил аб Сингаджехои (р. 4099) — участник Ордалии, уверовавший князь Эумарны, военачальник эумарнского войска в Великой Ордалии Анасуримбора Келлхуса.

Инрити — последователи Инри Сейена, Последнего Пророка, чтящие исправления, внесённые им в учение Бивня.

Инритизм — религия, основанная на откровениях Инри Сейена, Последнего Пророка, и сочетающая в себе элементы монотеизма и политеизма. Основные догматы инритизма таковы: постоянное участие Бога в исторических событиях, единство отдельных божеств как Проявлений Бога и Тысяча Храмов как выражение самого Бога в этом мире.

После предположительного вознесения Инри Сейена инритизм постепенно распространился по Кенейской империи, и внутри его установилась иерархия, независимая от государства. Из неё и получилось то, что ныне именуется Тысячей Храмов. Традиционалистская секта Киюннат сперва просто отвергала новую религию, однако по мере её распространения был совершён ряд попыток ограничить власть инрити и предотвратить её дальнейшее расширение. Однако ни одна из этих попыток особого успеха не принесла. Растущее напряжение в итоге вылилось в Зеалотские войны (ок. 2390—2478), которые хотя и были формально гражданской войной, однако сражения вышли далеко за пределы тогдашних границ Кенейской империи.

В 2469 году Сумна сдалась войскам шрайи, однако враждебные действия продолжались до тех пор, пока в 2478 году императором не стал Триамис. Сам Триамис был инрити (обращенным Экьяном III). Он ввел конституционное правление, разделив власть между имперской государственной машиной и Тысячей Храмов, однако долгое время отказывался провозгласить инритизм официальной религией страны, что произошло лишь в 2505 году. С этого момента началось возвышение Тысячи Храмов, и в последующие столетия остатки киюннатских «ересей» в Трёх Морях либо зачахли сами по себе, либо были уничтожены.

Расцвет фанимства и Кианской империи начиная с 38 века впервые начал угрожать господству инритизма. Угроза была настолько серьёзна, что большинство в Тысяче Храмов склонялись перенести Священный Бивень из Сумны в Аокнисс. Однако такая экзистенциально сложная задача воззвала к возрождению энтузиазма и воинственности среди последователей инрити всех каст, что привело к выбору Анасуримбора Майтанета шрайей и призыву к Первой Священной Войне в 4111-м.

Успех кампании либо уничтожил инритизм (согласно позиции ортодоксов), либо же претворил его в жизнь (согласно позиции заудуньяни). Так или иначе, основная масса догм и учреждений инрити в прочих отношениях под кровавым господством Анасуримбора Келлхуса остались нетронутыми, в отличие от фанимства, полностью искоренённого.

Инрумми (4058—4112) — один из людей Бивня, адепт Школы Багряных Шпилей, предположительно погибший в Битве за Шайме.

Инскарра, Савеор (4061—4111) — граф туньерской провинции Скавга, убит при Анвурате.

Интервал — название трубчатого колокола размером почти с человеческий рост, с помощью которого в Великой Ордалии передавали сообщения и приказы. Отлитый в Селеукаре колокол перевезли в Священную Сумну, где жрецы из различных коллегий и культов нанесли на его внешнюю сторону письмена с величайшими благословениями. Далее колокол погрузили на дубовую телегу, которую тянула четвёрка мулов, сопровождали четыре жреца (включая одного евнуха), а также шесть шрайских рабов (впоследствие казнённых по пути в Голготтерат).

Инхорои — «народ пустоты» (*ихримсу*). Таинственная и зловещая раса, согласно легендам, явившаяся из пустоты в Инку-Холойнасе. Называющие себя ийиску, инхорои всегда утверждали (во время кратковременного перемирия с кунуроями), что они лишь потерпевшие крушение жертвы катаклизма, послужившего причиной их низвержения из Пустоты. В действительности же они явились с целью истребления всей разумной жизни, ибо уничтожение всех душ в мире, по их убеждениям, приведёт к изоляции его от Той Стороны и таким образом может спасти их собственные души от проклятья, уготованного им после смерти.

Инку-Холойнас — «Ковчег Небесный» (*ихримсу*). Огромный корабль инхороев, что принёс их с небес и стал тем, что ныне называют золотым сердцем Голготтерата. Все учёные мужи сходятся во мнении, что Инку-Холойнас был кораблём, построенным для перемещения по небесам, и что его крушение произошло незадолго до Писания Бивня, однако лишь горстка допускает возможность путешествия ковчега по Пустоте, то есть между звёздами. Наиболее убедительное опровержение этой причудливой теории принадлежит Айенсису и гласит, что звёзды двигались бы друг относительно друга, не располагайся они на сферической плоскости, на одинаковом расстоянии от неба. А поскольку относительное расположение звёзд одинаково в разнообразных звёздных картах во всех уголках мира, мы можем быть уверены, что Инку-Холойнас «происходит от места отдалённого, но не далёкого». Это значит, завершает свою мысль великий киранеец, что Инку-Холойнас, должно быть, явился с Той Стороны, а не со звёзд.

Это разносогласие о происхождении ковчега и составляет основу двух различных воззрений на вопрос Инку-Холойнаса. Нелюди и люди Ранней Древности настаивают, что Ковчег был создан с целью пересечения Пустоты, а люди же поздних периодов истории соглашаются, что судно сконструировано для побега от адских мук Той Стороны. Там, где ранние свидетельства отстаивают внеземное и чудовищное происхождение обитателей Ковчега, поздние представители утверждают, что инхорои фактически были сифрангами — демонами.

Огромное преимущество поздних теорий заключается в их простоте, в том факте, что в их случае нет необходимости приводить новых доводов и вводить новые сущности для объяснения происхождения инхороев или Инку-Холойнаса. Если бы Ковчег был кораблём с другой планеты, то это бы означало, что он сконструирован инхороями, когда, учитывая его ошеломляющие размеры, очевидно, что только бог мог сотворить его. Учитывая злобную, хищную природу инхороев, создание Инку-Холойнаса обычно приписывают Айокли. Кто-то даже верит в то, что Ковчег несёт на себе два из Четырёх знаменитых Рогов, являющихся атрибутами бога-обманщика и описанных как в Бивне, так и в других источниках. Действительно, некоторые религиозные гимны Поздней Древности упоминают некое золотое судно, называемое Раздвоенной Короной Ненависти.

Хотя вопрос происхождения Инку-Холойнаса можно считать окончательно разрешённым, разного рода вопросы по-прежнему остаются. Не в последнюю очередь это касается точного размера нечестивого судна, и, самое главное, — вопрос о том, остаётся ли Ковчег обиталищем Консульта и по сей день. Хотя некоторые вопросы отпадут при разрешении существующих противоречий, свойственные Завету высокомерие и заблуждения обещают превратить последующие дискуссии в вязкое болото.

Инкаусти — личные телохранители Святейшего шрайи, выбираемые из самых верных и грозных шрайских рыцарей. Это правило было введено институциональными реформами Анасуримбора Майтанета.

Иншулл (?–?) — один из королей-вождей, упомянутых в писании Бивня.

Иотия — великий город, основанный во времена Старой Династии и находящийся в дельте Семписа.

Ирисе, Крийатес (4089—4121) — один из Людей Бивня, молодой и пылкий мажордом дома Крийатесов, двоюродный брат Крийатеса Ксинема. Пропал в штиле у берегов южной Конрии.

Ирреюма — так называемый Храм всех богов, находится в деловой части Хагерны. Архитектура относится к классическому киранейскому периоду, но происхождение его неизвестно.

Ирсалфус Хиаппус (4068—4132) — первый адепт, погибший в ходе Жатвы.

Изва (ок. 1450 — ок. 1530) — легендарный создатель Извази. Будучи презираемым всеми «хапви» (дитём сатиотской женщины, изнасилованной нильнамешскими солдатами), Изва занимался проституцией в Домьоте, за счёт чего сумел снискать покровительство Ксараха Ваб-ваби, опасного и окутанного дурной славой саттского чернокнижника, взявшего его к себе учеником, а также рабом для утех. Одарённый Изва очень быстро превзошёл своего учителя. Проведя детство на улице, он как никто другой знал о необходимости скрывать свои растущие способности. Согласно легенде, дюжина бронзовых и деревянных фигурок — небольших идолов и фетишей, украденных за годы жизни на улице, были его единственными пожитками. Именно они и стали основой для совершенно нового способа познания колдовства, использованного Извой для мести Ксараху Ваб-ваби, едва мальчику исполнилось двенадцать лет.

Извази — «Путь Извы» (*анкмури*). Ветвь колдовства, задействующая резонанс между смыслами и конкретными вещами, посредством предметов материальной среды — идолов. Это рождает колдовство в некотором смысле более могущественное, однако менее гибкое, чем анагогическое. В легендах о магическом искусстве содержится несколько упоминаний о битвах между анагогическими колдунами и колдунами извази, результатом которых стала победа первых в групповых стычках и последних в одиночных.

Исирамулис — «Гибельный горн» (*ихримсу*). Первый из шести выкованных Эмилидисом мечей-Испепелителей, почитаемых в древности за предоставляемую ими защиту от драконьего огня.

Искауль, Повта (р. 4094) — командующий двадцать девятой имперской Колонной, развёрнутой в Освенте.

Израти — один из домов, входящих в Конгрегацию.

Исраци'хорул — «сияющие люди» (*агхурзой*). Шранчье название Великой Ордалии Анасуримбора Келлхуса.

Иссирал — «удача» (*шайгекск.*). Имя Воина Доброй Удачи сообщённое им Эсменет после заключения контракта на убийство Майтанета.

Истиуль, равнины — обширное и по большей части полупустынное плато, тянущееся от гор Джималети на севере до Хетантских гор на юге.

История (согласно дунианской теории) — развитие во времени происходящих с человечеством событий. Значение истории для дуниан заключается в том, что обстоятельства прошлого определяют действия, совершаемые в настоящем, и преобладают над ними, вследствие чего каждый человек постоянно оказывается «идущим следом», то есть отданным на милость событий, над которыми он не властен. Дуниане верят, что полное отделение себя от истории есть необходимое предварительное условие для обретения абсолютного знания.

История (согласно инритизму) — развитие во времени происходящих с человечеством событий. Значение истории для инрити заключается в том, что в ней выражает себя Бог. Инрити верят, что определённое сочетание событий выражает Божью истину, в то время как другие сочетания препятствуют этому выражению.

Истрийя Икурей (4045–?) — мать императора Ксерия III, некогда славившаяся необыкновенной красотой.

«Исуфирьяс» — «Великая бездна лет» (*ихримсу*). Обширная хроника, описывающая историю нелюдей до Прорыва Врат. По общему мнению, это самый древний из существующих текстов. Примерно в четвертом веке список «Исуфирьяс» был отдан Кунверишау Нильгиккасом, нелюдским королем Ишориола (Иштеребинта) как часть древнего соглашения между двумя народами — первого договора между людьми и нелюдями. Во время правления короля-бога Кару-Онгонеана пять переводов «Исуфирьяс» на умерийский язык были завещаны Сауглишской библиотеке. Четыре из них были уничтожены во время Апокалипсиса. Пятый удалось сохранить Сесватхе, который и передал его книжникам Трёх Морей.

От обычной исторической хроники Исуфирьяс отличает ряд интересных особенностей, помимо её нечеловеческого происхождения и громадной длины свитка (в своём знаменитом высказывании Сесватха называл её «Великий погребальный костёр для очей»). Во-первых, она использует систему датирования, зависящую от места: определить год, о котором идёт речь в записи, представляется возможным только относительно остальных записей. Легенда гласит, что именно поэтому нелюди называли Исуфирьяс «бездной»: чем раньше находится запись, тем дальше читатель погружается в глубины истории (принимая во внимание, что в случае нелюдей значение слова «бездна» обратно противоположно оному в языках людей). Важно отметить, что отсутствие какой-либо системы численного датирования делает Исуфирьяс бесконечно обновляющимся документом, способным лишь к расположению событий в их историческом контексте с помощью непрерывно ведущихся записей о текущих событиях. Хотя человеческие историки в большинстве своём находят это в крайней степени раздражающим, нелюдских учёных это совершенно не беспокоит.

Вторая вопиющая странность заключается в статусе Исуфирьяс среди нелюдей, поскольку те почитают его священным писанием. Увидев возвышенную аналогию между хроникой и своими подземными паломничествами, они убедили себя в том, что читать его необходимо только в обратном направлении. Читающий Исуфирьяс, как утверждают нелюди, должен погрузиться в него, обращая пристальное внимание на одну запись за другой, пока он не достигнет той глубины, к которой стремится. При этом Исуфирьяс подробно повествует о казнях трёх учёных, «осквернивших Священные Глубины», во время чтения хроники. Это настолько поразило древних умерийцев, что «спроси у бездны» стало во времена Нелюдского Наставничества распространённой идиомой, означающей тактику затягивания.

Ихримсу — наречие Инъйор-Нийаса.

Ишойя — шейское слово, означающее «неуверенность». Так называемый День сомнений, священный день инрити, празднуемый в конце лета в память о смятении духа и обновлении, выпавших на долю Инри Сейена во время его заключения в Ксераше. Для менее благочестивых Ишойя — день обильного поглощения спиртных напитков.

Ишориол — «Высокий Чертог» (*ихримсу*). См. Ишторебинт.

Ишрои — «высокие» (*ихримсу*), название нелюдской воинской касты.

Ишторебинт — «Высокий оплот» (умерийское слово, происходящее от «иштир'ит» на ихримсу). Последняя сохранившаяся нелюдская Обитель Эарвы, расположенная на западе гор Демуа (иногда называемая Домом-Склепом). Известный в Исуфирьяс как Ишориол (Высокий Чертог), Иштеребинт считался одним из величайших кунуройских городов, уступающим лишь Сиолю и Кил-Ауджасу. Является одной из девяти Обителей, стены которых старше самой Бездны Лет. Легенда об основании Ишориола теряется в тумане древности. Предания приписывают основание Обители третьей Пригоршне (третьему поколению после Тсоноса), утверждая, что его основателем был герой Улку'колил. Противоречие заключается в одновременном утверждении великой южной Обители Инкиссал, что Улку'колил является и их отцом-основателем (поэтому любые упоминания о «Сынах Улку'колил» в преданиях нелюдей имеют иронические коннотации, и даже сам Куйяра Кинмои уничижительно называл своих давних соперников исуллу'имирои «Сынами кого-то»). В легенде говорится, что Улку'колил, вступив в связь со своей мачехой (будучи облачённым в доспехи своего отца), бежал из Дома Первородного. Он двигался на запад, гонимый явившимся ему видением Имиморула, сулившего ему новый дом, источающий нелюдское серебро — «Дом Конца Мира», слава которого достигнет и в конечном итоге превзойдёт славу Святого Сиоля.

Этому пророчеству о соперничестве Ишориола с Сиолем не дано было сбыться до знаменитой свадьбы королевы Тсиниру (одной из самых одарённых из кьюиль) с Син'нироихом, нелюдским королём Нихримсула и давним соперником Куйяра Кинмои. Будь то из-за богатства нимильских копей, инженерного чуда Великого Ингресса или же под давлением своей жены-колдуньи, но Син'нироих принял решение переместить свой трон в Ишориол, чему суждено было радикальным образом перекроить политический ландшафт Эарвы. Древний Нихримсул практически в одночасье превратился из извечного соперника Сиольской гегемонии в форпост совершенно иной политической силы. Последовавшее за этим рождение Нильгиккаса — сына Син'нироиха и Тсиниру — привело сынов Нихримсула в Дом Тсоноса, а вместе с тем избавило их от клейма бастардов, что Сиоль ранее никогда не гнушался использовать в качестве предлога для нападения. Слияние военной мощи более древней Обители с торговым могуществом и творческими качествами Ишориола привело к одному из прекраснейших периодов расцвета культуры во всей кунуройской истории. Иштеребинт достиг напророченного ему могущества, став Домом Конца Мира — единственной Обителью, пережившей как Апокалипсис, связанный с явлением людей в Эарву, так и Апокалипсис, связанный с их убытием.

Вскоре после катастрофы Пир-Мингинниаль оставшиеся в живых кунурои сплотились вокруг Син'нироиха, а Ишориол, находясь в непосредственной близости к Инку-Холойнасу, был вынужден вести бесконечные войны. Только количество осад за одно лишь десятилетие достигло пяти. Син'нироих, отказавшийся от Инокуляции и ставший последним умершим от старости нелюдем, скончался во время Осады Второго Шурфа, оставив печати Нихримсула и Ишориола своему одарённому сыну — Нильгиккасу. Будучи Сыном Тсоноса, Нильгиккас сумел повести за собой все Обители, что его отцу было не дано. См. Куну-инхоройские войны.

Ишуаль — «высокая пещера» (*ихримсу*). Тайная твердыня куниюрских верховных королей, возведённая в горах Демуа и впоследствии населённая дунианами.

Инъйор-Ниас — последнее сохранившееся нелюдское государство, находящееся за горами Демуа. См. Иштеребинт.

К

Казна — легендарная сокровищница, находящаяся в древней библиотеке Сауглиша.

Кайрил — древний умерийский путь, пересекающий некогда плодородные равнины в низовьях реки Аумрис.

Каластенес (4055—4111) — один из Людей Бивня, чародей высокого ранга из Школы Багряных Шпилей, убитый хорой при Анвурате.

Калаул — большой университет при храмовом комплексе Ксокис в Карасканде.

Кальмемунис, Нерсей (4069—4110) — один из людей Бивня, палатин конрийской провинции Канампурея и номинальный предводитель Священного воинства простецов.

Каменные Фурии — группа скальперов-отступников, снискавших дурную славу за нападения на другие отряды.

Кампозейская агора — большая рыночная площадь, примыкающая к храмовому комплексу Кмираль в Момемне.

Канампурея — палатинат во внутренней части Конрии, известный своим сельским хозяйством. Традиционно принадлежит брату конрийского короля.

Каноны Имиморула — устаревший свод законов нелюдей, описывающий разнообразные нормы личного и социального поведения.

Каноны мёртвых — один из шести так называемых Канонов Имиморула.

Канти — вид антилоп, распространённый на пастбищах Фамири.

Канут — провинция Се Тидонна, одно из так называемых Глубоких Болот Верхней Сва.

Каншайва — район Нильнамеша.

Кара-Синкуримои — «Ангел бесконечного голода» (ихримсу). Древнее нелюдское имя Не-Бога. См. Не-Бог.

Караванири — название пути, соединявшего во времена Ранней Древности Три Моря с Куниюрией.

Карасканд — главный город и крупный пункт прибытия караванов на юго-западе Трёх Морей. Административная и торговая столица Энатпанеи.

Каратай, пустыня — обширный засушливый регион дюн и каменистых равнин на юго-западе Эарвы. Крупные оазисы находятся в основном у восточных границ, но остаточная речная система имеется по всей пустыне.

Карианский тракт — старая кенейская дорога, идущая через провинцию Массентия. Некогда, во времена правления Аспект-Императоров, эта дорога связывала Сумну с Кенеей.

Кариндаса (4081—4132) — участник Ордалии, великий магистр Вокалати в Великой Ордалии Анасуримбора Келлхуса. Известен своей гордыней и дурным нравом. Большинство считает, что именно из-за него произошла катастрофа в Ирсулоре, где он и нашёл свою гибель от рук Апперенса Саккариса в 4132 году.

Кариот — палатинат Верхнего Айнона, находится в верховьях Саюта и образует Джеккийское пограничье.

Каритусаль — также известная как «Город мух». Самый населённый город Трёх Морей, административная и торговая столица Верхнего Айнона.

Каро-шемский — язык скотоводов пустыни Каратай.

Кару-Онгонеан (524—588) — третий король-бог Умерау. Совершил множество великих деяний, главным из которых считается основание сауглишской Библиотеки.

Касалла, Порсентий (4062—4112) — участник Первой Священной Войны, один из Первородных, прежде бывший капитаном имперской армии. Убит в битве за Шайме.

Касаумки, Мемшресса (4072—4121) — участник Первой Священной Войны, один из Первородных, некогда конрийский рыцарь.

Касид (3081—3142) — прославленный философ и историк Поздней Древности, более всего известный своей авторитетной работой «Кенейские анналы». В юношестве был рабом на галерах.

Каскамандри аб Теферокар (4062—4112) — падираджа Киана, убитый Воином-Пророком в битве на полях Тертаэ.

Каста — потомственный социальный статус. Хотя на Среднем Севере кастовая система не так сильно выражена, она является одним из главных общественных институтов Трёх Морей. По сути дела, каст почти столько же, сколько профессий, но на практике они делятся в первом приближении на четыре группы:

сутенти — каста работников и слуг;
момурай — каста купцов и деловых людей;
нахат — жрецы;
кьинета — воины.

Предполагается, что взаимоотношения между кастами регулируются сложным этикетом, учитывающим все привилегии и обязательства, а также исполнение ритуала. Но на практике этикета придерживаются редко, разве что для собственной выгоды.

Кастовая знать — так называют кьинети, представителей потомственной касты воинов.

Кастовые слуги — так называют сутенти, представителей потомственной касты трудящихся.

Кастовые жрецы — так называют нахати, представителей потомственной касты жрецов.

Кастовые чиновники — так называют потомственных представителей бюрократии Трёх Морей.

Катехизис Завета — ритуальный набор вопросов и ответов по учению Завета, цитируемый наставником и наставляемым в начале каждого дня обучения. Первое, что изучают все адепты Школы Завет.

Кафрианас I (3722—3785) — обычно называемый Младшим, чтобы отличать его от кенейского тёзки, нансурский император из дома Сюрмант. Прославился искусной дипломатией и реформами нансурского законодательства, имевшими значительные последствия.

Кахинт — название, данное так называемым Мировым душам в обычаях инрити. Поскольку Бог в инритизме являет себя на протяжении исторических событий, быть кахинтом, или мировой исторической фигурой, считается священным.

Каюнну — скюльвендское название жарких юго-западных ветров, дующих над степью Джиюнати в разгар лета.

Квартал Мим-Пареш — богатая южная часть Каритусаль, прилегающая к знаменитой Агоре Прувине, крупнейшему рынку специй в мире.

Кирри — «сущность» (*аудж-гилкунский*). Наркотик, сделанный из праха великой души, некогда широко известный и строжайше запрещённый среди нелюдей. Равно как печь выжигает примеси из железа, костёр сжигает великие души до одного лишь основания их жизненной силы, которое при проглатывании другой душой повинуется Принципу Превосходящих Идентичностей, наделяя людей жизненной силой, о которой они не могли и мечтать.

Кворум — правящий совет Школы Завет.

Квуйя — «горняки» (*ихримсу*). Неофициальное прозвание нелюдских магов.

Ке — заповедные леса в Аокниссе, принадлежащие конрийским королям.

Келлианская Реконструкция — переформирование Анасуримбором Келлхусом Школы Завет в «Имперскую Школу» в 4124 году.

Кельмеол — древняя столица Меорской империи, уничтоженная во время Апокалипсиса в 2150 году.

Кельмомасово пророчество — предсмертные слова Анасуримбора Кельмомаса II, сказанные им Сесватхе на поле Эленеот в 2146 году: Анасуримбор вернётся «перед концом света». Поскольку предотвращение так называемого Второго Апокалипсиса является единственной причиной существования Завета, большинство адептов Завета считают пророчество Кельмомаса истинным. Однако мало кто в Трёх Морях верит их словам.

Кемемкетри — великий магистр Имперского Сайка.

Кемкарские языки — языковая группа древних кетьянских скотоводов, обитавших на северо-западе Трёх Морей.

Кенгемис — область, некогда бывшая самым северным районом Восточной Кенейской империи. После падения Восточной империи в 3372 году Кенгемис получил независимость и оставался самостоятельным вплоть до завоевания его племенами тидонцев в 3742-м.

Кенгемский — язык Кенгемиса, происходящий от шейо-кхеремского.

Кенгетийские языки — группа языков кетьянских народов.

Кенсур — «меж псами» (*сакарпский*). Сакарпское название суицидальной меланхолии.

Кенея — город на Киранейской равнине, расцветший в результате Эпохи Враждующих Городов и в конце концов покоривший все Три Моря. Кенея была разрушена скюльвендами под началом Хориоты в 3351 году.

Кенейская империя — величайшая кетьянская империя в истории, охватывавшая все Три Моря и в момент наивысшего расцвета простиравшаяся от гор Аткондр на юго-западе до озера Хуоси на севере и до гор Кайарсус на юго-востоке. Главным орудием в её создании и поддержании её власти являлась Кенейская имперская армия, вероятно, самая обученная и дисциплинированная в истории.

Будучи во времена Киранеи торговым городком, стоящим на небольшой реке, Кенея вышла из Эпохи Враждующих Городов наиболее значимым городом Киранейской равнины. Завоевание Гиелгата в 2349 году закрепило её власть в регионе, а в последующие десятилетия кенейцы под правлением Ксеркалласа II сумели подчинить себе остатки Киранеи. Потомки Ксеркалласа продолжали его агрессивную экспансионистскую политику: первым делом усмирили норсирайские племена Кепалора, затем провели три войны против Шайгека, который пал в 2397 году. Затем, в 2414 году, после завоевания Энатпанеи, Ксераша и Амотеу, генерал Наксентас устроил переворот и объявил себя императором Кенеи. Через год он был убит, однако его потомки унаследовали обретённую им власть.

Триамис I стал императором в 2478 году, и большинство учёных считают эту дату началом золотого века Кенеи. В 2483 году император завоевал Нильнамеш, на следующий год — Сингулат. В 2485 году он разбил огромное зеумское войско при Амарахе и вторгся бы в земли народа сатьоти, если бы не мятеж соскучившихся по дому воинов. Еще десять лет он сплачивал завоёванные им земли и боролся с жестокими религиозными распрями между последователями традиционных киюннатских сект и инрити, число которых росло. Именно в ходе переговоров он подружился с тогдашним шрайей Тысячи Храмов Эккианом III, а в 2505 году сам обратился в инритизм, объявив его официальной государственной религией Кенейской империи. В следующее десятилетие император усмирял религиозные мятежи, осуществив вторжение в Сиронж (2508 г.) и Нрон (2511 г.). Затем ещё десять лет он воевал на востоке Трёх Морей против государств, возникших на месте древней Ширадской империи, сначала завоевав Айнон (2519 г.), затем Кенгемис (2519 г.) и, наконец, Аннанд (2525 г.).

Его преемники присоединяли к империи земли по её границам, но собственные границы Кенеи оставались нерушимыми почти восемьсот лет. За это время язык и государственные структуры имперской Кенеи и Тысячи Храмов вплелись в самую ткань общества Трёх Морей. Не считая периодических войн с Зеумом и постоянной войны со скюльвендами и норсирайскими племенами на северной границе, это был век мира, процветания и торговли. Реальную угрозу для империи представляли только гражданские войны, периодически вспыхивавшие в борьбе за престол.

Хотя сама Кенея и была разрушена скюльвендами Хориоты в 3351 году, историки традиционно относят падение Кенейской империи к 3372 году, когда генерал Маурелта сдался Саротессеру I в Айноне.

«Кенейские анналы» — классический труд Касида, охватывающий историю Кенеи и Кенейской империи от легендарного основания имперского города в 809 году до смерти Касида в 3142 году.

Кенейский век — эра кенейского господства в Трёх Морях, датирующаяся от завоевания Нильнамеша в 2478 и до разрушения Кенеи в 3351. См. Кенейская империя.

Кеопсис, Сут (р. 4089) — имперский экзальт-казначей, подчиняющийся Анасуримбор Эсменет.

Кепалор — регион умеренно лесистых равнин, расположенный к востоку от Хетантских гор и простирающийся от нансурских границ до юго-западных болот Галеота. Со времён падения Киранеи Кепалор был населён норсирайскими пастухами, издавна платившими дань нансурцам.

Кепалорские языки — языковая группа норсирайских пастухов Кепалорских равнин. Керское море — крупнейшее море в Эарве.

Кепфет аб Тападж (4061—4112) — кианский офицер, сдавший Карасканд Коифусу Саубону во время Первой Священной Войны в 4111 году.

Кератотики — исповедующие инритизм аборигены Шайгека. До Первой Священной Войны религиозное меньшинство.

Кериот — крупный портовый город на южном побережье Эумарны.

Керн Авглаи — крепость и пиратский порт на берегу Туньера.

Кетантей — палатинат, расположенный на юге Центральной Конрии. Славится производством вин и выращиванием фруктов.

Кетьингира (?–) — См. Мекеритриг.

Кетьянцы — представители расы, преимущественно проживающей вокруг Трёх Морей. Как правило, темноволосые, кареглазые и темнокожие. Кетьянцы — одно из Пяти племён людей.

Кёвочал — «Торчащий гвоздь» (куниюрск.). См. Даглиаш.

Киан — до расцвета Новой Империи наиболее сильное государство Трёх Морей, простирающееся от южных границ Нансурской империи до Нильнамеша. Кианцы изначально были пустынным народом, обитавшим на окраинах Великой Соли. Кенейские и нильнамешские источники характеризуют их как отважных и дерзких всадников, против которых не раз предпринимались карательные экспедиции и военные походы. В своём монументальном труде «Кенейские анналы» Касид описывает их как «учтивых дикарей, в одно и то же время обезоруживающе вежливых и чрезвычайно кровожадных». Несмотря на такую репутацию и предположительную многочисленность (нансурские хроники отмечают несколько попыток подсчитать кианцев; это дело поручали губернаторам провинций), кианцы по большей части сражались между собой за скудные ресурсы пустынных земель. После их обращения в фанимство (3704—3724) всё переменилось, причём с радикальными последствиями.

После объединения кианских племён под властью Фана Фан'оукарджи I, старший сын Фана и первый из падираджей Киана повёл своих соотечественников в так называемый Белый Джихад. Они одержали серию блистательных побед над Нансурской имперской армией. Ко времени своей смерти в 3771 году Фан'оукарджи покорил всю Монгилею и предпринял крупные набеги на Эумарну. Он также основал на берегах реки Суэки свою столицу — Ненсифон.

Последующие джихады производились против Эумарны (3801 г.), Энатпанеи (3842 г.), Ксераша и Амотеу (3845 г.) и, наконец, Шайгека и Гедеи (3933 г.). В ходе всех этих войн Киан одержал победу. Хотя нильнамешцы успешно отразили несколько вторжений кианцев, фанимские миссионеры в тридцать восьмом веке сумели обратить гиргашей в фанимство. К концу сорокового столетия Киан имел величайшую военную мощь и самую обширную торговлю в Трёх Морях, превратившись в источник постоянного страха не только для ослабленной Нансурской империи, но и для королей и князей инрити во всех остальных государствах.

Киани — язык Киана, происходящий от каро-шемского наречия.

Киг'кринаки — племя шранков с равнин Гала.

Кидрухили — самое знаменитое подразделение тяжёлой кавалерии в Трёх Морях, изначально состоявшее из представителей знатных родов Нансурии из Домов Конгрегации. Реорганизованное в 4125 Анасуримбором Келлхусом, это подразделение было увеличено в численности, дабы принять в свой состав заудуньяни со всех Трёх Морей. Сражавшиеся под знамёнами в виде золотой лошади и чёрного Круговраспятия, кидрухили сыграли не последнюю роль в так называемых Объединительных Войнах.

Киз — первоначальное название воздвигнутой на реке Сают крепости, впоследствии захваченной Багряными Шпилями.

Кийут, река — приток реки Семпис, протекает по территории степи Джиюнати.

Кил-Ауджас — одна из девяти Обителей Эарвы, расположенная в горах Оствай.

Килкуликкас (?–) — пожалуй, самый известный из инъорских квуйя последних дней Иштеребинта. Славился своей удачей, за что его часто называли «Владыкой Лебедей». Во время Инвеституры он сразил Маратаура Серебряного, внушавшего страх Дракона Ножей, в результате чего обрёл всеобщую известность и славу.

Кимиш (4058—4121) — императорский палач Икурея Ксерия III. Найден мёртвым в траншее к югу от фанимской границы в 4121.

Кингулат — кетьянское государство Трёх Морей, расположенное на северо-западном побережье Кутнарму, точно к югу от Нильнамеша.

Кинкулик — неподдающийся расшифровке язык инхороев. Нелюди называют его кинкул'хиса, или «Шелест множества тростников». Согласно Исуфирьяс, кунурои и инхорои не могли общаться друг с другом, пока последние, «извергнув уста», не научились говорить на кунуройском наречии.

Киннея, Браелван (4059—4111) — один из людей Бивня, галеотский лорд Агмундра, погибший от чумы в Карасканде.

Кинсурея, гора — легендарная Гора Призыва, где, согласно «Хроникам Бивня», пророк Ангешраэль принёс в жертву Ореша, своего младшего сына от Эсмéнет, чтобы доказать племенам людей свою непоколебимую веру. Так называемый Орешалат (Проблема-Ореша) представляет собой одно из важнейших пересечений теологии (или религиозных рассуждений) с философией (рациональными рассуждениями или рассуждениями в терминологии колдовского искусства). Особый интерес представляет вариация Орешалат, называемая Имборешалатом (Проблема-Ореша-Если), которая, изучая, что следует из решимости Ангешраэля, задаётся вопросом о том, что случилось бы, если бы решимость Ангешраэля оказалась подорванной. Предполагается, что в этом случае Ангешраэль вернулся бы к своему племени со словами, что боги остановили его руку

Киогли — легендарный сиольский герой, пожалуй, известнейший из Высоких. Убит в битве Пир-Мингинниаль.

«Кипфа-Айфан» — «Свидетельство Фана» (*кианск*). Священнейшее из писаний фанимства, рассказывающее о жизни и откровениях пророка Фана с момента его ослепления и изгнания в Великую Соль в 3703 году до смерти в 3742 году. См. Фан.

Кипяток (4073—4112) — прозвище Хоулты, участника Первой Священной Войны, фанатика-заудуньяни, убитого в Карасканде.

Киранейский век — эра киранейского господства на северо-западе Трёх Морей. Началась с победы киранейцев при Нараките в 1591-м и завершилась разрушением Мехтсонка в 2154-м.

Киранейский — утраченный язык древней Киранеи, развившийся из древнего кемкарского.

Киранея — погибшее государство Трёх Морей, располагавшееся на реке Фай. Столицей Киранеи сначала был Парнин, затем Мехтсонк. Киранея, культурно связанная с Шайгеком и долгое время подвластная ему, постепенно разрослась, присоединив к себе большую часть некогда главенствовавшей над ней империи и к началу Апокалипсиса находилась на пике своего расцвета. После потери Мехсаруната в 2154 году и последующего уничтожения Мехтсонка судьба древнего королевства была предрешена, несмотря на то что через год верховный король Киранеи Анаксофус V и сумел одолеть Не-Бога. См. Апокалипсис.

Кирру-нол — «Верхний ярус» (*ихримсу*). Огромный чертог, расположенный напротив врат Иштеребинта.

Кискей — нансурский дом, входящий в состав Конгрегации.

Кисма — приёмный отец Маллахета.

Кишаурим — внушающие страх жрецы-колдуны фаним, осевшие в Шайме. Согласно фанимской религиозной традиции, пророк Фан стал первым кишаурим после того, как потерял зрение в пустыне. Фан утверждал, что истинную мощь Единого Бога не может постичь человек, который видит бренный мир. Поэтому посвящённые добровольно ослепляют себя в определённый момент обучения, дабы принять «божественную воду» Псухе, как называют её кишаурим. О метафизике Псухе известно мало, за исключением того, что она не познаваема для Немногих, но при этом столь же могущественна, как и анагогическая практика Школ.

До Первой Священной Войны Багряные Шпили подразделяли кишаурим по их магической мощи: терциарии, обладающие лишь остаточной силой, секондарии, сравнимые по силе с посвящёнными чародеями, и примарии, чья сила превосходит силу посвящённых (но, по утверждению Багряных магов, всё равно несравнима с силой анагогических колдунов высшего ранга).

Кишъят — палатинат Верхнего Айнона, располагающийся на южном берегу реки Сают на границах Сансора.

Клеймление Бивнем — легендарное событие, последовавшее сразу за массовой казнью заложников-фаним на Святом Калауле в Карасканде, где Анасуримбор Келлхус отмечал правоверных знаком Бивня, нарисованным кровью на их лбах.

Клирик — см. Инкариол.

Кмираль — огромный храмовый комплекс Момемна, расположенный почти в центре города, рядом с Кампозейской агорой.

«Книга божественных деяний» — главное произведение Мемговы, прославленного зеумского учёного и философа. Она не столь популярна, как «Книга божественных афоризмов», но большинство учёных считает её превосходнейшей работой.

«Книга гербов» — часто меняющийся нансурский военный учебник, описывающий эмблемы на знаменах врагов империи.

«Книга кругов и спиралей» — магнум опус Сориана, представляющий собой интересную смесь философских комментариев и религиозных афоризмов.

Князь Господень — одно из многочисленных прозвищ, данных Воину-Пророку Людьми Бивня.

«Когда колдуны поют, люди умирают» — пословица, говорящая о том, что колдовство чаще является разрушительным, чем созидательным действием.

Коджирани аб Хоук (4078—4112) — гранд Мизраи, прославившийся своей нечеловеческой силой и ростом. Убит принцем Нерсеем Пройасом в Битве при Карасканде.

Козлиное Сердце — известная книга сказок Протатиса.

Коифусы — правящая династия Галеота.

Колдовство — способ преображения мира в соответствии со словами, в противоположность философии — способу преображения языка в соответствии с окружающим миром. Несмотря на огромное количество явно неразрешимых противоречий, присущих колдовству, у этой практики есть несколько универсальных черт. Для начала практикующий колдовство должен суметь постичь «онту», то есть, так сказать, овладеть природной способностью видеть «творение как сотворенное», по словам Протатиса. Во-вторых, колдовство, судя по всему, включает в себя то, что Готагга называл «семантической гигиеной». Колдовство требует точных значений. Именно поэтому заклинания всегда произносятся на неродном языке: чтобы предотвратить семантические трансформации ключевых терминов из-за причуд повседневного употребления. Это объясняет и экстраординарную структуру «двойного мышления» чародеев — тот факт, что при всех заклинаниях чародей должен одновременно думать и произносить совершенно разные вещи. Произносимая часть заклинания (так называемая звучащая струна) должна иметь значение, «зафиксированное» или сосредоточенное на непроизносимой части (так называемой незвучащей струне), которая пронизывает мысли заклинателя. Мысленная часть заклинания уточняет значение слов, произносимых вслух, — так же, как слова одного человека можно использовать для пояснения слов другого. (Это отсылает нас к известной «проблеме семантического регресса»: каким образом «незвучащая струна», допускающая разные интерпретации, устанавливает истинное значение «звучащей струны»?) Метафизических объяснений этой структуры существует столько же, сколько и Школ, но суть их одна и та же: мир, во всех иных случаях полностью безразличный к словам людей, прислушивается к чародейскому Напеву, результатом чего становится колдовская трансформация реальности.

Однако, чем больше сила, тем серьёзнее последствия. Учитывая то, что такая перспектива восприятия бытия неизбежно будет иметь изъяны, она оскверняет сущее и пронизывает колдуна проклятием, вследствие чего появляется эстетическое нарушение, называемое Меткой. В этой связи можно сказать, что колдовство, как гласят бессмертные слова Заратиния, «самая трудная и утомительная дорога к Преисподней».

Колдуны Солнца — распространённый эпитет для членов Имперского Сайка. См. Сайк.

Коленопреклонённый холм — один из девяти холмов Карасканда, место расположения дворца сапатишаха.

Колл (ок. 4098) — последняя из каменных ведьм, пережившая встречу с Пожирателями Плоти.

Коллегии — жреческие организации, напрямую подчинённые Тысяче Храмов и занимающиеся различной деятельностью — от заботы о нищих и больных до сбора разведывательных данных.

Коллегия Маруции — коллегия Тысячи Храмов, уничтоженная во время захвата Шайме.

Коллегия Сареота — коллегия Тысячи Храмов, отвечающая за сохранение знаний, потерянных во время Падения Шайгека в 3933 году.

Коллегия Лютима — коллегия Тысячи Храмов, отвечающая за разведку и шпионаж. Уникальна тем, что подчиняется лично шрайе. Пользуется дурной славой за привлечение в свои ряды Немногих, не занимающихся колдовством, поэтому неудивительно, что из всех коллегий именно эта является как наиболее презираемой адептами Школ, так и внушающей им наибольший страх.

Кольцевые горы — горный хребет, окружающий Голготтерат и обычно называемый адептами Завета «Окклюзией».

Комната Правды — допросная камера, расположенная глубоко в катакомбах под Андиаминскими Высотами.

Комната Снятия Масок — келья в лабиринте под Ишуаль, где дети дуниан изучают связь между лицевой мускулатурой и эмоциями.

Компендиум — еретический трактат, написанный бывшим наставником Анасуримбора Келлхуса — Друзом Акхеймионом вскоре после его изгнания из Трёх Морей в 4112 году. Много разговоров породил вопрос о том, почему на Акхеймиона не было распространено так называемое Иссечение (устранение любых упоминаний и записей о человеке). Загадок стало ещё больше после выхода Компендиума в 4119 году. Сама книга была объявлена вне закона, но поскольку Акхеймион не лишился статуса Святого Наставника по канону писания, это породило непрекращающийся скандал и обрекло Компендиум на распространение в Трёх Морях (и за их пределами). Некоторые утверждают, что ответственность за произошедшее лежит на Благословенной императрице — бывшей любовнице адепта-отступника, однако это могло бы объяснить тот факт, что Акхеймион сумел избежать казни, но тем не менее не объясняло неприменение в его отношении Иссечения. Появились подозрения, что Анасуримбор Келлхус I считал скрытое распространение Компендиума выгодным. Очевидная абсурдность обвинений, выдвинутых бывшим адептом Завета, вкупе с неприятием попыток демонизации Аспект-Императора, вероятно, запутали фаним и оппозицию инрити из ортодоксов.

Конгрегация — законодательный орган правительства Нансурии, контролирующийся великими нансурскими семьями. Конгрегация Новой Империи подчиняется напрямую Святому Аспект-Императору, выполняя роль совета и занимаясь сбором информации.

Кондский — языковая группа древних пастухов Ближних равнин Истиули.

Конды — древние племена норсирайских скотоводов, населявших равнины Истиули. Первая сохранившаяся запись о кондах датируется 350 годом, когда они в череде войн (Первые кондские войны) сражались со своими восточными собратьями-варварами. Участие в этих войнах приняли все великие города реки Аумрис. Разрушение Сауглиша побудило уцелевшие города к объединению под властью Умерау, а не Трайсе, что послужило основой для будущей эпохи расцвета Умерийской империи. Во Вторых кондских войнах умери были разгромлены, унижены и вынуждены платить кондам дань в течение целого поколения. Наконец, в 917 году конды, под началом Аульянау Завоевателя, разграбили Умерау и стали хозяевами реки Аумрис, что, с учётом степени влияния кондов на эту эпоху, позже назвали эпохой «Псевдо-Умерау».

Конрийский — язык Конрии, происходящий от шейо-херемского.

Конрия — процветающее кетьянское государство на востоке Трёх Морей, расположенное к югу от Се Тидонна и к северу от Верхнего Айнона, основанное в 3374 году (после падения Восточной Кенейской империи) вокруг Аокнисса, древней столицы Шира. Из четырёх стран-наследниц Ширадской империи (Сенгем, Конрия, Айнон и Сансор) Конрия более остальных стремилась восстановить и сохранить древние традиции. Ни в какой другой стране кастовое разделение не соблюдается так жестко, как в Конрии. Многие, особенно айнонцы, насмехаются над тем, что конрийцы именуют приверженностью древним традициям, но мало кто сомневается в том, что социальная дисциплина пошла им на пользу. Получив независимость, Конрия успешно предприняла ряд вторжений, блокад и эмбарго — почти всегда из-за козней Верхнего Айнона.

Консульт — название нечестивого Триумвирата, состоящего из представителей рас людей, нелюдей и инхороев, вознамерившихся ради избавления собственных душ от вечного Проклятия истребить все прочие души на свете. Точное время создания этого сговора определить затруднительно, ибо его участники воистину одержимы сохранением своих тайн. Хотя гностические Школы Ранней Древности Сохонк и Мангаэкка существовали, как считается, в одно и то же время, в действительности Мангаэкка была несколько старше, а также обладала более глубокими познаниями, полученными от нелюдей — познаниями, сыгравшими определяющую роль в преобразовании этой Школы в Консульт. Адепты Завета сходятся на том, что Кетьингира (Мекеретриг) примерно в восьмом веке открыл Мангаэкке точное местонахождение Ковчега, рассчитывая на содействие представителей человеческой расы своему безумному стремлению проникнуть в Инку-Холойнас. Многими столетиями ранее Нильгиккас закрыл проход внутрь Воздетого Рога, сперва завалив его несокрушимое согомантовое чрево исполинской грудой обломков, а затем повелев Эмилидису запечатать колдовскими Преградами единственный вход внутрь Ковчега, располагавшийся на значительной высоте. В течение столетий изощрённая сложность этих препятствий пресекала все попытки преодолеть их, и так продолжалось до тех самых пор, пока в 1111 году Шеонанра, наконец, не обнаружил способ сокрушить Преграды.

Вскоре Мангаэкка возвела на руинах Вири крепость Ногараль, использовав раскопки в разрушенной нелюдской Обители в качестве прикрытия своей истинной цели — проникновения внутрь Воздетого Рога, оставшегося в неприкосновенности сердца Инку-Холойнаса. В ходе своих исследований им удалось обнаружить, а затем и пробудить оставшихся в живых инхороев — Ауракса и Ауранга, и с этого момента Кетьингира перестаёт быть сику, равно как и Шеонанра великим магистром Мангаэкки. Вместо этого рождается Нечестивый Консульт халароев, кунуроев и инхороев — соглашение, заключённое между самыми выдающимися и грозными представителями трёх рас, поклявшимися уничтожить весь Мир.

Большинство адептов Завета полагают, что именно Консульт несёт ответственность за гибель Титирги, прославленного великого магистра Сохонка, случившуюся около 1119 года, однако минует ещё 150 лет, прежде чем человеческие народы ощутят на себе последствия их деятельности. В частности, бедствия Первой Великой Шранчьей Войны уверенно связывают именно с усилиями Консульта по разведению этих тварей и контролю за ними. Тем не менее до самого Первого Апокалипсиса народы Ранней Древности и не подозревали об истинных масштабах исходящей от Консульта угрозы.

Коррунц — северный бастион Голготтерата, знаменитая «Башня Угорриора», названная в Книге Военачальников «Пожирательницей сыновей».

Конфас Икурей (р. 4084) — один из Людей Бивня, племянник Икурея Ксерия III и наследник императорской мантии.

Копьё — скюльвендское название одного из созвездий на северном небе.

Копьё-Цапля — могущественный артефакт, изготовленный при помощи инхоройского искусства Текне и названный так благодаря своей уникальной форме. Копьё-Цапля впервые появляется в «Исуфирьяс» под названием Суоргил (на ихримсу это значит «Сияющая Смерть»): огромное «световое копьё», которое Куйяра Кинмои взял с трупа Силя, короля инхороев, в ходе битвы Пир-Пахаль. Тысячу лет Копьё-Цапля хранилось у нелюдей в Ишориоле, пока его не похитил Кетьингира (см. Мекеретриг) и не передал в Голготтерат. Затем в 2140-м его снова выкрал Сесватха (см. Апокалипсис). Он верил, что только это оружие может сразить Не-Бога. Некоторое время считалось, что копьё погибло в страшной битве на поле Эленеот, но в 2154 году оно попало к Анаксофусу V, верховному королю Киранеи. Анаксофус сразил им Не-Бога в битве при Менгедде. Много веков копьё хранилось в Кенее в сокровищнице Аспект-Императоров и снова исчезло, когда скюльвенды разграбили Кенею в 3351 году. Где оно находится сейчас — неизвестно.

Корафея — самый густонаселённый город Верхнего Айнона после Каритусаль, располагающийся на побережье к северу от дельты Саюта.

Кораша, или дворец «Белое Солнце» — обширный дворцовый комплекс в Ненсифоне, традиционное место обитания и правления кианских падираджей.

Королевские Огни — ритуальные костры, символизирующие монаршую власть у галеотов.

Королевский храм — легендарный дворец верховных королей Куниюрии в Трайсе, где находился Ур-трон. Уничтожен в 2147-м.

Король Нелюдей — поэтическое имя Куйяра Кинмои в традиционных преданиях бардов.

«Король Темпирас» — сочинение, которое считают величайшей из сатирических трагедий Хэмишезы.

Король Племён — этот титул даётся тому, кого вожди скюльвендов избирают, дабы вести объединённые племена на войну.

Космь — название кишащих шранками диких лесов, некогда бывших территорией древней Меорской Империи.

Кости Киззи — амулеты для предсказаний, популярные среди жителей Зеума.

Котва, Харграум (4070—4111) — один из людей Бивня, тидонский граф Гаэтунский, убитый при Менгедде.

Койяури — элитная тяжёлая конница кианского падираджи, впервые организованная Хабалом аб Сароюк в 3892 году, как ответ нансурским кидрухилям. Их штандарт — белая лошадь на жёлтом фоне.

Кратчайший путь — см. Логос.

Кровавый повод — термин, который Мемгова использовал для оправдания зверств тем фактом, что человек ранее подвергался подобным зверствам сам.

Кровь онты — распространённый термин, которым Заратиний называл «чернила» колдовской Метки.

Кроймас Кристай (р. 4082) — участник Ордалии и лорд-палатин Кетантея, второй сын Ингибана Кристая, ветерана Первой Священной Войны.

Круглые врата — см. Великие Круглые Врата.

Круглый Рог — знаменитое созвездие на небе Древнего Севера.

Кругораспятие — знаменитая попытка публичной казни Анасуримбора Келлхуса во время легендарной Осады Караскада в 4112 году. Инрити, придерживаясь практик древних кунниатов, приберегают Кругораспятие лишь для самых тяжких преступлений — например, ереси и лжепророчества. Приговорённого привязывают к трупу дорогого ему человека, (обычно дочери или жены) а затем, перевернув вниз головой, закрепляют на железном кольце в месте, где толпа сможет наблюдать за его мучительной смертью (в основном от удушья), наступающей обычно в течение нескольких часов.

Кругораспятие Анасуримбора Келлхуса было примечательным по многим причинам. Так называемые Великие и Малые имена, запертые и умирающие от голода вместе со всем Священным Воинством внутри Караскада, надеялись, что казнь поможет объединить войско и вновь возжечь огонь решимости, угасший в их сердцах. Однако Келлхус не умирал более двух дней, и распри между ортодоксами и так называемыми заудуньяни усилились. Мнения на этот счёт расходятся, но после возвращения Друза Акхеймиона Нерсей Пройас, один из самых влиятельных Великих Имён, изменил мнение насчёт Келлхуса. В свою очередь шпион Консульта, маскировавшийся под личиной Кутия Сарцелла из шрайских рыцарей, попытался убить Келлхуса. Его попытку пресёк Найюр урс Скиота. Когда истинная сущность Сарцелла осказалась раскрытой, люди Бивня отвязали Анасуримбора Келлхуса, который перед собравшейся толпой чудесным образом вынул сердце из своей груди, доказав тем самым свою Божественность.

Кругораспятие — символ Анасуримбора Келлхуса, святого Воина-Пророка. Бесчисленные варианты священного образа, распространившиеся по Трём Морям, в основном делятся на три версии: абстрактная, состоящая из символа X поверх круга; реалистичная, изображающая ритуал во всех подробностях; и вычурная (барокко), некоторые части которой более детализированы, как, например, Фаллические Распятия, признанные вне закона Тысячей Храмов с 4119-го. По какой-то причине изображение Серве отсутствует во всех вариантах.

Ксатантиева арка — триумфальная арка, установленная на церемониальном въезде на площадь Скуари. На арке изображены военные победы императора Сюрманта Ксатантия. См. Ксатантий I.

Ксатантий I (3644—3693) — самый воинственный из нансурских императоров династии Сюрмант. При нём территория Нансурской империи достигла наибольшего размера. Ксатантий I усмирил племена норсирайцев в Кепалоре и некоторое время даже удерживал дальний южный город Инвиши (хотя покорить живущих вне города нильнамещцев ему так и не удалось). Несмотря на военные успехи, походы Ксатантия истощили нансурский народ и имперскую казну, и потому войны против кианцев, разразившиеся после смерти императора, были практически полностью проиграны. См. Нансурская империя.

Ксераш — владение Киана, бывшая провинция Нансурской империи на побережье Менеанорского моря к северу от Эумарны. В «Трактате» Ксераш изображается как буйный и жестокий сосед Амотеу — по крайней мере, таким он был во времена Инри Сейена. См. Амотеу.

Ксерий — см. Икурей Ксерий III.

Ксиангские языки — языковая группа народов Ксиухианни.

Ксийосер (ок. 670 — ок. 720) — король-бог Древней династии Шайгека. Известен в основном благодаря зиккурату, носящему его имя.

Ксинем, Крийатес (р. 4064) — конрийский маршал Аттремпа.

Ксинем, Нерсей (р. 4121) — единственный сын Нерсея Пройаса, наследник трона Конрии.

Ксиной, Шресса (4081—4119) — палатин Этары-Анплей из числа ортодоксов, известный тем, что был забит насмерть Аспект-Императором на глазах у его собственных детей.

Ксир'киримакра — инхоройское название Обратного Огня, которое, согласно источникам нелюдей, переводится как практически не имеющее смысла выражение — «поглощающее постматериальное взаимодействие».

Ксиус (3847—2914) — великий кенейский поэт и драматург, прославившийся своими «Тракианскими драмами».

Ксиухианни — народ, всё ещё обитающий за Великим Кайарсусом; люди черноволосые, кареглазые, с оливковой кожей. Согласно «Хроникам Бивня», ксиухианни одно из Пяти племён людей, в отличие от остальных четырёх отказавшееся последовать в Эарву.

Ксоагии — племя шранков с равнин Гал.

Ксокис — заброшенный храмовый комплекс инрити, расположенный в Карасканде.

Ксотея, Ксотейский храм — основное строение храмового комплекса в Кмирале со знаменитыми тремя огромными куполами.

Ксуннурит (р. 4068) — вождь скюльвендов из племени аккунихор.

Ку'мимираль (?–4132) — инъйорский ишрой, прозванный Пронзённый драконом, а также Лордом-калекой. Ку'мимираль оставался одним из последних Целостных в Иштеребинте.

Ку'хуриоль (?–?) — «Белое Пламя» (*ихримсу*). Король Сиоля до Падения Ковчега и дед Куйяра Кинмои.

Куаксаджи (4069—4112) — генерал-сапатишах Кхемемы, считается погибшим в Шайме.

Куарвет — внутренний район Се Тидонна, расположенный к северу от Мейгейри.

Кубуру — канопический сборник песен о героях древнего Зеума.

Культы — общее название всех сект различных богов, так называемых киюннат. В Трёх Морях культы в административном и духовном отношении подчиняются Тысяче Храмов с тех пор, как Триамис I, первый Аспект-Император Кенеи, в 2505 году объявил инритизм официальной государственной религией Кенейской империи.

Кумелеус, Сирасс (р. 4045) — твёрдый приверженец дома Икуреев и экзальт-генерал, предшественник Икурея Конфаса.

Кумор, Хаарнан (4043—4111) — один из людей Бивня, верховный жрец Гильгаоля в Священном воинстве, умерший от чумы в Карасканде.

Кумреццер, Акори (4071—4110) — палатин айнонского округа Кутапилет, один из вождей Священного воинства простецов.

Кунверишау (290—390) — первый король-бог Трайсе, завоевавший все города на реке Аумрис и впервые заключивший договор между людьми и нелюдьми.

Куниюрия — погибшее государство Древнего Севера, последняя из древних империй бассейна реки Аумрис. Города-государства древних норсираев строились вдоль реки Аумрис и примерно с 300 года объединились под властью Кунверишау, короля-бога Трайсе. Приблизительно с 500 года начался расцвет города Умерау, что привело к созданию Умерийской империи и культурному расцвету во время Нелюдского наставничества под властью Кару-Онгонеана. Древняя Умери процветала, пока не была побеждена кондами под предводительством Аульянау Покорителя в 917 году. Быстрое падение так называемого Кондского ига привело ко второму периоду владычества Трайсе над бассейном Аумрис. Он продолжался до 1228 года, когда вторжение кочевых племён белых норсираев вылилось в так называемое Скинтийское иго.

Куниюрский период по-настоящему начался только в 1408 году, когда Анасуримбор Нанор-Уккерджа I, пользуясь смятением, вызванным падением Скинтийской империи, захватил Ур-Трон в Трайсе и провозгласил себя первым верховным королём Куниюрии. В течение всей своей долгой жизни (он дожил до 178 лет — скорее всего, из-за примеси нелюдской крови в его жилах) Нанор-Уккерджа I расширил территорию Куниюрии до гор Джималети на севере, самых западных побережий моря Цериш на востоке, Сакарпа на юге и гор Демуа на западе. Умирая, он разделил империю между своими сыновьями, создав Аорсию и Шенеор вдобавок к Куниюрии как таковой.

Благодаря богатому культурному наследию Куниурия стала центром наук и ремёсел Эарвы. При дворе в Трайсе жили так называемые тысяча сыновей — наследники королей из многих земель, вплоть до столь отдалённых, как древний Шайгек и Шир. Священный город Сауглиш принимал учёных паломников даже из Ангки и Нильнамеша. Образ жизни норсираев распространился по всей Эарве.

Этот золотой век завершился Апокалипсисом и поражением Анасуримбора Кельмомаса II на поле Эленеот в 2146 году. Через год были уничтожены все древние города реки Аумрис. Выжившие куниюрцы либо стали рабами либо оказались рассеяны. См. Апокалипсис.

Куниюрский язык — мёртвый язык древней Куниюрии, развившийся из умерийского.

Кунниат — название сборника религиозных практик и ритуалов, сосредоточенных вокруг Хроник Священного Бивня и богов в них перечисленных. Помимо сходства в отношении Священных Писаний, практики и нравы кунниатов радикально различаются, как между Культами, так и в разных странах. Однако, что у них общего, так это убеждённость в том, что главный смысл веры заключается в воздаянии душам по их заслугам после смерти, а также в поддержании связи между настоящим и прошлым своего рода.

Куну-инхоройские войны — долгая череда войн между нелюдями и инхороями, начавшихся после появления последних.

Согласно «Исуфирьяс», Инку-Холойнас, Небесный Ковчег, врезался в землю к западу от моря Нелеост в стране, которой правил Нин'джанджин, нелюдский король Вири. Письмо, посланное Нин'джанджином Куйяра Кинмои, королю Сиоля, записано следующим образом:

> Небеса раскололись, подобно горшку,
> Огонь лижет пределы Небес,
> Звери бегут, сердца их обезумели,
> Деревья валятся, хребты их сломаны.

> Пепел окутал солнце, задушил все семена,
> Халарои жалко воют у Врат.
> Страшный Голод бредёт по моей Обители.
> Брат Сиоль, Вири молит тебя о помощи.

- Но вместо того чтобы послать помощь Нин'джанджину, Куйяра Кинмои собрал армию и вторгся в Вири. Нин'джанджин и его воины сдались без битвы, и Вири стал данником Сиоля без пролития крови. Запад Вири тем не менее оставался окутанным облаками и пеплом. Беженцы из тех краёв говорили об огненном корабле, павшем с небес. Тогда Куйяра Кинмои приказал Ингалире, герою Сиоля, возглавить поход для поиска Ковчега. О том, что случилось с Ингалирой в том походе, записей не осталось, но он вернулся в Сиоль через три месяца и привёл двух пленных не из человеческого племени. Ингалира называл этих пленных инхороями, «народом пустоты», ибо издаваемые ими звуки были лишены смысла, а сами они упали из пустоты небес. Он рассказал о поваленных лесах и взрытых равнинах, о сдвинутых в кольцо горах и двух золотых рогах, поднимающихся из расплавленного моря до самых облаков.
- Поскольку отвратительный вид инхороев оскорблял Куйяра Кинмои, он приказал убить их и поставить стражей, дабы следить за Инку-Холойнасом, Ковчегом Небесным. Шли годы, и сила Обители Сиоль росла. Покорилась Обитель Нихримсул, и её король Син'нироих, «Первый в Народе», был вынужден омыть меч Куйяра Кинмои. После завоевания Кил-Ауджаса на юге верховный король Сиоля стал владыкой империи, простиравшейся от гор Джималети до Менеанора.
- Всё это время стража следила за Ковчегом. Земли остыли. Небо очистилось.
- Из-за неточности оригинала или из-за последующих искажений текста все существующие версии «Исуфирьяс» не дают чёткого представления о развитии событий. В какой-то момент к Нин'джанджину в Вири явилось тайное посольство от инхороев. В отличие от тех инхороев, что были приведены Куйяра Кинмои Ингалиром, эти могли разговаривать на ихримсу. Они напомнили Нин'джанджину о предательстве Куйяра Кинмои в час беды и предложили ему союз, чтобы сбросить ярмо Сиоля. Инхорои сказали, что помогут справиться с бедами, которые их прибытие принесло кунуроям Вири.
- Несмотря на предостережения, Нин'джанджин принял условия инхороев. Сиольские воины-ишрои были перебиты в собственных жилищах, остальные стали рабами. В то же самое время инхорои ордами высыпали из Ковчега и уничтожили Стражу.

Только Ойринас и его брат-близнец Ойрунас уцелели и помчались предупредить Куйяра Кинмои.

Силь, король инхороев, и Нин'джанджин собрали войска для сражения с Куйяра Кинмои на полях Пир-Пахаль, в будущем прозванных полями Эленеот. Как сказано в Исуфирьяс, нелюди Вири были возмущены, поскольку инхорои носили гниющие тела как военные облачения. Гин'гурима, величайший герой Вири, прямо поставил вопрос перед Нин'джанджином и понял, что жажда мести и возмещения короля пересилили здравый смысл. «Ненависть ослепила его!» — воскликнул он, и вскоре большая часть войска Вири поддержала его. Нин'джанджин бежал в надежде найти защиту у Силя. Инхорои же, испугавшись, что нелюди Вири объединятся с Куйяра Кинмои против них, атаковали первыми, в надежде уничтожить их до прибытия сил Сиоля.

Опрокинутые телесной мощью и световым оружием инхороев, нелюди Вири понесли огромные потери. От полного истребления их спасли только ишройские колесницы Куйяра Кинмои. Хроники «Исуфирьяс» утверждают, что сражение шло всю ночь до утра. В итоге инхорои — кроме самых могучих — были побеждены благодаря отваге, колдовству и большей численности войска противника. Куйяра Кинмои лично поверг короля Силя и отнял у него могущественное оружие — Суоргил, Сияющую Смерть. Впоследствии люди назовут его Копьём-Цаплей.

Понесшие большие потери инхорои бежали и укрылись в своём Ковчеге, забрав с собой Нин'джанджина. Куйяра Кинмои гнал их до Кольцевых гор, но был вынужден прекратить преследование, когда услышал весть о новых напастях. Воодушевленные тем, что Сиоль занят войной, восстали Нихримсул и Кил-Ауджас.

Ослабленный битвой Пир-Пахаль, Куйяра Кинмои был вынужден восстанавливать свою империю. Была поставлена вторая стража Инку-Холойнаса, но никто не пытался проломить золотые гравированные стены Ковчега. После многих лет тяжёлых сражений Куйяра Кинмои покорил наконец ишроев Кил-Ауджаса, но король Син'нироих и ишрои Нихримсула продолжали сопротивляться. «Исуфирьяс» перечисляет десятки кровопролитных, но безрезультатных столкновений между двумя королями: сражение при Кифаре, сражение при Хилкири, осада Асаргоя. Гордый Куйяра Кинмои не уступал и убивал всех послов Син'нироиха. И только когда Син'нироих в результате женитьбы стал королём Ишориола, верховный король Сиоля утихомирился. «Владыка трёх Обителей, — заявил он, — может стать братом королю двух».

После этого «Исуфирьяс» упоминает инхороев только один раз. Не желая посылать отчаянно необходимых ему ишроев на вторую стражу Ковчега, Куйяра-Кинмои приказал Ойринасу и Ойрунасу — единственным выжившим из Первой Стражи — набрать для этого людей. Среди тех халароев был и некий «преступник» по имени Сирвитта. Судя по всему, Сирвитта соблазнил жену высокопоставленного ишроя, и она зачала от него дочь по имени Кимойра. Судьи ишроев были озадачены — такого прежде не случалось. Несмотря на то что в жилах Кимойры текла человеческая кровь, правду о её рождении скрыли, а саму её стали считать одной из кунуроев. Сирвитту же отправили во Вторую Стражу.

Каким-то образом («Исуфирьяс» не уточняет) Сирвитта сумел попасть внутрь Инку-Холойнаса. Прошёл месяц, и его сочли погибшим. Затем он вернулся — в безумии. Он говорил такое, что Ойринас и Ойрунас сразу же отвезли его к Куйяра Кинмои. Не осталось записей о том, что Сирвитта сказал верховному королю. Хроники сообщают лишь одно: выслушав Сирвитту, Куйяра Кинмои приказал убить его. Правда, позднейшая запись уточняет, что Сирвитте вырезали язык и отправили в заточение. Похоже, верховный король по какой-то причине изменил приговор.

Миновало много мирных лет. Из своей крепости в Кольцевых горах ишрои Сиоля следили за Ковчегом. Оставались там инхорои или уже вымерли, никто не знал. Куйяра Кинмои постарел, поскольку в те дни нелюди ещё были смертны. Зрение затуманилось, прежняя сила покидала его. Он уже слышал, как Смерть шепчет ему на ухо.

И тут вернулся Нин'джанджин. По древнему ритуалу он явился пред Куйяра Кинмои, прося милости и воздаяния. Верховный король Сиоля велел Нин'джанджину приблизиться, чтобы получше рассмотреть былого врага, и был потрясён, поскольку тот ничуть не постарел. И тогда Нин'джанджин открыл ему истинную цель своего прихода в Сиоль. Инхорои, сказал он, слишком боятся Куйяра Кинмои и потому не покидают Ковчега. Они живут жалкой жизнью в тесноте и потому послали его просить о мире. Они хотят знать, чем можно смирить гнев верховного короля. На это Куйяра Кинмои ответил: «Хочу быть юным сердцем, телом и лицом. Хочу, чтобы смерть покинула чертоги моего народа».

Вторая Стража была распущена, и инхорои стали свободно ходить среди кунуроев Сиоля. Они помогали нелюдям в качестве врачевателей, раздавали им лекарства, сделавшие кунуроев бессмертными, и стали их роком. Вскоре все кунурои Эарвы, даже те, кто поначалу сомневался в мудрости решения Куйяра Кинмои, соблазнились инхоройским снадобьем.

Согласно «Исуфирьяс», первой жертвой бедствия, названного Чревомором, стала Ханалинку, легендарная супруга Куйяра Кинмои. Хроника, правда, восхваляет усердие и искусство инхоройских лекарей верховного короля. Но когда все младенцы кунуроев стали рождаться мёртвыми, хвала превратилась в проклятия. Инхорои бежали из Обителей и вернулись в разрушенный Ковчег.

По всей Эарве ишрои откликнулись на призыв Куйяра Кинмои к войне, хотя многие считали, что в смерти их близких виноват верховный король. Обезумевший от горя повелитель повёл их через Кольцевые горы и выстроил на Инниур-Шигогли — Чёрном Пепелище. Затем он положил тело Ханалинку перед мерзким Ковчегом и призвал инхороев к ответу.

Но инхорои все эти годы, прошедшие после битвы при Пир-Пахаль, без дела не сидели. Они прорыли глубокие ходы под Инниур-Шигогли и Кольцевыми горами. И в этих подземных ходах они собрали толпы уродливых тварей — шранков, башрагов и могучих драконов. Они не походили ни на что, виденное кунуроями прежде. Нелюди Девяти Высоких Обителей Эарвы, пришедшие добить остатки выживших при Пир-Пахаль инхороев, были окружены со всех сторон.

Ишрои колдовством и силой убивали шранков, но те всё прибывали. Башраги и драконы наносили противнику чудовищный урон. Ещё ужаснее оказались немногие выжившие инхорои, осмелившиеся выйти на битву из недр. Они парили над схваткой, рассекая землю своим световым оружием, а чары ишроев им совсем не вредили. Дело в том, что после разгрома при Пир-Пахаль инхорои сумели соблазнить адептов Апороса, которым запрещалось заниматься их искусством. Отравленные знанием, те изготовили первые хоры и сделали своих хозяев неуязвимыми для кунуройской магии.

Но на Пепелище собрались все герои Эарвы. Киогли Гора, сильнейший из ишроев, голыми руками сломал шею Вуттеату Чёрному, отцу драконов. Ойринас и Ойрунас бились плечом к плечу, сея смерть среди шранков и башрагов. Ингалира, герой Сиоля, задушил могучего инхороя Вшиккру и швырнул его горящее тело шранкам.

Сильные сошлись с сильными. Битва шла за битвой, и не было им конца. Но как бы ни напирали инхорои, кунурои не отступали. Ибо их воспламенял гнев за гибель дочерей и жён.

И тут Нин'джанджин сразил Куйяра Кинмои.

Медное Древо Сиоля рухнуло в толпы шранков, и кунурои ужаснулись. Син'нироих, верховный король Нихримсула и Ишориола, пробился к тому месту, где пал Куйяра Кинмои, но нашёл лишь его обезглавленное тело. Затем погиб герой Гингурима, растерзанный драконом. За ним — Ингалира, тот, кто первый увидел инхороев. Затем Ойринас — его тело пронзило инхоройское световое копьё.

Осознав свое отчаянное положение, Син'нироих созвал своих воинов и начал прорываться сквозь Кольцевые горы. За ним последовала большая часть выживших купуроев. Оторвавшись от врагов, блистательные ишрои Эарвы бежали, охваченные безумным ужасом. Инхорои не осмелились преследовать их, поскольку опасались ловушки и слишком ослабели.

Пять сотен лет кунурои и инхорои вели войну на уничтожение. Кунурои мстили за убитых жён и вымирание своей расы, а инхорои воевали по своим причинам, известным им одним. Больше кунурои не называли Ковчег Инку-Холойнасом. Теперь они нарекли его Мин-Уройкас — Бездна Мерзостей. Позже люди дадут ему имя Голготтерат. Много столетий мерзкие твари побеждали, и летописцы «Исуфирьяс» перечисляли длинный ряд поражений. Но мало-помалу страшное оружие инхороев потеряло силу, они всё больше полагались на своих отвратительных рабов, и тогда кунурои и их халаройские слуги получили преимущество. Наконец выжившие кунурои Эарвы загнали остатки уцелевших врагов в Инку-Холойнас и заперли их там. Двадцать лет нелюди рыскали по лабиринтам Ковчега, пока не перебили оставшихся инхороев в недрах земли. Не в силах уничтожить Инку-Холойнас, Нильгиккас приказал своим квуйя окружить ненавистное место могучими чарами. Он и уцелевшие короли Девяти Обителей запретили своим подданным упоминать об инхороях и их кошмарном наследии. Последние кунурои Эарвы удалились в свои Обители ждать неизбежного конца.

Куну-халаройские войны — войны между нелюдьми и людьми, последовавшие после Прорыва Врат. Сведений о них сохранилось очень мало. См. Прорыв Врат.

Кунурои — см. Нелюди.

Куоты — скюльвендское племя из северо-западной части Степи.

Кёрвочал — «Алтарь» (*аорс.*). Один из наиболее укреплённых бастионов Даглиаш.

Куригальд — галеотская провинция, расположенная на восточных берегах озера Хуоси.

Куррут — небольшая крепость во внутренних землях Гедеи, построенная Нансурской империей после падения Шайгека во время экспансии фаним в 3933 году.

Куссалт (4054—4111) — один из людей Бивня, конюх князя Коифуса Саубона, убитый при Менгедде.

Кусьетер (4077—4111) — один из людей Бивня, граф-палатин айнонской провинции Гекас, убитый при Анвурате.

Кут'ма — в бенджуке «скрытый ход», который кажется незначительным, а на самом деле определяет исход игры.

Кутапилет — административный округ на востоке Верхнего Айнона, известный своими железными и серебряными копями.

Кутига (4063—4111) — осведомитель Багряных Шпилей при Тысяче Храмов.

Кутнарму — общепринятое название неисследованного континента к югу от Эарвы.

Кусифра — «Слепящий свет» *(каро-шемский)*. Так фаним называли Анасуримбора Келлхуса.

Кушигас, Эрса (4070—4111) — один из людей Бивня, палатин конрийской провинции Ананд, убитый при Анвурате.

Куйяра Кинмои — «Белое сияющее копьё» *(ихримсу)*. Плод связи Кет'мойоля и Линкиру — опозоривших себя сына и дочери Ку'хуриоля, короля Сиола, признавшего мальчика своим наследником после казни собственных детей. О его красоте и обаянии слагали легенды ещё в то время, когда он был совсем ребёнком: «В нём чувствуется дыхание совершенства, — пишет о нём в Исуфирьяс безвестный летописец, — но нам следует убедиться в том, что это совершенство однажды не изольётся кровью». Во время войны проявилась вся его свирепость, однако его слава при этом лишь возросла, достигнув даже тех Обителей, которые имели лишь слабые или вообще не имели связей с Домом Первородным. Скандальные обстоятельства его рождения лишь добавляли образу Куйяра Кинмои легендарного ореола, за счёт их ожидаемого сопоставления со священным сюжетом о связи Тсоноса и Олиссис.

Смерть Ку'хуриоля стала предвестником резкого падения его популярности, и случилось это не только по причине всеобщей ненависти к Сиолю. Став королём Дома Первородного, Куйяра Кинмои стал проявлять высокомерие и чрезмерное честолюбие — качества в большей степени свойственные людям, нежели кунуроям. В копии Исуфирьяс появились изменения, вписанные в промежутки между тремя песнями: «Воистину, — гласит одна из записей, — чистота его линии сделалась извращением». В тех Обителях, что граничили с Сиолем, кровь ишроев потекла рекой. Король Сиоля стал тираном. Его имя доминировало во всех летописях той эпохи и рассказах о том времени, ибо такова была его слава. Падение Ковчега и последовавшие за этим катастрофы способствовали тому, что его фигура стала ещё более трагической, если не сказать всемерно порицаемой (из-за оценки его роли в событиях, последовавших за падением Ковчега и известных как куну-инхоройские войны). Он обладал, как размышлял один из его современников: «всем, что ценили ишрои, всем, что они обычно именовали величием и славой, но обладал в таком избытке, что это раскалывало сердца и крушило горы».

Куйяра Кинмои был обречён стать любимым персонажем мифов и легенд, благодаря как своей сущности и характеру, так и сложившимся обстоятельствам. Хотя людские поэты желали видеть в нём ключ к пониманию всей нелюдской расы, следует помнить о том, что в действительности он является фигурой исключительной — и именно потому, что был совершенно не похож ни на кого из нелюдей (таких, какими они известны человечеству), живущих в эпоху окончательной гибели их народа.

«Куйяра Кинмои мёртв...» — поговорка древних сику, означающая «живи сегодняшним днём».

Кхемема — область Киана и бывшая провинция Нансурской империи. Расположенная на юге Шайгека, Кхемема находится в том месте, где великая пустыня Каратай смыкается с Менеанорским морем. Будучи малонаселённой племёнами пустыни, Кхемема в качестве единственного источника дохода имеет лишь регулярную торговлю с караванами, движущимися между Шайгеком и Караскандом.

Кхиргви — члены племени, живущие на востоке пустыни Каратай. Часто являются данниками кианцев, хоть и имеют другие этнические корни.

Кьинета — см. Касты.

Кьюлнимиль — легендарные нимильские копи Иштеребинта, являющиеся источником почти всего нимиля в Эарве.

Л

Лабиринт — см. Тысяча Тысяч Залов.

Ларсипп, Мемплей (р. 4086) — жрец-врачеватель на Андимианских Высотах.

Левет (4061—4109) — охотник, обитавший в покинутой атритайской провинции Собел.

Легион — дунианский термин. Означает подсознательный источник сознательной мысли.

Летняя Лестница — см. Халаринис.

Лигатуры Тава — гностический Напев Мучений.

Лигессер — один из Домов Конгрегации.

Линька — болезнь, которой страдали люди, оказавшиеся вблизи даглиашского Ожога. Характеризуется конвульсиями, потерей волос, анальными и оральными кровоизлияниями, огромными язвами, а также слепотой. Согласно расположенным в самых глубинах «Исуфирьяс» строфам, нелюдям доводилось страдать от перечисленных симптомов в самом начале их древних войн с инхороями: «Подлые обрушили сам Глад на Кости Земли, огненные горы пали на Восемь наших Священных Гор, распадаясь на чёрный пар, несущий муки нашим Рабам, что хватаются за свои тела и кричат, извергая алую кровь и стараясь удержать слезающую кожу».

Лихорадка — распространённое название различных форм малярии.

«Логос не имеет ни начала, ни конца» — дунианское выражение, утверждающее так называемый принцип разумного приоритета. См. Дуниане.

Логос — термин, используемый дунианами для обозначения определяющей причины. Логос описывает ход действий, позволяющий наиболее эффективно использовать обстоятельства для того, чтобы «идти впереди», то есть опережать ход событий и управлять им.

Локор — древний город, стоявший на берегу реки Аумрис и являвшийся давним противником Умерау. Уничтожен умери ок. 440 года.

Локоть — распространённая во всей Эарве универсальная единица измерения, обычно соответствующая расстоянию от кончика пальца до локтя. Однако иногда возникает определённая путаница: так, например, в трактатах Поздней Древности нелюдские *ютили* (дословно переводящиеся, как «десять») переводятся как локти, хотя даже «правильные локти» нелюдей, или *прирор*, более чем в 2 раза длиннее человеческого локтя, поскольку измеряются они расстоянием от земли до талии.

Локунг — «мёртвый бог» (*скюльвендск.*). См. Не-Бог.

Лучники с хорами — специальные подразделения, использующие прикреплённые к стрелам хоры для уничтожения вражеских чародеев. Эти лучники являются ядром почти любой армии Эарвы.

Люди — за возможным исключением шранков, наиболее многочисленная раса Эарвы.

Люди Бивня — воины Первой Священной Войны.

М

Мавзолей Науска — храм времён Ранней Древности в Кельмеоле, где, согласно слухам, захоронены кости меорского верховного короля — Аратрулы Безумного. Убеждённый в собственном Проклятии, Аратрула буквально поработил свой народ в попытках построить мавзолей, предположительно выложенный свинцовыми пластинами, что должно было уберечь его душу от Той Стороны.

Магта, Хринга (4080—4411) — один из Людей Бивня. Родич принца Хринги Скайельта Туньерского.

Маймор — см. Аенку Маймор. Древняя меорская крепость, некогда защищавшая Тельмеоль.

Майтанет — шрайя Тысячи Храмов, главный вдохновитель Первой Священной Войны.

Маллахет — один из кишаурим, пользовавшийся дурной славой.

Мамайма — один из князей-вождей, упоминающихся в «Хрониках Бивня».

Мамарадда (4071—4111) — капитан-щитоносец джаврегов, которому было поручено убить Друза Акхеймиона.

Мамати — письменный язык Амотеу, происходящий от каро-шемского.

Мамот — разрушенный кенейский город близ устья реки Суэки.

Мангаэкка — последняя из четырёх изначальных гностических Школ, издавна соперничавшая со школой Сохонк. Основанная в 684 году Сос-Праниурой (лучшим учеником Гин'юрсиса), Мангаэкка всегда следовала хищническим идеалам и использовала знание в качестве источника силы. Несмотря на весьма двусмысленную репутацию, Мангаэкка сумела не подпасть под Высочайший указ Нинкама-Телессера, ограничивающий права колдунов на власть. Затем, в 777 году, адепты Мангаэкки, следуя указаниям нелюдя по имени Кетьингира, обнаружили Инку-Холойнас, ужасный Ковчег инхороев. В последующие века они продолжали раскопки Ковчега и исследования Текне. В 1123 году начали распространяться слухи, что Шеонанра, тогдашний великий магистр Мангаэкки, обнаружил гибельное средство, которое может позволить снять с чародеев наложенное на них проклятие. Школу Мангаэкка немедленно объявили вне закона, а её выжившие адепты бежали в Голготтерат, навсегда покинув Сауглиш. Ко времени Апокалипсиса они превратились в то, что назвали Консультом. См. Апокалипсис.

Мангхапут — крупный портовый город в Нильнамеше.

Мантигол — самая высокая гора хребта Уроккас.

Маракиз — высочайшая из башен Багряных Шпилей.

Марсадда — бывшая столица Кенгемиса, находящаяся на побережье Се Тидонна.

Марсалис, Урдрусу (р. 4094) — участник Ордалии, палатин Кутапилета.

Мартем (4061—4111) — нансурский генерал, адъютант Икурея Конфаса.

Массар аб Каскамандри (4089—4132) — участник Ордалии, Уверовавший король Киана, лидер кианского войска в составе Великой Ордалии Анасуримбора Келлхуса и младший брат Фанайяла аб Каскамандри. Его часто называли «Преклонённым», как в качестве похвалы (заудуньяни), так и осуждения (фаним). Известен тем, что отрезал себе ухо, дабы показать свою преданность Анасуримбору Келлхусу. Погиб, убитый шранками в Битве при Ирсулоре осенью 4132 года.

Массентия — провинция в Центральной Нансурии, именуемая «Золотой» за плодородие её пшеничных полей. Учитывая глубокое влияние Кенейской империи, это название уже давно является символом процветания сельской местности во всех Трёх Морях.

Матерь Рождения — см. Ятвер.

Мать Городов — см. Трайсе.

Маумуриновые Врата — огромные ворота, расположенные в самой южной части Момемна.

Маэнги — истинное имя первого шпиона-оборотня, представлявшегося как Кутий Сарцелл.

Мбимайю — главная колдовская школа Зеума, основанная в Высоком Домьоте и пользующаяся покровительством сатахана, так же как Имперский Сайк некогда пользовался покровительством нансурских императоров.

Мботетулу (ок. 1340—1426) — сатахан из династии Оджоги. Ему приписывают первое подлинное объединение Зеума.

Меаръи (р. 4074) — галеотский тан, подданный принца Коифуса Саубона.

Медицинский парик — традиционный головной убор, носимый членами высших семей Зеума, что указывает на их статус — «Целители Многих».

Мейгейри — административный и духовный центр Се Тидонна, основанный в 3739 году около кенейской крепости Мейгара.

Мейджон (р. 4002) — один из дунианских прагм.

Мекеретриг (?–?) — «Предатель людей» (*куниюрск.*). Так люди называли Кетьингиру, нелюдя-сику, который открыл местоположение Мин-Уройкаса Школе Мангаэкка в 777 году, а во время Апокалипсиса стал высокопоставленным членом Консульта. См. Мангаэкка и Апокалипсис.

Мемгова (2466—2506) — прославленный зеумский мудрец и философ древности, в основном известный своими трудами «Божественные афоризмы» и «Книга Божественных деяний».

Мемкури, Апса (4080—4112) — один из Людей Бивня, айнонский подданный лорда Ураньянки. По слухам, убит адептами Багряных Шпилей.

Мемпонти — шейское слово, обозначающее «удачный поворот». В джнане — наиболее благоприятный момент для прояснения намерений.

Менгедда — разрушенный город в центре Менгеддских равнин, известных как Поле Битвы, где в 2155 году Анаксофус V сразил Не-Бога при помощи Копья-Цапли.

Менгеддские равнины — естественная географическая граница между Шайгеком и Нансурией. Расположены к югу от отрога Унарас и к северу от нагорья Гедеи. Поскольку на этих равнинах произошло несметное количество сражений, там, по слухам, обитают призраки.

Менеанорское море — самое северное из Трёх Морей.

Меорская империя — погибшее государство Древнего Севера. Город Кельмеол, основанный акксерсийскими колонистами примерно в 850 году в качестве центра торговли, быстро рос и развивался, и местный народ меори постепенно обретал все большую власть над соседними племенами норсираев. К 1021 году, когда Борсуэлка I был провозглашён королём, Кельмеол стал воинственным городом-государством. К 1104 году, когда умер Борсуэлка II, внук первого короля, меори покорили большую часть земель в бассейне реки Воса, построили ряд крепостей на реке Уэрнма и установили торговые контакты с Широм на юге. Стратегически выгодно расположенная, не имеющая соперников в ближайшем окружении, Меорская империя процветала за счёт торговли. Она распалась после того, как Кельмеол был уничтожен в 2150 году во время Апокалипсиса.

Мепмерат (р. 4084) — имперский математик при дворе Анасуримбора Келлхуса I.

Метагнозис — усложнение Гнозиса, обнаруженное и разработанное Анасуримбором Келлхусом во время его правления как Аспект-Императора. Немало размышлений касательно метафизики и возможностей Метагнозиса возникло с тех пор, как Наш Господин и Пророк впервые использовал это искусство для того, чтобы сразить кишаурим в Шайме. Помимо описаний его упражнений, все наши знания о Метагнозисе ограничены одним лишь отрывком из Нового Свода:

«Всё колдовство исходит от двух внутренних голосов, ибо душа, как субъект, обретается в рамках своего смысла и посему не видит этого смысла. Но лишь проговаривая речи вслух, мы создаём нечто абсолютное, перекрывающее все случайности. Это образует божественную искру — проявление человеческой воли, воздействующее на косную материю. Но подобно кроту, способному видеть лишь свои тоннели, колдуны обречены на слепоту к Метагнозису, ибо он возвышается над их ремеслом, как я возвышаюсь над ними. Речь третьим значит очистить всеразрешающую двойственность, ухватить голоса двух и за счёт этого исправить не только сам смысл, но и отношения между этими смыслами, сведя мимолётное знакомство с самим Абсолютом, тем самым явив чудеса».

Метафизика — в общем смысле — изучение того, что лежит в основе природы всего сущего. В более узком смысле — изучение принципов действия различных видов колдовства. См. Колдовство. Возможно, никакая тема не вызывала столько острых споров среди нелюдей и людей, ибо метафизика напрямую опирается на смерть, а люди, как и нелюди, больше всего боятся именно смерти.

Метка — иначе именуется «следом от удара онты». Кроме Псухе, чья колдовская природа точно не определена, все чародейские мероприятия и практики проявляют так называемую Метку. В истории встречаются различные описания Метки, и они очень мало согласуются между собой, не считая общего утверждения, что природа феномена весьма изменчива. Согласно религиозным воззрениям, Метка подобна клейму преступников, с её помощью Бог разоблачает богохульников в присутствии праведных. Однако защитники колдовства, подобные Заратинию, указывают, что способ этот весьма своеобразный — ведь лишь сами богохульники способны различить Метку. В светских определениях обычно присутствует аналогия с текстом: видеть Метку — всё равно что видеть на пергаменте текст, который был соскоблён, а затем поверх него начертано что-то иное. В случае колдовства — поскольку чародейские улучшения реальности столь же небезупречны, как и люди, их производящие, — необходимо ещё доказать, что какие-то зримые различия существуют.

Меумарас (р. 4058) — капитан «Амортанеи».

Мехтсонк — древний административный и торговый центр Киранеи, уничтоженный во время Апокалипсиса в 2154 году.

Ми'пуниаль (?–?) — один из великих сиольских поэтов Хулиа.

Миби — небольшой зеумский шакал.

Мигелла, Анасуримбор (2065—2111) — знаменитый героический король Аорсии, чьи деяния воспеваются в «Сагах».

Мигмарса — см. Река Хинсурса.

Миклье — древний административный и торговый центр Акксерсии, уничтоженный в 2149 во время Апокалипсиса.

Мимарипаль (р. 4067) — один из людей Бивня и барон, находящийся под покровительством Чинджозы.

Мин-Уройкас — «бездна мерзостей» (*ихримсу*), нелюдское название Голготтерата. См. Куну-инхоройские войны.

Министрат — заудуньянская организация, занимающаяся обращением ортодоксов, которая, в сущности, однако, является своего рода религиозной полицией.

Минрор — «груда» (*ихримсу*). Знаменитые Соггомантовые врата Иштеребинта, названные так, поскольку они были возведены из обломков Ковчега, доставленных из Мин-Уройкаса. Будучи идеей Нильгиккаса, Минрор долгое время оставался поводом для негодования Высоких Родов, что продолжалось до тех пор, пока, опираясь на оборону, построенную вокруг этих врат, Иштеребинту не удалось отразить атаку Не-Бога во время Апокалипсиса.

Мир Обетованный — так инхорои называли Мир Эарвы.

Миравсул — Треснувший Щит (*умерийск.*). Центральный горный регион древней Куниюрии.

Мирамис, Нерсей (р. 4090) — жена Нерсея Пройаса, Уверовавшего короля Конрии, а также мать Ксинема и Тайлы.

Мирскату, Шолис (р. 4092) — участник Ордалии и экзальт-капитан Столпов.

Мисарат — кианская крепость невероятных размеров, расположенная на северо-западной границе Эумарны.

Мисунсай — «союз трёх» (*варапси*). Мистическая Школа, объявившая себя наёмной, её колдуны продают свои знания и умения по всем Трём Морям. Возможно, наиболее крупная из Школ, хотя далеко не самая сильная. Мисунсай является удачным результатом слияния трёх малых Школ, произведённого в 3804 году с целью самозащиты во время Войн Школ. В состав её вошли Совет Микки из Сиронжа, Оаранат из Нильнамеша и Кенгемисский Нилитарский Договор из Се Тидонна. По условиям печально известного Псаилианского соглашения, заключённого во время Войн Школ, Мисунсай помогал инрити в Айнонских кампаниях. Это доказало, что колдуны Мисунсай действуют исключительно из выгоды, в интересах нанимателя, но Школа так и не получила прощения.

Митралик, Школа — школа заклинателей Ранней Древности, основанная Ремесленником ок. 660 года. Хоть ни один из кузнецов-людей даже не приблизился к практически сверхъестественным способностям Эмилидиса, адепты этой Школы смогли создать множество колдовских артефактов, в части из которых была заключена великая сила. Среди людей самым одарённым создателем артефактов был Даудуль, великий магистр — долгожитель, выковавший боевой топор Тармондаль, проклятый Рассекатель Небес, и многие другие артефакты, некогда известные, но ныне затерявшиеся в тумане времён. Учитывая отсутствие каких-либо традиций по созданию артефактов в Трёх Морях, практически все колдовские предметы Юга изготовлены Школой Митралик.

Мог-Фарау — древнее куниюрское имя Не-Бога. См. Не-Бог.

Мойморикказ (?–?) — ишориольский ишрой, который, будучи владельцем знаменитой палицы Гимимры, был прозван Пожирателем Земли.

Момас — бог штормов, морей, землетрясений и удачи. Один из так называемых воздающих богов, за прижизненную веру дарующих посмертие в раю. Момас особенно почитаем моряками и торговцами, он — божественный покровитель Сиронжа (и в меньшей степени — Нрона). В «Хигарате» он изображается как жестокий, даже злобный бог, не ценящий ничего, кроме того, что насущно в данный момент. Это заставляет комментаторов предполагать, что Момас относится не к воздающим богам, а к воинственным. Основной его атрибут — белый треугольник на чёрном поле (Акулий Зуб, который носят все почитатели Момаса).

Момемн — по-киранейски означает «славим Момаса». Административный и торговый центр Нансурии. В укреплённом Момемне размещается резиденция нансурского императора, это одна из самых крупных гаваней Трёх Морей. Историки нередко отмечают тот факт, что все три столицы (Мехтсонк, Кенея и Момемн) трёх великих империй, сменявших друг друга на Киранейской равнине, располагались у реки Фаюс, и с каждым разом эти города приближались к Менеанору. Некоторые утверждают, что Момемн, стоящий в самом устье реки, будет последним. Отсюда происходит выражение «река кончилась», означающее, что чья-то удача полностью исчерпала себя.

Монгилея — территория, подвластная Киану, бывшая провинция Нансурской империи, простирающаяся вдоль моря в устье реки Суэки. Монгилея много раз меняла владельца. В 3759 году она была завоёвана Фан'оукарджи I, став «зелёной родиной» кианцев и местом, где выращивают лучших лошадей.

Мопурауль, Хапами (4094—4132) — участник Ордалии, сатрап Тендант'хераса, убит незадолго до катастрофы при Ирсулоре.

Мораор — «зал королей» (*старо-меорский*). Знаменитый дворцовый комплекс правителей Галеота в Освенте.

Моргханд — династия, правившая Атритау с 3817 года.

Моримхира (?–?) — старейший из нелюдей, ставших бессмертными в результате Инокуляции. Будучи старшим братом Ку'хуруоля, Моримхира прославился за свой отказ от Печати Дома Первородного, в результате чего вместо него королём стал его младший брат, а судьба его рода оказалась вверена безрассудству Куйяра Кинмои. Согласно легенде, он считал себя крайне кровожадным и, в подтверждение этой оценки, прожил свою жизнь, непрерывно сражаясь и убивая. Ещё до того как Моримхира принял Инокуляцию, его внешность для его возраста сама по себе была чудом, и, когда из всех старцев выжил именно он, он стал известен как древнейший воин, ибо он действительно был старейшим нелюдем на свете.

Мосероту — айнонский город в сердце густонаселённых сечарибских равнин.

Мохайва — район Нильнамеша.

Мрак — последняя стадия Скорби, которой подвержены эрратики. См. Скорбь.

Му'миорн (?–4132) — обездоленный сын Нихримсула, давний фаворит Нильгиккаса, известный своими беспорядочными половыми связями.

Мунуати — сильное племя скюльвендов, обитающее во внутренних областях степи Джиюнати.

Муратаур — враку времён Ранней Древности, прозванный Илнимили, или Серебряный, за свой гребень — особенность, из-за которой он получил и другое своё прозвище — «Дракон Ножей». Погиб в знаменитой схватке с Килкуликкасом, который позднее стал известен как Владыка Лебедей.

Мурау — Врата Слова (*умерийск.*). Бастион, защищающий главный вход в сауглишскую Библиотеку.

Муретет (2789—2864) — кенейский учёный-раб. Его работа «Аксиомы и теоремы» заложила основы геометрии Трёх Морей.

Мурсидайдс, Эселос (4081—4132) — участник Ордалии, Уверовавший король Сиронжа, глава сиронжийского войска в составе Великой Ордалии Анасуримбора Келлхуса, прозванный «Искусным» за практически бескровное завоевание Сиронжа во время Объединительных войн. Убит в Битве при Ирсулоре в 4132-м.

Мурсирис — «коварный север» (*хам-херемский*). Древнее ширадское имя Не-Бога, данное потому, что его присутствие долгое время ощущалось только как знак рока на северном горизонте.

Муруссар — «Врата клетки» (*умерск.*). Церемониальный бастион, отмечающий вход в клетку, или Иссарау, отдалённый район Са-углиша.

Мусиер, Келес (р. 4072) — участник Ордалии и высокоранговый колдун школы Мисунсай.

Мщение — так стали называть войны, последовавшие после эпидемии Чревомора. См. Куну-инхоройские войны.

Мёртвый бог — см. Локунг.

Н

Набатра — средних размеров город в провинции Ансерка. Основной источник дохода провинции — торговля шерстью.

Наногрис — крупный город Новой династии в верховьях реки Семпис, известный своими укреплениями из красного песчаника.

Нагорья Инунара — холмистый регион к северо-востоку от отрога Унарас Хетантских гор.

Наин (4071—4111) — чародей Багряных Шпилей, убитый хорой при Анвурате.

Нангаэль — ленное владение в Се Тидонне, находящееся возле пределов Сва. Нангаэльских воинов легко узнать по татуировкам на щеках.

Нанор-Уккерджа I (1378—1556) — «молот небес» (куниюрское слово, происходящее от меритского «нанар хукиша»), первый верховный король из рода Анасуримборов. Его победа над Скинтией в 1408 году привела к основанию Куниюрии и положила начало правлению династии, которую большинство учёных считают царствовавшей дольше всех прочих династий в истории.

Нансурия — см. Нансурская империя.

Нансуриум — см. Нансурская империя.

Нансурская империя — государство Трёх Морей, провозгласившее себя наследником Кенейской империи. В расцвете своего могущества Нансурская империя простиралась от Галеота до

Нильнамеша, однако за века войн с фаним Киана эта территория сильно сократилась.

В истории Нансурской империи было достаточно дворцовых переворотов, недолговечных военных диктатур и узурпаторов, но тем не менее власть императоров оставалась достаточно прочной. При правителях династии Триамисов (3411—3508) Нансурия (старинное название округа, где располагался Момемн) поднялась из хаоса, последовавшего за уничтожением Кенеи, и объединила под своей рукой равнины Киранеи. Но настоящая имперская экспансия началась только во время правления династии Зерксеев (3511—3619) — недолгого, но успешного. Тогда императоры сумели покорить Шайгек (3539 г.), Энатпанею (3569 г.) и Святые земли (3574 г.).

При императорах династии Сюрмант (3619—3941) Нансурия переживала величайший период роста и военного подъёма, достигший наивысшей точки при Сюрманте Ксатантии I (3644—3693). Ксатантий покорил племена Кепалора, на севере дошёл до реки Виндауга и захватил Инвиши — древнюю столицу Нильнамеша, таким образом почти восстановив Западную империю, некогда принадлежавшую кенейцам. Однако бесконечные военные расходы изрядно подорвали экономику страны. Когда в 3743 году Фан'оукарджи I объявил Белый Джихад, империя ещё не оправилась от денежных трат Ксатантия. Его потомки из династии Сюрмант были втянуты в бесконечные войны, которые с трудом удавалось вести, не говоря уж о том, чтобы побеждать. Нехватка ресурсов и неуклонное следование кенейской модели ведения войны, недейственной против тактики кианцев, привели к неизбежному закату империи.

Последняя династия, носившая императорскую мантию — Икуреи, — пришла к власти в результате государственного переворота. Это произошло во время смуты, последовавшей за потерей Шайгека, завоёванного кианцами в 3933 году (во время так называемого Джихада Кинжалов, начатого Фан'оукарджи III). Бывший экзальт-генерал Икурей Сорий I преобразовал имперскую армию и саму империю. Эти изменения позволили ему и его потомкам успешно отразить целых три полномасштабных вторжения фаним. С тех пор в Нансурской империи воцарилась относительная стабильность, хотя нансурцы испытывали постоянный страх перед возможным объединением племён скюльвендов.

Несмотря на то что Первая Священная Война и положила конец фанимской угрозе раз и навсегда, она также привела к гибели Нансурской империи или по крайней мере сделала её чем-то, обладающим куда меньшей властью. Момемн хоть и остался имперской столицей, но является теперь столицей совсем другой империи.

Нансуры — название коротких колющих мечей, используемых участниками Ордалии в ближнем бою. Название заимствовано от коротких мечей, используемых колумнариями, ввиду их схожести.

Нантилла, Коурас (р. 4089) — участник Ордалии, Граф Пикки, военачальник кенгемского войска в Великой Ордалии Анасуримбора Келлхуса.

Напевы — название атакующих заклинаний. См. Колдовство.

Напевы Войны — гностическое колдовство, разработанное в Сауглише (главным образом Ношаинрау Белым) в качестве быстрого метода ведения войны и подавления колдунов враждебной стороны.

Напевы Призыва — семейство заклинаний, позволяющих общение на расстоянии. Хотя метафизика этих Напевов толкуется весьма вольно, все они, видимо, базируются на гипотезе, именующейся «здесь». Можно призывать только спящие души (поскольку они открыты Той Стороне) и только если они находятся в таком месте, где призывающий сам бывал физически. Идея состоит в том, что призывающий «здесь» может дотянуться до призываемого «там» лишь при условии, что это «там» было для него когда-то «здесь». Сходство анагогических и гностических Напевов Призыва заставляет подозревать, что в этом и заключается ключ к разгадке Гнозиса.

Напевы Принуждения — вид заклинаний, управляющих движениями отдельной души. Обычно они состоят из так называемых Напевов Мучений, хотя и не всегда. Внутренняя особенность этих песнопений заключается в том, что субъект часто не способен отделить внушённые колдуном мысли от своих собственных. Это породило множество рассуждений о смысле понятия «воля». Если принуждённая душа чувствует себя полностью свободной и непринуждённой, может ли вообще человек считать себя свободным?

Напевы Прозрения — семейство заклинаний, позволяющих наблюдать за событиями, находясь на большом расстоянии или в неудобном для обзора месте.

Нариндары — в легендах кунниатов и инрити у богов имеются собственные убийцы. На протяжении многих веков по всем Трём Морям возникало множество культов убийц, но ни один из них не мог соперничать с ужасом, внушаемым нариндарами. В определённом смысле это универсальное понятие, которым называют несчастные души, оказавшиеся орудиями божественного возмездия. Единственное, что связывает «Помазанных нариндаров» с нариндарджу, служителями Айокли, боготворящими бога-обманщика и убивающими на заказ во славу его имени, это «Безупречная Благодать» — степень, в которой вечная неизбежность, или судьба, направляет их действия. Для некоторых нариндаров, таких как, например, ятверианский «Воин Доброй Удачи», Безупречная Благодать абсолютна, и посему убийца действует в полном соответствии с уже случившимся. Для других же Благодать возникает и угасает, подобно вдохновению.

Нарнол, Коифус (р. 4065) — участник Ордалии, Уверовавший король Галеота и старший брат Коифуса Саубона.

Наррадха, Хринга (4093—4111) — самый младший из братьев принца Хринги Скайельта, убитый при Менгедде.

Нарушители — так адепты Мисунсай называли людей, не выполняющих обязательства, указанные в заключённых с ними соглашениях.

Наскенти, или «Первородные» — девять первых последователей Анасуримбора Келлхуса, так называемые таны Воина-Пророка.

Наследники — рота кидрухилей в составе Великой Ордалии. Целиком состояла из заложников, сыновей-наследников престолов государств, связанных договорами с Келлианской империей.

Насуеретская колонна — известна также как «Девятая колонна». Колонна Нансурской имперской армии, традиционно размещённая на границе с Кианом. Знак колонны — чёрное имперское солнце, рассечённое орлиным крылом.

Насурий — одно из многих имён Анасуримбора Келлхуса, искажённых слухами в начале его правления.

Нау-Кайюти (2119—2140) — «благословенный сын» (*умерийск.*). Младший сын Кельмомаса II, известный как «бич Голготтерата». Нау-Кайюти прославился своими военными талантами и героическим поведением в тёмные времена, последовавшие за падением Аорсии (2136 г.), когда куниюрцы в одиночку противостояли Голготтерату. Многие из деяний Нау-Кайюти — например убийство Танхафута Красного и Похищение Копья-Цапли — вошли в «Саги».

Наур, река — имеющая большое значение речная система в Восточном Нильнамеше.

Наутцера, Сейдру (р. 4038) — старший член Кворума школы Завета. См. Завет.

Нахат — см. Касты.

Нгарау (р. 4062) — великий сенешаль Икурея Ксерия III.

«Не ожидай ничего, и обретёшь вечную славу...» — «Трактат», Книга Жрецов, 8:31. Знаменитое наставление «Не жди» Инри Сейена, в котором он побуждает своих последователей отдавать без надежды на воздаяние. Парадокс, конечно же, заключается в том, что таким образом они надеются на воздаяние в раю.

«Не оставляй блудницы в живых» — изречение из «Хроник Бивня», Песнь 19:9, где возглашается проклятие проституции.

Не-Бог — известен также как Мог-Фарау, Цурумах и Мурсирис. Сущность, призванная Консультом для того, чтобы устроить Апокалипсис. О Не-Боге известно немногое, не считая того, что он был полностью лишён жалости и сострадания и обладал ужасающей силой, давшей ему власть над шранками, башрагами и враку как продолжениями его собственной воли. Поскольку Не-Бога всегда закрывала броня — так называемый Карапакс, прочный саркофаг, висящий в центре огромного вихря, — неизвестно, был он существом из плоти или же духом. Адепты Завета утверждают, что инхорои боготворят Не-Бога и считают его своим спасителем. Есть мнение, что точно так же к нему относятся и скюльвенды.

Каким-то образом само его существование вступает в противоречие с человеческой жизнью: на протяжении всего Апокалипсиса ни один младенец не сделал ни единого вдоха — все они появлялись на свет мёртворождёнными. Он, по-видимому, невосприимчив к колдовству (согласно легенде, в его Карапакс были инкрустированы одиннадцать хор). Копьё-Цапля — единственное известное оружие, способное навредить ему. См. Апокалипсис.

Неберенес (4067—4124) — заудуньянский информатор из айноонцев.

Небесный Ковчег — см. Инку-Холойнас.

Небо-под-Горой — название железных платформ, опоясывающих обращённый вниз фас Расселины Илкулку в Иштеребинте. См. Висячие Цитадели. Также носит название «Небо-внизу».

Нейропунктура — дунианский метод добиваться различных видов поведения путём воздействия на обнажённый мозг тонкими иглами.

Нелеост, море — обширное внутреннее море на северо-западе Эарвы, являющееся естественной северной границей для стран, расположенных в долине реки Аумрис.

Нелюди — раса, некогда господствовавшая в Эарве, однако ныне сильно сократившаяся в числе. Нелюди называют себя йи-кунурои, «народ рассвета», однако причины этого сами уже забыли. (Людей они зовут халарои — «народ лета», потому что люди горят слишком жарко и уходят слишком быстро.) «Хроники Бивня», рассказывающие о приходе людей в Эарву, обычно именуют нелюдей «осерукки», то есть «не мы». В Книге Племен пророк Ангешраэль называет их по-другому — «проклятыми» и «мерзостными королями Эарвы». Он призывает четыре народа людей на священную войну до полного уничтожения чужаков. Даже спустя четыре тысячелетия этот призыв к убийству нелюдей остаётся частью канона инрити. Согласно «Хроникам Бивня», нелюди прокляты по сути своей:

> Слушай, ибо так рёк Господь:
> «Эти ложные люди оскорбляют меня,
> уничтожь все следы их пребывания».

Однако цивилизация кунуроев считалась древней еще до того, как эти слова были вырезаны на Бивне. В те времена, когда халарои, то есть люди, бродили по миру в шкурах и с каменными топорами, кунуроев изобрели письменность и математику, астрологию и геометрию, колдовство и философию. Они создали внутри гор пустоты, проложили галереи своих Высоких Обителей. Они торговали и воевали друг с другом. Они покорили Эарву и поработили эмвама — робких людей, обитавших в Эарве в те давние времена.

Упадку нелюдей способствовали три катастрофических события. Первое и самое опустошительное — так называемый Чревомор. В надежде достигнуть бессмертия нелюди (в частности, великий Куйяра Кинмои) позволили инхороям жить среди них в качестве врачевателей. Нелюди фактически стали бессмертными, и инхорои удалились обратно в Инку-Холойнас, утверждая, что их работа выполнена. Вскоре после этого разразился мор, смертельный для всех женщин и едва не погубивший мужчин. Нелюди называют эту трагедию Насаморгас, «Смерть Рождения».

Последующие куну-инхоройские войны ещё больше подточили их силы. К тому времени, как в Эарву вторглись первые человеческие племена, нелюдям уже не хватало сил или, как считают некоторые исследователи, воли для сопротивления. Им удалось выжить только в Обителях Ишориол и Кил-Ауджас. См. Куну-инхоройские войны.

Нелюдское Наставничество — значимая эпоха в норсирайской и кунуройской истории, характеризующаяся активной торговлей, обучением и стратегическими альянсами, начавшаяся в 555 году, а закончившаяся после Изгнания в 825 году (вскоре после печально известного Насилия Оминдалеи).

Немногие — люди, обладающие врождённой способностью чувствовать «онту» и творить чары. Мало какие аспекты колдовства обсуждались настолько широко, как так называемое «Чародейское око». Само его естество окутано завесой тайны: из чего оно состоит, за счёт чего позволяет производить колдовские воздействия на Реальность и почему так мало людей (в сравнении, скажем, с нелюдями) оказываются столь неудачливы, что с рождения одарены им. См. Колдовство.

Ненсифон — административный центр Киана и некогда один из великих городов Трёх Морей, основанный Фан'оукарджи I в 3752 году.

Нергаота — наполовину гористое ленное владение в северо-западном Галеоте, известное высоким качеством производимой там шерсти.

Нерсеи — род, правивший Конрией со времён Аокнисского восстания в 3742 году, когда был вырезан весь род короля Неджаты Медекки. Герб дома Нерсеев — чёрный орёл на белом поле.

Нерум — небольшой портовый город и административный центр Джурисады, расположенный на побережье к югу от Амотеу.

Нечистый — слово из «Хроник Бивня», употребляемое инрити в отношении колдунов.

Ниехиррен Полурукий (ок. 3450 — ок. 3500) — легендарный лорд сакарпского Пограничья, прославившийся тем, что прожил пять лет в пустошах Истиули (после своего изгнания).

Нисхождение — паломничество в Священную Бездну Иштеребинта, иногда называемое Риминалоикас, или Путешествие в Подземный Мир. Хотя присущие вероисповеданиям нелюдей доктрины Избегания (иначе именуемые Аскетическими) бросают вызов человеческой логике и самой их способности к постижению, они, тем не менее, имеют с людскими религиями несколько общих ритуалов, таких как паломничество. Нисхождение олицетворяет собой бегство Имиморула с Небес (понимаемых как «Глад» — вечный голод) в недра горы, которой позже суждено будет стать Сиолем — Домом Первородным. Этот обряд призван показать, что души, оказавшиеся в подобных глубинах, способны ускользнуть от взора богов и обрести небытие. Участники таких паломничеств, как правило, находились на пороге смерти и отправлялись в путешествие в поисках Глубочайшей Бездны, находящейся на грани Забвения.

Низ-Ху (ок. 1890 — ок. 1935) — легендарный фаминрский король-вождь, известный тем, что начисто разгромил Шир в ходе военного конфликта.

Низкий шейский — язык Нансурской империи и «лингва франка» Трёх Морей.

Никусс, Гамаг (р. 4090) — имперский Хранитель Свитков, служащий на Андимианских Высотах.

Нильгиккас (?—4132) — нелюдский король Иштеребинта и Нихримсула, старший сын Син'нироиха и Тсиниру. Известен в легендах и историях людей и нелюдей как Король на Вершине, Высший Светоч, Наставник Людей и ещё под многими другими именами. Вскоре после смерти сперва Куйяра Кинмои, а затем и Син'нироиха Нильгиккасу было суждено возглавить войну против Подлых, последовавшую после эпидемии Чревомора и катастрофы Пир-Миннингиаль.

Нильнамеш — густонаселённое кетьянское государство на дальней юго-западной окраине Трёх Морей. Нильнамеш славится производством керамики, специями, а также упорным нежеланием сменить свою экзотическую версию киюнната ни на инритизм, ни на фанимство. Плодородные равнины к югу от гор Хинайят уже давно не зависят от Трёх Морей и в культурном, и в политическом плане — в основном в силу географических причин. Касид первым отметил, что нильнамешцев можно назвать «внутренними людьми» — как из-за их склонности к углублённой духовной жизни, так и из-за полного презрения к иноземным владыкам. Только два периода в истории Нильнамеша являются исключениями. Первый — Старый Инвишский период (1023—1572), когда нильнамешцы были объединены под властью ряда королей-захватчиков, обосновавшихся в Инвиши. Ныне этот город стал духовным центром Нильнамеша. В 1322 и 1326 годах Анзумарапата II нанес сокрушительные поражения шайгекцам, и около тридцати лет гордое королевство платило ему дань. Затем, в 2483 году, возглавивший союз князей Сарнагири V был разбит Триамисом Великим, и Нильнамеш более чем на тысячу лет оказался имперской провинцией (правда, непокорной).

Эпоха после крушения Кенейской империи чаще всего именуется Новым Инвишским периодом, хотя никто из королей древнего города так и не сумел удержать под своей властью более одной части Нильнамеша на протяжении жизни двух поколений. Во времена Объединительных Войн завоевание и усмирение Нильнамеша оказалось одной из самых трудных задач, стоявших перед заудуньяни.

Нимерик, Анасуримбор (2092—2135) — верховный король древней Аорсии до гибели страны в ходе Апокалипсиса. См. Апокалипсис.

Нимиль — сталь, выкованная нелюдьми в колдовских печах Иштеребинта.

Нин'джанджин (?–?) — нелюдской король Вири, общепризнанная трагическая фигура в людских источниках, однако в нелюдских мифах и легендах, наоборот, являет собой олицетворение подлости. См. Куну-инхоройские войны.

Нин'кильджирас — сын Нинара, последний известный король нелюдей.

Нин'сариккас — обездоленный сын Сиоля, отправленый как подложный эмиссар на переговоры с Анасуримбором Келлхусом.

Нинкаэру-Телессер (ок. 549—642) — четвёртый король-бог империи Умерау, знаменитый покровитель древних гностических школ.

Ниом — «Три души» (*ихримсу*). Учитывая человеческое вероломство, нелюди обычно требовали трёх заложников, дабы обезопасить все заключённые с ними соглашения: сына и дочь, чтобы добиться сотрудничества, и пленного врага, дабы быть уверенным в честности. Также известен как Закон Ниома.

Нирименес (р. 4078) — участник Ордалии и высокоранговый колдун Завета.

Нирси шал'татра — «Мёд и стрекало» (*кианск.*). Традиционная кианская поговорка, указывающая на необходимость баланса между наказаниями и наградами при осуществлении правления.

Нирсодские языки — языковая группа древних норсирайских скотоводов, обитавших от Церишского моря до моря Джоруа.

Нихримсул — одна из девяти Обителей Эарвы (и единственная, не основанная Сиолем — напрямую или опосредованно), расположенная на самой южной вершине Восточных гор Джималети. Уничтожена вскоре после Прорыва врат Таянта, спустя некоторое время после разрушения её давнего соперника — Сиоля. Немногие известные сведения о Нихримсуле донесены до позднейших исследователей через искажения, допущенные Ишориолом — Обителью, которая хоть и была объединена с Нихримсулом посредством брака Син'нироиха и Тсиниру, но всё равно оставалась в своих обычаях и мировоззрении глубоко приверженной канону Тсоноса. Хотя все источники и едины в отношении факта, что лишь Нихримсул не был основан Сиолем, они повсеместно высмеивают как её притязания на имя истинного Дома Первородного, так и её альтернативную мифологию, в которой Тсонос и Олиссис убивают Имиморула во сне, а затем убегают от гнева своих братьев, дабы основать Сиоль.

Новый Завет — связанная с откровениями Анасуримбора Келлхуса переработка религиозного канона, утверждённая в 4114 году. Среди наиболее выдающихся изменений можно отметить Реабилитацию Колдовства, а также Освобождение Женщин.

Новый Аркан — эзотерический метафизический трактат, написанный Анасуримбором Келлхусом и поспособствовавший в ходе Объединительных Войн привлечению на его сторону Великих Школ Трёх Морей.

Ногараль — «Высокий Круг» (*умерийск.*). Древняя крепость школы Мангаэкка, воздвигнутая во времена кондского Ига на горе Айрос, с целью раскопок руин Вири. Загадочным образом уничтожена в 1119-м.

Номур (?—?) — один из князей-вождей, перечисленных в Бивне.

Норсираи — народ, представители которого, как правило, светловолосы, светлокожи и синеглазы. В основном обитают на северных окраинах Трёх Морей, хотя некогда правили всеми северными землями вплоть до гор Джималети. Одно из Пяти племен людей.

Носол (ок. 2111—2152) — меорский принц, известный тем, что, сражаясь бок о бок с Гин'йюрсисом в победоносном сражении на перевале Катол, обеспечил своим людям убежище в Кил-Ауджасе, однако в итоге предал короля нелюдей и уничтожил знаменитую Обитель.

Носхи — куниюрское слово, означающее «источник света», но используемое также в значении «гений».

Ношаинрау Белый (ок. 1005—1072) — великий магистр и основатель Сохонка, автор «Расспросов», первого написанного человеком исследования Гнозиса.

Нрон — малое островное государство Трёх Морей, формально независимое, но фактически находящееся под властью Завета и управляемое из Атьерса.

Нрони — язык Нрона, происходящий от шейо-херемского.

Нукбару — «камень-для-забоя» *(зеумск.)*. Зеумский эвфемизм, означающий души, закалённые в непрекращающихся войнах.

Нулрэйнви — смотровые башни, возведённые Кунверишау во времена Ранней Древности и позволившие городам, стоящим на реке Аумрис, передавать сообщения при помощи горящих маяков.

Нумайнейри — густонаселённое и плодородное ленное владение во внутренней части Се Тидонна, на западе от Мейгейри. Перед боем, в котором им суждена гибель, воины Нумайнейри раскрашивают лица красной краской.

Нумемарий, Таллей (4069—4111) — глава дома Таллеев и генерал кидрухилей, погиб в Ногогрисе.

Нэш — шейское слово, означающее «движимое имущество».

О

Обязанный — человек, связанный договором с членом семьи зеумского сатахана и обязавшийся быть его наставником.

«О Храмах и беззаконии их» — квазиеретическое сареотское произведение.

«О глупости людской» — главный труд известного сатирика Онтилласа.

«О плотском» — наиболее известная нравоучительная книга Оппариты, популярная среди простых читателей, но осмеянная интеллектуалами Трёх Морей.

Обездоленные сыны Сиоля — так называют выживших обитателей Сиоля, поселившихся в Иштеребинте после уничтожения их Обители в результате Прорыва Врат.

Обереги — защитные заклинания как противоположность атакующим заклинаниям или Напевам (См. Колдовство). Наиболее распространённые типы Оберегов (как в анагогическом, так и в гностическом чародействе): Обереги Обнаружения, обеспечивающие заблаговременное предупреждение о чьём-либо вторжении или непосредственной атаке; Обереги, напрямую защищающие от атакующих заклинаний; и Обереги Кожи, обеспечивающие «последнее средство защиты» от всех видов угроз.

Обители — человеческое название крупных подземных городов нелюдей.

«Обладатели третьего глаза» — другое название кишаурим, связанное с их общеизвестной способностью видеть без глаз.

Оботегва (4069—4132) — Обязанный принца Цоронги.

Обработанный — термин, используемый для обозначения посвящённых дуниан.

Обработка — жёсткая психическая, эмоциональная и интеллектуальная подготовка, которую проходят дунианские монахи (хотя сам термин гораздо шире и имеет много смыслов). Дуниане уверены, что всё устроено определённым образом, но проводят принципиальное различие между случайным устройством мира и рациональным устройством людей. Они уверены, что обработка в свете Логоса позволяет сделать человеческое устройство ещё более рациональным, что, в свою очередь, усиливает Обработку, и так далее. Этот круговорот, по их мнению, достигает своей вершины в Абсолюте: дуниане считают, что, используя разум, они способны «обработать» себя до состояния «необработанной» и потому совершенной самодвижущейся души. См. Дуниане.

Обратный огонь — Ксир'киримакра *(куну-кинкульск.)*. Субпартикулярный интенциональный полевой механизм, связывающий системы отсчёта отдельных наблюдателей с их вечной судьбой на Той Стороне. Учитывая ревностность и всеведение богов, большинство душ, всматриваясь в Обратный Огонь, видят нависшее над ними вечное проклятие — опыт настолько глубокий и подавляющий, что всех существ, его переживших, он приводит в ужасающие объятия Консульта. Именно поэтому Кетъингира, оставшись в живых, со всей неизбежностью и стал Мекеритригом, и по той же причине Апокалипсис всегда вращался вокруг этого бесконечно пагубного устройства.

Обряд Весенних Волков — обряд посвящения, знаменующий превращение мальчика-скюльвенда в мужа.

Объединительные Войны — падение Шайме в 4112 году для Анасуримбора Келлхуса не столько означало окончание Священной Войны, сколько предоставило логичную возможность для начала новой, ещё более масштабной кампании. То, что началось как война инрити против фаним, стремительно превратилось в противостояние заодуньяни всем остальным фракциям. Конрия, конечно же, присоединилась к Аспект-Императору от имени Нерсея Пройаса. Со смертью Икурея Ксерия и его наследника, Икурея Конфаса, Майтанету оставалось только провозгласить Келлхуса Аспект-Императором, дабы сделать Момемн столицей его зарождающейся империи. Череда поражений при Менгедде, Анвурате, Карасканде и Шайме настолько сократила ряды кианской знати, что Келлхусу зимой 4113 года пришлось разместить двор императрицы во дворце Белого солнца в Ненсифоне. Тот год, когда Апокалипсис обрушился на Фанимрию, позже станет известен как Год детей-грандов.

Осведомлённые люди утверждают, что первые завоевания Келлхуса следует относить к Первой Священной Войне, ибо новоиспечённый Аспект-Император провёл три года, закрепляя свои военные и духовные победы после капитуляции главных племён Чианадини (на что решающее влияние оказало Погружение Массара аб Каскамандри в 4113 году). С этой точки зрения началом Объединительных Войн стоит считать Битву при Пинрописе, состоявшуюся в 4115 году. Существенный недостаток этой позиции, однако, состоит в том, что само понятие «Объединение» при таком подходе понимается поверхностно — лишь как присоединение к Новой Империи некогда суверенных государств.

Даже малая часть Трёх Морей поначалу не видела в Анасуримборе Келлхусе никого иного, кроме как самозванца — ставленника какой-то силы мирской или же чародейской природы, и это несмотря на заявления Майтанета, Святейшего шрайи Тысячи Храмов. Даже в Нансуриуме и в провинциях бывшей Кианской империи ортодоксы, так стали называть тех, кто защищал свои права и привилегии от влияния Аспект-Императора, по численности сильно превосходили заудуньян. Война, развязанная так называемым Аспект-Императором, была не столько битвой за власть (это был всего лишь первый шаг к Объединению), сколько *войной за согласие*. Илс Хидарей называл зеалотов «армией математиков, писцов и торговцев» и видел в них куда большую угрозу, чем казалось на первый взгляд:

«И они убивают нас куда надёжнее, чем если бы они набрасывались на нас где-нибудь в диких пустошах. Они пронизывают нас нашими собственными страхами, нашими слабостями и алчностью. Все разбросанные ими гранатовые зёрна ведут к ним же — их милости, их служба, их низкие налоги. Даже своих дочерей, и богатых и бедных, они уговаривают быть нашими любовницами. Доказательства их Бога, говорят они, несложно увидеть!»

Повсюду разносились слухи о шпионах-оборотнях, распространялись заявления знаменитых и благочестивых мужей, а также истории о чудесах. Случившееся в Шайме приковало к себе взоры всех Трёх Морей, чего не происходило в таком масштабе со времён Кенейской империи. Изумление заставило настежь распахнуться каждую душу ещё до того, как у подозрения появилась возможность наглухо затворить её. И рефреном вечно звучал гул Конца Мира — Второго Апокалипсиса. Адепты Завета, которых всегда принимали за сумасшедших, всё это время рекли истину. И от них исходило катастрофическое в своей простоте утверждение, что Бог Богов отправил им Анасуримбора Келлхуса, дабы удостовериться, что Мир наконец *к ним прислушается*.

Три Моря должны действовать в соответствии с единственной волей. Волей Господа.

Объединение для Аспект-Императора было Объединением воли, превращением Трёх Морей в огромный механизм, поскольку, когда Объединительные Войны подойдут к концу, одно станет предельно ясным — Второй Апокалипсис действительно был его единственной заботой. «В той же мере, в какой вы сейчас боитесь меня, — говорил он толпе в Паремти, — ваши дети будут превозносить моё имя. И через него, через моё имя, и ваши имена станут самыми почитаемыми, самыми гордыми и прославляемыми именами в Списках предков ваших детей».

Применяемые стратегии были искусны, и с течением времени всё улучшались. Целые регионы, города, племена обращались столь стремительно, что первые государства, захваченные военной силой (включая Нансурскую и Кианскую империи), были полностью низвергнуты ещё до того, как пали последние нации. Ибо люди, из которых эти нации состояли, будучи в первую очередь вне всяких сомнений инрити, оказались растлены уступками, сделанными ими заудуньянской вере. Ещё до начала Великой Ордалии более половины населения каждой имперской провинции прошло через Погружение, в некоторых доходило и до трёх четвертей (напр. в Нансурии и Конрии).

И снова Илс Хидарей пишет своему племяннику (который к тому времени уже был достаточно известным заудуньяни):

«Он крадётся сквозь наши ряды, как зараза, с каждым днём становясь всё сильнее благодаря нашей собственной отваге и нашим собственным способностям. Он крадёт, навсегда отнимает наши мысли и надежды, пока, наконец, наши же братья не начинают умерщвлять нас, не встречают нас насмешкой и ненавистью, готовые стереть нас в порошок по указке своих поработителей».

Из всех Великих Имён Первой Священной Войны лишь Нерсей Пройас обладал авторитетом, достаточным для передачи своей страны в руки Воина-Пророка. Остальным Анасуримбор Келлхус предложил вернуться в родные края, как только смог обойтись в походе без их поддержки. Таким образом он мог быть уверен, что в каждой стране, принимавшей участие в Первой Священной Войне, есть влиятельные люди, фанатично преданные ему. Не прошло и года с паденияНенсифона, а первые миссионеры уже выпускались из знаменитой Заудун Ангнайя — «кочевой академии», полной взыскующих юношей, следовавших за Анасуримбором Келлхусом по всем Трём Морям, внимая его мудрости всякий раз, когда его военные обязанности это позволяли. «Самоубийственные проповеди», как их стали называть, стали причиной оживления сопротивления по всей территории Трёх Морей, по крайней мере в первое время. В эдикте первого совета Ортодоксов в 4114 году (Совет Нумайнейрик) эти посланцы упоминались, как «доказательство безумия». Но не может быть никаких сомнений, что жестокость передаваемого сообщения — люди, перерезающие себе горла — в долгосрочном отношении подорвала решимость ортодоксов, а также, что в сущности то же самое, надломила их религиозную убеждённость.

На всём протяжении Объединительных Войн ортодоксы фактически могли лишь стремиться к убеждённости, равной оной у их врага. Неважно, в какой стране, они везде находились в обороне, риторически, если не духовно, что продолжалось до того момента, когда они впервые скрестили клинки. Несмотря на кажущуюся хаотичность, сопряжённую с многочисленными затишьями и безвыходными ситуациями, более тщательное изучение показывает, что Объединительные Войны были действом настолько же просчитанным, насколько и случайным. Анасуримбор Келлхус, осознавая, что духовная арена борьбы за Три Моря столь же важна, как и военная, доказал, что является искусным провокатором, действуя так, словно желал «исправить» все те зверства, к которым сам же и вынудил своих противников.

Важнейшие события Объединительных Войн происходили в следующем порядке:

4112 — Падение Шайме.

4113 — Год детей-грандов. Падение Ненсифона.

4114 — Распространение Нового Завета по всей территории Трёх Морей. Раш Соптет (р. 4088), усмиривший восстания фаним, провозглашён «Лордом Семписа». Схизматики анафемствуют Майтанета. Начинается Война Храмов.

4115 — принц Ходду Акипарита (4099—4123) возглавляет сопротивление первому вторжению заудуньяни в Нильнамеш. Битва при Пинрописе.

4116 — Смерть короля Эриеата, а также тайное обращение его старшего выжившего сына, Коифуса Нарнола, приводит к присоединению Галеота к Империи. Король Хринга Вукъелт изгоняет схизматиков из Туньера.

4117 — Начало распространения по Трём Морям первых песен, восхваляющих подвиги Сасала Чапараты в сражениях против нильнамешских ортодоксов; Первое Восстание в Каритусаль; Ярл Коурас Нинтилла обращён и поднимает восстание кенгемских провинций против Мейгеири; тидонские ортодоксы начинают вырезать кетьянские деревни и города, стоящие на берегах Элеретин.

4118 — Падение Мейгеири; Анасуримбор Келлхус приказывает ослепить ортодоксов Нумайнейри; Эселос Мурсидидес (4081—4132) завоёвывает Сиронж для заудуньяни, чудесным образом потеряв лишь сто восемнадцать душ.

4119 — Восстание Корафена; Хога Хогрим (р. 4093) провозглашён заудуньянским Уверовавшим королём Се Тидонна; Король

Хринга Вукъелт из Туньера провозглашает себя Уверовавшим королём; Завет занимает резиденцию в Кизе.

4120 — Анасуримбор Келлхус объявляет Имперскую Награду за скальпы шранков; Сарневский Мешок; распространение листовки, названной «Утраты», и последовавшие за этим восстания.

4121 — Нурбану Сотер провозглашён Королём-Регентом Верхнего Айнона; захват Инвиши, последовавший за знаменитым Метанием Кораблей.

4122 — Нильнамешские ортодоксы разбиты в Битве при Ушгарвале. Анасуримбор Келлхус объявляет о завершении Объединительных Войн. Шрайя Тысячи Храмов Майтанет провозглашает его Святым Аспект-Императором Трёх Морей.

4123 — Тело принца Шодду Акирапиты (4099—4123) найдено в колодце в Гиргаше. Из всех злейших врагов империи в живых продолжает оставаться лишь Фанайял аб Каскамандри.

4124 — Начало Реконструкции Ауангшея.

4125 — Первого посланника из Ангная отправляют во Дворец Плюмажей зеумского сатахана.

Если среди всех противников Империи Нильнамеш проявил исключительнейшее упрямство, а Се Тидонн наибольшую ярость, то захват Верхнего Айнона оказался самым сложным. Господство Багряных Шпилей над этой страной вовсе не воспринималось её народом благожелательно. Массовая гибель Багряных адептов от рук кишаурим в ходе штурма Шайме в 4112 году фактически избавила государственные институты Верхнего Айнона от извечной угрозы, необходимой для поддержания власти Школы. Волнения начались сразу же, как за стенами Каритусаль начала хождение позднее закрепившаяся фраза — «Багряное Избавление». Печально известный «Ужас Киза» развеялся по ветру, и общая ненависть сменилась действиями — зримыми и жестокими. Дело в том, что заклейми Багряные Шпили Анасуримбора Келлхуса дьяволовым отродьем, вместо того чтобы заявлять о его божественности, то ситуация могла бы обернуться в их пользу. В течение нескольких месяцев даже самые развращённые из верующих исполнились благочестия до такой степени, что стали называть себя Сынами Шира. Многим из них позже суждено будет погибнуть в колдовском огне. Одним из забавнейших поворотов, имевших место в ходе Объединительных Войн, стал тот факт, что основной резиденцией Завета впоследствии суждено будет сделаться именно Шпилям — величайшей твердыне их извечных врагов.

Никакой другой аспект Объединительных Войн не иллюстрирует политический гений Анасуримбора Келлхуса так же явно, как его управление Школами. Как отмечают многие комментаторы, он начал свою кампанию уже имея в своём распоряжении три так называемых Великих Школы: Имперский Сайк, Багряных Шпилей и Завет. Даже принимая во внимание почти полное истребление первых двух (в особенности Багряных Шпилей, в рядах которых после захвата Шайме осталось лишь четырнадцать ранговых колдунов), гностическое колдовство Завета сделало Келлхуса неоспоримым лидером Трёх Морей в части магических искусств.

И если бы даже этого преимущества оказалось недостаточно, то чудеса Метагнозиса и его пояснения колдовской метафизики в Новом Аркане неизбежно привлекли бы к нему внимание коллег-колдунов (что, по утверждениям историков, ему и было нужно). В то же самое время антипатия между Школами и традиционным инритизмом привела к тому, что к ортодоксам присоединились совсем немногие чародеи (в частности, разумеется, печально известные Джишамурта и Панаросс). В 4115 году проводится первый из пяти Ковенов — собраний высокоранговых колдунов со всех Трёх Морей, где Келлхус, помимо демонстрации ошеломлённым гостям Метагнозиса, во всеуслышанье заявляет о неминуемой угрозе Второго Апокалипсиса. В итоге Объединение колдунов Трёх Морей под эгидой Аспект-Императора оказалось практически бескровным. Хотя тактический гений Анасуримбора Келлхуса и обеспечил немало побед, многие заявляют, что именно этот его стратегический ход в конечном итоге и обрёк ортодоксов на гибель.

«Один агнец стоит десяти быков» — пословица, указывающая на разную ценность осознанной и неосознанной священной жертвы.

Одинокий город — распространённое прозвание Сакарпа среди его жителей.

Ожог — название мощного взрыва, уничтожившего Даглиаш.

Ойнарал Рождённый Последним (?–4132) — последний нелюдь, появившийся на свет во времена Чревомора. Сын героя Ойрунаса, впоследствии ставший сику (что необычно для обездоленного Сына Сиоля).

Ойринас (?–?) — ишройский герой, брат-близнец Ойрунаса, убит в битве Пир-Мингинниаль.

Ойрунас (?–4132) — старший сын Ойраса, легендарного ишройского героя, обездоленный Сын Сиоля, брат-близнец Ойринаса, выживший в ходе Первой Стражи, а затем возглавивший Вторую.

Окийати урс Окиюр (4038—4082) — родич Найюра урс Скиоты, приведший Анасуримбора Моэнгхуса в качестве пленника в лагерь утемотов в 4080 году.

Окклюзия — кратер, окружающий Инку-Холойнас. Название происходит от кунуройского слова «вилурсис», или «безвестность».

Окнай Одноглазый (4053—4110) — жестокий вождь мунуатов, могущественного союза скюльвендских племён.

Олекарос (28812—956) — кенейский учёный-раб из Сиронжа, прославившийся своей книгой «Признания», а также пятью Экономиками — его трактатом о машинах, начиная от обыкновенных и земных, заканчивая небесными и надсветовыми.

Олорег — одна из гор хребта Уроккас.

Омба — маска из чёрной кисеи, носимая адептами Мбимаю, дабы совладать с ослепляющим светом колдовства.

Омири урс Ксуннурит (4089—4111) — хромая дочь Ксуннурита, жена Юрсалки.

Омрэйн — первая женщина, согласно Хроникам Бивня: «И тогда Мать, сдув пыль, подняла Омрэйн из столба дыма. И благословили её небеса, ибо имела она и кожу, и кости, и кровь, и была она жива. И изрекла ей мать: "Как он возьмёт, так ты и отдашь"».

Онкис — богиня надежды и стремления. Одно из так называемых воздающих божеств, за прижизненное почитание дарующих посмертие в раю. Последователи Онкис встречаются среди людей самых разных профессий и слоёв общества, хотя и в небольших количествах. В «Хигарате» она упоминается всего дважды, а в книге «Парништас» (считающейся апокрифом) изображена как предсказательница, но не будущего, а людских побуждений. Так называемые трясуны принадлежат к экстремальной ветви культа, стремясь достигнуть состояния одержимости богиней. Символ Онкис — Медное Древо (оно также является гербом легендарной нелюдской Обители Сиоль, хотя никакой связи между этими двумя фактами не установлено).

Онкис, море — самое западное из Трёх Морей.

Онойас Второй, Нерсей (3823—3878) — король Конрии, первым заключивший союз между Школой Завета и домом Нерсеев.

Онта — так Школы называют материю всего сущего.

Онтиллас (2875—2933) — кенейский сатирик периода Поздней Древности, наиболее известный своим сочинением «О глупости людской».

Оппарита (3211—3299) — кенгемский моралист периода Поздней Древности, прославившийся благодаря своей книге «О плотском».

Опсара (р. 4074) — рабыня-кианка, кормилица младенца Моэнгхуса.

Ораториум — платформа из кованого железа, установленная внутри Чашевидного Чертога, на которой ожидают взыскующие аудиенций с нелюдским королём Иштеребинта.

Ордалия, или Великая Ордалия — трагическая священная война, начатая Анасуримбором Кельмомасом против Голготтерата в 2123 году. См. Апокалипсис.

Оримурил — «Рубеж Безупречности» (*ихримсу*). Зачарованная броня (известная среди людей как Вал), один из Высших Артефактов Эмилидиса, принадлежащий Суйяра'нину.

Оровелай — твердыня свайяли, расположенная поверх (и внутри) уничтоженной нелюдской обители Иллисеру.

Орсулис (ок. 3780 — ок. 3820) — сакарпский герой, прославившийся тем, что, пробежав весь путь от Пограничья до Одинокого Города, опередил шранков и сумел предупредить сакарпцев о надвигающейся Орде.

Ортогональ — магическое хранилище (обычно кисет или кошелёк), способное скрывать колдовскую природу своего содержимого. Хотя они и высоко ценились во времена Ранней Древности, ни один из пяти Ортогоналей, изначально созданных Эмилидисом, не сохранился до нынешних дней. Согласно легенде, Ремесленник создал их в ходе исследования «Несотворённого Творения», артефакта настолько совершенного, что действие его неотличимо от руки Бога.

Ортодоксы — так инрити, противники заудуньяни, назвали себя во время осады Карасканда, пока это не стало общепринятым термином для обозначения всех тех, кто выступал против Анасуримбора Келлхуса в ходе Объединительных войн. Этот термин обманчив, поскольку он предполагает наличие у всех противников заудуньяни некой общей докрины, или догмы «ортодоксальности», что неверно. См. Объединительные Войны.

Осбей — базальтовый карьер, разрабатывавшийся в периоды Ранней и Поздней Древности. Находится около развалин Мехтсонка.

Освента — административный и торговый центр Галеота на северном побережье озера Хуоси.

Оссерата (ок. 960—1021) — король Трайсе времён Ранней Древности, известный уничтожением столицы кондов — Саулии и низвержением Ига. Освобождение им Сауглиша в 1004 году обычно считают началом так называемого Гностического Ренессанса.

Осфринга, Нукулк (4083—4118) — нангаэльский граф из числа ортодоксов, пленённый Анасуримбором Келлхусом, ослеплённый им и выставленный напоказ под стенами Мейгери.

«Отвага отбрасывает самую длинную тень…» — зеумская поговорка, означающая, что храбрость одного человека — это также и позор другого.

Отлучение — запрет на обмен сообщениями между Великой Ордалией и Новой Империей, объявленный Анасуримбором Келлхусом.

Отпущение — также известное как Великое Отпущение. Заключительный акт самоуничижения, совершённый Великой Ордалией перед штурмом Голготтерата.

Отрейн, Эорку (4060—4111) — один из людей Бивня, тидонский граф Нумайнейри, убитый при Менгедде.

Оттма, Квитар (р. 4073—4121) — участник Первой Священной Войны, один из Первородных, в прошлом — тидонский тан.

Оутрата (ок. 1060 — ок. 1115) — прославленный сохонкский метафизик (а затем и великий магистр), сыгравший важнейшую роль в так называемом Гностическом Ренессансе.

Охота на лося — сакарпский ритуал посвящения, наделяющий юношей правами и обязанностями зрелого мужа.

Охота на львов — сакарпский обряд, включающий в себя ведущуюся в горах Оствай ритуальную охоту на горных львов, туши которых затем сжигают в дар Ятвер, Богине Плодородия.

Очищенные земли — так кианцы называют страны, где фанимство — основная религия.

Ошейник Боли — волшебный артефакт Древнего Севера, по общему мнению, изготовленный гностической школой Митралик. Как считают адепты Завета, предназначение Ошейника Боли то же, что и у Круга Уробороса анагогических школ Трёх Морей, а именно — причинение невыносимой боли носителю Ошейника, если он попытается воспроизвести какой-либо из чародейских Напевов.

П

Па'бикру — «воинственный проблеск» *(инвиш.)*. Известные в восточной части Трёх Морей как «Резные ящики», Па'бикру явились результатом необычных духовных практик Нильнамеша. В эпоху заката Кенейской империи, предшествовавшей её разрушению, безымянный монах перевёл Божественные Афоризмы Мемговы на инвишский диалект шейского, что послужило вдохновением для создания нильнамешской «экранной скульптуры». Техники этого искусства с течением времени шагнули далеко вперёд, но неизменным оставалось одно: скульптор вырезал различные сцены, многие из которых были позаимствованы из Хроник Бивня, в миниатюре, а затем помещал их в так называемый «наблюдательный ящик» или внутрь какой-либо другой конструкции. Изначальная идея заключалась в воплощении концепции Мемговы, именующейся «Слепая Душа Попрошайки». Как и Айенсис, прославленный зеумский мудрец всю свою жизнь указывал на людскую глупость, однако в отличие от знаменитого киранейского философа он утверждал, что именно неспособность души к самопознанию, а не неспособность человеческого разума к познанию мира, лежит в основе проблемы.

В *Божественных Афоризмах* Мудрец неуклонно возвращался к Ангешраэлеву Упрёку из Хроник Бивня — известной притче, в которой Война, ужасный Гильгаоль, корит пророка за «взгляды сквозь щели и попытки описания Небес». Также он упоминает Легенду о Ильбару, зеумскую народную сказку о человеке, подглядывавшем за своей женой сквозь трещину в ставнях и принявшем её попытку спасти его раненого брата за акт прелюбодеяния, убившем её, а затем принуждённом смотреть, как его брат умирает. Аргумент, преломлённый сквозь призму афористического стиля Мемговы, состоит в том, что душа есть нечто, что видит, и поэтому едва ли её саму можно увидеть.

Таким образом, эстетика экранной скульптуры заключается в создании сцен, полностью противоречащих тому, какими они выглядят при взгляде на них через щель, проделанную в строго определённом месте.

Исторически самым известным примером являлся «Танец с Демонами» Модхорапарты, в котором лик Бога Богов при взгляде на него вне определённого угла превращался в скопище демонических сущностей. Слух об этом произведении так разгневал шрайю Экианна IX, что в 3682 году он объявил вне закона все произведения искусства, «оскверняющие Простоту, Чистоту и Истину мерзкой Изощрённостью». Во время состоявшегося над ним в Инвиши судебного процесса Модхорапарта утверждал, что он хотел лишь показать, как мириады бедствий, перенесённых человечеством, находят искупление в лике Бога Богов. И в самом деле, все прочие деяния скульптора, помимо его рассуждений и работ, говорили о нём как о человеке настолько же набожном, как и те, кого допустили судить его. Тем не менее его приговорили к сожжению за нечестивость, ибо разумные доводы не имеют силы в случаях надругательств над верой — а правда значит и того меньше. В те времена Тысяча Храмов жаждала проявить свою власть в Нильнамеше, где жгучее солнце и праздность, казалось, порождали ересь так же часто, как и урожай.

Паата (4062—4111) — раб Криджата Ксинема, убитый в Кхемеме.

Падираджа — традиционный титул правителя Киана.

Падираджа-разбойник — см. Фанайял аб Каскамандри.

Палапаррайс — огромный дворец Саротессера I (3317—3402) в Каритусаль.

Палпотис — один из знаменитых зиккуратов Шайгека, названный в честь Палпотиса III (622—678), короля-бога Древней династии, возведшего этот зиккурат.

Персты — так мужи Ордалии называли самую высокую точку Ирсулора во время случившейся там битвы — из-за пяти выступающих там столбов.

Памятливцы — члены племени скюльвендов, обычно старые и немощные, которым вменено в обязанность запоминание и изложение устных традиций скюльвендов.

Пансулла, Кутий (4088—4132) — новый консул Нансурской империи, а также политический соперник Анасуримбор Эсменет. Заключён под стражу по обвинению в измене в 4132.

Пантерут урс Муткиус (4075—4111) — скюльвенд из племени мунуатов.

Паррэу равнины — край плодородных плато на северо-западе Галеота.

Пасна — город на реке Фай. Славится качеством производимого там оливкового масла.

Пасть Червя — ятверианский храм в Каритусаль, названный так из-за близости к городским трущобам, обычно называемым Червём.

Пастушьи врата — главные врата Сакарпа. Своё название они получили за то, что через эти ворота в город водят животных, предназначенных на убой.

Паусал — коридор, ведущий в Казну, находящуюся под сауглишской Библиотекой.

Паучье лицо — так скальперы называют шпионов-оборотней.

Пембедитари — распространённое бранное слово, которым называли лагерных проституток. Означает «чесоточницы».

Пемембис — дикорастущий кустарник. Ценится за свои благоухающие синие соцветия.

Пенедитари — презрительное название лагерных проституток, означающее «ходящие враскоряку».

Пень — лагерь, часто посещаемый скальперами, проходящими через Космь. Состоит из нескольких платформ, возведённых на огромном упавшем дереве.

Первая Священная Война — поход воинства инрити, созванного Майтанетом и вторгшегося в Киан в 4111 году с целью отвоевания Шайме. Хем Шиббо называл её, без преувеличения, войной «предопределившей будущее истории».

Раздираемое усобицами и завистью, Первое Священное Воинство в действительности не было первым войском, откликнувшимся на зов Майтанета выступить против фаним. Оно последовало по стопам так называемого Священного Воинства Простецов, разгромленного фаним под предводительством Скаура аб Наладжана, сапатишаха Шайгека, на равнинах Менгедды в 4110. Там, где воинство простецов не справилось, объединённое войско, впоследствии ставшее известным под названием воинства Первой Священной Войны, одержало победу, невзирая на лучшую тактику их противников. В результате сражения Люди Бивня, как себя называли инрити, захватили северный берег реки Семпис, грабя, убивая и насилуя во имя всего, что было для них свято. Первые упоминания об Анасуримборе Келлхусе соответствуют как раз этому времени.

Поздним летом 4111-го инрити пересекли Семпис и столкнулись со всей мощью фаним возле крепости Амвурат. Смущённые численностью войска, собранного фаним, а также недавним сражением на Менгедде, Великие Имена, принцы и военачальники разных фракций и национальностей передали командование войска скюльвендскому дикарю — Найюру урс Скиоте. Тем не менее это поразительное решение не только обеспечило им победу над армией фаним, но и привело к гибели кианского полководца Скаура.

Получившие заверения нансурского императора, что его флот сможет снабжать войско свежей водой, Великие Имена приняли судьбоносное решение — немедленно пересечь южную границу пустыни Каратай. Фаним, к удивлению инрити, смогли уничтожить нансурский флот в битве при Трантисе, чем обрекли воинство Первой Священной Войны на скитания в пустыне в поисках немногочисленных колодцев, а также оазисов, оказавшихся отравленными и загрязнёнными трупами. Обрушившиеся на воинство неописуемые страдания, вероятно, оказали значительное влияние на метаморфозу образа Келлхуса, ранее воспринимавшегося просто как мудрый человек, и его превращение в подлинно пророческую фигуру.

К осени того же года, когда выжившие инрити, наконец, достигли Энатпанеи и осадили Караскандж, многие Великие Имена настаивали на необходимости покончить с ним. Некоторые, возможно, хотели использовать его в своих личных целях, прочие же просто находили нелепой саму идею, что кто-то может взять и завладеть Священной Войной изнутри.

Караcканд пал под натиском инрити, однако это обернулось для них кошмаром: войско Каскамандри, падираджи кианской империи, появилось перед внешними стенами. Священное Воинство оказалось в осаде в городе, который они ранее сами неделями морили голодом. Лишения и болезни терзали Воинство так же неистово, как и ранее в пустыне Каратай. Отчаявшиеся Великие Имена вспомнили об Анасуримборе Келлхусе и его заудуньяни. Его приговорили к смерти по закону Бивня: он был привязан к трупу своей жены и подвешен вниз головой на железном кругораспятии. Вспыхнули столкновения между ортодоксами и заудуньяни.

Согласно многочисленным свидетельствам, именно Найюр урс Скиота, скюльвендский дикарь, изобличил первого шпиона Консульта в рядах инрити. Анасуримбора Келлхуса оправдали и восславили на глазах у всего Священного Воинства. Большинство воинов, за исключением небольшого числа, обратилось в заудуньянскую веру. Шпионов Консульта уничтожили, а затем, ранней весной 4112-го, ещё недавно казавшееся сломленным войско под командованием нового пророка выступило на битву с Каскамандри и его военальниками фаним. Несмотря на ужасающее состояние инрити, их фанатизм и лучшее вооружение возобладали на поле битвы, и кианцы в очередной раз потерпели сокрушительное поражение.

С этого момента Первое Священное Воинство преобразилось. Созванное во имя давно умершего пророка Инри Сейена, оно ныне шло в бой под командованием живого пророка, Анасуримбора Келлхуса. Некогда огромное и аморфное, склонное действовать согласно сиюминутным тактическим соображениям, ныне оно было сосредоточенным и сплочённым, и скорее намеренным преподносить сюрпризы врагам, нежели самому оказываться удивлённым. Войско миновало провинцию Ксераш, а затем ступило в Святую Амотеу, уничтожая на своём пути фаним, ныне ведомых Фанайялом аб Каскамандри, и не способных даже замедлить их продвижение.

Два фактора помешали Битве за Святой Шайме стать для инрити третьей подряд сокрушительной победой над врагом. Первый был связан с решением кишаурим, наконец, выступить против Багряных Шпилей, а вторым стало предательство нансурцев. До столкновения с примариями кишаурим никто и представить себе не мог их истинное могущество. Большинство Багряных Шпилей оказалось уничтожено (позже это событие станет известно как Багряное Избавление), что низвело их Школу до жалких 14-ранговых колдунов. Согласно Новуму, лишь появление Анасуримбора Келлхуса спасло войско инрити от катастрофических последствий.

Тем не менее из-за вероломства нансурцев под командованием Икурея Конфаса Священное Воинство всё равно было обречено, и только вмешательство Святого Наставника спасло его от верной гибели. Хоть инрити в итоге и достигли своих целей, многие учёные мужи (в частности Хем Шиббо) смели утверждать, что последствия этой победы, а именно возвышение Анасуримбора Келлхуса, ознаменовало крах инритизма в той же мере, в какой и фанимства.

Первое и Последнее Слово — метафорическое определение речей Инри Сейена.

Перевозчик — нелюдь, вынужденный кормить эрратиков, населяющих Глубочайшую Бездну Иштеребинта. Когда-то мир знал его под именем Моримхира, отца сирот, старейшего из воинов древности и дядю Куйяра Кинмои. Будучи единственным постаревшим нелюдем, ставшим бессмертным после инокуляции, он является вечным напоминанием об истощении и смертности, которые его племянник обменял на Чревомор.

Перрапта — традиционный конрийский ликёр, с которого начинают застолье.

Персоммас Хагум (р. 4078) — участник Первой Священной Войны, один из Первородных, в прошлом нансурский кузнец.

Песнь Извы — аналог Анагогических Напевов у Извази.

Песнь-клетка — легендарный артефакт Извази, способный пленять души.

Песнь лиловых ишроев — также известная как «Песнь кровавых ишроев». Кунуройский эпос в стихах (написанный в Иллесской традиции) неизвестного происхождения, в котором якобы повествуется о жизни Куйяра Кинмои от его собственного лица.

Песнь кровосмешения Линкиру — известная нелюдская песня, рассказывающая о скандальной любви, в результате которой на свет появился Куйяра Кинмои.

> И далече от Глада,
> В глубинах Бездны,
> Они произвели своё проклятое копьё.
> Куйяра Кинмои, душой нацеленного
> На наше разорение,
> Ибо они возлежали вместе, брат и сестра,
> Подражая Тсоносу и Олисс.

«Песнь о маленьких зубах» — знаменитый эпический цикл стихов, рассказывающий о Падении Сиоля после Прорыва Врат.

Печать Айевитерна — искусная табличка с орнаментом, уникальная для каждой нелюдской Обители и обычно установленная позади королевского трона. Считается священнейшей из реликвий. Согласно Священному Джуурлу, главному Священному Писанию нелюдей, Имиморул, отрубив себе руку, в которой он держал щит, и тем самым создав нелюдей, использовал Сиоль, дом Первородный, как щит от Голодных Небес. «Щит Имиморула» стал символом, и каждая печать по преданиям наполнена сущностью своей Обители. «Расколи щит, — гласит древняя поговорка, — раздели Гору».

Пиласканда (4060—4112) — король Гиргаша, данник и союзник кианского падираджи. Убит в Битве за Шайме.

Пир Куссапокари — традиционное празднование летнего солнцестояния у инрити.

Пир-Мингинниаль — см. Битва Пир Мингинниаль.

Пир-Пахаль — см. Битва Пир Пахаль.

Пираша — старая сумнийская шлюха, подруга Эсменет.

Писатул — личный евнух Истрийи Икурей.

Питириль — Разделитель *(ихримсу)*. Зачарованный клинок, принадлежащий ишройскому герою Ойринасу. Утерян в Битве при Пир Мингинниаль.

Плайдеоль — ленное владение Се Тидонна, один из Внутренних пределов у восточных верховий реки Сва. Жители Плайдеоля известны своей свирепостью в битвах, их легко отличить по огромным бородам, которые они никогда не стригут.

Плато Аттонг — «потерянная твердыня» (от киранейского «атт анох»). Также известна как Аттонгский провал. Известный проход в Хетантских горах, традиционный путь вторжения скюльвендов.

Плачущая Гора — другое название Иштеребинта.

Погружение — гипнотический транс, являющийся средством дунианской Обработки, а также очистительный ритуал инициации заудуньяни.

Подлые — нелюдское уничижительное обозначение инхороев. См. Инхорои.

Поздняя Древность — иногда именуется Кенейской эпохой. Исторический период, начавшийся в 2155 году (окончание Апокалипсиса) и закончившийся падением Кенеи в 3351 году. См. Ранняя Древность.

Покаяние — заудуньянский обряд очищения, при котором грешников раздевают по пояс для бичевания, а затем Судьи производят три удара плетью, что олицетворяет сопричастие к Греху Кругораспятия.

Порифар — древний кенейский философ, советник Триамиса Великого. Составил «Кодекс Триамиса» — свод законов, на которых основана судебная практика большинства государств Трёх Морей (за исключением Киана, что примечательно).

Пороги — пыточная Иштеребинта, построенная таким образом, чтобы быть незримой для богов, дабы избавить ведущих допрос нелюдей от бремени греха.

Порспарниан (4071—4132) — участник Ордалии, шайгекский раб (и втайне ятверианский жрец), прислуживавший Сорвилу после его присоединения к Великой Ордалии.

Последний пророк — см. Инри Сейен.

Поу — трущобы древнего Кельмеола.

Поющая-Во-Тьме — см. Онкис.

Поющий внутри — архаичное название колдунов.

Правила ухода — традиционные указы, регламентирующие внешний вид зеумской кастовой знати. К ним часто обращаются во времена вспышек культурной паранойи, обычно с целью лишения свободы неугодных или их казни.

Прагма — титул самых старших посвящённых дуниан.

Преграды — один из Высших Артефактов Ремесленника, Эмилидиса. Этот магический барьер создан с одной целью — запечатать единственный вход в Инху-Холойнас, который Нильгиккас и его квуйя не смогли закрыть изнутри. Будучи главным детищем Ремесленника, Преграды покрыты завесой тайны. Немногочисленные сохранившиеся описания недостоверны и противоречивы.

Предатель людей — см. Мекеритриг.

Премпарские Бараки — крепость в Аокниссе, где размещена Резервная Гвардия королей Конрии.

Преследователь — так часто называют Хузъелта.

Престол — символическое название трона шрайи.

Призывные рога — огромные бронзовые рога, подающие сигнал к «молитвенной страже» в инритийском ритуале.

Прима Арканата — магнум опус Готагги, представляющий собой первое людское исследование природы колдовской метафизики.

Принцип предшествующего и последующего — также называется эмпирическим принципом приоритета. См. Дуниане.

Причальный ярус — нижний ярус Главной Террасы.

Проадъюнкт — высшее неофицерское звание в имперской нансурской армии.

«Продавать персики…» — распространённый в Трёх Морях эвфемизм, означающий торговлю сексуальными услугами.

Произведённые — см. Шранки.

Пророк Бивня — так называют пророков, о которых повествуют «Хроники Бивня».

Прорыв Врат — нападение людей Эанны на Врата Эарвы, цепь укрепленных проходов через Великий Кайарсус. Поскольку «Хроники Бивня» заканчиваются решением вторгнуться в Эарву, землю Высокого Солнца, и поскольку нелюдские Обители, активно участвовавшие в отражении вторжения людей, были уничтожены, о Прорыве Врат и последующей миграции мало что известно.

Протатис (2870—2922) — знаменитый кенейский поэт времен Поздней Древности. Наиболее известны такие его произведения, как «Козлиное сердце», «Сто небес» и авторитетный труд «Устремления». Многие считают Протатиса величайшим из кетьянских поэтов.

Прото каро-шемский — языковая группа древних скотоводов Восточной части пустыни Каратай. Произошёл от шемского.

Профил, Харус (р. 4064) — командир войска Асгилиоха в ходе Первой Священной Войны.

Псаил II (4009—4086) — шрайя Тысячи Храмов с 4072 до 4086-го.

Песнь Имиморула — псалом, пересказывающий начало Джуурла, главного Священного Писания нелюдей.

> Весь Мир обретает поющий мою песнь,
> Ибо я Источник — дух Глубочайшей Бездны,
> И моё сердце впервые заставило биться твой пульс,
> Весь Мир обретает поющий мою песнь,
> Я, Имиморул, бежавший с Небес
> Ибо так я любил щебетание ручьёв,
> И посвист ветра на вершинах гор,
> И мириады тех, кого пронзают насквозь всеблагие иглы,
> Весь Мир обретает вздымающий кров свой в Глубинах.
> Я, Имиморул, бежавший от Глада,
> Ибо так я боялся Небес,
> И ярости тех, кто был в гневе,
> Тех, кто желал запретить мне любить

> Мириады живущих в Миру.
> Весь Мир обретает та, что возжигает огонь свой в Глубинах.
> Я, Имиморул, я отрезал пальцы с моей кисти,
> И с моей руки, мою кисть, и с моего тела — руку,
> И эти части себя вложил я в утробы Львиные,
> Дабы обретаться среди подобных себе.
> И стал я Одноруким — Имиморулом Безщитным.
> И вы были мне, словно дети,
> Обликом — боги, рождённые ото Львов
> Сыны, ставшие отцами целым народам,
> И дочери, ставшие матерями всем мириадам этого Мира.
> И пел я вам песни, что слышны
> Лишь на вершинах Небес, и нигде в Преисподней.
> Мы плакали вместе, так же, как пели,
> Ибо скорбь равнодушна к славе иль к именам.
> Лишь кожа чернеет от синяков и изливается кровью.
> Весь Мир обретает поющий мою песнь,
> Весь Мир обретает нашедший меня в Глубинах
> Мир и скорбь.

Псаммату Нентепи (р. 4059) — шрайский жрец родом из Шайгека, служивший в Сумне. Постоянный клиент Эсменет.

Псухаи — люди, практикующие Псухе.

«Псухелог» — главный труд Импархаса, колдуна Имперского Сайка, эзотерика-метафизика, интересовавшегося магией кишаурим Псухе.

Псухе — мистическая практика кишаурим, во многом подобная колдовству, хотя и более грубая в своих проявлениях. Отличается тем, что незрима для Немногих. См. Колдовство.

Пулиты — племя скюльвендов с южных пустынных окраин степи Джиюнати.

Пустота — см. Хемоплексия.

Путь Пон — старая кенейская дорога, идущая на северо-восток от Момемна, параллельно реке Фаюс. Является одним из главных нансурских торговых путей.

Пять армий Нильну — собирательное название пяти (на самом деле шести) племенных объединений: Эшдутт, Хару (иногда называемые Харатака), Мидару, Инвойра и Сомбатти (делившееся на Рапполов и Сомбатов), на протяжении всей известной истории боровшихся за власть в Нильнамеше.

Пять племён людей — пять народов примитивной культуры, мигрировавших на субконтинент Эарва в начале Второй Эпохи: норсираи, кетьянцы, саоти, скюльвенды и ксиуханни.

Р

Рабский Свод — ряд императорских указов, подготовленных Анасуримбором Келлхусом в 4124-м и расширявших правовые и религиозные свободы рабов. Впоследствии эти указы были отменены Анасуримбор Эсменет во время подавления Великого Ятверианского Мятежа.

Равнина битвы — см. Равнины Менгедды.

Разграбление Сарневеха — Сарневех, будучи одним из нескольких городов айнонских ортодоксов, разграбленных заудуньяни во время Объединительных Войн, примечателен тем, что после его захвата по Трём Морям широко разошлась листовка, озаглавленная «Утраты», в которой содержались сведения о жестокой расправе над пятью тысячами детей. Историк Хем-Маристат отмечает, что вскоре после этого Келлхус приказал прекратить скрупулёзный подсчёт подобных потерь.

Разлом Илкулку — «Небеса Улку» *(ихримсу)*. Огромная расселина, расположенная в сердце Иштеребинта и иногда называемая Небом-под-Горой. Образует в глубинах Горы отвесные склоны, на которых располагаются знаменитые Висящие Цитадели.

«Размышления» — главный труд Стаджанаса II, прозванного императором-философом. Стаджанас правил Кенеем с 2412 по 2431 год.

Ранг-Принципал — титул, присуждаемый посвящённым членам Багряных Шпилей.

Ранговый колдун — практики школ сильно различаются, но в общем случае этот титул дается чародею, который может учить колдовству других.

Ранняя Древность — исторический период, начавшийся с Прорыва Врат и окончившийся в 2155 году Апокалипсисом. См. Поздняя Древность.

Распределение — некогда ритуальный раздел добычи между победившими в битве ишроями, ныне выродившийся до аукциона рабов.

Раушанг, Хринга (р. 4054) — король Туньера, отец Скайельта и Хулвагры.

Риббарал — часть Даглиаш, некогда наполненная кузницами и другими мастерскими.

Ритуальный Чертог — зал, находящийся между Пчельником и Средоточием и некогда служивший пристанищем для священнослужителей Хулья.

Ровное место — согласно скюльвендским представлениям, идеальное духовное состояние воина-скюльвенда, в котором он свободен от всех страстей и желаний и посему достигает единения с самой землёй.

Рога Голготтерата — одно из многих названий двух Вёсел Ковчега — видимых частей Инку-Холойнаса. В Исуфирьяс описана высота Воздетого Рога — тысяча десятков или десять тысяч локтей по счислениям нелюдей, что, скорее всего, является преувеличением. По утверждениям адептов Сохонка, которые в своих исследованиях полагались на измерения тени Воздетого Рога, его точная высота составляет девять тысяч семьсот двадцать четыре умерийских локтя, что почти в два раза меньше, чем сообщали нелюди. Стоит ли говорить, что и это число всё равно огромно.

Роговые Врата — одни из главных ворот Карасканда.

Рода — так именовались многочисленные кровные линии ишроев, многие из которых выходили за пределы конкретных Обителей и, как следствие, на порядок усложняли политику тех времён.

Рода Присягнувших — рода, располагавшиеся в кунуройской иерархии ниже остальных, но являвшиеся при этом наиболее многочисленными. По большей части эти рода состояли из нелюдей, поклявшихся в верности тем или иным ишроям или квуйя.

Род-Высочайший-И-Глубочайший — почётное название дома Тсоноса.

Родной город — так нансурцы часто называют Момемн.

Рохиль, река — самая восточная из трёх главных речных систем Эарвы. Впадает в озеро Хуоси.

«Рука Триамиса, сердце Сейена и разум Айенсиса» — знаменитая поговорка, приписываемая поэту Протатису. Называет идеальные качества, к которым должны стремиться все люди.

Руом — самая отдалённая от границ цитадель Асгилиоха. Руом часто называют Могучим Быком Асгилиоха. Уничтожен землетрясением в 4111 году.

Рушру — зеумский термин, означающий нравственную значимость конкретных обстоятельств.

Рынок Агнотум — главный рынок Иотии, существующий со времён Кенейской империи.

Рыцари Бивня — см. Шрайские рыцари.

Рыцари Трайсе — известны также как рыцари Ур-Трона. Древний орден рыцарей, поклявшийся защищать династию Анасуримборов. Считается, что все они погибли в 2147 году во время падения Трайсе.

Рыцарь-командор — звание в рядах шрайских рыцарей. Рыцарь-командор находится в непосредственном подчинении у великого магистра.

С

Саг-Мармау (ок. 2094—2143) — муж легендарной Усилки, которому отведена важная роль в Книге Военачальников (одной из частей Священных Саг): сначала как генералу, сумевшему избавить Ордалию от вызванных страхом беспорядков, последовавших за убийством генерала Эн-Кауджалау, а затем и как человеку, узревшему Инициацию — рождение Не-Бога и начало Апокалипсиса.

Саглэнд — самая южная провинция Сакарпа, чьи жители («саглэндеры») считаются немощными простаками из-за того, что избавлены от тягот жизни Пограничья.

Саду'варалла аб Даза (р. 4084) — участник Ордалии, Вождь Нижнего Имита, генерал войска кхиргви в Великой Ордалии Анасуримбора Келлхуса. Пережив апоплексический удар, он прославился в Трёх Морях своими видениями, подтверждающими божественную сущность Аспект-Императора, — и это несмотря на то, что кхиргви славятся упорным нежеланием отступаться от своих древних обычаев, связанных с поклонением демонам.

Сайк — анагогическая школа, расположенная в Момемне и связанная договором с нансурским императором. Сайк, или Имперский Сайк, как его часто называют, является наследником Сака, знаменитой школы Кенейской империи, действовавшей с одобрения государства и тысячу лет властвовавшей над всеми Тремя Морями под эгидой Аспект-Императоров. Веками они существовали как нансурское учреждение, воевавшее с кишаурим на практически постоянной основе. Воцарение Анасуримбора Келлхуса как Аспект-Императора Трёх Морей в значительной степени избавило их от связи с государством, просто потому, что у нового правителя уже была собственная Сака — Школа Завета.

Сака'илрайт — «дорога черепов» (кхиргви). Путь через Кхемему, пройденный войском Первой Священной Войны.

Сакарп — один из городов Древнего Севера, расположенный в центре Истиульских равнин. Не считая Атритау, это единственный город, переживший Апокалипсис. Будучи торговым пунктом на пути караванов, доставляющих умерийские изделия в обмен на шайгекские специи, Сакарп долгое время напрямую зависел от развития торговли в Эарве. Одинокий Город, как его называли даже во времена Ранней Древности, рос, в то время как остальная развивавшаяся цивилизация Трёх Морей возжелала богатств, получаемых от торговли норсирайскими тканями и товарами. С развитием торговли Сакарп, подобно Киранее и Широ, усиливался в своём регионе. Наиболее хитроумным из множества указов, изданных в те времена королями Сакарпа, стал «Хоровый Оброк», требовавший от купеческих семей плату в виде хор, как цену за те или иные привилегии в торговле. Эта практика впоследствии привела к появлению знаменитого Клада Хор, который, согласно легендам, во время Апокалипсиса вынудил Не-Бога обойти город стороной.

После Апокалипсиса торговля рухнула, а на равнинах Истиули воцарились шранки, что преобразило купеческую сущность Сакарпа, превратив его в крепость. Была создана Черта, представляющая собой линию укреплённых башен, разбросанных по равнинам к северу от города и в верховьях реки Виндауга, или «Саглэнда» — житницы города.

Сакарпский язык — язык Сакарпа, относится к скеттской языковой группе.

Саккарис, Апперенс (р. 4092) — участник Ордалии, великий магистр Завета в Великой Ордалии Анасуримбора Келлхуса. В результате так называемой Келлианской Реконструкции Завета в 4123 году Кворум был распущен, и власть стала более автократичной, переняв «магистерскую» форму управления, характерную для других Великих Школ. Будучи юным гением, Саккарис был назначен Аспект-Императором первым великим магистром Завета. Среди колдунов он, по слухам, является единственным человеком, владеющим Напевами Метагнозиса, в жилах которого не течёт кровь Анасуримборов.

Сакральные ограждения — название Имперских садов восьмиугольной формы, появившихся вследствие келлианского обновления Андимианских Высот.

Саксилл, Клиа (р. 4089) — капитан инкаусти, личных телохранителей Святейшего шрайи.

Сактута — гора из Хетантской горной системы, расположена в виду реки Кийут.

Сампилет Огненный певец (1658—1712) — легендарный маг Ранней Древности, которому приписывают создание прославленного Напева Драконьей Головы, а также основание Сурарты, школы-предшественницы Багряных Шпилей.

Санати (4100–?) — дочь Найюра и Анисси.

Санк, Биакси (4066—4132) — патридом дома Биакси и доверенное лицо Анасуримбор Эсмнет. Получил должность нансурского консула после ареста Кутия Пансуллы в 4132. Найден убитым на Андимианских Высотах осенью того же года.

Санкла (4064—4083) — сосед по келье и любовник Акхеймиона во времена его юности, проведённой в Атьерсе.

Сансор — государство Трёх Морей, находящееся в подчинении Верхнего Айнона.

Сансори — язык Сансора, происходящий от шейо-херемского языка.

Сапатишах-правитель — титул полунезависимых региональных правителей провинций Киана.

Сапматари — забытый язык рабочих каст Нильнамеша, относится к варапсийской языковой группе.

Саппатурай — крупный торговый город в Нильнамеше.

Сареотская библиотека — во времена Кенейской империи одна из величайших библиотек в мире. Так называемый священный закон Иотии под страхом смертной казни требовал от всех прибывающих, имевших с собой книги, отдавать их для копирования в библиотеку. Хоть сареоты и были перебиты, когда Шайгек пал во время вторжения фаним в 3933 году, падираджа Фан'оукарджи III не стал предавать библиотеку огню, считая это волей Единого Бога.

Саростенес (4064—4112) — один из Людей Бивня, ранговый колдун Багряных Шпилей. Убит в Шайме.

Саротессер I (3317—3402) — основатель Верхнего Айнона. В 3372 году сбросил иго Кенейской империи и воздвиг Ассуркампский трон, став первым из айнонских королей.

Сарцелл, Кутий (4072—4099) — рыцарь-командор шрайских рыцарей. Убит шпионами-оборотнями Консульта, один из которых затем занял его место.

Саскри — крупная речная система в Эумарне, берущая начало в Эшгарнее и питающая равнины Джахан.

Сассотиан, Помарий (4058—4111) — генерал имперского флота во время Первой Священной Войны. Погиб в сражении в заливе Трантис.

Саттай — так норсираи называют Уттая, вождя утемотов и легендарного скюльвендского короля племён, возглавлявшего во время Апокалипсиса людей, вставших на сторону Не-Бога.

Сатиотские языки — языковая группа народов сатьоти.

Сатьоти — народ, представители которого, как правило, черноволосы, чернокожи и зеленоглазы. Основные места обитания — государства Зеума и южные окраины Трёх Морей. Одно из Пяти племён людей.

Саубон, Коифус (4069—4132) — один из людей Бивня, седьмой сын короля Коифуса Эрьеата Галеотского, глава галеотской части воинства во время Первой Священной Войны. Участник Ордалии и Уверовавший король Карасканда, а также экзальт-генерал в Великой Ордалии Анасуримбора Келлхуса.

Сауглиш — один из четырёх великих древних городов долины реки Аумрис, уничтоженный во время Апокалипсиса в 2147 году. С самого начала Нелюдского наставничества Сауглиш стал центром просвещения Древнего Севера, родиной первых гностических школ. Там находилась Великая сауглишская Библиотека. См. Сауглишская Библиотека и Апокалипсис.

Сауглишская Библиотека — известный храмовый комплекс и хранилище текстов, находившееся в древнем Сауглише. По легенде, ко времени уничтожения Сауглиша в 2147 году библиотека разрослась до размеров города в городе.

Сашеока (4049—4100) — великий магистр Багряных Шпилей, по неизвестным причинам убитый в 4100 году кишаурим. Предшественник Элеазара.

Сают, река — одна из величайших рек Эарвы, берущая начало в Южном Великом Кайарсусе и впадающая в Ниранисас.

Сва, река — река, образующая северную границу Се Тидонна.

Свазонд — церемониальный шрам. С помощью свазондов скюльвенды ведут счёт убитых врагов. Некоторые верят, что эти отметины отдают воину силу убитого.

Сваранул — «Башня клятвы» (*умерийск.*). Отдельно стоящий холм в Акирсуале — древней куниюрской провинции, увенчанный руинами Хиолиса — святыни, возведённой в честь легендарного и скорее всего мифического Наделения, когда Боги, предположительно, вверяли земли в руки вождей племён Высоких норсираев.

Сварджука (4061—4112) — сапатишах-губернатор Джурисады.

Свайяльское Сестринство — первая Школа ведьм, размещённая в крепостном комплексе Оровелай в Святом Амотеу. Названа в честь Свайяли — прославленной девы, осудившей любовные подвиги Гильгаоля и приговорённой им к вечной жизни в образе Золотого Лебедя. В Новом Завете, утверждённом Анасуримбором Келлхусом в 4114 году, было, по мнению большинства, два главных изменения в традиционном каноне инрити: Реабилитация Колдовства, аннулировавшая все запреты шрайи и Бивня на деятельность колдунов, а также Освобождение Женщин, отменившее все навеянные традициями ограничения женщин в повседневной жизни. Некоторые учёные отмечали (а иногда и одобряли), что фундаментальные изменения привнесло именно первое нововведение, последнее же носило более символический характер и слабо повлияло на жизнь женщин в Новой Империи, за примечательным исключением кастовой знати (из-за расширения прав на собственность) и, самое главное, за исключением ведьм. Ходили слухи, что агенты Аспект-Императора начали вербовку ведьм ещё до введения Нового Завета. Поначалу успехи были незначительны: матери до ужаса боялись обнаружить у своих дочерей дар Немногих, а необходимость скрывать личности людей, занимавшихся чародейством, была почти так же стара, как неприятие колдовства Бивнем. Лишь когда первые из свайяли *сами* начали вербовать в свои ряды женщин, их численность стала возрастать. Спустя десяток лет последнего наставника из числа адептов Завета, посланных в Оровелай, отправили обратно в Атьерс, и Сестринство наконец стало полностью независимым, не считая, разумеется, интересов Империи. Ко времени начала Великой Ордалии Свайяльское Сестринство могло посоперничать с любой из других Великих Школ Трёх Морей, включая Завет, который они превосходили по численности практически вдвое.

Хотя официально они и занимались исследованиями Гнозиса и обучением ему, Сестринство также было предано идее сохранения множества «народных чар», созданных поколениями ведьм со всех Трёх Морей.

Свеки, река — «святость» *(кианск.)*. Так называемая «чудесная река», почитаемая кианцами священной. Они полагают, что её воды воспряли из ничего по воле Единого Бога. Ещё до первых джихадов нансурские картографы предприняли несколько попыток определить местонахождение её истоков в Великой Соли, однако ни одна из экспедиций не увенчалась успехом.

Свитки предков — списки, которые хранят благочестивые инрити. В них перечисляются имена умерших предков, разделявших их веру. Поскольку инрити верят, что честь и слава при жизни приносят власть после смерти, они очень гордятся знаменитыми предками и стыдятся родства с грешниками.

Священное воинство простецов — так назвали первое воинство Священной войны, выступившее против фаним.

Священная Бездна — глубочайший ярус Иштеребинта, куда нелюди Инъйор-Нийяса веками отправлялись в священные паломничества, совершаемые в полной тишине и темноте.

Священные земли — так называют Ксераш и Амотеу, две страны, непосредственно упоминаемые в Трактате.

Священные пределы — см. Хагерна.

Священные саги — сборник эпических песен, пересказывающих события Апокалипсиса. Книга открывается мольбой:

> Ярость — Богиня! Воспой свой полёт!
> Всем — от наших отцов и до наших детей.
> Прочь, Богиня! Скрой свою святость!
> От тщеславия, что королей превращает в глупцов,
> От книжников, омертвивших исканием души.
> Раскрыты рты и распахнуты руки, мы умоляем тебя:
> Спой нам конец своей песни.

Вскоре после захвата заудуньяни Трёх Морей Саги были возведены в статус Священного Писания. Главным образом в них пересказываются события «Кельмариады» — истории Анасуримбора Кельмомаса и его трагической Ордалии; «Кайютиады», рассказывающей о жизни кельмомасова сына Нау-Кайюти и о его героических подвигах; «Книги полководцев», описывающей запутанные события, последовавшие за убийством Нау-Кайюти; «Трайсиады», повествующей об уничтожении великого города; «Эамнориады» — истории изгнания Сесватхи из древнего Атритау и его последующих попыток выжить; «Анналов Акксерсии», рассказывающих о падении Акксерсии; и наконец «Анналов Сакарпа», или «Песни Беженцев», как её иногда называют, — необычное описание Сакарпа времён Апокалипсиса.

Священный Джуурл — основополагающее писание нелюдей, рассказывающее предание об Имиморуле и раскрывающее божественное происхождение их расы. Крайне незначительная часть текста переведена на языки людей, однако вступительные строфы, озаглавленные как «Мольба к Имиморулу», хорошо известны книжникам Трёх Морей:

> Беги, и дыханье станет лезвием.
> Плачь, и глаза станут углем.
> Живи, и кожа станет морщинами.
> Кричи, и сердце окрепнет.
> Танцуй, и руки превратятся в кружевные наряды.
> Люби, Имиморул! Возвысься, Глубинный Отец!
> Живи, дабы твоя кожа состарилась!
> Мы — звери, что думают, прежде чем нападать.
> Танцуй для нас, Глубинный Отец!
> Кричи, дабы мы могли плакать и знать.

Священная Награда — плата, выдаваемая имперским казначейством в обмен на скальпы шранков. В 4119, когда Анасуримбор Келлхус впервые объявил о награде, плата составляла один серебряный империал за 2 скальпа, однако выплаты упали почти вдвое, когда группам скальперов удалось отточить свои методы добычи до совершенства. Коррупция, поразившая обе стороны (и подсчёты и выплаты), поначалу процветала, что привело к сотням казней — как скальперов, так и имперских офицеров. Позднее эти события окрестили Чисткой Скальперов 4125 года.

Священный Свежеватель — инрис хисхрит *(хам-херемский)*. Титул, присуждаемый чемпионам Шранчьих Ям.

Се Тидонн — норсирайское государство Трёх Морей, расположенное к северу от Конрии, на восточном побережье Менеанора, основанное в 3742 году после падения Ксигемиса. Первое упоминание о тидонцах встречается в «Кенейских анналах» Касида, где он рассказывает об их рейдах через реку Сва. Потомки бежавших от Апокалипсиса древних норсираев — тидонцы, как считается, много столетий жили в южных регионах Дамеорских пустошей. Национальная разобщённость не позволяла им причинять ощутимое беспокойство кетьянским соседям. Однако в тридцать восьмом столетии они объединились и без особых сложностей разбили кенгемцев в битве при Марсве в 3722 году. Но лишь в 3741 году король Хаул-Намьелк сумел объединить различные племена под своей абсолютной властью, в результате чего возник Се Тидонн.

Лучше всего характеризуют тидонцев их народные верования. «Ти дунн» буквально означает «кованое железо» и отражает представление о том, что их народ очищен суровыми испытаниями долгого странствия по дамеорским пустошам. Тидонцы считают, что это дало им «право крови», возвысив их морально, физически и интеллектуально над остальными народами. Се Тидонн жестоко подавлял кенгемцев, часто восстававших против их владычества.

Седая Шкура — накидка из шкуры белого медведя, которую короли Вири носили в качестве знака власти. По слухам, была подарком Хузъелта, Тёмного Охотника.

Селеукара — торговый центр Киана, один из великих городов Трёх Морей.

Селиальская колонна — подразделение имперской нансурской армии, традиционно размещённое на границе с Кианом.

Семена гоу-гоу — добываются из фрукта гоу-гоу и используются по всему Айнону и Сансору в качестве лёгкого стимулятора.

Семпер, Мидру (4078—4121) — один из Людей Бивня, айнонский барон, участвовавший в Первой Священной Войне. Убит во сне неизвестными.

Семпис, река — одна из крупных речных систем Эарвы, берущая начало в обширных пространствах степи Джиюнати и впадающая в Менеанорское море.

Сеокти (4051—4112) — ересиарх кишаурим, один из наиболее могущественных когда-либо живших на свете кишаурим. Убит Анасуримбором Келлхусом в Шайме.

Серджулла Шеорог (4069—4111) — один из Людей Бивня, граф тидонской области Варнута. Скончался от болезни в Карасканде.

Сердце Сесватхи — мумифицированное сердце Сесватхи, которое является главным предметом в так называемом Ритуале Держания. Этот колдовской ритуал передает адептам Завета воспоминания Сесватхи об Апокалипсисе. См. Завет.

Сесватха (2089—2168) — основатель Школы Завета и непримиримый враг Консульта на протяжении всего Апокалипсиса. По рождению принадлежал к касте трудящихся, к семье бронзовых дел мастера в Трайсе. В весьма юном возрасте был определён как один из Немногих и отправлен в Сауглиш для обучения в гностической школе Сохонк. Необыкновенно одарённый, он стал самым юным из получивших звание колдуна за всю историю Сохонка, на тот момент ему было пятнадцать лет. За время учения он сдружился с Анасуримбором Кельмомасом, так называемым заложником Сохонка — как называли непосвящённых учеников, проживавших при школе. Уже по этой весьма выгодной дружбе можно было предположить, что Сесватха был ловким политиком еще до того, как стал великим магистром. Позже он доказал это, завязав отношения с важными персонами по всей территории Трёх Морей, в том числе с Нильгиккасом, нелюдским королём Иштеребинта, и Анаксофусом, будущим верховным королём Киранеи. Эти качества вкупе с несравненным знанием Гнозиса сделали Сесватху, пусть и не по званию, истинным предводителем войн, которые велись против Консульта вплоть до Апокалипсиса. Кельмомас отдалился от друга — скорее всего потому, что ему не нравилось влияние Сесватхи на его младшего сына Нау-Кайюти. Однако в течение долгого времени ходили легенды, что Нау-Кайюти на самом деле был сыном Сесватхи, плодом его незаконного союза с Шараль, любимой женой Кельмомаса. Бывшие друзья так и не помирились до самого кануна Апокалипсиса — а потом было уже слишком поздно. См. Апокалипсис.

Сетпанарес (4059—4111) — генерал, командовавший айнонским воинством во время Первой Священной войны. Убит Кинганьехои при Анвурате.

Сефератиндор (4065—4111) — граф-палатин айнонского палатината Хиннант, умерший от болезни в Карасканде.

Сечариби, равнины — обширные аллювиальные равнины, простирающиеся к северу от реки Сайют в Верхнем Айноне, известные своим плодородием и населённостью.

Сибавул те Нурвул (р. 4092) — участник Ордалии, Уверовавший князь Нимбрики, возглавлявший кепалорское войско в составе Великой Ордалии.

Сиклар Гаес (4101—4132) — участник Ордалии из Се Тидонна, племянник короля Хогрима. Убит в Битве при Имвеоре.

Сику — термин, обозначающий нелюдей, находившихся на службе у людей, обычно в качестве наёмников или советников. Есть ещё особое значение этого слова: нелюди, принимавшие участие в так называемом Нелюдском наставничестве с 555 по 825 год. См. Нелюдское наставничество.

Симас, Полхий (4052–?) — старый учитель Акхеймиона и член Кворума — правящего совета Завета.

Син'нироих (?–?) — «первый среди людей» *(ихримсу)*. Король нелюдей Нихримсула, впоследствии ставший королём Ишориола в результате брака с колдуньей Тсиниру, которой суждено было произвести на свет Нильгиккаса — его единственного сына, в итоге объединившего все Обители во главе с родом Тсоноса. Он известен как давний противник Куйяра Кинмои, своим категорическим отказом от инокуляции, а также объединением кунуроев после окончания Второй Стражи и катастрофы Пир-Мингинниаль.

Син-Фарион — «Ангел Лжи» *(ихримсу)*. Так нелюди стали называть Ауранга после эпидемии Чревомора.

Синерсес (р. 4076) — один из людей Бивня, капитан-щитоносец джавретов и фаворит Ханаману Элеазара.

Синодин — зал на Андимианских Высотах, где проводятся заседания Имперского Синода.

Синтезы — артефакты инхоройской магии Текне. Считаются живыми оболочками, изготовленными для того, чтобы вмещать души высших членов Консульта.

Синяя чума — согласно легенде, мор, рождённый из праха Не-Бога после его уничтожения Анаксофусом V в 2155 году. Адепты Завета оспаривают это. Они утверждают, что тело Не-Бога было собрано Консультом и погребено в Голготтерате. В любом случае, синяя чума считается одной из самых страшных эпидемий во всей зафиксированной истории.

Сиоль — нелюдская Обитель, от которой, согласно традиции, произошли все остальные Обители, кроме Нихримсула. По этой причине Сиоль также именовался «Домом Первородным». Расположенный прямо среди отрогов северо-восточного Кайарсуса, Сиоль был постоянный оплотом, сдерживавшим натиски человеческих орд с востока, благодаря чему его сыны научились беспощадным способам ведения войны, которые впоследствии обеспечат им завоевание всей Эарвы, за исключением Нихримсула (который, как известно, сумел выдержать Тысячелетнюю Осаду). Хоть кунурои и более долготерпивы и лояльны властям, нежели люди, в то же самое время в случае бунтов они склонны к гораздо большей жестокости. В Исуфирьяс отмечается постепенный раскол династии Тсоноса, ибо интересы Обителей разошлись настолько, в конце концов, стали так же сильно отличаться друг от друга, как и от интересов сынов Нихримсула (или «Тёмных нелюдей»). И посему сыны Тсоноса перестали чтить свой общий Род и начали развязывать войны друг против друга.

Сиоль в итоге сохранил своё могущество, но скорее как поставщик человеческих рабов и вечный агрессор, нежели как источник богатства и мудрости. В части торговли Обитель затмили Кил-Ауджас, Иллисеру и Ишориол — «Дом Конца мира», который превзошёл Сиоль ещё и в культурном отношении. Существует мнение, которого придерживаются многие учёные мужи, что Сиоль — это те самые «Врата Таянта», упоминающиеся в Бивне, а их «Прорыв» в буквальном смысле положил начало всей человеческой цивилизации в Эарве.

Сиройон, Халас (р. 4098) — участник Ордалии, принц Эрраса, командующий войском фаминри в составе Великой Ордалии Анасуримбора Келлхуса.

Сироль аб Каскамандри (р. 4004) — младшая дочь Каскамандри аб Теферокара.

Сиронж — кетьянское островное государство, расположенное на стыке всех Трёх Морей и обладающее древними традициями мореплавания и торговли.

Сиронжский — язык Сиронжа, происходит от шейо-кхеремского.

Сирро (2367–2415) — селеукаранская поэтесса, натуралист и философ, прославленный автор «Святой Старицы». Сожжена Тысячей Храмов по подозрению в колдовстве.

Снутпиюта — так скюльвенды называли жизнь. Означает «дым, что движется».

Скаврские языки — языковая группа скюльвендских народов.

Скагва — область туньерского приграничья.

Скайелът, Хринга (4073—4111) — один из Людей Бивня, старший сын короля Раушанга Туньерского, предводитель туньерского воинства в Священной войне. Умер от чумы в Карасканде.

Скала (4069—4132) — кепалор, назначенный Ксерием III экзальт-капитаном дворцовой эотийской гвардии после смерти Гаэнкельти.

Скалатей (4069—4111) — наёмный колдун школы Мисунсай, убитый в сельской местности Ансерка Багряными Шпилями.

Скаралла, Хепма (4056—4111) — один из людей Бивня, жрец Аккеагни высокого ранга во время Первой Священной Войны. Умер от болезни в Карасканде.

Скаур аб Наладжан (4052—4111) — сапатишах Шайгека и первый могущественный противник Священного воинства. Убит при Анвурате. Будучи ветераном многих войн, он пользовался большим уважением среди союзников и врагов. Нансурцы называли его Сутис Сутадра, «южный шакал», из-за его штандарта с чёрным шакалом.

Скафади — кианское название скюльвендов.

Скафра — один из самых известных участвовавших в Апокалипсисе враку. Убит Сесватхой в битве при Менгедде в 2155 году.

Скеттская империя — норсирайская империя, возникшая из руин государства Белых кондов в Микльё в 1097-м и простиравшаяся вдоль северных берегов Церишского Моря.

Скеттские языки — языковая группа древних скотоводов Дальних равнин Истиули, ведущих происхождение от нирсодского языка.

Скилура II (3619—3668) — именуемый также Безумным, наиболее жестокий из нансурских императоров династии Сюрмант. Его сумасшедшие выходки привели к мятежу в 3668 году, в результате которого императорская мантия досталась Сюрманту Ксанатиу I.

Скинтии — древние норсирайские племена белокожих скотоводов, которые, будучи теснимыми скюльвендами с собственных земель, поколениями досаждали городам Высоких норсираев на реке Аумрис.

Скинтия — подвластная скюльвендам земля к западу от Хетантских гор. Само название является реликтом времён ранней Киранеи, когда скюльвенды ещё делили Степь Джиюнати с белыми норсираями.

Скиота урс Ханнут (4038—4079) — отец Найюра урс Скиоты, бывший вождь утемотов.

«Склонение в огонь» — заудуньянская метафора, обозначающая божественное откровение.

Склонённый Рог — см. Рога Голготтерата.

Сковлас, Биакси (4075—4111) — второй рыцарь-командор шрайских рыцарей, погиб в битве при Менгедде.

Скогма — древний враку, предположительно убитый во время куну-инхоройских войн.

Скопление — склонность шранков бессознательно собираться в группы, намного превышающие по численности их врагов, — то есть десятками тысяч и более.

Скорбь — совокупность недугов, рано или поздно поражающих всех нелюдей, которые в результате становятся теми, кого называют эрратиками (в противоположность Целостным). Скорбь часто называют Вторым Проклятием (первым, разумеется, был Чревомор), поскольку она напрямую следует из бессмертия нелюдей, приобретённого ими после инокуляции. Души просто-напросто не обладают вечной памятью, существует предел, и в какой-то момент что-то обязательно будет забыто. Трагизм ситуации заключается в том, что травмирующие и постыдные воспоминания в душах нелюдей не просто сохраняются, а словно бы высекаются в камне. Это приводит к тому, что чем дольше длится жизнь нелюдя, тем большим вместилищем для боли и страданий становится душа. Истинная, как считается, Скорбь начинается, когда в памяти кунуроя остаются *лишь болезненные воспоминания*, что лишает страдальца способности помнить что-либо кроме биения своего сердца (дабы не вспоминать ужасы жизни). Это делает их неприспособленными к обычной жизни, искажёнными существами — эрратиками, хотя эти изменения и происходят удивительно разнообразными путями. Абсолютное большинство эрратиков постепенно начинают вызывать у окружающих чувство непреодолимого отвращения, вынуждающее их покидать любые хорошо знакомые (или некогда знакомые) им места. Ещё одно проявление нелюдского безумия — побуждение бесконечно высекать из камня резные панно и скульптуры — часто также приписывают влиянию Скорби, надежде, что память, воплощённая ими в камне, сохранит и их самих. Большинство «забывших дом» эрратиков отправляются в далёкие путешествия в поисках любых трагических событий, которые, как они считают, способны дать им надежду на восстановление памяти и тем самым вновь сделать их Целостными, хоть и на небольшой промежуток времени. Такие души вовсе не редкость и встречались людям на всём протяжении их истории — такие безумные и трагичные фигуры, как Суяра'нин, Инкариол, Синиал'джин и другие. Многие полагают, что Изменчивые являются душами, взыскующими собственной смерти, будучи в силу врождённых причин неспособными забрать свою жизнь.

Последняя стадия Скорби именуется Мрак. Нестерпимые страдания, причинённые бесконечными годами Скорби, перерастают в животное состояние. Погрузившиеся во Мрак более не способны говорить или волноваться о чём-либо. У пребывающей во Мраке души сохраняются лишь основные инстинкты, и, как выяснилось, нелюди могут оставаться в этом состоянии бесконечно.

Учёные мужи с древних времён строили теории в отношении природы Скорби, ведя споры о метафизическом смысле этого состояния. Как может душа, не имеющая протяжённости, быть полной? Каково это — являться такой душой? Что это говорит о зависимости настоящего от прошлого? Является ли «сейчас» лишь «испражнением прошлого», как его называл Айенсис? Это лишь малая толика порождённых сущностью Скорби вопросов, ответы на которые люди искали веками.

Скорлупа — так называют стены и укрепления Кельмеоля.

Скуари, плац — главная площадь для парадов в дворцовом районе Момемна.

Скулсирай — «люди-щиты» *(аорсийск.)*. Так себя называли древние аорси.

Скульпа, река — самая северная из трёх главных речных систем, впадающих в озеро Хуоси.

Скутири — название девятисот девяносто девяти зачарованных бронзовых пластин, опоясывавших во времена Ранней Древности каменные стены Башни — громадной цитадели сауглишской Библиотеки.

Скутса Старший (4053—4129) — гиргалльский священник времён детства Сорвила.

Скутула Чёрный — древний враку, появившийся на свет во времена куну-инхоройских войн. Один из немногих драконов, переживших Апокалипсис. Его нынешнее местонахождение неизвестно. Распространено мнение, что именно он вдохновил нелюдей на использования слова «черви» для обозначения существ его вида, учитывая их продолговатые тела и извивающиеся движения.

Скюльвенды — темноволосый, светлокожий и голубоглазый народ. Живут в степи Джиюнати и её окрестностях. Одно из Пяти племён людей.

Слияние — в нейропунктуре так обозначают структуры мозга, тесно связанные с душой.

Слёзы Бога — см. Хоры.

Смещение — огромная трещина, появившаяся вследствие падения Ковчега и расколовшая Иштеребинт.

«Смеяться с Саротессером» — айнонское выражение, выражающее веру в то, что смех в миг смерти означает победу. Эта традиция вырастает из легенды о том, что Саротессер I, основатель Верхнего Айнона, смеялся над смертью за миг до того, как она забрала его.

«Сними сандалии и ступи на землю!» — поговорка, призывающая не сваливать свои промахи на других.

Сны Сесватхи — см. Сны.

Сны — кошмары об Апокалипсисе, которые видят адепты Завета, словно бы смотря глазами Сесватхи.

Собель — опустошённая провинция на севере Атритау.

Согтомант — название (неизвестного происхождения) выглядящего подобно золоту, но несокрушимого никакими известными способами металла, из которого создан Инку-Холойнас.

Согтомантовые Врата — см. Минрор.

Согианский путь — нансурская прибрежная дорога, построенная ещё в киранейскую эпоху.

Соглашение — печально известный документ, использованный Икуреем Ксерием III в попытке присвоить себе земли, завоёванные во время Первой Священной войны.

Содорас, Нерсей (4072—4111) — конрийский барон, родич принца Нерсея Пройаса.

Сожжение белых кораблей — одно из самых знаменитых предательств времён Апокалипсиса. В 2134 году, отступая от легионов Консульта, Анасуримбор Нимерик отправил флот Аорсии прикрыть куниюрский порт Аэсорея. Там его корабли и были сожжены неизвестными злоумышленниками уже через несколько дней после прибытия, что усугубило раздор между двумя народами и привело к трагическим последствиям. См. Апокалипсис.

Сомараэ — архив в Атьерсе, где хранятся собранные доклады и исследования о Снах Сесватхи.

Сомпас, Биакси (р. 4068) — один из людей Бивня, генерал кидрухилей, преемник погибшего при Нагогрисе генерала Нумемария. Сомпас является старшим сыном Биакси Коронсаса, главы дома Биакси.

Соптет, Раш (р. 4088) — участник Ордалии, граф-палатин Шайгека, глава шайгекского войска в составе Великой Ордалии Анасуримбора Келлхуса. Именуется «Владыкой Семписа» за его успехи в сражениях с фаним во время Объединительных Войн.

Сорамипур — один из крупных городов западного Нильнамеша.

Сориан (3808—3895) — прославленный нансурский комментатор священных текстов, автор «Книги кругов и спиралей».

«Сорок четыре послания» — магнум опус Экианна I, состоящий из сорока четырёх «писем» Богу, каждое из которых наполнено философскими размышлениями и критикой, а также сопровождается комментариями и признаниями.

Сороптский язык — мёртвый язык древнего Шайгека, относится к кемкарской языковой группе.

Сотер Пурбану — участник Ордалии, Уверовавший король Верхнего Айнона, глава айнонского войска в составе Великой Ордалии Анасуримбора Келлхуса. Присоединился к Первой Священной Войне, будучи палатином айнонского региона Кишьят, но в качестве награды за его роль в Объединительных Войнах в итоге стал «королём-регентом» Верхнего Айнона. Известен своей прагматичной жестокостью.

Сотня Столпов — личные телохранители Воина-Пророка. По слухам, они так названы потому, что сто человек отдали Келлхусу свою воду и свои жизни на Дороге Черепов. Коронация Анасуримбор Келлхуса как Аспект-Императора привела к институционализации телохранителей как отдельного подведомства, занимающегося защитой императорской семьи.

Сохолн — древняя дорога, построенная Нанор-Уккерджей I и некогда проложенная от Трайсе к провинции Уносири.

Сохонк — древняя гностическая Школа, владевшая сауглишской Библиотекой.

Списки — составленные во время Первой Священной Войны перечени, содержащие имена людей, подозреваемых в том, что они являются шпионами-оборотнями.

Срединная Ось — огромная лестница, проходящая сверху донизу через весь Кил-Ауджас.

Средоточие — древнейшая священная постройка Иштеребинта, расположенная ниже Ритуального Чертога, но выше Висящих Цитаделей. Также именуется Чашей.

Средний Север — так иногда называют норсирайские государства Трёх Морей.

Стаджанас II (2338—2395) — знаменитый кенейский император-философ, чьи «Размышления» остаются важнейшим сочинением в литературном каноне Трёх Морей.

Стена Мёртвых — название, данное обращённым к морю бастионам Даглиаш после падения крепости под натиском орд Голготтерата в 2133 году.

Степь — см. Степь Джиюнати.

Сто Богов — общее название сонма богов, перечисленных в «Хрониках Бивня». Богам поклоняются отдельные культы (которые до определённой степени подчиняются Тысяче Храмов), также они почитаются в традиционных ритуалах. В учении инрити Сто Богов считаются проявлениями Бога (которого Инри Сейен метко назвал «наделённым миллионом душ»), то есть олицетворениями разных сторон божественного «Я». В иной трактовке Сто Богов считаются независимыми духовными силами, склонными косвенно вмешиваться в жизнь своих почитателей. Оба учения признают различие между воздающими богами, обещающими непосредственную награду за поклонение, карающими богами, которые требуют жертв под угрозой наказания за непочтение, и куда более редкими воинственными богами. Последние презирают низкопоклонство и благоволят к тому, кто восстаёт против них. Как в инритизме, так и киюннате боги признаются неотъемлемой частью вечной жизни Той Стороны. Известно, что эзотерик Заратиний утверждал (в своей апологии «В защиту тайных искусств»), что глупо поклоняться божествам столь же несовершенным и переменчивым, как обычные люди. Фаним, конечно же, считают Сто Богов рабами-отступниками Единого Бога, то есть демонами.

«Сто одиннадцать афоризмов» — небольшое сочинение Эккиана VIII, состоящее из афоризмов, в основном относящихся к вопросам веры и честности.

Столп — воин из числа Сотни Столпов.

Субис — некогда укреплённый оазис в Кхеме, место отдыха караванов, курсирующих между Шайгеком и Эумарной.

Судика — провинция Нансурской империи. К 4111 году пришла в упадок, однако во времена Киранейской и Кенейской империй была одной из богатейших областей Киранейских равнин.

Судьи — собирательное название заудуньянских миссионеров.

Суйяра'нин (?–?) — инъйорский ишрой, обездоленный сын Сиоля, прославившийся своими деяниями, совершёнными в Трёх Морях, где его знали под именем «Алый упырь», из-за цвета его зачарованных доспехов — Рубежа Безупречности.

Сумаджил ут Хест (р. 4093) — участник Ордалии, гранд Митирабиса кианского происхождения.

Сумна — святейший город инритизма, место, где находится Бивень. Расположен в Нансуре.

Суонирси — торговый пункт на границе древнего Шенеора.

Суортагал (ок. 1300 — ок. 1360) — автор Эпимедитаций, родом из Сауглиша.

Сурмантские Врата — огромные северные врата Каритусаль, постройку которых финансировал Сурмант Ксанатий I, дабы отметить заключение злополучного Договора Кутапилета — недолгого военного союза между Нансуром и Верхним Айноном.

Сурса — речная система. Некогда, до Апокалипсиса, образовывала естественную границу между Агонгореей и Аорсией. В творениях бардов часто называется Харсунком, или «Рыбным Ножом».

Сускара — обширная область овражистых равнин и возвышенностей между Атритау и степью Джиюнати, населённая многочисленными шранчьими кланами. Некоторые из них платят дань так называемому королю шранков Урскугогу.

Сутауги — «земляная змея» *(умерийск.)* Так в древней Куниюрии называли драконов.

Сутенти — каста трудящихся. См. Касты.

Сутис Сутадра — см. Скаур аб Наладжан.

Счётные палочки — способ генерации случайных чисел, использующийся в азартных играх. Первые упоминания счётных палочек относится к эпохе древнего Шайгека. Самые распространённые конструкции состоят из двух палочек, обычно называемых «Толстой» и «Тонкой». В Толстой по всей её длине вырезается жёлоб так, чтобы Тонкая, двигаясь внутри него, могла свободно опускаться и подниматься. Затем Тонкую закрепляют с обеих сторон, чтобы она не выпадала. По всей протяжённости Толстой палочки отмечаются номерные значения для того, чтобы, когда палочки бросят, по смещению Тонкой можно было определить результат.

Сюрмант — в прошлом один из нансурских Домов Конгрегации, с 3619 по 3941 год — правящая династия империи.

Т

Та Сторона — то, что находится за пределами Мира. Большинство комментаторов, характеризуя Мир и его отношения с Той стороной, следуют так называемой дуалистической теории Айенсиса. В «Метааналитике» Айенсис доказывает, что существует связь между субъектом и объектом, желанием и реальностью, и эта связь поддерживает структуру существования. Мир, утверждает он, есть просто точка максимальной объективности, где желания отдельных душ бессильны перед обстоятельствами (поскольку обстоятельства зафиксированы волей Бога Богов). На Той Стороне есть уровни пониженной объективности, где обстоятельства всё больше и больше уступают желаниям. Именно это, по словам Айенсиса, разделяет «сферы влияния» богов и демонов. «Тот, кто сильнее, будет приказывать», — пишет он. Самые могущественные сущности Той Стороны обитают в «субреальностях», обустроенных согласно их желаниям. Именно поэтому так важны благочестие и почитание богов: чем больше милости индивидуум сумеет снискать на Той Стороне (как правило, путём почитания богов и воздаяния почестей предкам), тем больше у него шансов после смерти обрести блаженство, а не мучения.

Тайла, Нерсей (р. 4123) — единственная дочь Нерсея Пройаса.

Талант — денежная единица Нансурской империи до захвата последней заудуньяни.

Тамизнай — укреплённый оазис в двух днях пути к югу от реки Семпис, часто посещаемый караванами.

Тампис, Кеметти (4076—4118) — один из людей Бивня, конрийский барон с Анплейской границы, убит в ходе Объединительных Войн.

Тарпеллас, Биакси (р. 4101) — участник Ордалии, глава дома Биакси, военачальник нансурского войска в составе Великой Ордалии Анасуримбора Келлхуса.

Таршилка, Хеанар (4068—4110) — участник Первой Священной Войны, галеотский граф Нергаоты, один из трёх предводителей Священного воинства простецов.

Тассий (4054—4115) — колдун высокого ранга из Имперского Сайка.

Текне — так называемая Древняя Наука, немагическое искусство инхороев, позволяющее создавать из живой плоти различные омерзительные формы. Текне основана на предположении, что всё в природе, включая жизнь, по сути своей является механизмом. Несмотря на абсурдность этого утверждения, мало кто оспаривает действенность Текне, поскольку инхорои, а затем и Консульт время от времени демонстрировали способность «обрабатывать плоть». Адепты Завета заявляют, что основные принципы Текне давным-давно забыты, а Консульт действует методом проб и ошибок — наугад, используя древние инструменты, о которых имеет весьма приблизительное представление. Именно это невежество и хранит мир от возвращения Не-Бога.

Тексты-предзнаменования — традиционные документы, характерные для каждого культа, перечисляющие в деталях разнообразные приметы и их значения.

Телеол — древний меорский город, расположенный у подножия гор Оствай.

Тендант'херас — крупная крепость на границе Нильнамеша с Гиргашем и Кианом.

Теригиуту Гиштари (4067—4111) — один из Людей Бивня, конрийский барон с айнонской границы, убитый неизвестными.

Тертаэ, равнины — возделанные аллювиальные равнины, примыкающие к Карасканду с северо-востока.

Тесджийские лучники — элитный кианский отряд лучников, вооружённых хорами.

Тесперари — нансурское название капитанов флота, после увольнения с военной службы перешедших на торговые корабли.

Тесьма Скорпиона — фокус, секрет которого заключается в вымачивании верёвки ядом, из-за чего челюсти и клешни скорпиона, касаясь её, сцепляются.

Тёмный охотник — одно из прозвищ Хузъелта, бога охоты.

Тиванраэ — крупная речная система в северной части центральной Эарвы. Берёт начало в бассейне Гала и впадает в море Цериш.

Тидонский — язык Се Тидонна, относится к меорской языковой группе.

Тикиргал аб Рамитжу (4101—4132) — участник Ордалии, гранд Макреб'ат-Акии. Убит незадолго до катастрофы при Ирсулоре.

Тиль — «соль» *(сакарпск.)*. Сакарпское обозначение мудрости.

Тирумм (4075—4100) — см. Тируммас.

Тируммас, Нерсей (4075—4100) — самый старший брат Нерсея Пройаса, а также наследный принц Конрии до своей смерти в 4100 году.

Титирга (ок. 1055 — ок. 1119) — второй великий мастер Сохонка. Ребёнком был учеником Ношаинрау Белого, а впоследствии, будучи признан сильнейшим колдуном того времени (как среди людей, так и среди нелюдей), прославился как Герой-маг Умерау. По слухам, убит своим главным соперником — Шеонанрой. Его тело погребено в древних руинах Вири.

Токуш (4068—4111) — глава шпионов Икурея Ксерия III.

Толстая стена — так скальперы называют имперский аванпост, построенный на руинах Маймора, находящихся среди отрогов восточных гор Оствай.

«Лишь Немногие могут видеть Немногих» — традиционное выражение, означающее, что лишь чародеи обладают уникальной способностью различать тех, кто практикует колдовство, и плоды их деятельности.

Топосы — места, где множество страданий и скорбей истончило границу между Миром и Той Стороной.

«Торговля душами» — классический трактат Айенсиса о политике. Широко известно, что Айенсис считал торговлю лучшим примером политики, называя её «Неясное искусство получения двух услуг по цене одной». Он превозносил рабство, как истинное выражение политического руководства, что многие использовали в попытках низвергнуть его авторитет. Эти критики не обращали внимания на сатирическую природу произведения, поднимающего вопрос о том, является ли эксплуатация и принуждение неотъемлемой частью политики. Как он сам высказывается: «Монета так же близка к кнуту, как и к прянику», раскрывая «торговлю душами» как сеть замещений, регулируемую деньгами и сплетённую в единую систему. Поэтому «всегда существует награда, будь то кнут или пряник. Там где жатва подведёт, война преуспеет».

Этот спор остаётся актуальным и по сей день. Даже осенённый древним ритуалом «Защиты», Айенсис боялся за себя самого и за свою (по-видимому большую) семью и, как и многие великие умы, скрывал истинный смысл своих слов под искусной завесой.

Тоти-Эаннорский — предполагаемое родное наречие всех людей, а также язык Хроник Бивня.

Тощие — так скальперы называют шранков.

Трайсе — древний административный центр Куниюрии, уничтоженный во время Апокалипсиса в 2147 году. Оспаривал звание величайшего города Древнего Севера и был старейшим из городов, за исключением Сауглиша, Умерау и Этрита.

«Трактат» — книга, написанная Инри Сейеном и его учениками. Образует вторую часть священного письменного канона инрити. Инрити считают, что «Трактат» является предречённой кульминацией «Хроник Бивня», исправлением Завета Богов и людей ради наступления истинной новой эры. В число семнадцати книг «Трактата» входят описания жизни Последнего Пророка, множество притчей, моральные наставления и собственное объяснение Инри Сейена относительно «вмешательства», которое он собой являет: человечество по мере взросления будет всё лучше познавать Бога в Его «единой множественности». Учитывая, что «Трактат» есть изложение богословских воззрений Инри Сейена, а не реальное свидетельство об исторических событиях, достоверность его подтвердить так и не удалось. Заратиний и более поздние комментаторы-фаним отмечают в тексте несколько бросающихся в глаза несоответствий, однако апологеты инритизма сумели объяснить и отмести их все.

«Тракианские драмы» — главное произведение Ксиуса, поэта и драматурга времен Поздней Древности.

«Третья аналитика рода человеческого» — почитается многими, как главный труд Айенсиса. В этой книге исследуются те аспекты человеческой природы, которые делают возможным знание, а равно и человеческие слабости, из-за которых это знание так трудно обрести. Как замечает Айенсис, «если все люди несогласны по всем вопросам, то большинство людей принимают заблуждение за истину». В этой книге он изучает причины не только заблуждений в целом, но и поддерживающее их ложное чувство убеждённости, в итоге предлагая так называемый тезис о знающем эгоисте, считая, что комфорт, привычка и привлекательность (в противоположность доказательствам и разумным обоснованиям) являются главной причиной, что заставляет большинство людей верить во что-то.

Три Королевства — собирательное название Куниюрии, Аорсии и Шенеора — стран, основанных Нанор-Уккерджей и его сыновьями в 1556 году.

Три Моря — в узком смысле — моря Менеанорское, Онкис и Ниранисское, расположенные в южной части Центральной Эарвы. В более широком смысле — государства (в основном кетьянские), возникшие в этом регионе после Апокалипсиса.

Три Сердца Бога — метафора, объединяющая Сумну, Тысячу Храмов и Бивень.

Три Серпа — знаменитый герб Триамиса Великого, а в более широком смысле и всей Кенейской империи.

Три Флейты — название трёх внутренних водопадов, изливающихся по склонам Великого Ингресса в Иштеребинте.

Триаксер, Хампей (р. 4072) — капитан личной охраны Икурея Конфаса.

Триамарий I (3470—3517) — первый император династии Зерксеев, пришедший к власти после убийства Трима Менифаса I в 3508 году при поддержке имперской армии. См. Нансурская империя.

Триамарий II (3588—3619) — последний нансурский император из династии Зерксей. Убит дворцовыми евнухами. См. Нансурская империя.

Триамис Великий (2456—2577) — первый Аспект-Император Кенейской империи. Известен своими завоеваниями, а также тем, что в 2505 году провозгласил инритизм официальной государственной религией. См. Кенейская империя.

Триамисовы стены — внешние фортификации Карасканда, возведённые Триамисом Великим в 2568 году.

Триезии, «трояки» — нансурские солдаты, подписавшие контракт на третий четырнадцатилетний срок службы в имперской армии.

Тримус — нансурский дом Конгрегации.

Троиним — так называют три невысоких холма, на которых была воздвигнута сауглишская Библиотека.

Троесерпие — символ рода Анасуримборов из Трайсе времён Ранней Древности.

Трон Кругораспятия — главный трон Аспект-Императора, расположенный в Имперском зале аудиенций на Андимианских Высотах. Существует легенда, что железное кольцо на спинке трона и есть то самое Кругораспятие, но в действительности это не так.

Тронда, Сафириг (4076—4117) — один из людей Бивня, галеотский тан, клиент графа Анфирига Гесиндальского.

Тропа — на скальперском жаргоне так называют экспедиции за шранчьими скальпами.

Тросеанис (3256—3317) — кенейский драматург позднего периода, известный своим сочинением «Император Триамис», пьесой о жизни Триамиса I, величайшего Аспект-Императора.

Трясуны — прозвище, данное излишне рьяным почитателям Онкис. Они утверждают, что их приступы — результат божественной одержимости.

Трёхглавый Змей — эмблема Багряных Шпилей.

Тсонос (?–?) — сын Имиморула, легендарный Ур-Король Сиоля, а также имя, данное Роду-Высочайшему-и-Глубочайшему — кровной линии стольких нелюдских королей, что принадлежность к ней стала необходимым условием для притязания на королевскую власть.

Тсума (4073–?) — один из Людей Бивня, а также один из Первородных, ранее наёмник из Кутнарму. В 4118 году вернулся на свою родину с намерением обратить своих сограждан в заудуньянскую веру, и более о нём никто ничего не слышал.

Тсумара — «ненавидимый» *(киранейск.)*. Древнекиранейское прозвище Не-Бога. См. Не-Бог.

Туманное Море — см. Море Нелеост.

Туньер — норсирайское государство на территории Трёх Морей, находящееся на северо-восточном побережье Менеанора. Согласно туньерским легендам, их народ пришёл сюда вдоль реки Уэрнма, спасаясь от шранков, которые правили обширными лесами Дамеорской пустоши. На протяжении двух сотен лет туньеры пиратствовали в Трёх Морях. Затем, в 3987 году, после того как три поколения инритийских миссионеров обратили бо́льшую часть населения в свою веру и убедили отказаться от традиционных верований киюнната, племена туньеров выбрали себе первого короля, Хрингу Хуррауша, и начали строить жизнь по образцу соседних стран Трёх Морей.

Туньерский язык — язык Туньера, относится к меорской языковой группе.

Тусам — деревня в инунарских нагорьях, уничтоженная налетчиками-фаним в 4111 году.

Тутмор, Беота (р. 4071) — консул Се Тидонна в Новой Империи.

Туторса, Беота (4089—4121) — один из Людей Бивня, тидонский тан, участвовавший в Первой Священной Войне.

Тутсеме — сленг рабов и кастовых рабочих Каритусаль.

«Ты теряешь душу, но обретаешь весь мир» — предпоследний ответ в «катехизисе» Школы Завета, утверждающий, что адепты Завета, в отличие от других колдунов, подвергли себя проклятию намеренно.

Тысяча Тысяч Залов — лабиринт, созданный дунианами под Ишуаль. Используется для испытания посвящаемых в таинства. Затерявшиеся в Тысяче Тысяч Залов непременно погибают, а выживают лишь самые умные.

Тысяча Храмов — церковная и административная основа инритизма. Центр её находится в Сумне, но она широко представлена в большей части Трёх Морей. Тысяча Храмов стала самой влиятельной социальной и политической организацией во время правления первого Аспект-Императора Триамиса Великого, в 2505 году провозгласившего инритизм государственной религией Кенейской империи. Власть находится в руках шрайи, который считается земным представителем Последнего Пророка, однако разветвлённая и сложная структура Тысячи Храмов подчас делает эту власть формальной. Помимо самих храмовых учреждений существует ряд побочных отделений: церковные «дворы», политические миссии, различные коллегии и сложные связи с разнообразными культами. В итоге Тысяча Храмов страдает от слабости руководства, и многие жители Трёх Морей относятся к ней скептически.

Ситуации было суждено радикально изменится, как только Анасуримбора Майтанета избрали новым шрайей, и поменяться ещё больше после провозглашения Анасуримбора Келлхуса Святым Аспект-Императором в Шайме в 4112 году — событие, фактически расколовшее Тысячу Храмов на множество враждующих лагерей. Говоря об Объединительных Войнах, люди часто пренебрегают масштабом влияния Анасуримбора Майтанета на воссоединение Тысячи Храмов, произошедшее под его руководством и во многом благодаря нему.

Будучи реликтом Кенейской империи, Тысяча Храмов длительное время была главным связующим звеном Трёх Морей — вплоть до того, что именно этот институт являлся банковским центром, обслуживавшим межнациональную торговлю.

«Тьма, бывшая прежде» — фраза, используемая дунианами для обозначения врождённой слепоты людей к тому, что ими движет — в отношении как исторических событий, так и собственных страстей. См. Дуниане.

У

Уан, Самармау (р. 4001) — один из членов дунианской прагмы.

Убежище Бивня — см. Джинриюма.

Уверовавший король — этот эпитет применялся к заудуньянским королям во времена Келлианской империи.

Увещевание — название комплекса на Андимианских Высотах, где располагается Имперский Суд.

Увещевания — единственная уцелевшая работа Хататиана. См. Хататиан.

Угорриор, поле — название ровной площадки, располагающейся непосредственно перед бастионами Гвиргиру, Коррунц и Доматуз и тем самым отделённой от Шигогли в силу причин не столько географического, сколько исторического характера. Нелюди назвали это место Мирсурквул («Последняя пыль») из-за потерянных здесь бесчисленных жизней (как людей, так и кунуроев).

Узорочье — дунианский ритуал, практикуемый в Ишуаль. К нему прибегают, дабы определить, кто среди Братии заслуживает права зачать детей.

Указ Псата-Антью — предписание высшего совета Тысячи Храмов, принятое на совете в Антью (3386 г.), об ограничении власти шрайи. Поводом для указа послужили жестокие деяния шрайи Диагола, занимавшего престол с 3371 года вплоть до его убийства в 3383 году.

Украшенные города — так барды называли города на реке Аумрис.

Укрумми, Мадарезер (4045—4111) — один из Людей Бивня, чародей Багряных Шпилей, убитый хорой при Анвурате.

Уликьяра (?–?) — жена Ойрунаса, командующего Стражей, и мать Ойнарала, Последнего Сына.

Ульнарта, Шаугар (р. 4071) — один из Первородных, в прошлом тидонский тан.

Умалившиеся — так называют вступивших во Мрак — последнюю стадию Скорби, при которой бесконечные муки уже выжгли само ощущение боли, оставив в душе лишь основные принципы выживания.

Умбиликус — жилой павильон и командный центр, использовавшийся Анасуримбором Келлхусом в ходе Великой Ордалии.

Умерау — см. Умерийская империя.

Умерийская империя — первое великое государство людей, расположенное на берегах реки Аумрис. Основано после низвержения королей-богов Трайсе ок. 430 года. См. Куниюрия.

Умерийский язык — мёртвый язык древних умери, относится к языковой группе аумри-саугла.

Умиаки — древнее эвкалиптовое дерево, росшее в центре Калаула в Карасканде. На нем Воин-Пророк был подвешен во время Кругораспятия.

Умрапатур, Сасал (4078—4132) — участник Ордалии, Уверовавший король Нильнамеша, маршал южных кетьянцев в составе Великой Ордалии Анасуримбора Келлхуса. Один из последних людей, павших в чудовищной Битве при Ирсулоре.

«Умрестей ом аумретон» — на киранейском языке «обретение отсутствия». Так Айенсис назвал те моменты, когда душа, находясь в процессе постижения чего-либо, постигает сама себя и таким образом ощущает «чудо существования».

Уннурулл — «поле без следов» *(ихримсу)*. Кунуройское название Агонгореи, опустошённой равнины, поглощающей все следы.

Уносири — опустошённая провинция древней Куниюрии — некогда охотничьи угодья умерийских Всевеликих королей.

Унтерпа — стоящая на берегу реки крепость, находящаяся к югу от Сакарпа.

Упоение — нелюдское название откровений, снисходящих на них при созерцании прекрасного.

Ур-Мать — одно из многих имён богини Ятвер.

Уранъянка, Сирпал (р. 4062) — палатин-правитель айнонского города Мозероту.

Урмакти аб Макти (4068—4132) — участник Ордалии, Уверовавший король Гиргаша, военачальник гиргашского войска в составе Великой Ордалии Анасуримбора Келлхуса. Получил среди своих людей прозвище Ама'морит, или «Череполом» после того, как одним ударом сразил мастодонта в Битве при Чианадинаре в 4120 году. Погиб в Битве при Ирсулоре.

Уроборос, Круг Уробороса — так называемый рукотворный Напев, используемый для того, чтобы предотвратить применение чар. Считается, что данный артефакт использует те же самые принципы, которые делают возможным существование хор.

Уроккас — гряда из пяти гор — Антарега (или Айроса), Ингола, Олорега, Мантигола и Яврега, расположенная к северо-западу от моря Нелеост. Уроккас известен тем, что некогда эти горы служили прибежищем для нелюдской Обители Вири (сыны которой называли Уроккас «Вири Холотай», или Чертоги Вири), а также тем, что находится возле самых границ Агонгореи.

Урорис — созвездие на северном небосводе.

Урсиларал — Путь Хребта *(умерийск.)*. Главная дорога, соединяющая между собой бастионы сауглишской Библиотеки.

Уршранки — шранки Голготтерата, которых Консулт тысячелетиями разводил словно скот, добиваясь от них силы и смирения. Их основная задача заключается в охране Ковчега, но иногда их выводят и на поле битвы, дабы они следили за своими куда более дикими собратьями. Из-за более прямой осанки (что делает их выше ростом) и широких плеч они в той же степени напоминают низкорослых нелюдей, в какой и шранков. По большей части уршранки носят единообразные облачения (кольчуги из чёрного железа и конические, а иногда плоские шлемы). Часто их клеймят меткой в форме клина, символизирующей принадлежность к Сдвоенным Рогам.

Усгальд — область Галеота.

Усилка — согласно Сагам, жена генерала Саг-Мармау, чьё имя в Трёх Морях часто используют в значении «прелюбодейка».

Ускельт Волчье Сердце — один из князей-вождей, чьё имя вырезано на Бивне.

Уссилиар, Сампе (р. 4091) — участник Ордалии, великий магистр шрайских рыцарей в составе Великой Ордалии Анасуримбора Келлхуса.

Уступ Унарас — низкая горная цепь, тянущаяся от южных предгорий Хетантских гор до побережья Менеанора. Образует естественную границу между Киранейскими равнинами и Гедеей.

Уттай (ок. 2100 — ок. 2170) — фольклорный герой и скюльвендский Король Племён во время Апокалипсиса, чьи деяния часто упоминаются в устных преданиях скюльвендов.

Уттаранги аб Хоулардҗи (р. 4059) — сапатишах Ксераша.

Утемоты — скюльвендское племя, обитающее на северо-западных окраинах степи Джиюнати. Среди скюльвендов племя известно тем, что из него вышли Уттай и Хориота, два величайших завоевателя в истории этого народа.

«Утраты» — листовка, распространявшаяся ортодоксами во время Объединительных Войн и содержавшая имперскую оценку численности женщин и детей, погибших во время Разграбления Сарневеха в 4120 году.

Ф

Фан (3669—3742) — пророк Единого Бога и основатель фанимства. Начинал как шрайский жрец в нансурской провинции Эумарна. Церковный суд Тысячи Храмов в 3703 году объявил его еретиком и отправил на смерть в пустыню Каратай. Согласно фанимской традиции, пророк не умер в пустыне, но ослепнув, пережил серию откровений, описанных в кипфа'аифане, «Свидетельстве Фана», и получил чудесную силу (ту же, что приписывают кишаурим), которую он назвал Водой Индары. Остаток жизни он провёл, проповедуя среди кианских племён пустыни и собирая их воедино. После смерти Фана кианцы развязали Белый Джихад под предводительством сына пророка, Фан'оукарджи I.

Фан'оукарджи I (3716—3771) — «несравненный сын Фана» *(кианск.)*. Сын пророка Фана и первый падираджа Киана. Ему приписывают фантастический успех Белого Джихада, направленного против Нансурской империи.

Фанашила (р. 4092) — одна из личных кианских рабынь Эсмэнет во время Первой Священной Войны.

Фанайял аб Каскамандри (4075—4132) — старший сын падираджи и предводитель кояури, прославленной элитной кавалерии.

Фаним — так инрити называли последователей Фана.

Фанимство — строго монотеистическая, сравнительно молодая религия, основанная на откровениях пророка Фана, распространённая исключительно на юго-западе Трёх Морей. Основные постулаты фанимства состоят в том, что Бог един и пребывает за пределами мира, все прочие боги ложны (фаним считают их демонами), Бивень нечестив, и все изображения Бога запретны. Несмотря на огромное количество сект, все они строятся вокруг разных интерпретаций кипфа'аифана, или «Свидетельства Фана», описывающего жизнь пророка после его вероотступничества как жреца Тысячи Храмов и последующего изгнания в глубины пустыни Каратай.

Всем фаним, независимо от секты, предписано практиковать Дживу, двенадцать дисциплин, тяготы жизни в пустыне, которые люди, в ней выживающие, должны выдержать (что, как утверждал Фарджанджуа, великий Инвишский критик из числа инрити, должно преобразить лишения, испытываемые всеми пастухами, обитающими в пустыне, в священные правила поведения). Все проявления фанимства отличает друг от друга различие в толкованиях смысла и важности каждого аспекта Дзивы. Развитие традиций богословия в новой вере произошло стремительно: возможно, из-за жреческого прошлого Фана или вследствие его глубокого понимания своих религиозных соперников. Впоследствии взглядам двух самых преданных и видных учеников Фана, Масуркура и Наруншинде, не дано было сойтись, что послужило катализатором для Белого Джихада 3743 года. Будучи главными духовными и военными советниками Фан'оукарджи I (который называл их своими «Бранящимися воронами»), они придерживались двух совершенно разных интерпретаций Дзивы и соответственно в корне различных видений будущего фанимства. Масуркур был уверен, что только следование строжайшим и жесточайшим толкованиям двенадцати дисциплин может обеспечить им дорогу в рай. Его поддержка «Пока Харита» впоследствии привела к зарождению Покарити, первой аскетической, воинствующей ветви фанимства. Наруншинд, наоборот, считал, что одной лишь веры в пророка будет достаточно для дарования им лучшей жизни. Дзива же служит идеалом, направлением, в котором фаним стоит стремиться. Поэтому он выступал за Сомху Джил, или Сжатую Руку, гораздо более экзотерическую форму веры, позволившую ему обратить на свою сторону куда больше фаним. Его последователи, составлявшие подавляющее большинство фаним, были известны как сумаджил. Фан'оукарджи I впоследствии неоднократно использовал покарити или сумаджил для обоснования как своих злодеяний, так и многочисленных великодушных поступков. После смерти обоих учеников он призывал к основанию школ для каждого из толкований, полагая, что они окажутся настолько же полезными для его наследников, насколько оказались полезными для него, а не обернутся пропастью, забравшей в последующие века бесчисленные жизни.

Фарикс — остров-крепость на Менеанорском море, его принадлежность оспаривается.

Фарроика — «Изменчивый», так на ихримсу называют эрратиков.

Фаюс, река — главная речная система Киранейских равнин, омывающая центральную часть южных гор Хетанта и впадающая в Менеанорское море.

Ферокар I (3666—3821) — падираджа Киана — один из первых и жесточайших.

Финаол, Веофота (4066—4111) — один из людей Бивня, граф тидонской провинции Канут, убитый при Анвурате.

Фиолос — знаменитый жеребец, принадлежавший Халасу Сиройону.

Фустар (4061—4111) — ортодокс-подстрекатель, проадъюнкт Селиальской колонны.

Х

Хагаронд, Рэхарт (4059—4111) — один из людей Бивня, галеотский граф Юсгальский, убитый при Менгедде.

Хагсрпа — расположенный в Сумне обширный храмовый комплекс, где находится Юнриюма, множество коллегий и административный аппарат Тысячи Храмов.

Халаринис — «Летняя Лестница» *(ихримсу)*. Дорога, ведущая к Киррю-нолу — чертогу Иштеребинта, располагающемуся за Соггомантовыми Вратами.

Халикимму Гринар (р. 4103) — участник Ордалии. Прославился своими победами в каритусальских Шранчьих Ямах.

Хам-херемский — мёртвый язык древнего Шира.

Хамишаза (3711—3783) — известный айнонский драматург, прославившийся своим «Королём Темпирасом». По слухам, не имел себе равных в знании джнана.

Хаморский — языковая группа древних кетьянских пастухов на востоке Трёх Морей.

Ханалинку (?–?) — легендарная жена Куйяра Кинмои, смерть которой положила начало куну-инхоройским войнам.

Ханса — рабыня Кутия Сарцелла.

Хапетинские сады — один из множества архитектурных шедевров Андиаминских Высот.

Харапиор (?–4132) — Владыка-Истязатель Иштеребинта, подчинявшийся Нин'килджирасу.

Харнилас, Ксарот — участник Ордалии, капитан отряда Наследников — подразделения, состоявшего из договорных заложников.

Харсунк — «Нож для рыбы» *(аорсийск.)*. Одно из названий реки Сурса, полученное ею как за открывавшийся с бастионов Даглиаш вид на её излучину, так и по причине бесчисленных кровопролитных сражений, произошедших на её берегах.

Хасджиннет аб Скаур (4067—4103) — старший сын Скаура аб Наладжана, убитый Найюром урс Скиотой в битве при Зикурте в 4103.

Хататиан (3174—3211) — недоброй славы автор «Проповедей». Этот опус отрицает традиционные ценности инрити и восхваляет беспринципное стремление самостоятельно идти вперед. Хотя Тысяча Храмов долгое время запрещала эту книгу, Хататиан сохранил свою известность среди знати Трёх Морей.

Хаурут урс Маб (4000—4082) — утемотский памятливец времён детства Найюра.

Хаэтури — нансурское название личных телохранителей высокопоставленных офицеров имперской армии.

Хейлор — акрополь древнего Кельмеола и знаменитый дом Трёх Авгуров.

Хемоплексия — распространённое в военное время заболевание, в симптомы которого входят: тяжёлая лихорадка, рвота, раздражение кожи, сильная диарея, а в наиболее серьёзных случаях кома и смерть. Также известна как «пустота» или «рука хемоплектика».

Хемрут аб Урмакти (4078—4112) — один из людей Бивня, капитан-щитоносец Сотни Столпов, бывший галеотский тан.

Хеорса, Дун (4078—4132) — один из людей Бивня, капитан-щитоносец Сотни Столпов, бывший галеотский тан.

Хетантские горы — большая горная гряда в Центральной Эарве.

Хетеширас — знаменитое ночное празднество айнонской кастовой знати.

Хильдерат, Сольм (р. 4072) — участник Первой Священной Войны, один из Первородных, в прошлом — тидонский тан.

Химонирсиль — «Обвинитель» *(ихримсу)*. Так нелюди называли торчащий в сторону Голготеррата скальный выступ, по форме напоминающий указательный палец. Во время куну-инхоройских войн этот выступ находился в основании Аробинданта.

Хинайят, горы — крупная система горных хребтов в юго-западной Эарве. Иногда ее называют «хребтом Нильнамеша».

Хиндеат, Сукоифус — участник Ордалии, гаэнрийский граф и командующий гаэнрийскими войсками в составе в Великой Ордалии Анасуримбора Келлхуса. Погиб в битве при Имвеоре.

Хиннант — палатинат в Верхнем Айноне, расположенный в центральной части сечарибских равнин.

Хиннерет — административная и торговая столица Гедеи, расположенная на побережье Менеанора.

Хинсурса, река — куниюрское название реки, омывающей аорсийские плоскогорья и впадающей в море Нелеост. Она формирует естественную границу между Иллавором и Инваулом. В аорсийских источниках известна как Мигмарса.

Хипинна — книга воспевающих любовь нелюдских гимнов, в числе которых знаменитая песнь «Да покинет тебя страх» — одна из немногих кунуройских песен, заимствованных людьми.

> Да покинет тебя страх.
> Да не падёт взор Солнца и Глада на чело твоё
> и твоё дыхание.
> Да покинет тебя страх.
> Да не коснётся хватка Жажды и Скорби этих ног
> и этой надежды.
> Да покинет тебя страх.
> Позволь Любви высоко взойти на этот свод,
> Позволь Страсти погрузиться в глубины.
> Да покинет тебя страх,
> мой раб.

Хирил — древняя умерийская дорога, начинавшаяся у берегов реки Аумрис и тянувшаяся через возвышенности Куниюрии.

Хифанат аб Тунукри (4084—4111) — кишауримский жрец-чародей и слуга Анасуримбора Моэнгхуса, убитый в Карасканде.

Хога — правящая династия Агансанора. Герб — чёрный олень на зелёном поле.

Хогрим, Хога (р. 4093) — участник Ордалии, Уверовавший король Се Тидонна, племянник графа Хоги Готьелка.

Хоилирси — область Шенеора времён Ранней Древности, примечательная протекавшей по ней рекой Ирши, чей бурный поток некогда образовывал её северную границу. Также славилась выращиванием зерновых культур.

Холм Быка — один из девяти холмов Карасканда.

Холол — «Отнимающий дыхание» *(ихримсу)*. Знаменитый волшебный меч, выкованный Ибиль'аккуллилем во время куну-инхоройских войн.

Хомирр Эрса (3972—4025) — автор труда о Династии Десяти Тысяч Дней, истории краткого расцвета нансурского дома Соргис — книги, запрещённой как икуреями, так и анасуримборами за заявления, будто власть якобы развращает, а не очищает души. Хомирру суждено было умереть в башне Зика в 4025 году.

Хорта, Сонхайл (4064—4121) — один из людей Бивня, галеотский рыцарь, находившийся под покровительством князя Коифуса Саубона. Назначен Судьёй вскоре после захвата Шайме, а спустя полгода при загадочных обстоятельствах найден мёртвым в Аокниссе.

Хоры — артефакты Древнего Севера, также известные как Безделушки (в Школах) и Слёзы Бога (среди инрити). Хоры представляют собой маленькие железные шарики диаметром в дюйм, исписанные рунами на гилкунье, священном языке нелюдей-квуйя. Хора делает своего владельца неуязвимым для всех чародейских Напевов и немедленно убивает любого колдуна, коснувшегося её. Принцип их создания (относящийся к утраченной ветви чародейства, именуемой Апорос) уже никому не понятен, однако считается, что в Трёх Морях их тысячи. Хоры играют важную роль в балансе политических сил Трёх Морей, поскольку позволяют нечародейским Великим фракциям контролировать мощь Школ.

Хошрут — одна из обширных площадей Каритусаль, известная своими видами на Багряные Шпили.

Храм Экзориэтты — пользующийся дурной славой храм в Каритусаль.

Храмовая молитва — также называемая Высшей Храмовой Мольбой. Молитва, переданная через Трактат Инри Сейеном своим последователям, а позднее принятая Тысячей Храмов (как в их инритийском, так и в заудуньянском воплощении) в качестве канонической молитвы и Символа Веры. Невзирая на огромное религиозное значение этой молитвы, в Трёх Морях всегда имели хождение несколько её вариантов.

Самая распространённая версия Храмовой молитвы гласит:

> Возлюбленный Бог Богов, ступающий среди нас,
> Неисчислимы твои священные имена.
> Да утолит хлеб твой глад наш насущный.
> Да оживит твоя влага нашу бессмертную землю.
> Да приидет владычество твоё ответом на нашу
>   покорность,
> И да будем мы благоденствовать под сенью славного
>   имени твоего.
> И да суди нас не по прегрешениям нашим,
> Но по выпавшим на долю нашу искусам.
> И одели наших ближних и дальних тем же,
> Чем они оделяют нас
> Ибо имя тебе — Мощь,
> Ибо имя тебе — Слава,
> Ибо имя тебе — Истина,
> Что длится и пребывает
> Во веки вечные.

«Хроники Бивня» — древнейший в Эарве человеческий текст и письменное обоснование всех религий, кроме фанимства. Происхождение его, если рассматривать «Хроники» как литературное произведение, неизвестно. Многие инритийские книжники считают «Бивень» плодом коллективного творчества, собиравшимся воедино из множества источников (вероятнее всего, устных) в течение многих лет. Как у большинства священных текстов, его толкования весьма индивидуальны. «Хроники» состоят из следующих шести книг:

— Книга Гимнов — древние Законы Бивня, рассматривающие все аспекты личной и общественной жизни. В инритийской традиции они были вытеснены и пересмотрены построениями «Трактата», а затем ещё раз переработаны заудуньяни. Она начинается со слов:

«И вот, вожди племён человеческих сошлись в скинию собрания, разбитую у подножья горы, рядом с которой проревел бык, и тогда изрёк слова Ангешраэль, говоря, что это слова Охотника, с грохотом ступающего по небу, явившегося ему и заключившего соглашение, связывающее Бога с Богом, а через это и с человеком, и что души пожнут то, что они и посеяли. И были то законы чистоты и непорочности, предложения, указания и предписания, что ведут нас по жизни. И были то законы, устанавливающие мысли допустимые и недопустимые».

— Книга Богов — основной священный текст всех культов, в котором перечисляются различные боги, а также приводятся ритуалы очищения и жертвоприношения для каждого из них.
— Книга Хинтаратеса — история Хинтаратеса, праведного человека, поражённого якобы незаслуженными несчастьями.
— Книга Песен — собрание стихотворных молитв и притч, восхваляющих такие добродетели, как благочестие, мужество, отвагу и верность племени.
— Книга Племен — обширное повествование о первых пророках и князьях-вождях Пяти племён людей до вторжения в Эарву.
— Книга Советов — перечень законов межкастового общения.

Хтоник — величайший из Чертогов Иштеребинта, расположенный под Висящими Цитаделями, над Кьюлнимиль — нимиевыми копьями, и рядом с Великим Ингрессом.

Хузьельт — бог охоты. Один из так называемых воздающих богов, чье почитание вознаграждается посмертием в раю. Культ Хузьельта уступает по популярности лишь культам Ятвер и Гильгаоля, в особенности на Среднем Севере. В «Хигарате» Хузьельт предстаёт как самый человекоподобный из богов, склонный одаривать своих адептов, дабы обеспечить поклонение себе. Считается, что высокопоставленные жрецы Хузьельта обладают огромным богатством и политическим влиянием столь же сильным, как и представители шрайи.

Хулвагра, Хринга (4086—4121) — один из Людей Бивня, второй сын туньерского короля Хринги Раушанга. Возглавил туньерское войско во время Первой Священной Войны, после того как его старший брат принц Хринга Скайельт погиб в Карасканде. Был прозван Хромым из-за неровной походки. Найден убитым в 4121 году, вероятно погибнув от руки ревнивой дамы, однако бытует и версия о его убийстве колдунами.

Хуоси, озеро — крупный пресноводный водоём, питаемый водами речных систем Виндауги и Скульпы и дающий исток Вутмауту.

Хурминда, Поссу (4101—4132) — участник Ордалии, сатрап Сранаяти. Погиб незадолго до катастрофы при Ирсулоре.

Хустварра — галеотское наименование «походных жён».

Хутерат — город в дельте Семписа, уничтоженный во время Первой Священной Войны в 4111 году.

Ц

Цеп — созвездие на северном небе.

Циворал — знаменитое укрепление Даглиаш.

Цитадель Пса — так Люди Бивня называли гигантское укрепление Карасканда. Возведённое Ксатантием в 3684 году и первоначально называвшееся Инсарум. После завоевания фаним крепость получила имя Ил'худа — Бастион.

Цитадель цитаделей — одно из прозваний, данных во времена Ранней Древности сауглишской Библиотеке.

Ч

Чалахалл — известнейшее из Ста Райских Небес, упомянутых в Хрониках Бивня. В Книге Песен сказано, что это место, «где почва плодородна, а дыхание твоё глубоко, где любое горе сменяется радостной улыбкой, а боль становится добрым другом, пребывающим лишь в твоей памяти». Иногда считают, что Чалахалл относится к владениям Онкис, а иногда — Ятвер.

Чанв — наркотик, вызывающий быстрое привыкание. Популярен среди айнонской аристократии, хотя многие воздерживаются от его употребления из-за неизвестного происхождения этого вещества. Известно, что чанв обостряет интеллект, продлевает жизнь и обесцвечивает кожу.

Чапаратха Сасал (р. 4100) — участник Ордалии, уверовавший князь Нильнамеша. Предводитель нильнамешского войска в Великой Ордалии Анасуримбора Келлхуса. За свои подвиги во время Объединительных Войн получил прозвище «Князь

Сотни Песен». Чапаратха был одним из немногих переживших битву при Ирсулоре в 4132 году, в которой были почти полностью уничтожены южные кетьянцы.

Чарамемас (4036—4108) — прославленный шрайский толкователь, автор «Десяти святынь». Сменил Акхеймиона в качестве наставника Пройаса в мирских науках в 4093 году.

Чаргиддо — крупная крепость на границе Ксераша и Амотеу, расположенная у подножия Бетмулльских гор.

Чарчарий Тримус (4052—4114) — патридом дома Тримус.

Чаша — Центральный квартал Карасканда, окружённый пятью из восьми холмов города.

Чашевидный Чертог — невероятных размеров тронный зал сферической формы, где восседал нелюдской король Иштеребинта. Нильгиккас обнаружил этот зал и приказал высечь на его стенах историю своей расы и Обители, дабы Скорбь не стёрла её из памяти.

Чемерат — древнее киранейское название Шайгека, означающее «красная земля».

Черное Небо — от «ирутурука» *(агурзойск)*. Имя, которым шранки называют Не-Бога.

Чернокованный Престол — трон нелюдского короля Иштеребинта, высеченный из скалы, в которой во время осады Иштеребинта (2147—2149) располагались зачарованные Миринотирские Врата, сокрушённые Аурангом при помощи Пики Солнца (светового оружия, подобного Копью-Цапле) перед тем, как та взорвалась. Оставшаяся от удара Пики выемка стала сиденьем трона, окалина, образовавшаяся от импульса, — спинкой Престола, а остатки ворот — его основой.

«Четвёртая аналитика рода человеческого», она же «Книга афоризмов» — одна из самых известных работ Айенсиса, содержащая несколько сотен не слишком лестных «Наблюдений за людьми» и соответствующих афоризмов, описывающих практический способ общения с каждым таким человеком.

«Четвёртый диалог о свойственном планетам движении в астрологии» — одна из знаменитых «утраченных работ» Айенсиса.

Четыре Воинства — название разделённой на четыре части (с целью более эффективной фуражировки) Великой Ордалии — Воинство Среднего Севера, Воинство восточных, западных и, соответственно, южных кетьянцев. Каждое войско имело собственное командование.

Четырёхрогий брат — так в Трёх Морях называют Айокли.

Чеферамунни (4068—4111) — король-регент Верхнего Айнона, номинальный предводитель айнонцев во время похода Священного воинства, умерший от чумы в Карасканде.

Чиама — окружённый стенами город на реке Семпис, разрушенный Священным воинством в 4111 году.

Чианадини — область Киана, некогда платившая дань Нансурской империи. Расположенная западнее Эумарны и восточнее Нильнамеша, Чианадини традиционно считается родиной кианцев. Самая богатая и густонаселённая провинция Киана после Эумарны.

Чигра — «Разящий Свет» *(агхурзойск.)*. Древнее шранчье прозвище Сесватхи.

Чинджоза, Мусамму (р. 4078) — граф-палатин айнонской провинции Антанамера, назначенный королем-регентом Верхнего Айнона вскоре после смерти Чеферамунни зимой 4111 года.

Чогиаз — агхурзойское название реки Сурса. См. Река Сурса.

Чорга, Намогритти (р. 4098) — участник Ордалии, граф-палатин Эсхганакса.

Чудо воды — первое из трёх так называемых «Чудес» Воина-Пророка — обнаружение им воды в пустошах Кхемемы.

Чудо Кругораспятия — второе из трёх так называемых «Чудес» Воина-Пророка — тот факт, что ему удалось остаться в живых в ходе Кругораспятия, состоявшегося в Карасканде.

«Чурки» — уничижительное норсирайское прозвище кетьянцев. Слово происходит от тидонского «чукка» — «раб», однако ныне имеет более широкое значение, ввиду приобретённых расовых коннотаций.

Ш

Шанта'анаирулл — «Могила, облачённая в золото» *(скаарск.)*. Название, данное в скюльвендских религиозных традициях месту упокоения Локунга, Мертвого Бога.

Шайгек — владение Киана, бывшая провинция Нансурской империи. Расположенный на плодородных равнинах в дельте реки Семпис, Шайгек был древним соперником Киранеи и первым цивилизованным государством Трёх Морей.

Шайгек достиг вершины могущества во время так называемого периода Древней династии, когда власть шайгекских королей-богов, сменявших друг друга, простёрлась от границ Киранейских равнин на севере до древней Эумарны на юге. Вдоль реки Семпис были возведены великие города (из них сохранилась только Иотия) и монументальные сооружения, в том числе знаменитые зиккураты. В двенадцатом столетии кетьянские племена, обитавшие на Киранейских равнинах, начали добиваться независимости, и короли-боги оказались втянутыми в нескончаемые войны. Затем, в 1591 году, король Митосер II потерпел сокрушительное поражение от киранейцев при Нараките, после чего Шайгек влачил жалкое существование подвластного государства-данника, зависимого от более могущественных стран. Последним, кто завоевал его (в 3933 году), был Фан'оукарджи III со своими фаним. К огромному разочарованию Тысячи Храмов, кианский обычай облагать иноверцев налогами — вместо непрестанных гонений — за несколько поколений привёл к обращению всего населения в фанимство. Возрождение инритизма, последовавшее после завоевания Шайгека в ходе Первой Священной Войны выявило то ли хрупкость этого обращения, то ли непостоянную природу шайгекской души.

Шайме — второй по святости город в инритизме, располагающийся в Амотеу. Именно отсюда Инри Сейен вознёсся на Гвоздь Небес.

Шаманы — колдуны-пророки, время от времени осуждаемые Древними Пророками в Хрониках Бивня, но почитаемые в Новом Завете Анасуримбора Келлхуса — Святого Аспект-Императора Трёх Морей.

Шанипал, Кемратес (4066) — один из людей Бивня, барон Хирхамета, области в южной части Центральной Конрии.

Шаугириоль — «Орлиный Рог» *(умерийск.).* Высочайшая вершина гор Демуа.

Шаул, река — вторая по значению после Фаюс речная система Нансурской империи.

Шауриатис — «обманщик богов» *(умерийск.).* См. Шеонанра.

Шеара — «Солнечная кожа» *(умерийск.).* Магическая золотая броня, созданная в Ранней Древности адептами школы Митралик.

Шейо-бускрит — язык нильнамешских трудящихся каст, происходящий от верхнешейского и сапматари.

Шейо-ксерашский язык — наречие Ксераша, происходящее от ксераши и верхнешейского языка.

Шейо-херемский язык — мёртвый язык низших каст Восточной Кенейской империи.

Шейский язык — наречие Кенейской империи, упрощённая форма которого всё ещё используется как литургический язык Тысячи Храмов и как «общий язык» Трёх Морей.

Шелгал (?–?) — один из князей-вождей, чьё имя вырезано на Бивне.

Шем-варси — языковая группа древних нильнамешских скотоводов юго-запада Трёх Морей.

Шемские языки — языковая група древних не-нильнамешских скотоводов юго-запада Трёх Морей.

Шенеор — норсирайское государство времён Ранней Древности, меньшее из трёх, основанных Нанор-Уккерджей I и поделённых между его сыновьями в 1556.

Шеонанра (р. ок. 1086) — «дар света» *(умерийск.)* Великий Мастер Мангаэкки. По легенде, сошёл с ума, изучая Инку-Холойнас, и своими последующими действиями навлёк на себя обвинение в нечестивости. Его Школа была объявлена вне закона в 1123 году. Будучи величайшим гением своего времени, Шеонанра утверждал, что обнаружил средство спасения душ, проклятых за колдовство. Считается, будто он всю жизнь изучал различные способы колдовства, улавливающего души, в надежде избежать Той Стороны. Для пущего эффекта добавляют, что он якобы продолжает жить в каком-то таинственном и неестественном виде спустя три тысячи лет. К четырнадцатому веку в летописях Трайсе он именовался Шауриатисом, «обманщиком богов».

Шест Хошрут — столб, расположенный в сердце хошрутской агоры и согласно традиции используемый для публичной порки отпетых преступников. Вырван из земли при помощи волов и цепей во время Великого Ятвериаского Бунта 4132 года.

Шигогли — пустынная равнина, окружённая Кольцевыми Горами и, в свою очередь, окружающая Голготтерат. Также известна как Иннуир-Шигогли, или «Чёрное Пепелище». Пожалуй, нет в мире места, где пролилось больше крови — как человеческой, так и нелюдской. После победы в битве Пир-Пахаль (и до восстановления Аробинданта и возобновления Стражи) Куйяра Кинмои пожертвовал жизнями тысяч своих ишроев в попытке преодолеть возведённые инхороями грубые укрепления. В день Пир-Мингинниаль (второй битвы у Ковчега Небес) множество квуйя и ишроев (больше, чем в любом другом сражении в истории) также были убиты здесь — на равнине Шигогли. Хотя потери в Имогирионской битве и были значительно меньше, но тот факт, что Обитель Иллисеру в одиночку приняла на себя этот удар, оказал столь же глубокое воздействие. Некоторые считают, что потери в битве Исаль'имиаль приближаются к таковым при Пир-Мингинниаль, но точные цифры, учитывая абсолютную победу Нильгиккаса, так никогда и не были озвучены. В численном отношении человеческие потери в сражениях на равнине на Шигогли были столь же чудовищны: множество людей погибло во время Первой Великой Инвеституры (2125—2131), сравнимая смертность имела место и в ходе Второй Инвеституры 2143 года, которая, как известно, завершилась катастрофой Инициации — Апокалипсисом.

Шиколь (2118—2202) — король древнего Ксераша, который, как сказано в Трактате, приговорил Инри Сейена к смерти в 2198 году. По понятным причинам его имя для инрити стало синонимом низости и морального разложения.

Шинот — легендарные главные врата древней Трайсе.

Шинурта Куи (3741—3828) — знаменитый великий магистр Багряных Шпилей, который, согласно некоторым сведениям, сумел использовать Войны Школ (3796—3818) для установления господства своей Школы над Верхним Айноном.

Шир — древний город-государство на реке Маурат, постепенно создавший вокруг себя Ширадскую империю. См. Ширадская империя.

Ширадская империя — первое великое государство, возникшее на востоке Трёх Морей. Под его властью на протяжении почти всей Ранней Древности находилась большая часть нынешних территорий Кенгемиса, Конрии и Верхнего Айнона. Примерно к 500 году несколько хаморских кетьянских племён заселили берега реки Сают и Сечарибские равнины. Собирая богатые урожаи с этих плодородных земель, племена постепенно стали оседлыми, у них появилось социальное расслоение. Но в отличие от Шайгека, где первые короли-боги довольно рано сумели объединить народ в долине реки Семпис, Сето-Аннария, как теперь звалась эта местность (по названию двух главствующих племён), оставалась россыпью враждующих городов-государств. В итоге баланс сил сместился в пользу северного города-государства Шир, расположенного на реке Маурат. К тринадцатому веку Шир сумел покорить все города Сето-Аннарии, хотя их правители ещё долго пытались сопротивляться (сето-аннарийцы считали себя выше своих диких северных родичей). Затем, в пятнадцатом веке, вторгшиеся ксиухианни опустошили империю, и Шир был разрушен до основания. Выжившие перенесли столицу в древний Аокнисс (нынешнюю столицу Конрии) и через двадцать лет сумели изгнать эаннейских захватчиков. На протяжении нескольких веков в стране царило спокойствие, пока в 2153 году войска Не-Бога не разгромили ширадцев в битве при Нурубале. Последующие две сотни лет хаоса и междоусобных войн уничтожили всё, что осталось от империи и централизованной власти. Влияние древней Ширадской империи на уклад жизни восточных кетьянских государств Трёх Морей было очень велико: от почтения к бородам (изначально это культивировалось в благородных кастах для отличия от ксиухианни, не носивших бород) до все ещё принятого в Верхнем Айноне пиктографического письма, развившегося из письменности ширадцев.

Широнг — традиционное айнонское боевое искусство.

Школы — поскольку религия Бивня осуждала колдовство, первые Школы на Древнем Севере и в Трёх Морях возникли, дабы удовлетворить потребность чародеев в защите. Так называемые Великие Школы Трёх Морей — это Круг Нибеля, Имперский Сайк, Школа Завета, Мисунсай и Багряные Шпили. Школы являются старейшими организациями Трёх Морей. Им удалось выжить благодаря внушаемому ими ужасу, а также своей отдалённости от мирских и духовных властей. За исключением Мисунсай, все крупные Школы возникли до падения Кенейской империи.

Шкуродёры — известный отряд скальперов.

Шлюха — распространённое прозвище богини Анагке. См. Анагке.

Шодду Акирапита (4099—4123) — старший сын Шодду Рапиты III, король Нильнамеша, возможно, самый одарённый и изобретальный военачальник ортодоксов в Объединительных Войнах.

Шоратис, Матмут (р. 4088) — участник Ордалии, айнонский палатин Кариота, старший сын Рамгата.

Шрайские жрецы — инритийские священники. В отличие от жрецов Культов входят в иерархию Тысячи Храмов и служат Последнему Пророку и Богу Богов, а не отдельным богам.

Шрайские рыцари — известны также как рыцари Бивня. Монашеский военный орден, основанный шрайей Эккианом Золотым в 2511 году. Задача ордена — исполнять волю шрайи.

Шрайские чиновники — неофициальный термин для обозначения как наследственных, так и самостоятельно сделавших карьеру функционеров Тысячи Храмов.

Шрайский бунт — успешный переворот, совершённый Анасуримбором Майтанетом в 4132 году против своей невестки — Анасуримбор Эсменет.

Шрайский закон — духовный закон Тысячи Храмов. В различных весьма путаных толкованиях является законом для большинства государств Трёх Морей, и в особенности для тех, где отсутствует сильная светская власть.

Шрайский указ — указ, выпущенный Тысячей Храмов и дающий право на арест человека для предания его духовному суду.

Шрайское отлучение — отлучение инрити от Тысячи Храмов. Поскольку оно лишает всех прав на имущество и вассалитет, равно как и на храмовые ритуалы, то мирские последствия шрайского отлучения не менее плачевны, чем духовные. Например, когда в 4072 году король Сареат II Галеотский был осуждён Псайласом II, добрая половина его подданных восстала, и Сареату пришлось босиком пройти от Освенты до Сумны, чтобы вымолить прощение.

Шрайское отпущение — указ, выпущенный Тысячей Храмов и отпускающий грехи отдельному лицу. Отпущения обычно даруются тому, кто совершил какие-либо искупительные действия: например, совершил паломничество или участвовал в священной войне против неверных. Исторически, однако, отпущения продавали за деньги.

Шрайя — титул апостола Последнего Пророка, административного главы Тысячи Храмов и духовного главы инрити.

Шранки — жестокие нечеловеческие твари, изначально порождённые инхороями для войны против нелюдей. Они слабейшие, но самые многочисленные из проклятых созданий, известных как «народы-оружия». Летописцы Исуфирьяс пишут:

«И создали они подделки из нашего остова — существ злобных и грязных, жаждущих лишь яростного совокупления. И выпустили они этих чудовищ на землю, где те размножались, как бы свирепо ишрои ни охотились на них. И вскоре люди собрались у наших ворот, умоляя об убежище, ибо не могли они более совладать с этими существами. "Они носят ваши лица, — кричали жалобщики. — Эта беда исходит от вас". Но мы разгневались и отвергли их со словами: "Они нам не сыновья. А вы нам не братья"».

О мотивах шранков можно говорить лишь предположительно. Судя по всему, они находят сексуальное удовлетворение в актах насилия. Существует бессчётное количество описаний их бессмысленных надругательств над мужчинами, женщинами, детьми и даже трупами. Шранкам неведомы милосердие и честь, и, хотя они берут пленных, известно очень мало случаев, когда кто-либо выжил у них в плену — жестокость обращения превосходит всякое воображение.

Шранки размножаются очень быстро. Правда, внешних физических различий между самками и самцами не наблюдается, равно как и различий в образе действий. Во время сражений Апокалипсиса люди встречали множество шранков на разных стадиях беременности. В открытом сражении шранки проигрывают людям, но тылы у них обеспечены лучше. Они могут длительное время питаться лишь червями и насекомыми. Выжившие после битв со шранками рассказывают о широких бороздах земли, вывороченных и вспаханных прошедшими там ордами этих созданий. Когда же во главе их стоял Не-Бог, они не ведали страха и наносили удары с невероятной точностью и ловкостью.

Как правило, шранки ростом по плечо среднему человеку из касты трудящихся. Кожа их лишена пигментов, а облик, несмотря на почти отталкивающую утончённость лиц, напоминает звериный (хотя и без шерсти) — плечи узкие, а грудь расширенная, тело миндалевидной формы. Они чрезвычайно быстро передвигаются как по открытой, так и по пересечённой местности, а слабость их телосложения компенсируется отчаянной злобностью.

Адепты школы Завета склонны делать зловещие прогнозы, касающиеся численности шранков в Эарве. Очевидно, древние норсирайцы изрядно уменьшили количество этих тварей, вытеснив их за пределы Эарвы, но во времена Не-Бога явились новые сонмы. По рассказам очевидцев, их было столько, что они затмили горизонт. Ныне шранки господствуют над половиной континента.

Шранчьи Ямы — знаменитая гладиаторская арена в Каритусаль, где люди-рабы сражаются со шранками в глубокой яме. Во многом походя на перевёрнутый зиккурат, ярусы Ям настолько вероломны, что зрители вынуждены привязывать себя верёвками, чтобы не рухнуть в гущу битвы. Представление, во время которого тысячи зрителей нависают над средоточием кровопролитной битвы (или «Пурпурной монетой»), вкупе с ещё некоторыми занятными обычаями (как, например, мочеиспускание зрителей на находящихся внизу бойцов), прославило Шранчьи Ямы во всех Трёх Морях, а также стало часто упоминаться в литературных произведениях.

Щ

Щит Силя — некогда принадлежавший Королю-После-Падения огромный соггомантовый щит, который Шауриатис использовал в качестве платформы для едва живых сосудов, несущих частицы его души.

Щит Семи Волков — герб древней Меорской империи, состоящий из семи волков, расположенных подобно цветочным лепесткам.

Э

Эамнор — погибшее норсирайское государство Древнего Севера. История Эамнора начинается со времён Аульянау Завоевателя. В 927 году Аульянау покорил крепость Ара-Этрит (Новый Этрит) и, поражённый свойством горы Анкулакай отвращать чары, расселил близ неё несколько кондских племён. Племена процветали и под влиянием располагавшихся неподалёку городов долины Аумрис быстро оставили скотоводческий образ жизни. Они так успешно встроились в аумрийскую культуру, что их собратья из числа Белых норсираев, скинтиев, во время Скинтийского Ига (1228—1381) принимали их за Высоких норсираев.

После Скинтийского Ига Эамнор стал одним из процветающих государств Древнего Севера. Хотя Эамнор и был разорён в 2148 году, он может считаться единственным государством Севера, уцелевшим после Апокалипсиса, поскольку Атритау не пострадал. Однако из-за огромного количества шранков, наводнивших окрестности, Атритау так и не удалось отвоевать даже крупицу земель, некогда образовывавших древний Эамнор.

Эамнорский — мёртвый язык древнего Эамнора, происходит от кондского.

Эанна — Земля Высокого Солнца *(тоти-эаннорск.)*. Традиционное название всех земель к востоку от Великого Кайарсуса.

Эарва — Земля Низкого Солнца *(тоти-эаннорск.)*. Традиционное название всех земель к западу от Великого Кайарсуса.

Эбара — маленькая крепость в Гедее, построенная нансурцами после завоевания Шайгека фаним в 3933 году.

Эинутиль — скюльвендское племя Северо-Западной степи.

Эй'юлкийя — кхиргвийское название пустыни Каратай, «Великая Жажда».

Экзальт-генерал — традиционный титул главнокомандующего имперской армией.

Экзальт-штандарт — священный военный штандарт нансурского экзальт-генерала, украшенный нагрудной пластиной от доспеха Куксофа II, последнего из древних киранейских верховных королей. Пластина имеет форму диска. Имперские воины часто именуют этот штандарт Наложницей.

Экирик Гоэтталь (р. 4089) — участник Ордалии, известный как Лысый и как Тан-Щитоносец короля Хогрима.

Эккину — зачарованные гобелены, висевшие в Палате об Одиннадцати Шестах позади скамьи Келлхуса. Колдовской артефакт неизвестного происхождения и предназначения, которым Анасуримбор Келлхус, по некоторым сведениям, завладел в 4122 году. Впоследствии гобелены Эккину были отнесены ортодоксами к числу так называемых Проклятых Предметов. Существует множество теорий относительно их источника и предназначения, часть из которых широко обсуждались среди грамотной части населения Трёх Морей. Особенно популярным было предположение, что вытканные на гобеленах волнообразные изображения являются текстом на каком-то неизвестном языке, хотя в конечном счёте большинство сошлось на том, что они играют лишь декоративную роль.

Экозийский рынок — главный рынок Сумны, расположенный к югу от Хагерны.

Экскурси — шранки, выведенные для сопровождения союзников Консульта, пересекающих земли, населённые дикими шранками. Их происхождение туманно, хотя несколько источников и указывают на Великую Бездну Лет, где можно найти упоминания о шранках, соответствующих их описанию экскурси. Считается, что экскурси являются творением инхороев, а значит, скорее были сотворены при помощи Текне, нежели специально выведены Консультом впоследствии.

Экскуциата — располагающаяся в Священном Джинриуме знаменитая фреска, на которой изображены Сто Одиннадцать Преисподних. Вероятно, является самым известным в мире изображением вечных мук. По всей видимости, художники вдохновлялись нелюдской скульптурой доковчеговых времён. Огромное живописное полотно было создано в 3800 году легендарной «Десяткой Простаков» в память о Войнах Школ и стало первым изображением Преисподних, выбивающимся из всех пространственных и ассоциативных стандартов за счёт вынесения на передний план хаоса Проклятия. Будучи потолочной фреской, она зачастую именуется Висящими Преисподними или Обратным Огнём.

Экианн I (2304—2372) — первый «официальный» шрайя Тысячи Храмов, автор повсеместно почитаемых «Сорока четырёх Посланий».

Экианн III, Золотой (2432—2516) — шрайя Тысячи Храмов, обративший в инритизм Триамиса Великого в 2505 году и таким образом обеспечивший господство этой религии в Трёх Морях.

Элеазар, Ханаману (р. 4060) — один из Людей Бивня, великий магистр Багряных Шпилей.

Эленеот, поле — см. Битва на поле Эленеот.

Элирикью (?—?) — легендарный сиольский прародитель магов-квуйя (часто называемых «Сынами Элирикью»), основавший «Род Преданий», равновеликий «Роду Войны», и заложивший тем самым основание для последующего появления квуйя.

Элхусиоли — даймос изобилия. Согласно кийюннанской метафизике, одни души непосредственно движут другими, распространяя отпечатки даймоса на иные даймосы. Некоторые же, например ужас или восторг, выделяются на общем фоне из-за драматического характера своего воздействия.

Элью — слово на ихримсу, буквально означающее «книга». Так называют любого человека или шранка — кто сопровождает нелюдя и помогает ему с его угасающей памятью.

Эмвама — коренные обитатели Эарвы, порабощённые нелюдями. Вырезаны Пятью Племенами во время Прорыва врат. Об эмвама мало что известно.

Эмилидис (?–?) — Ремесленник, знаменитый «безродный» нелюдьсику, основавший во времена Ранней Древности гностическую школу артефакторов Митралик, создавшую бесчисленное множество зачарованных предметов. В отношении Ремесленника и его творений велось и ведётся множество споров, а также имеет место полнейшая неразбериха. Это связано как с относительно недавним желанием школы Митралик после исчезновения Ремесленника приписывать Эмилидису создание всех своих артефактов (кроме самых примитивных), так и с историей прежних времён — прежде всего с тем фактом, что Эмилидис был приёмным ребёнком и, соответственно, не имел семейного летописца. Первое упоминание об Эмилидисе в Исуфирьяс тесно связано с одним из его артефактов — Дневным Светочем, подаренным им королю Нихримсула, Син'нироиху, что не только укрепило славу Нихримсула среди прочих Обителей, но и привело к женитьбе Син'нироиха на Тсиниру и последующему рождению Нильгиккаса, что обеспечило завершение череды изнурительных войн между Нихримсулом и Домом Тсоноса. Событием, которым Эмилидис заявил о себе в ходе человеческой истории, стало основание им в ходе Нелюдского Наставничества Школы Митралик, произошедшее во время завершающего периода правления короля-бога Нинкамы-Телессера (адепты Завета утверждают, что данное событие имело место в 661 году, однако это утверждение оспаривается).

Будучи безродным, Эмилидис рос в глубинах Квилнимиль — легендарных нимилевых копей Ишориола. Лишь этим фактом можно объяснить его непрекращающуюся одержимость материальным колдовством, хотя он и мог бы стать величайшим квуйя, могущественнее которого не знала вся нелюдская история. Согласно легенде, Титирга, великий герой-маг, однажды признался, что Эмилидис «погружался в такие глубины, за которыми сам он способен был лишь наблюдать с отмелей». Его величайшие творения — Высшие Артефакты обладают мощью, способной изменять саму природу вещей, будь то полярное искажение гравитации Рубежом Безупречности или Оримурилем, смена ночи днём (а не просто явление света) Дуирналем, или взаимопроникновение душ, осуществляемое Амиоласом. Хотя другие Артефакторы тоже умели создавать зачарованные предметы, невосприимчивые к хорам, Эмилидис в этом отношении не имел себе равных. Ведь все его творения, от простого кинжала и до Дневного Светоча, обладали подобной защитой. Как утверждают адепты Завета, как раз этот факт и повлиял на то, что именно Эмилидису Нильгиккас приказал возвести высоко над Воздетым Рогом знаменитые Преграды, которым суждено было стать не только последним, но и самым трагически несовершенным из его творений. Впоследствии легендарный Ремесленник исчез как из Мира, так и из всех исторических записей, вернувшись в Квилнимиль и допуская в свою Литейную только частных просителей.

Эмиорали — название таинственных обитателей гор Джималети, несколько раз упоминающихся в Священных Сагах (обычно в качестве крайне свирепых и умелых воинов времён Ранней Древности). Впоследствии, однако, эти утверждения были отвергнуты Айенсисом, назвавшим их «бабьими сказками».

Эмфарас Крийатес (р. 4103) — участник Ордалии, маршал-палатин Аттремпа, командующий конрийским войском в составе в Великой Ордалии Анасуримбора Келлхуса.

Энаратиол — «Дымный Рог» *(аудж)*. Гора, в глубинах которой находится одна из заброшенных обителей нелюдей — Кил-Ауджас.

Энатпапея — провинция Киана, бывшая провинция Нансурской империи. Расположена на стыке Кхемемы и Ксераша. Энатпапея наполовину горная, наполовину пустынная страна, чьё благополучие зависит от караванов, проходящих через Карасканд, — её административный и торговый центр.

Энгус (1236—1255) — пятый сын Борсвелки IV (1198—1249), проигравший в 1251-м (самому старшему из своих братьев) в битве при Бродах Свер, что вынудило его с немногими оставшимися родичами и домочадцами бежать в горы Демуа и жить как преступники и изгои, до тех пор пока всех их не выследили и не перебили. Согласно книге Йолков (традиционная стихотворная хроника меорских королей) убийцы Энгуса — последние двое его выживших братьев — обнаружили бесчисленные останки шранков, разбросанные по его лагерю. Как сказано в сакарпской легенде, долина, в которой находился этот лагерь, остаётся проклятой по сей день.

Эннпой — традиционный для Трёх Морей напиток, изготовляемый из сброженного персикового сока.

Энсолярий — основная денежная единица Верхнего Айнона.

Энхору Темус (р. 4066) — участник Ордалии, великий магистр Имперского Сайка в Великой Ордалии Анасуримбора Келлхуса.

Эншойя — по-шейски «уверенность». Заудуньянское имя меча Воина-Пророка.

Эотийская гвардия — тяжеловооружённая пешая гвардия нансурских императоров, состоящая в первую очередь из норсирайских наёмников родом из Кепалора.

Эотийский гарнизон — крепость и казарма личной гвардии императора, главенствующая над северной частью Момемна.

«Эпистемологии» — работа, приписываемая Айенсису. Скорее всего, она является лишь отредактированной компиляцией его работ. Многие считают этот труд дерзким философским заявлением о природе познания, другие же оспаривают это утверждение. Последние говорят, что работа искажает позицию Айенсиса, поскольку представляет собой лишь одну сторону его мировоззрения, которое менялось в течение всей его жизни.

Эпоха Враждующих Городов — эта эпоха началась вскоре после распада Киранейской империи (2154) и продлилась до возвышения Кенейской, случившегося, как считается, в 2349-м. Характеризовалась непрекращающимися военными действиями между городами, расположенными на Киранейской равнине.

Эренго, Равнина — плоскогорье, расположенное к северу от Уроккаса и к востоку от реки Сурса.

Эрзу — мантия Извази со сто тринадцатью карманами, олицетворяющими сто тринадцать идолов Мбимаю.

Эрьелк Туррор (3771—3830) — пират-холька времён Войн Школ, снискавший как славу героя, так и известность преступника.

Эритта (4092—4111) — галеотская рабыня Кутия Сарцелла, убитая в пустыне Кхемема.

Эрратики — так называют сломленных Скорбью нелюдей. От «Ми», часто переводимого с ихримсу как «Изменчивый».

Эрьеат, Коифус (4038—4116) — король Галеота, отец Коифуса Саубона.

Эсварлу Эмбас (ок. 4102) — участник Ордалии, тан Сколоу — марки Агмундрда, граничащей с Галеотом.

Эскалумис (2299—2389) — кенейский историк (антанамеранского происхождения), автор знаменитого труда «О построении душ в битве и на войне».

Этритатта — первый город, постоенный на реке Аумрис и соперничавший с Умерау. Уничтожен скинтиями в 1228 г.

Эумарна — самая населённая провинция Новой империи, расположенная к югу от гор Бетмулла, в прошлом кианская провинция. Эумарна — обширная и плодородная область, славящаяся экспортом вина и лошадей. Хоть она и была торговой столицей

Кианской империи, капитуляция и последовавшее обращение в заудуньянскую веру прошло стремительно. См. Объединительные Войны.

Эумарнский — язык Эумарны, происходящий от древнемаматского.

Эшганакс — палатинат в Верхнем Айноне, протянувшийся по северу сечарибских равнин.

Эшкал — палатинат в Верхнем Айноне, славящийся отличным хлопком. Расположен на западной границе сечарибских равнин.

Ю

Южные колонны — подразделения нансурской имперской армии, размещённые на кианской границе.

Ютерум — так называемые Священные Высоты в Шайме, откуда, согласно писанию, Инри Сейен вознёсся на Гвоздь Небес.

Ютирам — колдун Багряных Шпилей высокого ранга. Убит Акхеймионом в Сареотской Библиотеке.

Я

Яблоки — галеотский жаргонизм для обозначения отрубленных голов, собранных в качестве трофеев.

Яблоневый Сад — роща во внутреннем дворе Дворца Фама, известная обнаруженными там древними гробницами.

Яврег — самая восточная из гор хребта Уроккас.

Языки людей — до того как пали Врата и из Эанны пришли Четыре Народа, люди Эарвы, которых «Хроники Бивня» именуют «эмвама», находились в рабстве у нелюдей и говорили на упрощённой версии языка своих владык. От этого наречия никаких следов не осталось. Не осталось никаких следов и от изначального языка, на котором они говорили до того, как попали в рабство. В знаменитой хронике нелюдей «Исуфирьяс, или Великая бездна лет» встречаются указания на то, что эмвама изначально говорили на том же языке, что и их родичи за Великим Кайарсусом. Это заставляет многих делать вывод, что тоти-эаннорский является общим праязыком всех людей.

Тотти-Эаннорский — родной язык всех людей, а также наречие, на котором написаны Хроники Бивня.

Васносри — языковая группа языков норсирайцев.

Аумри-Саугла — языковая группа древних норсирайских племён долины Аумрис.

Умерийский — мёртвый язык древних умери.

Куниюрский — мёртвый язык древней Куниюрии.

Дуншианский — язык дуниан.

Нирсодские — языковая группа древних норсирайских скотоводов, обитавших от Церишского моря до моря Джоруа.

Акксерсийский — мёртвый язык древней Акксерсии и самый «чистый» из нирсодских наречий.

Кондский — языковая группа древних пастухов равнин Ближнего Истиули.

Эамнорский — мёртвый язык Эамнора.

Атрити — язык Атритау.

Скеттский — языковая группа древних скотоводов Дальних равнин Истиули.

Высокий сакарпский — язык древнего Сакарпа.

Сакарпский язык — язык Сакарпа.

Древнемеорский язык — забытое наречие раннего периода Меорской империи.

Меорский — забытое наречие позднего периода Меорской империи.

Галеотский — язык Галеота.

Туньерский — язык Туньера.

Тидонский — язык Се Тидонна.

Кепалорский — языковая группа скотоводов с Кепалорских равнин.

Нимбриканский — язык Нимбриканских кланов.

Кенгетийские — группа языков кетьянских народов.

Кемкарские языки — языковая группа древних кетьянских скотоводов, обитавших на северо-западе Трёх Морей.

Киранейский — забытое наречие древних киранейцев.

Высокий шейский — язык Кенейской империи.

Низкий шейский — язык Нансурской империи и общий язык Трёх Морей.

Сороптийский — забытое наречие древнего Шайгека.

Хаморский — языковая группа древних кетьянских пастухов восточной части Трёх Морей.

Хам-Херемский — забытое наречие древнего Шира.

Шейо-херемский язык — мёртвый язык низших каст Восточной Кенейской империи.

Конрийский — язык Конрии.

Нронский — язык Нрона.

Сиронжский — язык Сиронжа.

Кенгемский — язык Кенгемиса.

Сансорский — язык Сансора.

Старый Айнонский — язык кенейского Айнона.

Айнонский — язык Верхнего Айнона.

Шем-варси — языковая группа древних нильнамешских скотоводов юго-запада Трёх Морей.

Вапарсийский — мёртвый язык древнего Нильнамеша.

Высокий вурумандийский — язык правящих каст Нильнамеша, происходящий от варапсийского языка.

Сапматари — забытый язык рабочих каст Нильнамеша.

Шейо-бускрит — язык нильнамешских трудящихся каст.

Гиргашский — язык фаним-гиргашей.

Кингулльский — язык Кингулата.

Ксерашский — мёртвый письменный язык Ксераша.

Шейо-ксерашский язык — наречие Ксераша.

Шемские языки — языковая група древних не-нильнамешских скотоводов юго-запада Трёх Морей.

Прото-каро-шемские языки — языки древних скотоводов восточной части пустыни Каратай.

Каро-шемский — язык пастухов пустыни Каратай, имеющих письменность.

Кианский — язык Киана.

Мамати — письменный язык Амотеу.

Амотейский — язык Амотеу.

Эумарнанский — язык Эумарны.

Сатиотский — языковая группа народов сатьоти.

Анкмури — мёртвый язык древней Ангки.

Старо-Зеумский — язык древнего Зеума.

Зеумский — язык Империи Зеум.

Аткопдо-атъоки — языковая группа скотоводов Сатьоти с гор Аткондр и прилегающих к ним регионов.

Скаарский — языковая группа скюльвендов.

Старый Скюльвендский — язык древних скюльвендских скотоводов.

Скюльвендский — язык скюльвендов.

Ксиангский — языковая группа ксиуханнцев (Потерянное Племя).

Языки нелюдей — несомненно, нелюдские или кунуройские языки являются одними из древнейших в Эарве. Некоторые ауджские надписи восходят к временам до первого существующего источника тоти-эаинорейского, «Хроники Бивня», то есть их возраст более пяти тысяч лет. Ауджа-гилкунни, до сих пор ещё не расшифрованная, значительно древнее.

Ауджа-гилкунни — мёртвое «родное наречие» нелюдей.

Ауджский — мёртвое наречие Ауджских обителей.

Ихримсу — наречие Инъор-Нийаса

Гилкунья — наречие нелюдских магов-квуйя и адептов гностических школ.

Высокая кунна — упрощённая разновидность гилкуньи, используемая анагогическими школами Трёх Морей.

Якш — конический шатёр скюльвендов, сделанный из пропитанных жиром кож и ветвей тополя.

Ялгрота Шранчья Погибель (4071—4121) — туньерский конюший принца Скайельта, известный своим огромным ростом и свирепостью в бою.

Яселла — проститутка, знакомая Эсменет.

Ятвер — богиня плодородия. Одно из так называемых воздающих божеств, за прижизненное почитание дарующих рай в посмертии. Культ Ятвер наиболее распространён среди трудящихся каст (как Гильгаоль — среди воинов). В «Хигарате» — сборнике священных текстов, образующих письменную основу Культов, Ятвер изображена как благосклонная и всепрощающая женщина средних лет, одной рукой вспахивающая и засевающая поля всех народов. Некоторые комментаторы отмечают, что в «Хигарате», равно как и в «Хрониках Бивня» (где о «возделывающих почву» часто упоминается с презрением), о Ятвер говорится без особого почтения. Возможно, именно поэтому ятверианцы предпочитают при совершении ритуалов и церемоний полагаться на своё собственное писание — «Синъятву». Несмотря на большое количество приверженцев этого культа, он остаётся одним из беднейших, благодаря чему привлекает всё больше фанатичных последователей.

БЛАГОДАРНОСТИ

Что за удивительное путешествие! Всякая жизнь — странствие, и о всякой книге можно сказать то же самое. И теперь, семь томов спустя, странствие это превратилось в настоящее переселение народов — проект, самыми разнообразными путями вовлёкший в себя великое множество людей. Моя семья, разумеется, делает для него всё возможное. Шеррон и Руби — моя сдвоенная звёздная система и причина самого существования жизни на моей планете. Следует поблагодарить моего агента Криса Лоттса, наряду со всеми, кто содействовал ему. Также следует поблагодарить Трэйси Карнса, Майкла Ма и команды Оверлука и Орбит. Моих бета-ридеров — Майка Хиллкоута, Зака Райса, Эндрю Тресслера, Джейсона Диима, Кена Торпе, Брайана Бэккера и Роджера Эйхорна, заслуживающего отдельного упоминания, как и Майк Рой. Также мне хотелось бы поблагодарить участников форума «Второй Апокалипсис» и читателей блога «Трёхфунтовый Мозг».

Кроме того, я хотел бы обратиться ко всем тем, кто присоединился к нам на этом безумном пути — ко всем собратьям-скальперам, ступившим вместе со мною на Тропу. Завершение этой серии представлялось маловероятным по столь многим причинам, что в конечном итоге лишь благодаря вам оно оказалось возможным. Серия эпического фэнтези, создаваемая в созвучии со статьями для *Журнала Исследований Сознания!* Как говорится, та ещё безумная хрень. Мне следует поблагодарить тебя, мой добрый читатель, за то, что ты так долго терпел этого старого адепта, внимая его апокалиптическим рассказам, — как выдуманным, так и реальным.

ОБ АВТОРЕ

Ричард Скотт Бэккер изучает историю, литературу, философию и древние языки. Своё время он посвящает написанию фантастики и философских трудов, хотя зачастую ему трудно отличить одно от другого. Он проживает в Лондоне, провинция Онтарио, Канада.

СОДЕРЖАНИЕ

Что было прежде… 7
Глава первая. ЗАПАДНАЯ ЧАСТЬ ТРЁХ МОРЕЙ 21
Глава вторая. ИШТЕРЕБИНТ 35
Глава третья. АГОНГОРЕЯ 59
Глава четвёртая. ГОРЫ ДЕМУА 82
Глава пятая. АГОНГОРЕЯ 92
Глава шестая. ПОЛЕ УЖАСА 118
Глава седьмая. ПРИВЯЗЬ 150
Глава восьмая. СТЕНАНИЕ 165
Глава девятая. ВЕЛИКОЕ ОТПУЩЕНИЕ 189
Глава десятая. ВЕЛИКОЕ ОТПУЩЕНИЕ 209
Глава одиннадцатая. ОККЛЮЗИЯ 224
Глава двенадцатая. ПОСЛЕДНЕЕ ПОГРУЖЕНИЕ 257
Глава тринадцатая. ОККЛЮЗИЯ 300
Глава четырнадцатая. ГОЛГОТТЕРАТ 325
Глава пятнадцатая. ГОЛГОТТЕРАТ 354
Глава шестнадцатая. ИНКУ-ХОЛОЙНАС 407
Глава семнадцатая. ВОЗДЕТЫЙ РОГ 430
Глава восемнадцатая. ЗОЛОТОЙ ЗАЛ 458
Глава девятнадцатая. ВОЗВРАЩЕНИЕ 509
Глава двадцатая. ПЕПЕЛИЩЕ 524

Энциклопедический глоссарий 542
Благодарности 716
Об авторе 717